Georgi Wladimow

Der General und seine Armee

Roman

Aus dem Russischen
von Antje Leetz

Verlag Volk & Welt
Berlin

Titel der russischen Originalausgabe
GENERAL I EGO ARMIJA
Erschienen bei Knishnaja Palata, 1997

*Gefördert vom Literarischen Colloqium Berlin
mit Mitteln des Auswärtigen Amtes und der
Senatsverwaltung für Wissenschaft, Forschung und Kultur Berlin*

Die Nachdichtung besorgte Waldemar Dege

Erstes Kapitel

Major Swetlookow

1

Er taucht aus dem Regendunst auf und jagt mit quietschenden Reifen über den aufgerissenen Asphalt – der »Willys«, der »König der Straßen«, unser Siegeswagen. Die schlammbespritzte Plane knattert im Wind, die Scheibenwischer tanzen hin und her und verschmieren die kaum durchsichtigen Halbkreise, aufgeworfener Matsch fliegt wie eine Schleppe hinter ihm her und platscht auf die Straße.

So jagt er unter dem Himmel des kämpfenden Rußland dahin, unter dem pausenlos grollenden – Donner eines heraufziehenden Gewitters, oder ist es eine ferne Kanonade? – ein grimmiges kleines Tier mit flacher Schnauze und Stirn, heulend vor Anstrengung, die weite Strecke zu verschlingen und sich zum unbekannten Ziel durchzukämpfen.

Mitunter sind sogar für ihn die Straßen kilometerweit unbefahrbar – der Granattrichter wegen, die den Asphalt über die ganze Breite aufgerissen haben und bis zum Rand mit schwarzem Schlamm gefüllt sind. Dann fährt der »Willys« quer durch den Straßengraben, verschlingt brüllend die Erde, reißt Grasbüschel aus, wühlt sich durch die aufgerissene Fahrspur; hat er sich aus dem Dreck befreit, kommt er wieder in Fahrt und rast weiter, hinter den Horizont, läßt nasse, zerschossene Wäldchen mit schwarzen Ästen und Bergen aus Laub hinter sich, ausgebrannte Autoskelette, zum Verrotten an den Straßenrand geworfen,

Schornsteine von Dörfern und Siedlungen, die den letzten Rauch vor zwei Jahren ausgestoßen haben.

Er trifft auf Brücken aus eilig entästeten Baumstämmen, daneben die alten, deren rostige Eisenträger im Wasser hängen – er rast über diese Baumstämme wie über Klaviertasten, hüpft dabei klappernd in die Höhe, die Stämme wackeln und knarren noch, wenn vom »Willys« schon nichts mehr zu sehen ist, nur noch die blauen Auspuffgase, die sich über dem schwarzen Wasser auflösen.

Er wird wie alle von Eisenbahnschranken aufgehalten, doch fährt er gelassen an einer Kolonne Sanitätswagen vorbei, bahnt sich mit beharrlichem Hupen einen Weg, kämpft sich ganz nahe an die Gleise heran und springt, kaum ist der Schwanz des Zuges vorbeigedonnert, als erster über die Schienen.

Er stößt auf Staus – Ströme, Scharen von heulenden, verzweifelt hupenden Autos, die ihm entgegenkommen oder seinen Weg kreuzen; durchgefrorene Verkehrsreglerinnen mit trotzigen Mädchengesichtern und Flüchen auf den Lippen entwirren diese Staus, schauen dabei besorgt zum Himmel und drohen jedem Auto, das sich nähert, schon von weitem mit dem Stab – für den »Willys« allerdings findet sich eine Lücke, und die wartenden Fahrer schauen ihm lange verwundert und betrübt nach.

Er verschwindet hinter dem Hang und verstummt – offenbar gestürzt, völlig zuschanden geritten und zusammengebrochen – nein, am nächsten Hang taucht er wieder auf, ein erbittertes Lied singt der Motor, und widerwillig kriecht unters Rad die sich endlos hinziehende russische Weite …

Wie stellte er sich das Hauptquartier des Oberkommandos vor, der Fahrer, der auf seinem Sitz erstarrt, stumpf und angespannt auf den Weg sah, mit geröteten Augenlidern blinzelte und hin und wieder mit der Hartnäckigkeit eines völlig übermüdeten Menschen versuchte, den an den Lippen klebenden Zigarettenstummel anzuzünden? Mit dem Wort »Hauptquartier« verband er wohl etwas Erhabenes und Sicheres, das sich wie ein spitzer Märchenturm über die Moskauer Dächer erhob, und am Fuß dieses Turms lag der ersehnte Rastplatz – umgeben von einer Mauer und voll von Autos, in der Art einer Herberge, von der er irgendwo einmal gelesen oder gehört hatte. Ständig wurde dort jemand begrüßt oder verabschiedet, die Fahrer standen herum und waren in endlose Gespräche vertieft, die nicht weniger bedeutend waren als jene, die ihre Generäle in den halbdunklen, stillen Sälen hinter den schweren Samtvorhängen in der achten Etage führten. Mehr als acht Etagen konnte sich der Fahrer Sirotin, der sein bisheriges Leben einzig im Erdgeschoß verbracht hatte, nicht vorstellen, und tiefer konnte sich die Obrigkeit kaum aufhalten, sie mußte schließlich halb Moskau aus den Fenstern beobachten können.

Sirotin wäre schrecklich enttäuscht gewesen, hätte er erfahren, daß das Hauptquartier tief unter der Erde lag, auf der Metrostation »Kirowskaja«, daß die winzigen Arbeitszimmer durch dünne Bretter getrennt und die Buffets und Garderoben in den Waggons eines stehenden Zuges untergebracht waren. Tiefer als der Hitlerbunker, das wäre ja völlig unsolide gewesen; unser sowjetisches Hauptquartier konnte nicht so tief unten liegen, wurde doch das deutsche gerade deshalb verlacht, weil es in einem »Bunker« lag. Und solch ein Bunker hätte den Generälen auch nicht diese Furcht eingejagt, sie wären nicht mit watteweichen Beinen im Eingang verschwunden.

Dort, am Fuß des Turms, wohin sich Sirotin in Gedanken mit seinem »Willys« versetzte, hoffte er etwas über sein weiteres Schicksal zu erfahren, das sich wieder mit dem Schicksal des Generals verbinden, aber auch anders verlaufen konnte. Wenn er die Ohren spitzte, konnte er bei den Fahrern etwas herauskriegen – er hatte ja auch während dieser Fahrt etwas spitzgekriegt, bei einem Kollegen der Kfz-Kompanie des Stabs. Auf das Ende der Beratung wartend, hatten sie zusammengestanden, eine lange Rauchpause gemacht und waren anfangs abgeschweift. Sirotin hatte behauptet: Würde man in den »Willys« den Motor des achtsitzigen »Dodge« einbauen, dann wäre das ein tolles Auto, was Besseres könne man sich gar nicht wünschen; der Kollege hatte nur entgegnet, der Motor des »Dodge« sei viel zu groß und würde wohl nicht unter die Motorhaube des »Willys« passen, man müßte eine spezielle Abdeckhaube aufbauen, aber das gäbe einen Buckel – und beide hatten befunden, man sollte alles beim alten lassen. Dann sprachen sie über den Nutzen allgemeiner Veränderungen. Der Kollege erwies sich auch hier als Anhänger von Vertrautem. Er deutete an, daß auch bei ihnen in der Armee Veränderungen bevorstünden, dieser Tage schon, man wisse nur nicht, ob zum Besseren oder zum Schlechteren. Worum es sich konkret handelte, hatte der Kollege nicht verraten, nur gesagt, eine endgültige Entscheidung gäbe es noch nicht, doch aus der Art, wie er die Stimme gesenkt hatte, konnte man vermuten, daß diese Entscheidung nicht im Frontstab gefaßt werden würde, sondern höher; möglicherweise in einer Höhe, die beider Vorstellungsvermögen überschritt. »Obwohl«, hatte der Kollege plötzlich gesagt, »du kommst vielleicht hin. Wenn du bei der Gelegenheit Moskau siehst – schöne Grüße.« Seine Verwunderung darüber auszudrücken, wie er denn auf Moskau käme mitten in der Offensive, das erlaubte ihm, dem Fahrer des Befehlshabers, der Stolz nicht. Er hatte wichtigtuerisch genickt, insgeheim jedoch gedacht: Der weiß überhaupt nichts Genaues, hat nur was läuten hören oder sich was ausgedacht. Doch dann stellte sich heraus, daß es kein Gerücht war, tatsächlich Moskau! Für alle Fälle hatte Sirotin sofort Vorkehrungen getroffen, nämlich neue Reifen aufgezogen, »verbündete«, das heißt amerikanische, die er für Europa zurückgelegt hatte, eine Halterung für den zweiten Benzinkanister angeschweißt und sogar die Plane übergezogen, die sie normalerweise nicht einmal bei schlimmstem Wetter benutzten – der General mochte sie nicht: »Es ist stickig darunter wie in einer Hundehütte, außerdem kann man nicht schnell genug in Deckung gehen«, das heißt bei Beschuß oder Bombenangriff aus dem Auto springen. Mit einem Wort, es kam nicht ganz unerwartet, als der General das Kommando gab: »Sirotin, tanken, wir essen noch Mittag – und ab nach Moskau.«

Moskau hatte Sirotin noch nie gesehen, und er war einerseits froh, daß ein lang gehegter, noch aus der Vorkriegszeit stammender Wunsch in Erfüllung ging, andererseits trug er Sorge um den General, der so plötzlich ins Hauptquartier befohlen wurde, von der Sorge um sich selbst ganz zu schweigen: Wen würde er noch fahren müssen, und wäre es nicht überhaupt besser, sich auf einen Anderthalbtonner versetzen zu lassen, Scherereien hätte er ebenso viele, dafür aber mehr Chancen zu überleben, durch eine geschlossene Fahrerkabine schläg nicht gleich jeder Splitter. Der Gedanke verschaffte ihm eine seltsame Erleichterung, ja Erlösung, was er sich allerdings nicht eingestehen wollte.

Er war nicht der erste Fahrer des Generals, vor ihm waren bereits zwei zu Märtyrern geworden – wenn man von Woronesh an zählte, wo die Geschichte der Armee begonnen hatte; davor gab es laut Sirotin weder eine Armee noch eine Geschichte, sondern nur Finsternis und Durcheinander. Seit Woronesh also hatte der General keine Schramme abgekriegt, aber unter ihm, wie man in der Armee sagt, hatte es zwei »Willys« erwischt, beide Male auch den Fahrer und einmal sogar den Adjutanten. Daher hielt sich auch die Legende so hartnäckig, den General träfe es nie, er habe einen Schutzengel, selbst wenn es andere neben ihm erwische, buchstäblich zwei Schritt entfernt. Wurden allerdings Details erzählt, stellte sich das Ganze etwas anders dar, die beiden »Willys« hatte es nicht direkt unter ihm erwischt. Beim erstenmal – ein Granatvolltreffer – saß der General noch nicht im Jeep, er war auf dem Gefechtsstand des Divisionskommandeurs aufgehalten worden und hatte dann nur noch Brei vorgefunden. Und beim zweitenmal, als der »Willys« auf eine Panzermine fuhr, hatte er nicht mehr im Jeep gesessen, er war ausgestiegen, um sich die Beine zu vertreten und die Tarnung der Geschütze vor dem Angriff zu inspizieren, dem Fahrer hatte er befohlen, von der ungeschützten

Stelle wegzufahren, und dem war nichts Besseres eingefallen, als in ein kleines Wäldchen zu lenken. Die Straße war zwar gerade entmint worden, nicht aber das Wäldchen, dort sollte keine Truppenbewegung stattfinden ... Gleichviel, dachte Sirotin, ob der General nun seinem Tod zuvorgekommen oder zu seinem Tod zu spät gekommen ist, er hat eben einen Schutzengel, und der fühlt sich für seine Begleiter nicht zuständig. Genaugenommen brachte der sie nur in Schwierigkeiten und war schuld an ihrem Tode. Kenner hatten ausgerechnet, daß in diesem Krieg für jeden Toten bis zu zehn Tonnen Metall verbraucht wurden, doch Sirotin wußte auch ohne diese Berechnungen, wie schwer das Töten an der Front war. Wer sich erst mal drei Monate gehalten hatte, der hatte gelernt, nicht auf die Kugeln und Splitter zu achten, sondern nur auf sich selbst, auf den instinktiven Kälteschauer, der dir, je unbewußter, desto zuverlässiger, eingibt, wo du deinen Fuß besser nicht hinsetzt. Unter Umständen wirst du, statt in den angeblich so sicheren Unterstand mit siebenfachen Lagen zu gehen, in einem Graben liegenbleiben, hinter einem winzigen Erdhügel – den Unterstand zerschlägt's in seine Einzelteile, der Erdhügel aber deckt dich zu! Er wußte, daß dieser Überlebensinstinkt ohne Training verkümmert, man brauchte nur eine Woche nicht an der Hauptkampflinie gewesen zu sein. Und dieser General liebte die Hauptkampflinie zwar nicht besonders, verabscheute sie aber auch nicht, so daß Sirotins Vorgänger sich nicht allzu sehr nach ihr gesehnt haben dürften – sie waren also aus eigener Dusseligkeit verreckt, hatten nicht ihrem Instinkt gehorcht!

Durch eine Mine – na, das war geradezu lächerlich. Wäre er denn, Sirotin, in dieses Wäldchen, in den Schutz der Birken gefahren? Um nichts in der Welt, selbst wenn man ihm bei jedem Strauch versichert hätte: »Entmint«: Für den, der den Strauch durchsucht hatte, war er entmint, der war ja weg, doch für dich hatte er garantiert in der Eile eine Panzermine vergessen, darauf konntest du Gift nehmen; selbst wenn er auf seinem Wanst durch das ganze Wäldchen gerobbt wäre – einmal im Jahr schießt auch ein ungeladenes Gewehr! Das mit der Granate war schon schwieriger – auf eine Mine trittst du selbst, eine Granate aber wählt dich aus, dich und keinen anderen. Irgendein Unbekannter hat ihr den Weg unterm Himmelszelt vorgegeben, ein Windhauch hat sie um zwei, drei Tausendstel nach rechts oder links getragen, und einige Sekunden lang fühlst du, daß diese einzige, dir vom Schicksal Vorherbestimmte, diese Braut ihren Lauf bereits verlassen hat und zu dir eilt, pfeifend und summend. Doch du hörst ihr Pfeifen nicht mehr, andere hören es und ziehen töricht den Kopf ein. Warum auch mußte er warten, warum ist er nicht in Deckung gegangen, als der General auf diesem Gefechtsstand aufgehalten wurde? Genau dieser Instinkt nämlich hatte den General aufgehalten, das hätte man doch spüren müssen! Bei diesen Betrachtungen fühlte sich Sirotin seinen beiden Vorgängern ehrlich überlegen – vielleicht aber war das nur die uralte, zweifelhafte Überlegenheit der Lebenden gegenüber den Toten? – auch solche Gedanken kamen ihm. Das war ja gerade der springende Punkt, man durfte die Gefahr nicht spüren, das brachte einen noch mehr aus der Fassung, weil Angst den rettenden Kälteschauer vertrieb; das Gesetz des Überlebens verlangte: Schicke dich drein, werde nicht müde zu bitten, daß sie dich verschont – dann fliegt es vielleicht tatsächlich vorbei. Und das Wichtigste ... das Wichtigste für ihn war, daß ihm derselbe Kälteschauer eingab: Mit diesem General wirst du das Ende des Krieges nicht erleben. Warum? Hätte er das sagen können, was wäre es dann für ein Instinkt gewesen ... Irgendwo und irgendwann würde es einmal passieren, das Unausbleibliche, sein Verhängnis, das ihn oft niedergeschlagen und finster sein ließ; nur ein erfahrener Blick hätte hinter seiner Verwegenheit, hinter seinem tollkühnen Aussehen die verborgene Vorahnung entdeckt. Irgendwann ist die Glückssträhne zu Ende, sagte er sich, er hatte schon ziemlich lange Glück gehabt. Und Sirotin träumte bereits davon, mit einer Verwundung davonzukommen und nach dem Lazarett einem anderen General zugeteilt zu werden, einem ohne Schutzengel.

Von derlei Befürchtungen – von nichts anderem – hatte der Fahrer Sirotin dem Major Swetlookow aus der Armee-Abwehr »Smersch«* erzählt, als dieser ihn zu einem Gespräch, oder – wie es bei ihm hieß – »auf einen Schwatz« eingeladen hatte. »Nur, weißt du«, hatte er zu Sirotin gesagt, »in meiner Abteilung kann man nicht reden, ständig kommt jemand mit irgendwelchem Blödsinn, besser woanders. Und kein Wort zu jemandem, man kann nie wissen. Versprochen?« Sie trafen sich in einem Wäldchen nahe beim Stab, zu verabredeter Stunde. Major Swetlookow ließ sich auf einer umgestürzten Kiefer nieder, nahm die Mütze ab und hielt seine gewölbte Stirn, auf der der Mützenrand einen roten Streifen hinterlassen hatte, in die Herbstsonne – womit er sich zugleich seines Vorgesetztenranges zu entledigen und auf ein offenes Gespräch einzulassen schien; Sirotin forderte er auf, sich unten hinzusetzen, ins Gras.

»Los, erzähle«, sagte er, »wo drückt der Schuh, worüber klagt das Herz unseres Helden? Ich habe doch Augen im Kopf, vor mir verbirgt man nichts …«

Es war nicht gut, daß Sirotin von Dingen erzählt hatte, die das Gesetz des Überlebens geheimzuhalten gebot, doch Major Swetlookow hatte ihn sofort verstanden und Mitgefühl gezeigt.

»Halb so schlimm«, hatte er, ohne zu lächeln, gesagt, energisch seine Flachssträhnen geschüttelt und nach hinten geworfen. »Für so was haben wir Verständnis, für diese ganze Mystik. Alle sind für Aberglauben anfällig, nicht nur du, unser Befehlshaber ebenfalls. Und ich verrate dir: Mit seinem Schutzengel ist es nicht weit her. Er erinnert sich nicht gerne daran und trägt kein Verwundetenabzeichen, aber ihm ist 41 aus Dusseligkeit auch mal was passiert, bei Solnetschnogorsk. Er hat ganz schön was abgekriegt – acht Kugeln in den Bauch. Hast du das nicht gewußt? Hat seine Ordonnanz nichts erzählt? Die war übrigens dabei. Ich dachte,

* »Smersch« – Abkürzung für russ. Smert schpionam, dt.: Tod den Spionen. Sowjetischer militärischer Geheimdienst

bei euch wird über alles gequatscht ... Na, wahrscheinlich hat Foti Iwanowitsch ihm untersagt, davon zu reden. Und wir behalten das auch für uns, nicht wahr? ... Hör mal«, er schaute Sirotin plötzlich mit lustigen, stechenden Augen von der Seite an, »vielleicht tust du nur so ... so harmlos und erzählst mir das Wichtigste von Foti Iwanowitsch nicht, verheimlichst es?«

»Was soll ich verheimlichen?«

»Hast du nicht irgendwas Merkwürdiges an ihm beobachtet in der letzten Zeit? Du mußt wissen, daß schon der eine oder andere so was bemerkt hat. Du nicht?«

Sirotin zuckte mit den Schultern, was heißen konnte: »Ich habe nichts bemerkt« oder »Das geht mich nichts an«, doch er ahnte, daß dem General eine noch undefinierbare Gefahr drohte, und seine erste Reaktion war, auf Distanz zu gehen, wenigstens für einen Augenblick, um zu begreifen, was ihm selbst dabei drohen könnte. Major Swetlookow sah ihn aufmerksam an, dem Blick seiner blauen, stechenden Augen war kaum standzuhalten. Offenbar durchschaute er Sirotins Verwirrung und verwies ihn mit seinem strengen Blick auf den Platz, auf den ein Mann aus dem Gefolge des Befehlshabers gehört, auf den des ergebenen Dieners nämlich, der seinem Herrn grenzenlos vertraut.

»Zweifel, Verdächtigungen, allen möglichen Schnee brauchst du mir nicht zu melden«, sagte der Major hart. »Nur Fakten. Gibt es sie, hast du die Pflicht, mir davon Meldung zu machen. Der Befehlshaber ist ein großer Mann, verdienstvoll, wertvoll, um so mehr müssen wir unsere wenigen Kräfte mobilisieren und ihm unter die Arme greifen, falls er ins Wanken geraten ist. Vielleicht ist er müde. Vielleicht braucht er zur Zeit besondere seelische Zuwendung. Er wird uns um nichts bitten, und wir werden es nicht mitkriegen, wenn er uns braucht, und den Augenblick verpassen, und dann werden wir uns in den Hintern beißen. Wir tragen schließlich für jeden Menschen in der Armee die Verantwortung, und für den Befehlshaber erst recht ...«

Wer diese »wir« waren, die für jeden Menschen in der Armee

die Verantwortung trugen, er und der Major oder die gesamte Abwehr, in deren Augen der General »ins Wanken geraten« war, begriff Sirotin nicht, doch fragte er aus irgendeinem Grunde auch nicht. Das Gespräch zog sich immer weiter in die Länge, wurde immer unangenehmer, und er hatte das verschwommene Gefühl, bereits einen kleinen Schritt zum Verrat getan zu haben, als er zugesagt hatte, »auf einen Schwatz« hierherzukommen.

Aus der Tiefe des Waldes zog vorabendliche feuchte Kühle herauf, vermischt mit einem widerlich süßen Gestank. Die verdammten Beerdigungstrupps, dachte Sirotin, die Eigenen haben sie eingesammelt, doch die Deutschen mitzunehmen war ihnen zuviel, er müßte es dem General melden, der würde ihnen die Leviten lesen. Die frischen Deutschen habt ihr nicht einsammeln wollen, bitte – nun haltet euch die Nase zu …

»Sag mir bitte eins, welche Haltung hat er deiner Meinung nach zum Tod?«

Sirotin schaute ihn verwundert an.

»Wir wir Sünder alle …«

»Du weißt es nicht«, sagte der Major streng. »Ich frage, weil sich das Problem des Schutzes der Kommandeurskader zugespitzt hat. Es existiert eine spezielle Anweisung des Hauptquartiers, und auch der Oberste hat mehrmals betont, daß sich die Befehlshaber keinem Risiko aussetzen sollen. Gott sei Dank haben wir nicht mehr 41, wir haben Flüsse zu überschreiten gelernt, der Befehlshaber braucht nicht dabeizusein. Warum mußte er unbedingt bei Beschuß auf dem Floß übersetzen? Gibt er bewußt nicht auf sich acht? Aus Verzweiflung, aus Angst, mit der Operation nicht zurechtzukommen? Vielleicht ist er aber auch … na, ein bißchen durcheinander? Bis zu einem gewissen Grade kann man das ja verstehen – die Operation ist wirklich sehr kompliziert …«

Sirotin hatte eigentlich nicht das Gefühl, daß die Operation komplizierter war als andere, und sie schien auch ganz normal abzulaufen, aber womöglich gab es dort oben, von wo aus der Major Swetlookow zu ihm herabgestiegen war, ganz andere Überlegungen.

»Vielleicht war das eine Ausnahme?« überlegte indes der Major laut. »Aber eigentlich nicht, die Sache hatte Logik. Der Armeegeneral verlegt seinen Gefechtsstand vor den des Divisionskommandeurs, und was bleibt dem übrig, als seinen noch weiter zu den Deutschen vorzuschieben? Und der Regimentskommandeur? Soll er dem Gegner gleich zwischen die Zähne kriechen? Beweisen wir so unseren persönlichen Mut? Oder ein anderes Beispiel: Ihr fahrt ohne Begleitschutz zur Hauptkampflinie, ohne Schützenpanzerwagen, ihr nehmt nicht mal einen Funker mit. So kann man in einen Hinterhalt geraten und in die Hände der Deutschen fallen. Und dann kläre mal und beweise, daß das kein Verrat war, sondern ein Irrtum … Das muß man doch alles voraussehen. Und davor warnen. Und in erster Linie müssen wir beide das tun.«

»Wie kann ich denn dabei helfen?« fragte Sirotin erleichtert. Der Sinn der Unterhaltung wurde ihm endlich klar, es waren auch seine Befürchtungen. »Der Fahrer wählt die Route nicht aus …«

»Das hätte noch gefehlt, daß du dem General Befehle erteilst! Aber du kennst sie doch vorher, nicht wahr? Foti Iwanowitsch wird dir doch zehn Minuten vorher sagen: ›Sirotin, tanken, wir fahren zum Hundertsechzehnten.‹ Stimmt's?«

Sirotin wunderte sich über Swetlookows genaue Kenntnis, doch er wandte ein: »Nicht immer. Es kommt vor, daß er sich ins Auto setzt und erst dann sagt, wohin es geht.«

»Auch wieder wahr. Aber er fährt doch nicht nur an einen Ort, ihr seid doch pro Tag bei drei, vier Kompanien, mal eine halbe Stunde, mal auch zwei. Da kannst du ihn doch fragen: Wohin geht's danach, reicht unser Benzin. Und du hast die Möglichkeit, jemanden anzurufen.«

»Anrufen? Wen?«

»Mich natürlich, wen sonst. Und wir organisieren die Überwachung, benachrichtigen die Kompanie, zu der ihr gerade fahrt, damit euch jemand entgegenkommt. Ich verstehe, der General möchte manchmal überraschend kommen, um die reale Lage vorzufinden. Doch das eine hat mit dem anderen nichts zu tun. Wir haben unsere eigene Leitung und unsere eigene Aufgabe. Der Divisionskommandeur wird nicht erfahren, wann Foti Iwanowitsch eintrifft, nur wir müßten es wissen.«

»Und ich dachte«, sagte Sirotin lächelnd, »ihr befaßt euch mit Spionen.«

»Wir befassen uns mit allem. Doch jetzt ist das wichtigste, den Befehlshaber nicht eine Minute ohne Obhut zu lassen. Versprichst du mir das?«

Sirotin runzelte die Stirn, um Zeit zu gewinnen. Was ist daran schlimm, dachte er, wenn Major Swetlookow jedesmal weiß, wohin ich mit dem General fahre. Doch irgendwie war es ihm unangenehm, daß er den Major ohne Wissen des Generals unterrichten sollte.

»Wie soll das gehen?« fragte Sirotin. »Ich soll das vor Foti Iwanowitsch verheimlichen?«

»O-o-oh!« stöhnte der Major spöttisch. »Du hast ja eine krankhafte Abneigung gegen dieses Wort. Jawohl, verheimlichen. Warum soll der Befehlshaber in alles eingeweiht und mit allem belästigt werden?«

»Ich weiß nicht«, sagte Sirotin, »wie soll ich das anstellen ...?«

Major Swetlookow tat einen langen traurigen Seufzer.

»Das weiß ich auch nicht. Aber es ist notwendig. Wir müssen es tun. Was bleibt uns übrig? Früher gab es in der Armee Kommissare – das waren Zeiten! Das will ich dir ja schon eine geschlagene Stunde beibringen, ein Kommissar würde es mir, ohne nachzudenken, versprechen. Wie soll's auch anders sein? Der Kommissar und der Aufklärer – die helfen sich gegenseitig sofort. Heutzutage genießt der militärische Chef mehr Ansehen, aber unsere Arbeit ist weitaus schwieriger geworden. Einem Mitglied des Kriegsrates braucht man gar nicht erst zu kommen, heutzutage muß man auch den mit ›Genosse General‹ anreden, dieser Dienstgrad ist ihm teurer als der des Kommissars, der wird sich doch nicht mit solchen ›Kleinigkeiten‹ abgeben! Doch wir, wir kleinen Leute, wir müssen es, und dazu auch noch heimlich. Der Oberste Befehlshaber hat uns die Aufgabe ganz schön schwer gemacht, das kann man wohl sagen. Aber er hat sie nicht abgeschafft!«

Die Trauer und Besorgnis in der Stimme des Majors, auch seine Offenheit, dazu die Last der Aufgabe, die nicht von irgend jemandem gestellt war, sondern vom Obersten höchstpersönlich, alles zusammen bewirkte, daß Sirotin eigentlich nichts mehr gegen die Bitte einwenden konnte.

»Anrufen, wissen Sie, was das heißt ... Die Leitung des Funkers ist immer besetzt. Und wenn sie frei ist, wird er mich nicht einfach so verbinden. Außerdem muß man ihm sagen, wen man anrufen will. Dadurch wird es Foti Iwanowitsch erfahren. Nein, das ist ...«

»Was heißt ›nein‹?« Major Swetlookow kam mit seinem Gesicht ganz nahe. Er mußte über Sirotins Naivität lachen. »Du bist mir vielleicht ein Trottel! Du wirst doch wohl nicht sagen wollen: ›Verbinde mich bitte mal mit Major Swetlookow von der Abwehr‹? Nein, mein Lieber, so verderben wir den Brei. Aber man kann es mal mit einem Flirt versuchen. Mit einem Weib. Dieser Weg klappt immer. Kennst du die Kalmykowa vom Kriegsgericht? Die Leiterin der Schreibstube?«

Sirotin erinnerte sich an eine Dicke mit riesigem Vorbau, ein für ihn, den Sechsundzwanzigjährigen, sehr altes Weib mit dem unnachgiebigen Gesicht einer Vorgesetzten, mit zusammengekniffenen Lippen, die die zwei ihr untergebenen Fräulein ständig anherrscht.

»Was, ist das kein Objekt der Begierde?« Der Major lief rosig an und schmunzelte. »Die hat auch ihre Verehrer. Man ist sogar des Lobes voll. Was soll man machen, Liebe ist böse! Und außerdem sind wir kein Frauenkloster. Ja, wenn wir nach Europa kommen – wenn nicht dieses Jahr, dann nächstes –, da gibt's solche Klöster extra für Frauen. Genauer gesagt, für Jungfrauen. Weil die

Nonnen, sie heißen ›Karmeliterinnen‹, einen Schwur ablegen, Jungfrauen zu bleiben bis zum Tod. Das ist ihr Opfer! Unschuld ist also garantiert. Du kannst jede beliebige nehmen und brauchst es nicht zu bereuen.«

Diese gestrengen »Karmeliterinnen«, die Sirotin aus unerfindlichen Gründen mit »Karamel« verband, sahen schon weitaus verführerischer und süßer aus. Bei der anderen, der mit dem riesigen Vorbau, konnte er sich nicht vorstellen, wie er ihr den Hof machen oder auch nur am Telefon mit ihr schwatzen sollte.

»Gut«, pflichtete der Major ihm bei. »Wählen wir eine andere Variante: Wie gefällt dir Soja? Nicht die vom Kriegsgericht, sondern die Telefonistin aus dem Stab. Die mit den Locken.«

Ja, diese aschblonden Locken, die wie Spiralen unter der Feldmütze hervor auf die gewölbte Alabasterstirn quollen, und der erstaunte Blick der kleinen, aber hellen und glänzenden Augen und die eng anliegende Militärbluse, bei der ein Knopf offenstand, nie zwei, um keine Rüge einzufangen, und die nach Maß angefertigten Chromlederstiefel und der Nagellack auf den Spitzen der schmalen Finger – all das entsprach seinen Wünschen weitaus mehr.

»Soja?« fragte Sirotin zweifelnd. »Die geht doch mit dem ... na, mit dem aus der operativen Abteilung. Ist doch fast seine Braut.«

»Dieses ›fast‹ hat einen Haken – es gibt nämlich eine angetraute Ehefrau in Barnaül, die die Politabteilung mit Briefen bombardiert. Und zwei zarte Sprößlinge. Hier müssen Maßnahmen ergriffen werden ... Soja scheidet also nicht aus, ich rate dir, die Sache in die Hand zu nehmen. Fahr zu ihr hin, knüpfe Kontakte. Und ruf sie an – von wo du nur kannst. Was, der Funker verbindet dich nicht? Dich, den Fahrer des Befehlshabers? Das ist doch wohl klar – du hast was äußerst Dringendes. Du mußt nur ein bißchen frecher auftreten, deinen Platz in der Armee kennen. Kurz und gut, du sagst ihr ›Tralala, was haben Sie für schönes Haar!‹ – So oder ähnlich: ›Ich hab's leider eilig, in einer Stunde ruf' ich wieder an, aus Iwanowo.‹ Am Telefon wird über alles mögliche gequatscht, ein Schwatz mehr oder weniger ... Na, das ist nicht unbedingt verbindlich, in Zukunft werden wir Kodewörter festlegen, jede Abteilung wird ihre eigene Parole haben. Alles klar?«

»Na ja ...«

»Was heißt ›na ja‹? Was?!« schrie der Major zornig. Sirotin fand es gar nicht merkwürdig, daß der Major wegen seiner Begriffsstutzigkeit auf ihn böse war und ihn anschrie. »Meinst du, ich tue das für mich? Ich tue das, um das Leben des Befehlshabers zu schützen! Und deins auch. Oder suchst auch du den Tod?!«

Und voller Wucht peitschte er mit einer wer weiß woher aufgetauchten Gerte gegen seinen Stiefel – das Pfeifen des Stockes war kaum zu hören, doch es ließ Sirotin im Innern erstarren. Unterhalb der Magengegend verspürte er einen Kälteschauer, ähnlich jenem trostlosen, quälenden Kälteschauer beim Pfeifen eines Geschosses, das den Lauf verlassen hat und in sumpfigen Matsch platscht – das waren die ersten und gleichzeitig schrecklichsten Geräusche, denn das Krachen des berstenden Stahls, das Aufspritzen der sumpfigen Erde, das Knacken der von Splittern abrasierten Zweige, das jagt dir keine Angst mehr ein, da ist es schon an dir vorbeigeflogen. Dieser neugierige, aufdringliche, allwissende Major Swetlookow spürte, was mit Sirotin los war, was ihm keine Ruhe ließ, doch Sirotin spürte noch mehr: Mit dem General ging tatsächlich etwas Gefährliches vor sich, etwas Lebensbedrohliches – sowohl für ihn persönlich als auch für seine Umgebung. Als er sich in seiner auffälligen schwarzen Lederjacke in voller Größe auf dem Floß präsentierte und sich damit so eindrucksvoll den Kugeln vom rechten Ufer, den Kugeln der angreifenden Tiefflieger ausgesetzt hatte, war das kein Bravourstück gewesen, kein »Beispiel persönlichen Mutes«, sondern jener Zustand, in den manch einer von Zeit zu Zeit gerät und von dem man dann sagt: »Er sucht den Tod.«

Nicht in einer verzweifelten Lage, nicht in einem Sperrkessel oder im Angesicht von Gewehrmündungen, nein, es passierte häufig bei einem erfolgreichen Angriff, bei einer Attacke, daß der Mensch etwas Unsinniges, Unbegreifliches tat, er stürzte sich in den Nahkampf, einer gegen fünf, oder er richtete sich zu voller Größe auf und warf eine Handgranate nach der anderen gegen einen Panzer, der auf ihn zufuhr, oder er rannte zu einer Schießscharte und schlug mit dem Pionierspaten auf den zitternden Lauf eines Maschinengewehrs ein – und fast immer kam er dabei ums Leben. Auch wenn er ein fronterfahrener Soldat war, er verwarf alle Chancen, der Gefahr zu entrinnen, abzuwarten und irgendwie heil davonzukommen. War es momentane Verwirrung, ein blindwütiger Anfall, oder hatte der alltägliche Schrecken seine Seele zermürbt? Die in der Nähe waren, hörten seinen Schrei, in dem sich Qual, erbitterter Triumph und Erlösung vermischten ... Am Tag davor – so erinnerten sie sich dann, oder sie sponnen es sich zurecht – am Tag davor war dieser Mensch einsilbig und finster gewesen, unwirsch, hatte einen seltsam abwesenden Blick gehabt, wie von einer Vorahnung. Sirotin konnte solche Menschen nicht begreifen, doch war es im Grunde ihre Privatangelegenheit, sie rissen niemanden in den Tod. Der General aber schon. Warum hat es ihm, verdammt noch mal, in der sicheren Haut des Schützenpanzerwagens nicht gefallen, der neben ihm auf der Fähre stand? War ihm nie in den Sinn gekommen, daß die Leute, die ständig um ihn zu sein hatten, sich ebenso eindrucksvoll den Kugeln aussetzen mußten? Endlich hatte sich jemand gefunden, der das Todesspiel des Generals durchschaute und unterbinden wollte. Wie er das bewerkstelligen wollte, wie er auch nur ein einziges verirrtes Geschoß hätte ablenken können, das beunruhigte Sirotin nicht im geringsten, irgendwie würde sich das ergeben, er selbst würde diesem besorgten und allmächtigen Major lediglich helfen und möglichst genau über die Merkwürdigkeiten im Benehmen des Generals berichten, damit der Major darauf reagieren konnte.

Der Major hörte zu, ohne ihn zu unterbrechen, er nickte verständig, seufzte manchmal oder schnalzte mit der Zunge, dann schleuderte er seine Gerte weit weg und rückte die Kartentasche auf den Knien zurecht. Er drehte sie um und betrachtete ein Blatt, das unter gelbem Zelluloid steckte.

»Gut«, sagte er, »hier ziehen wir erst mal einen Schlußstrich. Da, unterschreibe das mal.«

»Was unterschreiben?« fragte stockend der verdutzte Sirotin.

»Daß du nichts weitererzählst. Unser Gespräch ist, wie du verstehst, nicht für fremde Ohren.«

»Wozu denn unterschreiben? Ich habe nicht die Absicht, was weiterzuerzählen.«

»Na eben, dann kannst du auch unterschreiben. Los, zier dich nicht.«

Sirotin, den Bleistift schon in der Hand, sah plötzlich, daß er ganz unten unterschreiben mußte, unter einem langen Text, aufgesetzt in einer verschnörkelten, pompösen, nach links geneigten Handschrift.

»Die Thesen«, erklärte der Major. »Ich habe einen Text entworfen, wie unser Gespräch etwa verlaufen soll. Siehst du, im großen und ganzen stimmt es überein.«

Das verwunderte Sirotin, es beunruhigte ihn auch ein wenig. Schließlich hatte er dem Major nichts erzählt, was der nicht schon vorher wußte. Und er unterschrieb mit unsicheren Fingern.

»Das wär's.« Der Major lächelte Sirotin an, verschloß sorgfältig die Kartentasche, hängte sie über die Schulter und erhob sich. »Und du hattest Angst, du Dummerchen. Zieh deinen Rock zurecht, wir gehn.«

Er ging voran, kräftig ausschreitend mit den in weichem Chromleder steckenden muskulösen Beinen eines Ballettänzers, die Kartentasche und die Pistole hüpften auf seinem strammen Gesäß, und Sirotin hatte das gleiche Gefühl wie ein Mädchen, das hinter seinem bereits abgekühlten Verführer aus dem Wald kommt und seine verletzte Seele damit zu trösten versucht, daß es sich so lange wie möglich gewehrt hat.

»Übrigens«, der Major drehte sich plötzlich um, und Sirotin

hätte ihn fast angerempelt, »wenn wir schon beim Thema sind … Vielleicht kannst du mir einen Traum erklären? Kannst du Träume deuten? Also, ich drücke ein tolles Weib in einer bestimmten Situation an mich. Ich säusle ihr was von Flieder ins Ohr, von Puschkin und Lermontow, und fasse ihr unter den Rock, höflich, doch bestimmt, in ehrlicher Absicht. Und alles geht gesittet vor sich, verstehst du, gleich kommen wir zur Sache. Und stell dir vor, da merke ich plötzlich: ein Mann! Heilige Mutter Gottes, ich habe mit einem Mann geschmust, habe beinahe meine Ladung verschossen. Was sagst du dazu? Ich wache schweißgebadet auf. Was könnte das wohl bedeuten?«

Der fassungslose Sirotin verzog sein Gesicht zu einem dummen Grinsen. Der Major schaute ihn mit weitaufgerissenen, einfältigen blauen Augen an, den Mund halb geöffnet. Er wartete die Antwort nicht ab und gab im Gehen selbst eine Erklärung:

»Wahrscheinlich ist es höchste Zeit, daß der Krieg zu Ende geht. Wir müssen so schnell wie möglich heim, unsere Weiber befummeln. Die Leute sind ja schon völlig unberechenbar.«

Wo der Pfad in eine Schneise mündete und man sie zusammen hätte erblicken können, blieb er wieder stehen.

»Nun, du mußt nach rechts, ich nach links. Ich will dir noch was sagen, Sirotin. Betrachte, was wir verabredet haben, nicht so, als wollten wir dich benutzen. Genug Leute wollen mit mir kooperieren. Es ist also eine Ehre, daß ich dir vertraue. Ich merke, daß dich bei der Sache was stört. Das verstehe ich. Macht nichts, gewöhnst dich dran. Überdenke alles richtig, wäge alles ab, mach dir einen Plan, wie du mit mir arbeiten wirst. Und dann ans Werk. Tschüs!«

Ans Werk zu gehen hatte Sirotin jedoch keinen Anlaß. Er mußte mit dem General nirgendwohin fahren. Der saß die letzten Tage in seinem Gefechtsstand fest, den er sich gleich nach dem Überschreiten des Flusses ausgesucht hatte, abgesondert vom Armeestab, in dem zerstörten Bahnhofsgebäude der Station Spasso-Peskowzy, und alle kamen mit Meldungen zu ihm, sowohl vom

Stab als auch vom linken Ufer, vom gesamten Brückenkopf, der sich so ausgeweitet hatte, daß er immer seltener Brückenkopf genannt wurde. Sirotin versah seinen Dienst nur beim »Willys«, und das trübe, ekelhafte Gefühl, das er in jenem Wäldchen empfunden hatte, begann zu verfliegen und wich der Hoffnung, daß Major Swetlookow möglicherweise gar kein Bedürfnis mehr nach ihm hatte.

Dieses Gefühl war wieder da, als Major Swetlookow, der den General in irgendwelchen Angelegenheiten zu sprechen hatte, neben Sirotin stehenblieb, ihm sanft seine Kartentasche gegen die Brust stieß und ihn fröhlich zurechtwies: »Warum quälst du mir das Mädchen so? Sie hat sich über dich beschwert.«

»Welches Mädchen?«

»Welches! Soja. Hast ihr den Kopf verdreht und rufst nicht an. Ich hänge so an ihm, sagt sie, und er hat mich vergessen.«

»Worüber sollte ich denn bis jetzt mit ihr reden?«

»Dem muß man noch beibringen, worüber man mit dem schönen Geschlecht redet. Ruf nur an, alles andere wird sich zeigen. Nur zu, ruf an, genier dich nicht.«

Er schaute den verlegenen Sirotin fröhlich an, blinzelte ihm verschwörerisch zu und ging.

Zwei Tage lang sammelte Sirotin Kraft, dann rief er an, rief diese Soja an, mit der er vorher kaum zehn Worte gewechselt hatte. Viel später noch konnte er sich nicht ohne brennende Scham, die ihm den Schweiß ins Gesicht trieb, an seine Stimme erinnern, die abwechselnd kraftlos und hölzern klang, an seine unbeholfenen Vorwürfe, es gäbe Leute, die ihre Bekannten einfach vergessen, die eingebildet seien. Doch diese Soja war überhaupt nicht eingebildet, Soja wußte sofort, wer er war, und hatte sogar sehr auf seinen Anruf gewartet. Jedem seiner Vorwürfe begegnete sie mit einem solchen Gezwitscher, daß ihm die Ohren klangen. Er schaffte es kaum, das Gespräch zu Ende zu führen, und erst dann begriff er, nicht ohne Mühe, daß sie sich mit ihm verabredet hatte, daß sie ihm vorgeschlagen hatte, doch ein paar Minuten Zeit zu finden und bei ihr vorbeizuschaun.

Ängstlich ging er zu ihr, mit einem Schuldgefühl, wie wenn man zur Obrigkeit geht, um sich den Kopf waschen zu lassen. Soja begann auch mit einer Rüge. Als sie Sirotin durch das Fenster der Telefonzentrale erblickte – die sich in einem Stabsbus befand, zu dem von allen Seiten auf Stangen und Zweigen hängende Leitungen führten –, flatterte sie wie ein Schmetterling zu ihm. Obwohl ihr Gesicht lächelte, sagte sie mit zorniger, gedämpfter Stimme:

»Was machst du nur, du Dussel! Zuerst kommt man her, und dann erst ruft man an. Und du machst alles umgekehrt. Aus heiterem Himmel: ›Ich möchte Soja sprechen.‹ Wieso willst du mit mir sprechen, wenn man uns noch nie zusammen gesehen hat? Das ist dein erster Patzer!«

»Mir hat es der Major so gesagt.«

»Leise, du Dummkopf. Ja, aber doch nicht so«, zischte Soja, wurde aber gleich sanfter. »Gehn wir ein bißchen, damit man uns sieht.«

Anfangs gingen sie am Waldrand auf und ab, im gefleckten Schatten der Tarnnetze, damit Sojas Freundinnen, die anderen Telefonistinnen, sich über die Art ihrer Beziehung klarwerden konnten. Aus einem anderen Stabsbus, wo Schreibmaschinen klapperten und die Armeezeitung verfaßt wurde, beobachtete man sie ebenfalls. Sirotin wußte nicht, was er Soja sagen sollte, auch Soja schwieg, sie wandte ihm nur ihr lächelndes Gesicht zu. Von ferne konnte es so aussehen, als ob sie des unerwarteten Treffens und ihres überströmenden Gefühls wegen einfach keine Worte fanden.

»Was ist, wollen wir die ganze Zeit auf der Stelle treten?« sagte Soja. »Führ mich irgendwohin.«

»Wohin?« fragte Sirotin. Und seine Dummheit trieb ihm abermals Schweiß auf die Stirn.

»Wohin, wohin! Weißt du nicht, wie man mit Mädchen umgeht? Du kannst mich um die Schulter fassen!«

Sirotins niemals ganz saubere Hand wurde feucht. Sojas Alabastergesicht verzog sich vor Ekel zu einer Grimasse.

»Drück wenigstens nicht so ...«

»Soll ich sie wieder wegnehmen?« fragte er einfältig.

Sie zuckte nur ärgerlich mit den Schultern. Etwas später nahm sie seinen Arm und legte ihn sich um die Taille.

»Du mußt von Zeit zu Zeit die Stelle wechseln, sonst klebt die Hand fest, das merkst du doch. Nur mußt du das verstohlen machen, dann sieht es echt aus.«

Dann schüttelte sie seine Hand ab.

»Jetzt hat sich unsere Stimmung geändert. Schau jetzt nachdenklich auf deine Füße und schweig.«

An diesem klaren, vorherbstlichen Tag konnte man die beiden von verschiedenen Orten aus beobachten, in diesem spärlich bewachsenen Wald, wo sich der neue Brückenkopf, die zweite Staffel genannt, bereits ausgebreitet hatte. Man sah Sirotin und Soja aus dem Speisesaal des Militärrates, einem riesigen Zelt mit hochgeschlagenen Wänden, wo ein langer Gemeinschaftstisch stand. Daneben, unter einem Schutzdach, war die Feldküche mit ihrem Herdfeuer; der Koch mit weißer Jacke und Kochmütze und die löffelnden Stabsoffiziere sahen dem Liebespaar schmunzelnd zu. Soja legte träumerisch lächelnd ihren Kopf an Sirotins Schulter, kaute auf einem Grashalm und kitzelte ihm von Zeit zu Zeit damit die Wange.

Die Fla-Schützen, die neben ihren aneinandergelehnten Maschinengewehren im Gras lagen und ihre weißen Bäuche in die Sonne hielten, verfolgten sie ebenfalls – obwohl ihre Augen von den Feldmützen verdeckt waren, drehten alle drei gleichzeitig die Köpfe nach dem Paar.

Man konnte sie auch von der Panzerwerkstatt aus erkennen, wo unter einer gesprenkelten Tarnplane zwei aus dem Kampf heimgeschleppte »T 34« repariert wurden. Die Leute von der Instandsetzungseinheit in schwarzen, ölverschmierten Monturen beklopften mit Vorschlaghämmern die Rißstellen der Panzerung, paßten Flicken an, schweißten mit zischendem Lichtbogen, der aus einem fahrbaren Generator gespeist wurde. Einer hatte vor Mund und Nase einen Lappen gebunden und kratzte mit einem an einem Stock befestigten Schaber verbrannte Fleischklumpen vom geschwärzten Panzerturm.

Die beiden waren auch vom Sanitätsbataillon aus zu sehen. Die großen Zelte konnten bei weitem nicht alle Patienten beherbergen; enge Reihen von Betten und Tragen standen im Freien unter rauschenden Baumkronen; die Sanitäterinnen redeten beim hastigen Verbandswechsel und Spritzen wie immer sanft auf die Stöhnenden ein, noch ein bißchen auszuharren, und auch die Sanitäter fielen unvermittelt in diesen wehklagenden Weiberton. Vor dem Eingang des letzten Zeltes lehnte an einem Rohr die Ärztin. Sie hatte die gelben Gummihandschuhe unter den Arm geklemmt, ihre Fleischerschürze war mit rostfarbenen Streifen beschmutzt. Sie zog gierig an einer Zigarette, drehte sich von Zeit zu Zeit zum Zelt und gab mit rauher, tiefer Stimme Anweisungen. Wenn sie den zwei bereits genesenen Leichtverwundeten zusah, wie sie sich gegenseitig dabei halfen, mit einem schweren deutschen Fahrrad fertig zu werden, lief über ihr zerquältes Gesicht ein Lächeln. Hin und wieder wurden Zinkschüsseln aus dem Zelt getragen und eine rote Flüssigkeit zusammen mit vollgesogenen Wattebäuschen gleich vorm Zelt in einen Bombentrichter geschüttet. Zehn Schritte weiter melkte ein grauhaariger Soldat mit rotem Schnurrbart eine Kuh in eine ebensolche Schüssel.

Das blutige Gemetzel der Hauptkampflinie ging pausenlos weiter – immer wieder brachten Fuhrwerke ihre stöhnende, sich nur schwach bewegende menschliche Last. Der Geruch des Todes und des Leids vermischte sich mit der frischen Luft und den Küchengerüchen – das war besonders schwer zu ertragen und verursachte Übelkeit. Soja sagte mit gerunzelter Stirn: »Schluß, unser Programm ist erfüllt. Wir können jetzt in ein stilles Eckchen gehn. Ich muß dir noch was sagen.«

So kamen sie wieder zur umgestürzten Kiefer. Soja setzte sich darauf, stellte ihr Lächeln ab und zog den Rock sorgfältig über die runden Knie. Sirotin dachte, daß sie sicher nicht nur einmal mit Major Swetlookow hier gewesen sei, vor dem sie bestimmt nicht so eifrig ihre Beine versteckt hatte.

»Bist du … schon lange mit ihm zusammen?« fragte er kaum vernehmbar mit trocknem Mund.

»Was heißt, zusammen?« Soja schaute ihn von unten herauf an, was ihrem Gesicht einen hochmütigen Ausdruck verlieh. »Ob ich mit ihm schlafe, meinst du?«

»Arbeitest«, berichtigte Sirotin verlegen.

»Du mußt dich klarer ausdrücken. Du glaubst wohl, hier geht alles gleichzeitig? O nein! Zusammen arbeiten und zusammen schlafen, das sind zwei unvereinbare Dinge.«

»Und warum?« Seine Verwunderung war nicht gespielt.

»Darum. Fiktive Liebesverhältnisse gibt es nicht. Einer verliebt sich immer, und das verletzt die Regeln der Konspiration. Der Charakter unserer Arbeit gestattet das nicht. Mit dir ist das einfach. Wir wollen das doch beide nicht, stimmt's? Dein persönliches Leben geht mich nichts an und dich nicht meins.«

»Zumal du einen anderen hast. Solange dessen Frau weit weg ist. In Barnaul«, stichelte der etwas gekränkte Sirotin.

Der andere, den er meinte, war der fast allen bekannte Major Batluk aus der operativen Abteilung des Stabes, ein schöner, etwas dicklicher Brünetter, der gerne aß und trank und außerdem mit manierierter, dafür aber um so lauterer Stimme ukrainische Lieder zu singen liebte.

»Ach, der …«, sagte Soja geringschätzig, obwohl sich ihre bleichen Wangen langsam röteten. »Das war ein Fehler. Obwohl, eigentlich gehörte es zu meiner Arbeit. Er stand unter Verdacht.«

»Wieso?« Sirotin war wieder verwundert: Wieso konnte Major Batluk unter Verdacht stehen? Doch höchstens, weil er drei Familien keine Alimente zahlen wollte.

»Wegen Unaufmerksamkeit. Man hatte den Eindruck, daß

operative Informationen verschwunden waren. Aber das war ein Irrtum, wie sich herausstellte. Ein Irrtum in jeder Hinsicht«, fügte Soja vielsagend hinzu und verstummte geheimnisvoll. Offenbar widmete sie diesen Augenblick der Erinnerung an ihren musikalischen Major. »Ich sehe, du weißt alles. Na ja, es stimmt, ich hatte wirklich mal was für ihn übrig. Ein Mann wie aus einem Bilderbuch, nur ziemlich eingebildet. Unser Verhältnis war für ihn eine kurze Affäre. Na, vielleicht hat er ja recht. In Europa wird sowieso alles anders.«

»Wie meinst du das?«

»Ganz einfach. Hier sind wir nur ein paar Kriegsfreundinnen für euch. Und dort sucht ihr euch Weiber, soviel ihr wollt und welche ihr wollt. Und nicht nur die Offiziere, auch der letzte Troßsoldat. Auch solche, die überhaupt nichts sind, Nullen ohne Zahl vorm Komma, aber sie haben ein Gewehr, da hilft kein Geschrei. Major Swetlookow hat's erfaßt: ›Genießt das Leben, Mädels, bald sinkt euer Wert.‹ Also, machen wir Schluß. Die Sache geht vor. Liebe hat hier nichts zu suchen.«

Sirotin sprach zum erstenmal so mit einer Frau, einer jungen, die ihm nicht ganz gleichgültig war, er verspürte den Wunsch, das Gespräch auf ein anderes Thema zu bringen.

»Und was hat dich an dieser Arbeit ... gelockt?« fragte er verärgert.

»Was?« Sie lächelte träumerisch. »Du meinst, für so was könnte man sich nicht begeistern? Schon allein das Bewußtsein, Großes zu schaffen, sehr nützlich zu sein ... Daran hast du wohl nicht gedacht?«

»Ich habe gedacht, jeder soll dort seine Sache machen, wo er hingestellt wurde. Da hat er genug zu tun.«

»Mir reicht das eben nicht. Was bin ich schon? Telefonistin. Anhängsel einer Vermittlung. Du bist auch Anhängsel von deinem ›Willys‹. Und der Major hat mir solche Perspektiven aufgezeigt, daß mir ganz schwindlig wurde, Ehrenwort. Du kannst dir gar nicht vorstellen, wieviel versteckte Feinde es in unseren Reihen gibt. Du weißt gar nicht, wie die meisten denken, manche falsch, manche aber auch feindselig. Sogar hohe Leute, die einen Rang haben und massenweise Orden. Noch kämpfen sie, erfüllen ihre Pflicht, und wir können uns zur Zeit mit ihnen noch nicht befassen, wie es eigentlich nötig wäre. Dazu ist es noch zu früh. Vorerst müssen wir von jedem soviel wie möglich in Erfahrung bringen. Und mit jedem arbeiten – geduldig, beharrlich und gleichzeitig unerbittlich.«

»Mir hat er was ganz anderes erzählt«, sagte Sirotin verwirrt.

»Willst wohl gleich in alle Details eingeweiht werden? Ich habe schon drei Monate mit ihm ... gearbeitet, und er hat mir nur einen Bruchteil verraten. Aber selbst das ... oho, ist unheimlich viel! Ich habe gleich Geschmack an der Sache gefunden. Er sagt, ich könnte vielleicht sogar eine Mata Hari werden. Das war eine weltberühmte Spionin. Na, und du hast eben noch keinen Geschmack an der Sache gefunden.«

Das nicht zu verbergende und erschreckende Empfinden, daß man ihn bereits in etwas hineingezogen hatte, woraus er sich nicht mehr so leicht würde herauswinden können, ernüchterte ihn.

»Wieso Geschmack?« sagte er stirnrunzelnd. »Er hat mit mir über was ganz anderes gesprochen. Wir tragen die Verantwortung dafür, daß sich der Befehlshaber keinem Risiko aussetzt ...«

Soja sah ihn ironisch von der Seite an, doch ihr Gesicht wurde gleich wieder ernst.

»Das bezweifelt ja keiner, du Trottel. Das ist eine so große Aufgabe, im Vergleich zu ihr ist alles andere harmlos, einfach nichtig. Deswegen haben wir uns doch getroffen.«

Er bemerkte in ihrer Stimme Enttäuschung. Als hätte sie etwas ganz anderes erwartet.

Ihr wurde offensichtlich langweilig mit ihm. Sie stützte die Arme auf den Baumstamm, hob die Schultern, daß sich die Schulterklappen verbogen, streckte die in fleischfarbenen Strümpfen und Chromlederstiefeln steckenden Beine aus, hob den Kopf, schaute nach oben, den schwebenden Fetzen der Spinnweben nachblickend, und begann leise zu singen:

Die Wege sind verschlammt, es weht ein warmer Wind.
Die Südfront ist von Schnee und Eis befreit.
Ob in Rostow, in Taganrog – Schmelzwasser rinnt.
Einst denken wir zurück an diese Zeit …

Sie wußte nicht, wie recht sie mit diesem Lied hatte. Viele Jahre später, als ihre Hoffnungen unerfüllt geblieben waren, wird sie an diesen klaren Altweibersommertag denken, das erste Mal, wenn sie mit der Armee in das befreite Prag einmarschiert und sich mit Freunden aus der »Smersch« auf dem bevölkerten, mit Blumen bestreuten Wenzelsplatz fotografieren läßt, nun schon mit den Schulterklappen eines Leutnants, mit Orden und Medaillen auf der Brust; seltener, dafür um so intensiver und trauriger wird sie sich acht Jahre lang erinnern, in denen sie weiter für die Sache arbeitet, an der sie derart viel Geschmack gefunden hat, daß man sie sogar in den hauptstädtischen Apparat versetzt; später dann, wenn man ihres Eifers nicht mehr bedarf und sie vor die Tür des Apparates setzt und wenn sie so vielen Leuten aus dem Wege gehen muß, daß es einfacher scheint, Moskau zu verlassen, wird sie an diesen Tag immer häufiger denken, in einer fremden Stadt, und sie wird die Menschenschicksale von einem anderen Posten aus lenken, denn das Lenken von Schicksalen ist ihre einzige Berufung, und man muß die dicke Parteiziege, die mit allen Instrukteuren des Gebietsparteikomitees geschlafen hat, ja schließlich irgendwo unterbringen – so bekommt sie den Posten einer Richterin, weil sie anstellig, listig und geschätzt ist wegen ihres Talents, Urteile zu verfassen, die voller Vogelgezwitscher und nie und nimmer anzuzweifeln sind, denn sie entbehren jeglicher Logik; sie wird an diesen Altweibersommertag auch noch denken als heruntergekommenes Weib mit verlogenem, aufgedunsenem Gesicht und leeren Augen, mit angeschwollenen Beinen, mit einem Hintern, der nur schwer in den Richtersessel paßt – sie wird sich dieses Sonnentages am Dnepr-Brückenkopf erinnern und dieses jungen Mannes, des ersten, den sie ins Verderben gestürzt hat, und einmal wird sie sagen: »Er war in mich verliebt!« – und danach wird sie immer mehr daran glauben, daß zwischen ihnen beiden etwas war, etwas Wahres, Ideales, Kristallklares, was dem Menschen nur einmal im Leben geschenkt wird, und daß dieser junge Mann ihre einzige, wenn auch unausgesprochene Liebe war …

Soja stand auf und reckte ihren wohlgebauten, zierlichen Körper.

»Es wird Zeit für mich«, sagte sie und schüttelte die schönen aschblonden Locken, die wie Spiralen unter der Feldmütze hervorquollen. »Morgen treffen wir uns wieder, wir müssen einen Kode vereinbaren. Hat der Major dir das gesagt?«

»Ja.«

»Ich habe da was ausgearbeitet, bis morgen bin ich fertig. Ich bring's dir rasch bei. Nicht Götter brennen den Ton.«

Verwirrt kehrte er zurück mit einem beunruhigenden, zwiespältigen Gefühl im Herzen. Er dachte an Soja mit der hitzigen Selbstgefälligkeit eines gesunden, jungen Mannes – trotz der Arbeit könnte vielleicht doch etwas anderes zwischen ihnen entstehen –, und er dachte, Vorsicht: Morgen nur keinen Fehler machen und keinen halben Schritt dieser angsteinflößenden, unsicheren Sache näher kommen, in der Soja bereits tief drinsteckte und in die sie auch ihn hineinziehen konnte. Sich selbst retten und sie herausziehen – diesen Plan wollte er ihr direkt ins Gesicht sagen.

Doch am nächsten Tag passierte das, was alle Pläne umwarf: »Tanken, Sirotin. Wir fahren nach Moskau!« Aber zu einem Treffen war es mit Major Swetlookow noch gekommen. Als er den Motor angelassen hatte, erblickte er im Rückspiegel Swetlookows Gestalt und drehte sich um. Der Major hatte hinter seinem Rücken gestanden, etwas abseits, ihn mit seinen offenherzigen Augen angeschaut und leicht mit der Gerte gegen die Stiefel gepeitscht.

»Wir fahren weg«, sagte Sirotin, und aus irgendeinem Grunde

breitete er schuldbewußt die Arme aus. »Damit ist unser Dienst wohl beendet?«

»Ich weiß, ich weiß«, entgegnete der Major. »Fahrt mit Gott, wie man so sagt … Doch unsere Arbeit ist damit nicht beendet. Sie beginnt erst, zu Ende ist sie nie.«

Als ihm, links vom General sitzend, der den ganzen Weg über schweigsam und düster war, alles durch den Kopf ging, begriff er mit Schrecken, daß die Gespräche im Wäldchen an der umgestürzten Kiefer sicherlich mit dieser eiligen Abreise zu tun hatten. Hätte er dem General, der ihm weiß Gott nicht fremder war als dieser Major Swetlookow und diese blöde Soja, die Sache gestanden, dann hätte der General möglicherweise etwas unternommen und die Fahrt nach Moskau, die für ihn keineswegs erfreulich war, verhindert. Doch Sirotin stellte sich gleichzeitig die verwundert und ärgerlich hochgezogenen Augenbrauen des Generals und seine strenge Frage vor: »Und du hast zugestimmt? Du warst einverstanden, mich auszuspionieren!« Was hätte er antworten sollen? »Für Ihre Sicherheit«? Darauf hätte der General gesagt: »Sag lieber, für deine eigene. Wolltest deine eigene Haut retten!« Da hätte Sirotin dem General nichts erwidern können.

Er schaute auf den Weg, der durch das schmutzverspritzte Fenster auf ihn zuflog, und versuchte zu verstehen, was er in seinen jungen Jahren noch nicht wissen konnte: Wer die Last von deiner Seele nehmen und die Bürde mit dir teilen will, der wird eine noch größere Last auf deine Seele laden. Eine noch größere Bürde auf sie wälzen. Und noch etwas überlegte der Fahrer Sirotin, der schon über unzählige Straßen gefahren war: Wenn der Geheimdienst deinen Weg kreuzt, dann kannst du tun, was du willst, sagen, was du willst, so wenig Zugeständnisse machen, wie du willst, du wirst immer ein schlechtes Gewissen haben.

2

Seine eigene Vorstellung vom Hauptquartier hatte der Adjutant des Generals, der ebensowenig wie Sirotin von der Metrostation »Kirowskaja« wußte. Die Straße führte abwärts, zu einer Brücke über einen noch nicht sichtbaren Bach, an beiden Seiten sausten rot-weiß gestreifte Pfähle vorbei – ein winziges Fleckchen Erde, über das der Krieg hinweggegangen war, ohne Schaden anzurichten. Hinter dem Hügel bildeten die beigefarbenen Stämme der Pappeln einen Korridor, und vielleicht war das der Grund, warum Major Donskoi an den Korridor des Hauptquartiers denken mußte, durch den er mit dem General gehen wird, hinter dem er in diesem Augenblick links saß. Jener Korridor war breit und dunkel, mit hohen Wänden und mit einem Teppichläufer ausgelegt, der die schweren Schritte der Generalsstiefel dämpfte, so daß nur die Sporen ein wenig klirrten. Die Füße des Adjutanten spürten deutlich die wollige Weichheit dieses Läufers, der dreifarbig war wie die Fahne einer unbekannten Republik. In Gedanken ging er zweimal durch den Korridor: Zuerst wie der General, in der Mitte, mit gesenktem Kopf, um sich vor möglicherweise entgegenkommenden Bekannten nicht verbeugen zu müssen, sondern nur mit hochgezogenen Brauen grüßen zu können – so ginge nichts von der Würde und der bezwingenden Schönheit verloren, die die gestürzte Macht trotz allem ausstrahlte. Und dann ging er im Gleichschritt mit dem General durch den Korridor, ohne eine Lücke aufkommen zu lassen, damit es nicht nach Abgrenzung aussähe. Denn der Korridor ist voller Augen, Offiziere aus den einzelnen Abteilungen und Verwaltungen stehen vor den unzähligen Türen oder laufen vorbei, Mappen mit Meldungen unter dem Arm. Sie müssen Major Donskoi unbedingt sehen und ihn beneiden – seinen müden, doch exakten Gang, seine ausgeblichene Militärbluse mit den ebenfalls ausgeblichenen Schulterklappen des Frontsoldaten, seine erschöpften, doch ruhigen Augen, die all das gesehen haben, was sie nur aus Heeresberichten kennen. Mehr Gründe zum Neid braucht es nicht – keine Orden, nicht einmal Spangen, nur das Gardeabzeichen, doch das ist keine persönliche Auszeichnung. Auf irgendeine Weise hing sein Schicksal jetzt von ihnen ab – von den Stabsratten im Hinterland, von den Neidern.

Das Empfangszimmer ist mit Eichenpaneelen getäfelt und mit hellgrünem Linoleum ausgelegt, ein majestätischer Diensthabender begrüßt sie, niemand Geringeres als ein Oberst, nimmt ihnen die Waffen und Begleitdokumente ab, der General setzt sich zum Warten in einen Sessel und schaut aus dem Fenster. Der Adjutant, der keinen Grund hat, sich weiter hier aufzuhalten, gibt dem Diensthabenden mit eindeutigen Gesten zu verstehen, daß er ins Rauchzimmer gehen will, und dieser nickt zur Antwort – bei Bedarf würde er ihn holen.

In derselben Stunde, in der sich hinter der Doppeltür jenes Arbeitszimmers das Schicksal des Generals entscheidet, wird sich auch das des Adjutanten entscheiden, jedoch in dem geräumigen, weißgekachelten Rauchzimmer, wo an den Wänden, wie könnte es anders sein, stilvolle Polsterstühle stehen und Aschenbecher auf Gestellen und ein großer aus Malachit auf einem riesigen, niedrigen Ebenholztisch und wo es kein bißchen nach Tabakrauch riecht und auch nicht nach dem nahe gelegenen Abort und wo der Ventilator gleichmäßig summt, ohne die zwei oder drei Leute bei ihrem leisen, nicht für fremde Ohren bestimmten Gespräch zu stören. Für diese Stunde müßte er einige unverbindliche freundliche Worte parat haben, ein mitleidiges und leicht ironisches Lächeln, er müßte das Aussehen eines treuen, verläßlichen Offiziers annehmen, der seinen Wert kennt und um die Fehler seines Vorgesetzten Sorge trägt, allerdings nicht bereit ist, dafür mit seiner eigenen Karriere zu bezahlen. Er dürfte das Gespräch nicht beginnen, dürfte keine Fragen stellen, sondern müßte bescheiden eintreten, allen höflich zunicken und sich ein wenig abseits hinsetzen oder ans Fenster stellen – es ist doch unvorstellbar, daß man ihn nicht bemerkt und mit dem schüchternen Frontsoldaten kein Gespräch beginnt, mit diesem sympathischen, jungen Mann, dessen gelbliche, schwielige Finger eine Papirossa aus dem selbstgemachten Zigarettenetui angeln, auf dem etwas Interessantes eingeritzt ist, nämlich ein Kreuz aus einem Bajonett und einen Propeller, und um das Kreuz herum ist ein Gardeband mit der Aufschrift: »Komm, Freund, rauchen wir noch eine« – und darunter: »Bis Berlin, Andrjuscha!« Das Zigarettenetui sollte nur der Auftakt sein, er müßte es gleich wieder verlegen wegstecken – Übermut ist die Frucht von Müßiggang im Schützengraben. Und dann müßte er mit gespitzten Ohren Fragen auffangen und aus ihnen spärliche Mitteilungen über den General herausfischen und mit Anspielungen und fragenden Bemerkungen zu verstehen geben, daß er gewillt sei, in die helfende Bruderhand einzuschlagen – wer sie ihm reiche, würde es nicht bereuen. Was will er eigentlich? Selbständigkeit. Etwas darstellen, nicht Anhängsel sein, dieses bittere Brot hat er satt. Hier zu bleiben ist nicht sein Traum, obgleich er eine gewisse operative Erfahrung besitzt, und wenn man ihm schnell das Allernötigste beibringe ... Doch nein, er will das nicht, eher träumt er davon, eine Brigade zu befehligen, über ein Regiment wäre er auch nicht böse gewesen. Teuflisch schwer ist diese Aufgabe – und er hat nur eine Stunde Zeit für die Umgestaltung seines gesamten Lebens. Wenn der Diensthabende ihn riefe und schließlich bekannt werde, was mit dem General beschlossen worden ist, wäre es zu spät, irgend etwas zu ändern, dann müßte er sich dem Beschluß fügen, der ohne ihn gefaßt worden ist.

Für die langen Beine des Adjutanten war es zu eng hinter der Rückenlehne des Fahrersitzes, er mußte die Knie schräg an die Wand pressen, und das linke, das gegen die feuchte Plane drückte, fror sehr; es war, als sickere Schlamm durch die Stiefelhosen, und deshalb, wie auch aus Abscheu vor sich selbst, wurde der Adjutant wütend auf den General, der bei seinen Sünden und Fehlern keine Rücksicht nahm auf sein, Major Donskois, Geschick, er war ständig gezwungen, am Sessel des Generals zu kleben. Es wurmte ihn seit langem, auf diesem Platz festzusitzen, als Major, wo er doch sein eigenes Spiel hätte machen wollen. Er erinnerte sich, wie der General ihn bei der Auszeichnung für den Desna-Übergang vergessen hatte – und wie beleidigend das war! Er hatte Donskoi persönliche Instruktionen für den Kommandeur des Bataillons gegeben, das sich auf dem Brückenkopf verteidigte; diese Instruktionen konnte man nicht dem Funk anvertrauen, und eine Telefonleitung war noch nicht gelegt worden, doch es bestand auch keine Notwendigkeit, die Instruktionen selbst zu überbringen, es hätte gereicht, sie einem beliebigen Offizier mit Verstand mitzuteilen, der zum anderen Ufer übersetzte; Donskoi jedoch vertraute sie keinem an, er setzte selbst auf einem Floß über, unter empfindlichem Artilleriebeschuß, und hämmerte sie dem Bataillonskommandeur ein, der schon völlig irre und halbtaub war, als er sie endlich zusammenhängend wiederholen konnte. Später hatte Donskoi in einer stillen, kühlen Hütte dem General erzählt – mit einem Hauch von Humor und ohne sich hervorzutun –, welche Qual es dem unglücklichen Bataillonskommandeur bereitet hatte, in dem flachen Schützengraben in voller Größe vor ihm zu stehen und bei nahen Einschlägen weder zu zucken noch den Kopf einzuziehen. Der General, der in Stiefelhosen mit herunterhängenden Hosenträgern und weißem Unterhemd dasaß, hörte mit gerunzelter Stirn zu, schlurfte Milch aus einem Tonkrug und bewegte die nackten Zehen, dann sagte er plötzlich: »Er zieht also den Kopf ein, sagst du?« – obwohl Donskoi gerade das Gegenteil erzählt hatte. »Wir müssen ihn für den Helden vorschlagen, dann wird er es nicht mehr wagen. Erinnere mich morgen daran, daß ich ihn auf die Liste setze.« Das Ende vom Lied war, daß Donskoi mit der Erzählung von seinen eigenen Heldentaten einem anderen einen Orden verschafft hatte und außerdem noch den General daran erinnern mußte; er, der Hauptheld der Erzählung, wurde wie immer auf den zweiten Platz verwiesen. Doch das war nur der erste Ärger: Er mußte den General nicht einmal erinnern, sondern fast zehnmal – der General winkte immer nur ab: »Ich habe jetzt keinen Nerv dafür, erinnere mich morgen daran.« Schließlich hatte es Donskoi satt und rief persönlich in der Politabteilung an, man solle jenes Bataillon nicht vergessen. Ihm wurde geantwortet, die Liste sei schon vor fünf Tagen an die Politverwaltung der Front gegangen und der Hauptmann Safonow sei nicht vergessen worden, der Befehlshaber hätte ihn selbst draufgesetzt. Donskoi konnte nur noch stammeln: »Gerade das wollte ich überprüfen«, und die Erinnerung an dieses Gestammel wurmte ihn jetzt am meisten.

Aus seiner dunklen Ecke betrachtete er feindselig den kräftigen, vom Kragen rotgeriebenen Nacken des Generals, und er versetzte sich wie immer in Gedanken an seine Stelle. Als er wieder aus der Haut des Generals herausgeschlüpft war, wurde er etwas freundlicher, denn er schmeichelte sich damit, daß er eine solche Situation viel besser bestanden hätte. Er würde nicht die ganze Zeit wie eine aufgeplusterte Krähe dasitzen, er würde sich genau überlegen, wie seine Kameraden ihn in bester Erinnerung behielten – fürs Leben. Nicht ohne Grund rasierten sich in der alten Armee die Gardeoffiziere, bevor sie sich erschossen, oder tranken Champagner vor dem Duell ...

Das war des Adjutanten kleines Geheimnis – sich in die Lage des Generals zu versetzen, in seiner Haut zu stecken, so wie ein Schiff mit gelöschten Lichtern in fremden Gewässern schwimmt. Dabei kopierte er den General, nicht seine Intonation und seine Gestik, das wäre primitiv gewesen, geradezu lächerlich: Der General war hochgewachsen, aber beleibt, der Adjutant zeichnete sich durch eine »typisch englische« Hagerkeit und einen gebeugten Rücken aus; das Gesicht des Generals war das eines gutgefütterten Katers, mit geckenhaftem, fadenschmalem Schnurrbart über den Lippen, er hatte die Augen eines Rappen, von undefinierbarer Farbe, der Adjutant hingegen war stolz auf sein scharfes Profil, auf seinen schmalen »willensstarken« Mund und die kalten »metallisch glänzenden« Augen. Für die »äußeren Eigenschaften« gab er sich Plus- und dem General Minuspunkte, obwohl er dessen »bezaubernde Grazie eines Ebers, vermischt mit einem gewissen Quentchen eindrucksvoller Stattlichkeit« sehr wohl anerkannte und in dessen Benehmen die »charmante soldatische Keckheit, die zeitweilig in Frechheit überging«, hervorzuheben wußte. Er versuchte zu ergründen, wie jemand sein muß, dem zu befehlen bestimmt ist, warum sollte nicht auch er zu dieser Sorte gehören. Das Alter spielte keine Rolle, in seinen Jahren – er war knapp über dreißig – befehligte manch einer schon Regimenter, unter Umständen sogar Divisionen; also mußten sie Generäle sein. Neun- von zehnmal wäre er, Donskoi, vorteilhafter aufgetreten als der General, hätte klügere Dinge gesagt, geistreichere, hätte anziehender ausgesehen. Auch in diesem letzten Fall, der wahrscheinlich mit dem Verlassen der Armee enden wird, über den Donskoi allerdings nicht ausreichend unterrichtet war, hätte er sich bestimmt keine Blöße gegeben, er hätte sich nicht so leicht absetzen und in ein Nichts verwandeln lassen. Zwar durfte der General noch seine Sterne und seine Suite bis jetzt behalten, doch wer war er dann noch? »Acht Pud Entrüstung und Kränkung«, nicht mehr.

Es war Zeit, Bilanz zu ziehen, was der Adjutant auch tat, und in Gedanken redete er den General mit »du« an. Ehrlich gesagt, tut es mir leid, mich von dir zu trennen: Ich habe mich an dich gewöhnt, wenn auch zähneknirschend. Wie du mich gejagt hast, das war erträglich, ein anderer hätte mich mehr schikaniert, dafür hätte ich aber auch mehr Ruhm geerntet! Du hast selbst keine Sterne ergattert, und auch ich habe auf der Brust nur »Blech«, dabei hättest du mich wegen des Desna-Übergangs für den Goldenen vorschlagen können, es war immerhin ein Brückenkopf, dort gilt eine andere Zeit, eine Stunde zählt so viel wie drei Tage. Und dabei durfte ich mit keiner Wimper zucken und den Kopf nicht einziehen, denn du hast mich geschickt, dich habe ich vertreten. Jetzt spürst du am eigenen Leibe, wie es ist, wenn man seine Verdienste nicht vergolten bekommt. Das soll dir eine Lehre sein, künftig weißt du den Wert deiner Leute zu schätzen. Aber ich bin nicht nachtragend. Meinen Stil ändere ich nicht. Und mein Stil ist Gelassenheit und Bescheidenheit. Das muß man besonders zu schätzen wissen, diese Zurückhaltung muß man sehen. Selbst ein Fremder, Major Swetlookow von der »Smersch«, hatte das gemerkt: »Gut führst du dich, Donskoi, so bescheiden. Doch mit deiner Bescheidenheit mußt du mehr Wind machen – damit sie Foti ins Auge springt.« Wirklich ein feinfühliger Mensch, dieser Swetlookow, nicht ohne Beobachtungsgabe, obwohl er natürlich ein Klotz ist. Wind machen – das ist am wichtigsten für ihn, doch ein echter Aristokrat verhält sich ganz anders!

Sosehr Major Donskoi davon träumte, eine Brigade zu kommandieren, er mußte sich mit seinem Adjutantendasein abfinden und darin folglich einen besonderen Sinn sehen. Unter den Büchern, die er auf seinen Frontwegen im Koffer mitschleppte, war ein Band von »Krieg und Frieden«, und daß der Adjutant des Befehlshabers fast der Hauptheld des Romans war und von der Hauptheldin beinahe geliebt wurde, erfüllte Donskoi mit einem gewissen Stolz. Fürst Andrej Nikolajewitsch Bolkonski streckte aus seinem Jahrhundert Andrej Nikolajewitsch Donskoi die kleine Hand entgegen und klopfte ihm beifällig auf die Schulter. Daß Fürst Andrej von kleinem Wuchs und schwächlich war, wertete Donskoi als Minuspunkt, für sich selbst hingegen als Pluspunkt; was den »müden, sehnsüchtigen Blick« und den »gelassenen, gleichmäßigen Schritt« betraf, da glichen sich ihre Qualitäten ungefähr, doch mit seiner verteufelten Gabe, »wie gewohnt zum Französischen überzugehen«, ließ ihn der Fürst weit hinter sich, obwohl Donskoi sich damit rechtfertigte, daß er statt gegen Franzosen gegen Deutsche kämpfte. Daraus folgte allerdings nicht, daß er »wie gewohnt« zum Deutschen überging, doch das eine oder andere konnte er bei passender Gelegenheit vom Fürsten übernehmen: seine Art, mit Frauen zu reden – mit »zartem und zugleich hochmütigem Aussehen« –, und mit Männern – »mit einer ruhigen Macht in der Stimme« und vor allen Dingen »mit mißtrauisch zusammengekniffenen Augen (mit jenem besonderen Aussehen eines Mannes von ehrerbietiger Müdigkeit, die das Gefühl vermittelt: Wäre es nicht meine Pflicht, ich würde nicht eine Minute mit Ihnen sprechen)«. Man konnte nicht behaupten, daß es mit dem Stil immer gutging, Fürst Andrej konnte ihn schon toll variieren: Bei manchen »verzog er das Gesicht zur ärgerlichen Grimasse«, andere »zog er zärtlich am Ärmel, damit sie nicht aufstünden«; Donskoi passierte das entweder bei unpassender Gelegenheit, oder er hielt sich aus Vergeßlichkeit oder aus Eile nicht an den Stil, und um die Wirkung war es dann nicht nur geschehen, sondern erreicht war genau das Gegenteil. Zum Beispiel wollte er vom Fürsten das häufig erwähnte »unangenehme Lachen« übernehmen, sooft sich eine Gelegenheit bot! Doch wie er dieses Lachen auch kultivierte, es kam entweder das Gegenteil heraus, ein sehr sympathisches Lachen nämlich, und der jeweilige Gesprächspartner war gerührt und zerfloß geradezu in einem Antwortlachen, oder es geriet so unecht, daß die Leute sich bestürzt ansahen und sich fragten, ob er etwa übergeschnappt sei. Und überhaupt waren zu Donskois eher trauriger Verwunderung der jetzige Krieg und die Leute nicht ganz so wie 1812.

Zum Beispiel dieser Major Swetlookow, der Donskois Gedanken seit einiger Zeit mehr beschäftigte als Kutusows Adjutant. Dieser Swetlookow war ihm ein Rätsel – allein schon durch seinen eigenartigen Einfluß auf den General und seine unbegreiflich steile Karriere. Donskoi kannte ihn bereits als Leutnant, als Chef einer schweren Haubitzenbatterie – eine Dienststelle mit tragischer Aureole: Die Offiziere der gesamten Geschützartillerie, die aus verdeckten Positionen schießt, gehen fast immer schneller drauf als die Soldaten, da ihre Beobachtungsstelle für gewöhnlich ganz in der Nähe des Gegners liegt, und in besonders heroischen Fällen lenken sie das Feuer sogar auf sich. Bei Swetlookow gab es keinen solchen effektvollen Fall, doch die Feuerkorrektur beherrschte er fabelhaft, er war bekannt für schnelles Rechnen und Findigkeit. Donskoi war einmal an der Hauptkampflinie hängengeblieben und hatte bei ihm in einer winzigen

Erdhütte übernachtet, die nur einer schmalen Pritsche und einem kleinen Tisch Platz gab; Swetlookow war äußerst schlicht, liebenswürdig und gastfreundlich, er stellte alle Vorräte auf den Tisch, spendierte eine halbe Feldflasche einfachgebrannten Wodka, rezitierte mit genießerisch geschlossenen Augen selbstverfaßte Gedichte, schwärmte, er hätte noch nie ein solch erfülltes Leben gehabt wie in dieser Hundehütte, hundert Schritt von den deutschen Stellungen entfernt, zu seinen Soldaten hätte er außer der telefonischen auch eine brüderliche Verbindung und eine übersinnliche. Für solch eine gemütliche Runde reichte der Brennstoff nicht, Swetlookow lief zum Hauptfeldwebel der Schützenkompanie und kehrte mit einer zweiten halbgefüllten Feldflasche zurück, worüber sich Donskoi irgendwie wunderte: An der vordersten Front teilt man nicht mit jedem seinen Wodka, dazu noch mitten in der Nacht; Swetlookow wurde hier offensichtlich wie ein Bruder geliebt. Sein Benehmen hatte weder die Arroganz eines erfahrenen Schützengrabenkämpfers, noch war es liebedienerisch gegenüber einem Ranghöheren. Donskoi war für ihn nicht der Adjutant des Befehlshabers, sondern ein gern gesehener, geduldiger Zuhörer, der sich noch dazu in Literatur auskannte. Erst gegen Morgen gingen sie schlafen, Swetlookow legte den Gast beinahe mit Gewalt auf seine Pritsche und machte es sich selbst auf dem Boden bequem, mit dem Kopf unterm Tischchen: Das wäre ihm sogar lieber und für seinen Kopf eine zusätzliche Deckung.

In jenem Frühling, als man in der Armee »Smersch«-Abteilungen bildete, nahm man außer den ehemaligen Angehörigen der Sondertrupps auch einige kampferprobte Offiziere mit Auszeichnungen auf. Es fanden sich kaum Bewerber, die meisten gingen der Sache aus dem Wege; Leutnant Swetlookow nicht, was alle wunderte. Er trennte sich ohne Trauer und Schmerz von seinen Soldatenbrüdern und von seinem erfüllten Leben in der Hundehütte. Den einen erklärte er, »man müsse sich doch auch mal von dem Krach erholen«, den anderen, »man müsse sich entwickeln, dort könne man in ein paar Monaten Hauptmann werden«, und den dritten – kurz und bündig: »Die Heimat befiehlt«. Und richtig, bereits zwei Monate später war er nicht wie erwartet Hauptmann, sondern Major. Sein wirklicher Dienstgrad aber blieb ein Geheimnis: In schwer durchschaubarer konspirativer Absicht trug er mal die Uniform eines Pionierhauptmanns, mal die eines Fliegerleutnants, doch am häufigsten die eines Artilleriemajors, weswegen sich auch der Titel »Major Swetlookow« durchsetzte.

Obwohl er schlicht und lustig blieb, gingen mit ihm krasse Veränderungen vor sich. Donskoi konnte gar nicht glauben, daß Swetlookow einstmals nach Wodka gerannt war, sich zum Schlafen auf den Boden gelegt und die Pritsche seinem Gast überlassen hatte. Obwohl nicht fülliger, nahm er irgendwie mehr Raum ein – er spreizte die Beine weiter auseinander oder verschaffte sich mit den Ellenbogen mehr Platz. Wollte er durch die Tür, mußte man zur Seite treten. Auch seine unvermeidliche Gerte forderte Raum, sie durchschnitt ihn pfeifend in einer ausgeklügelten Kurve. Mit seinen Gedichten hatte Swetlookow ebenfalls Erfolg: Er überhäufte die Armeezeitung damit, und als er eine solide Sammlung beisammenhatte, schickte er sie an Ilja Ehrenburg und erhielt eine eindeutige Befürwortung, mit dem Rat, mehr von den Klassikern zu lernen, von Puschkin und Nekrassow. Danach führte die Zeitung sogar eine eigene Rubrik ein – »Nik. Swetlookows poetische Spalte« – und er sagte kichernd und nicht nur zum Spaß: »Swetlow* muß sich wohl ein anderes Pseudonym zulegen, sonst verwechselt man uns noch.«

Vor Feiertagen und in besonders wichtigen Fällen wurde die Zeitung dem General zum Abzeichnen vorgelegt. Dann erschien ungerufen der Autor der poetischen Spalte und wartete ungedul-

* Swetlow, Michail Arkadjewitsch (1903–1964); vor allem im 2. Weltkrieg populärer sowjetischer Dichter.

dig darauf, daß der blaurote Bleistift des Generals zu seinem »Lyrischen Kosakenlied« vorstieße und die hervorgehobenen Zeilen anstrich:

Es ist ein gnadenloser Kampf, in den wir gehn,
doch nach dem Siege werde ich dich wiedersehn.
Mit diesem Frohgedanken sattle ich mein Pferd.
Vergiß nicht, Liebe, Gute, mich, der dich begehrt!

»Gegen die Art und Weise des Reimens habe ich nichts einzuwenden«, sagte der General. »Aber eins habe ich nicht verstanden, Genosse Swetlookow, ziehen Sie in diesen ... gnadenlosen Kampf als Infanterist oder als Kavallerist? Und dann – die anderen gehen schon, und Sie satteln immer noch Ihr Pferd ...«

Major Swetlookow errötete wirkungsvoll, seine steile, vorgewölbte Stirn glühte förmlich und leuchtete bis an die Wurzeln des weißblonden Haars.

»Ein unpassendes Epitheton, Genosse General? Das kann man austauschen.«

In seinen Gedichten war jedes Wort ein »Epitheton«, und der General wußte offenbar nicht, was das bedeutete. Er seufzte und zeichnete die Nummer ab.

Nach Donskois Ansicht war eine seltsame Beziehung zwischen den beiden entstanden. Der General, der Herr der Armee, hätte Swetlookow gegenüber sicher einen anderen Ton anschlagen können als diese ironische, doch harmlose Stichelei, aber er kapitulierte unmerklich vor dem ehemaligen Leutnant, und der schuf sich mit seinen Ellenbogen ganz unauffällig immer neue Freiräume. Niemand kannte die Grenzen seiner Macht genau; seine Dienststellung war »Bevollmächtigter der Abwehr bei der Armeeführung«, doch was bedeutete das? Beobachtete er die Mitarbeiter des Stabs? Oder kontrollierte er gar die Arbeit des Stabs? Er zog immer mit dem Stab mit und verlangte für sich und seine Safes einen gesonderten Raum mit sicheren Schlössern. Er kam auch zu den Sitzungen des Kriegsrats und stellte für gewöhnlich ein, zwei Fragen: anfangs zu seiner Artillerieabteilung, später – mit wachsender Operativkenntnis – fragte er, wieweit das Zusammenwirken mit den Fliegerkräften abgestimmt sei und ob bei einem solchen Vormarsch die Flanken nicht zu sehr bedroht seien. Der ebenfalls anwesende Chef der »Smersch«, ein Oberst, unterbrach Swetlookow nicht: Vielleicht war er stolz auf den Wissensdurst seines Untergebenen, vielleicht hatte dieser Untergebene aber auch irgendwie geheime Macht über seinen Vorgesetzten. Man antwortete Swetlookow immer geduldig, ohne in seine Richtung zu sehen: Ja, das Zusammenwirken mit den Fliegerkräften sei einigermaßen abgestimmt, und die Flanken bereiteten durchaus Sorgen. Nie antwortete der Befehlshaber selbst, die Beratung jedoch schloß er stets mit dem Scherz: »Hat Genosse Swetlookow noch Fragen? Dann ist alles klar.« So lächerlich diese Vermutung auch klingen mochte – aber war der General vielleicht vor Swetlookow in das zerstörte Bahnhofsgebäude von Spasso-Peskowzy geflohen, um die Leute, die er wirklich brauchte, zu sich zu befehlen? Major Swetlookow hatte kaum einen Grund, bei ihm zu erscheinen.

Mit dem Gefühl, eine eben verheilte Wunde zu berühren, erinnerte sich Donskoi eines längst vergangenen Gefechts bei Obojan im Frühsommer, als er das erste Mal den anderen Swetlookow traf, nicht den, mit dem er Wodka getrunken und über Gedichte gesprochen hatte. Es war die übliche Situation entstanden, wo nicht klar war, wer wen eingekreist hatte. »Fahr mal hin und kläre, wer wen am Pimmel gepackt hat«, hatte der General gesagt, und es stellte sich heraus, daß unsere zugepackt hatten, doch die Deutschen hatten das nicht begriffen und versucht, in das Hinterland unseres keilförmig in ihre Truppen eingedrungenen Regiments vorzustoßen, wodurch sie nur noch hoffnungsloser in die Zange gerieten. Die Verbindung war bereits vor Donskois Ankunft wiederhergestellt und dem General schon Meldung gemacht worden. Donskoi wurde zur Besichtigung der Gefangenen gerufen …

Der Adjutant des Befehlshabers hatte keinen Grund, in jene verpönte, schreckliche Zone zu gehen, auf das ungeräumte Gefechtsfeld mit den roten, noch nicht von der Erde aufgesogenen Lachen, wo die alten Soldaten vom Beerdigungs- und Beutegutkommando die Umherliegenden leicht mit dem Stiefel anstießen. Er machte sich dennoch auf – angesteckt von der allgemeinen Euphorie des Erfolges oder um wichtige Leute zu finden, die für den General interessant sein könnten –, doch er fand nicht einmal einen Feldwebel, nur Soldaten. Sie standen eng aneinandergedrückt, acht bis zehn Mann, eingekreist von den erhitzten, doch merkwürdig verstummten Siegern, die ihnen nicht, wie es üblich war, das auswendig gelernte »Hitler kaputt« zuriefen, auch untereinander kein Wort sprachen, sondern mit hängenden Köpfen auf ihre Füße schauten und von Zeit zu Zeit böse, giftige Blicke auf ihr Gegenüber warfen. Zwei litten an Schußwunden, stöhnten jedoch nicht, sondern zogen bei geschlossenen Augen nur die Luft durch die zusammengebissenen Zähne. Niemand machte Anstalten, ihnen zu helfen und sie wegzuführen. Bei Donskois Anblick gerieten die Gefangenen kaum merklich in Bewegung, ihre Blicke trafen sich auf seinen Schulterklappen. Er hatte vorsorglich einen passenden deutschen Satz eingeübt, begriff aber plötzlich, daß er ihn nicht brauchen würde, diese Deutschen würden ihn nicht verstehen. Ihre Gesichter, ihre Augen waren anders, obwohl sie nach deutscher Manier die Ärmel hochgekrempelt und die Uniform auf der Brust aufgeknöpft hatten. Derjenige, der ihn zu den Gefangenen gerufen hatte, spielte mit denen ein einfältiges, böses Spiel, er hielt für sie eine überraschende Prüfung bereit. Donskoi spürte seine sich hinziehende und die Leute mit jeder Sekunde mehr entnervende Kopflosigkeit, er wußte nichts zu befehlen, diesen Gefangenen nichts zu sagen, obwohl sie offenbar auf eine Frage von ihm warteten – angstvoll, aber auch mit einer gewissen Hoffnung. Der automatischen Geste jedes Soldaten, nämlich die Feldbluse unter dem Koppel zurechtzuziehen, ließ er andere Gesten folgen, unkontrollierte, auch eine, die er nicht von sich erwartet hätte. Er faßte nach seiner Pistole und schob sie in den Rücken – und sah, wie ihre angespannten Gesichter erstarrten und sich dann doch wieder lösten. Das verwirrte ihn noch mehr, und er wußte nicht, was tun.

Da kam ihm Swetlookow zu Hilfe, wer weiß woher. Er trat in aller Ruhe zu ihm und schlug lächelnd mit der Gerte gegen seinen Stiefel.

»Warum habt ihr die Waffen weggeworfen, Landsleute?« fragte er, aufmunternd und gutmütig lächelnd, doch auch mit einem leichten Vorwurf. »Ihr hättet euch mit Waffen ergeben sollen, das wäre euch positiv angerechnet worden. So weiß keiner, ob man sie euch aus der Hand geschlagen hat. Dann zählt nicht, daß ihr euch freiwillig ergeben habt ...«

Eine leichte Bewegung ging durch die Reihen der Gefangenen und der Unsrigen. Swetlookow war an jenem Tag seinem Dienstgrad nach Hauptmann, doch offenbar flößte seine Militärbluse aus gelb-grünem amerikanischem Gabardine Respekt ein, aus irgendeinem Grunde hielt man ihn für den Vorgesetzten, der alle Blicke auf sich, auf sein lustiges Lachen lenkte.

»Vielleicht habt ihr gar keine Waffe in der Hand gehalten? Habt als Troßsoldaten gedient? Oder als Dolmetscher?« – Niemand konnte sich zum Lügen entschließen oder sich schnell genug für die vielleicht aussichtsreichere Variante entscheiden, zumal Swetlookow sie gleich selbst verwarf. – »Blöde Fragen stelle ich. Die Deutschen werden doch solche Kerle nicht im Troß halten, wenn sie so viel eigene Leute erschießen könnten – nein, das ist unglaubhaft! ... Was ist, Landsleute, wir schweigen? So eine erfreuliche Begegnung – und wir schweigen. Höchste Zeit zum Reden ... Kommt jemand aus Smolensk?«

Zwei Gefangene, von der Unvernunft der Hoffnung gestoßen, traten vor.

»Sieh mal an, sie verstehen.« Swetlookow zwinkerte Donskoi wie einem Verbündeten zu. »Und ihr, ihr Helden? Gibt's unter euch auch welche aus Smolensk?«

Aufmerksam, forschend schaute er in die Gesichter seiner Leute, die über und über voll Schmutz, Ruß und Schweiß waren, in ihren Augen leuchtete das Weiß, Wut und Kampflust waren noch in den Gesichtern. Es fanden sich Smolensker, und Swetlookow klopfte ihnen ermunternd auf die Schulter. Es fanden sich auch Kalugaer auf beiden Seiten. Auch Leute aus Woronesh. Immer mehr wurden in das spannende und unheilvolle Spiel hineingezogen, und Donskoi hatte nicht die leiseste Ahnung, wie er es unterbinden konnte, obwohl ihm bereits klar war, wohin es führte.

»Nun, redet miteinander, Landsmann mit Landsmann«, sagte Swetlookow und deutete mit seiner Gerte an Donskoi vorbei. »In dem Gebüsch da ...«

Donskoi, der die heißen Blicke der Gefangenen spürte, wandte sein Gesicht Swetlookow zu. Obwohl er begriff, wie machtlos er in diesem Augenblick war, wie hilflos und kläglich, obwohl er sich tief verachtete, trat er von einem gefühllos gewordenen Fuß auf den anderen, er drehte sich zu Swetlookow um, so daß die Gefangenen jetzt in seinem Rücken standen.

»Was hast du's so eilig?« fragte er heiser. Sein Mund wurde trocken, und ein metallischer Geschmack kam hoch. »Sie müssen verhört werden ... ein Geleittrupp muß bestimmt werden ...«

»Ich habe ihn doch schon bestimmt«, sagte Swetlookow verwundert. »Hast du das nicht gehört?«

»Ich meine das anders ...«

»Während du dir noch deine Meinung bildest, habe ich längst den Befehl gegeben. Wieso ich's eilig habe? Weil die Jungs noch aufgeheizt sind vom Kampf.«

Noch hatte Donskoi Zeit, wenige Sekunden, und wären es Deutsche gewesen, er hätte gewußt, welchen Befehl er hätte geben und wie er diesen Swetlookow hätte zurückrufen müssen, doch in diesem Fall war er unsicher und ließ die Sekunden verstreichen. Hinter ihm wollte jemand weglaufen, er hörte das Stiefelstampfen und Keuchen einer Verfolgungsjagd und eines Kampfes, hörte, wie auf einen Körper eingeschlagen wurde und Zweige brachen, hörte ein gestammeltes Flehen, ein ersterbendes Stöhnen, ein kurzes Schweigen – und dann ein helles, tödliches Gewehrgeknatter. Er hatte das Gefühl, als spiegelte sich das Feuer jener Schüsse auf seinem Gesicht wider – so aufmerksam und neugierig schaute ihn Swetlookow an.

»Da sind zwei Verwundete«, sagte Donskoi mit einem schwachen, verspäteten Vorwurf in der Stimme.

Swetlookow, der ihn weiter unverwandt ansah, nickte bestätigend.

»Man wird sie heilen. Man hat sie schon geheilt.«

Donskoi wandte sich noch immer nicht um, er reckte sich zu voller Größe und überragte Swetlookow um einen halben Kopf. Mit einem schwachen Schulterzucken schleuderte er ihm die ganze Verachtung entgegen, die er für sich selbst empfand. Und schleppte sich langsam davon.

Den ganzen Tag über lag eine beklemmende Last auf seiner Seele, seine Hände zuckten unruhig, er konnte nichts essen, nicht einmal rauchen. Und er fand nicht den Mut, sich beim General über Swetlookow zu beschweren, der seine Macht verbrecherisch mißbraucht hatte, dazu noch derart demonstrativ, in Anwesenheit des Adjutanten. Für eine ähnliche Beschwerde hatte er schon einmal eine Abreibung bekommen. »Was beschwerst du dich bei mir?« hatte der General wütend geschrien. »Hängt an deinem Koppel eine Pistole oder ein Reserveschwanz? Ein bewaffneter Mann und beschwert sich! Ich will so was nie wieder von dir hören.« Gegen Abend hatte sich Donskoi wieder so weit in der Hand, daß er die Beschwerde nüchtern vortragen konnte, sachlich und ganz nebenbei. Wie der General seinen Bericht aufnahm, hatte Donskoi unsagbar verwundert. Er hörte mit gerunzelter Stirn zu, unterbrach ihn aber nicht, er schaute Donskoi nur mehrmals fast flehend an, als bitte er ihn, nicht weiterzuerzählen. Dann war er aufgestanden und merkwürdig gebeugt, mit den Händen auf dem Rücken, im Zimmer umhergegangen, wie ein Häftling mit Geleittrupp.

»Weißt du, Donskoi«, sagte er nach langem Schweigen, »das sind, wie soll ich's sagen, das sind keine Gefangenen. Natürlich ist so etwas für die Soldaten nicht gut – in erzieherischer Hinsicht. Doch für die anderen ist es besser so. Besser als noch zehn Tage aufs Kriegsgericht zu warten, und dann diese ganze Prozedur ... Meiner Meinung nach ist es besser gleich ...«

Donskoi, der seine Selbstsicherheit wiedergewonnen und Mut zum Widerspruch gefaßt hatte, redete nun weitläufig, eindrucksvoll und offenherzig. Diese rechtlosen Urteilsvollstreckungen, von denen er bislang aus Erzählungen wußte und deren Zeuge er nun geworden war, seien nicht nur in erzieherischer Hinsicht verwerflich, sie würden vor allem ihr Ziel verfehlen, ja, das Gegenteil bewirken. Verräter, Überläufer müßten vor aller Augen gerichtet werden, in öffentlicher Gerichtsverhandlung, damit alle begreifen, worin ihre Schuld vor der Heimat besteht und wie tief sie gesunken sind. Würden jedoch Frontsoldaten in die Vollstreckung hineingezogen, müßten sie die Hinrichtung ausführen, so würde ihre Psyche nicht gefestigt, sondern zerstört. Die Erinnerung an Bajonettgefechte mit aufgerissenen Bäuchen, mit zertrümmerten Schädeln schwinde bald aus dem Gedächtnis der Soldaten, auch jener Verwundete würde einem verzeihen, den man mit dem Pionierspaten oder mit dem Stahlhelm totgeschlagen hat, wenn es im Kampf passiert, wenn du ihn nicht tötest, tötet er dich. Ein wehrloses Opfer hingegen vergißt man nie, man hält es fest, lädt in Ruhe das Gewehr, hat ihm zuvor vielleicht die Lippen blutig geschlagen, das Koppel abgenommen oder kreuzweise Striemen ins Gesicht gepeitscht. So was wird man nie wieder los, weder im Traum noch im Suff, es verfolgt einen bis ans Ende. Ein vertierter Sadist kann das vergessen, oder er pfeift auf die Folgen, doch die, die die Macht haben ...

»Sie haben keine Macht«, erwiderte kaum hörbar der General. Donskoi glaubte sogar, sich verhört zu haben. Der General ging nicht mehr im Zimmer auf und ab, sondern blickte unverwandt aus dem Fenster. »Und noch was, Bruder, du mußt mir so was nicht unbedingt melden.«

Donskoi war verstummt und hatte dem General nie wieder solche Meldungen gemacht. Seit diesem Tag trug er die an den General gerichteten Worte in sich: »Du bist auch nicht stärker als ich« – und darin lagen Unsicherheit, Verständnis und Mitgefühl, auch leichte Ironie und Selbstrechtfertigung. Leider Gottes gab es diese Art von Angst, der ausnahmslos alle ausgeliefert waren, sogar bewaffnete Männer.

Und diese Angst, die ihn, obwohl er beileibe kein Feigling war, beschlichen hatte, wollte und wollte nicht verfliegen. Er hatte es nicht fertiggebracht, sich im Speisesaal neben Swetlookow zu setzen, sondern nur verstohlen aus der Ferne und unangenehm berührt auf dessen Hände geschaut, als hätten sie damals das Gewehr gehalten, als mit hellem Lachen gefragt worden war: »Gibt es unter euch welche aus Smolensk?«

Doch dann hatte sich Swetlookow unerwartet zu ihm an den Tisch gesetzt, ihm in die Augen geschaut und leise gesagt: »Ich habe den Wunsch, mit dir zu schwatzen, Major.«

»Hier?« Donskoi hatte sich beinahe verschluckt.

»Es geht auch hier. Es gab eine Zeit, wo wir Gedichte gelesen und bis zum Morgen Wodka gesoffen haben. Aber wir treffen uns besser woanders.«

Donskoi war es merkwürdig vorgekommen, daß sie im Wäldchen »schwatzen« sollten, in Stabsnähe, Swetlookow hätte ihn ja auch zu sich einladen können, wenn ihm die Erinnerungen so lieb waren. Und außerdem hatte es Donskoi gewurmt, wie sicher Swetlookow war, daß er seiner Aufforderung widerspruchslos nachkommen würde. Der Gipfel aber war, daß Swetlookow ihn gerügt hatte, als er etwas verspätet an der umgestürzten Kiefer erschien:

»Du kommst zu spät, Adjutant. Das geht nicht. Konntest dich wohl nicht von deinem Weib losreißen?«

Fürst Andrej kannte eine Methode gegen dieses aufdringliche »du« und wie man den aufgezwungenen Ton ändern konnte –

man mußte seinem Gesicht einen bestimmten Ausdruck verleihen, den Donskoi auswendig hätte benennen können: »Sie wollen mich wohl beleidigen? Ich bin bereit, Ihnen zuzustimmen, daß Ihnen das sehr leichtfallen wird, wenn Sie nicht genügend Selbstachtung haben, doch Sie müssen einsehen, daß sowohl Zeit als auch Ort dafür ungünstig gewählt sind.«

»Verzeihen Sie«, sagte Donskoi mit ebendiesem Ausdruck und kalter Stimme, »wie heißen Sie mit Vor- und Vatersnamen, ich hatte bisher nicht die Ehre …«

»Nikolai Wassiljewitsch. Wie Gogol«, entgegnete Swetlookow bereitwillig, ohne auf diese Kälte einzugehen. »Setz dich, schwatzen wir ein bißchen.«

Donskoi setzte sich jedoch nicht, sondern ging auf und ab oder blieb vor Swetlookow stehen, ohne wie dieser die Feldmütze abzusetzen oder den Kragen zu öffnen.

»Verstehst du überhaupt, was vor sich geht, Donskoi?«

»Was meinen Sie?« Donskoi gab den Versuch nicht auf, zum förmlichen »Sie« zurückzukehren. »Und wo ›geht was vor sich‹, wie Sie sich auszudrücken belieben?«

»Rede nicht so geschwollen!« sagte Swetlookow belustigt. Was soll dieser Schmus. ›Ich hatte nicht die Ehre‹, ›wie Sie beliebten‹. Du kannst übrigens ›du‹ zu mir sagen, wir sind, glaube ich, gleichaltrig und auch ranggleich.« Er holte ein Federmesser aus der Tasche und schaute sich um. »Bieg mir mal einen Zweig herunter.«

»Was für einen Zweig?«

»Welchen du willst.«

Donskoi zuckte mit den Schultern und bog den Wipfel einer kleinen Ulme herunter. Swetlookow griff geschickt zu und begann sich eine Gerte zu schnitzen, indem er die Seitentriebe abschnitt.

»Ich habe keine Vorstellung von Fotis nächstem Schritt. Na, das mit dem Brückenkopf ist ihm gelungen, aber was weiter? Hat er einen Plan, oder herrscht in seinem Kopf nur ein Torricellisches Vakuum?«

»Ich bitte Sie!« sagte Donskoi und richtete sich auf. »Ich bitte Sie, nicht so vom Befehlshaber ...«

»Mach mal halblang«, unterbrach ihn Swetlookow. »Hier hört dich keiner. Will er dieses Myrjatin einnehmen oder gleich Predslawl haben?«

»Alles ist möglich. Unser Befehlshaber ist ein Mann von Weitblick.«

»Quatsch!« Swetlookow schnitt ihm das Wort ab. »Wer nicht von Predslawl träumt, wird Watutin* nicht anbetteln, ihm die Erlaubnis zur Einnahme zu geben! Weitblick oder nicht – alle wollen es einnehmen, und alle könnten. Aber an diesem Predslawl werden sie sich verschlucken, sie wollen den heißen Braten, aber er wird ihnen im Halse steckenbleiben. Fotis Kräfte reichen nicht mal für Myrjatin, so sieht es doch objektiv aus! Überleg doch selbst, drei Wochen tritt die Armee vor der lausigen Stadt auf der Stelle.«

»Verzeihen Sie.« Donskoi zuckte wieder mit den Schultern. »Ich dachte nicht, daß auch operative Fragen Sie so brennend interessieren.«

»Mich interessiert alles. Deswegen habe ich dich auch hierherbestellt.«

»Soviel ich weiß, sind Ihnen in Ihrer Stellung operative Dokumente zugänglich, sogar streng geheime.«

»Wenn es sie gibt, diese Dokumente. Und wenn es sie noch nicht gibt, wenn sie noch nicht zusammengestellt sind? Was dann?«

»Was weiß ein Adjutant schon? Sie hätten den Stabschef fragen müssen.«

»Hab' ich. Den Stabschef ignoriert Foti. Oder er ist im Bunde mit ihm. Vom Stabschef kriegst du nichts Ordentliches zu hören. Vielleicht weiht ihn Foti auch nicht ein.

* Armeegeneral N. F. Watutin – in der beschriebenen Zeit Oberbefehlshaber der Ukrainischen Front.

Wen weiht er überhaupt ein? Du weißt doch, was er am Tag vor dem Flußübergang mit den Panzern angestellt hat. Er hat ein Chaos an der ganzen Front angerichtet: Vierundzwanzig Stunden wußte niemand – weder in der Armee noch im Fronstab –, wohin die Panzerkolonne verschwunden war, vierundsechzig Fahrzeuge! Nur er hat es gewußt und konnte selber nicht mehr über sie verfügen. Das war ein Ding! Er hat sich die eigenen Panzer geklaut, kann man sagen, nur damit andere sie nicht kriegen.« Swetlookow blickte Donskoi von der Seite an und fragte schnell: »Hast du damals gewußt, wo er die Panzer versteckt hielt?«

»Nehmen wir an ...«

»Du hast es also gewußt?«

»Verzeihen Sie«, sagte Donskoi, ohne zu antworten, »ist bei uns in der 38. Armee* etwa die Geheimhaltung während der Vorbereitungsperiode abgeschafft?«

»Geheimhaltung hin, Geheimhaltung her, und wenn was passiert wäre? Wenn es euch alle in dem »Willys« getroffen hätte, wen hätte man dann nach den Panzern gefragt?«

»Soweit ich unterrichtet bin, war die Sache vorher mit dem Frontkommando abgestimmt.«

»Und soweit ich unterrichtet bin, wurde Watutin vom Hauptquartier gerügt. Die Frage, wo die Panzer der 38. Armee seien, konnte er nicht beantworten. Das gleiche mit Chruschtschow**, kein Sterbenswörtchen.«

»Na und, manchmal hat auch ein Befehlshaber so seine Eigenheiten.«

»Grillen also?«

»Wenn Sie diesen Ausdruck verwenden wollen ...«

»Eine Grille – gut«, fiel ihm Swetlookow ins Wort. »Eine Grille schmückt den General.« Donskoi beschloß, diesen Aphorismus

* Die Zahlen der Kampfeinheiten (38. Armee) sind erfunden.

** Generalleutnant N. S. Chruschtschow – Mitglied des Kriegsrates der Front.

in seine Sammlung »Treffende Sätze« aufzunehmen. »Doch was hat er noch außer Grillen?«

»Wissen Sie, ich kann in diesem Ton nicht weiter ...«

»Hör doch auf!« sagte Swetlookow und peitschte mit der Gerte gegen seinen Stiefel, was Donskoi leicht erzittern und sich aufrichten ließ. »Ich sag' dir noch mal – hör auf. Du bist doch kein Arsch mit Ohren und kein Tschuktsche. Und weißt sehr gut, daß die Armeebefehlshaber von eurem Verstand leben – von dem der Stabsoffiziere, der Operativen und der Adjutanten. Jawohl, auch der Adjutanten. Tu bloß nicht so, als ob ihr ihm nie was Gescheites einflüstern würdet und ihm dann einredet, das habe er sich selbst ausgedacht, damit er es auch annimmt.«

Major Donskoi konnte sich nicht erinnern, dem General etwas eingeflüstert zu haben, doch es schmeichelte ihm, so etwas zu hören. Und dennoch, wenn nicht der gesunde Menschenverstand aufbegehrte und seine Offiziersehre, so wenigstens der Anstand.

»Und mit General Foti Kobrissow machen Sie keine Ausnahme?«

Swetlookow schaute ihn verwundert mit seinen naiven, blauen Augen an.

»Warum sollte mit ihm eine Ausnahme gemacht werden? Es gibt bedeutendere Armeebefehlshaber. Setz dich mal.« Er schlug mit der Hand auf den Baumstamm, auf dem er saß, und Donskoi fügte sich zu seiner eigenen Verwunderung. »Wo kommt bloß deine große Verehrung her? In deinem Alter und mit solchen Eigenschaften kommandieren andere Brigaden. Unter Umständen sogar Divisionen.«

»Ich bin eben nicht schlau genug.«

»Da braucht's nicht viel Schlauheit. Du bist einfach ein Schlappschwanz. Und dem, der dir helfen könnte, reichst du nicht die Hand. Gut führst du dich, Major – so bescheiden. Doch mit deiner Bescheidenheit mußt du mehr Wind machen. Damit sie Foti ins Auge springt. Dann wird er dich zu schätzen wissen.

Vielleicht aber auch nicht … Ich jedenfalls weiß dich zu schätzen.«

Donskoi spürte sein Herz beben. Es war angenehm zu hören, daß man ihn aufmerksam beobachtete, und so unaufdringlich, daß er es nicht merkte und ganz unbeabsichtigt einen guten Eindruck hinterließ. Er taute ein wenig auf und empfand Sympathie für jene Instanz, die der neue Swetlookow vertrat, für ihren unerwarteten Scharfsinn, und gleichzeitig empfand er ehrfürchtige Schüchternheit vor Swetlookow selbst – wie alle Snobs vor den Leuten des Geheimdienstes.

»Sie sagen – ›die Hand reichen‹. Was bedeutet das? Wir arbeiten doch auch so zusammen …«

Swetlookow peitschte wieder mit der Gerte gegen den Stiefel – wie aus Verdruß.

»Du tust immer so begriffsstutzig. Dabei bist du ein kluger Mann.«

»Ich ziehe es vor, daß man mir genau sagt …«

»Warte.« Swetlookow schloß die Augen, als denke er nach, dann riß er sie weit auf und schaute sich fröhlich um. »Schöne Natur hier, stimmt's? Wir sollten sie genießen, vielleicht ist es zum letztenmal. Statt dessen beschäftigen wir uns hier mit weiß der Teufel was, mit Intrigen … Weißt du wirklich nicht, was er in bezug auf Myrjatin beschlossen hat? Will er es einnehmen oder umgehen?«

»Ich weiß es nicht.«

»Hat er kein Wort in deiner Gegenwart gesagt?«

»Nein.«

»Ich glaube dir. Du sollst überhaupt wissen – wir glauben dir. Nun, wenn er was über Myrjatin sagt – ich muß das erfahren. Sofort. Buchstäblich eine Stunde später.«

Donskoi streckte sich und machte ein strenges Gesicht. Er hatte den Eindruck, daß er viel zu früh nachgegeben hatte – die verlorene Position war nicht mehr zurückzuerobern.

»Begreift ihr, was ihr mir da vorschlagt?«

»Ich begreife es«, sagte Swetlookow, »du sollst es begreifen. Wir dulden Kobrissow, immerhin hat er Verdienste. Vielleicht sollte ich es dir nicht erzählen, man muß ja objektiv bleiben. Er war Stellvertreter des Frontbefehlshabers und hat die Armee aufgestellt, das darf man nicht vergessen. Doch wir befürchten, daß er Mist baut. Man muß ihn mit offenen Augen beobachten. Verstehst du? Man muß auf der Hut sein. Watutin weiß nicht immer, was Foti im Schilde führt, wohin es ihn morgen treibt. Er sagt das eine und tut das andere. Dafür ist er bekannt. Da gibt es noch ein Detail ... ich weiß nicht, ob du davon weißt. Er war doch einer von den ... na, von den Politischen.«

Donskoi nickte gewichtig, mit strengem Gesicht.

»Ich weiß«, sagte er. Obwohl er zum erstenmal davon hörte. Allerdings log er nicht ganz, klar erklang seine Stimme in ihm: »Ach, deshalb!«, als bestätigten sich seine Ahnungen und alles bekäme Sinne. »Aber man hat ihm doch verziehen?«

»Was gab's da zu verzeihen? Er war wegen nichts reingerasselt. Man vertraut ihm ja auch. Wer hätte ihn sonst zum Befehlshaber einer Armee gemacht? Aber er ist beleidigt, er will Revanche, Revanche! Ein Kreuz ist das mit diesen Politischen. Man hat ihm doch gesagt: ›Es war ein Fehler, geh nach Hause‹ – aber er dreht sich wie ein Kreisel, um allen zu beweisen, wer er ist. Warum hat er es auf Predslawl abgesehen: Myrjatin ist eine Lusche, das paßt ihm nicht, Predslawl aber ist das Trumpfas, mindestens zwei Sterne wert – einen auf die Schulterklappen und einen auf die Brust. Genaugenommen ist das purer Karrierismus, man muß doch zuallererst an die Menschen denken, an die Verluste. Eine Grille allein und ein unmäßiger Ehrgeiz – das ist zu wenig, es braucht auch Talent. Und eine richtige Beurteilung der Kräfte. Mit einer einzigen Armee läßt sich Predslawl nicht nehmen. Also muß man sich mit den Nachbarn absprechen. Aber er will alles allein machen. Daraus wird doch nichts – wenn einer allein die Bank sprengen will! ... Wenn ich was zu sagen hätte, ich würde so einer Führung nicht trauen. Hat man sich einmal in jemandem geirrt, dann ist er für uns gestorben. Aber die über uns haben es so gewollt. Und wir müssen in den sauren Apfel beißen. Deshalb bitte ich dich – hilf uns. Laß uns irgendwie zusammen …«

»Wie ich verstehe«, sagte Donskoi, der es für angeraten hielt, einen kleinen Schritt in Richtung Kompromiß zu machen, »wie ich verstehe, reichen eure Kräfte nicht?«

Swetlookow schielte ihn mit ironischer Zustimmung an.

»Ja, wir schaffen's ohne dich nicht. Willst du das hören? Bravo, Major, du hast gelernt, deinen Preis in die Höhe zu treiben.«

Donskoi überhörte dieses Lob.

»Kann ich erfahren, wer diese ›wir‹ sind? Ist das eure ›Smersch‹ oder noch andere?«

»Die ›Smersch‹ allein reicht dir wohl nicht?«

»Ich will es nur präziser.«

»Braucht man es denn präziser? Je tiefer du in den Wald hineingehst, desto schwerer findest du wieder raus.«

Diese sanfte Drohung ließ Donskoi an seinem Ohr vorbeirauschen; die Sache hatte ihn bereits gepackt, und ihm war schwindlig, nicht vor Angst, sondern von den neuen Perspektiven.

»Die Flasche ist geöffnet«, sagte er kokett, »nun muß der Wein getrunken werden.«

»Gerne«, sagte Swetlookow gutmütig. »Der Hausherr bestimmt. Wer ›wir‹ sind, will er wissen? Der Frontstab, wenn du so willst. Einige aus dem Hauptquartier. Instanzen, Bruder, die deine Biographie auf einen Schlag verändern können.« Im selben Augenblick zog er seine Stirn in Falten. »Begreifst du jetzt, daß unser Gespräch streng geheim ist? Von diesem Wäldchen hier darf kein Schwein was wissen. Weder Fotis Fahrer noch seine Ordonnanz dürfen Wind von der Sache kriegen. Die haben einen guten Riecher, merk dir das.«

Swetlookow rückte seine Kartentasche auf den Knien zurecht, und Donskoi spürte unter dem Brustbein einen dumpfen Schmerz – er ahnte, daß Swetlookow ihm jetzt vorschlagen würde zu unterschreiben, und es würde ihm kaum gelingen, sich elegant, ohne Swetlookow zu verärgern, herauszuwinden.

Donskoi hüstelte und sagte mit trocknem Mund: »Ich verstehe, daß unser Gespräch nicht für die Öffentlichkeit bestimmt ist, muß man mir nicht erst sagen.«

Swetlookow drehte die Kartentasche um und kicherte leise.

»Das weiß ich. Du bist immer ein bißchen zu voreilig, Major ... Ich habe für dich eine saubere Karte vorbereitet, steck sie ein. Im schlimmsten Fall ißt du sie auf. Du vermerkst darauf alle seine Pläne. Alle. Wenn er einen Pfeil aufzeichnet und ihn dann wieder durchstreicht, zeichnest du ihn auch ein und streichst ihn wieder durch. Mit der gleichen Farbe. Hast du einen Bleistift?«

»Ich hol' mir einen aus dem Stab.«

»Das geht nicht. Ach, du Stratege ... Hier, nimm. Hast du alles verstanden? Zu mir kommen, mich anrufen – das geht nicht. Im Speisesaal setz dich nicht neben mich. Ich bestimme selbst, wo wir uns treffen. Ich könnte dir einen Mittelsmann geben – für dringende Meldungen. Doch wir gehen solchen konspirativen Abenteuern aus dem Weg, du hast es nur mit mir zu tun. Denn bei unsrer Sache ist alles wichtig, Kleinigkeiten gibt es nicht.«

Donskoi steckte die Karte hastig und ungeschickt ein und machte einen plumen Scherz:

»Jetzt weiß ich, wie man Agent wird.«

Swetlookow, der aufmerksam und finster beobachtete, wie Donskoi die Tasche verschloß, sagte trocken:

»Immer langsam, du bist noch kein Agent. Bis dahin fließt noch viel Wasser den Dnepr hinunter.«

»Und erst dann«, fragte Donskoi immer noch im scherzhaften Ton, »erst dann krieg' ich einen Orden?«

Swetlookow erhob sich jäh und schleuderte seine Gerte ins Gebüsch.

»Gehen wir. Ich will dir was sagen, Donskoi. Ich habe dir nichts Konkretes versprochen. So was tun wir nicht. Was nicht heißt, daß wir Verdienste nicht anerkennen. Aber wir können nicht leiden, wenn man mit uns handelt.«

Donskoi hatte das Gefühl, als wäre man ihm hochmütig übers

Gesicht gefahren – mit lascher, verschwitzter Hand. Er spürte sogar noch ihre Konturen, die in wildem Rot auf seiner Haut brannten.

Swetlookow, der voranging, blieb auf einmal stehen, hielt Donskoi am Koppel fest und kam mit seinem plötzlich veränderten Gesicht und den vertrauensseligen, weit geöffneten Augen ganz nahe an ihn heran.

»Hör mal, Donskoi. Du bist doch gebildet, schleppst in der Tasche Bücher mit dir rum, vielleicht kannst du mir einige merkwürdige Erscheinungen erklären. Zum Beispiel Träume. Zucke nicht mit den Schultern, hör erst zu. Also, folgende Episode – ich strample mich die ganze Nacht mit einem Weib ab. Nicht, daß sie nicht nachgibt – das ist wie eine Ouvertüre, es zögert das Vergnügen hinaus. Davon wird die Sache nur besser, das weißt du selbst. Also, ich fange gerade an, die Situation in den Griff zu kriegen, bis zur vordersten Linie bin ich schon vorgedrungen, habe alle Hürden genommen. Und stell dir vor! Da stellt sich raus, das ist kein Weib, sondern ein Mann! Was bedeutet dieser Quatsch?«

Schweigend und stumpfsinnig schaute Donskoi in die vertrauensseligen, verwunderten Augen, auf deren Grund sich etwas Schmerzhaftes, tierisch Trostloses verbarg.

»Kannst du mir das erklären?« fragte Swetlookow traurig. »Was bedeutet das, he?«

Donskoi richtete sich auf, nahm ein hochnäsiges Aussehen an und antwortete widerwillig:

»Weiß ich nicht …«

»Schade!« Swetlookow hielt Donskoi immer noch am Koppel fest, schnalzte mit der Zunge und seufzte. »Nun, unsere Wege trennen sich. Mach's gut! Wer kann mir das bloß erklären?«

Ob Swetlookow das alles im Ernst oder im Spaß gesagt hatte, der Eindruck der verschwitzten Hand auf der Wange jedenfalls verschwand nicht, er war nur noch stärker geworden. »Der Teufel soll dich holen mit deinen idiotischen Offenbarungen!« hatte Donskoi damals wütend gedacht, doch eine geheimnisvolle Stimme sagte ihm, diese Offenbarungen seien gar nicht so idiotisch, sondern verfolgten ein Ziel, und möglicherweise nur eins – ihn aus dem Konzept zu bringen, ihn fühlen zu lassen, daß er gefangen war – verstrickt in ekelhaften, lästigen, unzerreißbaren Banden.

Noch eine Begebenheit ließ ihm keine Ruhe: Wie er zum erstenmal nach jenem Treffen im Wäldchen zum General gekommen war, in das Zimmer des Bahnhofsgebäudes, das weniger beschädigt war als die anderen und an dessen Tür ein heil gebliebenes Glasschild hing: »Zimmer für Mutter und Kind«. Hier schlief der General und aß, von hier aus befehligte er die Armee. Er saß am Tisch über der Karte, in seiner schwarzen Lederjacke, die er über das weiße Hemd geworfen hatte, und als Donskoi auf seinen Rücken schaute, auf seinen angespannten Nacken, spürte er plötzlich deutlich seine Überlegenheit, vielleicht die Überlegenheit des heimlichen Wissens? Einer verborgenen Kraft? Wahrscheinlich begriff er da zum erstenmal, warum ein Leutnant so wichtig für den General sein konnte. Er hatte Zugang, er kannte den Fall, er war in das tiefste Geheimnis eingeweiht: Vielleicht hatte er gelesen, wie sich der Untersuchungsgefangene während der Verhöre geführt hatte und welche Maßnahmen ergriffen worden waren, um auf ihn einzuwirken. Das war seine Macht. Solch eine Macht besitzen auch Menschen, die Briefe Fremder an die Geliebte lesen – auch wenn Moralisten das verurteilen. Was einst als verwerflich galt, wofür man jemandem nicht die Hand gab, ihm das Haus verbot, ihn mit einem Kerzenständer in die Fresse schlug, das war jetzt so etwas wie ein Adelstitel, ein fürstlicher Besitz. Er stellte den Major auf dieselbe Stufe wie den General, in gewisser Weise sogar höher …

Donskois Blick machte den General nervös, das merkte man daran, wie er mit den Schultern die Lederjacke nach oben schob, um den Nacken zu verdecken, und wie heftig er den gekrümmten Pfeil zeichnete – so heftig, daß der Bleistift abbrach.

»Verdammt …« Der General stieß einen langen Fluch aus, wandte sich Donskoi zu und zeigte ihm die abgebrochene Mine. »Hast du ein Messer zum Anspitzen?«

Ohne zu überlegen, zog Donskoi aus dem Seitenabteil seiner Tasche den gespitzten blauroten Bleistift – und erstarrte, als er dem verwunderten Blick des Generals begegnete, der über die Brille schaute.

»Schon angespitzt? Du bist praktisch, Bruder. Geschickt!«

Eine Lappalie, die der General sicher gleich wieder vergessen hatte, als er sich in seine Karte vertiefte, für Donskoi jedoch war sie das Dornengestrüpp auf dem gewundenen Pfad, den er so eilig gewählt hatte.

Er war auf diesem Pfad bisher erst einen Schritt gegangen, und es zeigte sich, daß es gar nicht so leicht war, Swetlookows Bitten zu erfüllen. Der General gab seine unvollendete Karte nicht aus der Hand und erlaubte niemandem, einen Blick darauf zu werfen. Donskoi blieb das erniedrigende Gefühl, keine Ahnung zu haben, nicht erspart, als Swetlookow gegen ihre Vereinbarung im Speisesaal plötzlich zu ihm trat – und ihn allerdings nur leise fragte:

»Ist wegen Myrjatin was beschlossen worden?«

»Nein«, hatte Donskoi schnell geantwortet und sich umgeschaut.

Doch im Speisesaal war niemand vom Stab anwesend. Zwei fremde Korrespondenten in Oberstuniform wollten auf ihre Bescheinigungen Lebensmittel haben und verhandelten lautstark und nörgelnd mit dem Küchenchef, ob ihnen Wodka zustünde und in welcher Menge.

»Das hab' ich mir gedacht.« – Swetlookow hatte zufrieden genickt, sogar mit einer gewissen Feierlichkeit. »Womit beschäftigt er sich überhaupt?«

»Er liest Voltaire.«

»Wa-a-s?« Swetlookows Augen waren vor Wut ganz weiß geworden.

»Ich mache keine Witze – Voltaire.«

»Na-na. Das ist gut. Das kannst du denen sagen«, er deutete mit dem Kopf auf die Korrespondenten, »die nehmen es bestimmt in ihre Artikelchen auf. Doch ich will was Richtiges hören. Wenn es was gibt. Obwohl – es wird wohl kaum dazu kommen ...«

Folgte daraus, daß die Instanz, die ihn, Donskoi, gebraucht hatte, jetzt ohne ihn auskam? Oder hatten die romantischen Phantasien von den Möglichkeiten im Hauptquartier doch eine reale Grundlage?

... Der »Willys« fuhr zornig heulend unter dem grauen, regenverhangenen Himmel dahin, die Gedanken des Adjutanten wechselten von den Teppichen des Hauptquartiers zu anderen Dingen, an die zu denken es bei Nässe und Wind so angenehm ist: zu einem Glas Wodka und einem Teller dampfender Kohlsuppe irgendwo in einer Kommandantur im Hinterland, zu einem warmen Bett mit sauberem Laken, und davor, verdammt noch mal, ein heißes Dampfbad – die Glückseligkeit. Dann dachte er auch an die Freuden dieses plötzlichen Urlaubs. Immerhin könnte er drei, vier Tage in Moskau verbringen und dem Schicksal vielleicht eine beiläufige Liebesgeschichte abringen, ein kleines Abenteuer mit dem bitteren Beigeschmack der unvermeidlichen Trennung. Und wenn das nicht gelänge, würden diese drei Tage trotzdem nicht nutzlos sein – die rothaarige Galja aus der Politabteilung, die sich immer noch nicht entscheiden konnte, würde ihn bestimmt fragen, wie er die Tage in Moskau verbracht habe, und er könnte antworten: »Ach, Galja, lieber nicht daran denken ...« Und wenn sie fragte, ob es in Moskau nicht langweilig gewesen sei, könnte er vielsagend und müde lächeln: »Moskau lebt!«

Diese Galja ließ sich allerdings nur schwer mit dem Wunsch nach Versetzung vereinbaren, aber er dachte pausenlos an sie. Etwas sagte ihm, daß er in diese Armee zurückkehren würde. »Mit dem Schild in der Hand und nicht auf dem Schild«, fügte er hinzu, »auf jeden Fall mit dem Schild in der Hand!«

Fürst Andrej flüsterte ihm aus seinem Jahrhundert eine Variante zu, die auch nicht so dumm war: »Das wird mein Toulon!«

Zweites Kapitel

Drei Armeebefehlshaber und die Ordonnanz Schesterikow

1

Was mochte der dritte im »Willys« vom Hauptquartier denken – die Ordonnanz, die hinter dem Rücken des Generals saß? Wie stellte er es sich vor – der kräftige junge Mann mit den breiten Backenknochen, den Unteroffiziersstreifen, dem verschlossenen Gesicht, auf dem sich die wettergegerbte Haut spannte, mit der tiefen Stirnfalte, die davon zeugte, daß er sich auf traurige Gedanken konzentrierte? Er dachte nicht über Äußerlichkeiten nach, ihn interessierte nicht, wo es sich befinden wird –, ob im Kremlturm oder in einem tiefen Bunker, wie die Wände und Decken aussahen, seinetwegen golden, kristallen; das Hauptquartier versprach ihm, Schesterikow, nichts Gutes, es war lediglich der Ort, wo man seinen General mit idiotischen Fragen quälen und verhöhnen würde. Und weswegen? Wegen nichts. Schesterikow schienen alle Unannehmlichkeiten, die auf den grau und kahl werdenden Schädel niedergehen würden, von vornherein ungerecht. Er war der einzige, der aus Mitgefühl mit dem General hätte losheulen können, und in der Tat beweinte er, wenn auch mit unsichtbaren Tränen, des Generals Schicksal und damit auch sein eigenes.

Er saß zusammengekrümmt in der Ecke des »Willys« und hielt Schultersack und Gasmaskentasche auf dem Schoß, beides vollgestopft mit harten Gegenständen, die ihn stachen, wenn sie durch Schlaglöcher fuhren und es ihn durchrüttelte. Doch das war nichts im Vergleich zu der Erkenntnis, daß das Beste in seinem Leben wohl vorbei war – das, was ihm einen Sinn gegeben, wofür das Leiden gelohnt hatte, das war unwiederbringlich verloren.

So wie wir im Geist die erste, längst verflogene Liebe heraufbeschwören, Tag für Tag, und immer näher zu ihrem süßen Beginnen vordringen, so kam der mürrische Schesterikow in Gedanken jenem Frosttag bei Moskau immer näher, als sich sein Weg mit dem des Generals gekreuzt hatte. Das war ein abenteuerliches Zusammentreffen gewesen! Wer hatte die Geschicke so gelenkt, die Meilensteine so gestellt, daß weder er, Schesterikow, noch der General zu diesem Zusammentreffen zu spät kamen. Wer hatte die Ereignisse so gereiht, daß dieses Treffen ihnen beiden nicht wie ein Zufall vorgekommen war? In einer besinnlichen Minute, bei einem Glas Wodka, hatte er dem General seine Verwunderung darüber gezeigt, und der General hatte folgendes entgegnet: »Weißt du, Schesterikow, es konnte gar nicht anders kommen. Drei Generäle, drei Armeebefehlshaber, haben dein Schicksal bestimmt.« Zwei von ihnen hatte Schesterikow nie zu Gesicht bekommen, sondern nur seinen General, Foti Kobrissow, als dieser bei fürchterlichem Frost auf die Freitreppe vor das Haus trat, während Schesterikow gerade an dieser Treppe vorbeiging, mit einem Kochgeschirr voll Kohlsuppe und Brei im Deckel – für den Hauptfeldwebel seiner Kompanie.

Drei Tage zuvor war das Bataillon, in dem Schesterikow kämpfte und von dem nur vierzig Leute übriggeblieben waren, der Armee zugeteilt worden, die auf dem Verteidigungshalbring vor Moskau stand. Die Soldaten hofften nach Moskau zu kommen, für das sie möglicherweise fallen würden, hofften sich in der Stadt ausruhen und Atem schöpfen zu können, doch es kam anders – und das war gut so! Der Hauptfeldwebel hätte sein Mittagessen auch selbst holen können, doch er fühlte sich nicht wohl, lag in der Hütte unter seinem Mantel und schaute zur Decke – und das war auch gut so! Er hätte auch einen anderen zur Küche schicken können, doch Schesterikow hatte sich ihm gegenüber etwas zuschulden kommen lassen, er hatte ihm eine freche Antwort gegeben, und das hatte ihm diesen zusätzlichen Dienstauftrag eingebracht – mein Gott, ein Glück, daß er so frech gewesen war! Schließlich und endlich hätte der General damals nicht auf die Treppe treten müssen – in Pelzjacke und Filzstiefeln, mit der Mauserpistole am Schulterriemen, gerüstet für einen langen Fußweg –, doch das war kein Zufall, denn er war zum Kognak eingeladen, und zwar nicht zu irgendeinem, sondern zu französischem.

Foti Kobrissow hatte sich in jenem Haus noch nicht eingerichtet, seine Stube war leer. Vom ehemaligen Hausherrn hatte man nur das Bett stehen lassen, alles andere hatte man hinausgeschleppt. Der Stabsschreibtisch war noch nicht hergebracht worden, darum hatten die Nachrichtensoldaten das Telefon einfach auf den Fußboden gestellt. Von ihnen hat Schesterikow später auch alle Einzelheiten erfahren.

Kaum war der Apparat angeschlossen, klingelte es, und der General nahm den Hörer ab. Die Nachrichtensoldaten, die die Verbindung überprüften, hörten am anderen Ende der Leitung mit.

»Schön, dich zu hören, Swiridow«, sagte der General. Der Divisionskommandeur, ein Oberst, mit dem er sich ein halbes Jahr auf dem Rückzug befunden hatte, rief ihn an. »Du kommst deinem Vorgesetzten zuvor, eigentlich hätte ich dich zuerst anrufen müssen. Wie steht's bei dir? Du machst mir die meisten Sorgen.«

Warum er ihm die meisten Sorgen mache, fragte Swiridow.

»Wer sonst, du stehst doch ganz außen. Auf deiner rechten Seite besteht doch keine Fühlung.«

Swiridow bestätigte das: Von Fühlung könne keine Rede sein, sein rechter Nachbar sei das freie Feld.

»Eine Brigade ist im Anmarsch«, sagte der General. »Aus Moskau, eine frische. Die gebe ich dir, die stellst du rechts von dir auf.«

Swiridow bedankte sich, gab jedoch zu verstehen, es sei besser, etwas zu verschenken, was man habe, und nicht, was einem versprochen sei.

»Das wäre mir natürlich lieber, doch ich werde auch nur mit Versprechungen gefüttert«, sagte der General. »Los, erzähle. Vielleicht hast du was Tröstliches ...«

Swiridow tröstete ihn damit, daß sein Verteidigungsabschnitt Nachschub bekommen habe – zwei Landwehrbataillone aus Moskau: Schauspieler, Professoren, Schriftsteller, mit einem Wort – Intelligenzler, Brillenträger, ausschließlich ältere Herrschaften, kurzatmig, mit Plattfüßen – und ausgerüstet seien sie mit Ausbildungsgewehren von der »Gesellschaft zur Förderung der Verteidigung, des Flugwesens und der Chemie«, mit durchbohrten Verschlußstücken und abgefeilten Schlagbolzen, schießen könne man damit bloß im Nahkampf, und selbst dann nur mit großer Schwierigkeit. Jeder habe noch zwei Handgranaten dabei, man bringe ihnen gerade das Werfen bei. Schleuderten sie die Handgranaten auch nicht weit, so doch wenigstens nicht vor die eigenen Füße. Einigen wenigen, die nicht so schwer von Kapee seien, zeige man, wie ein Granatwerfer funktioniert – die Granate legten sie mit dem Flügel nach oben ins Rohr, doch Gott sei Dank vergäßen sie, die Zünderkappe abzuschrauben.

»Alles klar«, seufzte der General. »Doch sie sind sicher in Kampfstimmung?«

Swiridow bestätigte das, sie würden geradezu auf ein Gefecht brennen. Kein Schritt zurück, sagten sie, sie würden nicht weichen, hinter ihnen sei Moskau.

»Alles klar«, sagte der General noch einmal. »Die haben noch kein Pulver gerochen. Das kann doch aber nicht alles sein, Swiridow, es muß doch noch eine Sperrabteilung kommen.«

Richtig, bestätigte Swiridow, die Sperrabteilung habe nicht auf sich warten lassen. Es sei ein NKWD-Bataillon gekommen, nur habe es in der hinteren Linie Stellung bezogen, im Rücken der Landwehrleute, so daß es nicht gelinge, die Front auszuweiten.

»Hast du sie nicht zur vorderen Linie geholt?«

»Wie denn«, sagte Swiridow, »ich war bei ihnen, habe ihnen einen Abschnitt angeboten. Der Bataillonskommandeur hat strikt abgelehnt: ›Wir haben andere Pflichten.‹«

»Hast du den Landwehrleuten die freudige Mitteilung gemacht, daß ihr Fluchtweg abgesperrt ist?«

Ja, das habe er getan.

»Und was haben sie dazu gesagt?«

»Sie waren sogar beleidigt. Wir haben nicht vor zurückzuweichen, sagen sie.«

»Richtig«, sagte der General. »Die weichen nicht zurück. Daß hinter ihrem Rücken nicht nur Moskau ist, sondern auch noch eine Sperrabteilung, das werden sie nicht vergessen. Wenn die Deutschen vorstürmen, schlagen sie sich seitwärts in die Büsche. Und dann muß die Sperrabteilung den Stoß abfangen. Es ruckelt sich alles zurecht, Swiridow. Betrachte die Leute vom NKWD als deine Reserve. Ihr Fluchtweg ist auch abgesperrt. Im schlimmsten Fall erschießen sie sich gegenseitig.«

Swiridow schwieg kurze Zeit, dann fragte er:

»Wollen Sie nicht herkommen und nachsehen, wie wir liegen?«

»Was gibt's da nachzusehen ... Gut werdet ihr liegen. Ich zweifle nicht, daß du alles getan hast, was in deinen Kräften steht.«

»Ein Grund mehr«, fuhr Swiridow mit einschmeichelnder Stimme fort, »außerdem gibt's noch einen zweiten Anlaß. Schön verpackt. Aus der Provinz Cognac. Parlez vous français?«

»Was du nicht sagst!« Der General wurde gleich fröhlicher. »Ein Fest also!... Wo hast du den aufgetrieben?«

»Der Gegner hat ihn zurückgelassen. In Peremerki.«

»Warte! Sag bloß, du hast ihn aus Peremerki rausgeschmissen! Warum hast du das nicht gleich gesagt, die Bescheidenheit in Person? Ahjahjahj!«

Doch außer diesem »Ahjahjahj« bekam Swiridow keine Vorwürfe zu hören. Beide hatten begriffen, daß es besser sei, die Sache nicht so schnell weiterzumelden. Im Handumdrehen wäre die Nachricht beim Obersten – und wenn man dann dieses verdammte Peremerki wieder abgeben müßte ... Auch wenn er es vorher eingenommen hatte, würde man ihm dem Kopf abreißen.

Der General legte den Hörer auf den Fußboden, ging in der Stube auf und ab, warf die auseinandergefaltete Karte neben den Hörer, schaute hinein und nahm den Hörer wieder auf.

»Swiridow, hier gibt's zwei Peremerki – Kleinperemerki und Großperemerki. In welchem bist du?«

»In Großperemerki, Foti Iwanowitsch, in dem wichtigeren. Kleinperemerki ist noch in der Hand des Gegners.«

»Mach keine Faxen, sag mir ganz genau: Hast du ihn rausgeschmissen, oder ist er von selbst gegangen? Ich schlage dich sowieso für einen Orden vor, sag mir die Wahrheit.«

»Wie soll ich sagen? Er war nicht sonderlich daran interessiert, Peremerki zu halten. Nun, und ich habe meinerseits noch ein bißchen nachgeholfen. Den Kognak jedenfalls hat er vergessen. Vier Kisten sogar, stellen Sie sich das vor!«

Der General legte den Hörer wieder hin, atmete ruhig durch und nahm ihn wieder auf.

»Weißt du, Swiridow ... Deine Eroberung gefällt mir. Es gibt zwar kaum Gutes zu berichten, aber sie gefällt mir. Vielleicht ist er ... vergiftet?«

»Ich habe ihn an den Gefangenen ausprobiert.«

»Du hast auch Gefangene gemacht? Und, was kam dabei raus?«

»Sie sind warm geworden. Die Zeiger haben ausgeschlagen.«

Der General blickte fröhlich auf die Karte, als hätte er bereits von der »zweiten Eroberung« gekostet.

»Hör mal, und du selbst, wo sitzt du?«

»Na, auch in Peremerki. Sechs Kilometer von euch entfernt. Ich könnte Rösser schicken.«

»Du hast immer noch nicht gelernt, daß es ›Pferde‹ heißt, Swiridow. Pferde habe ich selbst, bloß die ziehen seit heute früh Geschosse, die sind erschöpft. Pferde sind keine Menschen – sie werden müde ...«

»Kann ich Sie also erwarten? Außerdem feiert das Land heute den Tag der Verfassung ...«

»Wir quatschen zu viel, Swiridow«, sagte der General streng. »Wir verraten den Tag der Verfassung. Der Feind hört mit. Ist das alles? Auf Wiedersehen.«

Der General lief, die Hände auf dem Rücken verschränkt, in der Stube auf und ab und summte sein geliebtes: »Die ver-r-r-dammte Verfolgung ist vorbei, Liebchen, br-r-auchst nicht mehr zu zitter-r-rn! ...« vor sich hin, stellte sich vor die Ikonenwand und betrachtete die Bilder.

»Die werden sofort abgehängt«, sagte die herbeieilende Ordonnanz. »Ruck, zuck!«

»Wieso?« fragte der General verwundert. »Sie stören nicht.«

»Sie stören den General beim Denken«, entgegnete ihm jener ekstatisch. »Sie lenken die Gedanken in eine falsche Richtung.«

Die Ordonnanz war, was man einen affektierten Dummkopf nennt, das heißt, der Mann war nicht von Natur aus dumm, sondern zu seinem eigenen Vergnügen. Er war nicht schwer von Kapee, sogar durchaus flink, doch sagte er oft unpassende Dinge und war auch noch stolz darauf. Besonders ärgerte den General, daß er sich angewöhnt hatte, statt »Zu Befehl« »Nach bestem Wissen und Gewissen!« zu sagen – es war unmöglich, ihm das abzugewöhnen. Auch diesmal antwortete er »Nach bestem Wissen und Gewissen«, als der General ihm befahl, die Ikonenwand nicht anzurühren und alles so zu lassen.

Der General wollte schon aufbrausen, doch er kniff die Lippen zusammen und betrachtete die Bilder, die dunklen Gesichter des Erlösers, der Märtyrerin Barbara und des wundertätigen Nikolaus, er hielt den Finger über das Öllämpchen und berührte das schwarze, rissige Holz des kleinen Ikonenschreins.

»Wie heißt das?«

»Das?« die Ordonnanz begriff noch nicht, was den General so aufbrachte, und antwortete immer noch schneidig und ekstatisch. »Das hat überhaupt keinen Namen, Foti Iwanowitsch!«

»Na, hör mal!« sagte der General verdutzt. »Ein Meister hat das gemacht – vielleicht dreitausend Stück davon in seinem Leben –, und er soll keinen Namen dafür gehabt haben?«

»Einfach – Kästchen.«

»Pfui!« sagte der General. »Gib mir meinen Pelz. Deinen Mantel kannst du zu Hause lassen. Und daß du mir sagst, wie das ›Kästchen‹ heißt, wenn ich wiederkomme.«

Die Ordonnanz, die nun alles begriffen hatte, antwortete: »Nach bestem Wissen und Gewissen.« Weiter hörte der General von ihr nichts mehr, und die Ordonnanz selbst sah er auch nie wieder.

In diesem Moment erschien Schesterikow auf der Bildfläche – mit Kochgeschirr und Deckel.

»Soldat, kommen Sie mal her«, hörte er eine Stimme auf der hohen Treppe, unzufrieden und böse, doch das hatte nichts mit ihm zu tun, sondern sicher mit dem Frost, der die Obrigkeit, die sich im Haus aufgewärmt hatte, aus heiterem Himmel traf – der unbekannte, furchteinflößende Mann mußte einfach mit jemandem schimpfen. Er stand fröstelnd auf der Treppe und zuckte mit den Schultern, die Beine in den Filzstiefeln eindrucksvoll gespreizt und die Hand fest auf der Pistolentasche.

»Zu Befehl, Genosse Befehlshaber!« Schesterikow kam schnellfüßig herbeigeeilt und salutierte vorschriftsmäßig mit dem Kochgeschirr in der Hand.

Sein ganzes übriges Leben fragte er sich immer wieder, welches Gefühl ihm verraten hatte, daß der Mann mit der Pelzjacke ohne Kragenspiegel nicht einfach nur ein General war, sondern der Befehlshaber persönlich, und er fand keine Erklärung dafür. Möglicherweise hatte ihn die Mauserpistole in dem ledernen Futteral, wie er sie im Kino bei den Revolutionären und Kommissaren gesehen hatte, darauf gebracht.

»Sie werden mich begleiten«, erklärte der General und blickte zum grauen Himmel. »Ist Ihre MPi voll geladen? Zwei Reservetrommeln wären nicht schlecht ...«

Schesterikows Herz bebte und machte einen Luftsprung. Dennoch wandte er ein, er sei durch einen Befehl gebunden – er müsse seinem kranken Hauptfeldwebel das Mittagessen bringen. Der General runzelte die Stirn, doch er schenkte ihm Gehör und nickte zum Zeichen seines Einverständnisses. Und dann sprach er die Zauberworte: »Beeilen Sie sich. Ich warte.«

Mit diesen Worten vereinten sich der Schicksalsstrom des Generals und der kleine Schesterikows.

»Ich mache schnell«, versprach er dem General nicht ganz vorschriftsmäßig und rannte, auf das Kochgeschirr deutend, davon, um den Befehl auszuführen.

»Hast du was gegessen?« rief der General ihm nach, winkte dann aber ab und gab sich selbst die Antwort: »Ist egal, wir kriegen dort was.«

Die Geschichte fiel vom Schritt in den Trab. Es war nicht Schesterikows Absicht, noch zu seinem Hauptfeldwebel zu flitzen, der Teufel sollte ihn holen mit seiner Krankheit, aber das Essen einfach in den Schnee zu kippen, das brachte er nicht übers Herz. Er rannte um die Ecke, in eine Gasse, schlürfte ein bißchen Suppe aus dem Kochgeschirr, schüttete sich drei Handvoll Brei in den Mund, brach einen halben Brotkanten ab und steckte ihn unter die Bluse, damit er nicht gefröre. Wer weiß, wann er da was zu essen kriegte, beruhigte er sein Gewissen, ernsthafte Dinge stünden ihm bevor, da könne er bestimmt nicht unterm Mantel liegen und die Schaben an der Decke zählen. Glücklicherweise stiefelten zwei Freunde aus seiner Kompanie vorbei, die ein Mädchen aus dem Dorf zum Lachen bringen wollten. Schesterikow fiel wie ein Tiger über sie her, nahm ihnen auf der Stelle die Patronen und zwei schwere Trommeln ab und gab ihnen stattdessen seine halbleere Trommel und dazu das Mittagessen – mit dem Auftrag des Befehlshabers, es sofort beim Hauptfeldwebel abzugeben. Eine Minute später stand er vor dem General – und er kam gerade im richtigen Augenblick: Im zugefrorenen Fenster sah er ein freigehauchtes Loch, und in diesem Loch ein beleidigtes, neidisches Auge – wohl das der Ordonnanz, auf die der General aus irgendeinem Grund wütend war. Schesterikow dachte noch, das bringt nichts Gutes, wenn das Auge so das Fenster durchbohrt. Er fürchtete zwar weder den schwarzen Montag noch die böse Dreizehn oder den Kater von rechts, dafür aber den bösen Blick.

»Schon zurück?« fragte der General und schaute Schesterikow, der bereit war, dem Teufel in den Rachen zu krauchen, zufrieden an. »Auf, stiefeln wir los.«

Und so begannen sie – stapf-stapf –, sich ihren Weg durch den Schnee zu bahnen: Der General, der bei jedem Schritt mit der Hüfte die Pistole vor sich herstieß, voran, und Schesterikow acht Schritt hinter ihm. Kaum hatten sie das Dorf verlassen, warf sich der Steppenwind ihnen entgegen. Schesterikow war trostlos zumute, er atmete schwer, doch der General verlangsamte seinen Schritt nicht. Etwas schien ihn von innen zu wärmen und trieb ihn vorwärts.

Anfangs gingen sie immer an der Telefonleitung entlang, von Mast zu Mast, dann waren die Maste zu Ende, die Leitung verschwand unterm Schnee. Doch die Nachrichtensoldaten und Verbindungsleute hatten einen Trampelpfad hinterlassen – einen Abhang hinunter, durch eine Niederung hindurch, wieder aufwärts auf einen Hügel hoch. Die beiden mußten kräftig ausschreiten, die Sonne, obwohl trübe, munterte sie auf, und die Wälder in der Ferne, obwohl schwarz, schreckten sie nicht durch ihre Fremdheit. Und dann Felder über Felder – daran war Schesterikow gewohnt. Das alles war halb so schlimm, doch als sie kaum eine Werst hinter sich hatten, kroch ihm der Frost unter den Mantel, am liebsten hätte er mit den Armen gegen die Brust und gegen die Schultern geklopft. Anfangs genierte er sich vor dem General, doch dem gefiel der Frost offenbar auch nicht, von Zeit zu Zeit preßte er seine Hände gegen die Ohren, und diese Momente nutzte Schesterikow, sonst beherrschte er sich.

»Du klopfst nicht auf die richtige Stelle!« schrie ihm der General zu. Er hatte es also doch gehört. »Dort wärmt dich deine Jugend. Du mußt mit den Füßen aufstampfen, mit den Füßen. Das ist das wichtigste.«

Schesterikow stampfte mit den Füßen, doch mit den Beinen war es noch erträglich, nur die Seele gefror langsam zu Eis.

»Hast du nicht unsere bolschewistische Presse benutzt?« fragte der General, der sich fröhlich umdrehte und einige Zeit rückwärts lief. »Hast du keine Zeitung um die Fußlappen gewickelt? Das war ein Fehler.«

So stand es in der Instruktion: Man sollte das Gelesene noch einmal verwenden – gegen Erfrierungen, doch Schesterikow glaubte nicht an solche Wunder, das Papier brauchte er für Zigaretten und andere Dinge. Er setzte mehr auf das Wolltuch, das ihm seine Frau geschickt hatte – daraus hatte er Fußlappen gemacht.

Der General hörte sich die Geschichte vom Wolltuch an und breitete die Arme aus.

»Alles Geniale ist einfach. Wer hat das gesagt? ... Ich weiß es auch nicht.«

Dann verlangsamte er seinen Schritt, damit Schesterikow ihn einholen konnte.

»Spielst du Billard? Merke dir eins, wer Billard spielt, hat einen guten Orientierungssinn. Was meinst du, haben wir schon vier Kilometer geschafft?«

Nach Schesterikows Gefühl waren sie schon zehn Kilometer gestapft, und Billard hatte er noch nie im Leben gespielt, sicher hatte er deshalb solch einen schlechten Orientierungssinn.

»Macht nichts, durchhalten«, tröstete ihn der General. »Noch mal halb so weit, und dann empfangen sie uns in Großperemerki. Hast du schon mal französischen Kognak getrunken? Dann wird's aber Zeit!«

Der General hatte offenbar die gesamte Karte im Kopf, er schritt ohne Zögern aus. An einer Weggabelung ging er zielsicher nach rechts, obwohl es Schesterikow schien, daß man genauso zielsicher auch nach links hätte abbiegen können. Doch diese Überlegung schrieb er sich erst später zugute, in Wirklichkeit ahnte er noch nicht, daß das Verhängnis bereits seinen Lauf nahm, als sie dahintrotteten.

Der General und er gingen nach Großperemerki – und dahin gingen sie richtig. Sie hätten aber nach Kleinperemerki gehen müssen. Swiridow, der nach der Größe geurteilt und in der Eile nicht in die Karte geschaut hatte, war es nicht in den Sinn gekommen, daß, wie so oft in Rußland, alles genau umgekehrt benannt war. Kleinperemerki, das später als Großperemerki entstanden war, also nach dem ersten Peremerki, war um eine kleine Schuhfabrik herum gewachsen und hatte Großperemerki an Größe schon längst überholt. Die Namen allerdings hatte man nicht ausgetauscht – die Einheimischen konnten beide Orte auch so unterscheiden, und auf Fremde pfiff man. War ja auch vernünftig: Hätte man die Ortsnamen geändert, wieviel Schilder hätte man neu malen, wieviel Fragebögen neu drucken lassen müssen, und die Aufschriften auf den Kisten hätte man ändern müssen, in denen die Filzstiefel aus Kleinperemerki in alle Landesteile geschickt wurden. Und hast du nicht gesehen, hätte sich das verarmte Großperemerki seinerseits wieder ausgeweitet, eine Glashütte könnte auf die Beine gestellt werden – und Kleinperemerki, umbenannt in Großperemerki, wäre plötzlich wieder kleiner! Und einen ganz anderen Namen – wo sollte man den hernehmen? Das wäre ja noch schlimmer gewesen, hätte jemand im Ort Glashütte wohnen müssen. Und hätte man, sagen wir, dem einen Ort den Namen Shdanow gegeben und anderen die Namen Schkirjatowy oder Kaganowitschi*, ja so viele werte Führer hätte man gar nicht zur Verfügung gehabt, um alle Ortschaften nach ihnen zu benennen …

Der Himmel wurde immer dunkler, als der General und er

* Shdanow, Schkirjatow, Kaganowitsch – bekannte sowjetische Politiker.

endlich ankamen und in den Höfen von Peremerki Leute erblickten, die ihnen entgegenliefen. An die dreißig Leute strömten auf sie zu. Doch sie hatten es nicht eilig, Meldung zu machen. Das konnte dem General nicht gefallen, zornig befahl er ihnen von weitem, aus einer Entfernung von fünfzig Schritt:

»Schicken Sie Oberst Swiridow zu mir!«

Doch die Leute machten auch dann keine Anstalten. Sie schauten sich an und lachten:

»Karascho, Wanja! Dawai-dawai!«

Der General erstarrte und befahl Schesterikow: »Hinlegen!«

Kaum hatte sich Schesterikow hingeworfen, da leuchtete bei einem der Leute vor dem Bauch plötzlich etwas auf, man hörte ein trocknes Knacken und dann – als zerplatze etwas in der heißen Pfanne. Der General, der sein eigenes Kommando zu spät befolgte, stürzte in den Schnee. Schesterikow erinnerte sich nicht mehr, wie er zu ihm gekrochen war und woran er im ersten Augenblick gedacht hatte, doch er würde nie vergessen, wie er im Schnee nach seinem Fausthandschuh getastet und in etwas Klebriges und Heißes gefaßt hatte, das unter der Schulter des Generals hervorfloß.

»Genosse Befehlshaber«, rief er kläglich. »He, Genosse Befehlshaber?«

Der General röchelte nur, hustete und hatte sein Gesicht in eine Schneewehe gedrückt.

»Schönes Billard!« sagte Schesterikow und wischte seine Hand am vereisten Schnee ab. »Ach, was für ein Unglück! ...«

Doch das gesamte Unglück hatte er noch nicht erfaßt. In seinem Kopf stellte sich das Geschehen so dar: Die eigenen Leute hatten sich im Suff geirrt oder mutwillig geschossen, unter dem Vorwand, man habe ihnen nicht die Parole gesagt. Solchen Arschlöchern war Schesterikow beim Rückzug oft begegnet – wenn die eine Waffe in die Hand kriegten, dann gnade dir Gott! Im Zorn und um ihnen eine Lehre zu erteilen, sie zu zwingen, sich im Schnee zu wälzen, warf er die Maschinenpistole vor sich hin und schoß eine lange Garbe auf sie ab – direkt über ihre Köpfe hinweg. Die Arschlöcher legten sich der Reihe nach hin und eröffneten ein Schnellfeuer, wobei sie sich Worte zuriefen, die er nicht verstand.

»Deutsche«, erklärte Schesterikow laut.

Er heulte fast, weil er sich ärgerte, daß er im Jähzorn Patronen verplempert hatte. Ungefähr 25 Stück mußten draufgegangen sein. Künftig könnte er sich diesen Luxus nicht mehr erlauben. Und entschlossen schaltete er den Sicherungsflügel auf Einzelfeuer. Er spreizte die Beine, wie es die Vorschrift verlangte, stützte sich mit den Ellenbogen in den Schnee und begann mit der Vernichtung des Feindes. Im übrigen dachte er nicht darüber nach, wieviel er töten oder verwunden würde, er hatte Fronterfahrung, und die vor ihm hatten ebenfalls Fronterfahrung. Er wußte, wenn man im Liegen aufeinander schießt, rechnet weder die eine noch die andere Seite mit Erfolg. Die Hauptsache war, ihnen nicht die Gelegenheit zu geben, den Kopf zu heben, und die Zeit hinauszuzögern, bis sie sicher waren, daß sie in aller Ruhe herankommen und den Gegner lebendig nehmen konnten. Außerdem würde es nicht schaden, wenn der Gegner den Eindruck bekäme, hier schieße kein einzelner.

Er zog die Mauserpistole des Generals aus dem Futteral, und obwohl er zum erstenmal solch ein schönes Ding in der Hand hielt, wußte er gleich, wie das Magazin herauszunehmen war. Es enthielt neun Patronen. Schesterikow befühlte mit steifen Fingern die runden Köpfe und bewegte lautlos die Lippen: »Eins, zwei, drei ...« – dann folgten fünf leere Löcher, die Pistole war vierzehnschüssig. Der General schoß offenbar gerne mit ihr – aus Spaß an der Freude oder aber, um jemanden eigenhändig zu beseitigen, es gibt solche Liebhaber. Was soll's, dachte Schesterikow, Krieg ist Krieg. Er müßte das Magazin nachfüllen. Im Futteral war Platz für ein Ersatzmagazin, es fehlte. Zwei Reservetrommeln wären nicht schlecht ... ging es ihm durch den Kopf. Sich selbst machte er ebenfalls Vorwürfe – warum hatte er den beiden seine halbleere Trommel überlassen, sie waren so mit dem Mädchen beschäftigt gewesen, sie hätten den Verlust gar nicht gemerkt. Und gleichzeitig dachte er gekränkt und neidisch an das Mädchen selbst, das die beiden mit Armeewitzen zum Lachen bringen wollten, er erinnerte sich an ihr rosiges Gesicht, das kokett in einem bunten Kopftuch steckte. Die haben's gut, die haben's warm, die sind bestimmt schon beschwipst und haben ihn völlig vergessen, ihn, der hier im Schnee lag, mit dem Hintern zum schwarzen Himmel, vor irgend so einem verdammten Peremerki, Seite an Seite mit dem bewußtlosen, stummen General, und sich mit irgendwelchen Leuten eine Schießerei lieferte, die Gott weiß woher aufgetaucht waren, als kämen sie vom Mond. Zum Glück hatte er wenigstens vorher die Freunde getroffen, zum Glück hatten sie volle Trommeln bei sich, gebe Gott, daß sie die Zeit fröhlich verbringen.

Genaugenommen war seine Lage gar nicht so schlecht, es hätte schlimmer sein können. Zum Glück war die Schmierung nicht gefroren und streikte der Zubringer nicht, er war bereits warm geworden. Zum Glück hatte er noch die Mauserpistole mit neun Patronen. Zum Glück kamen die Deutschen nicht zu ihm gekrochen, jeder schoß dort, wo er sich hingeworfen hatte. Der General lag ebenfalls gut, sein Kopf sah nicht aus der Schneewehe heraus. Doch ein banger Gedanke ging manchmal durch Schesterikows Kopf – er und die Deutschen würden nicht im guten auseinandergehen. Wenn Soldaten auf gleicher Stufe zusammentreffen, kann es passieren, daß sie sich ohne Schußwechsel trennen – welcher vernünftige Mensch möchte kämpfen? Aber hier – wie sollte man hier friedlich auseinandergehen, wo er den General auf dem Hals hatte, der dazu noch lebte, er atmete, röchelte! Und die aus Peremerki hatten im Hellen gesehen, wer da zu ihnen gekommen war, sie hatten seine dunkelgrüne, mit grauem Lammfell besetzte Pelzjacke gesehen, und die hohe Lammfellmütze – damit würden sie ihn nicht ziehen lassen! Einen Toten konnten sie ausziehen, sie konnte seine Kleider untereinander aufteilen, für einen Lebenden bekäme jeder vielleicht zwei Wochen Urlaub. Ergeben konnte er sich auch nicht mehr, mit der Schießerei war es ernst geworden. Sie froren schon und waren fuchsteufelswild! Ihm, dem einfachen Soldaten, würden sie gleich vor der ersten Hütte den Garaus machen, und wenn er gar jemanden erschossen oder angeschossen hatte, würden sie ihn vorher halbtot schlagen. Den General aber würden sie ins Warme schleppen, verbinden, zu Bewußtsein bringen, dann – zum Verhör. Und wenn er sich weigerte zu reden – dann wäre es auch mit ihm vorbei.

Schesterikow nahm noch einmal das Magazin aus der Pistole und schlug zwei Patronen heraus, um sie nicht unbedacht zu vergeuden. Diese zwei würde er unmittelbar vor dem Ende einlegen, um erst dem General in den Kopf zu schießen und dann sich selbst. Lieber sich selbst erschießen als sich noch quälen lassen. Sie würden ihn nehmen und genußvoll schlagen, an die Wand stellen und ewig mit den Gewehrschlössern klappern – sie wollten doch ihr Gaudium haben, bevor es ins Warme ging. Zuerst versteckte er die Patronen im Fausthandschuh, doch dort behinderten sie ihn sehr und erinnerten ihn allzudeutlich an das Unausbleibliche, so steckte er sie unters Hemd. Dort trafen seine Finger auf etwas Hartes, Rauhes, den Brotkanten hatte er fast schon vergessen. Ein lebendiges, warmes Gefühl stieg in ihm hoch, doch auch ein trostloses, weil er sich nun bald umbringen müßte. Sollte er den Kanten jetzt gleich essen? Oder erst dann? Und er dachte, wenn er ihn jetzt gleich kaute, dann hätte er wirklich jede Hoffnung aufgegeben.

Eine Hoffnung war ihm geblieben, wenn auch nur eine schwache. Als er bereits nicht mehr unterscheiden konnte, ob es bereits dunkle Nacht war oder immer noch Abend, da wärmte er sich von Zeit zu Zeit an dem weisen Gedanken, daß es der Gegner ja auch nicht leicht hätte. Irgendwann würden es auch die Deutschen einmal satt haben, im Schnee zu frieren, und sie würden vielleicht auf ihn pfeifen: Wer möchte schon sein Leben für eine

Pelzjacke riskieren, und mit Urlaub brauchten sie auch nicht zu rechnen, wenn der General nicht mehr lebte. Nur, ob sie alle gleichzeitig ins Warme gingen? Ein pflichtbewußtes Volk, die ließen womöglich Wachtposten zurück und wechselten sie aus – bis zum Morgen, das war für die doch ein Kinderspiel.

Vor dem Hellwerden mußte er sich etwas einfallen lassen, wenigstens weiter wegkriechen und in irgendeiner Schlucht Schutz suchen oder sich mit Schnee bedecken. Den General konnte er nicht liegenlassen, der röchelte noch. Deshalb kroch Schesterikow zurück und versuchte ihn an den Beinen zu sich heranzuziehen. Es gelang ihm nicht, die Filzstiefel rutschten von den Füßen, und die Pelzjacke stülpte sich um. Er versuchte es anders: Er stieß den General im Liegen mit Schulter und Stirn voran, pfiff auf alles, kniete sich hin und zog ihn am Pelzkragen vorwärts. Als er ihn fünf Meter weitergeschleift hatte, kroch er zurück, die Maschinenpistole holen. Er schoß aus der Hocke, legte sich nicht mehr in den Schnee und robbte gleich zurück zum General.

In Peremerki war es indes lebendig geworden – das Feuer wurde stärker, die Schreie lauter, Schesterikow deutete das so, daß den Frierenden andere Soldaten zu Hilfe geeilt waren, die sich aufgewärmt hatten. Nicht dreißig MGs, sondern hundert ratterten ohne Unterbrechung, und alle Kugeln, meinte er, flogen zu ihm. Erst später erfuhr er, daß Swiridow, beunruhigt durch den sehr langen Marsch des Generals, seine Nase in die Karte gesteckt hatte, und als er mit Entsetzen begriff, in welche Falle er den teuren Gast gelockt hatte, schickte er eine Kompanie los, dieses Peremerki zu durchkämmen und nicht ohne den Befehlshaber, lebendig oder tot, zurückzukehren. Und solange diese Kompanie den Kampf auf den Straßen des Ortes führte, hatte Schesterikow sie unterstützt, wie er es vermochte: Er schleifte den General so weit zurück, wie es seine Kräfte erlaubten. Zu schießen hatte bereits keinen Sinn mehr, die Deutschen hätten bei dem Krach, den sie selbst machten, seine Antwortschüsse nicht gehört, das Mündungsfeuer jedoch hätte ihn verraten.

Als die Schießerei in Peremerki verstummte, war er mit dem General schon weit draußen auf dem Feld, der Schneesturm hatte ihre breite Spur zugeweht, er hatte auch eine kleine Schlucht entdeckt, in die er den Sterbenden schleppen und wo er ihn endlich verbinden konnte. Als Schesterikow die Pelzjacke mit dem blutigen Futter aufknöpfte, merkte er, daß die Feldbluse auf dem Bauch von der schwarzen, klebrigen Flüssigkeit durchtränkt war. Aus einem einzigen Loch, so überlegte er, konnte so viel nicht fließen, er fand dieses Loch auch nicht. Als er die Militärbluse hochgezogen und den General auf die andere Seite gerollt hatte, wickelte er all seine Verbände um den Oberkörper des Generals und zog das Koppel fester. Das war alles, was er tun konnte. Nachdem er sich eine Weile ausgeruht hatte, schleifte er den General weiter – über den Grund der Schlucht, zuvor hatte er schon seinen Schultersack, die Mauserpistole und seine MPi fünfzig Meter vorausgeschleppt und war dann wieder zu dem Verwundeten zurückgekehrt. Der General röchelte und gluckste nicht mehr, er stöhnte selten und ganz leise, als sei er in tiefen Schlaf gesunken.

Noch vor dem Hellwerden vernahm Schesterikow hinter dem Hügel der Schlucht eine Bewegung: das Dröhnen von Motoren, das Quietschen von schweren Rädern, und Stimmen – wessen, war unklar. Nur mit der Mauserpistole bewaffnet, begab er sich kriechend auf Erkundung. Es zeigte sich, daß die Schlucht unter einer Brücke entlangführte, und über die Brücke ging ein Weg. Schesterikow war noch nicht bei der Brücke angelangt, da hätte er am liebsten einen Freudensprung gemacht, als er das unverwechselbare »Verdammtes Arschloch!« vernahm – die ihm hinlänglich bekannte Begleitmelodie eines Rückzugs. Wohin konnte man schon zurückweichen, wenn nicht in Richtung Moskau. Bis Moskau war es ein Katzensprung, dorthin bewegte sich die Masse der Menschen, Kraftwagen und Fuhrwerke. Er konnte nicht ahnen, daß das die Folge eines Schlages der 9. deutschen Armee war, genauer – die Folge des Eindrucks, den dieser Schlag hinterlassen hatte. Die überfüllten Laster fuhren im vierten oder fünften Gang und hupten pausenlos, die Pferdefuhrwerke, die auch nicht leer waren, wichen ihnen in Panik aus, die Kutscher peitschten gnadenlos auf die fast zu Tode gehetzten Tiere ein, und so verwunderlich es auch war, man konnte nicht behaupten, das Fußvolk wäre weit zurückgeblieben – manche hatten Waffen, manche keine, doch alle hatten sie wahnsinnige Augen wie Betrunkene. Diese ganze Lawine ergoß sich mit Gebrüll, Geschrei, Geröchel und Geschieße auf die Brücke, ähnlich einem überkochenden, aus dem Topf quellenden Brei. Schesterikow flimmerte es vor Augen.

Doch er schöpfte neue Hoffnung.

Schnell kehrte er zum General zurück und schleifte ihn keuchend näher an die Brücke heran, damit man sie sehe; man würde ihnen zu Hilfe eilen, man würde doch wenigstens erfahren wollen, was los ist, warum der General hier liegt. Doch niemand eilte herbei, und niemand merkte, was abseits geschah.

Da erblickte er plötzlich einen Milizionär, der einsam und apathisch am Straßenrand stand – ein ganz gewöhnlicher Verkehrsregler im blauen Mantel, mit einer Mütze über dem Kopfschützer, der teilnahmslos das Geschehen verfolgte und seinen Stab herabhängen ließ. Schesterikow stürzte zu ihm mit der inständigen Bitte:

»Lieber Mensch, halte doch irgendein Fahrzeug an oder ein Fuhrwerk ...«

Der Milizionär schaute ihn nur schräg an und schüttelte sich fröstelnd.

»Es ist doch nicht für mich«, erklärte Schesterikow. »Es ist für den General. Da liegt er, siehst du, er ist verwundet, er hat das Bewußtsein verloren.«

»Wie soll ich dir was anhalten?« fragte der Milizionär, ohne auf den General zu schauen.

»Was heißt ›wie‹? Du hast doch einen Stab und eine Pistole.« Schesterikow vergaß in dieser Minute, daß auch er eine Mauser hatte und eine Maschinenpistole in der Schlucht. »Damit kannst du drohen – da muß jemand anhalten!«

»He«, sagte der Milizionär. »Steck deine Kanone weg. Fuchtel nicht so rum.«

Und er deutete mit den Augen auf einen Menschen, der fünf Schritt von ihm entfernt auf derselben Straßenseite lag und einen Mantel mit den Schulterklappen eines Leutnants trug. Er lag mit dem Gesicht nach unten, die nackte Hand mit der Pistole zur Seite geworfen, daneben eine blutige Pelzmütze.

»Er hat auch gedroht«, erzählte der Milizionär. »Hat zu viel protestiert: ›Ihr Schurken, ihr Feiglinge, ihr habt Moskau verraten, Rußland verraten!‹ Sie haben ihm vom Lastwagen aus eine ganze Garbe verpaßt. Siehst du, und jetzt liegt er friedlich da und protestiert nicht mehr.«

»Was soll ich machen?« fragte Schesterikow kläglich. Und er wiederholte sein Argument: »Wenn es für mich wäre, aber es ist doch für den General ...«

»Lebt er noch?« Der Milizionär schielte endlich zu ihm hin.

Schesterikow war sich nicht sicher, doch um so leidenschaftlicher rief er:

»Das ist es ja, daß er noch lebt! Er muß so schnell wie möglich ins Lazarett ...«

Entweder war der Milizionär in Gedanken versunken, oder er war verstummt, weil die Sache ausweglos war; sein windgegerbtes, vom Frost dunkelrotes Gesicht drückte keine Regung aus.

»Vielleicht versuchen wir es zu zweit?« fragte Schesterikow hoffnungsvoll, als er sich endlich auf seine eigene MPi besann. »Wir ballern auf die Fahrerkabine, was? Nur verstecken wir uns vorher. So eine MG-Garbe ist nicht gerade ...«

»Das ist keine gute Methode«, sagte der Milizionär. Es sah nun doch so aus, als habe er die ganze Zeit überlegt. »Man müßte eine 45er-Kanone auffahren. Mit Schild. Und auf die Kühlerhauben zielen! Da halten gleich mehrere an. Mit MG-Garben kannst du bei denen nichts ausrichten.«

»Eine 45er, das ist eine Idee«, sagte Schesterikow, der sich an seine eigene Erfahrung erinnerte. »Doch woher kriegen wir die?«

Der Milizionär überlegte weiter und wandte sich in Richtung Moskau.

»Mach folgendes, zweihundert Meter weiter, hinter der Kurve, steht eine Flak-Batterie. Die ist gegen die Panzer vorgesehen, aber vielleicht opfern sie für den General eine Granate.«

Bevor Schesterikow dorthin rannte, wollte er nach dem General gucken und war entsetzt über den neuen Schicksalsschlag. Nur für eine Minute hatte er den General allein gelassen, und schon hatte ihm jemand die Fellmütze und die Filzstiefel geklaut, die wunderschönen, aus weißem Wollstoff gewalkten, mit dem roten Lederrand. Wer war dieser Wahnsinnige mit der unmenschlichen Kraft, der noch in Todespanik einen am Boden Liegenden bestahl, vor aller Augen? Er hat ihn doch nicht für tot halten können, er muß doch gesehen haben, daß er noch atmet!

Die Ohren und Füße des Generals wurden schon weiß, und Schesterikow hatte nichts, womit er sie hätte bedecken können. Er band seinen Schultersack auf, schüttete ohne Zögern sein Werkzeug auf die Erde, das Rauchzeug, Streichhölzer, Seife, ein Garnknäuel mit Nadel und schmutzige Wäsche. Die Wäsche legte er dem General unter den Kopf und bedeckte seine Ohren damit, den Sack aber streifte er ihm über die Füße und zog die Schnur zu.

»Haben sie ihn erleichtert?« fragte der Milizionär beim Herantreten. Er schüttelte den Kopf und bemerkte finster: »Tja, Mütterchen Rußland ist noch nicht tot!«

»Lieber Mensch!« flehte Schesterikow. »Paß bitte auf, daß sie ihn nicht auch noch aus der Pelzjacke schmeißen. Dann können wir gleich die Todesmeldung schreiben.« Und da er es gewohnt war, einen Menschen für seine Mühen zu belohnen, überlegte er, was er dem Milizionär geben könne. Vom Inhalt des Sackes schien ihn nichts zu interessieren. »Willst du was zu fressen?«

»Wer will das nicht?« entgegnete der Milizionär mürrisch.

Schesterikow holte ohne Zögern seinen Brotkanten unterm

Hemd hervor, brach nur ein kleines Stück für sich ab und reichte ihn dem Milizionär. Der nahm ihn danklos an, und das imponierte Schesterikow sogar.

»Mach aber schnell«, sagte der Milizionär. »Du weißt, es ist höchste Zeit ...«

Er traf auf zwei Flak-Kanoniere, einer noch ganz jung, offenbar noch ohne Fronterfahrung, der andere etwas älter und ruhiger, mit dem roten Schnurrbart eines Grenadiers. Schesterikow fragte, wer von ihnen hier das Kommando habe – nach den Schulterklappen zu urteilen, waren beide gemeine Soldaten.

»Wir brauchen keinen Kommandeur«, sagte der Ältere und löffelte irgendeinen Fleischpamps aus der Konservendose. »Feuerkorrektur ist hier überflüssig.« Er deutete mit dem Kopf auf das Flak-Geschütz, das mit dem Rohr horizontal auf die Kurve zeigte, aus der ohne Ende die Menschenlawine rollte. »Sobald sich eine Panzer-Kiste zeigt, kriegt sie eins auf den Turm und ins Loch. Und dann – rette sich, wer kann.«

Die Konservendose war offenbar für beide gedacht, der Jüngere verfolgte gespannt, ob der Ältere auch nicht mehr als die Hälfte aß. Dieser bedeutete ihm von Zeit zu Zeit mit dem Löffel – hier, noch nicht die Hälfte.

»Warum gleich auf und davon?« fragte Schesterikow einschmeichelnd und bemühte sich, nicht auf das Essen zu schauen. »Ihr seid eine starke Kraft!«

»Wer weiß, ob der Lafettenholm hält«, sagte der Ältere. »Wir haben noch nie horizontal aus dem Geschütz geschossen.«

Schesterikows Bitte hörten sie sich verständnisvoll an und lehnten entschieden ab.

»Schau doch mal, wieviel Geschosse wir haben«, sagte der Jüngere.

Die Munitionskiste, aus dünnem Spanholz, wie für Gurken und Äpfel gemacht, stand neben dem Flak-Geschütz im Schnee, darin lagen alles in allem vier Geschosse, deren Munitionsköpfe glänzten.

»Nur auf Panzer«, erklärte der Ältere, »nicht mal auf ein Flugzeug. Sonst kommen wir vors Kriegsgericht.«

»Brüder«, sagte Schesterikow, »aber das ist doch ein Sonderfall. Für den General – man wird euch vergeben.«

Sie zuckten mit den Schultern, schauten sich an und blieben stumm. Aber der Ältere überlegte und schlug vor:

»Wende dich an den General. An unseren. Er hat den Befehl gegeben – vielleicht hebt er ihn auf. Macht eine Ausnahme.«

»Und wo ist euer General?«

Der Ältere drehte sich nicht um, doch der Junge erhob sich bereitwillig und streckte seinen Finger aus.

»Da hinten, siehst du die Kirche da auf dem Hügel? Da muß er sein. Ungefähr fünf Kilometer von hier. Vielleicht auch weniger.«

Schesterikow schaute wehmütig zu dem fernen Kreuz, das schwach und schwarz in der nebligen Dunkelheit des frostigen Morgens schimmerte. Seine Augen tränten vom eisigen Wind, er konnte keinen einzigen Menschen in der Nähe des Glockenturms entdecken.

»Ich bitte euch, Brüder«, sagte er traurig, »wie gelange ich denn bis zu eurem General?« Er meinte sowohl die Entfernung als auch den Rang. »Und ob er überhaupt dort ist? Vielleicht ist er da gar nicht ...«

»Wo soll er sonst sein?« sagte der Jüngere unsicher. »Ein Hügel ist gut geeignet als Beobachtungsstandort. Von dort aus kannst du dreißig Werst weit sehen.«

»Wenn er überhaupt was sehen will«, wandte Schesterikow ein, »der hat doch jetzt nur einen Gedanken im Kopf: Schnell ins Auto, und nichts wie weg. Die verduften doch immer als erste.«

Das sagte ihm seine halbjährige Erfahrung, und die Flak-Kanoniere widersprachen ihm nicht, sondern schauten sich nur an. Auf ihren Gesichtern stand deutlich die Frage: »Ist es nicht auch für uns höchste Zeit?«

Schesterikow blieb noch ein bißchen bei ihnen stehen in der schwachen Hoffnung, die Flak-Kanoniere würden ihren Entschluß ändern, dann trottete er zu seinem General zurück. In dieser Stunde war er der einzige, der sich von Moskau weg bewegte.

2

Der General indes, von dem die Flak-Kanoniere gesprochen hatten und der, unter Androhung des Kriegsgerichts, den Befehl gegeben hatte, keine Granaten zu verschießen, egal auf welches Ziel, außer auf Panzer, dieser General befand sich tatsächlich in den Mauern jener Kirche, und was er am allerwenigsten vorhatte, war, sich ins Auto zu setzen und zu verduften, obwohl er von seiner Höhe aus in der Tat alles überblicken konnte. Außerdem hatte er gar kein Fahrzeug bei sich, er war zu Fuß hinaufgestiegen. Die drei Pferde, die an der Mauer festgebunden waren, gehörten dem Adjutanten und den Verbindungsoffizieren, doch man hatte sie längst vergessen, sie hatten apathisch die Augen geschlossen und sich in reifbedeckte Statuen verwandelt.

Aus der Ferne sah es so aus, als zeige sich der General zu dieser Stunde seinem Volke – wie sich ein König seinen Untergebenen zeigt. Es ist ja die Pflicht jedes Kommandeurs, von Zeit zu Zeit vor seinen Leuten zu erscheinen, für die einen eine lästige Pflicht, für die anderen hatte sie auch angenehme Seiten. Dieser General gehörte offenbar zur zweiten Sorte, und die Leute, die ihn umgaben, beäugten ihn hingebungsvoll und gerührt. Er stach hervor – vor allem durch seinen hohen Wuchs, den der leicht gebeugte Rücken noch unterstrich, besonders auffällig war sein bemerkenswert männliches Gesicht, das eine schwere Brille mit dicken Gläsern nicht entstellen konnte. Das Gesicht sah nicht glücklich aus, eher leidvoll, doch es erweckte den Eindruck von starkem Geist und Willen. Einem Mann mit solch einem Gesicht konnte man unbesehen vertrauen, nur ein besonders geübter Beobachter mit großer Lebenserfahrung hätte in diesem Gesicht etwas Verborgenes, Hintergründiges entdeckt.

Er ging zwischen seinen Begleitern hin und her, gemessen und mit großen Schritten, die langen Arme auf dem Rücken verschränkt; sein Körper im weißen Pelzmantel, der von Koppel und Kartentaschen zusammengehalten wurde, strömte Ruhe und Sicherheit aus, was allerdings keineswegs dem Seelenzustand des Generals entsprach. Die Flak-Kanoniere hatten sich geirrt: Hier gab es keinen Beobachtungsposten, in den Fenstern des Glockenturms blitzten nicht die Okulare des Scherenfernrohrs, sie hätten die deutsche Artillerie nur angelockt, nicht aber mehr Klarheit gebracht. Was den General hierhergeführt hatte, konnte er nicht einmal sich selbst eingestehen. Am ehesten war es die Angst, die von dem unüberblickbaren Geschehen herrührte und die im geschlossenen Raum noch gewachsen wäre. Ihm war es plötzlich in der warmen Hütte mit den Telefonen, Karten, Tischen und dem harten Bett hinter dem Vorhang unerträglich eng geworden, zu eng auch in der verschlossenen Fahrerkabine des »Emka«. Es hatte ihn ins Freie getrieben, er wollte zu Fuß gehen, eine Höhe erklimmen, um zu begreifen und eine Entscheidung zu fällen.

Einige Tage zuvor hatte der Oberbefehlshaber der Westfront, Shukow, ihn und fünf andere Armeebefehlshaber zu sich befohlen und hatte, wie immer finster, abgehackt und mit einer unbestimmten Drohung in der Stimme, erklärt: Wenn es wenigstens einer Armee gelänge, auch nur zwei Kilometer vorzustoßen, dann sei es die Aufgabe der anderen fünf Armeen, diese unverzüglich zu unterstützen, um jeden Preis und mit allen vorhandenen Mitteln den Einbruch auszuweiten und zu vertiefen. Alle sechs Generäle hatten das zur Kenntnis genommen, ohne Zusicherungen zu machen, doch wahrscheinlich hatte jeder für sich gedacht: »Warum nicht ich?« Von sich persönlich wußte der General genau, daß er sich gesagt hatte: »Der eine werde ich sein.«

Gestern hatte er diesen Durchbruch versucht – mit den Kräften zweier Divisionen – und war mit seinem Stab gleich in der

Zange gelandet. Er hatte Angst, in Gefangenschaft zu geraten, und diese Angst war auch jetzt nicht verflogen, hin und wieder erinnerte er sich schaudernd und zugleich mit Unbehagen und Scham daran, wie er gezwungen gewesen war, mit unverschlüsselten Worten über Funk allen seinen Einheiten zu befehlen, ihm zu Hilfe zu eilen. Er war davongekommen, war ohne große Verluste ausgebrochen, und ein Gefühl sagte ihm, daß die Einschließungsfront der Deutschen wahrscheinlich nicht massiv genug war – innen und außen – und daß es möglicherweise ein Fehler war, den Vorstoß so schnell abzubrechen. Vielleicht hätte er weitermarschieren sollen, weiter und weiter?

Dagegen sprach die Panik auf der Rogatschowsker Chaussee, die er von seiner Höhe aus beobachten konnte. Die Deutschen hatten nicht nur um ihn die Zange fester geschlossen, sie hatten auch bei seinen Nachbarn einen tiefen Eindruck hinterlassen. Allerdings wußte er: Solch eine Panik konnte auch von einem einzigen Panzer herrühren, der an einem Ort auftauchte, wo man ihn nicht vermutete, und der sich womöglich auch noch verirrt hatte. Die größte Wirkung hatten immer die Verirrten, und das passierte häufig. Im August war er bei Kiew Zeuge gewesen, wie drei Bataillone fluchtartig ihre Stellungen verließen, weil sie das höllische Krachen aus dem nahe gelegenen Wald nicht aushielten. Wie sich später herausstellte, kam das von einem unglücklichen Italiener, der, selbst halbtot vor Angst, auf seinem Motorrad zwischen den Bäumen hin und her knatterte ... Bei einer Frontgestaltung wie dieser westlich von Moskau war alles möglich, wo keiner genau wußte, wer im jeweiligen Augenblick wen eingekreist hatte. War er also zu voreilig gewesen oder nicht?

In diese Überlegungen hinein drang der lautstarke Disput seiner Begleiter, die den panischen Rückzug mit der Empörung von Menschen verurteilten, die von oben auf die Angst der anderen schauten. Es sei angeraten, sagte der erste, eine Kompanie von MPi-Schützen loszuschicken und den einen oder anderen Schurken abzuknallen, dann kämen die übrigen zur Vernunft. Ein zweiter wiederum sagte, im Gegenteil, alle diese Leute, die ihre Kommandeure verloren hätten, seien eine Reserve, die niemandem gehöre, und es wäre nicht schlecht, sie sich einzuverleiben.

Der General hörte sich beide Argumente an und beendete den Streit mit seinem klangvollen, tiefen Baß, indem er sagte:

»Wenn der russische Iwan vorwärtsstrebt – mit dem Rücken zum verhaßten Feind –, dann wage es niemand, sich ihm in den Weg zu stellen. Er reißt ihm den … auf!«

Er sagte so etwas genußvoll, mit deftigen Worten, was ihn bereits zum Liebling der Soldaten gemacht hatte. Er galt als der größte Flucher in der Armee. Seine Begleiter kicherten bereitwillig, doch er selbst lachte nicht, er wunderte sich nur selber über sein originelles Urteil.

Obwohl er noch nicht wußte, ob er heute den Befehl zur Fortsetzung des Vorstoßes geben würde, stand für ihn fest, daß er keinen einzigen MPi-Schützen gegen die Flüchtlinge einsetzen und keine einzige Patrone verschwenden würde. Lieber alle an sich vorbeiziehen lassen und selbst übers freie Feld gehen. Es lag sogar eine gewisse operative Chance darin, war ein strategischer Schachzug, daß es diese panische Flucht ohne Halten gab.

»Der Deutsche erwartet, daß der Iwan sich wieder fängt und Widerstand leistet«, sagte er laut. »Aber womit er nicht rechnet, daß er die Faust in die Schnauze kriegt!«

Und das war heute seine erste richtige Entscheidung.

Indes ging unverhofft ein Schneegestöber los, die Flocken fielen so dicht, daß man die Pferde an der Mauer nicht mehr erkennen konnte. Der General war froh, daß er einen Grund hatte, den Befehl hinauszuzögern. Noch nie hatte er eine derart unklare Situation erlebt. Keine Aufklärungsnachrichten über den Gegner, nur ganz allgemeine, und selbst die veralteten mit jeder Stunde; er konnte nur auf seine Intuition bauen, auf sein Glück, und den Mut. Über den hatte einer der Moltkes, vielleicht war es aber auch Clausewitz, einmal gesagt: Außer der richtigen Beurteilung der Kräfte, der Zeit und des Raums muß man ein paar Prozent auch dem Mut zuschreiben.

Er befahl, die Karte auszubreiten. Er stellte den Fuß auf eine Stufe der Freitreppe, legte sich die Karte aufs Knie, zog den Handschuh aus und klopfte den Schnee von der Karte. Zwei seiner Begleiter hielten die Ecken. Es schien, als begriffen auch sie, daß er die Entscheidung nur hinauszögerte, die Karte konnte ihm keine genaueren Einzelheiten entdecken, und die allgemeine Lage, die sich vor Moskau entwickelt hatte, sah er mit bloßem Auge. Vom Norden, von Kalinin her, streckte die Zange ihr gierig aufgerissenes Maul nach ihm aus – da standen die Panzer Reinhardts und Höppners; vom Süden, von Tula her, zielte eine andere Zange auf ihn, schlimmer noch als die erste – die Panzer Guderians, und es konnte keine dümmere und unbesonnenere Entscheidung geben, als sich in diesen weit geöffneten Schlund zu stürzen, der nur darauf wartete zuzuschnappen. Doch wenn uns nicht manchmal die Unbesonnenheit rettete und unser einziger Führer nur die nüchterne Berechnung wäre, dann wäre das Leben viel zu langweilig, dann lohnte es sich nicht, auf der Welt zu sein. Es lag etwas in der Luft, das durch keine objektiven Anzeichen prognostiziert worden wäre, von einem Professionellen allerdings fehlerfrei vorausgeahnt werden konnte – etwas, was eine Wende voraussagte, so wie der Geruch des Februarschnees den Frühling ahnen ließ. Um den General hatte es vor drei Monaten weit schlimmer gestanden als jetzt: als er mit seiner damaligen Armee und mit den Resten fremder, zerschlagener Armeen aus dem Kiewer Kessel ausbrechen mußte. Nach welchen Ahnungen hatte es damals gerochen, was hatte damals in der Luft gelegen? Das immer lauter werdende Dröhnen der Erde, das Heulen Hunderter Motoren, der rauchverhangene Horizont – all das hieß »Guderian« und tauchte immer dort auf, wo man es am wenigsten vermutete. Wäre Guderian jetzt in diesem Schneesturm aufgetaucht, der General hätte es nicht für ein Wunder gehalten. Es war eher ein Wunder, daß es ihm damals gelungen war, auszubrechen und dem stählernen Gebiß der Zange zu entkommen. Aber es war ihm gelungen! Er hatte Glück gehabt, doch er hatte auch die Gabe, dieses Glück beim Schopf zu packen. Jetzt müßte er nur eines tun – dieses Wunder wiederholen. Er spürte, daß sich heute noch etwas ereignete, ihm der Himmel noch ein Zeichen schicken würde, welches Erfolg verspräche. Daß er es nur nicht übersähe …

Er schaute schon lange über die Karte hinweg auf die himbeerroten, rissigen Ziegelsteine der Kirchenvorhalle, auf die rostige Tür mit dem schweren Schloß, auf die übertünchte, kaum erkennbare Eingangsikone. Folgende Gedanken beunruhigten ihn: Würde er sich für die Fortsetzung des Vorstoßes entscheiden, müßte er mit seiner rechten Flanke an der nördlichen Zange vorbeiziehen. Damit wäre seine Flanke bedroht, aber auch der Rücken der Panzer von Reinhardt. Zum gegenwärtigen Zeitpunkt wurde in acht Kilometer Entfernung um das Dörfchen Bely Rast gekämpft, das den Deutschen vor einigen Tagen überlassen worden war. Zwei Marine-Bataillone gingen in den Tod, nur um herauszubekommen, ob Reinhardt seine Panzer in Marsch setzt oder sich mit der Niederlage abfindet. Ohne dieses Wissen brauchte man gar nicht anzufangen, schloß der General seine Überlegungen.

Um elf Uhr morgens tauchte aus dem Schneesturm ein Reiter auf, ein Melder der Nachrichteneinheit, und teilte mit, Bely Rast sei genommen, Reinhardt hätte seine Panzer nicht aufmarschieren lassen.

Der General beeilte sich nicht, die Meldung zu kommentieren. Die Nachricht bedeutete gar nichts oder fast nichts, das begriff er gleich. Reinhardt hatte sich nicht mit der Niederlage abgefunden, doch er hatte die Panzer nicht in Marsch gesetzt. – Vielleicht konnte er nicht? Oder er führte etwas anderes im Schilde, und die Aufgabe von Bely Rast gehörte sogar zu seinem Plan?

Der Melder wartete, er hing mit hochgeklappter Pelzmütze schief im Sattel.

»Bring mal in Erfahrung«, sagte der General, »wer hier auf dem Altar abgebildet ist.«

Das Gesicht des Melders drückte keinerlei Verwunderung aus, aber nur, weil es im Wind erstarrt war.

»Ist die Frage verständlich?«

Der Melder wiederholte sie, fragte allerdings seinerseits, wo man das erfahren könne.

»So etwas fragt man die Obrigkeit nicht.«

»Entschuldigung, Genosse General. Wo befehlen Sie, das in Erfahrung zu bringen?«

Der General lächelte über diese Soldatenlist.

»Bei jeder alten Bäuerin im Umkreis von dreißig Werst.«

Der Melder schwenkte die Filzstiefel, gab dem Pferd die Sporen und verschwand im Schneesturm. Solange er nicht zurückgekehrt war, wurde über nichts Wesentliches gesprochen, als warte man auf die Nachricht des Allerwichtigsten und Allerhöchsten.

»Ich weiß es, Genosse General. Nicht von einer Alten, sondern von Pater Wassili aus Lobno persönlich. Ich nehme an, das ist zuverlässiger.«

»Also, wer ist auf dem Altar abgebildet?« fragte der General gelassen.

»Der Märtyrer Andrej Stratilat.«

»Und wer noch?«

Der Blick des Melders wurde stumpf und sein Kopf langsam feuerrot.

»Hat er dir nur Stratilat genannt? Nicht die Zahl derer, die mit ihm erschlagen wurden?«

»Die Zahl habe ich behalten.«

»2593?«

»Genau!«

Alle schauten auf das versteinerte Gesicht des Generals, das sich hinter der blitzenden Brille verbarg.

»Hat das irgendeine Bedeutung?« fragte lächelnd der Chef der

Artillerie, klein und dick, doch sehr kämpferisch mit seinem knarrenden Koppel, der Parabellum, die den Gürtel nach unten zog, und dem Feldstecher auf der Brust.

»Nein«, entgegnete der General. »Außer, daß Stratilat mein Heiliger ist. Und der meines Vaters.«

»Stratilat – was bedeutet das?« fragte der Chef der Artillerie. »Ist das ein Name?«

»Stratilat bedeutet Feldherr, Stratege.«

»Oh, dann hat es eine Bedeutung. Eine sehr große sogar. Darf ich Ihnen gratulieren?«

»Wieso? Er ist ein Märtyrer geworden.«

»He!« sagte der Chef der Artillerie. »Sind wir etwa keine Märtyrer?«

Der Chef der Artillerie hatte keine Ahnung, doch der General kannte die schreckliche Geschichte von Andrej Stratilat, dem Verratenen und Erschlagenen, zusammen mit seinem Trupp erschlagen von denen, für die er die Siege errungen hatte. Also war es eher ein schlechtes Omen. »Ich werde also verwundet«, schloß der General, doch er fürchtete den kommenden Schmerz nicht allzusehr, begriff allerdings, daß er damit nur Schlimmeres von sich schob. Doch zuerst hatte Stratilat gesiegt, und erst dann war er verraten und erschlagen worden. Möglicherweise war das auch gerecht gewesen, für Wunder muß man zahlen. Der General fragte sich, ob er bereit sei, diesen Preis zu entrichten, doch seine vollen, vom Frost aufgerissenen Lippen sagten etwas anderes:

»Ich würde gerne wissen, was jetzt im Kopf dieses Reinhardt vor sich geht!«

Der Melder breitete schuldbewußt die Arme aus, als sei die Frage an ihn gerichtet. Der Chef der Artillerie hob die Augen zum Himmel.

3

Vielleicht stand gerade in dieser Minute der finstere, mit einer russischen Weste bekleidete Reinhardt gebückt vor dem niedrigen Fensterchen seiner Hütte, schaute hinaus und addierte die 35 Grad Frost zu den 35 Kilometern, die ihn vom Moskauer Kreml trennten, und multiplizierte beides miteinander. Nicht deshalb hatte er seine Panzer zurückgehalten, weil der Verlust von Bely Rast ihm nichts bedeutete – so etwas ist ausgeschlossen, wenn durch den Feldstecher bereits das Ende des Krieges in Sicht ist! –, sondern weil der Plan der gleichzeitigen Stürmung Moskaus ihn mit der Süd-Zange verband. Die Achsen der Offensive kreuzten sich auf dem Moskauer Gartenring: irgendwo auf der Taganka oder auf der Samotetschnaja Straße oder auf der ehemaligen Triumph-Straße, der heutigen Majakowskistraße. Die Panzersoldaten Reinhardts und Höppners sollten den Panzersoldaten Guderians die Hand reichen und mit diesem Akt endlich den Blitzkrieg beenden, der sich schon zu lange hinzog. So sollte es sein – so nah war das Ziel!

Doch Reinhardt wußte: An diesem Tag waren die deutschen Armeen an allen Fronten zum Stehen gekommen, nur Guderian marschierte wie durch ein Wunder vorwärts. Am 2. Dezember hatte er die Eisenbahnlinie Tula–Moskau und die Chaussee Tula–Serpuchow abgeschnitten, er mußte nur noch Tula nehmen. »Tula um jeden Preis!« hatte der Führer gesagt, doch es lag offenbar nicht in der Natur des »kapriziösen Heinz«, einen Befehl um »jeden Preis« zu befolgen, egal von wem er kam. Die Panzer in einem zwecklosen Direktschlag zu verschwenden, verstieß gegen seine Regeln und seine Wissenschaft: Für Tula und die Waffenfabriken würden die Russen eine beliebig hohe Anzahl von Menschenleben opfern. Ihre Panzersoldaten und Brandflaschenwerfer starben so bereitwillig, als sei der Tod ihr einziges, ihr ersehntes Ziel. Reinhardt begriff, daß Guderian nicht das getan hatte, was der Führer und die Russen von ihm erwarteten, er ließ seine Panzer nur aufmarschieren, ließ die Russen das Heulen von 200 Motoren hören, doch dann schickte er nur seine Infanterie, Kavallerie und seine motorisierten Einheiten gegen sie. Die Panzer selbst hatte er wieder zurückgezogen, und zwar auf eine Art, die nur er beherrschte – er umging Tula ostwärts mit einem langen offenen Raid. Tula war im Sack, und dieser Sack wurde immer größer. Reinhardt glaubte die eigenwillige Absicht Guderians verstanden zu haben: Nicht Tula wollte er, sondern Kaschira. Ja, natürlich, Kaschira lag zweimal näher an Moskau! Bei ausgezeichneter Lage, wie sie der »Flinke Heinz« zu schaffen verstand, bedeutete das, daß man mit einem einzigen Marsch an die Mauern der russischen Stadt gelangen konnte, mit einem einzigen Kampfsatz, einem einzigen Auftanken der Kraftstoffbehälter, einer einzigen Tagesration für die Mannschaften. Die Nachricht über die Einnahme von Kaschira konnte jede Stunde eintreffen, und das wäre für Reinhardt das Signal gewesen, den letzten Sprung zu machen. Und diese Stunde erwartete Reinhardt mit Schrecken.

Seine Panzer, die sich nicht von der Stelle rührten, verbrauchten nachts den letzten Brennstoff, anderenfalls wären die Motoren am Morgen nicht angesprungen. In die Kühlwassermäntel hatten sie statt des Frostschutzmittels Glysantin pures Wasser schütten müssen – hätte man die Motoren abgeschaltet, wären sie zwei, drei Stunden später unbrauchbar gewesen. Sie hatten außerdem außerplanmäßig viel Brennstoff verbraucht, weil die Stahldornen an den Kettengliedern längst abgefahren waren und das langsame Fahren in niedrigen Gängen auf dem Glatteis doppelte bis dreifache Energie kostete. Vor einigen Tagen war auf der Station Kalinin ein Güterzug mit einer »besonders wichtigen Ladung« eingetroffen, von der russischen Luftwaffe nicht zerstört, von den Partisanen nicht gesprengt. Doch er hatte statt Brennstoff, statt Glysantin, statt neuer Kettenglieder und Geschosse – Platten roten finnischen Granits gebracht: für ein riesiges Hitlerdenkmal im Zentrum des besiegten Moskau. Sollte man also Heinz Erfolg wünschen oder lieber Augen und Ohren verschließen?

Keiner weiß, ob Reinhardt noch finsterer oder gar erfreut gewesen wäre, hätte er die Wahrheit gewußt. Am selben Tag, als General Kobrissow die Meldung des Divisionskommandeurs Swiridow vernommen und zu diesem »Weißt du, mir gefällt deine Verteidigung« gesagt und sich Schesterikow geschnappt hatte, um französischen Kognak trinken zu gehen, am selben Tag, vielleicht gar in derselben Dämmerstunde, hing zweihundert Kilometer weiter im Süden bei Tula Guderians Befehlspanzer, ebenfalls ohne Stahldornen, über einem vereisten Hang und rollte unaufhaltsam in eine Schlucht, aus der es in der Dunkelheit kein Hinauskommen gab. Aufgewirbelter Schnee bedeckte die Fahrerluke, die langsame Rutschpartie in dieser weißen Blindheit war quälend wie Brechreiz. Noch unangenehmer und demütigender wurde es für Guderian, als der Panzer schließlich auf dem Grund der Schlucht zum Stehen kam. Mit keiner Silbe machte er dem Fahrer einen Vorwurf – die preußische Tradition schrieb vor, seinen Zorn nur gegen einen Ranghöheren zu richten, niemals gegen einen Untergebenen! –, kletterte über die Turmluke hinaus und stapfte auf der Suche nach einem Ausweg durch die Schneewehen. Der Panzer kroch ihm mit hochgerichteter Kanone langsam hinterher.

Nur eine Stunde zuvor war Guderian bei den Stellungen der Jäger seines 43. Armeekorps gewesen und von dort voller Hoffnung zurückgekehrt. In seiner Seele hatte es gesungen, er war beinahe zu Tränen gerührt, doch für die Niederschrift in seinem Tagebuch blieb nur das strenge: »Die Soldaten erkannten mich und begrüßten mich mit fröhlichen Rufen.«

So war es gewesen. Sein Panzer, weiß angemalt, nur das Kreuz und das schwarze Namensinitial »G« an den Panzerplatten leuchteten gelb, war mit schaukelnder Turmantenne langsam über den

Boden einer flachen Talsenke gekrochen, und von den flachen Hügeln beiderseits waren die Soldaten zu ihm herabgerannt. Er hatte bis zum Gürtel in der Luke gestanden und ihnen in ihre Gesichter gesehen, die sie ihm hoffnungsvoll und fragend zugewandt hatten. Es kostete ihn ziemlich viel Kraft, die Haltung zu wahren, die die Soldaten aus besseren Tagen kannten – das feste Gesicht eines jugendlichen Wildfangs, schelmisch, doch immer freundlich. Außer ihren Gesichtern – den schmutzigen, borstigen, von Erfrierungen gezeichneten, mit entzündeten roten Augen – hatte er kleine Schneehügel entdeckt: ein Kinn, das aus dem Schnee ragte, Stiefelspitzen, dann wieder ein zusammengekrümmtes Bein, verkrampfte Finger, mit Schnee gefüllte Augenhöhlen. Das Äußerste war unabwendbar geschehen: Sie begruben ihre Toten nicht mehr! Sie hatten sie lediglich von den Schützengräben weggeschleppt – hierher, in diese Talsenke. Er war mit den Raupenketten über einen Friedhof gefahren!

Doch die Lebenden freuten sich offensichtlich über ihn, er vernahm Rufe, die er gerne hörte:

»Der Alte ist da ...«

»Ein Pfundskerl, sieht aus wie immer ...«

»Vielleicht steht es gar nicht so schlecht?«

»Gleich sagt er's uns ... Nur er kann's wissen!«

»Heinz, verheimliche uns nichts!«

Ihren Offizieren glaubten sie nicht mehr, sie glaubten nur ihm. Das war sein Bataillon, hier hatte er vor langer Zeit, noch als Leutnant, eine Kompanie befehligt; hier wurden traditionsgemäß sein Schiffchen und seine Pistole aufbewahrt, und er war zum »verdienten Soldaten« ernannt worden, hier rief der Hauptfeldwebel jeden Tag beim Appell: »Guderian, Heinz!« – und genauso gellend antwortete der rechte Flügelmann: »Aus wichtigem Grund abwesend: Befehligt unsere Zweite Panzerarmee!« Diese Jäger und er galten als Kampfgefährten, das hieß, sie konnten ihn mit »du« anreden und ihm jede beliebige Frage stellen. Doch, mein Gott, was war aus seinem Bataillon geworden! Das hier konnte man nicht mehr als Truppe bezeichnen! Nur vereinzelt trugen sie vollständige Uniformen – enge Mäntel, feste Stiefel, die Ohren mit gestrickten Kopfschützern bedeckt – die meisten hatten das Schiffchen über die Ohren gezogen oder trugen verschlissene russische Pelzmützen. Manche hatten ein Weibertuch um den Kopf gewickelt, trugen Bauern- oder Frauenpelze. Der eine hatte Filzstiefel an, der andere Gummistiefel, in die Lappen und Papier gestopft waren, manche trugen gar Bastschuhe mit Fußlappen ... Schmutzig, von Flöhen zerbissen, in den Augen etwas Hündisches, erbärmlich, flehend – so sahen sie aus, die Helden des Polenfeldzugs, die Kämpfer von der Maas und von Dünkirchen, die Sieger von Brest, Smolensk und Orjol!

Er befahl dem Fahrer zu stoppen, riß die Haube mit der Gasmaskenbrille und den schwarzen Kapseln des Kehlkopfmikrofons vom Kopf, streifte die pelzgefütterten Handschuhe ab und legte die Hände auf die brennend kalte Panzerung. Er wußte, wie er mit den Soldaten zu reden hatte, doch dazu mußte er das gleiche fühlen wie sie, wenigstens für kurze Zeit.

Die altbekannte Stimme Guderians schwebte über den Soldaten, die sich in übelriechendes Gesindel verwandelt hatten:

»Soldaten! Ich habe mich bemüht, euch auf den Weg des Sieges zu führen, und ihr habt mir diese Siege geschenkt. Ich bin glücklich, euer Befehlshaber zu sein! Kopf hoch, wir können auf manches stolz sein. Uns ist schon mehr zugesetzt worden als hier im russischen Schnee, nicht wahr? Von keinem einzigen unserer Siege kann man sagen: ›Sie haben Schwein gehabt‹. Aber euer Gegner«, er deutete mit der Hand dorthin, wo sich die russischen Stellungen befinden mußten, »der hat im Augenblick einfach Schwein, saumäßiges Schwein. Doch das heißt nicht, daß uns das Glück für immer verlassen hat. Drei Tage noch, und alles wird sich ändern, nur noch eine einzige, letzte Anstrengung. Aber Soldaten ... Ein General kann von euch nur das Mögliche verlangen, was die Grenzen der menschlichen Kräfte nicht übersteigt, um das Unmögliche kann er nur bitten. Ihr seid abgekämpft, habt

Ruhe verdient, und ich bin verpflichtet, euch ins Hinterland zu bringen. Aber das kann ich nicht, ich habe zur Zeit niemanden, der euch ablöst. Also – euer alter Heinz bittet euch ...«

Er blickte über die Menge und las auf ihren froststarren, stumpfen Gesichtern, die weder Angst noch Mutlosigkeit ausdrückten, nichts, nicht einmal die ergebene Bereitschaft zu sterben.

»... bittet euch«, wiederholte er mit der Hand auf der Brust, »solange eure Kameraden auf einem anderen Abschnitt vormarschieren, noch drei Tage im Schützengraben auszuhalten. Denkt gut darüber nach: Vielleicht schafft es nicht jeder bis zum vierten Tag. Ich lasse jeden gehen, der nicht bleiben will. Es kommt kein Wort des Vorwurfs über meine Lippen. Das ist alles, Soldaten.«

Er hörte ihr Schweigen und war sich durchaus bewußt, daß die Antwort auf seinen Aufruf zur Mobilisierung der letzten Kräfte nur ein Schweigen sein konnte. Der Frost biß ihm in Wangen und Ohren, der eisige Wind zauste an seinem Haar, und die Kopfhaut zog sich zusammen. Er mußte sich beherrschen, um nicht zu zittern, um sich nicht in seiner Pelzkombination zusammenzukrümmen.

Durch die Menge lief eine Bewegung, sein scharfes Ohr vernahm eine Veränderung. Und eine heisere Stimme sagte die Worte, auf die er mit großer Spannung gewartet hatte:

»Was gibt's da viel zu reden, Heinz. Ist doch klar ... Wir bleiben.«

Es war, als ginge ein allgemeiner Seufzer der Erleichterung durch die Reihen, sie schlossen sich immer enger um seinen Panzer zusammen, und die gepreßten, vor Kälte zitternden Stimmen der Soldaten klangen süßer als jede Musik in seinem Ohr:

»Wenn du uns bittest, Heinz, dann muß es sein ... Wir bleiben hier, wir stehen zusammen!«

»Du hättest nicht bitten müssen, sondern fordern ... Du bist doch ein Deutscher, du kennst das heilige Wort ›verboten‹.«

»Wir geben uns alle Mühe, Heinz! Wir vertreiben die Russen aus ihren Stellungen!«

»Darum bitte ich euch nicht«, antwortete er und merkte, wie

ein Kloß in seinem Hals hochstieg. »Ihr sollt nur im Schützengraben bleiben. Nur drei Tage. In dieser Zeit soll Nachschub kommen, Munition, Brennstoff, ihr kriegt Winterkleidung. Und könnt euch im Warmen ausruhen.«

»Versprichst du nicht ein bißchen viel, Heinz?«

Diese Worte kamen von hinten, er drehte sich um – schroff und zornig. Ein Kleiner mit schwarzem Bart und großer Nase, der aussah wie ein Italiener, der über seinen Mantel eine zerlumpte Decke gewickelt und die Maschinenpistole unter den Arm geklemmt hatte, zog ärgerlich die Stirn kraus und hielt die Hände an das Gitter, aus der die warme Luft des Motors drang.

Guderian lachte kurz auf, seine Zähne blitzten, er deutete auf den Kleinen.

»Der hier braucht nichts. Der hat sich an meinem Hintern aufgewärmt.«

Der Soldat nahm zitternd die Hände weg und wurde verlegen, alle schauten ihn an und verzogen den Mund krampfhaft zu einem Lächeln, auch er gab sich Mühe zu lächeln.

»Wie heißt du?« fragte Guderian.

»Soldat Weber, Herr Generaloberst.«

»Herr Weber, warum so förmlich? Ich heiße Heinz. Und du?«

»Na, Friedrich ... Friedrich Weber.«

»Was du nicht sagst! Wirklich Fritz?«

Der Soldat wurde noch verlegener, hörte auf zu lächeln und sagte ganz beleidigt:

»Ich verstehe nicht, was daran so komisch ist!«

»Nichts. Mein Vater hieß Fritz. Und mein Bruder heißt Fritz. Ich lache über den Namen, den dir die Russen gegeben haben: ›gefrorener Fritz‹. Sie sagen, du bist kein Krieger mehr. Was hältst du davon?«

Und dieser Kleine, der aussah wie ein Schwächling, doch offenbar einer von denen war, die im Kampf und im Bett zeigen, was sie können, zitterte plötzlich vor Zorn, hob die Hand mit den starren, gekrümmten Fingern hoch und schrie:

»Gib den Befehl zum Angriff, Heinz!«

»Na-na, immer langsam ...«

»Heute wirst du den ›gefrorenen Fritz‹ kennenlernen! Ich verspreche dir zehn russische Leichen, noch warm!«

Doch, das war noch eine Streitkraft! – Teutonischer Geist unter gleichmäßig aufgereihten Helmen, auf dem Paradeplatz, im dröhnenden Schritt der marschierenden Legionen wie im Film »Triumph des Willens« von Leni Riefenstahl! – Das war einfach. Die hier zeigten diesen Geist in höchster Verzweiflung, frierend, neben sich die Toten. Sie hatten die Hoffnung bereits fahrenlassen, irgendwann einmal in die Heimat zurückzukehren, doch beim ersten Aufruf gerieten sie in Bewegung, faßten frischen Mut, wie Streitpferde beim Blasen des Horns, und schon gingen sie in hellen Haufen hinter seinem Panzer her. Und ihre Gewehre schüttelnd verlangten sie:

»Führe uns in den Kampf, Heinz, jetzt, sofort!«

»Uns wird beim Angriff warm!«

»Erinnerst du dich an Dünkirchen?«

»Und wie wir die Beresina überschritten haben? Und was nicht noch alles!«

Was würden sie sagen, wenn sie ihn jetzt sähen, wie er sich auf dem Grund der endlosen Schlucht dahinschleppte und dem Fahrer einen flachen Hang zeigte und schon vorher wußte, daß wieder kein Hinauskommen war! Den weißen Panzer würden sie nicht sehen in der Dunkelheit, aber ihn, in der schwarzen Kombination, wie er einen Ausweg suchte – sicher ein seltsamer und auch kläglicher Anblick; der »gefrorene Fritz« würde schadenfroh lachen.

Er ließ das Suchen sein, kletterte in den Panzer und befahl, den Motor abzustellen, die Luke aber offenzulassen, vielleicht würde zufällig ein Fahrzeug vorbeikommen. Er konnte sich nicht entschließen, sein Mißgeschick über Funk durchzugeben, Dutzende Funker hätten seine Bitte, die er nicht verschlüsseln konnte, mit angehört und die Nachricht an der ganzen Front verbreitet. Zusammengekrümmt in der Stahlkiste sitzend, die immer kälter wurde, kehrte er in Gedanken immer wieder zu den Jägern zurück und erkannte, daß durch das Versprechen der Soldaten, das er heute ihren froststarren Lippen entlockt hatte – nein, nicht durch List! –, daß ihm durch dieses Versprechen eine Verpflichtung auferlegt worden war, die schwer auf ihm lastete. Ein General, der seinem Soldaten zu sterben befiehlt, betrügt ihn wenigstens nicht. Aber er wäre ein dreifacher Mörder gewesen, hätte er einen Sieg versprochen, an den er selbst nicht glaubte.

Gegen Mitternacht fand sie zufällig ein Nachrichtenfahrzeug des Oberkommandos und brachte sie zum Stab der 2. Panzerarmee, der in Jasnaja Poljana saß, auf dem Tolstoischen Landgut. Die weißen Türme auf dem Tor erschienen ihm wie Bastionen, die es jedesmal neu zu erobern galt. Als er sich auf der Allee aus mächtigen Linden dem Gutshof näherte, fühlte er, wie die bedeutendste Entscheidung seines Leben näher rückte.

Sein Adjutant und die Stabsoffiziere, die mit Meldungen auf ihn warteten, halfen ihm beim Ausziehen der Kombination, er aß mit ihnen am Familientisch der Tolstois zu Abend, wärmte sich mit Kognak auf und erzählte lachend von dem Zwischenfall in der Schlucht. Er wußte, man würde es in der Armee mit seinen Worten und seiner Intonation weitererzählen. Nachdem er sie gebeten hatte, nicht die Offiziersburschen zu rufen, sondern selbst den Tisch abzuräumen und die vier Kerzen auf den Kandelabern auszuwechseln, erlaubte er ihnen, schlafen zu gehen. Außerdem befahl er, eine Verbindung mit dem Befehlshaber der Armeegruppe »Zentrum«, Generalfeldmarschall von Bock, herzustellen, sobald sich eine Möglichkeit ergäbe.

Einige Minuten saß er unbeweglich da und horchte auf das Rascheln, Knarren und klägliche Seufzen des alten Hauses, auf das Heulen des Schneesturms und auf die Zurufe der Streifen, die durch die dicken Verdunklungsvorhänge drangen, dann erhob er sich und trat zum Wandspiegel mit dem alten ovalen Rahmen aus Nußbaumholz. Der Spiegel, in dem sich Tolstois Töchter sicher gern betrachtet hatten, gab die magere, doch kräftige Figur des 53jährigen Generaloberst der deutschen Panzertruppen wieder, den grauen Uniformrock mit dem schwarzen Plüschkragen, das Ritterkreuz am Hals und eine besonders geschätzte Auszeichnung – das Eichenlaub zum Ritterkreuz –, das alternde Jungengesicht mit den graublauen Augen und dem kleinen weizenfarbenen Schnurrbart. In diesem Augenblick, als niemand da war, für den er ein besonderes Gesicht hätte machen müssen, lächelte er nicht, das Gesicht war nicht schelmisch, sondern grau und zerquält. Er ging zum Waschbecken und spülte das Gesicht mit einer Hand ab, aber die dunklen Augenringe traten nur noch deutlicher hervor. Die Hand senkte sich, öffnete zwei Knöpfe des Uniformrocks und faßte unter den Aufschlag an die linke Brust. Keiner in der Armee, nicht einmal in seiner engsten Umgebung, wußte, daß der tapfere Heinz, Inbegriff des gesunden Geistes und gesunden Körpers, ein sehr kranker Mann war, den plötzliche Kreislaufstörungen und Herzanfälle heimsuchten. Noch konnte er die eiserne Hand, die das Herz mit einem festen Griff umklammerte, durch zwei Gläser Kognak öffnen. Doch früher oder später müßte er es den Ärzten beichten. Das wollte er in Moskau tun. Aber heute erschien ihm Moskau ziemlich weit.

Er nahm den schweren Kandelaber und ging in das Kabinett des Hausherrn, zum Schreibtisch, das war jetzt sein Kabinett und sein Arbeitstisch. Sein Entschluß war klar und beinahe fertig, doch da er ihn fürchtete und aus seinem Bewußtsein verdrängen wollte, schrieb er zunächst einen Brief an seine Frau. Er klagte über Herzbeklemmung, beschrieb ausführlich seine Empfindungen und bat sie, sie möge sich doch vorsichtig, ohne die Sache an die große Glocke zu hängen, mit dem Arzt beraten. Und im folgenden teilte er ihr, beinahe übergangslos, seine schweren Gedanken mit, so als könne Frau Margarete Guderian, seine Gretel, und nur sie allein in ganz Deutschland, ihm auch dabei helfen. Jahre später übrigens, als er drei Dinge nennt, die »unser Erdenleben heilig machen«, erwähnt er auch die Liebe zu einer Frau, und die eine ist für ihn zweifellos sie, Margarete Gerne, die er mit 25 Jahren, als glücklicher Fähnrich und Kommandeur eines Jäger-Bataillons, kennengelernt hatte. Besonders würdigt er ihre Gabe, dem Soldaten eine treue Freundin zu sein. – An wen sonst hätte er diese traurigen Bekenntnisse richten können?

»Ich hätte selbst nicht geglaubt«, schrieb er, »daß man eine geradezu glänzende Kriegslage in zwei Monaten so verb... kann! ...« Sie sollte erfahren, daß »die obere Führung den Bogen ziemlich überspannt hat, die Leute beim Oberkommando verlangen von der Armee Dinge, deren Erfüllung beim jetzigen Zustand der Wege, des Wetters, der Versorgungsschwierigkeiten der Truppen mit Brennstoff, Technik, Winterbekleidung unmöglich ist ...« Schließlich und endlich richtete er an sie die Offenbarung, daß ihr Heinz seinen Wert kenne, doch seine Reserven nun erschöpft seien: »Ich kann schließlich nicht allein die ganze Ostfront umkrempeln!«

Aber warum dieses kleine Wörtchen »geradezu«? War ihm die Lage bei Beginn des Einmarsches nicht glänzend erschienen, ohne dieses »geradezu«? Es war doch bekannt, und ihm wohl am besten, daß das russische »Panzerargument« das deutsche um ein Fünffaches übertraf? »Dafür haben wir Guderian, meine Herren!« so wurden ihm die Worte des Führers übermittelt. Und wie sehr war ihm dieses im Grunde leichtsinnige Lob zu Kopf gestiegen! ... »Eine Woche, mein Führer.« – »Ich kann also sicher sein, daß Sie am 28. dort sind?« – »Das können Sie, mein Führer.« – Er hatte sich geirrt – um einen Tag: seine Panzer und die von Hoth's Panzerkorps waren bereits am 27. in Minsk. Ein Blitzkrieg mit einem Tag Vorsprung. War das nicht glänzend? Sogar wenn man sich um eine Woche verspätet hätte!

Schon im Frühjahr, als zum letztenmal eine russische Offizierskommission in Deutschland weilte und bei der Besichtigung der Porsche-Werke mißtrauisch fragte: »Stellt der Panzer IV wirklich Ihren schwersten Typ dar?«, war ihm der Verdacht gekommen, daß die gewaltige Überlegenheit der Russen nicht nur von der Anzahl herrührte. Und bereits Ende Juni verbreitete sich die Nachricht von einem neuen russischen Panzer, der alles übertraf, was die Panzerindustrie je gekannt hatte. Sie wollten nicht daran glauben, doch gleich die erste Bekanntschaft mit einem erbeuteten »Christie Rußkij«, der den bescheidenen Index »T 34« trug, schob alle Zweifel beiseite. Frappierend war vor allem die Eleganz der Form, die schrägen Platten des Panzers und des Turms und die abgerundete Stirnpanzerung. Keine einzige vertikale Ebene. Und wie flach er war. Was für Raupenketten, einen halben Meter breit! – Warum waren weder Walter Christie noch Ferdinand Porsche, noch er selbst, den man für den Schöpfer der deutschen Panzerkräfte hielt, auf eine solche Idee gekommen? Er brannte darauf, den »T34« auszuprobieren; er setzte sich an den Lenkhebel und jagte das Fahrzeug über das von Schützengräben und Granattrichtern aufgewühlte Feld, durchstieß eine Ziegelmauer, schoß aus der Kanone und beiden Maschinengewehren – dem Bug- und dem Turm-MG. Dann beschoß man ihn aus Panzerkanonen, rechtwinklig auf ihn treffende Granaten hinterließen nur Einbuchtungen; man konnte ihn nur von hinten angreifen und durch die Grätings über dem Motor erledigen. Der Panzer verreckte, brannte aber nicht aus – die Mannschaft konnte sich also retten, denn er fuhr nicht mit Benzin, das die deutschen Panzer in Flammen aufgehen ließ. Als Guderian aus dieser Wundermaschine stieg, legte er die Hand auf die warme Panzerung, und er konnte nur mit verzücktem Lächeln, hinter dem sich Fassungslosigkeit und Verblüffung verbargen, sagen: »Mit einer solchen Limousine würde ich um die ganze Welt fahren!«

Dieser Panzer war nicht zu übertreffen, man konnte ihn nicht einmal nachbauen. Mit der deutschen Erfindung – dem Dieselmotor – konnten die Russen besser umgehen als die Deutschen: Der Motor war in dieser Aluminiumausführung aus einer geheimnisvollen Legierung kompakt und leicht und konnte im Heck des Panzers abkühlen. Dem unbekannten russischen Konstrukteur war es gelungen, das herzustellen, was für Deutschland ein unmögliches Paradoxon darstellte: leichte Motoren für Panzer und gußeiserne Dieselmotoren für Flugzeuge, wo sie sich im schnellen Luftzug abkühlen konnten.

Als er, das war noch in den zwanziger Jahren, mehrmals in Rußland weilte, mit einer Mission des Generals Lutz, hatte er nicht den Eindruck gehabt, daß die Russen jemals so vorpreschen könnten. Bereitwillig hatten sie ihre Werke und Testgelände gezeigt, er hatte Manövern in Kasan beigewohnt, war in Tula gewesen. Eine ganze Autokolonne war damals über dieselbe Chaussee, zwei Kilometer von Jasnaja Poljana entfernt, gefahren, und Major Guderian hatte mit dem Kommandeur des mechanisierten Regiments P. ein nettes und offenherziges Gespräch geführt. Beide hatten natürlich nicht voraussehen können, daß Generaloberst Guderian einst den bei Kiew in Gefangenschaft geratenen Generalleutnant P. wiedertreffen würde. Er hatte den unfreiwilligen Gast beim kameradschaftlichen Abendessen ohne Umschweife gefragt, wie dieser russische Panzer entstanden ist und warum die Deutschen nichts davon gewußt hätten. »Das ist alles sehr einfach, Heinz. Entwickelt haben ihn Volksfeinde – das heißt gewissenhaft und natürlich illegal.« – »Was heißt das?« – »Na, Häftlinge. In einer Sonderwerkstatt der Lokomotivfabrik Charkow. Eure Agenten haben sicher im Traktorenwerk gesucht? ... Der Name des russischen Konstrukteurs ist Koschkin. Ich glaube, man hat ihm Trotzkismus angehängt, vielleicht auch ein Attentat auf Stalin. Das ist in solchem Fall unwichtig. Wichtig ist, daß er Ideen hatte und drei gute Mitarbeiter. Vieles hat er zum erstenmal ausprobiert, und es ging natürlich nicht ohne russische Findigkeit. Hast du Krupp-Stahl, brauchst du dir über die Formen nicht den Kopf zu zerbrechen; sie hatten keinen, und man verlangte von ihnen Unverletzbarkeit – daher die schrägen Platten. Der Aluminium-Dieselmotor ist auch aus der Not geboren: Du kannst dir vorstellen, wieviel einer aus Gußeisen gewogen hätte – bei 500 PS, und dann noch das Problem mit der Kühlung! ... Eine neue Legierung mußte her. Die Stimulierung war hier die wichtigste Antriebskraft: Zusatzverpflegung und jeden Monat einmal Besuch der Ehefrau, vierundzwanzig Stunden in einer Einzelzelle. Man versprach ihnen, sie im Erfolgsfall freizulassen.« – »Und sind sie freigelassen worden?« – »Außer Koschkin. Der hat sich selbst befreit. Bei einem der Tests hat er sich so erregt, daß er an einem Herzschlag gestorben ist ...«

Dieser unbekannte Koschkin hatte ihn an seiner empfindlichsten Stelle getroffen, aus der Verbannung, aus dem Grab, ihn, den ganz Europa kannte, den Mann mit Ritterkreuz und Eichenlaub. Vier Gefangene, inspiriert vom Freiheitstraum und einer zusätzlichen Schüssel Suppe, hatten einen echten Wunderpanzer geschaffen und Guderians Herz in beklemmende Aufregung gebracht! »Wahrhaftig«, hatte er zu P. gesagt, »nicht Stein und Eisen halten dieses Gefängnis aufrecht. Es steht und fällt mit seinen Häftlingen. Gäbe es nicht wenigstens einen patriotischen Gefangenen, würde es einstürzen.« – »Darauf kannst du Gift nehmen, Heinz«, hatte P. lächelnd entgegnet. »Koschkin ist nicht der einzige. Bei uns gibt es von diesen Patrioten mehr als genug.«

Das Gespräch über den Patriotismus war nach dem Abendbrot fortgesetzt worden. »Die Hütte, in der du untergebracht bist, Mischa, ist nicht verschlossen«, hatte Guderian gesagt. »Mitunter schläft die Wache auf dem Posten ein. Wo Osten ist, kannst du an den Sternen sehen, trotzdem schenke ich dir einen Kompaß. Du kannst zwei Leute mitnehmen.« P. hatte etwa zwei Minuten überlegt und abgelehnt: »Heinz, wer wird mir glauben, daß ich, ein General, es geschafft habe, von Guderian abzuhauen!« – »Du ziehst ein fremdes Gefängnis vor, du Patriot!« – »Ich ziehe das Gefängnis dem Kriegsgericht und der Erschießung vor«, hatte P. geantwortet. »Sie werden mich fragen, warum ich nicht das Schicksal von Kirponos* geteilt habe – und was werde ich ihnen antworten?«

* Kirponos, Michail Petrowitsch (1892–1941); russ. Generaloberst, Oberbefehlshaber der Südwestfront, kam nach offizieller Version im Kiewer Kessel ums Leben, nach Gerüchten erschoß er sich.

Aber es hat die deutschen Kessel gegeben – obwohl immer mehr von diesen »T 34« im Kampf eingesetzt wurden – es hat die Kessel von Belostok, Kiew, Brjansk gegeben, innerhalb eines halben Jahres wurden drei Millionen russische Gefangene gemacht, und die Hälfte ging auf seine Rechnung. Was war das für ein Land, in dem du einen Sieg nach dem anderen erringst und dennoch unweigerlich auf eine Niederlage zugehst?

Er mußte daran denken, daß auf dem Tisch, an dem er jetzt saß, einst ein Manuskript lag, das erklärte, was das für ein Land war und woher es diese Widerstandskraft nahm, wo doch die ganze Welt, es selbst inbegriffen, schon an seine Niederlage und Vernichtung glaubte. Als er sich auf den Marsch nach Rußland vorbereitete, hatte er dieses Buch gelesen. Er hatte die Feldzüge Karls des Zwölften von Schweden und Napoleons des Ersten nach Rußland studiert. Auch hier hatte er das Buch gefunden, in der Bibliothek von Jasnaja Poljana, doch gerade jetzt, wo es ihn am meisten interessierte, konnte er nur immer einige Minuten vor dem Einschlafen darin lesen. Eine Stelle, wo Tolstoi die Bilanz der Schlacht bei Borodino zieht, war in seinem Gedächtnis haftengeblieben, und er kehrte in Gedanken immer wieder zu dieser Stelle zurück:

»Nicht nur Napoleon hatte jenes traumähnliche Gefühl, daß der zu einem furchtbaren Schlag erhobene Arm kraftlos niedersinkt; alle Generäle und alle an dem Kampf beteiligten Soldaten der französischen Armee hatten nach allen Erfahrungen ihrer früheren Schlachten (wo immer nach einem Zehntel der heutigen Anstrengungen der Feind floh) gleichermaßen ein Gefühl des Entsetzens vor diesem Feinde, der die Hälfte der Truppen verloren hatte und doch am Ende der Schlacht noch ebenso drohend dastand wie beim Beginn ... Nicht einen Sieg, der nach erbeuteten, an Stangen genagelten Zeugstücken, sogenannten Fahnen, und nach dem Raume, auf dem die Truppen gestanden haben und stehen, beurteilt wird, hatten die Russen bei Borodino errungen, sondern den moralischen Sieg, der den Gegner von der moralischen Überlegenheit des Feindes und von der eigenen Schwäche überzeugt ... Nach dem einmal wirkenden Anstoß konnte das französische Heer sich automatisch noch bis Moskau weiterbewegen; aber dort mußte es, auch ohne neue Anstrengungen des russischen Heeres, zugrunde gehen ... Die unmittelbare Folge der Schlacht bei Borodino war Napoleons ursachenlose Flucht aus Moskau, der Rückzug auf der alten Smolensker Straße, der Untergang seines fünfhunderttausend Mann starken Heeres und der Untergang des Napoleonischen Frankreichs, auf das bei Borodino zum letzten Male der Arm eines Gegners niedergesaust war, der ihm durch seinen Geist überlegen war.«

Aus diesen Zeilen, die im Deutschen so energisch klangen, in der Übersetzung möglicherweise aber ihren versteckten, mystischen Sinn verloren hatten, wollte er eine Lehre ziehen – doch es gelang ihm nicht, obwohl er sich ganz in der Nähe von Napoleons Straße bewegte, sie sogar einige Male gekreuzt hatte. Er spürte nicht die lenkende Hand eines anderen, die stärker gewesen wäre als seine eigene, er merkte keine moralische Überlegenheit der sowjetischen Generäle, die so freigebig ihre besten Kräfte zum Abschlachten trieben, ohne Nutzen und ohne Sinn, und die die bekannte These Alfred von Schlieffens, daß auch der Besiegte sein Scherflein zum Sieg beiträgt, so maßlos rechtfertigten. Obwohl er den russischen Soldaten Gerechtigkeit widerfahren ließ, ihrem Heldenmut, ihrer gelassenen Bereitschaft, aus dem Leben zu gehen, war er doch fest davon überzeugt, daß sie, im Unterschied zu den Deutschen, initiativlos waren, unberechenbar, daß sie Angst vor jeder undurchsichtigen Situation hatten. Sie waren nicht einmal in der Lage, sich selbst einzuschätzen. Einerseits ergaben sie sich wie eine Schafherde oder flohen, wenn sie den Druck der undurchschaubaren Lage nicht mehr aushielten, in alle vier Himmelsrichtungen; dann wiederum krallten sie sich verzweifelt an einer Erdscholle fest, die ihr Leben gar nicht wert war, ja nicht einmal einen einzigen Blutstropfen. Über die Verteidiger der Brester Festung, die nur deshalb kämpften, weil sie nicht an die Flucht ihrer Armee glauben wollten und nicht begriffen, daß sie bereits weit im Hinterland der Deutschen saßen, über diese Festung, die dem Führer so wichtig war, weil er dem Herrn Mussolini ein Mittagessen in ihren Mauern versprochen hatte, hatte er, Guderian, gesagt: »Die Bedeutung dieser Festung wächst um so mehr, je mehr wir uns für sie interessieren, und sie fällt auf Null, wenn wir aufhören, uns für sie zu interessieren. Man muß vor dem einen Eingang ein MG-Nest und einen Scheinwerfer aufstellen und vor dem anderen ein MG-Nest und einen Scheinwerfer, selbst aber weiterziehen.«

Einige Seiten des Buches konnte er nicht lesen, ohne Peinlichkeit für Tolstoi zu empfinden. Die Herablassung gegenüber den »an Stangen genagelten Zeugstücken, sogenannten Fahnen«, oder gegenüber dem »Wert des Raumes, auf dem die Truppen standen«, konnte man einem Laien noch verzeihen, doch es war nicht zu verzeihen, nicht zu begreifen, mit welchem Starrsinn Tolstoi negierte, daß der Krieg eine Kunst ist. Der Krieg war eben nicht nur das große Durcheinander, das Chaos, wie Tolstoi schrieb, in dem nichts vorhersehbar war und darum keine wirkliche Kriegsführung gelingen konnte. Der Autor hatte so viel Leidenschaft darauf verwandt zu beweisen, daß Napoleon den Ablauf der Schlacht bei Borodino nicht bestimmen und auch nicht lenken konnte! Und dabei hatte er glatt vergessen, welches Kompliment er dem Feldherrn bereits gemacht hatte, als er beschrieb, wie Napoleon noch vor Schlachtbeginn mit seiner Kavallerie die Höhe von Schewardino angriff und damit die Russen zwang, aufs Feld zu gehen, das man »genauso wenig als Stellung bezeichnen konnte wie jedes andere beliebige Feld in Rußland« und auf dem es »undenkbar war, die Armee im Verlauf von drei Stunden vor der völligen Vernichtung und Flucht zu bewahren«. Nach diesem Schachzug, nach diesem Positionsgewinn gab es für Napoleon ja auch keine Notwendigkeit mehr, die Schlacht selbst zu leiten, er konnte alles seinen Marschällen übertragen und Karten spielen oder seinen Punsch trinken gehen. Und wenn man gerecht sein wollte, so verdankte die Schlacht von Borodino Napoleon auch ihren Namen, sonst hieße sie Schlacht von Schewardino. Der Autor jedoch hatte nicht das Herz zu schreiben, daß die Schlacht bereits zwei Tage vor ihrem Beginn von Bonaparte gewonnen war, er erkannte nur zähneknirschend an, daß sie von den Russen wegen ihrer dummen Führung verloren worden war. Der Graf vertrat wohl die Meinung, daß von zwei Generälen nur deshalb einer siege, weil der andere der Dümmere sein mußte. Solcherart Spitzfindigkeiten juckten Guderian nicht, er wußte es besser: Verdächtig oft siegte gerade der, den man vor der Schlacht für den Dümmeren gehalten hatte.

Doch eine Episode hatte ihn tief berührt und ihm vieles verständlich gemacht, und zwar die Stelle, wo die junge Natascha Rostowa bei der Evakuierung aus Moskau befiehlt, das gesamte Hab und Gut der Familie zu opfern und die Pferdefuhrwerke den verwundeten Offizieren zu überlassen. Er begriff, daß sie sich damit um ihre Mitgift brachte und somit um die Hoffnung auf eine Heirat. Und mit Nachsicht las er das, was Natascha ihrem Befehl hinzufügte: »Wir sind doch keine Deutschen! ...« Was sollte er sich ärgern, bei den Deutschen galt seit Jahrhunderten das Prinzip: Die Armee kämpft, das Volk arbeitet, mehr wurde von ihm nie verlangt. Ihn interessierte nur folgendes: Hatte der alte Kutusow solche Taten wie die der närrischen kleinen Gräfin vorausgesehen, als er die Schlacht bei Borodino annahm? Hatte er die demütige Aufgabe Moskaus vorausgesehen, die Partisanenkämpfe von Platow und Dawydow, die Initiative der Starostina Wassilissa, die einen Trupp Leibeigener anführte? Wenn es stimmte, daß Bonaparte bereits verloren hatte, bevor die Schlacht begonnen war, dann hatte er seine Kräfte umsonst eingesetzt, als er auf den asiatischen Köder der »alten Füchsin des Nordens« hereinfiel, auf die Generalsschlacht von Borodino, die überhaupt keine Generalsschlacht war. Denn Kutusows Trumpf waren dann die wichtigsten russischen Vorzüge: die gigantische Weite des russischen Raumes nämlich und die Gabe des russischen Volkes, demütig, ohne Zaudern alles zu opfern und auf Menschenleben nicht zu achten. Und? Hatte er, Guderian, das etwa nicht vorausgesehen? Wo war sein Borodino?

Er hatte diesen asiatischen Köder immer gemieden, den Kampf Mann gegen Mann – vor allem auch den Stillstand. Ohne Bewegung gab es keinen »flinken Heinz«, dann verloren seine Manöver ihren Wert – die Zangen- und Stoßangriffe, die Rochadeverschiebungen, sein berühmtes »Klotzen, nicht Kleckern«, das »schlagartige Vorgehen« – und dabei hatte er nie die Kontrolle über seine Panzer verloren und die Kräfte immer »konzentriert« eingesetzt, nicht »verstreut«. Der Köder indes hatte in aller Ruhe auf ihn gewartet – Kiew. Er war abgedreht mit der Armee nach Süden, nach Lochwiza, wo seine Panzersoldaten sich mit denen von Kleists getroffen, sich die Hände gereicht und damit den Kessel um fünf russische Armeen geschlossen hatten. Mehr als eine halbe Million Gefangene – war das kein glänzender Sieg gewesen? Aber ein Blitzkrieg hat eine Besonderheit, er verträgt keine Planänderungen, auch wenn sie von Vorteil scheinen. Es war verhängnisvoll gewesen, von der Hauptrichtung Moskau abzuweichen. Warum hatte er damals auf der Beratung in Borissow dem Führer zugestimmt, der sich plötzlich nicht mehr für Moskau interessierte und seine ganze Aufmerksamkeit auf Kiew und Leningrad richtete? Warum hatte er nicht energisch genug den Versuch gemacht, ihn umzustimmen, warum hatte er nicht mit Rücktritt gedroht? Weil er Soldat war? Nein, das war es nicht allein. Er hatte sich ja selbst vom Jelninsker Vorsprung zurückgezogen, wo die Russen heftigsten Widerstand leisteten und wo gerade eine Generalsschlacht heranreifte. Er hatte ja selbst geglaubt, daß er »mal schnell« 450 Kilometer nach Süden ziehen und dann wieder zurückkehren könnte – das sei bis zum Winter zu schaffen. Aber es war nicht zu schaffen gewesen. Und nicht ohne triftigen Grund hatte Halder, dieser trockne Mensch, diese Stabsratte, der in seinem Leben noch kein Regiment befehligt hatte, der es dazu noch fertiggebracht hatte, auf der Beratung zu fehlen, ihm damals vorgeworfen:

»Wie konnten Sie dem zustimmen, mein lieber Guderian? Sie waren doch gegen eine solche Entscheidung. Auf welchen Köder sind Sie da reingefallen?«

Es war kränkend für Guderian gewesen, sich das anhören zu müssen, war er doch der einzige General, der den Mut gehabt hatte, dem Führer zu widersprechen. Doch gerade weil es kränkend war, hatte er, obwohl er innerlich zustimmte, hochmütig und anmaßend geantwortet:

»Ich habe zwei Stunden mit dem Führer unter vier Augen gesprochen, und er hat es geschafft, mich zu überzeugen. Ich habe es ihm versprochen und werde versuchen, mein Versprechen zu halten. Ich werde das Unmögliche möglich machen.«

»In diesem Fall, mein lieber Guderian, müssen Sie Ihre Operation selbst planen. Gestatten Sie dem Generalstab, die Finger davon zu lassen. Wir befassen uns nicht mit Angriffen, die zu der Kategorie ›nicht durchführbar‹ gehören.«

»Mein lieber Halder«, hatte Guderian entgegnet, der sich bereits wieder gefangen hatte, und das berühmte Lächeln des einfachen Soldaten, des sympathischen Jungen hatte dabei auf seinem Gesicht geleuchtet, »davon habe ich immer geträumt. Daß der Generalstab sich mit seinen eigenen Angelegenheiten befaßt und von meinen Operationen die Finger läßt.«

Diese eigenwillige Stabsratte hatte jedoch recht behalten – natürlich nicht aus Geistesstärke, sondern der banalen Erkenntnis wegen, daß diesem Rußland alle Schwächen zum Vorteil gereichen: die Armut, die schlechten Straßen, die Mißwirtschaft und Unterernährung auf dem Dorf, der Mangel an Brennstoff, an Werkstätten, Werkzeugen und Pferdefutter. Mit diesen etwas über 600 000 den Deutschen überlassenen Gefangenen hatten sich die Russen das Wichtigste erkauft, nämlich Zeit. Sie hatten sich den regnerischen Herbst erkauft und diesen unerträglich kalten Winter, die ganze teuflische Unglückssträhne, die jetzt über die Deutschen gekommen war. Und man konnte froh sein, wenn die Deutschen nur Zeit verloren. Doch was, wenn ihnen der Mut abhanden kam? Oder gar der Grund für den Einmarsch? Was dann?

»Ich bin nur Soldat«, sagte er sich, doch seine Energie mußte durch irgend etwas gespeist werden, nicht nur durch den Traum vom Feldmarschallstab. Sie wurde von dem Bewußtsein gespeist, daß das altersschwache Europa der grauen Pest des Bolschewismus nicht widerstehen könne. Nur das im Geist starke, mobile Deutschland könne die Pest zurückdrängen. Er empfand sich als die Spitze des Schwertes, das erhoben worden war, der Hydra alle neun Köpfe abzuschlagen. Doch leider, leider wurde der schwerfällige Griff des Schwertes von anderen gehalten. Und die hatten nicht begriffen, daß die Generäle den Krieg machen müssen und die Politiker die Politik. Wie konnte er den Herren in Berlin, die nur ungern über die Mauer ihrer Illusionswelt, über den engen Bereich der heiligen Unkenntnis hinausschauten, klarmachen, daß in Rußland die Verhältnisse undurchschaubar waren. Wie konnte er ihnen klarmachen, daß man – ein schrecklicher Gedanke – auch die Ziele dieses Krieges überdenken mußte? Wie hätten sie zum Beispiel die Worte des alten zaristischen Generals aufgenommen, den er, Guderian, erfolglos zum Bürgermeister von Orjol hatte machen wollen:

»Wenn ihr vor 20 Jahren gekommen wäret, dann hätten wir euch mit Begeisterung empfangen. Aber nun ist es zu spät. Wir haben gerade begonnen wiederaufzuleben, und nun kommt ihr und werft uns um 20 Jahre zurück. Wenn ihr geht – und ihr geht bestimmt! –, müssen wir wieder von vorne anfangen. Nehmen Sie es mir nicht übel, General, doch jetzt kämpfen wir für Rußland, und darin sind wir einig.«

Als er das sagte, trug er eine ordenbehangene Uniform, eingemottet und zerknittert vom zwanzigjährigen Liegen auf dem Boden der Truhe. Und er versagte sich nicht zu erzählen, wie er all die Jahre vor Angst gezittert hatte, daß sein Generalsrang enthüllt werden würde.

In jenen Tagen wurde Guderian gemeldet, daß in den Zellen

und Kellern des Stadtgefängnisses Hunderte von Leichen gefunden worden seien – Häftlinge, die man ein oder zwei Tage vor dem Fall der Stadt erschossen hatte. Er befahl zu klären, was das für Leute seien und wofür man sie hingerichtet hatte. Und er mußte die Erfahrung machen, und das nicht zum erstenmal, daß die Frage »wofür?« hier hoffnungslos abstrakt klang. Keiner der Hingerichteten war zum Tode verurteilt worden. Die meisten hatten fünf Jahre bekommen, einige hatten sie schon abgesessen, es gab welche, die überhaupt noch nicht verurteilt worden waren, Untersuchungshäftlinge. – Die meisten saßen wegen »staatsschädigendem Verhalten«, »antisowjetischer Verschwörung«, »konterrevolutionärer Ziele« …

Er befahl, alle Leichen in Reihen auf den Gefängnishof zu legen und die Tore für die gesamte Bevölkerung der Stadt zu öffnen. Er war auch persönlich erschienen, fünfzehn Minuten hatte er sich selbst befohlen und stand sie geduldig an der Wand ab, einer Ohnmacht nahe. Er hatte seine Nerven überschätzt, es war schrecklicher als erwartet. Bislang hatte er Tote nur auf Schlachtfeldern gesehen, in der Stille und Ruhe des bereits Geschehenen und Unabänderlichen. Unerträglich war es, die Lebenden zu sehen, die im Ausbruch von Leid und irrwitziger Hoffnung versuchten, liebe Gesichter, die schon von Verwesung berührt waren, wieder zum Leben zu erwecken, indem sie sie küßten und mit Tränen begossen. Doch was ihn am meisten erschütterte, was schrecklicher war als der Gestank und das nicht enden wollende Wehklagen – das war, wie sie ihn anschauten: mit Haß und offener Feindseligkeit. So, als wäre er an diesen Morden beteiligt gewesen und hätte schuld, daß die Toten das verzweifelte Flehen nicht mehr hörten und nicht antworteten. Mit den Augen forderte man ihn zum Gehen auf. Er wäre auch sofort gegangen, doch es ging ihm um seine Armee, die keine Schuld trug, und die Menschen sollten das begreifen!

Zwischen den Reihen ging ein Geistlicher in einem lila Rock hin und her, der über Ermordete und Lebende großzügig das Kreuz schlug, ein dicklicher, schäbiger russischer Pope mit grauer

Mähne, allem Anschein nach ein Säufer und Vielfraß, doch mit mitleidiger und gefühlvoller Seele. Er beweinte alle mit einem mächtigen Schwall nicht trocknen wollender Tränen und wischte sich hin und wieder Augen und Nase mit dem Saum seines Rocks. Guderian befahl ihn zu sich und fragte:

»Warum schauen mich Ihre Gläubigen so an? Hat ihnen jemand gesagt, das hätten meine Panzersoldaten getan?«

Während die Frage übersetzt wurde, schaute der Pope, schluchzend und zitternd vor Angst, von unten auf die schlanke Gestalt des Generals bis hoch zur Mütze, auf der der silberne Adler zu sehen war, in den Krallen einen Zweig mit dem Hakenkreuz. Offenbar blieben ihm die Worte in der Kehle stecken beim Anblick der kräftigen Bewacher, die bei seinem Herantreten sofort das Gewehr auf ihn richteten. Gegen diese sturen Burschen konnte Guderian nichts machen, sie führten den Befehl des Führers aus, sie hafteten mit ihrem Kopf für die Sicherheit des Panzersoldaten Nummer eins.

»Reden Sie«, sagte Guderian, »die tun Ihnen nichts. Aber es wäre besser, Sie würden Ihren Rock in Ruhe lassen.«

Der Pope nickte zur Antwort und konnte seinen Schluckauf, der von den Tränen herrührte, nicht unterdrücken.

»Herr General, Sie möchten doch sicher nicht, daß Ihnen meine sündigen Lippen antworten, sondern meine vom Leid erschütterte Seele?«

»So ist es«, sagte Guderian. »Nur so.«

»Niemand denkt, daß das Ihre Panzersoldaten waren. Doch vielleicht wäre das ohne Ihre Panzersoldaten nicht passiert?«

»Sie wollen sagen: Ich bin zu schnell vormarschiert? Habe die Chaussee abgeschnitten, habe keine Zeit zur Evakuierung gelassen? Das ist mein Handwerk, Vater. Ein altehrwürdiges, der liebe Gott mißbilligt es nicht. Ich bemühe mich nur, meine Sache so gut wie möglich zu machen. Doch sind Sie sicher, daß man die Gefangenen nicht erschossen, sondern mit Lastkraftwagen weggeschafft hätte, wenn die Gefängniswärter mehr Zeit gehabt hätten? Ich bin sicher, sie hätten dasselbe getan und wären mit den Lastkraftwagen und ihren Siebensachen geflohen.«

»Wer kann schon sicher sein, außer Gott allein?«

»Dennoch haben Sie mir einen Vorwurf gemacht. Gut, ich akzeptiere ihn. Doch denen, die das getan haben, denen machen Sie keinen Vorwurf, über die schweigen Sie. Als ob für Sie das alles folgerichtig sei, von einer unabwendbaren, blinden Kraft verursacht. Wie ein Orkan, wie ein Erdbeben ...«

Der Pope schielte auf die Gewehre der Bewacher und seufzte schwer. Über sein Gesicht, über die tiefen Falten, rollten Tränen.

»Ich will Sie ja nicht kränken, Herr General ...«

»Sagen Sie alles.«

»... doch das ist unser Schmerz«, entgegnete der Pope, »er gehört uns, sonst niemandem. Mit Ihren Fingern berühren Sie fremde Wunden und fragen: ›Warum tut das weh? Doch Sie können nicht den Arzt spielen, der Schmerz wird von Ihrer Berührung nur noch größer, und die Wunden, auf die Sie schauen, brauchen länger zum Heilen.«

»Ihrer Meinung nach habe ich also einen Fehler gemacht, als ich euch eure Wunden zeigte? Ich hätte sie lieber verheimlichen sollen?«

»Jeder Schritt des Menschen ist ein Fehler, wenn er nicht von Liebe und Barmherzigkeit gelenkt ist. Und wenn Sie ehrlich zu sich sind, Herr General, dann müssen Sie zugeben ...«

»Ich danke Ihnen«, sagte Guderian. »Ich möchte Sie nicht länger aufhalten.«

Er gebot nicht dem Popen, sondern dem Dolmetscher Einhalt, da er ahnte, was der Vater sagen wollte, und wußte, daß ihm das möglicherweise hätte schaden können – später, hinter seinem, Guderians, Rücken. Die Offiziere aus der Propagandaabteilung spitzten schon die Ohren, auch ihn selbst hatten sie schon in Berlin denunzieren wollen, die Briefe waren übrigens sehr zuverlässig von seinem Mann in der Abwehr abgefangen worden. Außerdem hatte es keinen Sinn, sich etwas anzuhören, was allen auf der

Stirn geschrieben stand, den Weinenden, Klagenden, Jammernden, und was er ohnehin schon wußte. Du bist gekommen, uns unsere eigenen Verbrechen zu zeigen? Und die Galgen auf den Plätzen? Und die Schluchten und Gräben voller Erschossener? Und die angezündeten Dörfer und die bei lebendigem Leib verbrannten Alten und Kinder? Und alle Greueltaten der SA und der SS, alle Gewalttaten und Plünderungen, die von der Armee des Dritten Reiches verübt worden sind? ... Die Kunde von solchen Verbrechen hatte seine Panzer überholt und war bereits auf dem Gefängnishof angelangt, bevor er kam. Hätte man es vielleicht anhalten oder wenigstens an irgendeiner Stelle stoppen können? Dieses ewige, sinnlose, blutige Teufelskarussell: Vergeltung – Rache für Vergeltung – neue Vergeltung für Rache – neue Rache für neue Vergeltung?

... Aber in Lochwiza, wo der Kiewer Kessel geschlossen worden war, hatte man Blumen auf seinen Panzer geworfen.

Den Griff des Schwertes hielten andere – sie hatten nicht die Worte des Kreml-Tyrannen vernommen, die er am elften Kriegstag zu dem Volk sprach, das er zuvor so verunglimpft hatte. Als er sich wieder in der Gewalt hatte, sagte dieser Asiate nämlich das Einfachste, Genialste und Schlagendste: »Brüder und Schwestern! ...« Vielleicht hatten die Herren in Berlin diese Worte deshalb nicht richtig verstanden, weil Hitler sie ständig im Munde führte. Im Mund des finsteren Josif Stalin hatten sie aber einen anderen Klang, ein anderes Gewicht und versprachen Veränderung. In Wahrheit hatte Stalin gar nichts versprochen, hatte keines seiner Verbrechen und keine seiner Grausamkeiten zugegeben, er hatte nur die eine Fahne eingezogen und eine andere gehißt. Doch auch Monate danach hatte Hitler diesen Fahnenwechsel nicht bemerkt. Ihn hatte die unverschämte Novemberparade auf dem Roten Platz in Rage gebracht, doch das, was er hätte vorausahnen müssen, hatte er wieder nicht wahrgenommen. Er hatte der Rede kein Gehör geschenkt. Nach dieser Rede aber leisteten nicht mehr allein die Sowjets Widerstand, sondern ganz Rußland.

Bis zum Ende seiner Tage sollte Guderian, der die »Unbesiegbarkeit des russischen Kolosses« für einen Mythos hielt, nicht vergessen, was ihm in dieser Nacht bewußt wurde, nämlich daß der Sommerfeldzug bereits verloren war, an diesem elften Tag, als im Kreml die Alarmglocke schlug: »An euch wende ich mich, meine Freunde! ...« und in der Reichskanzlei in Berlin diese Worte nicht zur Kenntnis genommen wurden. Auch Bonapartes Ohren wären der Meldung seiner Kundschafter gegenüber sicher verschlossen geblieben, daß, während er eine Stellung nach der anderen eroberte und auf den Sperlingsbergen den Kremlschlüssel erwartete, die von niemandem vorausgesagte, einfach nicht einkalkulierbare närrische kleine Gräfin Rostowa ohne Zögern ihr Fuhrwerk den Verwundeten überließ. Sie hatte ihm den Krieg erklärt, der nicht leichter war als der von Kutusow und Barclay! ...

Doch der Rubikon war überschritten, und man konnte die Zeit nicht zum 21. Juni zurückdrehen; was blieb ihm zu tun, wo die Offensivkräfte erschöpft waren? Wo die Motoren zerschlissen waren, die Stahldornen an den Panzerketten abgefahren? Wo der Brennstoff nur noch für zwei Kampftage reichte, ebenso die Geschosse, und nur noch ein Viertel der Panzer übrig waren und es keine Hoffnung auf Nachschub gab? Sollte er dem Führer gehorchen, aus seinen Panzersoldaten Infanteristen machen und sie zum verzweifelten Sturmangriff führen? Das wäre für die Geschichtsschreiber ein gefundenes Fressen gewesen – »Guderians Eisfeldzug«. Und sie, die vortrefflichen Soldaten, sie würden ihm folgen, egal wohin ... Doch sie in das Eisgrab jagen, das sollte jemand anders tun. Was vermochte Guderian ohne seine Panzer?!

Seine Hand schrieb: »Rostow war der Anfang unseres Unglücks ...« – doch er wußte: Was man von Kleist verziehen hatte, würde man ihm nicht verzeihen. Kleist hatte Rostow eingenommen und war wieder hinausgejagt worden, aber er hatte keine Spuren hinterlassen, keine Befehle geschrieben, keine kardinalen Entscheidungen getroffen. Guderian, auf den so viel Hoffnung gesetzt wurde, mußte eine Entscheidung treffen, vor der sich der

Generalstab drückte. Ja, er hatte diese Entscheidung bereits getroffen und wußte, noch heute würde er den Befehl schreiben. Er hatte schon einen Verteidigungsabschnitt ausgewählt, zu dem er die Truppen von Kaschira und Tula führen wollte: die Linie der Flüsse Schat, Upa und der obere Lauf des Don – mit dem Gefechtsstand in Orla. Hier sollte sich verschanzt, überwintert und im Frühjahr das Begonnene fortgesetzt werden – der zweite Feldzug. Die Entscheidung erschien ihm vernünftig, sie war die einzig mögliche. Doch welche Ironie des Schicksals – ausgerechnet er, der Geist und die Seele des Blitzkrieges, war gezwungen, hier, im Haus Tolstois und an seinem Schreibtisch den Rückzugbefehl zu schreiben, den ersten seit Beginn des Krieges! Einen Befehl, der seine Entlassung zur Folge haben konnte, den Unwillen des Führers, die Aufforderung zum Duell und die hämische Schadenfreude vieler seiner Kollegen aus der Generalität. Diesem bösen Los konnte er nicht entrinnen.

Mit dem Befehlshaber der Armeegruppe »Zentrum«, Fedor von Bock, wurde er in der fünften Morgenstunde verbunden. Der Feldmarschall hatte sich noch nicht zu Bett gelegt, er war äußerst erschöpft und sprach mit schwacher Stimme und unkonzentriert. Als Guderian ihn in seine Entscheidung einweihte, ließ er sich lange mit einer Antwort Zeit, so daß Guderian glaubte, die Verbindung sei unterbrochen. Schließlich fragte von Bock:

»Wo haben Sie eigentlich Ihren Gefechtsstand?«

»In Jasnaja Poljana, fünfzehn Kilometer von Tula entfernt.«

»Ich dachte, in Orjol …«

»Herr Feldmarschall, diesen Fehler haben Panzergeneräle nie begangen. Ich stehe nahe genug bei meinen Truppen, um mit eigenen Augen das Leid unserer tapferen Soldaten zu sehen. Und in genügender Entfernung, um das Gesamtbild beobachten zu können. Und das ist trostlos.«

»Ich verstehe«, sagte von Bock. »Ich verstehe Ihren Entschluß.«

Doch Guderian wartete noch auf etwas anderes. Dann hörte er:

»Sagen Sie, mein lieber Guderian, ist Ihre Bewachung dort sicher? Können Sie wenigstens ruhig schlafen?«

»Durchaus, Herr Feldmarschall.«

»Aber ich, wissen Sie, obwohl ich 70 Kilometer von Ihnen entfernt bin, ich fühle mich ...«

»Herr Feldmarschall«, sagte Guderian, »ich wünsche Ihnen eine gute Nacht.«

Indem er den Ranghöheren ungehörig unterbrach, gab er zu verstehen, daß er nicht mit seiner Unterstützung beim Führer rechnete. Von Bock antwortete hastig, sogar erfreut:

»Gute Nacht, mein ...«

Guderian legte den Hörer auf, ohne das Ende des Satzes abzuwarten. Er zögerte eine Minute, dann beendete er den Brief: »Es geht mir nicht um mich, sondern um viel mehr, um unser Deutschland, und da ist mir bange.« – Dann legte er ein leeres Blatt mit dem Signum des Befehlshabers der 2. Panzerarmee vor sich auf den Tisch.

Bei dieser Tat – vielleicht der größten in seinem Leben – empfand er so etwas wie die tödliche Gleichgültigkeit eines Langstreckenläufers, dem mit einemmal alle Ehrenbezeigungen, die ihn am Ziel erwarteten, bedeutungslos geworden waren und sinnlos die Erregung der ersten Minuten nach dem Start. Niemals hatte ihn das Schreiben weniger Zeilen so viel Mühe gekostet.

»Gott helfe mir«, sagte er laut und legte die Feder beiseite.

Der Befehl lag auf Tolstois Schreibtisch. Er endete mit dem gewohnten »Heil Hitler!«. Es blieb nur, ihn zu unterschreiben. Doch der »Flinke Heinz« zögerte, als habe er Angst, nach der Unterschrift sei er nicht mehr der Herr des Befehls, sondern dessen gehorsamer Vollstrecker. Doch plötzlich sah er sich von ferne, von oben, wie er sich über den Grund der endlosen Schlucht schleppte und einem einzigen ohnmächtigen Panzer den Ausweg zeigte. Da schwankte er nicht mehr und unterzeichnete. Zum erstenmal mit einfacher Unterschrift – ohne Vornamen, Rang und Dienststellung –, als sei sie etwas von ihm Losgelöstes, nicht zu dem gehörig, was er bisher gemacht, was er errungen, was ihm Ansehen verschafft hatte. Der Schriftzug eines einfachen Menschen, nackt und hilflos – Guderian …

4

Dieser Befehl war vorerst nur an die Truppen weitergeleitet, aber noch nicht umgesetzt worden, und der sowjetische General, der in den Mauern der Kirche des Andrej Stratilat stand, konnte davon nichts wissen. Die Untätigkeit des aus dem Dörfchen Bely Rast vertriebenen Gegners brachte ihm keine Beruhigung; hinter dem unerwarteten und scheinbar nachgiebigen Schweigen Reinhardts konnten sich sowohl eine neue hinterlistige Absicht verbergen als auch das Warten auf versprochene Reserve, aber auch einfach Apathie und Unlust, die erschöpften Soldaten bei Schneesturm und Kälte in den Angriff zu schicken. Und der General, der mit dem Schlimmsten rechnete, jagte von Zeit zu Zeit den berittenen Melder anderthalb Kilometer zu seinem Gefechtsstand nach Lobno, zur Fernsprechzentrale, obwohl es einfacher gewesen wäre, die Leitung hierher zu verlegen oder dorthin zurückzukehren. Was er sich erhofft hatte – Distanz zu bekommen, wieder über den Dingen zu stehen, über diesem Tohuwabohu – das war ihm auch hier nicht gelungen; die Ungewißheit zermürbte ihn nur noch mehr. Hier war er der Vogel Strauß, der den Kopf in den Schnee steckte.

Diesmal hatte man besonders lange auf den Verbindungsoffizier warten müssen, und er tauchte aus unerfindlichen Gründen zu Fuß aus dem Schneesturm auf und führte das Pferd am Zügel. Neben ihm erschien noch jemand auf der Bildfläche, er trug einen langen, weißen Pelz, Pelzmütze und Filzstiefel; auf seiner Brust hing ein Feldstecher in einem neuen Futteral, die vollgestopfte Kommandeurstasche schaukelte an seiner Hüfte. Das noch junge Gesicht, rot vom Frost, Grübchen auf den Wangen, sah irgendwie verlegen aus.

»Hier möchte einer zu Ihnen, Genosse Befehlshaber«, teilte der

Verbindungsoffizier mit. »Es heißt, man hat sich ein bißchen verlaufen.«

Der Fremde bestätigte das – mit einem breiten, flammenden Lächeln – und sagte, die Hände ausbreitend:

»Was nicht alles passiert ... Pardon.«

Der General nahm den Fuß von der Kirchentreppe, wandte sich absichtlich zuerst dem Verbindungsoffizier zu und verlangte Meldung über Bely Rast. Er hörte dem Bericht aufmerksam zu, ließ den Neuankömmling dabei aber nicht aus den Augen. Die funkelnagelneue Ausrüstung und der recht saubere Pelz zeigten, daß er kein Frontsoldat war, doch er konnte auch kein Beauftragter aus dem Frontstab sein und noch weniger aus Moskau, seine Haltung war anders. »Eine Fresse hat er allerdings wie ein Kommandeur«, bemerkte der General. Und er verspürte einen winzigen Stoß im Herzen: War dieser Ankömmling, der so linkisch dastand und wartete, nicht vielleicht jenes schicksalhafte Ereignis, welches er heute erhofft, erwartet hatte, jenes von oben abgesandte Vorzeichen für einen Erfolg?

»Wir haben uns also verlaufen«, sagte der General mit tiefem Baß und wandte sich ihm endlich zu. Mit seiner nuancenreichen Stimme spielte er Entrüstung vor. »Wie konnte so was passieren? Das verstehe ich nicht. Nicht mal der Feldstecher hat was genützt?«

»Trotzdem haben wir Sie gefunden«, wandte der Ankömmling freundlich lächelnd ein. »Wenn Sie wirklich General Kobrissow sind. Ich irre mich doch nicht?«

Der Verbindungsoffizier stand mit unerschütterlichem Gesicht da und streichelte dem Pferd die Nase.

»Sie irren sich, mein Lieber, Sie irren sich.« Der ironisch-dramatische Ton, in dem der General sprach, konnte zweierlei bedeuten. »Und mit wem habe ich die Ehre?«

Der Ankömmling hatte es nicht eilig strammzustehen, elegant berührte er mit dem Handschuh seine flauschige Pelzmütze, viel flauschiger als die des Generals.

»Oberstleutnant Wedenin, Kommandeur der 206. selbständigen Schützenbrigade. Wir unterstehen Generalmajor Kobrissow.«

»Und was ist mit Ihrer Brigade? Die haben Sie doch hoffentlich nicht verloren?«

»Aber nicht doch. Sehen Sie ... Uns wurde als Bestimmungspunkt Großperemerki zugewiesen. Das heißt, ich glaube, Klein...« Der Oberstleutnant wollte nach seiner Tasche greifen, doch dann überlegte er es sich anders. »Na, das spielt jetzt keine Rolle mehr, wir haben weder das eine noch das andere gefunden, sondern sind in Lobno rausgekommen. Ich habe Ihren Verbindungsoffizier gebeten, uns den Weg zu zeigen, statt dessen hat er mich zu Ihnen ...«

»Kluger Kopf«, sagte der General mit gutmütiger Ironie. »Warum denn ›statt dessen‹? Richtig hat er es gemacht.«

Der Verbindungsoffizier stand immer noch mit unerschütterlichem Gesicht da, die Hände an der Hosennaht. Das Pferd, das mit dem Zaumzeug klirrte, legte ihm den Kopf auf die Schulter und schnaubte.

»Wieviel Leute hast du?« fragte der General schnell und streng. Als Reaktion kam eine ebenso schnelle Antwort:

»Zwei Regimenter in voller Stärke.«

»In voller Stärke«, wiederholte der General wie ein Echo. »Sind sie erst aufgestellt worden?«

»Ganz frisch, Genosse General.«

Der Oberstleutnant antwortete in einem Ton, als sage er: Grenadiere! Adler!

»Frisch – haben also noch kein Pulver gerochen!«

»Aber Sibirier«, widersprach der Oberstleutnant.

»Na und?« Der General stellte sich direkt vor ihn und betrachtete ihn von oben bis unten mit spöttischem Interesse. »Wie soll ich das verstehen – ist das eine besondere Rasse: Sibirier? Ihr geht wohl in Sibirien Arm in Arm mit Bären spazieren? Schöpft den Wodka mit Kellen aus der Schüssel und eßt lebende Tiger zum Nachtisch?«

Die Begleiter des Generals lachten beifällig, doch er unterbrach sie, indem er seine Stimme zum Kommandoton erhob und sachlich-forschend durch seine dicken Gläser den Oberstleutnant anblickte:

»Ich kann bei euch keine besonderen sibirischen Vorzüge entdecken. Ihr habt euch verlaufen wie kleine Kinder. Ein Glück, daß ihr nicht beim Feind gelandet seid. Der hätte euch einen ausgezeichneten Weg gewiesen – direkt in den Sarg.«

Der Oberstleutnant, der sich wie üblich der aufbrausenden Obrigkeit lediglich mit den Fingern im Handschuh und den Zehen im Filzstiefel widersetzte, stand stramm und blickte finster.

»Genosse General, ich bitte Sie, uns einen Standort und eine Aufgabe zuzuweisen. Sofern Sie General Kobrissow sind. Wenn nicht, bitte ich Sie, uns bei der Berichtigung unseres Fehlers zu helfen.« Er verbesserte sich: »Meines Fehlers.«

»Deines«, betonte der General. »Du sagst immer bloß: ›wir‹, ›wir‹.«

Und er wandte sich ab und ging, die Hände auf dem Rücken verschränkt, vor der Kirche auf und ab. Diese Brigade, zwei Regimenter in voller Stärke, das heißt dreitausend zuverlässige Leute, war offenbar seinem Nachbarn Kobrissow versprochen worden, um die breite Lücke zwischen der rechten Flanke seiner Armee und der Rogatschowsker Chaussee zu schließen. Nach allen militärischen Gesetzen, ja einfach aus Kameradschaftsgeist, hätte er die Brigade an ihren Bestimmungsort schicken und ihr – angesichts der Unerfahrenheit des Kommandeurs und seiner völligen Unkenntnis der Gegend – einen Begleiter mitgeben müssen. Doch was war das jetzt wert, Kameradschaftsgeist und Disziplin, verdammt noch mal? Nach der operativen Planung war Kobrissows Armee nicht an Angriffshandlungen beteiligt und gehörte nicht zur Westfront. Sie war eine der beiden Armeen, die der Oberste in keinem Fall Shukow abtreten wollte, er hatte sie in den inneren Halbring der Verteidigung gestellt. Er wollte sich diese Reserve für den Fall vorbehalten, daß es den

Panzerzangen Reinhardts, Höppners und Guderians doch gelingen sollte, sich um Moskau zu schließen – dann hätten diese beiden Armeen mit ihrem Untergang ihm selbst und seinen Kampfgenossen aus dem Politbüro und dem Volkskommissariat den Weg zur Flucht freigekämpft. Um diese Brigade konnte man Kobrissow nicht bitten, auch nicht Shukow, höchstens den Obersten selbst – das heißt niemanden Geringeres als den lieben Gott. Aber ... hatte nicht Er sie geschickt – als schwere Versuchung: Er sollte sich diese dreitausend jungen, kräftigen, offenbar nicht schlecht eingekleideten und bewaffneten Sibirier ohne Fronterfahrung, doch Jäger und Schützen, einfach aneignen! Im Erfolgsfall – wenn Kobrissows Armeen nicht benötigt werden sollten – würde man ihm natürlich vergeben. Doch wenn er nicht wenigstens zwei Kilometer vorrückte – welches Kriegsgericht würde dann noch an seiner Schuld und der einzig möglichen Strafe zweifeln?

Der Märtyrer Andrej Stratilat schaute mit erloschenen Augen von der verwitterten Eingangsikone herab und konnte ihm keinen Rat geben, er erinnerte ihn bloß an sein eigenes schreckliches Schicksal.

Der Brigadekommandeur beobachtete starr den auf und ab schreitenden General, alle anderen beobachteten ihn ebenfalls gespannt, ein weiteres Zögern wäre ein Zeichen von Schwäche gewesen.

Der General trat langsam auf den Oberstleutnant zu und sagte mit gesenktem Blick:

»Mit Kobrissow bin ich immer einig geworden. Sie unterstehen meinem Befehl.«

»Ich verstehe nicht, Genosse General«, sagte der Oberstleutnant. »Sie sind immer einig geworden, und jetzt haben Sie erst vor, sich mit ihm zu einigen?«

Seine Grübchen hoben jetzt die Anspannung der Kiefermuskeln hervor.

»Zu meinen Absichten«, sagte der General in dröhnendem

Baß, »bitte ich keine Fragen zu stellen. Nach Dienstvorschrift wird in der Armee der zuletzt gegebene Befehl ausgeführt. Du kannst also beruhigt sein, du mußt dafür nicht geradestehn.«

»Stimmt«, stimmte der Oberstleutnant zu, doch wandte er gleich ein: »Dennoch bitte ich Sie, General Kobrissow über Ihren Befehl Mitteilung zu machen. Oder ich tue es selbst, wenn Sie gestatten.«

Dieser schwache Widerstand hatte auf den General eine umgekehrte Wirkung – er bekräftigte nur seine eigenmächtige Entscheidung. Es war die zweite an diesem Tag, nachdem er die Fluchtbewegung auf der Rogatschewsker Chaussee nicht verhindert hatte, weil ihm klargeworden war, daß das einzige, was der Feind nicht erwartete, der Schlag mit der »Faust in die Fresse« war.

Doch dachte er weniger an diesen Schlag als daran, wie er den Widerstand des vor ihm Stehenden brechen könne, als er auf die Uhr schaute und klar und deutlich sagte:

»Folgendes, Oberstleutnant. Sag deinen Leuten: Ich gebe ihnen anderthalb Stunden zum Ausruhen. Und dann geht's in den Kampf.«

Der Brigadekommandeur biß sich auf die Lippe, verlor augenblicklich seine rote Gesichtsfarbe und stand noch eine Sekunde nachdenklich da.

»Zu Befehl, anderthalb Stunden ausruhen – und dann in den Kampf ...«

»Gib ihm das Pferd«, sagte der General. »Schaffst du's allein?«

Der Oberstleutnant nickte schweigend. Der Verbindungsoffizier reichte ihm die Zügel und hob ihn in den Sattel.

Als der General seinen düsteren Blick auf den kerzengeraden Rücken des Reiters heftete, stellte er sich vor, wie die Herzen jener dreitausend zittern würden, wenn dieser ihnen sagte, daß für sie der Krieg nicht erst in einer Woche beginnen würde, wie sie es erwartet und worauf sie sich vorbereitet hatten, sondern heute, gleich jetzt. Vielen würde schmerzhaft bewußt werden, daß sie sich zum letztenmal sahen. Er stellte sich vor, wie sie bei dieser schweigend aufgenommenen Nachricht zuerst erstarrten und wie dann Bewegung in die dreitausendköpfige Menge käme: Das war die Vorbereitung auf das Schlimmste, das einmal kommen mußte, und nun war es da. Und schuld daran war ein Wort – ein ganz kurzes, das beinahe zufällig gefallen war …

Indes wurde es um ihn herum lebendig. Wie in Trance vernahm er Anweisungen und Kommandos. Jemand machte die Pferde von der Mauer los, sprang auf und ritt davon, andere öffneten ihre Kartentaschen, holten Landkarten heraus, Pläne und Kampfskizzen. Der Funker packte, ohne eine Anweisung abzuwarten, seine Funkstation aus, steckte den Antennenstab mit den sternförmigen Metallstäbchen hinein und schrie in den Hörer: »Morgenrot? … Es spricht der Siebte, ich übergebe dem Siebten! …« Niemand stellte dem General Fragen, alles lief wie von selbst, und aus einer unsichtbaren langen Schlucht drang ein Poltern und Heulen herauf – die Motoren von 15 Panzern wurden angeworfen, die ihm aus der Reserve des Oberkommandos höchstpersönlich zugeteilt worden waren und die sich »Division« nannten, was nicht ihrem Rang entsprach. Als der Schneesturm etwas nachgelassen hatte, konnte man sehen, wie von einem fernen Hügel eine Kosakeneskadron in die Schlucht hinuntersprengte und ganz in der Nähe auf das diesseitige Ufer jagte, die Pferde leuchteten schwarz auf und rot die Lammfellmützen der Kosaken. Mit gefrierendem Herzen, als sei er gerade von einer unendlichen Höhe heruntergekommen, begriff der General, daß er gerade den Befehl zur Weiterführung des Vorstoßes gegeben hatte: »Anderthalb Stunden zum Ausruhen – und dann in den Kampf!«

Er erwog einen kurzen Moment lang, alles abzubrechen, mit gebieterischer Stimme alle an ihren früheren Platz zurückzuholen, zu sagen, er sei falsch verstanden worden, er habe etwas ganz anderes gemeint. Aber sein fest zusammengekniffener Mund öffnete sich nicht, sein Kehlkopf wagte nicht, diese einfachen Worte hervorzubringen. Gleichzeitig brannte ein Gedanke in ihm, ein beflügelnder und lähmender zugleich, und jagte ihm stoßweise das Blut in die Schläfen: Sie hatten ihn genau richtig verstanden, und er hatte genau das befohlen, was er befehlen wollte – er hatte sich nur nicht gleich entschließen können.

An diesem Morgen wußte er noch nicht, daß ihm vom Schicksal beschieden war, nicht nur zwei Kilometer vorzustoßen, worauf er dunkel gehofft hatte, und nicht nur zwanzig, wovon er nicht einmal zu träumen gewagt hatte, sondern daß seine Armee die Deutschen ganze zweihundert Kilometer – bis Rshew – vor sich herjagen und mit diesem schnellen Marsch – vom kleinen Dorf Bely Rast bis Solnetschogorsk – alle fünf Nachbararmeen der Westfront aufrütteln und in Bewegung bringen würde!

Diese eine Minute seiner Entschlossenheit und die Stunden seiner Unentschlossenheit sollten Moskaus Schicksal bestimmen.

Obwohl alles Weitere nicht mehr von ihm allein abhing, ging er in die Geschichte für immer als Retter der russischen Hauptstadt ein. Und dort sollte er vier Jahre später vor Gericht gestellt und hingerichtet werden. Dennoch würde sein Name trotz aller Verunglimpfungen niemals mehr vom Namen der Stadt zu trennen sein.

Eine Woche nach diesem Morgen schrieben die Zeitungen der ganzen Welt vom »russischen Wunder bei Moskau«, doch in jener Morgenstunde selbst erschien das Ganze nur einem Menschen wie ein Wunder, nämlich Schesterikow, der völlig verzweifelt am Chausseerand über seinem sterbenden General stand. Selbst der Milizionär war bereits verduftet. Zu seiner Ehre sei gesagt, daß er sich den Brotkanten ehrlich verdient hatte – es war nichts weiter gestohlen worden, er hatte Schesterikows Sachen sogar mit seinem Stiefel unter einem Schneehügel verscharrt. Der zweite, etwas längere Hügel, war der General selbst. Neben seinem Mund taute der Schnee, für Schesterikow war es also noch nicht an der Zeit abzuhauen.

Durch den Nebelschleier des Schneesturms sah er plötzlich in der Ferne, auf dem Feld, etwas Seltsames, das sich auf die flüchtende Menge auf der Chaussee zubewegte. In loser Kette schwammen, Schlitten nach sich ziehend, einzelne Panzer heran, und auf den Schlitten saßen dicht zusammengedrängt Menschen – in weißen Halbpelzen, Pelzmützen und Filzstiefeln –, die schwarzen Läufe der Maschinenpistolen gen Himmel gerichtet. Wie weiße Gespenster glitten Skiläufer in Schneemänteln dahin, die Gewehre am Rücken festgeschnallt. Und wie in einem Traumgesicht kamen im langsamen Trab, Schneehaufen aufwirbelnd, in schwarzen Haufen verstreut, Reiter in zottigen, weiten Umhängen auf ihn zu. Der vorderste hielt eine eingehüllte Fahne.

Bisher war Schesterikow nur geflohen und hatte sich versteckt. Hätte ihm jemand gesagt, er wohne dem Beginn der großen Offensive bei, er hätte es nicht geglaubt, ja nicht einmal für möglich gehalten. Ihn erleuchtete eine äußerst praktische Hoffnung. Ein Panzer, der keinen Schlitten schleppte, fuhr nur dreißig Schritt von ihm entfernt. Er war wirklich keine Vision, sein Motor grollte, und ein schwarzes Abgaswölkchen schwebte hinter seinem Heck; hätte man Schesterikow Augen und Ohren verbunden, seine Nase hätte doch den vertrauten Geruch des arbeitenden Traktors erraten. Das war ein Panzer, ein beweiskräftiges Ding, weit besser als die 45er-Kanone, von der er und der Milizionär geträumt hatten, und sogar besser als das Flak-Geschütz mit seinem unsicheren Holm. Er lief vor den Panzer, fuchtelte mit der Mauser und schrie, er solle anhalten. Vor dem blinden Koloß kam er sich vor wie eine winzige Ameise, die sich gegen einen Stiefel wehrt. Doch ein Wunder geschah: Der Panzer verlangsamte seine Fahrt, der Deckel der Turmluke hob sich ein wenig, und unter einer schwarzen, in den Nacken geschobenen Kopfhaube tauchte ein junges Gesicht auf. Darunter der Kragen einer Kombination mit Leutnantsrhomben.

Der blutjunge Leutnant sah sich stolz und schwärmerisch nach allen Seiten um und atmete mit offenem Mund die Luft ein. Er schien Schesterikow nicht zu hören, der hüpfend neben dem Panzer herrannte, ihm seine Hände entgegenstreckte und seine flehentliche Bitte hinausschrie. Der Leutnant nickte ihm jedoch wortlos zu, beugte sich zur Luke hinab und gab ein Kommando. Der Panzer wendete auf der Stelle und rollte quer durch den Straßengraben zur Chaussee, drehte langsam den Turm und sperrte mit der langen Kanone den Weg ab.

Für den Leutnant, der so eindrucksvoll in der Luke stand, hätte das schlecht enden können, und Schesterikow schrie ihm zu, er solle sich in acht nehmen. Doch der hörte oder beachtete ihn nicht. Es wagte jedoch keiner zu schießen. Gleich das erste Fuhrwerk hielt an, die Pferde blieben vor der Kanone stehen, schnauften und schüttelten das Kummet ab. Erfolglos peitschte der übergeschnappte Kutscher auf sie ein. Acht Leute, die im Fuhrwerk saßen, sprangen heraus und rannten weiter, doch der Kutscher verließ seinen Bock nicht und schaute angstvoll auf den Leutnant, der mit der Hand schweigend auf Schesterikow zeigte.

»Lieber Mensch!« Schesterikow stürzte zum Kutscher, die eine Hand an die Brust gepreßt, in der anderen hielt er immer noch die Mauserpistole. »Er läßt dich durch, du sollst mir nur mit dem General helfen. Bring ihn mir bis Moskau, bis zu einem Lazarett, alles Weitere liegt in Gottes Hand …«

Nur langsam begriff der Kutscher, daß der Schneehügel der General war. Andere hatten schneller verstanden und gaben bereits den Ton an: »Faß du ihn unterm Arm, und du unterm Knie …«

Schesterikow legte den General aufs Stroh – mit dem Kopf voran, in Richtung Moskau. Er blies ihm den Schnee vom Gesicht, stopfte ihm Stroh unter Hinterkopf und Schultern, und mit Stroh bedeckte er auch seine Beine, um die die schmutzige Wäsche gewickelt war. Dann wollte er ihn noch bekreuzigen, doch genierte er sich vor dem Kutscher und dem Leutnant und winkte nur dem Panzer zu. Die Kanone drehte sich langsam weg, der Kutscher verlor keine Minute und peitschte auf die Pferde ein.

Schesterikow trat zum Leutnant, der immer noch wortlos und stolz in der Luke stand, die Arme in die Hüfte gestemmt.

»Hör mal, Leutnant, wie soll ich dich später wiederfinden?« fragte er dankbar und mit großer Verwunderung. »Du hast mich doch gerettet, lieber Mensch! Wo kommt ihr eigentlich her? Alles ist auf dem Rückzug, und ihr marschiert vor ...«

Das, was der Leutnant ihm entgegnete, bevor er den schweren Deckel der Luke über sich schloß, machte auf Schesterikow keinen großen Eindruck. Doch später erinnerte er sich deutlich an diese Worte:

»Merk dir, Kumpel, die Zwanzigste Armee stößt vor, die Wlassow-Leute!«

Schesterikow erfuhr nie, daß es diesem Wlassow-Mann nicht mehr beschieden war, die Luke selbst zu öffnen. Als sein Panzer wenige Stunden später auf einen Vortrupp der 9. deutschen Armee stieß, bekam der Turm ein Geschoß ab. Es durchschlug zwar die Panzerung nicht, doch ein im Innenraum abgesprungener Stahlsplitter drang durch die Kopfhaube und die Schädelknochen ins Gehirn ...

Und Schesterikow erfuhr nie, daß die Leute, die er so unerwartet durch den Schleier des Schneesturms gesehen hatte – die Landungstruppen auf den Schlitten, die Skiläufer, die Reiter –, es geschafft hatten, der 9. deutschen Armee den einzigen Gegenschlag zu versetzen, doch daß dabei fast alle auf dem Feld blieben und es mit ihren weißen Pelzen und Schneemänteln und den breitschultrigen schwarzen Umhängen bedeckten. Aber die 9. Armee wurde zum Halten gebracht. Sie hatte nicht mehr die Kraft, über die Leichen zu gehen. Ihre einzige Errungenschaft blieb, für kurze Zeit das Feld beherrscht zu haben, das genauso wenig als Stellung bezeichnet werden konnte wie jedes andere beliebige Feld in Rußland und auf dem es undenkbar war, die Armee im Verlauf von drei Stunden vor der völligen Vernichtung und vor der Flucht zu bewahren ...

5

Beruhigt hob Schesterikow den Sack auf, warf seine Siebensachen hinein, dazu die Mauser samt Futteral, schulterte die MPi und machte sich auf den Weg zu seiner Kompanie. Zuerst ging er den Weg, den er den General geschleppt hatte, und dann den, den sie zu zweit so rüstig durch den Schnee gestapft waren, nur daß er jetzt einen Riesenbogen um das verdammte Peremerki machte, weil er nicht wußte, daß es dort keine Lebenden mehr gab, nur tote Deutsche, und auch davon wenige. Mit einer Fortsetzung der Schießerei rechnete er nicht.

Doch die ließ nicht lange auf sich warten. Die Flüchtlingsmassen wurden an der Abzweigung Rogatschowsker und Dmitrowsker Chaussee doch noch von den Maschinengewehren der Sperrabteilung aufgehalten. Die zehn ersten wurden gleich an die Wand gestellt und als abschreckendes Beispiel erschossen, andere wurden zur Klärung des Sachverhalts festgenommen, und wieder andere gleich an Ort und Stelle gezwungen, ihre Schuld zu büßen. Sie mußten Betonsperren und »Igel« – zusammengeschweißte Schienen – von Lastkraftwagen abladen und aufstellen. Diese Sperren allerdings waren bereits überflüssig geworden, die Chaussee hätte im Gegenteil geräumt werden müssen. Den Kutscher ließ man mit dem General nicht nur frei passieren, er erhielt sogar ein Lob, und seine Personalien wurden aufgeschrieben, weil man ihn für die Tapferkeits-Medaille vorschlagen wollte. Und dieser Medaille zuliebe erfüllte er seine Aufgabe mit einem solchen Eifer, daß er sich keine Ruhe gönnte, ehe er den General ins Lazarett gebracht, auf einer Trage die Treppe hochgeschleppt, sie auch noch in den Krankensaal gebracht und dem diensthabenden Arzt und dem Lazarettkommissar die Geschichte der heroischen Verwundung des Generals und seiner heroischen Rettung aus dem Feuer in allen Einzelheiten erzählt hatte. Bevor sie die »Erkennungsmarke« öffneten, war er allen Fragen nach dem Namen des Generals und nach seiner Armee ausgewichen, er nannte ihn immer nur »unseren General«, und auf die Fragen, wo Mütze und Filzstiefel seien, antwortete er: »Wir können froh sein, daß sein Kopf noch dran ist und die Beine heil sind.« Sein Gesicht nahm dabei einen solch tragischen Ausdruck an, daß sie lieber nicht weiterbohrten. Als Auszeichnung bekam er Wodka und eine Bescheinigung für die Militärstreife, daß er sich »in Erfüllung eines Auftrags seiner Führung« in Moskau aufhalten darf. Solch eine Bescheinigung wog mehr als die Medaille. Die sollte er erst 32 Jahre später bekommen, und zwar aus den Händen eines grauhaarigen, hinkenden Kriegskommissars bei einem feierlichen Salut der »Pfadfinder« und in Gegenwart eines Journalisten, der daraufhin in der Zeitung schrieb: »Eine Auszeichnung fand ihren Helden«.

Die acht MPi-Kugeln, die in den dicken Bauch des Generals gedrungen waren, waren Gott sei Dank am Rücken wieder herausgekommen, ohne lebenswichtige Organe zu verletzen. Zum Glück hatte der General vor seiner Verwundung nichts gegessen, die Sache ging ohne Entzündungen und Vereiterungen ab. Viel schlimmer stand es um die schwarzgefrorenen Füße des Generals, es wurde sogar erwogen, das Bein bis zum Knie zu amputieren. Doch nach langen Beratungen gingen die Ärzte das Risiko ein, alles dranzulassen, und versuchten es mit einer Bluttransfusion und Glukosespritzen. Der General wurde in den Saal gebracht, in dem die Kranken mit Erfrierungen lagen. In diesem Saal roch es so übel nach faulendem, menschlichem Fleisch, daß der General schon des Gestankes wegen wieder zur Besinnung kommen mußte. Als er aufwachte, empfand er tödliche Schwermut und verlangte nach seinem Soldaten.

Er hörte sich die recht glaubhafte Geschichte seiner wunderbaren Rettung an, in der Peremerki und der französische Kognak allerdings nicht vorkamen, gab sich damit aber nicht zufrieden. Er wollte nicht den Kutscher sehen, der ihn gerettet haben sollte, sondern einen gewissen Schustrikow oder Tschetwertuchin aus der Kompanie der MPi-Schützen.

In der Zeit, in der der General bewußtlos dagelegen hatte, war seine Armee 40 Kilometer weitermarschiert. Zu den einzelnen Abteilungen konnte keine Telefonverbindung hergestellt und es konnten auch keine schriftlichen Auskünfte eingeholt werden. Aber der General ließ nicht locker, der dünne, verworrene Faden mußte entwirrt werden. Das Regiment, das in der fraglichen Zeit im selben Dorf wie der Armeestab gelegen hatte, besaß nur eine einzige MPi-Schützenkompanie, doch in den Listen tauchte weder einen Schustrikow noch Tschetwertuchin auf. Dafür wurde ein gewisser Schesterikow gefunden, allerdings in einem jämmerlichen Zustand. Man hatte ihn halb taub und fast verrückt aus einem gefrorenen Schützengraben gezogen, wo er die Nacht, im Schnee vergraben, verbracht hatte. Sie gaben ihm einen neuen Mantel und eine neue Pelzmütze, Ration für drei Tage, einen Verpflegungsschein, und außerdem erhielt er den Befehl, sich in Moskau in der Militärkommandantur zu melden. Mit diesem Befehl, auf dem er zum erstenmal in seinem Leben seinen Namen gedruckt sah – leider tanzten die beiden »e« aus der Reihe –, fuhr er per Anhalter in die Stadt aus weißem Stein, für die er fast seine Seele hingegeben hätte und die er nun endlich zu Gesicht bekam.

Ganz aufgewühlt ging er durch Moskau, kletterte über Barrikaden aus Baumstämmen, Straßenbahnwagen und Sandsäcken, machte um Kreuzungen und bewaffnete Milizposten einen Bogen, betrat das Vestibül des ehemaligen Musikinstituts, jetzt Lazarett für höhere Offiziere, stieg die Marmortreppe hinauf und wurde beinahe von demselben Gestank niedergestreckt, von dem der General wieder zur Besinnung gekommen war. Zu allem Überfluß fuhren die Sanitäter einen Wagen mit einem Berg abgeschnittener Gliedmaßen vorbei, die nur flüchtig mit einem blutigen Laken bedeckt worden waren. Schesterikow wurde es schwindlig, und er schloß die Augen. Er bemühte sich, so wenig wie möglich und nur durch den Mund zu atmen, und überwand so die Übelkeit. Mit abgewandtem Gesicht ging er an den offenstehenden Türen der großen Krankensäle vorbei, bis er schließlich den Saal des Generals erreichte und ihn tatsächlich erblickte. Kläglich, abgemagert sah er aus, ohne einen Blutstropfen im Gesicht, aber, das registrierte Schesterikow sofort, mit beiden Beinen unter der Bettdecke. Das erste Wort des Generals war:

»Ein schönes Gelage war das!«

»Macht nichts«, sagte Schesterikow und bemühte sich, so heiter wie möglich zu lächeln. »Wir verschieben's auf ein anderes Mal ...«

»Dafür wissen wir jetzt, wo Großperemerki liegt und wo Kleinperemerki, stimmt's?«

»Jetzt irren wir uns nicht mehr!«

Schesterikow holte die Mauser aus dem Sack, den er ins Krankenhaus geschmuggelt hatte, und reichte sie schweigend dem General. Der General öffnete das Holzfutteral, zog die Pistole heraus und las die Inschrift auf der Griffschale.

»Hast du sie jemandem gezeigt?« fragte er, ohne den Blick zu heben.

»Nein«, antwortete Schesterikow. »Sonst wäre ich sie längst los. So einem Ding jagen viele nach.«

In den letzten Satz legte er noch einen zweiten, verborgenen Sinn. Die ehrenvolle Inschrift endete nämlich mit einem unguten Namen – Blücher*. Der General verstand Schesterikow und lächelte kaum merklich.

»Man müßte sie abschleifen, doch es wäre schade drum. Es ist immerhin ein Geschenk.«

»Das wäre sehr schade«, bestätigte Schesterikow.

Der General gab ihm die Mauser zurück.

* Blücher, Wassili Konstantinowitsch (1889–1938), sowjetischer Armeegeneral, 1924–1927 Hauptmilitärberater der Sowjetunion in China, ab 1935 Marschall der Sowjetunion, 1938 im Tuchatschewski-Prozeß zum Tode verurteilt und hingerichtet.

»Behalte sie einstweilen. Auch hier gibt's Leute, die so einem Ding nachjagen.«

Es gab Besuchstage, und der General wollte seine Frau kommen lassen, doch Schesterikow, der sich als des Generals Beschützer fühlte, riet ab: Eine Frau muß nicht all diese Soldatengerüche einatmen, das wäre für sie kein freudiges Wiedersehen, sondern eine Qual. Der General gab ihm recht und befahl Schesterikow, bei ihm zu Hause anzurufen. So kam es, daß Schesterikow am Telefon die Bekanntschaft der Generalin Maja Afanassjewna machte.

»Ach, Schesterikow!« rief sie freundlich. »Ich weiß, ich weiß, ich habe von Ihnen gehört. Wie heißen Sie mit Vor- und Vatersnamen?«

»Das sage ich Ihnen, wenn wir uns sehen, Maja Afanassjewna. Ich bin jetzt dem Befehlshaber unterstellt, da genügt Schesterikow.«

»Gut, gut«, lenkte die Generalin ein, um ihrem Mann eine Peinlichkeit zu ersparen.

In Schesterikows Sack befand sich neben anderen interessanten Dingen auch eine Konservendose mit einer Mixtur, die seine Vorfahren schon vor 200 Jahren bei Erfrierungen anwandten: eine Mischung aus Wurzel- und Kräutersud, Gänsefett, Bienenwachs und Honig. Die Salben, die der General im Lazarett bekam, erklärte Schesterikow für untauglich. Er gab dem General den Rat, sich nicht von den Schwestern einreiben zu lassen, sie sollten ihr Salbengläschen auf dem Nachttisch stehenlassen. Er würde die Krankenhaussalbe dann nach und nach aus dem Gläschen entfernen, damit es nicht auffiele. Schesterikow salbte nun den General persönlich ein, er verbarg seinen Ekel und hielt eine ganze Minute den Atem an, anschließend lenkte er den General von dem schrecklichen Jucken und Brennen ab, indem er ihm von seinem Leben auf dem Dorf erzählte und ihn behutsam nach seinem eigenen Leben fragte. Er quartierte sich im Lazarett ein, in der Kammer des Heizers unter der Treppe. Er ließ sich auf die Verpflegungsliste setzen und bekam im Speisesaal die Ration eines Sanitäters. Diese war kleiner als der Verpflegungssatz an der Front, aber besser, denn dort bekam man nicht jeden Tag etwas Warmes. Der Heizer war zugleich der Feuerwehrmann, verfügte also über ein Telefon, und so konnte Maja Afanassjewna sich immer zu verabredeter Stunde erkundigen, wie es um den »Unsrigen« stand.

»Um den Unsrigen steht's gut«, antwortete Schesterikow. »Bald fängt er an zu tanzen. Seine Beine zappeln schon.«

Obwohl er die Generalin noch nie gesehen hatte, wußte er bereits alles über sie: daß ihre Wohnung in der Gorkistraße lag – vier Zimmer, die Abstellkammer und die »Halle« nicht mitgerechnet. Das Wort »Halle« wurde auch im Lazarett benutzt, da gab es einen Saal für die Patienten, die aufstehen durften, mit Schachspiel und Domino, und genauso riesig stellte sich Schesterikow die »Halle« in der Gorkistraße vor, die nicht mitgerechnet wurde. Er wußte, daß der General zwei Töchter hatte, sechzehn und vierzehn Jahren alt, eine hieß wie die Generalin Maja, die andere Swetlana, zu Ehren von Stalins Tochter. Er wußte, daß die Generalin – und das war ihm sehr wichtig – wie er vom Lande kam, aus der Gegend von Wyschni Wolotschek, und daß ihr Mädchenname Nalitschnikowa war und sie sich den Namen Maja selbst gegeben hatte, in Wirklichkeit hieß sie Marja. Offenbar hatte sie zu ihrem Dorf aber keine Verbindung mehr, denn sie erzählte Schesterikow, daß sich Generäle, die ein Sommergrundstück haben wollten, jetzt in eine Liste eintragen sollten. Es gäbe zwei Hektar für jeden, in Apreljewka, und sie fragte ihn, ob sie soviel nehmen solle oder nicht.

»Unbedingt!« schrie Schesterikow unter der Treppe in den Hörer. »Das ist Boden! Nehmen Sie, soviel Sie kriegen können!«

Dieses Apreljewka ging ihm nicht mehr aus dem Kopf, so daß er sich nächtelang in des Heizers Kammer auf seiner Schlafmatte herumwälzte, während der Heizer nach dem Genuß von 200 Gramm Spiritus auf seinem Bettgestell schnarchte. Wenn Schesterikow an die Rückkehr in sein heimatliches Dorf bei Pensa dachte, wurde er schwermütig, so wie er sich fühlen würde, wäre er verwundet oder verkrüppelt. Es war nicht sein Wunsch, dahin zurückzukehren. Es wäre schön, die Trauerweiden über dem stillen, langsam dahinfließenden Fluß wiederzusehen, barfuß durch den Tau zu gehen oder dem Pferd über die weichen Nüstern zu streichen, aufzusitzen und eine halbe Werst ohne Sattel auszureiten und das Pferd bis zur Mähne in den Fluß zu treiben. Aber auf all diese Freuden hatte er schon zehn Jahre verzichten müssen, seit sie freiwillig beide Pferde und auch die Kuh vom Hof des Vaters schaffen mußten und ihr Boden in winzige Schnipsel aufgeteilt worden war. Von den zwei Scheunen mußten sie eine abtragen, zwei waren nicht erlaubt. Alles gehörte jetzt allen, das heißt niemandem. Einem selbst gehörte nur die Armut – und die auf hundert Jahre im voraus, so daß sie die Hände einfach in den Schoß legten, denn sie wußten nicht, wo anfangen, alles verfiel, stürzte ein, alle Mühen waren umsonst. Sie pfiffen auf alles, sogar darauf, welcher Vorsitzende gewählt wurde. Da wählten sie eben den, der befohlen wurde, der am besten mit den Behörden zurechtkam und am meisten schrie, das heißt das unnützeste, unbedeutendste Bäuerlein, und wenn sie keinen fanden, wurde ihnen einer geschickt. Diesem Elend konnte keiner entrinnen, sie hatten nicht die Möglichkeit, das Dorf zu verlassen, denn sie besaßen keinen Ausweis, man hätte sie gleich auf der ersten Bahnstation festgenommen. Eine Bescheinigung vom Kolchos aber bekamen sie höchstens für eine Woche ausgestellt, und selbst um die mußten sie betteln. So kam es, daß Schesterikow selbst im hartgefrorenen Schützengraben seine Heimat durchaus nicht poetisch sah. Statt an fröhliche Trink- und Hochzeitslieder, statt an das Klingeln von Pferdeglöckchen in einer Mondnacht dachte er an tristes, trunkenes, heiseres Gegröle über dem Dorf:

Im Dorfe bellt ein Hund.
Kein Hund – der Brigadier, er droht:
»Geht an die Arbeit,
sonst gibt es weder Lohn noch Brot …«

Dieses Apreljewka aber, das war Generalsboden, wer würde sich an dem vergreifen, wer würde es wagen, den zu zerschneiden? Zwei Hektar – da könnte man was anbauen, das würde für zehn Familien reichen. Nur gesunde Arme brauchte man, und der Krieg müßte einem ein bißchen Kraft übriglassen.

Des Generals Beine heilten. Neue Haut hatte sich gebildet – ganz rosige, wie bei einem einwöchigen Ferkel, und eines Tages beschloß er aufzustehen, er wollte duschen gehen. Schesterikow mußte ihn ins Bad schleppen, so schwach war der General. In der Duschkabine zogen sich beide nackt aus und fühlten sich ein bißchen wie im Dampfbad, denn sie drehten nur den Heißwasserhahn auf. Des Generals Körper versetzte Schesterikow in Erstaunen – sowohl durch seine Mächtigkeit als auch durch seine weiße Farbe und die vielen Narben. Der General hatte alle Kriege mitgemacht, die Rußland seit 1914 geführt hatte, und aus jedem Krieg hatte er eine Verwundung mitgebracht. Sogar auf der Stirn schaute unter den Haaren eine Narbe hervor – von einem Säbelhieb. Jede Wunde hatte ihre Geschichte, doch der General erklärte, daß alle gleichermaßen »aus Dummheit« entstanden. Schesterikow wusch ihn wie ein Baby und befahl ihm dann, sich hinzusetzen, dabei dachte er gerührt, daß er diesen Körper und diese leichtsinnige und, wie ihm schien, leidvolle Seele am liebsten sein ganzes Leben hätscheln und verwöhnen wollte. Was sollte er sonst mit sich anfangen?

Dann kam der Tag, an dem der General, der sich seit dem Morgen nicht mehr hingelegt, sondern auf dem Bett gesessen und seine rosigen Fußsohlen betrachtet hatte, schwärmerisch sagte: »Ach, ein Pferdchen, das wäre eine Freude, egal was für eins. Im Sattel würde ich wieder genesen!«

»Er will nach Hause.« Schesterikow wurde es warm ums Herz. »Klar, daheim heilt alles schneller. Doch wo krieg' ich ein Pferd her?« Ein Auto hätte er leichter kriegen können, das hätten die Ärzte bestellt, die nichts gegen eine vorzeitige Entlassung einzuwenden hatten, doch auch in diesem Fall wußte Schesterikow sich zu helfen. An einem klaren, frostigen Morgen, als der General, gestützt von den Schwestern, auf die Freitreppe trat, erblickte er – ein Pferd. Nein, gleich drei: Auf dem zweiten thronte stolz Schesterikow, und auf dem dritten der Milizionär von der Rogatschowsker Chaussee, der bei der berittenen Militärstreife in Moskau diente. Als Schesterikow ihn zufällig vor der Kommandantur traf, wo er sich jeden dritten Tag melden mußte, blies er ihm wegen seiner voreiligen Flucht den Marsch. Der Milizionär konnte nichts zu seiner Rechtfertigung sagen, erkundigte sich aber freundlich nach dem Befinden des Generals. Er machte seine Schuld wieder gut, indem er drei Pferde organisierte.

Der General ging um das graugesprenkelte Roß herum, betrachtete skeptisch dessen Gestalt, versuchte aufzusitzen, doch er schaffte es nicht. Man mußte ihn von der Treppe aus in den Sattel heben. Als er dann aber im Sattel saß, ordnete er ganz selbstverständlich mit einer Hand die Zügel, mit der anderen beruhigte er das Pferd durch einen Klaps auf den Hals und munterte es auf, so daß er ihm nicht die Sporen geben mußte. Er ließ nur die Zügel ein bißchen locker und schon galoppierte es los, gleich aus dem Stand, den schönen Hals gebeugt.

In jenem Winter wunderte sich in Moskau niemand über die drei Reiter, die die Gorkistraße vom Belorussischen Bahnhof bis zum Moskauer Stadtsowjet hinaufritten. An ihnen vorbei liefen in lockerer Kolonne die Leute von der Landwehr, leise den »Heiligen Krieg« vor sich hin singend, vorbei liefen auch vier burschikose Mädchen in Militärmänteln, die den Riesenkörper eines silbernen Sperrballons trugen und ganz damit beschäftigt waren, nicht in den Himmel gezogen zu werden. Die Menschen standen frierend in langen, unbeweglichen Warteschlangen vor den Geschäften, die Schaufenster waren vernagelt und mit Sandsäcken geschützt. Niemand drehte sich nach den dreien um, die kleine Kavalkade mit dem malerischen General an der Spitze ritt durch eine scheinbar menschenleere Stadt, und die Hufe der Pferde schallten. Der General jedoch war zufrieden – er wurde zusehends jünger, rosiger, seine Augen blitzten, und als er mit Bedauern vor seinem Haus dem Milizionär die Zügel reichte, sagte er: »Ich danke dir, Schesterikow.«

Für seine Rettung hatte er ihm nicht gedankt, nicht für die Aufbewahrung der Mauser, nicht für die Betreuung im Lazarett – nur für das Pferd.

Maja Afanassjewna begrüßte ihren Mann nicht auf der Straße, sie empfing ihn auf der Treppe – in einem halbgeöffneten grauen Karakulpelz, mit Pelzkappe, ebenfalls aus Karakul, eine Hand im Muff – alles klug ausgedacht, wie Schesterikow feststellte, in ihrem Alter hätte sie im Frost auf der Straße nicht so rosig ausgesehen. Sie war von Natur aus blond, davon zeugten die blauen Augen, doch die Haare waren jetzt blondiert, ihre frühere Schönheit war noch nicht geschwunden, so daß die Töchter die Mutter nicht in den Schatten stellen konnten. Die Töchter hatten nicht dieses ebenmäßige, triumphierend nach oben gebogene Näschen, nicht diese geschwungenen, vollen Lippen, nicht dieses schmale und kräftige Gesicht, und auch nicht diese gute Figur. Die Generalstöchter glichen ihrem Vater aufs Haar, doch das, was an ihm schön war – die Größe, die Kraft, die Mächtigkeit –, schien bei ihnen einer Eheschließung nicht förderlich. Aber Generalstöchter sind immer begehrt.

Der General, der von allen dreien abgeküßt wurde, stellte Schesterikow vor: »Er ist unser Gast, bürdet ihm nicht zuviel auf.«

Die Generalin zog ihre Hand aus dem Muff, hielt sie Schesterikow wie eine kleine Schaufel hin, sah mit weit geöffneten Augen in seine und sagte zur vollständigen Information: »Maja Afanassjewna Kobrissowa.«

Die Töchter, die ihn so stürmisch umarmten, daß er ins Schwanken kam, küßten ihn von beiden Seiten auf die Wangen.

Von diesem Moment an begann für Schesterikow ein Leben, das er sich nie hätte träumen lassen. Dieses Leben begann jeden Morgen damit, daß der General im fliederfarbenen Pyjama zu ihm ins Eßzimmer trat, die Hände gegen den gedeckten Tisch streckte und wie zu einer Schlacht ausrief: »Jetzt wird gefrühstückt. Darf ich bitten!«

Wenn Schesterikow am Familientisch saß und im stillen darüber nachdachte, daß man sein täglich Brot so zu essen habe, daß es nicht nur einem selbst gefiel, sondern es auch den anderen Vergnügen bereite, dir dabei zuzusehen, befand er ganz entschieden: Falls es einem Menschen tatsächlich beschieden sein soll, Tage zu erleben, an denen ihm alles behagt, dann erlebte er sie jetzt. Ihm gefiel, wie sich die Menschen in dieser Familie liebten und achteten, ihm gefiel, daß der General nicht versäumte, seine Töchter jeden Morgen und vor dem Schlafengehen auf den Scheitel zu küssen, ihm gefiel, daß Maja Afanassjewna konsequent ihre Stellung festigte, indem sie zweimal am Tag eine Stunde vor dem Spiegel saß und nie unordentlich vor die Augen ihres Mannes trat, und daß der General sie dafür besonders schätzte, ihm gefiel sogar die Krankheit des Generals – nicht irgendein profaner Bruch oder Hämorrhoiden, sondern eine schöne, echte Generalskrankheit – »Herzrhythmusstörungen«.

Schesterikow wurde in der Tat nicht allzusehr ausgebeutet, über mehr Arbeit wäre er sogar froh gewesen. Einmal in der Woche ging er mit seinem Sack und einem Koffer seine Verpflegung holen, räumte täglich die ganze Wohnung auf, wischte und bohnerte alle zehn Tage den Fußboden, reparierte, schraubte und zog alles fest und führte den General für kurze Zeit aus – anfangs in den Hof, dann auf die Straße, auf den Twerskoi-Boulevard. Er war im Haus so angesehen, daß Maja Afanassjewna ohne seine Meinung nicht mehr auskam. Zur Nachbarin sagte sie: »Mein Schesterikow empfiehlt das nicht … Mein Schesterikow meint …« Sie rief ihn zur Abstellkammer und fragte ihn beispielsweise, ob man das alte Sofa nicht lieber wegwerfen solle. »Auf keinen Fall, Maja Afanassjewna! Was meinen Sie, wie gern der General nach dem Essen darauf ruht. Das reparieren wir alles, für alles findet sich ein Plätzchen!« Dieses Apreljewka ging ihm noch immer nicht aus dem Sinn, wo neben dem Haus auch noch eine Laube stehen würde ... Er wurde es nicht müde, immer wieder daran zu erinnern. Die ganze Familie machte Pläne, wie das Sommerhaus aussehen sollte, wie der Gemüsegarten und das Blumenbeet anzulegen und wo Salat, Gurken und Radieschen auszusähen seien. Das romantische Bild wurde dadurch zwar ein bißchen verdorben, doch Schesterikow wandte ein: »Kann man denn selbstgeerntetes Gemüse mit gekauftem vergleichen? Alle Vitamine werden wir haben!« Und, obwohl er es nie erwähnte, baute er sich in seinen Träumen auf diese zwei Hektar zur Laube auch noch ein kleines Dampfbad, wo er mit dem General schwitzen und sich an die Kriegstage erinnern würde.

Das wichtigste Objekt seiner Gedanken und Fürsorge war natürlich der General selbst. Darin waren auch die Kollektion der 14 Jagdgewehre, von denen elf Geschenke waren, eingeschlossen und viele Fotoalben, die des Generals gesamte Biographie festhielten. Schesterikow schaute sie sich in jeder freien Stunde an, wenn er im Sessel in der »Halle« saß, die sich als Teil der Diele erwies, nur daß sie durch eine bewegliche Zwischenwand mit Milchglas von dieser abgetrennt werden konnte. Als erstes kamen die vergilbten Kindheitsfotos – der kleine Fotja mit seinen beiden älteren Brüdern und den drei Schwestern, der kräftigen Mutter, die ihm sehr ähnlich sah, und dem Vater, einem Kosaken aus der Staniza Romanowskaja, klein und dünn, doch augenscheinlich flink und kühn. Und da saß Fotja auf dem Pferd, ohne Sattel, auf dem Kopf die Mütze des Vaters, die ihm über die Ohren gerutscht war, der Mund zu einem breiten Lachen verzogen, die kräftigen Zähne blitzten. Und hier das erste Leid – die Familie neben dem Sarg des Vaters, mit angespannten, langen Gesichtern, alle mit Fischaugen. Einige Jahre später der bereits erwachsene Foti Kobrissow in Militärbluse und Mütze mit Kokarde, stehend, die Hand auf der Schulter seines sitzenden Kameraden, beide Soldaten des imperialistischen Krieges. Später Kobrissow allein, sitzend, beide Hände auf dem Säbelgriff, bereits mit dem heutigen Schnurrbart auf der noch vollen Oberlippe, ein Zögling der Fähnrichschule in Petershof. Dann kam die Rote Armee: die Abschlußfeier in der Schule der roten Kommandeure, eine Reihe stehend, die andere sitzend, zu ihren Füßen zwei Burschen liegend, den Kopf auf die Hand gestützt und einander zugewandt; Foti Iwanowitsch war der dritte von rechts, sitzend, ein wenig abseits und verträumt. Manche Bilder waren herausgerissen, auf manchen Gruppenfotos waren einige Gesichter entweder mit dem Fingernagel oder mit einer Rasierklinge weggeritzt, so daß statt des Kopfes eine weiße Kugel auf den Schultern saß. Es gab eine Menge Pferdebilder – Hindernisrennen, Voltigieren, sich aufbäumende Pferde ... Je höher Foti Iwanowitsch stieg, desto gravitätischer wurde sein Pferd: Farbe und Gestalt des Tieres wechselten zwar, aber er ließ sich gern immer wieder in ein und derselben Pose fotografieren – er den Fuß nach vorn gestellt, das Pferd verneigt sich vor ihm. Nun kamen keine Pferde mehr, der ehemalige Kavallerist Kobrissow, jetzt in schwarzer Uniform, öffnet über seinem Kopf den sargähnlichen Deckel eines kleinen Panzers, die Schutzhaube mit der eckigen Brille ist in den Nacken geschoben, das verschmutzte Gesicht fröhlich, der Haarschnitt á la Blücher. Und hier das letzte Vorkriegsfoto: ein Sanatorium in Jalta, eine Freitreppe mit breiten Stufen und einem Säulengang, Foti Iwanowitsch mit Maja Afanassjewna, ganz in Weiß und braungebrannt, jeder an einer Seite der Säule, als hätten sie sich verloren und suchten sich nun; da haben sie sich am Springbrunnen wiedergefunden, und hier sitzen sie endlich nebeneinander – in einer Grotte, umrankt von Hopfen oder Efeu ...

Nur ein einziges kleines Wölkchen trübte Schesterikows friedlichen Himmel – jenes Wölkchen, das über die Stirn des Generals huschte, wenn er nach dem Frühstück die Zeitungen las. Der Vormarsch war in vollem Gange, und es hagelte Orden. Überall wurden die Namen von Shukow, Wlassow, Rokossowski, Goworow, Leljuschenko genannt, Kobrissows Name aber fehlte, er fand ihn in den Listen nicht. Maja Afanassjewna erklärte das ihrer Nachbarin so: »Wofür soll man uns auszeichnen? Wir sollten nach Plan doch gar nicht vorstoßen, wir waren nur für die Absicherung zuständig. Wenn es mit dem Vorstoß nicht geklappt hätte, dann hätte alle Hoffnung auf uns gelegen. Doch wer erinnert sich jetzt noch daran?«

Der General selbst schwieg, er biß sich nur auf die Unterlippe und trommelte mit den Fingern auf den Tisch. Doch einmal hielt er es nicht mehr aus – als er las, daß zu Wlassow eine ausländische Korrespondentin gelassen wurde, die zum erstenmal mit einem sowjetischen General ein Interview für die Weltpresse machen sollte.

»Interessant, interessant! Hat er ihr auch erzählt, daß er mir eine Brigade geklaut hat?«

Doch als er sich beruhigt und sich womöglich an seine glückliche Rettung erinnert hatte, fügte er gefaßt hinzu:

»Nun, wenn man gerecht sein will ... er hat sie zwar geklaut, aber eingesetzt hat er sie nicht schlecht.«

Doch auch auf Kobrissows Kragenspiegel fiel ein Sternchen herab, für die Verdienste seiner Armee, die ohne ihn vorgestoßen war; er wurde zum Generalleutnant ernannt.

»Sie haben sich an ihn erinnert!« sagte Maja Afanassjewna. »Selbst dafür muß man dankbar sein.«

Wenn ihn das nur befriedigt hätte! Von dem Tag an, als man den General durch einen anderen ersetzt hatte, konnte ihn weder die Frühlingssonne erfreuen noch der Wodka, er war voller Ungeduld. Eines Morgens rief er aus dem Badezimmer, wo er sich gerade rasierte, mit grimmiger Heiterkeit: »Schesterikow, was meinst du, wollen wir nicht in den Krieg ziehen?«

Alle verstummten auf der Stelle – die Generalin, die Töchter. Schesterikows Herz klopfte wild.

In ihre Armee kehrten sie nicht zurück, dort war bereits ein neuer Befehlshaber, der ehemalige Stabschef, bestätigt worden, so daß man General Kobrissow ins Hinterland schickte, nach Woronesh. Dort sollte er eine neue Armee aufstellen – die besagte 38., mit der sie dann bis zum Dnepr vorstießen und den Brückenkopf am rechten Ufer nahmen.

Schesterikow hatte es beim General relativ warm gehabt, und er war immer satt geworden, obwohl es Situationen gegeben hatte, wo er hätte draufgehen können. Dafür hatte sein Leben jetzt einen höheren Sinn, Wärme und Sattheit schätzte er weniger hoch ein als diese höhere Berufung. Schesterikow war fest davon überzeugt, daß ihm in seiner Stellung keiner das Wasser reichen konnte und daß er auf einem anderen Platz dreimal weniger wert gewesen wäre. Er hatte sich nicht nur an den General gewöhnt, er war mit ihm verwachsen, er kannte alle seine Eigenheiten und Wünsche, die zwar nicht ausgefallen waren, die man aber immer voraussehen mußte. Der General bezeichnete sich selbst als einfachen Soldaten und seine Angewohnheiten als soldatisch, doch allein Schesterikow wußte, wie man es ihm recht machte. Bei Frost ein Schwitzbad, daß der Dampf bis ins Mark drang, bei Hitze kühles Wasser, daß es in den Zähnen zog, in der Kohlsuppe mußte der Löffel stehen und durfte sich nicht bewegen, zum Mittagessen – zwei Gläschen Wodka, besser noch leicht verdünnten Sprit, und nach dem Mittagessen – 70 Minuten Schlaf, den keine Fliege stören durfte. Da mußte man den Hintern in Bewegung halten! Und die Hütte mußte immer sauber sein, warm und ohne Mief, die Luft mußte immer frisch sein und das Fenster geschlossen. Je mehr Schesterikow ins Schwitzen kam, desto besser gefiel ihm seine Arbeit!

Mit diesem Menschen nun sollte sich Major Swetlookow aus der Armeeabwehr »Smersch« treffen, diesen Menschen hatte er aufgefordert, sich ein Stündchen freizunehmen und auf einen »Schwatz« zu ihm zu kommen. Sie wollten sich im Wäldchen in der Nähe des Stabes treffen. Der Major erklärte ihm, wie er zur Lichtung mit der umgestürzten Kiefer kommt, und bat ihn, dem General nichts zu erzählen, denn das Thema der Unterredung sei »delikat«. Schesterikow erschien nicht pünktlich wie der Fahrer Sirotin, er kam auch nicht zu spät wie Adjutant Donskoi, er kam zu früh und beobachtete aus dem Gebüsch heraus, wie der Major seine Kartentasche öffnete, etwas durchlas und ordnete und sich die Stirn mit dem Bleistift kratzte. Dann trat er lautlos von hinten an ihn heran und seufzte. Der Major riß erschrocken die Pistole heraus, die Kartentasche jedoch verschloß er nicht.

»Was schleichst du hier rum?« fragte er, unzufrieden, daß er überrascht worden war. »So kann man jemanden zu Tode erschrecken.«

»Wieso erschrecken«, sagte Schesterikow, »das Gebiet wird doch bewacht. Ich habe Pilze gesucht. Der Chef will Pilze essen.«

»Und? Welche gefunden?«

»Wie soll man welche finden, wo's zwei Wochen nicht geregnet hat. Es gibt nur Hallimasch, den kriegt man bald satt ohne Birkenpilze oder wenigstens Butterpilze.«

»Du sorgst dich ja sehr um ihn«, sagte der Major und steckte hastig die Pistole weg, sein Gesicht wirkte immer noch unzufrieden und verwirrt.

Ohne zu antworten, setzte sich Schesterikow vor ihm ins Gras, umfaßte seine Knie mit den Armen und sah dem Major ehrerbietig und erwartungsvoll in die Augen.

»Du sorgst dich sehr um den Chef«, wiederholte der Major und klappte flüchtig seine Kartentasche zu. »Ich sehe schon, einen besseren Verbündeten kann ich nicht finden. Gerade darüber wollte ich mit dir ...«

»Über Pilze?«

»Pilze, Pilze! Mir macht ganz was anderes Sorgen. Die Gesundheit des Befehlshabers, sein allgemeiner Zustand. In der letzten Zeit gefällt er mir gar nicht. Ist nervös, redet mit keinem. Findest du nicht?«

»Er war doch immer so ...«

»Sag das nicht. Er hat immer den Ton angegeben, war die Seele der Armee. Jetzt bedrückt ihn was, er weiß nicht, wohin mit sich. Wieso befindet sich sein Gefechtsstand nicht beim Stab? Hat wohl die Nase voll von den Leuten?«

»Von wem sonst«, sagte Schesterikow.

Eine bestimmte Gefahr lauerte auf den General, und Schesterikow wußte nicht, von welcher Seite sie drohte. Aber eines stand fest – auf der Seite, wo er, Schesterikow, stand, war sie gebannt. Zu diesem Schluß kam er genauso resolut und schnell wie damals, an dem teuflisch kalten Tag bei Peremerki, als er sich neben den General in den blutigen Schnee warf und die Sicherung auf Einzelfeuer umschaltete.

»Sag mir ehrlich!« Der Major beugte sich mit besorgtem Blick zu ihm herab. »Hat ihn dieses Mädchen damals nicht allzusehr in Anspruch genommen? Er leidet wohl bis heute darunter, daß das mit ihr passiert ist ...«

»Was für ein Mädchen?« fragte Schesterikow nicht weniger besorgt.

»Na, die er vorm Flußübergang hatte ... Nadjuscha, die Krankenschwester. Die ihn immer gespritzt hat. Sie hat sicher noch mehr mit ihm gemacht?«

»Natürlich. Sie hat ihm noch den Blutdruck gemessen. Und den Puls.«

»Das war alles?«

»Was heißt, alles!« entgegnete Schesterikow. »Mediziner sind dermaßen aufdringlich.«

Was das Verhältnis des Generals zu Nadjuscha betraf, so sagte er nicht eindeutig »nein«, weil er nicht wußte, über welche Informationen der Major verfügte. Diese Nadjuscha hatte vielleicht ihren Freundinnen etwas erzählt, und eine von ihnen hing bestimmt an Swetlookows Haken. Schesterikow sah in diesem Verhältnis eigentlich nichts Schlimmes, es gab nichts, was man hätte verheimlichen müssen, doch er traf die einzig richtige Entscheidung: Wenn du so gierig darauf bist, etwas zu erfahren, sag' ich dir lieber nichts.

Major Swetlookow hatte das schnell begriffen und ließ seine geheimen Absichten fallen.

»Hat er wirklich Herzrhythmusstörungen? Du mußt wissen,

seine Liebesgeschichten interessieren mich nicht, ich will wissen, wie es um ihn steht. Schläft er gut? Schluckt er nicht zu viel Pillen?«

Mit Schesterikows Hilfe kam ans Licht, daß des Generals Herz sich grämte. Sich grämte für die Heimat. Es kam ans Licht, daß er schlecht schlief, fast gar nicht, weil er sich um die Armee sorgte. Was die Pillen betraf, mußte der Major weiter im dunkeln tappen.

»Besser, er hebt zwei Glas Wodka«, riet er. »Und morgens zum Nüchternwerden Tee – aus einer Flasche mit drei Sternchen.«

»Ach, du Halunke«, dachte Schesterikow, während er Swetlookow zärtlich und aufmerksam anblickte, »am liebsten würde ich dir nicht drei, sondern gleich vier Zähne ausschlagen.« Seine Antwort jedoch war besonnen: »Er mag so was nicht – abends trinken und morgens gleich wieder. Es kommt hin und wieder vor, daß er ein Gläschen auf den Sieg kippt, aber selbst dann macht er sich Vorwürfe, daß er schwach geworden ist.«

»So, so«, sagte der Major. »Wir beide werden uns nicht einig! Oder du redest nicht offen mit mir. Oder kennst deinen Foti Iwanowitsch schlecht. Müßtest ihn ein bißchen mehr unter die Lupe nehmen, die Sache ist von erstrangiger Wichtigkeit, die Smersch ist bereit, dich zu unterstützen, in erster Linie ich. Das ist meine Funktion.«

Schesterikow nickte heftig und fragte sehr interessiert:

»Was ist das – die ›Smersch‹?«

»Das weißt du nicht?« sagte der Major verwundert. »Du hörst zum erstenmal davon?«

»Gehört hab' ich schon davon, aber ich weiß nicht, was es heißt.«

»Na, ›Smert schpionam‹ – ›Tod den Spionen‹, wenn du's genau wissen willst.«

»Klar. Das betrifft doch vor allem mich, wenn ich den Befehlshaber ausspioniere.«

»Was heißt ausspionieren?« sagte der Major unwirsch, und sein Gesicht verfärbte sich. »›Spion‹ ist eine feindliche Kategorie. Wir aber, wir sprechen von Fürsorge. Was verstehst du unter wirklicher Fürsorge, nicht unter formaler?«

»Ich verstehe das so, Genosse Major: Selbst wenn ich die ganze Nacht wach bleiben müßte, an Foti Iwanowitsch lasse ich keine Laus ran.«

»Das ist recht«, sagte Major Swetlookow.

Er lachte breit, sein Gesicht war ganz rosig geworden, seine Augen hatte er nicht mehr unter Kontrolle, sie verrieten Ärger und Wut.

»Ich denke auch, daß das recht ist«, sagte Schesterikow.

Mehr als alles auf der Welt mochte er Filme über Spione und Abwehr: »Das Parteibuch«, »Der Fehler des Ingenieurs Kotschin«. Ach, was es nicht alles für tolle Filme gab! Und nun war der Hauptheld einer dieser Filme zu ihm herabgestiegen, ein Aufklärer oder Abwehrmann – wer fand sich da zurecht. Aber Schesterikow merkte, daß der hier ganz anders war als die in den Filmen. Er hätte nicht sagen können, ob jene besser waren und der hier schlechter. Mit der gleichen Selbstvergessenheit sah er sich Komödien aus dem Kolchosleben an, wo Weiber mit vollen Lippen und dicken Brüsten, die fast platzten vor Lebensfreude, muntere Märsche sangen und Garben banden oder irgendwelche eigenartigen Schößlinge jäteten. Hätte ihn jemand gefragt, wie das zu dem Leben paßte, das er selbst zur Genüge kannte, hätte er nur verwundert mit den Augenlidern geklimpert und gesagt: »Das ist doch ein Film!« O nein, was den Kerl betraf, der vor ihm saß, da konnte man ihm nichts vormachen. War der Abwehrmann für den Fahrer Sirotin ein allmächtiger Prophet, der beinahe ein Geschoß im Flug anzuhalten vermochte, und für den Adjutanten Donskoi eine geheime Kraft mit grenzenlosen Möglichkeiten, die in unerreichbaren Sphären schwebte, so war er für Schesterikow ein ganz gewöhnlicher Daumendreher. Vielleicht ein energischer, aber nicht mehr, einer von jener Sorte, die sein Leben verhunzt hatten. Die Machtgrenze von Leuten wie Swetlookow berechnete er, ohne zu überlegen, einzig mit dem Instinkt eines

Hasen, der gejagt wurde: Ihre Grenze ist dort, wo du sie nicht weiter an dich heranläßt und ihr Lächeln nicht erwiderst.

»Was ist denn nun mit uns beiden?« fragte der Major. »Finden wir keine gemeinsame Sprache?«

Und er vernahm die gelassene Antwort: »Haben wir denn noch keine gefunden?«

Grimmiger Haß blitzte in Schesterikows sanften, blauen Augen auf – jener Haß, der Menschen dazu gebracht hatte, ein Gewehr zu schultern und jene auf die Forken zu spießen, die auf fremdes Brot versessen waren. Ein Haß, der dazu fähig machte, eigenes Hab und Gut anzuzünden, damit es den Plünderern nicht in die Hände fiel. Dieser Haß ist die andere Seite der Liebe – der Liebe zur fruchtbaren Erde, zur wachsenden Ähre, zum ergebenen und treuen Tier, das seine Pflicht kennt – die Liebe eines Menschen, der bereit ist, die Erde mit seinem Schweiß zu tränken, um die ganze Welt zu ernähren. Doch das konnte Schesterikow nicht mehr, er hatte keinen eigenen Boden mehr. Denn sonst wäre wohl die Lebensordnung zerstört worden, die diesem Swetlookow es gestattete, seine Fresse zu pflegen, Papierchen zu verfassen, die sich nur zum Hinternabwischen eigneten, und sich als Herr zu fühlen.

»Du bist keiner von uns, Schesterikow«, sagte der Major und hörte auf zu lachen.

»Doch«, widersprach Schesterikow. »Das bin ich. Einer von euch.«

Seine traurigen Worte verrieten den Menschen, der keinen Ausweis besaß, den Leibeigenen, der sich nie hatte satt essen können, der nach dem Strohhalm griff und merkte, daß man ihm sogar den wegnehmen wollte.

»Ich verstehe«, sagte der Major, »ich verstehe, warum du so reagierst.«

»Was heißt, warum?«

»Warum du auf uns böse bist. Man kann sagen, klassenbedingt böse. Du denkst wohl, ich habe nicht deine Akten studiert, bevor ich mich mit dir getroffen habe? Was soll ich dir sagen. Du bist unter die Räder der Geschichte geraten. Möglicherweise zu Unrecht: Du hast nicht zu den Kulaken gehört, sondern zu den kulakennahen Bauern, das ist fast wie Mittelbauer, na, deren Ideologie ist ja fast gleich. Aber was warst du schon für ein kulakennaher Bauer! Lächerlich, zwei Pferde, eine Kuh und ein bißchen Land. Damals wurde viel Porzellan zerschlagen. Aber die Partei hat es selbst zugegeben. Du hast doch Genossen Stalin gelesen – ›Von Erfolgen vom Schwindel befallen‹.«

»Stimmt, ihren Schwindel hat die Partei eingestanden, aber zurückgegeben hat sie nichts«, wollte Schesterikow schon sagen, schwieg aber. Solche Worte verkneifst du dir lieber, selbst bei einem Gespräch unter vier Augen, dachte er sich. Zu gerne hätte er gewußt, worauf Major Swetlookow hinauswollte.

»Schneid mir mal einen Zweig ab«, bat der Major und holte sein Taschenmesser heraus.

»Wozu?«

»Macht es dir große Mühe?«

»Das nicht«, sagte Schesterikow. »Nur ist schon so viel kaputtgemacht worden …«

Sie kamen nicht vom Fleck. Schesterikow hatte keine Lust, dem Major zuliebe die Finger krumm zu machen und aufzustehen.

»In Ordnung«, sagte der Major, »ich mach's selbst.«

Er beugte sich zu einem Erlenstrauch vor, schnitt, nun bereits hochrot im Gesicht, einen Zweig ab und begann geschickt eine Gerte zu schnitzen.

»Schesterikow, willst du, daß ich dir deine ganze klassenbedingte Dummheit beweise. Du wirst dich wundern, wie blöd wir manchmal sind. Du vergötterst deinen Herrn, möchtes dein ganzes Leben bei ihm bleiben, stimmt's? Das ist dein Irrtum. Du kennst ihn doch gar nicht. Solche wie er haben nämlich damals das Porzellan zerschlagen. Dein Foti Iwanowitsch hat damals den Befehl über die Getreidebeschaffungsabteilungen gehabt, und er hat auch 1929 an der Entkulakisierung teilgenommen, und die

Aufstände hat er niedergeschlagen und ganze Dörfer nach Sibirien umgesiedelt. Deine Eltern haben sich meinen Informationen zufolge der Kollektivierung nicht widersetzt, sonst hätten sie Foti Iwanowitschs Faust zu spüren bekommen! Er hat ganz in eurer Nähe gewütet. Und was war er für eine Beamtenseele – mit dem leiblichen Bruder hätte er kein Mitleid gehabt! Und jetzt hat euch die gemeinsame Sache zusammengeschweißt, der Krieg ...«

Mit bangem Herzen fühlte Schesterikow, daß das die Wahrheit war. Womit hätte sich der General zwischen den beiden Kriegen sonst beschäftigen sollen? Natürlich mit dem, womit die gesamte Armee befaßt war. Ein merkwürdiges Gespräch bei einem Glas Wodka kam ihm in den Sinn. Der General hatte ihn hartnäckig gefragt: »Hat der Bauer nun den Kolchos akzeptiert?« – »Wie sollte er ihn nicht akzeptieren, Foti Iwanowitsch, er hatte kaum Waffen.« Und der General hatte die Stirn gerunzelt und nicht ihn angeschaut, sondern das Glas und gesagt: »Na, trinken wir darauf, daß er beim nächstenmal genug hat ...« Das steckte also hinter diesem »Trinken wir darauf«! ... »Egal«, dachte Schesterikow, »glaub diesem Major nicht.« Wie viele Jahre schon hatte er diese Beschwörungsformel im Blut: Glaub ihnen nicht! Niemals. Weder bei Nacht noch bei Tag. Weder im Winter noch im Sommer. Weder bei Regen noch bei Sonnenschein. Glaub ihnen nicht, auch wenn sie die Wahrheit sagen!

Er schaute den Major traurig an, unwillkürlich traten ihm Tränen in die Augen, und er sagte mit zitternder Stimme: »Was geht euch das an?«

Offenbar hielt Major Swetlookow diesem Blick und dem Zittern in Schesterikows Stimme nicht stand, er erhob sich und peitschte mit der Gerte gegen seinen Stiefel.

»Schluß, beenden wir das Thema. Wir sind uns einig: Über dieses Gespräch kein Wort. Bist ein Pfundskerl, Schesterikow. Behältst die Geheimnisse deiner Obrigkeit für dich.«

»Ich diene der Sowjetunion«, sagte Schesterikow.

Der Major peitschte sich sacht mit der Gerte und ging auf dem Pfad voran, doch plötzlich blieb er mit geheimnisvoller Miene stehen.

»Hör mal, Schesterikow, du kennst dich doch sicher mit Träumen aus. Was könnte das bedeuten: Die ganze Nacht träumst du, daß du an einem Weib rumfummelst, und plötzlich stellt sich raus, das Weib ist kein Weib, sondern ein Mann? Was könnte das bedeuten?«

»Alles klar, Genosse Major«, sagte Schesterikow mit einem sanften Lächeln.

»Meinst du, ich soll nicht so viel darüber nachdenken?«

»Das bedeutet ganz was anderes. Das Wetter ändert sich, weiter nichts.«

»Was du nicht sagst!«

Der Major drehte sich den ganzen Weg nicht mehr um, und sie trennten sich, ohne sich noch einmal anzusehen.

In der Stunde, als es Schesterikow auf dem Rücksitz des »Willys« durchrüttelte, ging er in Gedanken noch einmal dieses Gespräch im Wäldchen durch. Er fühlte, daß von diesem Gespräch vieles abhing, daß die plötzliche Abreise des Generals damit zusammenhing. Er überlegte, was er sich vorzuwerfen hatte. Was hatte er übersehen? Wen hatte er verraten? Er fand heraus, was er falsch gemacht hatte. Major Swetlookow hatte ihn gebeten, niemandem von dem Gespräch zu erzählen, und daran hatte er sich gehalten. Vielleicht wäre es für den General wichtig gewesen, davon zu wissen, vielleicht hätte es diese Fahrt dann nicht gegeben? Aber wie hätte er davon erzählen können? Dann hätte er ihm alles auf den Kopf zu sagen müssen. Er hätte den Anblick des Generals nicht ertragen können, wenn er ihm gesagt hätte, daß er von seinen Heldentaten wußte, von den Getreidebeschaffungsabteilungen, vom Jahr des »Umschwungs« 1929, von der Niederschlagung der Aufstände, von der Zwangsumsiedlung ganzer Dörfer nach Sibirien. Das hätte Schesterikow nicht übers Herz gebracht – eigenhändig hätte er den Strohhalm zerbrochen, an dem er sich festhielt.

Denn Major Swetlookow hatte auch in diesem Fall die Wahrheit gesagt: Es war Schesterikows heimlicher Traum, dem General auch nach dem Krieg zu dienen. Ein Grund dafür waren jene Moskauer Landhauspläne, bei denen man ohne Schesterikow nicht mehr auskam, aber auch die Briefe der Generalin an die Front, in denen sie am Ende immer daran erinnerte: »Und noch einen Gruß an Deinen getreuen Knappen, er soll auf Dich achtgeben. Auf sich selbst natürlich auch ...« Oft stellte er sich in seinen Träumen vor, wie die Waffen schwiegen und alle Salute geschossen waren, und der General würde ihn beim Abschied fragen: »Was ist, Schesterikow, wohin jetzt, gehst du zu dir nach Pensa?« – »Nein, Foti Iwanowitsch.« (Es war Tradition in der Armee, daß die Ordonnanz, und nur sie, den General beim Vor- und Vatersnamen nannte.) »Nein, nicht nach Pensa, Foti Iwanowitsch.« – »Warum denn nicht?« würde der General fragen. »Du kommst doch von dort.« – »Ich bin zwar dort geboren, aber von meiner Familie ist niemand mehr übrig. Vater und Mutter sind noch vor dem Krieg gestorben, Sie erinnern sich, und von meinem Bruder hab' ich seit 41 keine Nachricht mehr, ich weiß nicht mal, ob er noch lebt. Ich werde ...« Und hier würde er die Brust mit Luft füllen und laut ausatmen: »... bei Ihnen bleiben. Ich habe mich dazu entschlossen. Ich weiß nicht, was Sie dazu sagen.«

Das Gespräch hatte er schon oft durchgespielt, bis zu dieser Stelle. Der weitere Gesprächsverlauf teilte sich in zwei Richtungen. Bei der ersten Variante zog der General erstaunt die Augenbrauen hoch und sagte mit ausgebreiteten Armen: »Was heißt, bei mir bleiben, Schesterikow? Ich gehe doch in den Ruhestand.« Wahrhaftig, nach dem Krieg wollte der General seinen Rücktritt einreichen. »Mir steht dann keine Ordonnanz mehr zu.« Dann hatte es keinen Sinn zu widersprechen, der General war zwar sehr gastfreundlich, doch er wußte sein Bargeld zu schätzen. Und ohne Geld, nur für die Verpflegung zu arbeiten, das wäre unsolide gewesen.

Bei der zweiten Variante, bei der Schesterikows Herz in süßer Wonne zerschmolz, lächelte der General gerührt, wischte sich sogar eine Träne aus dem Auge und sagte: »Es ist also beschlossene Sache, daß wir uns nicht trennen? Ist es so, Schesterikow?« – »So ist es, Foti Iwanowitsch, wir beiden Streitpferde gehören zusammen.« Und damit war das Gespräch unter Männern beendet.

Jetzt allerdings würden beide Varianten ins Wasser fallen. Ihr Gespräch würde keine Fortsetzung haben. Der General würde natürlich beim Abschied fragen: »Wohin geht's jetzt, Schesterikow?«, aber er könnte ihm nicht mehr darauf antworten: »Ich bleibe bei Ihnen«. Denn der General würde nur spöttisch fragen: »Was heißt, bei mir? Ich werde vielleicht ins Hinterland versetzt. Willst du denn ins Hinterland?« Der General würde ihn schlecht in Erinnerung behalten, er würde sagen: »Mein Soldat, meine Ordonnanz, wollte mit mir ins Hinterland. So groß war sein Wunsch, am Leben zu bleiben.« Und Schesterikow hätte ihm nicht erklären können, daß er ihm selbst in die Hölle gefolgt wäre.

Mit jeder Stunde, die sie in Richtung Moskau fuhren, wurde er trauriger, mehr und mehr wurde ihm bewußt, daß die gute Zeit hinter ihm lag –, die an jenem teuflisch kalten Tag vor Moskau begonnen hatte, als er das Kochgeschirr mit der Kohlsuppe zu seinem kranken Unteroffizier tragen wollte. Gleich würde er ihn rufen – der furchteinflößende Mann im Pelz und mit der Mauser im Holzfutteral.

Drittes Kapitel

Für den einen Erinnerung, für den anderen Ruhm, für den dritten schwarzes Wasser ...

1

War für den Adjutanten Donskoi, den Fahrer Sirotin und die Ordonnanz Schesterikow die Absetzung des Generals beschlossene Sache, so spielte der General selbst das Spiel immer wieder durch und suchte nach besseren Varianten. Er war mit einer äußerst nutzlosen Sache befaßt – mit dem Durchdenken der Vergangenheit. Doch arbeitete sein Gehirn unabhängig von seinem Willen, wie unter Zwang. Daß er sich mit jeder Stunde immer weiter von der Armee entfernte und mit ihr alles verlor, was ihn ans Leben band, war nicht das Schlimmste. Schlimmer war, er mußte vor dem Oberkommando Rede und Antwort stehen und die erniedrigende Prozedur über sich ergehen lassen, die er nicht als erster zu erleiden hatte: In einem zwanglosen Gespräch, in dem ihm der Part des Anschauungsbeispiels bei der Erörterung operativer Fehler zukam, mußte er, ohne etwas zu verheimlichen und ohne sich zu rechtfertigen, von seinen Fehltritten erzählen, worauf sie feierlich mit dem Finger auf ihn zeigen und ein Verdikt aussprechen würden, das er ihnen selbst in den Mund legte: »Aus diesem Grunde setzen wir Sie ab.«

Lebhaft und in allen Einzelheiten stellte er sich das große holzgetäfelte Kabinett vor – den langen Tisch mit dem grünen Wollstoff, den Obersten Befehlshaber, der gemächlich über den Läufer schritt, an seiner kalten Pfeife zog und von Zeit zu Zeit mit einem gehässigen Satz das Gespräch unterbrach. Was sollte er diesen

Leuten erzählen, die ihre Augen nicht von dem auf und ab schreitenden Mann lassen konnten und danach gierten, die Entscheidung von seinen Lippen abzulesen?

Er müßte damit beginnen, wie er an einem der letzten Augusttage auf dem rechten Dneprufer im Okular des Scherenfernrohrs die riesige Stadt erblickt hatte, die in Schutt und Asche lag: Betontrümmer, rauchende Ruinen in einer breiten Straße, die zum Fluß hinabführte, über den Baumkronen des Parks einen schwarzen Engel, der ein Kreuz auf der Schulter trug und auf einem grünen Hügel stand. Das heißt, es sah eher so aus, als stellte der Engel, zu müde zum Tragen, das schwere Kreuz auf der Erde ab, als lehnte er seinen Kopf daran und ruhte sich aus. Hinter dem Engel glänzten im bläulichen Dunst des Morgens und der rauchenden Ruinen die vergoldeten Zwiebeln des Glockenturms und der vier Seitenkuppeln und die gigantische Hauptkuppel, ramponiert von einer Granate, die wie durch ein Wunder nicht im Innern der Kathedrale explodiert war. Nein, Gott hatte den Weg des Geschosses nicht umgelenkt, der alte Baumeister wußte, daß es allem Irdischen beschieden ist unterzugehen. Doch seine weiße Kathedrale ragte unzerstört aus dem Meer von Schutt und Asche. Das hatte nichts mit der Vorsicht der Artilleristen oder Piloten zu tun. Die Sprengladungen – ganz gleich, ob eigene oder fremde – fielen dicht nebeneinander auf jedes Quadrat, und Kirchen waren ein besonders gutes Ziel. Aber die Geschosse, die ins Gemäuer gedrungen waren, hatten es nicht zerstört, sie hatten nur große Brocken herausgeschlagen und Löcher hineingebohrt. War das ein Geheimnis der Maurertechnik, oder war die Kirche gefeit?

Ob sie sich das im Hauptquartier anhören wollten? Bestimmt würden sie ihm gleich ins Wort fallen? Sollte er vielleicht an die Kamine der alten Häuser erinnern, die aus den Brandstätten herausragten, an die nackten Treppengerippe und das Innere der zerstörten Wohnungen, an die Trauer, die über allem lag? An die himbeerfarbene Schönheit der Ziegelsteine, vermischt mit dem rußigen Schwarz des Sinters. Und sollte er ihnen erzählen, wie seine Augen schmerzten und ihm das Herz in den Ohren dröhnte, als er das alles sah?

Es dröhnte noch, als er den Beobachtungsgraben verließ und mit dem Feldstecher zum leeren Strand kroch, wo rote, blaue, gelbe und grüne Umkleidekabinen und Pritschen standen und neben der Rettungsstelle Boote lagen, voll mit Sand oder Wasser. Er streckte sich wie eine riesige Kröte auf dem Sand aus, suchte mit den Okularen und dem bloßen Auge alles ab, was vor ihm lag – die Wasserstraße, die kleinen Buchten, die Inseln mit den dichten Binsen und dem Riedgras – das ganze breite silbrigschuppige Band des Dnepr. Auf dem anderen, dem linken Ufer – die riesigen Hügel aus Stämmen und Sandsäcken, die Kanonenrohre und schweren MGs und die Panzertürme.

Er betrachtete die Ruinen ohne Bitterkeit. Vor dem Krieg hatte er Predslawl nie gesehen, für ihn gab es nur diese zerstörte Stadt. Daß sein Herz so ungestüm schlug, hatte andere Gründe. Allein die unübersehbaren Schutthaufen sprachen von der Größe der Stadt, wahrscheinlich der größten, die man den Deutschen überlassen mußte. Über ihr ehrwürdiges Alter hatte er in der Armeezeitung gelesen, in der ein ehemaliger Historiker, jetzt Politleiter einer Kompanie, aus einer Chronik zitierte. Die Stadt war von drei Menschen gegründet worden – den Brüdern Kij und Chorew und ihrer Schwester Predslawa. Nach ihr benannten die beiden Brüder die damals winzige Siedlung, ohne zu ahnen – oder hatten sie es vorausgesehen –, was aus dieser Siedlung einmal werden würde. Es war rührend und aufregend, daß die große Stadt immer noch den Namen dieser Frau trug, von der kein Knöchlein übriggeblieben war, sicher nicht einmal Staub. Ihr altslawischer Name bedeutete – Vorgefühl des Ruhms.

Beim Anblick der Stadt nun kam ihm der Gedanke, daß auch sein Name einst mit ihr verbunden sein könnte. Irgendwo dort, hinter den Trümmerbergen, würde seine Straße liegen oder gar sein Platz, und damit wäre alles Bittere, Erniedrigende und

Schreckliche in seinem Leben gerechtfertigt und gesühnt. Er fühlte, wie sein Gesicht heiß wurde, wie die schwitzenden Hände zitterten, die den Feldstecher umklammerten, und er hatte Angst, das Bild zu verscheuchen. Es schien ihm, als könne jemand seine Gedanken hören und seine Begierde erraten, die dem Jagdfieber beim Anblick der Beute glich, die viel zu groß war für einen einzigen Menschen, viel zu verlockend, daß nicht auch andere nach ihr greifen würden. Eine Begierde, die der Wollust des Liebhabers glich, der im Dunkeln das Rascheln der Kleider hört, die die Geliebte abwirft.

»Ich nehme dich«, sagte er laut. »Du wirst mein, ich werde dich beherrschen!«

Neben ihm schnaufte Schesterikow, der mit irgend etwas unzufrieden war. Der General lieh ihm für eine Minute den Feldstecher und sagte – zu ihm oder zu sich selbst:

»Schesterikow, jetzt heißt's, sich so zu verhalten wie das Wild, das weiß, daß es begehrt wird. Hast du mal beobachtet, wie es läuft? Es stellt ein Bein vors andere – und schaut sich wieder um. Es macht noch einen Schritt – und schaut sich um.«

»Mag ja alles sein«, antwortete Schesterikow und preßte seine Augen an den Feldstecher, »doch warum haben wir für Sie einen Graben ausgehoben? Damit Sie Ihren Kopf rausstrecken – als Zielscheibe? Wenn Sie wenigstens die Zeltplane unterlegen würden. Sie werden sich die Brust erkälten und Husten kriegen.«

»Geh zurück«, sagte der General und nahm Schesterikow den Feldstecher weg. »Bring die Karte her, schnell! Und den Bleistift mit dem Zirkel. Und das … wie heißt es doch?«

»Ich weiß«, sagte Schesterikow beim Wegkriechen. »Das Kurvimeter.«

Der General, der seinen Blick immer und immer wieder auf den Engel mit dem Kreuz, auf die golden unter den Wolken glänzende Kuppel und auf den Brückenkopf heftete, fragte sich, ob es ein Glücksfall war, daß er mit seiner Armee in der Nähe von Predslawl herausgekommen war. Welcher General träumte nicht davon, Predslawl zu nehmen, wer hatte das Oberkommando der Front nicht darum gebeten, wer hatte deswegen nicht ein Gesuch an das Hauptquartier geschickt? Je näher sie dem Fluß kamen, desto stärker hatte General Kobrissow gespürt, daß die anderen auf seine Flanken drückten. Genauso drücken in einem Troika-Gespann die beiden Beipferde auf das Mittelpferd, um es wegzudrängen, und es rückt nur deshalb nicht zur Seite, weil beide Beipferde es zur Mitte drängen. Er, Kobrissow, war das Mittelpferd, und er wollte erst etwas Zeit verstreichen lassen, ehe er nach Predslawl vorrückte, um über den Fluß zu schauen und sich am Anblick der alten Stadt ergötzen zu können. Sein einziges Ziel war es, den Fluß vor den Augen der Stadt zu überschreiten. Diesen Gedanken wurde er nicht los, auch wenn er töricht erschien. Doch dann ärgerte sich Kobrissow über seine dummdreisten Träume und verdrängte die Idee. Er müßte die halbe Armee opfern, und würde doch keinen Meter Boden am andern Ufer gewinnen, nicht einmal die kleine Insel. Ihren »Ostwall« hatten die Deutschen lange und gründlich vorbereitet, hier war jede Ruine eine Kampfanlage, eine Feuerstellung, ein MG-Nest, ganz zu schweigen von den schwimmenden Minen, die direkt unter der Flußoberfläche ausgelegt und an Treibankern befestigt waren. Falls das Wunder geschehe und ein Bataillon dennoch anlandete, könnte es von jeder beliebigen »Junkers« unter Beschuß genommen werden. Und das Flugzeug würde so tief über der Straße fliegen, daß keine Deckung möglich war. Wenn es wenigstens in einer Niederung läge, dieses dreimal ersehnte und dreimal verfluchte Predslawl! Aber es stand auf Hügeln, so wie es sich für eine mächtige russische Stadt gehörte, und darin lag seine Schönheit und sein Stolz!

Das Schicksal, oder ein günstiges Geschick, hatte General Kobrissow zu diesem Predslawl geführt, damit er vor ihm stehe, wenn der unwahrscheinliche Fall eintrete und der Kommandierende General des SS-Armeekorps Erich Steiner über den Fluß zurückkäme, um den von der Roten Armee bereits eroberten

Brückenkopf beim Dorf Sibesh von Osten her zu verriegeln. Kobrissows einzige Aufgabe bestand darin, und hoffentlich erinnerte sich das Hauptquartier noch daran, seinem linken Nachbarn Flankenschutz zu geben, der 40. Armee von Terestschenko, die nicht frontal vorstieß, sondern 80 Kilometer flußabwärts. Dort waren sie auf eine günstige Windung des Dnepr gestoßen, der sich hier vor einer halben Millionen Jahren in einer Laune seinen Weg nach Osten gebahnt hatte, um Terestschenko jetzt die Möglichkeit zu geben, seine Rechte sowohl auf den ersten Brückenkopf als auch auf Predslawl geltend zu machen. Dieser Dneprabschnitt hatte außerdem noch den Vorteil, daß das rechte Flußufer höher lag als das linke, in der Flußwindung jedoch flach war, voller Schluchten und Wälder. Sie müßten also keine steilen Hänge hochklettern und sich auch nicht den Kopf zerbrechen, wie sie die anlandenden Truppen decken könnten. Diese Flußwindung sah für die Generäle, die auf der Beratung des Frontbefehlshabers Watutin im Kulturhaus des Dorfes Olchowatko zugegen waren, sehr verlockend aus, wie verzaubert schauten sie auf die Karte – Watutin selbst, der Vertreter des Hauptquartiers, Marschall Shukow, und die Befehlshaber der vier Armeen, die vor Predslawl standen, drei allgemeine und die 1. Panzerarmee von Rybko. Terestschenko, der unentwegt mit dem Stab auf diese Flußwindung tippte, verkündete leidenschaftlich, daß das ein Gottesgeschenk sei – ein Argument, daß die gebildete Obrigkeit überzeugte, zumal es so energisch und begeistert vorgebracht wurde. Neben diesem Hauptargument führte Terestschenko noch an, daß dieser Flußabschnitt dank jener Windung von drei Seiten beschossen werden könnte. Wie man es auch drehte und wendete, es gab keine andere Variante, als den Brückenkopf bei Sibesh zu erobern und Predslawl von Süden zu stürmen. Ein Nachteil dieses Plans war allerdings, daß auf dieselbe Idee auch die Deutschen gekommen sein konnten, vor allem Generalfeldmarschall Felix Stein. Auf diesen Einwand, der von Kobrissows rechtem Nachbarn, Tscharnowski, vorgebracht wurde, hatte Terestschenko sofort eine Entgegnung parat: »Na und? Wenn wir voraussehen, was der Gegner voraussieht, heißt das, wir haben was dazugelernt.« – »Denis Trofimowitsch, das ist kein Argument!« brauste Tscharnowski auf. »Voraussicht allein ist zu wenig, es wäre nicht schlecht, wenn du dir was Neues ausdenkst, damit Stein nicht schon im voraus alle deine Pläne kennt ...« Doch Terestschenko parierte mit einem schnellen, gierigen Lachen: »Wassil Danilowitsch, warum sollte ich vor Stein Angst haben? Der wird sich eher um Tscharnowski kümmern, den kennt er besser ...« Alle Anwesenden schauten spöttisch auf Tscharnowski, den jungen, hübschen, erfolgreichen, ehrgeizigen Tscharnowski, den nicht nur Stein kannte, sondern von dem die ganze Front wußte, daß er das Hauptquartier mit Briefen bombardierte: »Ich habe niemals um etwas gebeten, jetzt bitte ich nur um das eine – um die Erlaubnis, Predslawl nehmen zu dürfen.« Er begründete seine Bitte damit, daß er in der Nähe dieser Stadt geboren, hier zur Schule gegangen, in den Komsomol eingetreten war, daß er hier geheiratet und auch seine ersten Jahre gedient hatte, für diese Stadt sei er bereit, sein Leben zu lassen, usw. Er bedrängte Kobrissow wie das Beipferd das Mittelpferd und drückte dessen Gefechtsordnung beiseite, indem er »aus Versehen« in Kobrissows Angriffsstreifen eindrang. Terestschenko machte auf den Neid seines Opponenten aufmerksam und brachte ihn damit in Verlegenheit, dann fügte er noch hinzu: »Ich möchte Sie versichern – wir sind uns alle im klaren darüber, was dieser Stein für einer ist. Wir treffen nicht das erste Mal auf ihn. Im großen und ganzen kein schlechter Krieger.« So bezeichnete er den General, den seine Landsleute den »klügsten operativen Kopf Deutschlands« nannten und der ihn, auch wenn er nur die Hälfte von Terestschenkos Kräften besaß, in wenigen Stunden hinwegfegen würde. Übrigens war das nicht nur Terestschenkos Manier, den Gegner auf soldatische Weise zu ironisieren, das hatte sich in der gesamten Armee eingebürgert: Stein war »kein schlechter Krieger«, Paulus »hatte Ahnung«, Manteufel war »kein Vollidiot«. Das Verharmlosen oder Verächtlichmachen des Feindes gehörte zum guten Ton: Er hatte weniger Panzer, weniger Waffen, er war unterlegen, wir aber, zähl selbst nach, haben eine sechs- oder siebenfache Übermacht, und da wagt er noch zu »strampeln«. Und wenn dieser unterlegene Trottel uns plötzlich eins in die Fresse gab oder elegant einer Einkesselung entging, war er ein »kriechendes Scheusal« und ein »ausgemachtes Arschloch«.

Die Argumente Terestschenkos wirkten, die Einwände Tscharnowskis jedoch und auch die von Kobrissow wurden kaum beachtet. Dabei hatte Kobrissow etwas ins Feld geführt, was Terestschenkos Argumente völlig in Frage stellte. Mit welchem Feuer sollte der Brückenkopf von drei Seiten beschossen werden? Wenn mit MG-Feuer, dann wären drei Seiten wirklich am geeignetsten; bei einem weitreichenden Artilleriefeuer jedoch wäre das unmöglich. Die Flußwindung von Sibesh wäre dann nicht vorteilhafter als jeder andere Flußabschnitt. Weiter: In einer wald- und schluchtreichen Gegend fände man zwar Deckung, aber es sei viel schwerer, sich dort zu bewegen; die Panzer und Schützenpanzerwagen, die selbstfahrenden und transportablen Waffen wären eine nutzlose Last. Lediglich die Infanterie könne man in voller Stärke einsetzen, doch nur dann, wenn man nicht angriff. Sowohl Shukow als auch Watutin hörten ihm aufmerksam zu, während Terestschenko mit einem Siegerlächeln dasaß, als wüßte er von vornherein, wie die Entscheidung ausfiel. Außerdem kannten alle sein wichtigstes, unausgesprochenes Argument: Diesen Abschnitt des rechten Ufers könnte man schneller einnehmen als andere, und das bedeutete, man könnte dem Obersten Befehlshaber eher von der Dnepr-Überschreitung Meldung machen. Und dahin drängte es alle mit solch einer Kraft, daß keinerlei Einwände zur Geltung kamen, sie wurden als purer Neid auf Terestschenko angesehen und abgeschmettert, der sich bereits den Spitznamen »der angriffslustige Armeebefehlshaber« erworben hatte.

»Wieviel Soldaten muß man für solch einen Spitznamen opfern? 40 000, nicht weniger!« sagte sich Kobrissow, als er Terestschenkos schmales, hakennasiges, ständig beleidigtes Gesicht, seine schlanke, wendige Figur, die in der Taille zusammengeschnürt war, betrachtete. Einer heroischen Eigenschaft konnte sich dieser Mann ganz gewiß rühmen, eines unbezähmbaren eisernen Willens nämlich, das heißt des Vermögens, junge Männer skrupellos in den Kampf zu schicken. Die Armee hatte er fest in der Hand. Mit einem treffsicheren Hieb seiner harten Faust zerschlug er Untergebenen Nasen und Lippen oder gab ihnen mit einem knochigen Stock eins über den Schädel. Auf Watutins Vorwürfe antwortete er nur: »Ich selbst schone mich nicht und habe nicht das Recht, andere mit Glacéhandschuhen anzufassen.« Daß er die anderen »nicht mit Glacéhandschuhen anfaßte«, davon zeugten die Verluste seiner Armee, die höchsten an der gesamten Ukrainischen Front; daß der Befehlshaber sich selbst nicht schonte, davon zeugte die Legende, daß er aus Sorge um die Armee nur vier Stunden schlief und sich, wie er sagte, »allseitig weiterbildete«, weil er glaubte, zu wenig zu wissen. Aus diesem Grund bombardierte er die Politverwaltung der Front mit Einladungen an Moskauer Künstler und mit Listen von Büchern, die für ihn persönlich bestellt werden mußten. Darunter waren Clausewitz und Shakespeare, von Schlieffen und Turgenjew, beide Moltkes und Gorki; diese berühmten Namen hinderten ihn jedoch nicht daran, seine Leute weiterhin mit Stock und Faust zu schlagen und ihnen ins Gesicht zu spucken. Sein Spitzname – »der angriffslustige Armeebefehlshaber« –, den er sich aller Wahrscheinlichkeit nach selbst gegeben hatte, war ihm ebenfalls von Nutzen: Wer außer ihm konnte so hartnäckig um 15 000 oder 20 000 Mann Nachschub bitten, wem, außer ihm, hätte man sie so bedenkenlos gegeben? Wem, außer ihm, wäre schließlich so bereitwillig verziehen worden, als die Flußwindung von Sibesh sich in der Tat als eine sorgfältig von Stein vorbereitete Falle erwies, als, wie von Kobrissow vorausgesagt, die gesamte Technik in den Wäldern und Schluchten steckenblieb und sich diese Schluchten mit verwesenden Körpern füllten, die Offensive sich jedoch immer weiter hinauszögerte? Die ganze Beratung in Olchowatko erwies sich als Falle, alle Kollegen Terestschenkos waren mitschuldig, weil sie ihm nicht widersprochen hatten. Als Falle erwies sich auch die Meldung an den Obersten Befehlshaber, der den Zeitpunkt der Einnahme von Predslawl umgehend änderte: Nicht »bis zum Winter« sollte die Stadt genommen werden, sondern zum 7. November, dem Feiertag der Oktoberrevolution. Terestschenko selbst brachte die Niederlage keine Nachteile. Seine Kraft reichte zwar nicht aus, den Gegner zu verschlingen, doch allein dafür, daß er ihn biß, wurde er zum Generaloberst ernannt. Selbst wenn er ein halbes Jahr und mehr in Sibesh festgesessen hätte, wäre er nicht wieder zum Generalleutnant degradiert worden. Und merkwürdig, je mehr die Gefahren des Brückenkopfes bei Sibesh zutage traten, desto leidenschaftlicher wurde auf dieser Variante beharrt, desto mehr Leute und Technik wurden in diesen unersättlichen Schlund geschickt. Aus unerfindlichen Gründen wurde die gesamte Front verpflichtet, nur für Terestschenko zu arbeiten. Als allen klar war, und selbst er nicht mehr daran zweifelte, daß seine Armee in Sibesh allein nichts ausrichten konnte, wurden die Truppen nicht etwa abgezogen, sondern man setzte auch noch die 27. Nachbararmee von General Omeltschenko ein, und dann fast die gesamte Panzerarmee von Rybko. Terestschenko gab selbst in dieser Situation nicht klein bei. Und mit der gleichen Energie brachte er die Frontführung dazu, festzustellen, daß den Hauptschlag auf Predslawl seine Armee geführt habe, während die beiden anderen ihn nur unterstützten. In Sibesh wurde zum erstenmal die einzige Taktik angewandt, die sie noch retten konnte. Kobrissow nannte sie im stillen die »russische Vierschichtentaktik«: drei Schichten blieben im Kampf liegen und füllten die Erdlöcher aus, die vierte kroch über sie hinweg zum Sieg. Außerdem kam die Führung zu dem Schluß: Wenn schon so viele Kräfte geopfert worden waren, konnte man sich unter keinen Umständen zurückziehen, es könnte ja der Fall eintreten, daß das »letzte Bataillon, das in den

Kampf geworfen wurde, den Sieg davonträgt«. Genau diese Vierschichtentaktik hatte den Deutschen in Stalingrad den Untergang beschert.

Kobrissows Armee war bislang noch nicht ins Kampfgeschehen einbezogen worden, doch immer öfter dachte er mit großer Sorge daran, daß man früher oder später auch sie in diesen unersättlichen Schlund treiben würde. Also mußte er seine Idee, die geboren wurde, als er auf den schwarzen Engel mit dem Kreuz und das matte, verrußte Gold der Kathedralenkuppel schaute, noch einmal überschlafen und dann so schnell wie möglich in die Tat umsetzen. Dieser Gedanke war ihm nicht plötzlich gekommen. Die einfachsten Gedanken kommen seltsamerweise immer später als die komplizierten und großen. Am Vortag hatte er seinen Truppen nördlich von Predslawl eine Visite abgestattet. »Visite« – das war für ihn die Gelegenheit, ein bißchen in den Wassern des Dnepr zu jagen, abzuschalten und einige Stunden allein zu sein. Es war Ende August. Den Herbst fühlte er schmerzhaft mit seiner ganzen Seele, die bereits ein halbes Jahrhundert alt war, bald würde er kein vollwertiger Mann mehr sein. In Sicht war bereits jener Gipfel, von dem es nur noch bergab ging. Ihm kam sogar der Gedanke: Vielleicht wird diese Jagd die letzte sein? Nicht darauf warten, bis das Auge schwach und die Hand unsicher wird, lieber gleich Schluß machen, um den Gotteskreaturen kein unnötiges Leid zuzufügen. Die Jagd war erfolglos – er schoß eine Ente an, die kläglich schrie, noch ein paarmal mit den angeschossenen Flügeln schlug und auf dem Wasser, weit weg vom Ufer, landete. Nicht einmal in Anglerstiefeln hätte er sie erreichen können, auch der Hund konnte nicht hinschwimmen, und er hätte ihn auch gar nicht ins Wasser gelassen, er wäre eine gute Zielscheibe für deutsche Scharfschützen gewesen. Kobrissow war verstimmt und brach die Jagd ab. Möglicherweise war ihm seine Idee gekommen, als er vorsichtig die Binsen auseinanderschob und verärgert auf die sterbende Ente sah, die von der Strömung weggetragen wurde. Das ferne und unheimlich stille Ufer stieg senkrecht vom schmalen Sandstreifen aus empor wie ein geologischer Schnitt, übersät von Schwalbennestern, die aussahen wie schwarze Pocken. Daß man sich an den Steilhängen nicht festhalten konnte, war nicht das schlimmste, nicht einmal der Blick konnte einen festen Punkt finden. Es gab nur kahle Hügel, die sich möglicherweise über Hunderte von Werst hinzogen und lediglich an vereinzelten Stellen durch tiefe Spalten zerfurcht waren. Und aus solch einer Spalte konnte jede Minute ein MG losballern. Aber es blieb ruhig. Beherzt richtete sich der General zu voller Größe auf, er stand bis zu den Knien im Wasser und erkannte, daß es weniger die Erdspalten waren, die das andere Ufer unzugänglich machten, als vielmehr diese Nacktheit.

Nein, nicht damals hatte er den Plan gefaßt, nicht damals hatte er die dumpfen Schläge seines Herzens gefühlt. Erst mußte er das Ufer frei gesehen haben, dann in Gedanken die befestigten Abschnitte des Feindes und seine Stellungen zerstören, dann erst konnte sein Herz dröhnen. Vielleicht war diese langsam davonschwimmende Ente in jenem Augenblick vor seinem inneren Auge aufgetaucht, als er zu sich sagte: »Dich nehme ich!« – und zu Schesterikow: »Jetzt heißt's, sich so verhalten wie das scheue Wild ...«

Schesterikow kam mit Karte und Zirkel zurückgekrochen. Doch zuallererst zwang er den General, die Zeltplane unterzulegen. Der General fügte sich wortlos dem unnachgiebigen Schesterikow, er wußte, daß alles, was dieser tat, vernünftig und richtig war, vor allem aber würde er nicht eher Ruhe finden, bis Schesterikow sein Ziel erreicht hatte. Auch unter die Karte hatte der Adjutant etwas Festes gelegt – den Deckel der Verpflegungskiste. Predslawl war, wie jede große Stadt, auf der Karte mit einem gestrichelten Viereck gekennzeichnet, unterteilt durch das weiße Kreuz der beiden Magistralen. Sibesh hingegen durch einen Kreis mit einem Punkt im Zentrum. Mit zitternden Fingern bohrte General Kobrissow die Zirkelnadel in den Schnittpunkt des weißen Kreuzes und begann die Zirkelschenkel zu bewegen, bis der Bleistift in den

Punkt des Kreises stieß, der Sibesh darstellte. Danach machte er eine halbe Drehung und flog mit der eingestellten Zirkelspanne über den blauen, sich krümmenden Faden des Dnepr, diesmal in seinen nördlichen Teil. Der Bleistift stieß wieder in einen Kreis, genau in den zentralen Punkt. Kobrissow nahm die Hand von der Karte und las den Namen der Ortschaft – »Myrjatin«.

Der Name sagte ihm nichts, er wußte nur, daß die so benannte Ortschaft den gleichen Abstand zu Predslawl hatte wie Sibesh, ebenfalls achtzig Kilometer, nur nördlich. Doch daß der Bleistift direkt ins Zentrum des Kreises stieß, erschien ihm wie ein Zeichen des Schicksals oder Gottes und erhärtete seinen Entschluß. Aber ein Mensch, der sich der Vorahnung ergibt, hofft nicht nur auf Erfolg, er empfindet auch Kälte in der Brust und Angst vor dem Ungewissen. Eine innere Stimme sagte Kobrissow, daß mit diesem Myrjatin das ruhmreichste Ereignis in seinem Leben verbunden sein kann, aber auch das schrecklichste, am Ende gar der Tod. Er dachte sogar, der Mensch geht möglicherweise direkt auf sein Grab zu, wenn er glaubt, das gesuchte Ziel gefunden zu haben. Doch das zwiespältige Gefühl – anziehend und abschreckend zugleich – verschwand bald wieder, und Kobrissow stimmte ausgelassen an:

Du bist meine Freundin, Tossja,
und, Geliebte, ich rate dir:
Gib dich keinem anderen hin,
verstopf dich mit Zeitungspapier.

Schesterikow setzte den Feldstecher ab und schaute den General mißtrauisch an.

»Kapiert, Schesterikow?« fragte der General und führte noch einmal die Operation mit dem Zirkel durch.

»Vielleicht krauchen wir doch lieber in den Graben?« sagte Schesterikow. »Die Fröhlichen kriegen immer zuerst was ab.«

»Nicht in den Graben!« schrie der General. »Wir bleiben doch nicht hier sitzen! Wir wetzen jetzt zum Jeep. Die Panzer müssen gerettet werden, meine lieben Panzerchen! Ehe sie uns dieser Taugenichts Terestschenko vor der Nase wegschnappt.«

Daß er erst jetzt darauf kam! Hätte er seine Entscheidung damals, in Olchowatko, kundgetan, lebten die vielleicht noch, die jetzt in den Schluchten verwesten! Doch nein, sie waren dazu verurteilt, mit ihrem Untergang die ganze Unsinnigkeit des Unterfangens bei Sibesh unter Beweis zu stellen. Auf paradoxe Weise hatten sie die Position des »angriffslustigen Armeebefehlshabers« gefestigt. In der Tat waren alle nur damit befaßt, ihm dieses Abenteuer heil überstehen zu helfen. Auch vor dieser Geschichte war es Terestschenko immer gelungen, Watutin für sich einzunehmen und über ihn sogar Shukow, was keiner begreifen konnte. Er hatte von den Nachbarn genommen, was er wollte – Artillerie- und Granatwerferregimenter, Panzerdivisionen und Brigaden. Zurückgegeben hatte er schwer angeschlagene und erschöpfte Regimenter, die man zur Erholung und Auffüllung ins Hinterland schicken mußte. Und wenn er sie zurückgab, dachte er nicht im geringsten daran, sie selbst aufzufüllen, alle Reserven beanspruchte er für sich. Als in Olchowatko bereits alles entschieden war und die Generäle sich schon in ihre Wagen setzten, hatte er Kobrissow lauthals, vor aller Ohren – vielleicht im Scherz, aber dieser Scherz war unangenehm und abscheulich – gefragt:

»Foti Iwanowitsch, würdest du mir nicht ein Divisiönchen borgen? Deine Leute sind sowieso nicht am Kampfgeschehen beteiligt.«

»Welches Divisiönchen hättest du denn gern, Denis Trofimowitsch?« hatte Kobrissow unter dem gutmütigen Gelächter der anderen gefragt. »Du hast dir doch bestimmt schon eins ausgesucht?«

»Deine 6. Gardedivision gefällt mir.«

»Warum so kleinlich?« hatte Kobrissow beim Abfahren gesagt. »Nimm doch gleich meine ganze Armee. Mir reicht der Troß zum Kämpfen.«

Dabei war der Gedanke, am Ende tatsächlich allein mit dem Troß dazustehen, gar nicht so abwegig. Er mußte sich beeilen. Jetzt durfte er nichts mehr abgeben. Vor allem nicht die Panzer.

Bis zum Abend hatte er sich im Kopf ein Gespräch mit Watutin zurechtgelegt, doch erst lange nach Mitternacht war es dem Adjutanten Donskoi gelungen, ihn mit dem Oberbefehlshaber der Front zu verbinden, als dieser vom Brückenkopf bei Sibesh nach Olchowatko zurückgekehrt war. Watutin am Brückenkopf anzurufen, wo er wahrscheinlich mit Shukow und Terestschenko zusammen war, wäre nicht ratsam gewesen.

»Nikolai Fjodorowitsch«, fragte Kobrissow gleich nach der Begrüßung, »haben Sie die Karte vor sich?«

»Nun, ich höre.« Watutin antwortete müde und leicht gereizt. Die Karte hatte er offenbar nicht vor sich, doch als alter Stabsoffizier hatte er sie natürlich im Kopf, mit allen Ortschaften und Entfernungen.

»Sehen Sie Myrjatin vor sich? Siebzig Kilometer nördlich ...«

»Achtzig«, sagte Watutin. »Nun? Dort steht doch Tscharnowski.«

Die Karte hatte er also nicht vor sich. Den Frontverlauf hatte er zwar im Kopf, aber nicht mit allen Flankenverbindungen.

»Nicht Tscharnowski. Noch stehe ich hier. Mit meiner äußersten rechten Flanke. Also, gegenüber von diesem Myrjatin ... Es müßte etwa zehn Kilometer vom Ufer ...«

Kobrissow machte eine Pause, um Watutin zu zwingen, die Worte selbst auszusprechen:

»Willst du den Brückenkopf nehmen?«

»Ich würde Sie darum bitten.« Kobrissow konnte fast sehen, wie sein Gesprächspartner den Kragen aufknöpfte, der ihn immer beengte. »Nikolai Fjodorowitsch, ich sitze doch praktisch nutzlos hier rum. Wozu stehe ich vor Predslawl wie der Bräutigam vor der Braut? Dazu noch in Gegenwart der Eltern. Dazu noch vor einer versprochenen Braut.«

Er wußte, das würde Watutin zum Widerspruch reizen, bevor dieser zu einem Entschluß gekommen war.

»Was heißt, vor einer versprochenen? Diese Braut gehört uns allen.«

»Gibt's das denn?« fragte Kobrissow lachend, aber Watutin ging nicht auf den Scherz ein.

»Du sitzt nicht untätig rum, Foti Iwanowitsch. Du weißt, warum du dort stehst. Wenn Stein auf die Idee kommt, über den Dnepr zurückzumarschieren und von Osten nach Sibesh vorstößt ...«

»Er kommt nicht zurück. Solche Tricks hat Guderian 41 gemacht, heute würde er das nicht mehr wagen. Sie haben nicht mehr genug Kraft. Rechnen Sie mal nach, Stein hat die Hälfte seiner Truppen vor Sibesh stehen.«

Das war eine wohlüberlegte Reverenz an Watutin, nämlich ein Zugeständnis, daß der von ihm so geliebte Brückenkopf bei Sibesh so viel Kräfte band. In Wirklichkeit hatte Stein eine einzige Division dorthin geworfen – allerdings keine normale, sondern die SS-Division »Das Reich«, 20 000 Mann stark, unterstützt von Panzern. Das war bereits eine kleine Armee – doch sie stand allein drei sowjetischen Armeen gegenüber. Aber Watutin kam nicht dazu einzuwenden, daß nicht die Hälfte der Steinschen Truppen durch Sibesh gebunden war, sondern höchstens ein Drittel. Kobrissow baute eine Mauer von Schmeicheleien auf und ließ nur ein Türchen offen – Myrjatin.

»Nun, Foti Iwanowitsch, es wäre nicht schlecht, dieses Myrjatin zu nehmen. Als zusätzlichen Brückenkopf, als Bedrohung für Predslawl. Keine schlechte Idee. Doch da ist nur Wüste, kahles Ufer. Hast du das bedacht? Du wirst dir dort vorkommen wie eine Träne auf Allahs Wimpern, dich da wegzuwischen ist ein Kinderspiel.«

»Vielleicht wischen sie mich aber auch nicht weg. Das haben Sie nicht erwartet, daß ich Sie um diesen Brückenkopf bitte, nicht wahr? Und Stein wird vielleicht erst recht nicht an so was denken.«

»Schmeichler«, sagte Watutin spöttisch. Aber gegen diese zweite Reverenz hatte er ebenfalls nichts einzuwenden. »Na gut, schlag los ... Aber warum ausgerechnet Myrjatin? Ein Städtchen wie jedes andere, und der Zugang ist befestigt. Warum nicht weiter nördlich? Oder südlich?«

»Damit er glaubt, ich will ihm dieses Myrjatin wegschnappen.« Bei sich aber dachte Kobrissow: »Damit ihr alle das glaubt ...«

»Einleuchtend«, sagte Watutin. »Du willst es also gar nicht nehmen?«

Kobrissow antwortete ausweichend:

»Ich hätte nichts dagegen. Doch umsonst werden sie es mir nicht geben!« Und nach einer Pause fügte er hinzu: »Nikolai Fjodorowitsch, ich habe noch nie eine Stadt genommen, die ich dann wieder zurückgeben mußte.«

»Das habe ich nicht vergessen«, sagte Watutin. »Und weiß es zu schätzen.«

»Wenn's nur so wäre!« dachte Kobrissow. Mehr geschätzt wurde Terestschenko, der immer »groß ausholte«, wie es ironisch hieß, der Charkow im Schnellgang nahm und es dann bald wieder zurückgeben mußte. Die Auszeichnungen, die er für die Einnahme der Stadt erhalten hatte, konnte er natürlich behalten. Kobrissow hatte Obojan oder Sumy genommen, kleine Städtchen, die keine Begeisterung auslösten und in den Befehlen des Obersten Befehlshabers keine Furore machten. Doch keiner hatte je gehört, daß er diese Städtchen hatte zurückgeben müssen. Er war einer von den »stillen Armeebefehlshabern«, den nur ein scharfes Auge bemerkte, das in den spärlichen Zeilen lesen konnte: Den Truppen des Generals X »ist es gelungen, 12 Kilometer vorzustoßen ... Ist es gelungen, sich zu befestigen ...«

»Wenn es sich ergibt, nehme ich es«, sagte Kobrissow, ohne es wirklich zu wollen.

»Gut, Foti Iwanowitsch. Entscheide selbst nach den Gegebenheiten. Ich muß dir aber sagen, wende nicht zu viel Kraft für dieses Myrjatin auf. Wir haben vor allem Predslawl im Auge – und zählen auch auf deine Kräfte.«

»Von meinen Kräften bleibt noch genug übrig. Ich lasse meine

Artillerie – die schweren Haubitzen – am diesseitigen Ufer. Sie wird über unsere Köpfe hinweg um den Dnepr kämpfen.«

»Du siehst dich wohl schon auf der anderen Seite?« fragte Watutin lächelnd.

»Ehrlich gesagt, Nikolai Fjodorowitsch«, Kobrissow deckte gleichsam seine Karten auf, »ich war so auf Ihren positiven Entscheid eingestellt, daß mein siebtes Kavalleriekorps schon auf dem Weg zum Flußübergang ist. Ich selbst stehe schon mit einem Bein dort, in einer Stunde könnte ich los ...«

»Und wenn ich es dir nicht erlaubt hätte?«

»Warum hätten Sie es mir nicht erlauben sollen?«

Watutin schwieg und fragte dann: »Gut. Und was wird mit den Panzern?«

Nur um diese Frage nach den Panzern zu hören, nach seinen 64 geliebten »Primuskochern«, »Klapperkisten«, hatte er das ganze Gespräch eingefädelt. Die Antwort hatte er parat – mit einem langen Seufzer sagte er: »Eijei, die Panzer ... Ich denke, ihr braucht sie in Sibesh dringender.«

»Du bist ja so freigebig. Willst du sie wirklich Terestschenko überlassen?«

»Ich muß sie sowieso hergeben«, sagte Kobrissow schicksalsergeben.

»Noch nicht ...«

»Ich muß sie hergeben, das weiß ich schon jetzt. Für einige Leute bin ich doch so was wie ein Reservelager. Bei jeder Gelegenheit heißt's: ›Kobrissow, gib mir ein paar von deinen Panzerchen, für eine Woche nur. Und was hast du sonst noch zu bieten?‹«

»Möglicherweise wird es so kommen«, fiel ihm Watutin ins Wort. »Doch ich glaube, Terestschenkos Panzer reichen noch.«

»Manche haben's dicke! Die Panzer reichen! Nikolai Fjodorowitsch, wann reicht im Krieg schon was? Man hat doch nur von dem genug, was man nicht einsetzen darf.«

Auf diese Spitze gegen Terestschenko und alle, die ihn unterstützten, entgegnete Watutin nichts. Indes drängte Kobrissow dem Oberbefehlshaber seine Panzer, die bei Sibesh nicht eingesetzt werden durften, so halsstarrig und mit einer solch hoffnungslosen Trauer geradezu auf, daß Watutin nichts weiter übrigblieb, als ganz auf sie zu verzichten: »Ich hab' doch gesagt: Bis jetzt gehören sie dir.«

»Raten Sie mir, sie mit über den Fluß zu nehmen?« fragte Kobrissow wie ein Unschuldslamm.

»Foti Iwanowitsch, du hast mir eben erst von diesem Myrjatin erzählt, und nun soll ich dir schon gute Ratschläge geben. Ruf morgen wieder an. Ich denke darüber nach. Vielleicht ergeben sich noch irgendwelche entscheidenden Überlegungen. Ich wünsche dir Erfolg.«

Leicht gereizt gab er Kobrissow zu verstehen, daß es ein bißchen zu viel sei, ihn nach Ratschlägen zu fragen. Man sollte nicht übertreiben. Und man sollte nicht vergessen: Der Obrigkeit sind bereits gefaßte Entscheidungen immer lieber. Doch den wichtigsten Hinweis, den er so gern hatte hören wollen, hatte Kobrissow erhalten: Man soll der Obrigkeit mit seinen Fragen nicht zur Last fallen. Was die Obrigkeit am folgenden Tag sagen würde, wenn alles nach Plan verliefe, das konnte er sich bildhaft vorstellen, dazu kannte er sie gut genug.

Im tiefen Stabsunterstand am Brückenkopf von Sibesh surrte unter sieben Balkenschichten das Telefon. Der operative Diensthabende des Frontstabs meldete, die motorisierten Verbände der 38. Armee des Generalleutnant Kobrissow führten eine gedeckte Umgruppierung in Richtung Myrjatin durch. Der Befehlshaber selbst habe sich ebenfalls zum Konzentrierungsort begeben. Die drei ruhmreichen Feldherren – Marschall Shukow, Armeegeneral Watutin und Generaloberst Terestschenko – blickten bei dieser Nachricht von der Karte auf.

»Wieso macht er das?« fragte Terestschenko. »Will er etwa den Brückenkopf nehmen?«

»Er hat mich um Erlaubnis gebeten«, sagte Watutin. »Er hat es überzeugend begründet, eine Ablehnung hielt ich nicht für angebracht.«

»Aber das ist doch Wahnsinn, Nikolai Fjodorowitsch! Man kann ihn dort dreißig Werst weit sehen, wie auf dem Präsentierteller. Den fegen die einfach weg. Wieder so eine Kobrissowsche Schnapsidee!«

Doch Shukow, der versonnen sein massives Kinn rieb, zog die Karte zu sich heran und heftete seinen allumfassenden Blick darauf.

»Sag das nicht, Denis Trofimowitsch«, widersprach er lächelnd. »Im Krieg fangen viele große Dinge unkonventionell an.«

»Und die Panzer?« erinnerte sich Terestschenko plötzlich. »Schleppt er die auch zum Brückenkopf? Was will er mit denen auf dem kahlen Steilufer? Wir brauchen sie hier dringender.«

Und nun erinnerte sich Watutin daran, wie Kobrissow ihm seine Panzer förmlich aufgedrängt und wie er, Watutin, verzichtet hatte, und Ärger stieg in ihm hoch. Doch er konnte nicht zugeben, daß Kobrissow ihn übers Ohr gehauen hatte, er befahl dem operativen Diensthabenden, sofort zu klären, wo sich das Panzerregiment der 38. Armee im Augenblick befand. Nach zehn Minuten rief der Diensthabende an und teilte mit, die Panzerkolonne sei unterwegs, sie marschiere vermutlich in Richtung – Myrjatin.

»Was heißt unterwegs? Was heißt vermutlich?« schrie Terestschenko mit dem Tenor eines beleidigten Hahns und war drauf und dran, Watutin den Hörer aus der Hand zu reißen. »Er soll den Regimentskommandeur fragen, wo er sich befindet!«

Es stellte sich heraus, daß man bereits versucht hatte, den Kommandeur nach seiner Position zu fragen, doch Kobrissow hatte ihm offenbar verboten, auf unverschlüsselte Fragen zu antworten. So wie es Vorschrift ist beim Marsch.

»Aber General Kobrissow persönlich kann sich doch wohl mit dem Regiment in Verbindung setzen! Sie haben doch sicher einen Code verabredet?«

Nach zehn Minuten rief der Diensthabende wieder an und hatte die unglaubliche Nachricht: General Kobrissow könne sich nicht mit seinen Panzern in Verbindung setzen und wisse nicht einmal, auf welcher Route sie nach Myrjatin marschieren. Die Wahl des Weges liege in der Hand des Regimentskommandeurs. Die Funkstationen der Panzer seien versiegelt und gingen nicht einmal auf Empfang – zur Vermeidung von provokativen Befehlen seitens des Gegners.

»Na, Foti!« rief Terestschenko sogar mit einem gewissen Entzücken. »Das ist ein Stratege! Er hat sich selbst die Panzer geklaut, nur damit die anderen sie nicht kriegen. So ein Geizhals, so ein Gauner!«

Watutin seufzte nur ergeben. Und Shukow zwinkerte, immer noch lachend, Terestschenko zu.

»Was bleibt ihm übrig, wenn er solche Nachbarn hat?«

Sah man von den Panzern ab, so hinterließ die Mitteilung des operativen Diensthabenden des Frontstabs bei den drei Feldherren keinen besonderen Eindruck. Für sie war das die zweite Eroberung von Boden auf dem rechten Dnepr-Ufer, die natürlich einige Kräfte Steins ablenken würde, doch nicht in dem Maße, daß die Flußwindung von Sibesh ihre Bedeutung als wichtigster Ausgangspunkt für den Sprung nach Predslawl verloren hätte.

Und genau auf diese Überlegung der drei Feldherren hatte General Kobrissow in seinen Plänen gebaut.

2

Ihnen kamen mit Zeltplane abgedeckte »Studebakers« entgegen, die Kanonen mit verhüllten Mündungen im Schlepptau hatten. Die Fahrer riefen dem »Willys« fröhlich »Lauf frei!« zu und hoben eilig die Hand an die Mütze, wenn sie die Schulterstücke des Generals erblickten. Unter den Planen saßen behelmte Soldaten, die ihre Waffen zwischen den Knien hielten. Sie schauten zurück und sahen den Rand des unbeweglichen, grauen Himmels und die Erde, die von ihnen wegzufliegen schien.

Diese Soldaten hatten noch kein Pulver gerochen, auch die Fahrzeuge und 122-Millimeter-Kanonen waren neu. Der General mußte die ganze Zeit daran denken, was mit ihnen am Brückenkopf von Myrjatin geschehen würde. In seiner Vorstellung fuhr alles, was ihm entgegenkam, zu seinem Brückenkopf. Schon zwei Pontonfähren waren über den Dnepr gesetzt, nördlich und südlich von Myrjatin, und zu diesen zwei Verbindungsadern floß der Strom von Menschen und Technik. Von einem Flugzeug aus hätte er diesen dreißig Kilometer breiten Strom gesehen: Über Straßen, freie Felder und Waldschneisen bewegten sich Kolonnen von Panzern, Selbstfahrlafetten und LKWs mit Infanteristen, Pferdetrosse mit dampfenden Küchen, Sanitätsbusse und PKWs. In diesen PKWs saßen diejenigen, die es vorzogen, die Zone der zweiten Staffel zu bevölkern, die weit genug von der Hauptkampflinie entfernt war.

Dümmer hätte es nicht kommen können: General Kobrissow ließ seine Armee zurück. Mit jeder Minute, mit jeder Radumdrehung, entfernte er sich immer mehr von ihr. Und kein einziger Mensch in dieser Lawine von Streitkräften, die ihre Stellungen verließen und, seiner Idee und seinem Willen folgend, nach Myrjatin strömten, konnte ahnen, warum sich der einsame »Willys« so trotzig nach Osten durchschlug, wo sich doch alles in Richtung Westen bewegte.

Kobrissow konnte sich nicht mit seiner Abberufung abfinden, er hatte nicht die Kraft, an etwas anderes als an seine Armee zu denken und konnte nicht aufhören, in Gedanken ihr und dem Nachschub Befehle zu erteilen. Er gliederte die Truppen auf, wies ihnen Kolonnenwege zu, verlegte sie von passiven Abschnitten in gefährdete, bestimmte für die Artillerie die Schußsektoren und das Feuerregime – mit einem Wort, er tat jene Arbeit, die die Armee mit ihren großen und kleinen Chefs vermutlich auch ohne ihn vollbringen könnten. Dennoch, so glaubte er fest, würde sie es ohne ihn nicht schaffen, mochte sie auch noch so stark und erfahren sein. Sie erhielt immer ihre Energie von dem Akkumulator, der Befehlshaber hieß, durch ihn setzte sie sich in Bewegung, dank seiner Nerven und seiner Schlaflosigkeit, seiner Fähigkeit, das kleinste Detail zu beherrschen.

Nachdem Kobrissow Watutin angerufen und dieser ihm gestattet hatte, den Brückenkopf einzunehmen, setzte der Zusammenschluß des Übersetzparks ein. Die Meldungen überschlugen sich: Die Anwohner der Station Toropilowka zum Beispiel besäßen ein halbes Hundert Ruderboote und etwa dreißig Schlauchboote. Die Partisanen versprachen zweihundert Fischerboote, und ein alter Fischer brachte die aufsehenerregende Nachricht, daß auf dem Grund des Flusses, in Ufernähe, Panzerfähren lägen, die im September 41 versenkt worden waren und die man heben und reparieren und deren Motoren man instand setzen könne. Pioniere, nur mit Unterhosen bekleidet, würden in die Tiefe des Flusses tauchen und Stahlseile an den Fähren befestigen, dann würde man sie mit LKWs aus dem Wasser ziehen, mit Anderthalbtonnern und Dreitonnern, die nicht so viel Lärm machten wie Kettenzugmaschinen ... Darauf müßte er noch hinweisen, er müßte unbedingt den Befehl geben, daß die Schweißer die Fähren am Tage reparierten, um Gottes willen nicht in der Nacht, wenn man im Umkreis von drei Werst den roten Lichtbogen würde sehen können. Dann erst müßten die Pontonregimenter anrücken, und die Pioniere würden den Übergang befestigen. Aber zuvor sollte es wenigstens drei Bataillonen gelungen sein, auf Booten, Flößen, Baumstämmen, Fässern, Strandpritschen und Gartenbänken überzusetzen und die Stellung zu befestigen.

Und vor diesen drei Bataillonen war noch ein kleiner Trupp – 21 Mann in vier Booten – dazu bestimmt, im Schutz der Dunkelheit auf dem schmalen Uferstreifen unter dem Steilhang anzulanden und, nachdem erkundet worden war, wo sich die deutschen Stellungen befanden oder ob es überhaupt welche gab, ein

Signal zu geben. Für diesen »Sturmtrupp« wurden Leute ausgewählt, die lautlos rudern konnten und fähig waren, sich zu beherrschen und nicht aufzuschreien vor Schmerz, wenn sie verwundet wurden, und nicht um Hilfe zu rufen, wenn sie ertranken. Wenn überhaupt, dann wurde nur einem Stummen geholfen, ein Schreiender bekam unter Umständen eins mit dem Ruder auf den Kopf. Solchen »Stürmern« gab für gewöhnlich der Befehlshaber persönlich das Geleit. Die Soldaten wurden vor dem Schlagbaum des Stabsdorfes aufgestellt, der Befehlshaber trat mit dem Chef der Politabteilung vor sie hin, gemeinsam mit ihnen hörte er sich die Aufforderung des Politchefs an, die Heimat selbstlos zu lieben, nicht mit Blut zu geizen und auch das eigene Leben nicht zu schonen. Danach schritt er traditionsgemäß die Front ab, überprüfte persönlich die Ausrüstung, drückte jedem einzeln die Hand, und zum Schluß mußte er fragen: »Falls sich jemand nicht sicher ist, soll er zwei Schritt vortreten.« Diese Worte gehörten zur Zeremonie. Es trat natürlich nie jemand vor, die einen, weil sie bereits Geschmack an der Sache gefunden hatten und nach neuen Auszeichnungen oder einem Zehntageurlaub gierten, die anderen, weil sie aus einem Strafbataillon kamen und bei der ersten Verwundung rehabilitiert werden würden und selbst das Blut angerechnet bekämen, das sie nicht vergossen haben. Die dritten hatten vor diesem »schändlichen Schritt« der Absage mehr Angst als vor dem Auftrag selbst.

Dieses Mal hatte General Kobrissow von dieser Tradition Abstand genommen – die Prozedur erschien ihm plötzlich verlogen und unnötig, sie würde die ohnehin angespannten Nerven der Leute noch mehr strapazieren. Er spürte das am eigenen Leib, er fühlte, daß eine undefinierbare Angst vor einem Verhängnis, das mit diesem Myrjatin zusammenhing, ihn lähmte. Er gestattete den Leuten, sich nach dem Abendessen eine Stunde aufs Ohr zu legen oder Abschiedsbriefe zu schreiben, in denen sie von sich immer in der Vergangenheit redeten: »Meine Lieben, denkt immer daran, ich war fröhlich, habe meine Kameraden und das Leben geliebt ...« Diesmal hatte er nur mit dem Gruppenführer sprechen wollen, mit Leutnant Nefjodow. Er ließ ihn zu sich kommen. Schesterikow servierte ein Abendessen für zwei, stellte eine Feldflasche mit Wodka auf den Tisch und ging ins andere Zimmer, zu den Telefonapparaten. Vier weitere Feldflaschen legte er Nefjodow in den Sack, für die gesamte Abteilung.

»Nefjodow«, sagte der General, als sie das erste Glas geleert hatten, »wiederhole bitte deine Aufgabe. Aber iß erst. Iß und sprich dann.«

Er schaute aufmerksam zu, wie der 19jährige Mann mit dem schmalen Gesicht, dem großen Mund und dem hellblonden Haar das Fleisch auf dem Porzellanteller schnitt und dabei mit dem Messer kratzte und wie seine Hände vor Verlegenheit zitterten.

Nefjodow meldete, als wäre der Befehl bereits ausgeführt, er habe geräuschlos das Wasserhindernis überwunden (als »Wasserhindernis« bezeichnete er den Dnepr), nach der Anlandung drei Leute in verschiedene Richtungen zum Steilufer geschickt, damit sie erkundeten, in welcher Entfernung vom Übersetzabschnitt (so sagte er: »Übersetzabschnitt«) sich die deutschen Schützenstellungen oder andere befestigte Abschnitte befänden; nach Rückkehr der drei habe er mit der Taschenlampe ein Signal gegeben: Ist alles ruhig – dreimal lang, bei Gefahr – eine Serie kurzer Signale. Im Falle einer Einkreisung würde er über Funk kurze Zeichen senden und damit das Feuer auf sich lenken.

»Und wie verfährst du mit den Booten?« fragte der General. »Versenkst du sie? Oder vergräbst du sie im Sand?«

Nefjodow wandte ihm, hastig wie ein Vogel, den Kopf zu und antwortete, wobei er dem General in die Augen schaute:

»Ich schicke sie zurück. Obwohl ich jeden Mann brauche.«

Das bedeutete, er schnitt sich den Fluchtweg ab. Das Vorgefühl, daß mit diesem Jungen etwas Schlimmes passieren wird – ein Vorgefühl übrigens, das üblich war in solchen Fällen –, weckte im General schmerzliches Mitleid. Er dachte: Ich werde alt, ich darf mich diesem unpassenden und unzeitgemäßen Gefühl nicht hingeben.

»Das sind minus vier Mann«, sagte der General. »Dann seid ihr noch siebzehn.«

»Neunzehn, Genosse Befehlshaber. Die Boote binden wir aneinander, da reichen zwei Ruderer.«

»Und die kommen gegen den Strom an?«

»Zurück schaffen sie's. Ich würde ja am liebsten nur einen losschicken, doch am Ende passiert ihm was, und dann sind die Boote verloren.«

»Was kümmern dich die Boote! Wir kommen auch ohne sie aus.«

Nefjodow schaute ihm wieder in die Augen. »Darum geht es nicht, Genosse Befehlshaber. Wir brauchen die Boote dort nicht.«

Ja, er wollte es so, er wollte sich den Fluchtweg abschneiden.

»Hast du einen Stellvertreter ernannt?« fragte der General, wobei er das zweite Glas einschenkte.

»Zu Befehl ... Selbstverständlich, Genosse Befehlshaber. Obersergeant Knjasjew wird mich vertreten. Ich habe ihn eingewiesen.«

»Nun ... Gebe Gott, daß er dich nicht vertreten muß. Darauf wollen wir trinken.«

Nefjodow stieß schweigend mit ihm an und wartete, daß der General als erster das Glas an die Lippen setzte.

»Leutnant Nefjodow«, sagte Kobrissow und spürte, wie Schwäche und Leidenschaft ihn durchströmten, »nimm diesen Brückenkopf. Ich bitte dich sehr. Du weißt nicht, was er für mich bedeutet, Bruder. Du mußt es auch nicht wissen. Denk an die ganze Armee. Sobald du ihn hast, kannst du um jede beliebige Unterstützung bitten – Artillerie, Luftwaffe. Wenn du es für nötig hältst, schicke ich dir ein ganzes Bataillon. Der Held der Sowjetunion ist dir sicher. Und noch zwei anderen, die du selbst bestimmen kannst. Alle übrigen kriegen den Rotbannerorden. Streng dich an, mein Lieber. Im Falle eines Falles weißt du, wie man mich über Funk erreicht. Wende dich an Kirejew. Kirejew, das bin ich. ›Ich will Kirejew sprechen!‹ mußt du sagen.«

Es hatte tatsächlich etwas Unanständiges und Unaufrichtiges, was er von dem Jungen forderte, dem bevorstand, 1200 Meter über den kalten, schnellen Fluß zu setzen und zu riskieren, beim geringsten Wasserplätschern ein wahnsinniges Feuerwerk deutscher Leuchtraketen auszulösen, um dann, wenn er das geschafft hatte, auf dem Uferstreifen aus Angst vor einer MG-Garbe aus dem Hinterhalt, vor der man sich am Steilufer nicht verstecken konnte, zu sterben. Er selbst, Kobrissow, aber würde in seiner sauberen, ruhigen Hütte sitzen, wo es hell war und warm und wo auf dem Tisch das Abendbrot und Wodka standen und wohin in den nächsten Minuten jene käme, auf die er so ungeduldig wartete und von der Nefjodow bestimmt wußte, man hatte es ihm ganz sicher erzählt. Auch Nefjodow antwortete verlegen, ohne den Blick zu heben, so als spüre er die Unaufrichtigkeit und Peinlichkeit in den Worten des Generals: »Genosse Befehlshaber, für Kirejew tue ich alles ...«

Offenbar wollte er jetzt gehen, um allein zu sein, er konnte es nur nicht übers Herz bringen, um Entlassung zu bitten. Der General überlegte, ob er ihm etwas erzählen sollte, was ihn, der Leute in den sicheren Tod schickte, gerechtfertigt hätte. Sollte er ihm sagen, daß er selbst sofort übersetzen werde, wenn nicht mit der ersten Kompanie, dann ganz bestimmt mit dem ersten Bataillon? Er konnte sich nicht erinnern, wann er zu diesem Entschluß gekommen war. Vielleicht als er durch das Scherenfernrohr den schwarzen Engel mit dem Kreuz betrachtet und plötzlich gefühlt hatte, daß möglicherweise die Erfüllung seiner größten Hoffnung vor ihm lag? Oder als der Schenkel des Zirkels in das Herz des Kreises stieß und er selbst im Herzen einen leisen Stich spürte, so als wolle ihm eine höhere Macht sagen, daß möglicherweise mit diesem Myrjatin für ihn das Schlimmste verbunden war? Vielleicht hatte er in diesem Moment beschlossen, der Angst zum Trotz den eigenen Tod einzuplanen – wie eine mögliche oder gar unausweichliche Episode. Wahrscheinlich hatte ihn der Aberglaube gelenkt, der das Gegenteil vom Glauben war. Das wußte Kobrissow. Seine innere Stimme wandte sich an Jenen dort oben, an den er bisher nie ernsthaft gedacht hatte: »Dann nimm mich, wenn du mir den Erfolg nicht gönnst. Ich tue alles dafür, ich setze mich dem Feuer aus, Du kannst mich nehmen, aber laß mich ans andere Ufer kommen. Lebendig kriegt mich keine Kraft von diesem Brückenkopf weg!«

Das müßte er dem jungen Mann sagen, dachte Kobrissow, doch der hätte das gewiß als Wahnvorstellung eines trunkenen Hirns aufgefaßt. Deshalb sagte er nur: »Was haben wir beide noch vergessen, Nefjodow?«

Und Nefjodow antwortete sichtlich erleichtert: »Genosse Befehlshaber, wir müssen in zwei Booten ein Kabel für die Artillerie mitschleppen. Wenn Sie wüßten, was das für ein Kabel ist! Keine einzige heile Stelle, nur Risse. Wir haben sie, so gut es ging, geflickt, doch löten konnten wir es nicht, die Isolation ist durchgeschmort. Die Jungs haben einfach Zeitung drumgewickelt, Öllappen, dann noch Isolierband. Aber wir wollen das Kabel nicht an Land aufrollen, sondern unter Wasser. Drei Tage wird's halten, dann gibt's einen Kurzschluß, das ist sicher.«

Der General spürte, wie sein Blut anfing zu kochen vor Scham und Zorn – auf den Nichtsnutz, auf den Schlappschwanz, der befohlen hatte, daß diese Jungs, die morgen vielleicht schon nicht mehr leben würden, sich heute noch damit abquälen mußten, ein offenkundig untaugliches Kabel zu flicken und zu verladen.

»Schesterikow«, rief er, ohne sich umzudrehen, er hatte die Augen geschlossen, um sich zu beruhigen. Schesterikow erschien schweigend und flink, er hatte bestimmt vor der Tür gesessen und durchs Schlüsselloch alles mit angehört. »Ruf den Versorgungsleiter der Nachrichteneinheit an, richte ihm in meinem Namen aus: Wenn er ihnen nicht binnen einer Stunde anderthalb Kilometer Kabel besorgt, und zwar heiles, Beutekabel, mit Gummiisolierung, er hat so was … Was brauchst du für eins, Nefjodow? Vier- oder sechsadriges?«

»Besser sechsadriges. Das ist zwar schwerer, aber dann mühen wir uns wenigstens nicht umsonst ab, vielleicht muß dann kein zweites mehr gelegt werden.«

»Also, sechsadriges«, sagte der General. »Wenn er es nicht höchstpersönlich im Maul herschleppt und ins Boot legt mit seinen Fettärschen von Versorgungsleuten, werde ich ihnen den Marsch blasen. Und morgen erschießen. Eigenhändig. Vor der Truppe. Ist das klar?«

Schesterikow, der sich nicht erinnern konnte, daß der General jemals jemanden eigenhändig vor der Truppe erschossen hatte, nickte nichtsdestotrotz mit wichtiger Miene und entfernte sich. Man hörte, wie er eifrig an der Kurbel drehte.

»Noch was?« fragte der General Nefjodow.

»Das müßte alles sein ...«

»Keinerlei Wünsche?«

Nefjodow zuckte mit den schmalen Schultern, drehte sein leeres Glas in den Fingern und sagte verlegen: »Wenn Sie so fragen, Genosse Befehlshaber ... Ich möchte nicht, daß meinetwegen jemand erschossen wird. Ich weiß, daß so ein Kabel nicht mit Gold zu bezahlen ist, und alle verlangen: ›Gib mir einen Kilometer! Gib mir anderthalb!‹ Der Mann wollte sparen. Vielleicht gibt's ja auch nicht gleich einen Kurzschluß, vielleicht hält's zwei Wochen, dann kommt der Flußübergang, und ein neues Kabel wird gelegt ...«

»Na gut«, fiel ihm der General stirnrunzelnd ins Wort. Es war nicht eindeutig, ob er dem Leutnant widersprach oder ob er versprach, niemanden zu bestrafen.

Schesterikow kehrte zurück, der General sah ihn fragend an.

»Sie haben das Kabel verladen«, sagte Schesterikow. »Schon längst, sagen sie.«

»Was heißt, schon längst?«

»Vor zwei Stunden haben sie's losgeschickt, sagen sie. Vielleicht ist der Laster steckengeblieben ...«

»Und nun weiß er nicht, was er tun soll oder was?« fragte der

General gereizt. »Dann soll er gefälligst einen anderen Laster hinkarren und ihn rausziehen, wenn er wirklich festsitzt. Oder umladen.«

»Das will er auch machen«, sagte Schesterikow aus irgendeinem Grunde seufzend. »In zwei Stunden ist die Sache erledigt.«

Beide begriffen, daß der Versorgungsleiter erst nach dem Sonderbefehl begonnen hatte, sich um das Kabel zu kümmern und diese zwei Stunden einfach brauchte.

Verdammt, dachte der General, alles Schwindel. Ohne Schwindel läuft im Krieg nichts. »Woher kommst du eigentlich, Nefjodow?« fragte er und griff wieder nach der Feldflasche.

»Ich bin Leningrader.«

»Hast du dort studiert?«

»Ja, an der Philologischen Fakultät. Ich bin aus dem zweiten Studienjahr an die Front.«

Er fügte nicht hinzu – »als Freiwilliger«, und das gefiel dem General.

»Die Philologische kenne ich«, erklärte der General. »Da lernt man Gedichte schreiben. Du hast sicher auch welche verfaßt?«

»Ein bißchen ...«

»›Wart auf mich, ich komm' zurück‹«, deklamierte der General. »›Aber warte sehr ...‹ Wie geht's weiter? ›Wart auf mich, ich komm' zurück – allen Teufeln zum Trotz!‹«

»Allen Toden zum Trotz«, verbesserte Nefjodow.

»Magst du dieses Gedicht?«

»Es gefällt mir«, sagte Nefjodow leicht errötend.

»Mir auch. Obwohl – ›allen Toden zum Trotz‹ – das ist nicht so leicht. Dem Teufel kann man noch ein Schnippchen schlagen, aber dem Tod eben nicht. Dieser Simonow* schreibt das auch nur, weil er nie bei uns auf dem Brückenkopf war. Den es noch

* Simonow, Konstantin (1915–1979); sowjetischer Dichter, Prosaiker, Dramatiker.

nicht gibt, aber geben wird. Und du, kannst du sagen: Ich komm' zurück, aber warte sehr?«

Der General glaubte, er habe das Recht, so zu fragen, er fragte sich dasselbe ja auch selbst. Ohne auf Kobrissows Worte einzugehen, bemerkte Nefjodow: »Nein, Simonow ist oft an der Front, im Unterschied zu vielen anderen Dichtern.«

»An der Front zu sein bedeutet noch lange nicht, auch zu kämpfen ... Im Unterschied zu wem?«

»Na ... zum Beispiel zu Lugowskoi* ...«

»Wolodja – den kenne ich«, erklärte der General und nickte. »Der ist 1939 bei mir in der Garnison aufgetreten. Und dann haben wir zusammen einen draufgemacht. Zu zweit, stell dir das vor. Na, mein Adjutant war noch dabei, doch der lag bald unterm Tisch. Aber Wolodja – der war toll. Er hat mir die ganze Nacht Gedichte vorgetragen. Mir allein.«

Und er deklamierte, die Feldflasche in der einen Hand und das Glas in der anderen rhythmisch schwenkend:

Ein Lied will ich singen, und so beginnt
das Lied vom Wind, vom gestiefelten Wind,
von Stiefeln, die Kriegen die Sohlen gaben,
von Kriegen, die Verse nicht nötig haben ...
Durch die Steppe klingt das Lied und weiß
von dem Weg, von den Spuren Ulagai's ...

Kobrissow senkte den Kopf und verstummte, es sah aus, als heule er gleich los.

»Wie's weitergeht, hab' ich vergessen ... Wir haben ja die ganze Nacht gesoffen. Wie die Säue.«

»Was ist denn mit ihm passiert?« fragte Nefjodow. »Ich hab' gehört, daß er mindestens hundert Kilometer von der Front Abstand hält ...«

»Warum nicht gleich fünfhundert? Vielleicht hat er sich in

* Lugowskoi, Wladimir (1901–1957), sowjetischer Dichter.

Taschkent versteckt. Oder in Alma-Ata.« Es schien, als ob der General zum erstenmal darüber nachdachte, was mit dem Dichter passiert sein mochte, mit diesem mutigen, schönen Mann, der Tapferkeit und Soldatenehre so klangvoll besingen konnte. Hatten die ersten Luftangriffe auf Moskau ihm einen solchen Schrecken eingejagt? Oder war der Krieg anders, als er ihn sich in seinen Gedichten vorgestellt hatte? Aber der Junge hatte eine Frage gestellt und erwartete eine Antwort. Der General sagte: »Weißt du, Nefjodow, wir wollen ihn lieber nicht verurteilen. Ich zum Beispiel – ich krauche überallhin. Aber bringt das was? Ich tue das aus Dummheit. Ich habe Angst einzugestehen, daß ich mich fürchte. Wir haben doch beide Angst, das einzugestehen, stimmt's? Und er nicht. So hat er es selbst verkündet: ›Ich fürchte mich. Ich weiß schon jetzt: Man schießt mich tot‹… Nun, Gott mit ihm, soll er lieber Gedichte schreiben.« Ihm wurde plötzlich bewußt, daß er dem Dichter Worte in den Mund legte, die dieser vielleicht nie gesagt hatte, und er schenkte erneut die Gläser voll und wechselte das Thema: »Wen hast du in Leningrad zurückgelassen?«

»Niemanden. Meine Mutter hat's geschafft, sich mit ihrem Betrieb evakuieren zu lassen – noch vor der Blockade, und mein Vater ist auch an der Front. An der Zweiten Belorussischen.«

»Und das Mädchen?«

Nefjodow errötete.

»Was meinen Sie, Genosse Befehlshaber?«

»Hat sie's auch geschafft?«

»Ja, sie lebt in einer anderen Stadt. Hinter der Wolga.«

»Hast du ihre Adresse hinterlegt?«

Traditionsgemäß führten die Leute aus dem Sturmtrupp keinerlei Dokumente mit sich, nicht einmal die »Erkennungsmarken«, sie gaben alles bei ihrem Offizier ab.

Nefjodow nickte schweigend und errötete noch mehr.

»Wie heißt sie?« fragte der General leichthin, ohne sich besonders für die Antwort zu interessieren.

Nefjodow senkte den Blick und sagte zögernd: »Gestatten Sie mir, Genosse Befehlshaber, auf diese Frage nicht zu antworten.«

»Bitte«, sagte der General verwundert. »Bist ein prima Kerl, Nefjodow.«

Er stellte sich ein kompliziertes Drama vor mit kleinen Streitereien, Versöhnungen und einem kurzen Abschied, der wahrscheinlich nicht unbedingt ein Wiedersehen versprach, falls beide am Leben blieben. Solche wie Nefjodow, solche sauberen Jungs, die schnell erröteten und sich ihren Mädchen viel zu sehr hingaben, hatten immer Pech. Und kein Krieg konnte sie ändern.

»Wenn dir was passiert, was Gott verhüten möge«, sagte der General, »wem sollen wir die Auszeichnung schicken – ihr oder deiner Mutter?«

Nefjodow wandte ihm, wieder schnell wie ein Vogel, den Kopf zu und schaute ihm in die Augen. »Ich habe alles aufgeschrieben, Genosse Befehlshaber. Die Auszeichnung meiner Mutter. Dem Mädchen soll man es einfach nur mitteilen.«

»Das tun wir«, versprach der General und spürte, wie ein dumpfer Groll gegen jene Unbekannte in ihm hochkam. »Ich werde ihr selbst schreiben.«

Nefjodow wurde bei diesen Worten noch verlegener und antwortete hüstelnd: »Danke …«

»Auf deine Gesundheit.« Der General erhob das Glas. »Was unken wir beide hier rum? Das heißt, ich unke rum. Dir passiert nichts. Los – das letzte Glas zum Abschied, ein bißchen Ruhe wird dir nicht schaden. Du bist einer von denen, die Glück haben, Nefjodow, es wird alles gutgehen. Du wirst dir noch den goldenen Stern an die Brust heften, und die Mädchen werden dir hinterherrennen.«

Nefjodow nickte ehrfurchtsvoll mit dem Glas in der Hand.

Am Abschiedstrunk nahm auch Schesterikow teil, doch aus irgendeinem Grunde floh er den Blick des jungen Mannes. Auch wenn sein Gehirn benebelt war, spürte der General, warum Schesterikow das tat. Der wußte, daß ein Mensch wie dieser Nefjodow, solch eine ehrliche Haut, solch ein Romantiker, den Krieg nicht überleben wird, und nun war die Zeit gekommen, wo sich das bewahrheiten sollte. »Vielleicht schicke ich ihn lieber nicht los? Lieber einen Älteren?« dachte er noch einen Augenblick, doch dann widersetzte er sich diesem Gedanken.

Die 19jährigen waren es, die diesen Krieg führten, diese herrlichen Jungs, die so plötzlich und unerwartet erwachsen geworden waren und ihre schmächtigen Schultern hinhielten, und niemand, niemand konnte diese Jungs ersetzen. Irgendwann einmal würde man sagen: Nicht die Generale haben den Krieg gewonnen, sondern diese jungen Kerle.

»Den Krieg kann man nicht betrügen, alle sitzen in einem Boot«, sagte sich Kobrissow.

Er schaute hastig und verstohlen auf die Uhr. Sosehr er sich auch bemühte, er konnte diese geschäftige Bewegung nicht vor dem Jungen verbergen. Der erhob sich eilig, setzte sein Schiffchen auf und salutierte. Der General stand ebenfalls schwerfällig auf, zog den Jungen zu sich heran, umarmte den schmächtigen Körper und klopfte ihm auf den Rücken. Und er spürte, daß das überflüssig war.

Er konnte es kaum erwarten, daß die Schritte Nefjodows verhallten und die Tür zuklappte, er goß sich noch zwei Gläser ein und trank sie hastig hintereinander aus, schaute stumpfsinnig in die Ecke und spürte, wie die Spannung in ihm wuchs.

Sie verspätete sich nie auch nur um eine Minute. Ihre Pünktlichkeit gefiel ihm und war ihm gleichzeitig zuwider: Ihm war nicht klar, ob ihr jeder Augenblick mit ihm teuer war oder ob sie nur auf Befehl des Chefs so schnell kam. Doch das eilige Klappern ihrer Stöckelabsätze auf dem Lehmfußboden, wenn sie das Zimmer mit den Telefonen durchquerte, schallte fröhlich in ihm wider, und es war, als klopften sie im gleichen Takt wie sein Herz. In solchen Augenblicken dachte er, er sei doch noch nicht so verbraucht und bis zum Alter sei es noch weit.

Schesterikow ließ sie herein und schloß die Tür hinter ihr. Wie von selbst hatte es sich ergeben, daß die Nachrichtensoldaten bei ihrem Erscheinen sofort das Haus verließen und nur Schesterikow bei den Telefonen sitzen blieb. Es war ein ungeschriebenes Gesetz, daß der Befehlshaber während der Visite durch keinen Anruf gestört werden durfte, es sei denn, der Oberste Befehlshaber persönlich wollte ihn sprechen. Sein Verhältnis mit der Krankenschwester war für niemanden ein Geheimnis, doch General Kobrissow hätte allzugern geglaubt, daß ein Mantel des Schweigens über dem Ganzen läge und seine Leute ihm so ergeben seien, daß sie das Geheimnis tatsächlich für sich behielten und nicht nur die äußeren Formen der Konspiration wahrten.

Sie stellte die schwere Tasche mit dem roten Kreuz auf den Hocker, griff nach seinem Handgelenk und hielt es eine halbe Minute, wobei sie auf ihre Kommandeursarmbanduhr mit dem schwarzen Zifferblatt und den Leuchtzeigern sah – ein Geschenk von ihm aus einem amerikanischen Paket für höhere Offiziere.

»Wie fühlen Sie sich?« fragte sie besorgt.

»Ich fühle dich, Töchterchen.«

»Ich mache keinen Spaß.«

»Ich auch nicht.«

»Lassen Sie uns wenigstens schweigen, sonst komme ich ganz durcheinander. Da haben wir's ... ich habe mich verzählt!«

Er schaute von unten auf ihr angespanntes Gesicht mit der zerbissenen Unterlippe und dachte: Solch ein Gesicht haben junge Frauen in Friedenszeiten nicht, nur der Krieg kann einem Frauengesicht diesen besonderen Stempel aufdrücken, nur er verleiht dem Blick diese stolze Herausforderung, die ohne Hintergedanken ist. Wie würde ihr Gesicht wohl in zehn, zwölf Jahren aussehen? Falls sie das Ende des Krieges erlebte! Es würde wohl nicht standhalten können mit den gepflegten Gesichtern der Friedenszeiten, die wußten, wie man Gefühle verbirgt! Ihm kamen die Gesichter der ehemaligen Bürgerkriegsmädchen in den Sinn. Diese Frauen redeten nur von der Vergangenheit und hatten grobe und mitleiderregende Gesichter, ihr Leben war erfüllt von der Erinnerung. Das ehemals Blutige, Schmutzige und Schreckliche hatte sich mit der Zeit in ihrem Bewußtsein verklärt. Und die Gegenwart, von der sie damals geträumt hatten, war nicht ihre Zeit gewesen. Sie bekamen kein neues Gesicht, das auf eine andere Weise schön war.

Das Gesicht der Krankenschwester, das man nicht einmal schön nennen konnte, war wunderbar durch seinen ungeheuchelten, sorgenvollen Ausdruck. Sie sorgte sich um ihn, sie hatte ein ganz anderes Gesicht als seine Frau, und gerade das erregte ihn. Dieses Mädchen mit den dunkelbraunen Haaren und den dunklen Augen, diese junge Frau mit dem großen kindlich schwellenden Mund, kam aus einem anderen Leben, und wenn er in dieses Leben eintauchte, in die erschreckende Süße des Betrugs, wurde ihm ganz schwindlig. Er konnte sich nicht mehr beherrschen und zog sie an sich, er setzte sie sich auf den Schoß und umfaßte ihre schlanke Taille, um die ein breiter, harter Gürtel mit Pistole geschnallt war – dieser kleine spanische Browning »Lama« war ebenfalls ein Geschenk von ihm. Immer schenkte er ihr etwas von seiner Ausrüstung. Lieber hätte er sie mit einem Parfüm überrascht (»Rotes Moskau«, etwas anderes kannte er nicht) oder einer Spitzenbluse, doch er konnte niemanden bitten, das aus Moskau mitzubringen. Schesterikow konnte er ebenfalls nicht beauftragen, so etwas in der Versorgungsabteilung zu bestellen, es wäre aufgefallen, und dann wäre nicht einmal mehr der äußere Schein der Geheimhaltung gewahrt geblieben.

»Was tun Sie da?« warf sie ihm sanft vor. »Ich muß Sie doch abhören, Ihr Puls gefällt mir heute gar nicht, er ist wieder unregelmäßig. Ich weiß nicht mehr, was ich mit Ihnen machen soll. Ich würde Ihnen ja eine Spritze geben, aber Sie haben getrunken ...«

Während sie auf seinem Schoß saß, knöpfte sie ihm das Kittelhemd auf der Brust auf, legte ihr Ohr an sein Herz. In ihrem lieben, mädchenhaft unvollkommenen Gesicht konnte man keine Hinterlist, kein Spiel erkennen – das rührte und kränkte ihn gleichermaßen.

»Liebst du mich überhaupt?«

»Sie wissen doch ...«

Wie sollte er ihre Worte verstehen? Sie wissen doch, daß ich Sie liebe? Oder – Sie wissen doch, daß ich es ertragen muß, denn Sie sind der General, Sie sind der Befehlshaber, und ich bin Leutnant, eine kleine Krankenschwester. Trotz ihrer Gefügigkeit, und obwohl er immer wieder protestierte, redete sie ihn hartnäckig mit »Sie« an. Solange sie angezogen waren, nannte sie ihn niemals beim Namen. Anders war es im Bett.

»Ich hatte die Spritze schon aufgezogen«, sagte sie traurig. »Eine bestimmte Ordnung muß doch eingehalten werden, ein fester Tagesrhythmus, warum haben Sie so früh getrunken?«

»Was heißt, so früh?«

Sie senkte nur verschämt die Augen und zuckte mit den Schultern.

»Trink du auch was. Der Ordnung halber ...«

Er goß ihr einen großen Schuß ins Glas, daß es überlief, und führte es an ihre Lippen. Sie verzog ihr Gesicht, doch legte gehorsam den Kopf in den Nacken, damit er ihr das ganze Glas in den Mund kippen konnte. Er hatte ihr beigebracht, so zu trinken, bei ihren ersten Begegnungen hatte sie das Glas immer mit den Fingern beider Hände gehalten und in kleinen, hastigen Schlücken getrunken. Als sie das Glas geleert hatte, legte sie ihre Wange wieder an seine Brust, und das war wie ein verabredetes Zeichen, ein Teil des Vorspiels, wonach er mit ihr machen konnte, was er wollte.

Mein Gott, als hätte er nicht immer mit ihr machen können, was er wollte! Als hätte er das alles nicht gleich mit ihr machen können, kaum daß sie sein Zimmer betreten hatte. Er ließ sie nicht einmal den Rock ausziehen, und es kümmerte ihn nicht, wenn sie danach in einem zerknitterten weggehen mußte – wie es ihn ebenfalls nicht kümmerte, daß sie bei den häufigen Truppenbewegungen große Mühe hatte, sauber und ordentlich gekleidet vor ihm zu erscheinen. Ihre erschrockenen Blicke zur Tür brachten ihn nicht dazu, wenigstens den Haken vorzulegen, er zog lediglich den Vorhang vor seiner Feldliege zu – obwohl auch das überflüssig war, keines Menschen Fuß hätte ohne Schesterikows Erlaubnis die Schwelle übertreten können. Wieviel ging ihm heute verloren – ihre Bewegungen beim Ausziehen, die so rührend bereitwillig waren, das eigene, heiße Schmachten, alles Herrliche, Geheimnisvolle war ihm entgangen, an das er sich hätte erinnern können, wenn das, was er die »Sache« selbst nannte, bereits völlig vergessen sein wird.

Ihm wurde bitter ums Herz, als er daran dachte, wie gemein er mit ihr umging. So würde sie ihn in Erinnerung behalten. Vielleicht würde sie sich zu einer anderen Stunde, in einem anderen Bett, mit einem anderen Mann an ihn erinnern und vor Widerwillen zusammenzucken.

Doch die Scham hielt nicht lange an. »Vielleicht gibt es mich morgen nicht mehr«, sagte er zu sich selbst mit beinahe kindlichem Trotz. »Vielleicht ist es das letzte Mal ... Das wird sie mir doch wohl verzeihen?« Und er zog sie hastig und unnachgiebig aus, ihre Willfährigkeit erregte ihn immer mehr, und er ergötzte sich beim Schein der Petroleumlampe unverhohlen an jedem Teil ihres sich entblößenden, jungfräulichen Körpers. Dann zog er sich selbst aus, ohne die Augen von ihr zu lassen, und war stolz, daß auch sie sich an seinem Körper ergötzte und zaghaft seine Narben berührte. Er nahm sie auf den Arm und spürte keinerlei Gewicht, im Gegenteil, Kraft durchströmte ihn in Erwartung der innigen Vereinigung, er löschte die Lampe und trug seine Last wie ein Raubtier seine Beute in die Dunkelheit.

Später hatte er sich in der Tat an nichts mehr erinnern können – weder an ihre erste hastig-schüchterne Umarmung noch an das letzte Stöhnen, bevor sie sich mit ungeahnter Kraft zusammenzog, schließlich niedersank und sich in einen gelösten, schlaffen Körper verwandelte. Die Worte eines Mannes blitzten in seinem Kopf auf: »Die Beste kann nicht mehr geben, als sie hat.« Er wunderte sich über diesen offensichtlichen Irrtum: Das konnte nur ein Mann sagen, der nicht mitbekam, was ihm gegeben wurde, und darum auch nicht viel bekommen konnte. Zufrieden mit seiner Entdeckung ließ er von ihr ab und berührte von Zeit zu Zeit mit den Lippen und der Stirn ganz mechanisch die weiche Locke an ihrer Schläfe, als wolle er für die ewige Schuld des Mannes um Verzeihung bitten. Dabei redete er unwillig mit rauher Stimme von irgendwelchen Nebensächlichkeiten: daß das Bett zu eng sei, wie schön die Sterne im Fenster glitzerten, daß etwas in der Ecke raschele, wohl eine Maus …

»Was wird aus uns?« fragte sie plötzlich und seufzte tief.

Sie schaute zur dunklen Decke hoch, und er erriet die Tränen in ihren Augen. Weinte sie einer Kränkung wegen? Vor glücklicher Erschöpfung? Oder weil es ihrer Liebe nicht gegeben war, irgendwo und irgendwann eine Fortsetzung zu finden? Er strich ihr mit der Hand über die Wange und wollte wie gewöhnlich murmeln: »Was ist, mein Dummerchen? Na, hör auf …« Doch sie faßte hastig seine Hand mit ihren beiden Händen und preßte sie an ihre Wange, dann an ihre Lippen und küßte sie schnell und schluchzend.

»Irgendwas wird mit dir passieren … Ich habe solche Angst um dich, du bist so unbesonnen! Ich sehe schon, wie du da liegst – am anderen Ufer, gleich nach dem Übergang, bewegungslos …«

»Am anderen Ufer – das wäre nicht übel«, sagte er in jenem ironischen Ton, in dem ein Mann mit einer Frau spricht, die sich um ihn sorgt.

»Am anderen Ufer«, wiederholte sie wie ein Echo. »Ja, rüber schaffst du's. Doch viel weiter kommst du nicht.«

»Was soll mir schon passieren?«

»Ich weiß nicht. Etwas Schreckliches. Aber dann werde ich nicht mehr bei dir sein. Ich halte das nicht aus. Ich kann nicht.«

Er wollte sie genauer nach diesem Vorgefühl fragen. Nicht, weil es ihn mehr erschreckte als seine eigenen Ahnungen, sondern weil sie weiterreden sollte, er wußte, daß der Klang der eigenen Stimme auf viele Frauen beruhigend wirkt. Aber da hörte man plötzlich das Läuten des Telefons im Nebenzimmer.

»Hallo«, sagte Schesterikow dumpf, wahrscheinlich hielt er sich die Hand vor den Mund. »Nein, nicht der Genosse Befehlshaber. Sie ruhen ... sie ruhen, sage ich. Sie sind sehr müde.«

»Dieser Halunke«, sagte der General lächelnd. »Er kann durch die Tür sehen.«

Sie lächelte ebenfalls.

»Ja, sehr feinfühlig bemerkt ... ›Sie‹ sind müde ...«

»Rufen Sie mich an, wenn was Wichtiges ist«, sagte Schesterikow hinter vorgehaltener Hand. »Mal sehen, ob man ihn wecken muß. Sie sind drüben, sagen Sie? ... Sie haben mit der Taschenlampe geblinkt? Gut, ich melde es ihm.« Und dann so laut, daß der es hörte, den zu wecken man Schesterikow gebeten hatte: »Sie sind also drüben, haben ein Signal gegeben ... Wieviel Mal haben sie geblinkt? ... Zweimal. Sie haben also noch nichts erkundet, haben's nur rübergeschafft. Wenn sie die Lage erkundet haben, müssen sie dreimal blinken ... Die Meldung hat Schesterikow entgegengenommen, der Diensthabende. Seien Sie beruhigt, ich komme vors Kriegsgericht, wenn ich es ihm nicht melde ... Auch Ihnen alles Gute. Ich wünsche Ihnen Glück.«

Er kurbelte, legte den Hörer auf und raschelte laut mit der Zeitung.

Die Zeit, die durch das Klingeln in Eilschritt versetzt worden war, floß nun wieder langsam dahin, floß in einem endlosen Strom der Dankbarkeit für jene dahin, die ihn so feinfühlig und hingebungsvoll liebte. Obwohl er immer noch erschöpft war, zog sie ihn wieder magnetisch an, er mußte einfach seine Lippen, seine heiße, feuchte Stirn an sie pressen. Sie rückte von ihm ab. »Schade, daß ich dich nicht verarztet habe«, mit diesen Worten ging sie auf Distanz. »Du gehst achtlos mit dir um, du pfeifst auf deine Gesundheit. Dabei bist du nicht mehr der Jüngste, da beißt die Maus keinen Faden ab. Und hast so viel getrunken, schade ...

Du hast doch viel getrunken, stimmt's? Na, gib zu, daß ich recht habe.«

»Mhm«, sagte er. »Du hast recht.«

Sie seufzte zufrieden, und nach einer Minute Schweigen sagte sie plötzlich mit unerwarteter Leidenschaft und mit Tränen in der Stimme: »Deine Frau hat Glück!«

»Wieso?« wunderte er sich. »Weil ich sie mit dir betrüge?«

Im selben Augenblick taten ihm seine Worte leid, doch sie tat, als habe sie sie nicht gehört, sie verzieh ihm.

»Wie sollte sie nicht glücklich sein – mit so einem wie dir!«

»Mit so einem ... Besonderen?«

»Nein, nicht weil du General bist ... Das ist es nicht ...«

»Sondern?«

Zum erstenmal antwortete sie auf eine Frage, die zu stellen er nie gewagt hatte. Er hatte Angst, sie zu erschrecken, und wartete, daß sie von allein weiterredete. Doch sie schwieg.

»Sondern?«

»Hab' ich dir nicht alles gesagt?« entgegnete sie verwundert und traurig. »Siehst du denn nicht, was mit mir los ist, wenn ich bei dir bin. Ich brauche bloß zu dir zu kommen, und meine Arme und Beine sind wie gelähmt. Ich bin so traurig deinetwegen, so unruhig, du bist doch ... ganz allein! So einsam! Du tust mir so leid. Für dich ist eine halbe Stunde mit mir schon viel. Nicht, weil du soviel um die Ohren hast und keine Zeit zum Verschnaufen, du brauchst mich einfach nur für eine halbe Stunde.« Und bestürzt darüber, daß sie ihm Vorhaltungen machte, fügte sie sanft hinzu: »Es kränkt mich nicht meinetwegen, ich bin glücklich. Schade, daß du dich selbst bestiehlst. Das solltest du bei einer anderen nicht tun. Versprichst du mir das? So, und jetzt, wenn du willst ...«

Er war doch ein bißchen eingeschlafen, vielleicht für ein paar Minuten, traumlos, als wäre er in ein schwarzes Loch gefallen, und ihn weckte etwas, was einen Krieger immer beunruhigt und wach macht – die Stille. Sie erschreckte den schlaftrunkenen Mann, etwas Unheilvolles lag in ihr. Aber die Augen der jungen

Frau neben ihm waren offen, sie hatte seinen Schlaf behütet, also konnte nichts Schlimmes geschehen sein. Er schmiegte sich mit dem Gefühl einer undefinierbaren Schuld und Dankbarkeit für ihre Nachsicht an sie. Doch durch die Tür drang erneut ein schrilles Klingeln, Schesterikow sagte mit gedämpfter Stimme sein »Hallo!« und fragte dann etwas lauter nach, als verstünde ihn sein Gesprächspartner am anderen Ende der Leitung sonst nicht: »Sie haben dreimal geblinkt? ... Das heißt, sie haben die Lage erkundet ... Du, schlag dir das aus dem Kopf, natürlich melde ich es ihm, ich bin doch nicht lebensmüde. Warum soll ich ihn wecken, wenn alles in Ordnung ist? Der Diensthabende dankt für die Nachricht ... Wer die Meldung entgegengenommen hat? Schesterikow. Wir haben hier so einen ... Von jetzt an weißt du's ... Wart mal, leg noch nicht auf! Haben sie das Kabel verlegt? Haben sie's nicht ins Wasser gelassen? Man muß es doch ausprobieren, vielleicht funktioniert es gar nicht, vielleicht ist irgendwo ein Riß ... Kümmre dich drum ... Ist gut, schieben wir weiter Dienst. Die Heimat befiehlt.«

Der Hörer fiel auf die Gabel, und die Zeit floß wieder langsam dahin, sie konnten sich wieder leidenschaftlich aneinanderschmiegen, ihre Körper waren verschlungen, wie zwei Blumenstengel, doch es gab keine Gleichheit zwischen ihnen, er war auf dem Sprung, seine Beute zu zerfleischen, solange man ihn nicht dabei störte, und sie ließ es zu, weil sie Mitleid hatte, sie bat ihn lediglich, nicht so hastig zu sein. Ein anderes, entferntes Bild blitzte in seinem Gehirn auf und hinderte ihn daran, sich ganz hinzugeben, das Bild jener Jungs, die sich auf dem engen Streifen unter dem Steilhang versteckt hielten, vor Angst zitterten und dennoch ihren Auftrag erfüllten, für manchen von ihnen wohl der letzte. Und es ließ ihm keine Ruhe, daß er irgend etwas vergessen haben könnte, aber es fiel ihm nicht ein, was er ihnen noch hätte sagen müssen. Plötzlich sprach Schesterikow gebieterisch:

»Hallo, nennen Sie Ihren Namen ... Nun, nehmen Sie an, ich bin Kirejew. Was macht die sechste Kompanie? ... Ist bereit?

Schicken Sie die Kompanie los. Alles Gute. Sind die Leute wegen der Auszeichnungen informiert worden? Fünf Helden der Sowjetunion werden der Kompanie zugeteilt. Für diejenigen, die zuerst die Stellung einnehmen, befestigen und halten ... Also.«

Der General hatte seinen Kopf schon vom Kissen gehoben, legte ihn aber wieder hin. Bis jetzt lief alles, wie es laufen mußte.

»Was macht er?« fragte sie flüsternd und erschrocken.

»Nichts Besonderes. Er befehligt die Armee. Bring ihn mir nicht durcheinander.«

»Was kann denn eine Kompanie ausrichten?«

»Hat alles seine Richtigkeit. Er kennt sich aus. Gleich wird er ein Bataillon hinschicken.«

Als hätte Schesterikow die Worte des Generals vernommen, rief er erneut jemanden an: »Was machen Ihre Leute? ... Haben sie süß geschlafen, sind die Äuglein noch verklebt? Aufwachen! ... Der Befehlshaber hat befohlen: den Leuten was zu essen geben, aber keinen Wodka ... ›Warum, warum!‹ Der Fluß mag keine Besoffenen. Wenn sie drüben sind, kriegen sie doppelte Ration ...«

Sie seufzte lange wie ein Kind und fragte traurig: »Es ist Zeit, daß wir uns trennen.« Ohne eine Antwort abzuwarten, sagte sie entschlossen: »Ich gehe mit diesem Bataillon.«

Sie bat nicht um Erlaubnis, es war allein ihre Entscheidung, ihre Pflicht, und er hatte sich nie in ihre Angelegenheiten eingemischt. Er wunderte sich nur über das unerwartete Zusammentreffen. Als hätte sie alles erraten.

Dennoch wollte er sie noch einmal haben, es konnte das letzte Mal sein. Er erwischte sich dabei, daß er an sie überhaupt nicht dachte, womöglich überforderte er sie. Obwohl er sich Vorwürfe machte, wiederholte er dumpf: »Es ist noch nicht soweit.« Er legte einen doppelten Sinn in diese Worte, sie verstand und berührte seine Schulter mit ihrem Kopf. Er fügte hinzu: »Die Kolonne muß sich noch melden.«

»Was für eine Kolonne?«

»Die wissen schon Bescheid. Zerbrich dir nicht den Kopf ...«

Es war verabredet, daß die Panzerkolonne, die sich quer zum Flußbogen nach Myrjatin bewegte, sich auf der Hälfte der Strecke über Äther zu melden hatte. Für diesen Zweck sollte ein Funker zurückbleiben, der erst eine halbe Stunde nach dem Weitermarsch der Panzer funken würde. Erwischten ihn die Peilgeräte der Deutschen, würden sie das Feuer nur auf ihn richten. Der möglicherweise zum Tode Verurteilte zögerte, sich die Kopfhörer aufzusetzen, die Antenne herauszuziehen und seine Rufzeichen zu senden. Der General verstand ihn, verging aber dennoch vor Ungeduld und Zorn.

Er hielt die Uhr mit den Leuchtziffern vor die Augen. Die Nacht schimmerte noch schwarz durch das weit geöffnete Fenster, noch blinkten die Sterne, doch die Zeit flog unerbittlich weiter. Da heulte endlich der Summer auf, und Schesterikow sprach lauter als gewöhnlich in den Hörer: »Hat sich der Funker gemeldet? In Ordnung, danke!« Und als kenne er die Frage, die der General stellen würde: »Haben sie ihn angepeilt? ... So was, der Fritz schläft auch nicht, spitzt die Ohren ... Jetzt muß ich ihn wohl wecken. Ich melde es ihm gleich.«

Doch als er den Hörer aufgelegt hatte, blieb er sitzen und raschelte laut mit der Zeitung. Die Nacht war nicht mehr so dunkel wie noch vor einigen Minuten, in das Schwarz hatte sich ein zartblauer Ton gemischt. Mit dem letztenmal, auf das Kobrissow unmöglich verzichten konnte, verabschiedete er sich von dieser Frau, so wie man dem Teuersten in diesem Leben Adieu sagt, dem, das alles Leid, alle Kränkung und alle Schicksalsschläge wiedergutmacht. Und sie, die sich womöglich überwinden mußte, verabschiedete sich ebenfalls traurig von ihm, wenn auch ohne Hitze, ohne Stöhnen, das er so gerne hören wollte, doch mit einem leidenschaftlichen, hartnäckigen Schweigen, als habe sie ihrem Geliebten bereits das letzte Opfer gebracht und nichts mehr hinzuzugeben.

Als sie voneinander ließen, sprachen sie lange kein Wort, sie lagen starr da, weit voneinander entfernt. Schweigend stand sie auf und schaute ihn mit zurückgelegtem Kopf an, ihre hängenden

Arme verdeckten schamhaft die dunkle Stelle unter ihrem Bauch. Er dachte noch, daß von dieser Nacht, die bereits zu Ende ging, vielleicht doch etwas bleiben würde – ein neues Leben, und sie würde es genauso ergeben tragen, wie sie ihn ertragen hatte. Aber dieser Gedanke, erschreckend und schön zugleich, wurde vom Summer unterbrochen.

»Sie nähern sich schon dem Ufer?« schrie Schesterikow. »Was, sie sind schon durch Toropilowka durch? ... Die sind aber schnell! Und was melden die Beobachter? ... Kein einziger Verlust? ... Ich kann also melden – alle Klapperkisten heil? Der Diensthabende dankt!«

Sie beugte sich vor, und ihre glockenähnlichen, jungfräulichen Brüste, die ihn in ihrer Schutzlosigkeit rührten, hingen herab. Sie hob ihre Kleider vom Boden auf und schämte sich ihrer noch mehr als ihrer Nacktheit – grobe Kleider, nicht die eines Mädchens, die eines Soldaten. Er ging stürmisch auf sie zu, als er sich daran erinnerte, daß ihr heute das gleiche bevorstand wie ihm. Als er aber den schlanken warmen Körper an sich zog und sie auf die Stirn küßte, dachte er mehr an sich selbst und an die Armee, die sich auf den Flußübergang vorbereitete. Er blickte bereits durch die Wand in die Ferne, als er sagte: »Gib acht auf dich, Töchterchen.«

3

Panzer ...
Panzer ...
Panzer ...
Sei gegrüßt, unser Stahl!
S. Kirsanow

Anfangs gelang ihm alles, er lag gut in der Zeit.

Das Panzerregiment erreichte noch vor Sonnenaufgang sein Ziel und richtete sich in einer langen, flachen Schlucht ein, die in einem scharfen Knick zum Dnepr führte. Eine bequeme, kleine, stille Bucht bildete den Schluchtausgang, dort konnten die Panzerfähren anlanden und ihre rostigen, plumpen Rampen auf Sand setzen. Seit der vergangenen Nacht lagen sie dort, dicht an dicht, aneinandergekettet, schaukelten sanft und knarrten. Der General hatte die gesamte Leitung des Flußübergangs übernommen. Er beaufsichtigte persönlich die kleine Bucht und befahl, die Strömung zu berechnen und die Pioniere mit Stangen ins Wasser zu schicken, damit sie die Tiefe maßen, sie sollten noch ein paar Zentimeter dazugeben, damit die Fähren unter der Last der Panzer nicht auf Grund stießen.

Das rechte Ufer indes schwieg, das Signal, daß der Sturmtrupp sich festgesetzt und wenigstens zweihundert Meter des zukünftigen Brückenkopfes erobert hatte, kam nicht. Dieses Schweigen machte den General nervös. Allerdings konnte es auch ein gutes Zeichen sein, daß nämlich alles nach Plan lief und jeden Moment im Kopfhörer eine fröhlich krächzende Stimme zu hören sein werde: »Kirejew! Du willst heiraten, hab' ich gehört? Wann lädst du mich zur Hochzeit ein?« Und mit dem gleichen Grinsen würde er antworten: »Heiraten will ich, bloß die Braut läßt auf sich warten, sie schmückt sich noch ...« Diese nicht besonders ausgeklügelte Geheimsprache würden die Deutschen natürlich sofort entschlüsseln, dann würden ihre großkalibrigen MGs zu heulen und die Haubitzen zu ächzen anfangen. Die nächtliche Finsternis würde sich in morgendliche Dämmerung verwandeln, Riedgras und Binsen leise rascheln und die aufgeschreckten Vögel kläglich schreien.

Er fuhr über einen holprigen Weg, der sich durch die Schlucht schlängelte, und zitterte in seiner Lederjacke vor Kälte, mehr allerdings noch vor Aufregung und Ungeduld. Ein Koloß nach dem anderen kam aus der Dämmerung geschwommen – seine »Klapperkisten«, seine »Primuskocher«. Zerbeult, verwundet, geflickt und verrußt, versteckten sie ihre Wunden und Narben unter Zweigen, die auf den Türmen lagen und an die Kanonenrohre gebunden waren. Er hatte vergessen anzuweisen, daß man über die Schlucht Tarnnetze spannen sollte. Doch vielleicht würden sie ohne sie auskommen – wenn alles nach Plan lief und die Panzer noch im Dunkeln übersetzten.

Er überholte zwei Feldküchen, die auf einem Pferdefuhrwerk langsam von Panzer zu Panzer fuhren. Die Panzersoldaten beugten sich mit ihren Kochgeschirren herab und bekamen eine große Kelle Essen ins Kochgeschirr. Der Nebel, der den Grund der Schlucht bedeckte, vermischte sich mit dem Rauch der Feldküchen und den Abgasen, die sich noch nicht aufgelöst hatten, es roch nach Diesel, gekochtem Fleisch und Pferden. Der General zog diese Gerüche mit geblähten Nasenflügeln ein, er wurde munter und überwand seine Angst vor dem Tumult, den er eingerührt hatte und der im nächsten Augenblick ausbrechen würde.

Das Erscheinen des Befehlshabers kam so unerwartet, daß die Soldaten ihn anfangs gar nicht beachteten, doch bald begann der Flüsterfunk zu arbeiten, und als der General die Mitte der Kolonne erreichte, kam ihm schon der Regimentskommandeur mit schmutzigem Gesicht und müden, geröteten Augen entgegen. Auch in der Dämmerung konnte man unter der Kopfhaube die dunklen Haarsträhnen und auf der Oberlippe das dünne Band des Schnurrbarts erkennen. Den gleichen Schnurrbart sah General Kobrissow jeden Morgen beim Rasieren im Spiegel. Beim Regimentskommandeur allerdings, der ein mageres Gesicht und schwarze, eingefallene Augen hatte, wirkte er anders, der Mann ähnelte einem Georgier. Der General hatte schon mehrmals festgestellt, daß er in der 38. Armee die Mode prägte. Diejenigen, die ihn nicht persönlich kannten, übernahmen sie von ihren Vorgesetzten. Das hieß, daß er und nicht irgendein Held und legendärer Aufklärer der populärste Mann in der Armee war. Einerseits war ihm das angenehm, andererseits ärgerte es ihn: Wenn ihn jeder Soldat nachahmte, wie sollte er sich dann von der Masse abheben?

Die Meldung des Kommandeurs hörte er sich im Jeep an, doch

dann kletterte er aus seinem »Willys« und stieß mit einer energischen Bewegung die Hand des Kommandeurs, die an der Kopfhaube lag, herunter und drückte sie, die heiße und schmutzige.

»Laß gut sein, herzlich willkommen, Major. Alles da? Niemand verlorengegangen?«

»Es ist alles hier, was wir mitgenommen haben, Genosse Befehlshaber«, entgegnete der Kommandeur ausweichend, entweder genierte er sich wegen des unkonventionellen Händedrucks, oder es war doch nicht alles so störungsfrei verlaufen.

»Du redest gut, bloß ein bißchen unverständlich. Was heißt, alles, was wir mitgenommen haben?«

Der General konnte dem Major eigentlich nichts vorwerfen. Die Kolonne war rechtzeitig angekommen, obwohl sie ohne Scheinwerfer und Heckleuchten gefahren waren. Die Fahrer hatten genug Abstand gehalten und sich am weißen Kreis auf dem Heck des Vorderpanzers orientiert. Und das acht Stunden lang, ohne eine einzige Rast; ein Wunder, daß niemand eingeschlafen war.

»Genosse Befehlshaber«, sagte der Major verlegen, »erinnern Sie sich nicht, ich hatte doch gemeldet, daß noch zwei Panzer in der Werkstatt stehen.«

»Und? Was ist mit ihnen?«

»Ich hatte gemeldet, daß sich die Türme nicht drehen.«

»Wieso drehen sie sich nicht?«

Im selben Moment fiel dem General ein, wie der Major – als Reaktion auf den Befehl zur Verlegung der Panzer – ihm gemeldet hatte, daß die Werkstatt mit zwei Fahrzeugen nicht fertig wird. Er erinnerte sich sogar, was passiert war. Deutsche Geschosse, die zwischen Turm und Panzerwanne gelandet waren, hatten die Zähne des großen Triebrades abgefetzt; diese Zähne waren ins Innere geschleudert worden und hatten in einem Panzer den Richtschützen verletzt, im anderen den Kommandeur; beide waren bereits wieder bei ihrer Einheit. Die Sache mit den Zähnen allerdings erwies sich als komplizierter als die mit dem menschlichen Fleisch.

Sie waren nicht ordentlich angeschweißt worden, die kleinen Zahnräder fraßen sich an den Schweißnähten fest, und die Elektromotoren ächzten und rauchten. Die Versorgungsleute hatten keinen Ersatz gebracht, und so wurden die Türme einfach festgemacht, was natürlich zur Folge hatte, daß die Kanonen sich nicht mehr horizontal drehen ließen. Man mußte also den ganzen Panzer drehen, um die Kanonen auf das Ziel zu richten, aber das erforderte genaue Übereinstimmung zwischen Fahrer und Schützen, was während eines Gefechts unmöglich war. Als der General diese Meldung vernommen hatte, war er aufgebraust: »Immer diese Schlamperei bei dir!« und hatte den Hörer aufgeknallt. Er hatte geglaubt, sein Zorn bringe alles wieder in Ordnung und die verklemmten Türme würden ihm keinen Ärger mehr bereiten.

»Hast du sie etwa dagelassen?« schrie der General und stieß die Hand des Kommandeurs, die er gerade noch kräftig und herzlich gedrückt hatte, von sich. »Du hast zwei Panzer dagelassen! Na, Major, da hast du mir aber einen guten Dienst erwiesen! Ich danke dir sehr …!«

Seine eigene Hand kam ihm plötzlich schmutzig vor, und er schüttelte sie angewidert. Donskoi, der neben ihm stand, reichte ihm gelassen ein sauberes Tuch. Der General wischte sich die Hand ab und warf das Tuch auf die Erde.

»Ich werde dir ewig dankbar sein!« schrie er beinahe kläglich.

Donskoi nickte ergeben, als galten die Worte ihm, und das kränkte den General noch mehr. In seinem blinden Zorn fand er keine Flüche, die er in das zerquälte Gesicht des Majors hätte schleudern können, das ihm jetzt verhaßt war, dreimal verhaßt auch der Schnurrbart. Daß dieses Gesicht so schuldbewußt aussah, entstellt von unterdrückten Tränen, brachte ihn noch mehr in Rage.

»Was verziehst du den Mund! Jetzt heult er auch noch!«

»Genosse Befehlshaber«, widersprach der Major ängstlich, »lassen Sie mich doch erklären … Ich dachte mir …«

»Was dachtest du dir?«

»Warum sollen wir die Invaliden ans andere Ufer schleppen?«

»Du Klugscheißer! Invaliden! Ist doch scheißegal, ob der Turm sich nicht bewegt. Das ist ein Panzer. Er hat einen Motor. Und eine Panzerung. Am anderen Ufer brauche ich jedes Fahrzeug, Hauptsache, es bewegt sich.«

Die beiden Panzer waren natürlich nicht das Problem, doch er fürchtete, sie könnten das Anfangsglied in einer Kette unvorhergesehener Komplikationen werden, solch eine Kette begann meist mit idiotischen Banalitäten. Es fand sich immer ein Pfuscher, der einem das Fest verdarb. Obwohl der General verstand, daß dieses Fest noch in weiter Ferne lag und der Kommandeur keineswegs ein Pfuscher war und keinen Rüffel verdiente, sondern Dank und daß seine Rechtfertigung sogar einen vernünftigen Grund hatte, obwohl der General das alles einsah, konnte er nicht ertragen, daß auch nur die geringste Lappalie seinen Plan durcheinanderbrachte.

»Genosse Befehlshaber«, sagte der Major, er stand stramm, war ganz bleich, das konnte man sogar im Dämmerlicht sehen. »Genosse Befehlshaber, Sie können mich absetzen, wenn ich einen Fehler gemacht habe. Aber gestatten Sie …«

»Was?!« unterbrach ihn der General und trat vor Verwunderung einen Schritt zurück. Er schaute den Major an, als sehe er ihn zum erstenmal. In dieser Minute versuchte offenbar jeder das zu begreifen, was der andere ihm vorwarf. Der Major, daß er diese »Invaliden« hätte mitnehmen müssen, es wäre nicht zum Schaden gewesen – mehr Gerassel und Gedröhn. Und der General, daß es wahrscheinlich besser war, die beiden Panzer nicht mitzunehmen, sie hätten sowieso nur einem Zweck gedient, nämlich Gerassel und Gedröhn zu erzeugen. »So leicht kommst du mir nicht davon, Major«, sagte der General. »Zieh nur in den Kampf. Mit dem, was du hast. Und erfülle meinen Auftrag. Sonst kommst du vors Kriegsgericht …«

Er warf einen Blick auf das Tuch, mit dem er sich gerade seine Hand abgewischt hatte, und ihm wurde bewußt, daß die verstummten Panzersoldaten diese Szene mit angesehen hatten – eine sehr häßliche Szene, denn er hatte den Kommandeur vor den Augen seiner Untergebenen heruntergeputzt. Die Soldaten beobachteten beide weniger mit Neugier als vielmehr mit finsterer Mißbilligung.

Ein stämmiger Bursche, muskulös und breit, saß mit dem Kochgeschirr zwischen den Beinen auf seinem Panzer und klapperte versehentlich mit dem Löffel. Er schrak selbst bei diesem Laut zusammen und stieß hastig hervor: »Vielleicht geht's auch ohne Kriegsgericht, Genosse Befehlshaber? Wir werden Ihren Auftrag erfüllen. Es gibt doch gar keine andere Möglichkeit!«

Der General warf einen Blick auf das gutmütige Mondgesicht des Soldaten und ärgerte sich: Wie konnte man diesen Riesen in einen Panzer stecken, in dem es sogar für einen Schmächtigen zu eng war. Der hier gehörte zur Infanterie, für den wäre der Nahkampf das richtige. Doch da fiel ihm ein, daß mitunter gerissene Ketten wieder zusammengefügt werden mußten, da kam man ohne solche Bären nicht aus. Das Mondgesicht würde die beiden Enden mit bloßen Händen fassen, sie zusammenfügen und so lange festhalten, bis man das Ersatzglied eingesetzt und mit dem Vorschlaghammer hineingetrieben hätte. Der General stellte sich den Riesen bei dieser Arbeit vor – und war besänftigt.

»Bleib du auf deinen vier Buchstaben sitzen!« schrie der General ihn böse an, worauf dieser nur noch mehr zitterte und sein Kochgeschirr scheppernd auf den Boden fallen ließ.

Das Essen – ein dünner Brei oder eine dicke Suppe – ergoß sich auf die Panzerplatte. Dem General taten die Leute, die seinen ersten Befehl eigentlich wunderbar ausgeführt hatten, plötzlich leid, und er dachte, es müsse doch eine Freude für diesen Mann sein, sich eine Stunde vor dem Flußübergang richtig satt zu essen. Vielleicht war das die letzte Mahlzeit für das Mondgesicht.

»Heb dein Kochgeschirr auf«, sagte der General im Weggehen. Er hielt Donskoi, der sich gerade in den Jeep setzen wollte, zurück. »Sag der Küche, sie sollen ihm drei Portionen geben. Er ist doch so ... klein und dünn. Er muß noch wachsen. Und bis sie was zu Mittag kriegen ...«

Trauer überfiel ihn plötzlich, weil er spürte, daß er hier überflüssig war, diese Leute brauchten seine Antreiberei nicht. Als er im »Willys« saß und dem Blick des Majors, der schuldbewußt und betrübt dastand, auswich, sagte er versöhnlich: »Laß gut sein ... Schön, daß du da bist. Wir reden später drüber.«

Später, das hieß, am anderen Ufer.

Der »Willys« brachte ihn zu den Kavalleristen, die sich auf einer großen Wiese hinter einem kleinen Wald, der sie vor scharfen Augen des anderen Ufers schützte, niedergelassen hatten. Er hatte natürlich nicht erwartet, die Eskadron in geschlossener Formation anzutreffen, mit Fahnen und gezogenen Klingen, doch das Bild, das er vorfand, versetzte ihn in Erstaunen. Den Kavalleristen hatte man noch keine Verpflegung gebracht, sie wollten keine Zeit verlieren und fütterten inzwischen die Pferde, das heißt, sie ließen sie einfach auf der Wiese weiden. Die abgezäumten, frei umherlaufenden Pferde hatten sich über die ganze Wiese verteilt, die grau in der Dämmerung dalag. Die Reiter, die sich grüppchenweise im Gras niedergelassen hatten, rauchten. Aus einem dieser Grüppchen löste sich der Chef der Eskadron, er kam ganz langsam auf den »Willys« zu. Dem General, der schon im voraus Sympathie für diesen Mann empfand, fiel der typische, etwas schwere Kavalleristenschritt auf. Die übrigen erhoben sich ebenfalls, drückten aber ihre Selbstgedrehte nicht aus. Alte Kämpfer erweisen der Obrigkeit vor dem Gefecht nicht viel Ehre, sie haben ganz andere Dinge im Kopf. Der General fühlte sich durch ihr ungezwungenes Benehmen nicht im geringsten verletzt. Wohlwollend betrachtete er die imposante Figur des Eskadronchefs – die breiten Schultern, schmalen Hüften, das markante, braungebrannte Gesicht, das kaum merklich lächelte. Vergnüglich atmete er den Geruch der Kavallerie ein, der ihn immer erregte. Es roch nicht nach Diesel und Abgasen, sondern nach Mist und Harn, von dem das Zaumzeug durchtränkt war.

Der Eskadronchef trat heran und hob seine Hand gewichtig zur Schirmmütze, mit der anderen umfaßte er die Säbelscheide. Die Schirmmütze saß schief auf dem Kopf, so daß das volle Haar hervorquoll, den Mützenriemen hatte er lässig ums Kinn gelegt. Auf der Oberlippe entdeckte der General wieder seinen eigenen Schnurrbart.

»Nun, wie steht's, ihr vorsintflutlichen Krieger?« fragte der General, einer Meldung zuvorkommend. »Ist dir dein Leidensweg klar? Die Flöße reichen nicht, ihr müßt rüberschwimmen.«

»Dann schwimmen wir eben, Genosse Befehlshaber«, entgegnete der Eskadronchef mit ironischer Ergebenheit. »Sind wir ja gewohnt.«

»Tust mir leid«, sagte der General. »Siehst so schön aus. Was wird davon übrigbleiben?«

»Das trocknet wieder«, versicherte der Eskadronchef. »Dann sind wir noch schöner als zuvor. Ist ja nicht das erste Mal!«

Der General beruhigte sich ein wenig. In der Tat, es war nicht das erste Mal, daß dieser sympathische Halunke naß wurde und wieder trocknete.

Die anderen Reiter sahen, daß der Rapport in ein Gespräch überging, und kamen näher. Einer schaute beim Gehen so neugierig zu den beiden hin, daß er seinem Vordermann in die Hacken trat, ein anderer stolperte über seine eigenen Sporen. In der Art, wie sie ihn ansahen, unterschied der General die alten Hasen von den Neuen. Nicht, daß die Neuen mehr Respekt vor der Obrigkeit gehabt hätten, aber sie suchten in seinen Worten, in seinem Lachen oder seinem verschlossenen Gesicht angstvoll nach einem hilfreichen Hinweis, während die Alten, die schon mit echter Angst zu kämpfen gehabt hatten, nur bei sich selbst nach Antwort suchten; sie ordneten sich nur ihrer eigenen Stimmung unter, keinem anderen. Er verstand, daß sie jetzt in sich gehen mußten, doch mit instinktiver Eifersucht wollte er sie daran erinnern, daß sie von ihm nicht weniger abhingen als von ihrem Glücksstern.

»Es gibt Klugscheißer«, sagte er mit erhobener Stimme, damit es auch die Hinteren hören konnten, »die unbedingt im Sattel rüberschwimmen müssen. Wie Hirtenjungen, wenn sie ihre Pferde tränken. Wenn ich so einen sehe, den knall' ich mit der Mauser ab. Ihr habt neben dem Pferd zu schwimmen. Wie neben dem Bruder oder der Geliebten im See. Und nicht am Sattel festhalten, sondern am Zaumzeug. Hauptsache, das Pferd hebt nicht den Kopf. Sonst kriegt es Angst vor den Wellen und will aus dem Wasser, manche bäumen sich sogar auf. Und dann verschlucken sie sich und ertrinken. Achtet darauf, daß nur die Nüstern über Wasser sind ...«

Er sah plötzlich, wie ein in der Nähe weidendes Fohlen den Kopf hob und ihm gespannt zuhörte. An der Biegung des schönen Halses, an der Art, wie es die Augen verdrehte, konnte er ablesen: »Was redest du da? Ich hebe den Kopf doch gar nicht. Ich weiß doch, was mit mir passiert ...« Es schien tatsächlich, als wäre ihm bewußt, was heute passierte, diesem armen, unschuldigen Pferdchen, das sein Los mit dem der Menschen teilen mußte. Der General stutzte und blickte schuldbewußt in die vorwurfsvollen Augen des Pferdes, bis es den Kopf schüttelte und sich wieder zum Gras hinabbeugte.

Diesen Blickwechsel hatten alle gesehen und lachten.

»Ist nicht das erste Mal, Genosse Befehlshaber«, sagte der Kommandeur. »Der Desna-Übergang ist noch nicht lange her!«

»Die Desna, das waren dreihundert Meter«, wandte der General ein. »Das hier sind 1200 Meter ...«

»Also viermal die Desna«, warf der Kommandeur lächelnd ein und machte eine unverhohlene Anspielung: »Dann müßten wir doch viermal soviel Verpflegung kriegen?«

»Gleich kriegst du deine Verpflegung!« schrie der General. »Viermal so viel will er! Wenn du drüben bist, bitte. Komm erst mal drüben an ...«

Doch wie sah es am anderen Ufer jetzt aus, das versteckt hinter der dunklen Wand des Wäldchens lag? Dort war es immer noch still. Es kam ihm merkwürdig vor, daß hinter dem Fluß, fünf Kilometer weiter im Land, Stille herrschte, ein Dorf sein gewohntes Leben führte und gerade erst aufwachte. Daß der Hirte vielleicht das Vieh auf den Höfen einsammelte und eine Frau mit Kopftuch den Eimer aus dem Brunnen zog. Er schaute in Richtung Dorf, und die anderen taten ihm gleich. Die schwarzen Wolkenfetzen begannen sich bereits grau zu färben. Sie mußten sich beeilen ...

Auch hier fühlte er sich überflüssig. In Wahrheit aber wurde er überall gebraucht, nicht um den Leuten zu sagen, was sie auch ohne ihn wußten, sondern um ihre Stimmung zu erkennen und ihnen die eigene zu übermitteln. Das war weitaus wichtiger, als herumzunörgeln und gute Ratschläge zu erteilen.

Er befahl, ihn in die Bucht zu fahren. Die Motoren der Fähren ächzten bereits, und der erste Panzer fuhr mit aufgerichteter Kanone heulend auf die Rampe. Die Ketten rasselten über die geschweißten Schienen, unter der großen Last bohrte sich die Rampe in den Sand und krächzte hysterisch, sie konnte kaum den heftigen Schlägen der Kettenglieder standhalten. Solange der Panzer in Bewegung war, zitterte und bebte die schwächliche Fähre, sie beruhigte sich erst, als er seinen Platz gefunden hatte. Doch ihm folgte gleich ein zweiter, und der dritte stand schon zur Auffahrt bereit.

Der General hatte sich im Jeep sogar auf seinen Sitz gestellt und beobachtete gespannt, ob die Fähre nicht auf Grund stieß, aber es lief alles gut. Der Motor knatterte munter und gelassen, zum Abschied knirschte der Sand in der Bucht, und die Fähre machte sich schaukelnd auf den Weg, wie eine Eisscholle, die sich vom Ufer gelöst hat. Der General flüsterte: »Gott mit dir!« und ertappte sich bei dem unbändigen Wunsch, die drei Panzer, die von der Strömung schon ein bißchen nach links abgetrieben worden waren, zu segnen. Eine Minute später waren sie, verdeckt durch die hohen Binsen, seinen Blicken entschwunden. Ins Ungewisse fuhr auch die zweite Fähre. Der General begleitete auch sie mit widersprüchlichen Gefühlen von Unruhe und Freude und auch mit dem der Schuld. Auf die dritte Fähre ließ er nur einen einzigen Panzer fahren.

»Fahr den ›Willys‹ rauf«, befahl er Sirotin. »Los!«

Jetzt, auf der Fahrt nach Moskau, wo er ebenfalls neben Sirotin saß, kam ihm wieder in den Sinn, wie dieser ihn verwundert und verzweifelt angesehen hatte, mit einem Gesicht, auf dem deutlich geschrieben stand: »Was machen Sie mit uns?« Der Offizier, der den Flußübergang mit Flaggensignalen regelte, stürzte zur Fähre, um den nicht eingeplanten »Willys« anzuhalten. Doch Donskoi schaute ihn gelassen an und hielt ihm entschieden seine gespreizte Hand entgegen. Da begriff der Offizier sofort: Die wollen auch übersetzen, und der Schützenpanzerwagen fuhr mit. Alles war abgesprochen, nur komisch, daß er als diensthabender Offizier nichts davon wußte. Schesterikow war nicht sehr verwundert, er hatte nur vorwurfsvoll geseufzt: »Warum haben Sie das nicht vorher gesagt? Was soll ich Ihnen dort zu essen geben?«

Der General konnte sich nicht mehr erinnern, wie sie auf die Fähre gekommen waren und wie sie abgelegt hatten, er kam erst wieder zu sich, als er bereits auf der Fähre stand und ins Ungewisse schwamm, er stand wie ein Seemann mit breiten Beinen neben dem »Willys«, die Fäuste in den Taschen seiner schwarzen Lederjacke, und der feuchte, kühle Flußwind schlug ihm ins Gesicht, munterte ihn auf und versetzte ihn in Unruhe.

Begriff er, was er da tat? Begriffen es der Steuermann in der Kabine und der alte Schiffer? Oder Schesterikow, der sich auf dem Sitz zusammengerollt hatte, oder Donskoi, der seine Storchenbeine aus dem »Willys« heraushängen ließ? Oder der Funker, der aus der geöffneten Luke seines Schützenpanzerwagens schaute? Sie alle sahen ihn verstohlen an. Mit den Augenwinkeln fing er ihren verwunderten Blick, ihren Ärger und ihre Wut auf. Hätte ihn jemand gefragt, warum er übersetzte, er hätte keine Antwort gewußt.

Jetzt, auf dem Weg zum Hauptquartier, begriff er dunkel, daß sich am Dnepr etwas Bedeutendes ereignet hatte, das gerechtfertigt und sogar notwendig war.

Damals war er zu dem Schluß gekommen, daß sein Tod am Brückenkopf von Myrjatin nicht nur möglich, sondern wahrscheinlich unumgänglich war. Er hatte sich schon damit abgefunden, daß seine Knochen auf dem Friedhof oder im Zentralpark des Städtchens Myrjatin liegen würden, das er nie zu Gesicht bekommen hatte. Doch keine Kraft der Welt hätte ihn lebendig vom rechten Dnepr-Ufer wegbringen können, gelänge es ihm, dieses Ufer zu betreten. Wenn der Mensch bereit ist, ein Kreuz zu machen über seinem eigenen Leben – ruhig und gelassen, ohne jemandem etwas davon zu sagen –, wenn er den eigenen Tod nicht aus blinder Verzweiflung oder als Effekt einplant, dann kann ihm das Unternehmen, das so unvernünftig und völlig hoffnungslos erschien, möglicherweise glücken, dann zeigt sich, daß eine Furt, Festungen und Brückenköpfe, die als uneinnehmbar galten, sein eigen werden können.

Doch bis dahin war es noch weit! Er entdeckte die beiden Fähren, die vor ihm losgefahren waren. Die erste war sicher schon über die unsichtbare, heißersehnte Linie geschwommen, die Fahrrinne heißt und in der Flußmitte liegt. Die altersschwachen Motoren tuckerten gequält in der Stille, ohne das zärtliche Schmatzen des Wassers zu übertönen. Plötzlich wurde diese Stille von einem Heulen und Stöhnen unterbrochen. Das, was beinahe schon als geschafft galt, schien plötzlich unüberwindlich. Als er eine Fliegerstaffel »Junkers« erblickte, fing er vor Wut, Leid und hilflosem Zorn beinahe zu heulen an. Drei Rudel standen über ihren Köpfen, völlig gelassen, als hätten sie mit denen da unten eine Verabredung. Sie flogen nicht, sie standen auf der Stelle und warteten darauf, daß er den Kopf hebe und zu ihnen hinaufsähe, um dann mit großer Geschwindigkeit davonzufliegen.

Die erste Rotte der Jagdflieger »Junkers-87«, von den Deutschen »Stuka«, von den Russen »Bastschuh« genannt, flog in symmetrischer Ordnung – einer vorn, die beiden anderen weiter hinten – über die Fähre hinweg, beschrieb einen schönen Halbkreis und kehrte zurück. Am linken Ufer bellten die Schnellfeuergeschütze, im tiefen Baß sang ein schweres Maschinengewehr. Doch Mündungsfeuer und Explosionswolken hinderten die Jäger nicht, erneut anzufliegen, um gezielt Bomben zu werfen und zu schießen. Zu früh hatte er gesagt: »Das überleben wir ...«

»... Genosse Befehlshaber!« Der Funker rief schon eine ganze Weile aus seinem Schützenpanzerwagen und hielt ihm den Hörer hin. »Ein Gespräch für Sie.«

»Ich höre!« Er preßte den warmen Hörer ans Ohr und vernahm ein Keuchen und fernes Rasseln von Panzerketten. Es war etwas im Gange am rechten Ufer, auf dem der Sturmtrupp Nefjodows, so hoffte er, seine Aufgabe bereits erfüllt hatte. »Ich höre! ... Am Apparat!«

»Wer?« fragte der Hörer. »Wer ist am Apparat?«

»Ich«, sagte der General und schaute unablässig zum Himmel. »Kobrissow am Apparat.«

»Wie?« fragte der Hörer wieder mit krächzender und trockner Stimme. »Kobrissow? Kenn' ich nicht ... Hab' ich nicht verlangt. Nie gehört – Kobrissow.«

Lieber Gott, er hatte völlig vergessen, wer er heute war, er hatte seinen vereinbarten Namen vergessen, und darin sah er eine weitere unvorhergesehene Komplikation. Außerdem hatte er sich enttarnt, die deutschen Funker hatten das Gespräch bestimmt mitgehört, bei denen ging so etwas schnell.

»Nefjodow!« rief der General, froh, einen Ausweg gefunden zu haben. »Wir haben doch gestern beide zusammen gesungen. Erinnerst du dich nicht, mein Lieber, wir haben Wodka getrunken, ich habe Gedichte rezitiert ... Na? Erinnerst du dich?«

Der Hörer schwieg noch drei Sekunden und antwortete dann mit schwacher Stimme: »Es steht schlecht, Kirejew …«

Stimmt, Kirejew, so hieß er heute – und er hatte diesen Namen völlig vergessen. Daran waren wohl diese Jäger schuld.

»Es steht schlecht«, wiederholte der Hörer. »Hier sind ›Ferdinands‹ … Mit denen habe ich nicht gerechnet. Die haben sich im Dorf versteckt, getarnt … Acht Stück. Wie kann man die abwehren? Panzergranaten haben wir zum Glück dabei … Allerdings zu wenig. Brandflaschen haben wir zehn, doch da muß man ganz nah ran … Und die haben MPi-Schützen …«

Nefjodow hatte sich ebenfalls enttarnt, denn jetzt kannten die Deutschen seine Abwehrkraft. Das Schrecklichste war geschehen. Nicht einmal die Fliegerstaffel war so bedrohlich wie die von der Luftaufklärung nicht entdeckten »Ferdinands«. Sie hatten die Sturmgeschütze mit Heuballen getarnt, waren wie Ungetüme herausgekrochen und hatten sich den Panzern in den Weg gestellt. Ein Geschoß von ihnen konnte den Turm eines »T-34« aus seiner Verankerung reißen und ihn meterweit wegschleudern. Und den Rumpf konnte es durchschlagen. Seine »Klapperkisten«, seine »Primuskocher« würden im Eimer sein, noch bevor sie das Ufer erreicht hatten. Was konnten ihre Kanonen gegen die dicke Panzerung eines »Ferdinands« ausrichten! Dafür würden die riesigen Kanonen der »Ferdinands« sie in verkohlte Kisten verwandeln. Der General stellte sich die stumpfe Schnauze des Ungetüms vor, den häßlichen Turm, den langen Lauf mit der Mündungsbremse. Nein, dagegen kamen sie nicht an! Das war so ungerecht! Alles hatte so gut angefangen!

»Nefjodow!« schrie er mit flehender, fast kreischender Stimme in den Hörer. »Halt sie auf! Mit allen Mitteln!«

»Was hab' ich denn für Mittel?« antwortete Nefjodow müde. »Wir geben uns Mühe, Genosse Kirejew …«

»Wo ist die Kompanie? Ich hab' dir eine Kompanie geschickt, sie ist dir unterstellt. Die haben Panzerabwehrwaffen … Und überhaupt, eine ganze Kompanie …«

»Die Kompanie muß ich erst mal finden. Die ist weiter unten gelandet, wurde von der Strömung abgetrieben. Ich höre, wie sie schießen ... Ich höre sie, sehen kann ich sie nicht.«

»Verstanden«, sagte der General mit mutloser Stimme. »Ich verstehe, mein Lieber ... Gleich schick' ich dir Feuer rüber, Haubitzenfeuer. Ich verbinde dich mit ihnen, und du gibst Feuerkorrektur ...«

»Sie sind zu nah dran ... Da hilft keine Korrektur, das Feuer kriegen wir ab.«

»Warum hast du das nicht vorausgesehen, Nefjodow?«

»Ich könnte mich selbst ohrfeigen ... Zu spät.«

Aus dem Hörer schallte ein immer lauter werdendes Kettenrasseln, es krachte, und der General ließ den Hörer fallen, Donskoi fing ihn auf.

»Sie sollen feuern, egal womit«, sagte der General. Donskoi nickte schweigend, ohne eine Miene zu verziehen. »Sag ihnen, daß die da drüben am Leben bleiben wollen. Sie sollen so genau wie möglich zielen. Die wollen nicht sterben.«

In Wirklichkeit aber hatte er begriffen, daß Nefjodow und seine zwanzig Mann, nachdem sie den Fluß glücklich überquert und sich festgesetzt hatten, zweifach todgeweiht waren. Wenn sie nicht von den »Ferdinands« niedergemacht werden würden, so vom eigenen Feuer. Sie konnten so genau zielen, wie sie wollten, bis die sich eingeschossen hatten, wäre das ganze Ufer umgewühlt.

Was tun, dachte er fieberhaft, sollte er die Panzer zurückrufen, solange es noch nicht zu spät war? Den Befehl geben, die Beladung der Fähren abzubrechen? Das ging nicht, das war unmöglich, der Stein war ins Rollen gebracht, und er mußte wissen, wie es weiterging. Er kannte das doch zur Genüge – den ganzen unvermeidlichen Schrecken eines Flußübergangs. Ist man einmal auf dem Wasser, muß man rüber. Oder auf den Grund. Nur ihm, dem General, war es erlaubt zurückzukehren. Keiner würde ihm einen Vorwurf machen, weder sein Stab noch diejenigen, die seinen Wunsch überzusetzen als große Dummheit angesehen hatten. Aber würde er selbst sich das verzeihen? So viel Hoffnung hatte er auf diesen Brückenkopf gesetzt, sein eigenes Leben dafür eingesetzt.

Er konnte den Gedanken nicht zu Ende denken. Eben noch hatte er alles genau gesehen und gehört, wie ein Tier, das auf der Lauer liegt, und plötzlich hatte sich alles verändert. Er war taub geworden und konnte nicht begreifen, was das für Spritzer waren, die über das Wasser liefen, über die glänzenden Wellen, und der Fähre immer näher kamen. Er verstand nicht, warum Schesterikow und Donskoi ihn plötzlich unterfaßten und irgendwohin stießen, warum der Funker mit bleichem Gesicht in der offenen Luke des Panzers verschwand und der Fahrer Sirotin sich so merkwürdig auf seinem Sitz zusammenkrümmte und die Arme um den Kopf schlang.

Der General hob sein Gesicht und sah eine »Junkers«, deren Rumpf immer kürzer wurde, sie breitete ihre Flügel aus, ging zum Sturzflug nieder und zeigte alle Einzelheiten ihres froschgrünen Leibes, die verglaste Kabine, die Verkleidung des Fahrwerks. Er sah, wie sich die stumpfnasige Luftschraubenhaube exzentrisch drehte, aus unerfindlichen Gründen war sie rot! Merkwürdige Tarnung! Rot waren auch die Flügelkappen! Von wegen Tarnung – das waren die Mündungsfeuer der Bord-MGs!

Die Kugeln pfiffen über die Panzerung hinweg und flogen heulend weiter. Neben der Fähre bildeten sich Blasen im Wasser, als ginge Regen nieder.

Sie schleppten ihn mit Gewalt weg und drückten seinen Kopf nach unten, um ihn in die Luke zu schieben. Er empfand das als Erniedrigung, wurde grimmig und befreite sich aus ihren Armen, die ihm jetzt verhaßt waren.

»Wieviel Jäger hab' ich?« schrie er zitternd vor Zorn, der stärker war als die Angst. »Ich will wissen, wieviel Jäger ich habe!«

Im selben Augenblick war die »Junkers« nahe daran, die Wasseroberfläche zu streifen, sie legte sich wieder waagerecht und präsentierte sich in voller Länge. Sie zeigte ihren blauen Bauch, den lamellenartigen Bauch eines riesigen Reptils, der nach unten hing und den Himmel verdeckte.

»Pardon, Foti Iwanowitsch«, drang plötzlich durch das Heulen hindurch eine Stimme vom Himmel herab. Der blaue Bauch raste weiter und verschwand. »Pardon, wir haben lange auf uns warten lassen, aber wir mußten schließlich noch ein Täßchen Tee trinken vor dem Start ... Gleich hol' ich sie runter ...«

Der Funker hielt dem General den Hörer hin. Der General nahm ihn, obwohl er nicht begriff, wozu, da sein Gesprächspartner ihn auch so verstand.

»Bist du's, Galagan?« fragte er. »Wo bleiben denn deine Falken?«

»Ich habe keine Falken«, rief Galagan vom Himmel herab. »Ich habe Adler. Beleidige sie nicht. Sie sind schnell eingeschnappt. He, Jungs, wir schwärmen aus! Jeder wählt sich einen Freund, der ihm gefällt ...«

Sechs Flugzeuge mit roten Sternen – vier »MiGs« und zwei »Air Cobras« –, die ihren Aufstieg beendet und eine unsichtbare Gebirgskette überwunden hatte, schwärmten aus und stürzten sich auf die »Junkers«. In einer »Cobra« saß Galagan selbst. Kein Geringerer als der Befehlshaber der Luftarmee war zur Jagd ausgeflogen.

»Jungs, ich bitte um Aufmerksamkeit!« befahl Galagan energisch. »Die ›Junkers‹, die Foti Iwanowitsch beinahe angegriffen hätte, die laßt in Ruhe, die gehört mir ... Die muß zur Abschreckung bestraft werden ... Der hau' ich die Fresse ein ...«

»Tolle Konspiration«, sagte der General verwundert. »Er nennt mich Foti Iwanowitsch, und ich ihn – Galagan. Als wüßten die Deutschen nicht, wer Foti Iwanowitsch ist. Und erst recht, wer Galagan. Da konntest du Gift drauf nehmen, jetzt dröhnt es in allen Kopfhörern: ›Achtung! Galagan ist oben!‹«

Die Sechserstaffel raste über den Dnepr hinweg und kam gleich zurück, bestrahlt von der aufgehenden Sonne. Die »Junkers« schwärmten in verschiedene Richtungen davon; der Jäger, der angegriffen hatte, legte sich auf die Seite und drehte eine Schleife, um wegzufliegen.

»Ach, du willst dich auf englische Art empfehlen, ohne dich zu verabschieden?« sagte Galagan mißmutig. »Das könnte dir so passen! Du entgehst mir nicht.«

Der Deutsche, der sehr gut wußte, daß ihn die »Cobra« im geraden Flug erwischen würde und die einzige Rettung seine Wendigkeit war, flog einen Kilometer geradeaus und kehrte dann zurück. Galagan flog viel weiter, so daß der General ihn aus den Augen verlor. Der Deutsche hatte jetzt keine Zeit mehr für die Panzerfähren, zur Entlastung warf er zwei Bomben aufs Geratewohl ab; er hatte auch keine Zeit mehr für all die Menschen, die unter ihm auf dem breiten Fluß schwammen, ohne Deckung, wie Zielscheiben. Dieses Spiel war nicht mehr seins, ihn nahm jetzt ein anderes gefangen, in einer anderen Etage, ein atemberaubendes Luftduell mit einem russischen As. Der Einsatz war das eigene Leben, der Gewinn – die Flucht vor dem Tod. Worauf hoffte der Deutsche? Daß er mit seinen Manövern der schnellen, aber unbeweglicheren »Cobra« entfliehen konnte, bis dieser der Treibstoff ausging? Erneut raste die »Junkers« mit einem Geheul über die Fähre hinweg, daß es den General grauste. Sie flog so niedrig, daß es schien, sie fege im nächsten Augenblick dem General die Mütze vom Kopf. Der Deutsche hatte sicher berechnet, daß sein Verfolger es nicht wagen würde, ihn über den Köpfen der eigenen Leute abzuschießen. Er hatte Funk an Bord, verstand aber kein Wort Russisch – und kannte Galagan nicht. Galagans MGs hätte der Deutsche nicht zu fürchten brauchen. Ein Flugzeug in der Luft abzuschießen – das war nicht Galagans Sache, er haute dem Gegner lieber die Fresse ein ...

Die pfeilschnelle »Cobra« erreichte die »Junkers« mit einer derartigen Geschwindigkeit, daß sie entweder an ihr vorbeifliegen oder ihren Schwanz erwischen mußte. Doch fünfzig Meter vor ihr stieg sie plötzlich steil in die Höhe, fast senkrecht, fiel in einer Kehre über den Flügel zurück, stürzte nach unten und ließ keinen

Zweifel daran, daß sie im nächsten Augenblick auf dem Wasser zerschellen würde. General Kobrissow, der dem Schauspiel mit klopfendem Herzen wie verzaubert zusah, verpaßte den Augenblick, als Galagan hinter dem Schwanz der »Junkers« den Sturzflug stoppte. Er drosselte seine wahnsinnige Geschwindigkeit mit dem hochgestellten Schwanzleitwerk und flog nun fast auf gleicher Höhe wie der Deutsche, nur drei Meter höher, und ließ den silbernen Bauch der »Cobra« langsam auf die »Junkers« herab. Kobrissow wollte in der Hitze des Gefechts schon aufschreien: »Du verfehlst sie!« Doch langsam, langsam wie im Halbschlaf, öffneten sich die Klappen unter den Flügeln, und das Fahrwerk kam zum Vorschein – wie die Krallen eines Habichts über der sicheren Beute. Ein schwebendes Herabsinken, eine leichte Berührung des Kabinendachs, und die funkelnden Splitter des Plexiglases spritzten nach allen Seiten. Die »Cobra« ging ein wenig nach oben und flog nach vorn, dann stürzte sie sich wieder herab und brach mit einer neuen Berührung die Stirnverglasung der »Junkers« ab. Dann die hintere Verglasung. Der schutzlose, schwarze Kopf des Piloten ragte aus dem nackten Rumpf, er duckte sich unter den neuen Schlägen des Gummihammers.

»Wenn du mit klaren, sanften Blicken,
mein Freund, liebkosend auf mich schaust«,

summte Galagan im Cockpit vor sich hin. Er sang zwar falsch – seine Stimme und sein Gehör waren nicht besonders gut –, doch mit Hingabe, liebte er es, »auf der Jagd« Lieder zu trällern.

»dann blüht die Erde, blüht der Himmel
mit großem Leuchten plötzlich auf!«

»Galagan!« flehte General Kobrissow. »Was schlägst du da für Purzelbäume, hast du nichts Besseres zu tun? Drück ihn weg, und mach ihm endlich den Garaus!«

Galagan hörte dieses Flehen, schlug die Fensterklappe seines Kabinendachs hoch und winkte.

»Du hast kein Gefühl, Foti Iwanowitsch«, entgegnete er. »Warum denn gleich mit einem Schlag? So was macht man vorsichtig und gemächlich. Die nächste Nummer in unserem Programm ist die Skalpierung ...«

Beide Jäger verschwanden, und als sie wieder ins Blickfeld kamen, hatte der Deutsche seine schwarze Kopfhaube verloren, der Fahrtwind zauste das strohblonde Haar, und der Kopf fiel mal nach hinten, mal auf die Apparatur. Die schwarzen Reifen kreisten über ihm wie die Hände eines Hypnotiseurs ...

Das Ganze grenzte an Wahnsinn. Galagan schlug seine Purzelbäume nicht in einem leeren Raum, nicht in einem leeren Raum tanzten die »MiGs« mit den »Junkers« ihren Reigen. Die Geschosse der Flak auf dem linken Ufer und die Garben der schweren MGs flogen durch die Luft. Die unsichtbaren Flugbahnen wurden plötzlich sichtbar, als sich die Zünder zerlegten und neben den »Junkers« milchig-rosige Wölkchen aufblitzten. Der General wunderte sich über die Zielgenauigkeit seiner Flak-Artilleristen, die es fertigbrachten, die eigenen nicht zu treffen, allerdings um den Preis, daß sie die Deutschen ebenfalls verfehlten. Eine »Junkers« hatte es doch erwischt – ein Geschoß hatte den Flügel an der Nahtstelle getroffen und ihn vom Rumpf abgeschnitten. Er flog in weiten Spiralen nach oben, während die »Junkers« selbst – ebenfalls spiralartig – zum Wasser schoß. Bei der geringen Höhe hatte der Pilot keine Chance, am Fallschirm abzuspringen. Außerdem war ungewiß, was bei der großen Erschütterung mit ihm geschehen war, er öffnete beim Absturz nicht sein Kabinendach, er öffnete es auch nicht, als er auf dem Wasser aufschlug, er versank mit seiner durchsichtigen Kiste und tauchte auch nicht auf, als der zweite Flügel mit dem schwarzen Kreuz wie die Flosse eines gigantischen Hais auf dem Wasser schwamm.

Die Welle, die das Flugzeug schlug, brachte die Fähre zum

Schwanken, so daß der Panzer knirschend zum Schanzkleid rutschte und die schwachen Ketten beinahe rissen. Krachend fiel der Deckel der Turmluke nach hinten, ein angstverzerrtes Gesicht kam zum Vorschein. Der junge Panzersoldat konnte die Enge und Dunkelheit im Panzerinnern nicht mehr ertragen, lieber setzte er sich den Kugeln aus, als Erstickungsqualen zu erleiden.

»Mach zu!« herrschte der General ihn an. »Du sollst hier nicht die Natur genießen, ich brauch' dich drüben, und zwar heil. Wovor hast du Angst – daß du nicht mehr rauskommst? Wenn du leben willst, dann schaffst du's auch.«

Der Blick des Leutnants war benebelt, doch langsam kam er wieder zu sich. Er sah, daß die Fähre sich wieder in die Horizontale legte, die Ketten lockerten sich und hingen lose auf dem Deck. Donskoi gab dem Soldaten ganz ruhig mit der Hand ein Zeichen, daß er die Luke hinter sich schließen sollte. Der gehorsame Leutnant lächelte bereits wieder – mit zitternden Lippen zwar – und schämte sich seines Vergehens. Wäre die Fähre untergegangen, hätte nur er, der Richtschütze, hinausklettern können, die anderen hätten ertrinken müssen.

Der General erlebte alles wie im Traum. Als er den Panzersoldaten anschrie, war es, als beobachte er jemanden, der da schrie. Und diesem Jemand wurde erneut der Hörer gereicht, anstelle dieses Jemands mußte aber er selbst eine schnelle Entscheidung treffen. Nefjodow meldete, die »Ferdinands« hätten ihre Kanonen bereits gerichtet und warteten darauf, daß die Panzer auf dem Fluß näher kämen.

»Geh weg!« schrie der General in den Hörer. »Geh mit deinen Männern so weit wie möglich weg, und gib Feuerkorrektur. Mehr kannst du nicht tun, Nefjodow! Unsere Artilleristen haben doch nicht zwei linke Hände, die werden das doch schaffen ...«

Der Hörer schwieg. Der halbtaube Nefjodow begriff wohl selbst, was die Artilleristen anzurichten in der Lage waren. Aber vielleicht hörte er überhaupt nichts mehr ...

»Warum sagst du nichts?« fragte der General.

»Ich überlege. Ob es gut ist, alles den Artilleristen zu überlassen? Ich weiß nicht.«

Und der Hörer verstummte für lange Zeit. Für immer.

... Er tauchte doch noch auf, der Pilot der untergegangenen »Junkers«. Plötzlich erschien sein einsamer Kopf mit den gewölbten Brillengläsern auf der gekräuselten Wasseroberfläche, es war, als erhebe sich der Flußgott aus der Tiefe. Das erste, was er tat, war, mit weit aufgerissenem Mund nach Luft zu schnappen und aus vollem Hals zu schreien. In seinem Schrei lag der durchlebte Schreck, das unbezwingbare Mitleid mit sich selbst und der Zorn auf diese ganze gottverdammte Welt. Er schrie und schwamm, hastig mit weit ausgebreiteten Armen rudernd, er hob sich beinahe bis zum Gürtel aus dem Wasser und verausgabte verbissen eine große Menge Energie. Aber er schwamm nicht in die richtige Richtung, er schwamm zum linken Ufer, das er nicht heil erreichen konnte. Er schwamm genau auf jene zu, die ihn todsicher umbringen würden – mit dem Gewehrkolben, dem Ruder, dem Pionierspaten. Er mußte verwirrt sein, hatte die Orientierung verloren oder das Sehvermögen oder, und das war das lächerlichste, er hatte vergessen, die nasse, schlammbeschmutzte Brille abzureißen, dann hätte er gesehen, daß er noch eine Chance gehabt hätte. Über ihm und über den Fähren raste die »Junkers« hin und her, gejagt von dem ungestümen Galagan. Wahrscheinlich ging ihr der Treibstoff aus, vielleicht beneidete sie den Gefährten um sein Schicksal, träumte davon, wie er zu wassern, oder hatte vielleicht im Gegenteil Todesangst vor dem Wasser, das genauso wenig Rettung bot wie die Luft ...

Plötzlich ruckte das Deck, die Fähre war in voller Fahrt auf Sand aufgefahren. Erst da gewahrte der General das Steilufer, das über ihm lag und in den Himmel stieß. Aufgeschreckte Wasserschwalben schossen aus ihren Höhlen und kreisten im Schwarm über dem Ufer. Die Rampen platschten ins Wasser, und der Leutnant, der nun doch aus dem Panzer gesprungen war, löste gemeinsam mit Schesterikow die Ketten. Der Fahrer beobachtete aus der Luke, wann es Zeit sei loszurollen.

Kaum daß der letzte Bolzen, der ihn festhielt, aus dem Deck gezogen war, fuhr er aufs Ufer, ohne auf das Kommando zu warten. Zornig zog die Kette die krächzende Rampe hoch, die Fähre hob sich, legte ab, schaukelte auf den Wellen und ließ den »Willys« und den Schützenpanzerwagen nicht von Bord fahren.

Der geflickte, schmutzige »T 34« fuhr am rechten Ufer entlang, auf einem schmalen Pfad unterhalb des Steilhangs. Er stieß mit der Nase in tiefe Spalten, um herauszufinden, wo es am flachsten sei, wo er am bequemsten den steilen Hang hinauffahren könne. Irgendwo oben, über seinem Turm, wurde noch gekämpft, eine Handvoll Leute gab alles, um das Rohr der »Ferdinands« von ihm abzulenken. Unter dem Steilhang war er außer Gefahr, aber was erwartete ihn oben?

Der General sprang ins Wasser, das ihm bis zur Hüfte reichte, und stapfte, mit den Armen rudernd, zum Ufer. Die Infanteristen sprangen von den Flößen und überholten ihn, einer erkannte ihn und rief den anderen zu: »Der Befehlshaber des Brückenkopfs!« Die anderen wollten den Befehlshaber ebenfalls sehen, wann hatte ein Soldat schon einmal die Gelegenheit dazu. Alles, was Kobrissow tat, grenzte an Wahnsinn. Wohin rannte er? Donskoi und Schesterikow hatten einen Pfad entdeckt, der in Serpentinen nach oben ging, sie liefen voraus und schützten den General vor den Kugeln. Auf diesem Pfad, wahrscheinlich ausgetreten von den Dorfbewohnern, die hierher zum Schwimmen kamen oder um ihr Vieh zu tränken, stieg er unendlich lange nach oben, keuchend, mit klopfendem Herzen. Er rang nach Atem, in die Nasenlöcher drang Brandgeruch, und ätzender Rauch kratzte in der Kehle. Kaum zu ertragen war der Geruch von verbranntem Gummi, von dem ihm übel wurde ...

Das kam von den brennenden gummierten Walzen der »Ferdinands«, die fächerartig über das Feld fuhren, das bis zum Horizont reichte. Ganz hinten konnte man schwach die Umrisse des

Dorfes erkennen. »Ich habe mir den richtigen Ort ausgesucht«, lobte sich der General. »Doch was verteidigen die Deutschen hier? Woher wissen sie, daß ich ausgerechnet hier mit den Panzern lande?«

Auf einige Fragen bekam er keine Antwort, er sagte sich: »So ist eben der Krieg!«. Sechs verbrannte, zerstörte Ungeheuer mit geöffneten Luken, von der Mannschaft verlassen – die »Ferdinands« sahen nach wie vor bedrohlich aus, aber der Stahl war tot, das spürte der General sofort. Er hatte das ganze Leben mit todbringendem beziehungsweise schützendem Stahl zu tun gehabt, er hatte einen siebten Sinn dafür, welcher Stahl nicht mehr lebte, welcher nicht mehr in der Lage war, sich zu bewegen, zu arbeiten, seine Aufgabe zu erfüllen. Dem General schien sogar, daß dieser Stahl geradezu nach Tod rieche und bald verwese, wie totes Menschenfleisch. Von diesem Fleisch, eingehüllt in schwarzen Kombinationen, lag genug auf dem Feld herum. Die Menschen hatten versucht, sich vor der unerträglichen Hitze und vor der Angst, bei lebendigem Leibe zu verbrennen, zu retten – und hatten in der Nähe ihrer Maschinen nur einen leichteren und schnelleren Tod gefunden. Die Haare quollen unter den Schutzhauben hervor, der Wind zauste in den von gelbschwarzem Rauch umwehten Zotteln. Die Eroberer des Brückenkopfes waren ebenfalls nicht weit gekommen, sie lagen auf dem Feld, mit dem Gesicht zum Himmel oder zur Erde. Einer bewegte sich noch, aber vielleicht kam es dem General auch nur so vor.

Vier waren am Leben geblieben. Drei hatten es geschafft, nach dem Kampf einen tüchtigen Schluck aus der Feldflasche zu nehmen, vielleicht waren sie aber auch nicht mehr ganz bei Sinnen, man konnte kaum mit ihnen reden. Leutnant Nefjodow fanden sie in einem flachen, eilig ausgehobenen Schützengraben, wo er nicht einmal Platz zum Sitzen hatte, sein Kopf lag auf der Brustwehr. Er hatte die Hände an den Bauch gepreßt; unter der hochgezogenen lehmbeschmierten Feldbluse leuchteten unordentlich um den Bauch gewickelte Verbände. Seine Augen waren geschlossen, die Lippen bleich, zerbissen, das Gesicht zerquält, fast nicht wiederzuerkennen.

Donskoi beugte sich über ihn.

»Er lebt, Genosse Befehlshaber.«

Nefjodow öffnete unter großer Anstrengung die Augen. Sein Blick war irr, er sah durch die Menschen hindurch. Als er den General gewahrte, sah man in seinen Augen Verwunderung.

»Sie haben also von der Fähre aus mit mir gesprochen?« fragte er mit farbloser Stimme. »Das habe ich nicht gewußt ... Sie werden also persönlich ...«

Er schloß die Augen wieder.

»Was hat er gesagt«, fragte der General und beugte sich ebenfalls über den Verwundeten. »Was werde ich, Nefjodow?«

»Persönlich meine Arbeit übernehmen, Genosse Kirejew. Den Brückenkopf ... Oder sind Sie nicht mehr Kirejew? ... Im Dorf halten sich noch zwei ›Ferdinands‹ versteckt. Sie sind geflohen. Nun müssen Sie selbst mit ihnen ...«

»Mach dir keine Sorgen«, sagte der General. Und plötzlich fiel ihm ein, daß er noch etwas sagen mußte: »Ich danke dir, mein Lieber. Du kannst mit dem ›Helden‹ rechnen.«

»Ich danke Ihnen«, antwortete Nefjodow nach einer Pause, der General konnte nicht unterscheiden, ob er lächelte oder sich vor Schmerzen krümmte. »Ich brauche nichts mehr ... Eine MG-Garbe hat mich erwischt ... Ich brauche nur Ruhe ...«

»Wen würdest du noch vorschlagen von den dreien?« fragte Donskoi und breitete die Zeltplane aus. »Wer hat sich deiner Meinung nach besonders ausgezeichnet?«

»Niemand. Wir haben uns nicht ausgezeichnet ... Wir haben alle unser Bestes gegeben ... Ich kann doch die anderen nicht kränken!«

»Die anderen kriegen einen Orden. Aber einer hat doch sicher besser gekämpft als die anderen«, sagte Donskoi mit liebevoller und geduldiger, doch beharrlicher Stimme. »Knjasjew, dein Stellvertreter? Und wer noch?«

»Obersergeant Knjasjew ist als einer der ersten gefallen. Eine Brandflasche ist in seiner Hand explodiert. Vielleicht von einer Kugel getroffen ... Ich weiß nicht, ich war nicht dabei. Ich hab' nur gesehen, daß er wie eine Fackel brannte ... Er liegt dort drüben, man kann ihn noch erkennen. Doch seien Sie vorsichtig, am Ende schießt noch einer im Wahn auf Sie.«

»Knjasjew kriegt den ›Helden‹ postum«, sagte Donskoi und sah den General fragend an. »Wer noch?«

»Keiner. Keiner braucht postum einen Orden. Das weiß ich genau. Ich brauche auch keinen, wenn ich sterbe. Wenn ich am Leben bleibe, auch nicht. Ich habe vieles begriffen ... Nur das Sprechen fällt mir schwer ...«

»Gleich helfe ich dir«, sagte der General. »Du bleibst am Leben, Nefjodow.«

»Sie können mir nicht mehr helfen, keiner ... Stellen Sie mir keine Fragen mehr ... Ich möchte einfach liegenbleiben ...«

Alle drei richteten sich auf. Der General wußte nicht, was er dem Sterbenden noch sagen, womit er ihm Mut machen sollte. Seine riesengroße Macht, die Macht, über Tausende zu gebieten, konnte dem jungen Mann nicht helfen zu überleben, sie konnte auch nicht seine Leiden lindern.

»Schesterikow«, sagte der General und nahm seine Ordonnanz zur Seite. »Gleich müssen die Sanitäter kommen, doch was wissen die schon? Such die Schwester, sie ist mit dem Bataillon übergesetzt. Er muß verbunden werden, die Verbände sind durchgeweicht, ohne sie richten wir hier bloß Schaden an. Vielleicht müssen die Wunden ausgewaschen werden oder nur abgetupft, wir machen die Sache nur schlimmer. Sie kennt sich aus.«

Schesterikow nickte wortlos, warf die MPi über die Schulter und ging zum Steilhang.

Der General knöpfte seine Lederjacke auf, nahm seine Mütze ab und lief langsam durch das kleine Lager der Schweigenden. Niemand rührte sich, keinen konnte er fragen, wie alles abgelaufen war. Auf welche Weise von den acht »Ferdinands« sechs vernichtet wurden, ahnte er, wenn er die Soldaten sah. Die zwei Übriggebliebenen konnten sicher fliehen, weil die Infanterie keine Deckung mehr hatte. Da lagen sie – 17 Eigene und sicher ebensoviel Deutsche. Nach den Schulterklappen zu urteilen, stammten sie alle vom technischen Dienst. Mechaniker und Waffenmeister, die waren nicht verpflichtet, am Kampf teilzunehmen; bei den Deutschen war das genau eingeteilt. Doch als es ihren Kameraden an den Kragen ging, hatten sie ihre MPis geschnappt und ihre »Klapperkisten« und »Primuskocher« verteidigt. Auch sie hatten sich nicht ausgezeichnet, sie hatten nur ihr Bestes gegeben. Auch sie hatten ihre Pflicht getan, wie Soldaten hatten sie auf die Herausforderung des Schicksals reagiert. Doch waren sie sich im klaren darüber, warum sie hier waren? Warum sie fremdes Land betreten hatten und bei der Verteidigung ihrer Eisenkisten gefallen waren? Der Spruch »Die Menschen geben ihr Leben für Metall« hatte sich auf gemeinste Weise erfüllt. Zwei deutsche Mannschaften aber waren diesem Wahnsinn entkommen.

»Da ist er ja endlich«, sagte jemand neben dem General. Donskoi war ihm die ganze Zeit wie ein Schatten gefolgt. »Dieser Schesterikow ist langsam wie eine Schnecke!«

Schesterikow war auf den Steilhang geklettert und schaute im Gehen zurück auf den Dnepr. Der General begriff nicht, warum seine Ordonnanz so lange brauchte. Plötzlich setzte sich Schesterikow auf den Boden, zog den Stiefel aus und wickelte den Fußlappen ab. Es sah aus, als sei ihm etwas in den Stiefel geraten, ein Stein oder Sand, doch aus irgendeinem Grunde zog Schesterikow auch noch den zweiten Stiefel aus. Hatte er auch im anderen Stiefel einen Stein? Er hüpfte auf einem Bein und brauchte eine Ewigkeit, um den Stiefel wieder anzuziehen. Das Herz des Generals klopfte immer heftiger, Schesterikow lief und lief und kam nicht näher.

Endlich erreichte er den General, er hielt die Augen gesenkt und spuckte aus.

»Was ist?« fragte der General. »Ist das Bataillon gelandet?«

Schesterikow nickte schweigend.

»Und wo ist die Schwester? Sie muß dabeigewesen sein.«

»Sie war dazu nicht verpflichtet«, sagte Schesterikow und spuckte wieder aus. Solche Dreistigkeit hatte er sich noch nie erlaubt. Endlich schaute er dem General in die Augen. »Die Schwester ist ertrunken, Foti Iwanowitsch. Und keiner hat's gesehen. Plötzlich war sie nicht mehr im Boot. Sicher hat sie eine Kugel in den Kopf gekriegt, sonst hätte sie geschrien.«

»Was heißt das?« fragte der General. »Wie konnten sie das zulassen?«

»Flußübergang«, meinte Schesterikow.

Was er sagte, war ohne Sinn, erklärte aber alles. Der General sah ihn an und wartete, daß er noch etwas hinzufügen würde. Vielleicht, daß alles noch ungewiß sei, daß man alles klären und dann Meldung machen würde, daß sich dann vielleicht herausstellte, daß sie sich geirrt hatten, daß die Schwester in einem anderen Boot saß ...

»So hat sie sich wenigstens nicht gequält«, sagte Schesterikow.

»Woher weißt du das?«

Schesterikow seufzte nur demütig.

Der General ging zum Steilufer. Eben noch war sie bei ihm gewesen, ihr trauriges Geflüster klang ihm noch im Ohr: »Ich sehe schon, wie du da liegst – am anderen Ufer, gleich nach dem Übergang, bewegungslos ... Du wirst nicht weit kommen ...« Er stand hoch über dem Strudel, in den sie die schwere Tasche, von der sie sich nie trennte, gezogen hatte, er war unverletzt, brauchte keinen Schuß in den Rücken zu fürchten und konnte weitermarschieren. Nur eins hatte sich bewahrheitet: »Ich werde nicht mehr bei dir sein.«

Heisere Schreie drangen in sein Bewußtsein: »Hau ruck! Noch mal! Hau ruck!« Genau unter ihm schoben Artilleristen eine 45er Kanone den Hang hoch. Infanteristen halfen ihnen dabei. Zwei Dutzend Leute, behangen mit Waffen, faßten mit nackten Händen die Räder, den Holm, das Schild, die Mündungsfeuerbremse und schoben die Kanone keuchend den steilen Abhang hoch. Als sie anderthalb Meter hinter sich hatten, legten sie Steine unter die Räder und ruhten sich aus, sie wischten sich den Schweiß unterm Stahlhelm ab, rückten die Mantelrollen auf dem Rücken zurecht, hielten sich an ihrer »Leb wohl, Heimat«, der kleinen 45er Kanone, fest und lächelten einander aus irgendeinem Grunde zu. Eine halbe Minute später packten sie wieder an. In diesem Bild war etwas längst Vergessenes, etwas aus der Zeit der Urmenschen. »Und das ist nur eine kleine Kanone«, dachte der General. »Wie sollen wir erst die Panzer mit ihren dreißig Tonnen hochkriegen? Wie schon? Auf dieselbe Weise!« Endlich hatte er eine Beschäftigung gefunden, er warf seine Lederjacke auf die Erde, er wußte, Schesterikow würde sie aufheben, und krempelte seine Hemdsärmel hoch. Solange die Panzer nicht auf dem Brückenkopf stehen, kannst du nicht sagen: »Es ist vollbracht«, solange ist die Truppe noch nicht über den Fluß.

Der General richtete seinen Blick nach Osten, dort begann der Tag, doch die Sonne drang noch nicht durch die dicken Nebelwolken. Nur ein heller, runder Schein zeigte, wo sie stand. Lange schaute er dorthin, unfähig, alles zu verarbeiten, was an diesem Morgen geschehen war. Aus seinen Augen rollten Tränen. Er wischte sie mit der Hand ab, und als er wieder nach Osten sah, gewahrte er in der Wolkendecke ein Loch, einen winzigen, blauen See, durch den ein goldener Strahl brach. Der Strahl leuchtete nach oben, zum düsteren Himmelsgewölbe, doch der Wind jagte die Wolken auseinander, und der Strahl brach abermals durch ein Loch, wie ein riesiger Uhrzeiger. Zuerst war er breit wie ein Fächer, dann wieder schmal und wechselte jede Sekunde seine Farbe, bis er schließlich kupferrot wurde.

Wie ein Racheschwert fiel er aufs Wasser nieder und teilte den Dnepr in zwei Teile, ein heller, flimmernder Weg ging quer durch den Fluß, glühte auf und wurde himbeerrot. Auf beiden Seiten dieses Weges war der Fluß dunkel, doch es schien, als glühte er unter der Oberfläche, als dampfte er wie eine frische Wunde, aus der warmes Blut strömte.

Ein Blutstrom floß zwischen den Ufern dahin, und alles, was schwimmen konnte, schwamm in diesem Blut. Es schwammen die Reiter, die die Pferde am Zaumzeug hielten und Kleiderbündel und Waffen auf die Sättel gelegt hatten. Es schwammen die Artilleristen auf Flößen, sie setzten mit ihrer »45er« und den schweren MGs über, sie standen breitbeinig auf den Bohlen und preßten ihr Hab und Gut an sich, damit es nicht ins Wasser fiel, wenn das Floß schwankte. Es schwammen die Infanteristen in Booten und auf Flößen, auf zusammengebundenen Fässern, Strandliegen, Baumstämmen, Brettern und aus Angeln gerissenen Türen, oder sie schwammen selbst im Wasser, an einen Autoreifen geklammert. Dieser ganze bunte, laute, endlose Haufen erreichte das Ufer, klammerte sich mit Stiefeln, Hufen, Rädern, Panzerketten daran fest und kroch am Steilhang hoch, zu ihm, dem General. Es war ein unheilvolles und erschreckendes, aber auch ein wunderschönes Bild, von dem der General sich nicht losreißen konnte.

Viertes Kapitel

Die Eroberung von Predslawl

1

Eine Frau wollte die Straße überqueren, blieb aber stehen, als sie ein Motorengeräusch hörte, das aus der Tiefe des Waldes immer näher kam. Der »Willys« tauchte auf, mit einer Plane bedeckt, ohne Nummer und mit verhüllten blauen Scheinwerfern. Aus Erfahrung wußte die Frau, daß die Frontfahrer nicht viel Federlesens machen und ungern bremsen, ja, sie verabscheuen es geradezu, wenn ein Zivilist vor ihrer Nase über die Straße läuft, erst recht, wenn er ihnen im Wald über den Weg läuft. Das Vernünftigste war, stehenzubleiben und zu warten. Genau das tat die Frau und stellte ihre Eimer mit Pilzen auf den Asphalt. Der »Willys« sauste vorbei und hüllte sie in feuchten Wind und Benzinqualm. Für einen Augenblick hatte sie in das halbdunkle Innere des Jeeps blicken können. Durch die schlammbespritzte Frontscheibe sah sie auf dem Vordersitz einen kräftigen Mann – sein finsteres Gesicht, die eingedrückte Schirmmütze und zwei große Sterne auf den Schulterstücken.

In dem Dorf galt es als Glücksfall, wenn man einen General zu Gesicht bekam, obwohl niemand hätte erklären können, worin dieses Glück bestand. Aber der Anblick des Generals hob ihre Laune und machte diesen Tag zu einem besonderen. Da der »Willys« in Richtung Moskau raste, nahm sie an, daß der General sich einen Orden abholen wollte, und sie wünschte ihm den allerhöchsten. Sie stellte sich vor, das sei ihr Mann, mit dem sie im fernen Moskau lebte, wenn es das Schicksal gewollt hätte, daß sie dort das Licht der Welt erblickt und ein glücklicher Umstand sie beide zusammengeführt hätte. Da sie Moskau aber noch nie gesehen hatte und es auch keine Hoffnung gab, jemals dort hinzukommen, verflog der Traum vom General als ihrem Ehemann sehr schnell und ihre Gedanken befaßten sich wieder mit anderen Dingen, vornehmlich mit den Pilzen, die sie sortieren und putzen mußte. Dann galt es zu entscheiden, welche sie schon heute zubereiten und welche sie einlegen würde, welche in heißer Lake und welche in kalter.

Dem General seinerseits entging die Frau am Straßenrand mit dem grauen Tuch, der viel zu großen Wattejacke und den Gummistiefeln ebenfalls nicht. Für ihn bedeutete sie ein gutes Omen, obwohl er nicht wußte, warum. Er betrachtete sie wie jeder, der durch eine fremde Gegend fährt: Auch hier also leben Menschen, sie leben ihr Ameisenleben, in dem auch er seinen Platz hätte finden können. Zum Beispiel könnte er der Mann dieser Frau sein, die weder alt noch jung war, sondern gerade richtig für ihn. Hier könnte er unbemerkt existieren wie ein Sandkörnchen am Flußufer, sich vor Bedrängnis und Sorgen verstecken, vor den Eitelkeiten der Welt fliehen und vor den Argusaugen seiner Familie. Möglicherweise wären ihm solche Sorgen erspart geblieben, hätte ihm das Schicksal beschieden, in der unberührten Einsamkeit des Waldes geboren zu sein. Aber bestimmt hätte ihn der Krieg auch hier eingeholt. Außerdem lag es nicht in seiner Natur, sich zu verstecken …

… Wie ihm die Geliebte, die er vergeblich aus seinem Kopf zu verbannen suchte, vorausgesagt hatte, war er nach der Überwindung des Flusses nicht weit gekommen. Seine Abgeschiedenheit in dem zerstörten kleinen Bahnhofsgebäude von Spasso-Peskowzy, zwei Kilometer vom Dnepr entfernt, hatte schlagartig ein Ende gefunden, als er das Rasseln von Ketten vernahm und durch ein Mauerloch die Mündung einer Panzerkanone vorbeifahren sah, gefolgt von einem hohen Panzerturm, der plötzlich stehenblieb. Nikita Chruschtschow hatte eingeführt, daß hohe Dienstgrade in Panzern fahren mußten – eine Anordnung, die einen tieferen Sinn hatte: So konnten sie besser unwegsames Gelände passieren und brauchten weniger Schutzbegleitung. In diesem Fall war es Watutin, der im Panzer angefahren kam. Er liebte es, seine Untergebenen zu überraschen, um sich ein realistisches Bild machen zu können. Kobrissow hatte geglaubt, man würde ihn nicht behelligen, wenn er der Obrigkeit nichts von seinem Vorhaben erzählte. Doch hatte er dabei seine eigene Weisheit vom Wild mißachtet: Es ist nicht verlockend, weil es jemanden erregt, sondern weil es gut schmeckt.

Kobrissow knöpfte eilig seinen Uniformrock zu und ging Watutin entgegen. Der wohlbeleibte, stämmige Oberbefehlshaber der Front zwängte sich mit Mühe durch die Panzerluke, zögerte jedoch herunterzuspringen. Kobrissow half ihm beim Aussteigen, wofür er von Watutin einen guten Ratschlag bekam: »Auch du solltest mit dem Panzer fahren, es ist sehr bequem. Aber du hörst ja nicht auf mich.«

Er spielte darauf an, daß Kobrissow am Vorabend des Dneprübergangs sich nicht vertrauensvoll an ihn gewandt, sondern, im Gegenteil, seine Panzer heimlich versteckt hatte. Kobrissow senkte den Kopf, was einerseits bedeuten konnte, daß er seine Missetat einsieht, andererseits aber auch, daß man einen Sieger nicht verurteilen soll.

»Im Panzer ist es mir zu stickig«, sagte er versöhnlerisch. »Ich mag frische Luft.« Und er fügte noch einen gänzlich unpassenden Satz hinzu: »Außerdem wollen die Soldaten ihren General sehen.«

»Und ich will dich sehen«, erwiderte Watutin leicht aufgebracht. »Und zwar lebendig und nicht tot.«

Kobrissows Unterstand – ein notdürftig ausgehobener Graben unter dem Fenster – betrachtete Watutin skeptisch. Er liege viel zu nah am Haus und könne bei einem Bombenangriff zugeschüttet werden, kritisierte er. Auch anderer Bemerkungen konnte er sich nicht enthalten: »Was ist bloß los bei euch, Kobrissow? Keinerlei Vorpostensicherung. Ich komme direkt von der Übergangsstelle, und keiner hat meinen Panzer angehalten.«

»Meine Leute wußten, wer im Panzer sitzt.«

»Ach so ...«

»Sie haben sich's gedacht. Und daß Ihnen meine unmittelbare Sicherung nicht aufgefallen ist, dafür bin ich, mit Verlaub, meinen Jungs sehr dankbar. Sie wissen, wie man sich tarnt und der Obrigkeit nicht zur Last fällt.«

Watutin blickte ihn spöttisch an, ohne seinen Unmut zu verbergen.

»Du machst mir Spaß, General. Na gut, bring mich in deine Gemächer, ich will sehen, wie du lebst.«

Kobrissow führte ihn in den ersten Stock hoch, in das hinterste Eckzimmer mit dem Schild »Mutter und Kind«. Schesterikow hatte hier eine Liege, einen Schreibtisch und einen Hocker aufgestellt. Weitere Möbelstücke hatten in dem kleinen Zimmer keinen Platz gefunden. Kobrissow setzte sich auf die Liege, der Gast auf den Hocker. Seine Lederjacke zog Watutin nicht aus und lehnte auch den angebotenen Tee ab, womit er zu verstehen gab, daß er nicht lange bleiben wollte.

Watutin gefiel Kobrissows Unterkunft nicht besonders: »Bescheiden lebst du. Wie ein Student. Beim Stab hättest du's lustiger ...«

»Mein Stab ist noch nicht vollständig übergesetzt. Sobald er eingezogen ist, gleich hier in der Nähe, in einem Dorf, werde ich mich dort niederlassen.«

»Ach so ... Man erzählt sich nämlich schon, daß du mit deinen Leuten nicht klarkommst.«

»Das ist ein Gerücht«, sagte Kobrissow.

Watutin schaute ihn mit seinen blauen Augen lange an und biß sich verdrossen auf die Unterlippe. Aufmerksamer als sonst betrachtete er Kobrissows Gesicht, als wollte er darin etwas Neues entdecken, was ihm früher nicht aufgefallen war.

»Willst du meine Meinung hören?« fragte er.

»Ich bin ganz Ohr, Nikolai Fjodorowitsch.«

»Mit dem Flußübergang hast du im Prinzip Glück gehabt. Du bist kaum auf Widerstand gestoßen. Der Gegner hatte an dieser Stelle keine Reserven. Was wir übrigens auch angenommen hatten. Das soll nicht heißen, daß du keine Verdienste hast. Auf alle Fälle bei der Wahl des Ortes. Dennoch waren zwei Dinge ausschlaggebend: Erstens, daß Stein den Brückenkopf von Sibesh, den du kritisierst, energisch verteidigt. Und zweitens hat eine Rolle gespielt, daß du den Übergang hinausgezögert hast. Er hat wohl geglaubt, wir würden es hier nicht riskieren. Aber wir haben es riskiert. Wir haben dir erlaubt, diesen Brückenkopf zu nehmen. Natürlich ist das auch dein Verdienst – du hast daraufbestanden ...«

Kobrissow senkte gehorsam den Kopf, obwohl er weder mit dem ersten noch mit dem zweiten Argument einverstanden war.

»Ich möchte gern wissen, wann du mal mit etwas einverstanden bist«, sagte Watutin. »Du bist mir ein Rätsel, Foti ... Na, Schwamm drüber. Nicht deshalb bin ich zu dir über den Fluß gekommen ...«

»Warum dann?« dachte Kobrissow.

»Ich bin gekommen«, fuhr Watutin fort, »um dir zu sagen: Schaffe klare Verhältnisse, Kobrissow. Schaffe klare Verhältnisse zu deinen Nachbarn. Du bist gerade erst über den Fluß und schielst schon nach Predslawl. Deine Armee hat ihre Hände schon nach Predslawl ausgestreckt und wartet nur auf den Befehl zum Abmarsch. Na, das haben wir gleich vermutet. Ich will dich nicht wie einen Schuljungen ausfragen, was du planst, aber Myrjatin scheint dich nicht ernsthaft zu interessieren, wie man eigentlich annehmen müßte, dieser Fisch ist für dich zu klein. Aber Vorsicht, Kobrissow. Der Gegner hat bei weitem noch nicht an Kraft verloren, es ist gut möglich, daß er Reserven heranführt. Ich bestehe nicht auf einer bestimmten Forderung, Kobrissow, besser gesagt, noch nicht. Aber es kommt die Stunde, wo man dir dieses Städtchens wegen Schwierigkeiten machen wird.«

»Wie kommen Sie darauf, daß ich auf einmal Predslawl einnehmen will? Mit meinen paar Kräften?«

»Spiel nicht den Einfaltspinsel«, sagte Watutin. »Ich schätze an dir ... bislang jedenfalls ..., daß du versuchst, nicht mit massiertem Einsatz zu kämpfen, sondern mit Geschick. Aber ›auf einmal‹ schaffst du's sowieso nicht. Solange du ruhig auf der Stelle gestanden hast, die dir vom Schicksal vorbestimmt war, hat keiner was vermutet. Aber jetzt, wo du den Brückenkopf genommen hast ... ›Auf einmal‹ schaffst du's nicht allein. Aber auf eine Beteiligung, auf eine große Beteiligung am Sieg, hast du Anspruch. Wegen deines geglückten Dneprübergangs. Wegen deiner Verwegenheit. Überhaupt, es wird Zeit, daß du dich wieder mit den anderen zusammentust. Du könntest der Liebling der Front sein, nicht weniger als Tscharnowski. Denk darüber nach. Und vergiß nicht, dich bei deinen Nachbarn zu bedanken. Für ihre Unterstützung, für den Schulterschluß. Zeig einfach Solidaritätsgefühl. Das ist es, was ich dir rate. Nicht als Chef, sondern als Freund.«

»Danke ...«

»Zu deinem Nutzen.«

Ihr Gespräch wäre offener gewesen, hätten sie beide Wodka getrunken. Doch das war in diesem Fall ausgeschlossen, denn Watutin trank nicht. Von allen Generalen, die Kobrissow kannte, zeichnete sich dieser nicht so sehr durch seine einzigartige Arbeitsenergie als vielmehr durch diese auffällige Eigenheit aus. Man hielt ihn deshalb auch für einen »kulturvollen« Menschen. Watutin war kein hundertprozentiger Antialkoholiker, er nahm gelegentlich auch ein Schlückchen, aber davon wurden die Gespräche nicht offener, es war, als habe er einfach Tee getrunken.

Dennoch wußte Kobrissow das Vertrauen seines Chefs zu würdigen, als dieser mit trauriger Stimme zu ihm sagte: »Du weißt doch, mit den eigenen Leuten haben wir mehr Unannehmlichkeiten als mit den Deutschen, Foti. Wenn das nicht wäre, wir wären längst in Berlin ...«

Mit diesen Worten, bei denen er sein Gesicht gramvoll verzog, hatte Watutin das Höchstmaß an Vertrauen gezeigt, weiter konnte er nicht gehen. Kobrissow antwortete darauf nur mit einem Seufzer. Dabei wollte er Watutin eigentlich soviel fragen! Es juckte ihn geradezu: »Ihr werft mir vor, ich sei nicht in der Lage, im großen Maßstab zuzuschlagen. Gut, ich habe so etwas noch nie getan und habe auch noch nie die Absicht erklärt, das zu tun. Na und? Habe ich deshalb weniger Anrecht? Ist nur Tereschtschenko dazu berufen?« Doch Kobrissow schwieg, er zog es vor, seine Dankbarkeit zu demonstrieren. Watutin schöpfte keinen Verdacht. Also war es Kobrissow geglückt, die Rolle des begehrten Wilds zu spielen.

Kaum war der Oberbefehlshaber der Front gegangen, holte Kobrissow seine Karte mit der Skizze hervor, die er gleich nach dem Flußübergang gezeichnet hatte. Die Skizze war nicht mehr aktuell, seine Armee hatte nicht nur einen, sondern zwei Brückenköpfe am rechten Dneprufer besetzt, die durch einen schmalen Uferstreifen miteinander verbunden waren. Dazwischen lag wie ein Keil die vordere Frontlinie der deutschen Verteidigung. Myrjatin befand sich fast im Zentrum dieses dreieckigen Vorsprungs. Und so war Kobrissows erster Gedanke, daß es am besten sei, den Schlag gegen die Basis dieses Vorsprungs von beiden Seiten zu führen. Zwei tiefe Einbrüche, die mit ihrer Spitze so aufeinander gerichtet waren, daß die Schenkel irgendwo hinter Myrjatin in einem gedachten Punkt zusammentreffen und die Voraussetzung für eine Einkreisung bilden würden. Der Gedanke gefiel Kobrissow durch seine Einfachheit. Er entsprach der bekannten Forderung Hindenburgs, daß die einfachsten Pläne die erfolgversprechendsten seien. In diesem Fall gab es allerdings etwas Unkalkulierbares, das mit der Übergabe der operativen Initiative an den Gegner zusammenhing. Kobrissow müßte dessen Gegenmaßnahmen abwarten. Doch das beunruhigte den General nicht sehr. Mit einem Augenzwinkern sagte er sich: »Dann warten wir eben ab, wozu eilen ...« Außer der Simplizität hatte sein Plan auch noch den Vorzug, daß er eine Operation vortäuschen und damit seine Rivalen beschwichtigen würde. Die beiden Keile, die in die Verteidigung des Gegners eindrangen, machten einen wesentlich dynamischeren Eindruck als eine gerade Frontlinie, selbst wenn sie zum Stehen kämen. Den Deutschen drohte eine Einkesselung, und Kobrissows Nachbarn wären davon überzeugt, er sei ganz und gar von dieser großen und umfangreichen Operation in Anspruch genommen, da könne er auf keinen Fall Predslawl im Kopf haben.

Als er die beiden Pfeile aufgezeichnet hatte, ging er daran, Patience zu legen, das heißt, die Lage zu beurteilen. Von den wertvollen und notwendigen Kräften und Mitteln, die sowieso nie ausreichen, auch noch welche zu streichen ist für einen General schon immer eine traurige Aufgabe gewesen. Nicht für eine Division berechnete er die nötigen Kräfte, sondern lediglich für Regimenter. Die feindlichen Kräfte erforderten auch nicht mehr. Doch selbst um diese Regimenter tat es ihm leid! Wehen Herzens teilte er für jeden Keil drei Schützenregimenter ein, die durch Panzerabwehrabteilungen verstärkt werden sollten. Doch da er wußte, daß der Geizige zweimal bezahlt, seufzte er und gab noch ein MPi-Schützenbataillon hinzu. Dann notierte er sich, daß er Galagan um zwei Jagdbombenfliegerstaffeln bitten wolle. Von seinen 62 Panzern wollte er keinen einzigen abgeben. »Da kannst du lange warten!« sagte er zu dem Unbekannten, der sich bereits die Finger nach ihnen leckte.

Er gab sich keine Mühe, seinen Plan geheimzuhalten, im Gegenteil, die Regimentskommandeure erhielten die Anweisung, die Vorbereitungen nicht gedeckt durchzuführen. Kobrissow befahl sogar, die Panzermotoren aufheulen zu lassen, mit den Ketten zu rasseln und zu schießen, um die Panzer dann unbemerkt und unwiderruflich in Richtung Predslawl in Marsch zu setzen! Er hegte die Hoffnung, er würde ohne Einkesselung auskommen. Die Bedrohung, die von ihm ausging, war allzu offensichtlich. Jeder vernünftige Mensch würde es vorziehen, sich so schnell wie möglich aus dem Staub zu machen.

Doch als er seine gebogenen Pfeile in die Realität umsetzte, als sechs Regimenter ohne große Blutverluste – in den Wäldern sogar ohne eine einzige Kampfhandlung – einen Keil in den Vorsprung von Myrjatin schlugen, legte der Gegner plötzlich ein sehr seltsames Verhalten an den Tag. Er dachte gar nicht daran, sich aus dem Staub zu machen. Es hatte den Anschein, als nähme er die Bedrohung in keiner Weise ernst. Die Luftaufklärung registrierte keine Anzeichen eines Rückzugs, im Gegenteil, die Regimentskommandeure meldeten erbitterte Verteidigungskämpfe. Mit jedem Kilometer wurde der Kraftaufwand des Feindes größer und stieg die Zahl seiner Opfer. Nach dem Kursker Bogen* war eine solche Dynamik – und Unvorsichtigkeit! – von den Deutschen nicht zu erwarten gewesen. Kobrissow befürchtete, daß die Stoßkeile ihre Kraft verlieren könnten und sich der Fall von Sibesh wiederhole. Dann wäre nicht mehr daran zu denken gewesen, sowohl Myrjatin als auch Predslawl einzunehmen, dann könnte er entweder das erste oder das zweite in Besitz nehmen, eher das erste. Man würde von ihm erwarten, daß er sich würdevoll aus diesem Abenteuer zurückzieht oder seine Operation bis zum siegreichen Ende führt. Er müßte immer mehr Truppen in den Kampf werfen, und ein Ende wäre nicht abzusehen. Alle Hoffnungen würden auf dem zuletzt in den Kampf geworfenen Bataillon liegen …

Er zerbrach sich den Kopf: Warum nur klammerten sich die Deutschen an dieses unbedeutende Städtchen? Was verbarg sich hinter diesem Stützpunkt? Welcher operative Plan? Vielleicht war das wieder eine Falle von General Stein, damit die Russen hier steckenblieben und sich den Marsch auf Predslawl aus dem Kopf schlügen? Sie hatten dem Stier das rote Tuch gezeigt, damit er es im Zorn zerstampfe. Im nachhinein schien es Kobrissow, als hätte ihn die Simplizität des Plans eigentlich stutzig machen müssen.

* In der Schlacht am Kursker Bogen erlitten die deutschen Truppen im Juli/August 1943 eine empfindliche Niederlage.

Die Geschichte mußte einen Haken haben – wie das Perpetuum mobile, das sich als absurd erwies, es funktionierte nicht, ja, es fiel sogar schwer, es in Gang zu setzen. Kobrissow legte das Foto des deutschen Generals vor sich hin: In der Luke des Panzers stehend, fährt Stein, auch Felix genannt, durch die Wolgasteppe. Aufmerksam betrachtete Kobrissow sein volles, gepflegtes Gesicht unter dem schwarzen Barett, der Mund war hochmütig zusammengepreßt, der Schnurrbart gestutzt, das Monokel blitzte. Dieser Führerschnurrbart und das Monokel zeugten in Verbindung mit dem Panzerturm nicht gerade von einer besonders originellen Persönlichkeit. Aber als einen üblen Krieger konnte man ihn nicht bezeichnen, diesen Stein. »Was hast du mir da eingebrockt, Bruder Felix?« fragte Kobrissow im stillen, und im selben Moment kam ihm die Vermutung: Bruder Felix hatte ihm höchstwahrscheinlich überhaupt nichts eingebrockt. Konnte er doch nicht voraussehen, daß ein doppelter Brückenkopf entsteht, daß Watutin mit seinen »guten« Ratschlägen kommt, und Kobrissow schon seine Skizze entworfen hatte. Es war Zufall, daß sich alles so gefügt hatte. Doch warum dieser erbitterte Widerstand? Was hielt die Deutschen in diesem Städtchen und ließ sie nicht im geringsten an Rückzug denken?

Schließlich wurde ihm klar, was es sein könnte. Er kannte zwar die zahlenmäßige Stärke des Gegners, doch er kannte nicht die Zusammensetzung seiner Truppen. Möglicherweise standen in Myrjatin SS-Einheiten, die sich aus puren Prestigegründen nicht zurückzogen. In diesem Fall brauchte man nicht auf Überläufer zu hoffen, es sei denn, sie waren nicht in Vergeltungsaktionen verstrickt gewesen. So kam er auf den Gedanken, daß er dringend einen Gefangenen brauchte. Und da es vor allem auf die moralische Stärke der feindlichen Armee ankam, war es egal, welchen Dienstgrad er hatte. Ein beliebiger Troßsoldat könnte sogar mehr über die Moral aussagen als ein anderer.

Buchstäblich eine Stunde nachdem Adjutant Donskoi bei der Aufklärungsabteilung eine »Zunge« bestellt hatte, wurde Kobrissow mitgeteilt, man habe eine »frische«, sie sei unmittelbar vor den russischen Stellungen aufgegriffen worden. Der Gefangene behaupte, er habe sich ergeben wollen. Verhört habe man ihn noch nicht.

»Das ist gut, daß ihr ihn noch nicht in die Zange genommen habt«, sagte der General. Eine »Zunge«, die man bereits verhört hatte, konnte nämlich nicht von ihrer bereits vorgetragenen Version abweichen. »Bringt ihn gleich zu mir, mit einem Dolmetscher.«

Der Chef der Aufklärungsabteilung entgegnete verlegen, ein Dolmetscher sei überflüssig.

»Was, spricht er Russisch?« fragte der General.

»Er spricht nur Russisch, eine andere Sprache kennt er nicht. Behauptet er jedenfalls.«

»Versteh' ich nicht ... Kommt er aus der Gegend hier? Oder ist er ein Deserteur?«

»Er kommt nicht aus dieser Gegend, Genosse General. Desertiert ist er auch nicht. Er behauptet, er sei einer von uns. Ich würde aber nicht meine Hand dafür ins Feuer legen.«

Kobrissow erwartete keine großen Neuigkeiten, als er sich zu dem Gefangenen in den anderen Bahnhofsflügel begab, in ein Zimmer, das man von Schutt gereinigt und sogar mit neuen Fensterscheiben ausgestattet hatte. Hier empfing er für gewöhnlich seine Untergebenen. Als der General das Zimmer betrat, sprang ein stämmiger, rundköpfiger Bursche in gefleckter Kombination auf und stellte sich als Lobanow oder Baranow vor, der General konnte es nicht genau verstehen. Der Gefangene war sehr nervös und litt unter Schluckauf.

Am Fenster stand noch jemand auf und sagte schalkhaft: »Der allgegenwärtige Major Swetlookow. Gestatten Sie, am Verhör teilzunehmen. Ich werde nicht stören.« Und bevor der General etwas entgegnen konnte, erklärte Swetlookow beim Hinsetzen: »Der Gefangene gehört immerhin mir, meiner Abteilung.«

Der General wollte einwenden, daß sein Interesse an dem Gefangenen und das der »Smersch« verschieden seien und man ihn besser getrennt verhören sollte, doch er wußte nicht, ob er Swetlookow mit »du« oder mit »Sie« ansprechen sollte. In der Armee war es Sitte, daß die höheren Kader das väterliche »Du« verwendeten, während ihnen mit dem sohnhaften »Sie« geantwortet wurde – also in Abhängigkeit vom Rang und nicht vom Alter. So redete er zum Beispiel Watutin mit »Sie« an, obwohl dieser um viele Jahre jünger war als er. Zu Major Swetlookow sagte er normalerweise auch »Sie«, aber mit einem ironischen Unterton. Ein ernsthaftes Gespräch zwischen ihnen hatte es noch nicht gegeben. Außerdem wußte der General nicht genau, inwieweit dieser Major ihm unterstellt war. Man sprach von einer zweifachen Subordination der »Smersch«, von ihrem engen Kontakt zur Staatssicherheit. Offensichtlich aber erkannten die Smersch-Leute nur den Minister für Staatssicherheit, Abakumow, als ihren Dienstherrn an.

»Ich habe nichts dagegen«, sagte der General mürrisch und war im selben Augenblick wütend auf sich – Swetlookow hatte nicht einmal sein Einverständnis abgewartet. Kobrissow trommelte mit den Fingern auf das Tischchen, an dem auch der Gefangene saß, versuchte sich zu beruhigen und stellte eine überraschende, doch in der Armee natürliche Frage: »Hast du was gegessen?«

Der Gefangene sprang erneut auf und schaute sich verwirrt nach Swetlookow um. Swetlookow, der versprochen hatte, sich nicht einzumischen, antwortete an seiner Statt: »Keine Sorge, Genosse General. Sie haben dort was zu Mittag gekriegt.«

»Wo dort?«

»Dort, wo er herkommt. Beim Gegner. Das ist noch keine zwei Stunden her.«

Der Gefangene hatte bereits den Mund geöffnet, um selbst zu antworten, doch dann nickte er nur zustimmend.

»Erzähle, wie du in Gefangenschaft geraten bist«, sagte der General. »Wie du geflohen bist.« Er beachtete Swetlookow nicht.

Der Gefangene, der alles genau registrierte, bemerkte das und begann zu sprechen, ohne sich zu verhaspeln. Im Gegenteil, man sah, daß er den Drang hatte, sich alles von der Leber zu reden.

Er weihte den General in etwas ein, was dieser nicht erwartet hatte: Die bereits randvoll mit Blut gefüllte Schale des Brückenkopfes von Sibesh würde bald überlaufen. Den Schaden hatten Kobrissows Nachbarn durch ein neues Abenteuer zu mildern versucht, durch Luftlandetruppen nämlich, und gleich derart massiert, wie es die Kriegsgeschichte noch nicht gesehen hat. Die Gesamtzahl der Gefangenen wußte der Mann natürlich nicht, aber seine Luftlandebrigade bezeichnete er als die fünfte, woraus der General entnehmen konnte, daß mindestens fünf Brigaden eingesetzt worden waren. Fünf, das war die Zahl, die Dummköpfe vorzogen … Um besonders raffiniert zuzuschlagen, war man auf die Idee gekommen, die Luftlandetruppen nachts abzusetzen, »im Schutz der Dunkelheit«. Als ob es für die Deutschen ein Problem gewesen wäre, die Dunkelheit mit Scheinwerfern und Leuchtraketen auszuleuchten! Damit hatte das Unheil angefangen. In einer einzigen Nacht hatte man sich dazu entschieden, mindestens fünf Brigaden einzusetzen. Vielleicht auch in zwei Nächten, gleichviel. Dabei lag der nächste Flugplatz etwa zweihundert Kilometer vom Dnepr entfernt. Außerdem gab es nicht genügend Flugzeuge. Transportmaschinen mußten als Schleppflugzeuge für Lastensegler in einer Nacht mehrmals starten und landen … Die Nachbarn hatten den Entschluß so fieberhaft getroffen, daß sie den Luftlandetruppen ihre Aufgabe erst eine Stunde vor Abflug bekanntgaben und den Plan erst während des Fluges durchdachten. Sie waren so in Eile, daß sie Piloten einsetzten, die keine Erfahrung mit Nachtflügen hatten. Diese Piloten fürchteten sich, in geringer Höhe zu fliegen. Sie flohen vor dem Flakfeuer und den Nachtjägern nach oben und erhöhten die Geschwindigkeit. Und bei hoher Geschwindigkeit setzten sie die Luftlandetruppen ab, dazu noch über einem riesigen, unbekannten Gebiet. Einige Fallschirmspringer fielen in den Fluß, viele davon ertranken, da sie es nicht schafften, die Leinen abzustreifen.

Manche fielen, von Scheinwerfern geblendet, auf die deutschen Gefechtsordnungen und flogen genau in die Geschoßbahnen des deutschen Flakfeuers. Die Glücklicheren trug ein günstiger Wind zum linken Ufer, zu den eigenen Leute. Und die eigenen Leute hatten keinen Zweifel, daß sie es mit Deserteuren zu tun haben. Zu desertieren ist für einen Fallschirmspringer, der den Fall und das Abdriften beherrscht, tatsächlich kein Problem. Diejenigen, denen es dennoch gelang, am vorgegebenen Ort zu landen, mußten ihn mit Positionsfeuern und Raketen markieren. Doch es dauerte nicht lange, und die deutsche Luftlandeabwehr zündete ebenfalls Positionsfeuer an und schoß Leuchtraketen ab. Ein anderes Signal als diese Feuer gab es nicht: Aus Angst, die Funker könnten mit den geheimen Funkunterlagen in die Klauen des Feindes geraten, hatte man beschlossen, ihnen nicht vor der Landung die Codes und Tarnnamen mitzuteilen, sie wurden von anderen Flugzeugen mitgenommen. Doch auf der Erde konnte beides nicht miteinander vereint werden. So konnten die Männer nur noch ihre Geräte zerstören und wegwerfen.

Das berichtete der Funker von den Luftlandeeinheiten. Das gesamte Ausmaß dieses Schildbürgerstreichs hatte er selbst noch nicht begriffen.

»Unsere gesamte Codierung war verschlüsselt, und außerdem … ich hatte ja kein Mikrofon dabei, wir hatten nicht den Befehl, eins mitzunehmen.« Die Verzweiflung sah man ihm noch an. »Gut, ich hätte unverschlüsselt mitteilen können: Werft hier keine Leute mehr ab, befürchten Hinterhalt … Doch wer hätte mir geglaubt, wo ich doch keine Funkunterlagen hatte, die Codes nicht wußte und die eigenen Tarnnamen. Der Bataillonskommandeur hatte alles bei sich, doch wo der abgeblieben war, wußte keiner.«

»Wirklich«, fiel ihm Major Swetlookow ins Wort, »wer wird dir glauben? Das alles willst du beobachtet haben? Oder wer hat es dir erzählt?«

Bei diesen Worten kam der Fallschirmspringer wieder ins Stocken und zog sich in sich zurück. Dabei war klar, daß er keiner von den Zaghaften war, er hatte sich schon ein paarmal das Fell verbrannt und sogar Spaß daran gefunden, das sah man. Er war einer von denen, die zu kämpfen verstanden. Es war etwas Raubtierhaftes in seiner kräftigen, durchtrainierten Gestalt, eine explosive, katzenhafte Kraft und Geschmeidigkeit. Das alles gefiel dem General und weckte in ihm den verwegenen Wunsch, sich mit dem Soldaten zu messen. Wahrscheinlich war das vorher ein Mann mit der stolzen Haltung eines Menschen gewesen, der von seinem Kommandeur geschätzt wurde und seinen Wert kannte. Er war es gewohnt, seine Gedanken mühelos zu formulieren. Aber offenbar hatte er etwas durchlebt, was sein Maß überstiegen, ihm seine Kraft geraubt und möglicherweise für immer eine Spur der Angst in seiner Seele hinterlassen hatte.

»So«, sagte der General, »die Funkstation hast du also zerstört. Und was weiter?«

Der Fallschirmspringer antwortete nicht gleich, sondern schaute stumpf zu Boden, umklammerte mit beiden Händen den Stuhl und sagte mit großer Überwindung und zur großen Überraschung des Generals: »Ich habe sie nicht zerstört, Genosse General. Es war alles ganz anders. Während ich fiel, saß mir die Angst in den Knochen – ich schlottere jetzt noch, wenn ich daran denke. Dann bin ich gelandet, zum Glück auf einer Lichtung und nicht in einem Baum. Arme und Beine waren heil, keine Schürfwunden. Ich wurde nicht weit getragen, die Fallschirmkappe fiel schnell zusammen. Keine Menschenseele weit und breit, ich brauchte also nicht auf der Hut zu sein. Ich baute die Funkstation auf, um wenigstens irgendwelche Geräusche zu hören, und setzte die Kopfhörer auf. So merkte ich nicht, wie sie sich von hinten anschlichen, fünf Mann ungefähr. Pötzlich reißt mir jemand die Hörer vom Kopf und stößt mir einen Gewehrlauf in die Fresse: ›Hände hoch!‹ Ich habe es nicht mehr geschafft, das Messer zu ziehen.«

»Und dann hast du ihnen deine MPi gegeben«, sagte Major Swetlookow.

»Die MPi haben sie mir weggenommen«, sagte der Fallschirmspringer. »Ich habe mich nur ein bißchen bewegt, da haben sie mir mit dem Stiefel in den Kiefer getreten …«

Er zeigte, wohin er getreten worden war, dort leuchtete ein violetter Bluterguß. Sein spöttisches Lächeln verriet, daß es für ihn keine Tragödie war, eins in die Fresse zu kriegen, selbst mit dem Stiefel. Major Swetlookow betrachtete ihn von der Seite und schüttelte den Kopf.

»In welchem Moment hat der Bursche bloß begonnen, sich selbst eine Grube zu graben?« überlegte Kobrissow. »Ist er von meinem väterlichen Ton aufgeweicht worden? Oder hat er einfach nicht den Mut, mich anzulügen? Warum hat er nicht gesagt, daß er die Funkanlage wie vorgeschrieben zerstört hat, daß er sich bis zur letzten Patrone verteidigt hat, daß er mit dem Finnenmesser auf den Feind losgegangen ist, ihn mit den Zähnen zerrissen hat?«

Das alles war für einen Mitarbeiter der »Smersch« Grund genug, hellhörig zu werden. Aber das war Swetlookow bestimmt schon vorher geworden, als von dem verunglückten Absetzen der Luftlandetruppen die Rede war, darüber hätte ein einfacher Soldat nicht sprechen dürfen, denn das kam einer Verleumdung der Armeeführung gleich, das war bösartige antisowjetische Hetze.

Häufig mußten Menschen die Suppe auslöffeln, die andere eingebrockt hatten. Wie schnell wurden eigene Fehler auf Unschuldige abgewälzt! Im Prinzip stand hinter jeder Beschuldigung politischer Art ein persönliches Interesse, das immer selbstsüchtig war. Und diese Herrschaften brachten es jedesmal fertig, sich vor dem Oberkommandierenden ins rechte Licht zu setzen und Orden einzuheimsen. Sie verstanden es, sich erhobenen Kopfes aus jeder Affäre zu ziehen. Es gab genug sowjetische Soldaten, die Mut und Standhaftigkeit bewiesen haben und sich durch Heroismus auszeichneten. Andere spannen um diesen Heroismus ihre Legenden. Dieser Bursche hier jedoch hatte keine Legende auf Lager. Er war bereits dem Untergang geweiht, als er in der nächtlichen Finsternis absprang, wahrscheinlich sogar schon, als er sich ins Flugzeug setzte.

»Was ist mit denen, die zurückgeschossen haben?« fragte der General. »Konnten sie eine Verteidigung aufbauen?«

»Als die Deutschen mich wegbrachten, habe ich sie gesehen, man hat sie an den Leinen aufgehängt. An den Leinen ihrer Fallschirme. Die Deutschen machten ihre Witze über sie. Einige Schwerverwundete und die, die sich die Beine gebrochen hatten, wurden auf einen Haufen geworfen, mit Reisig zugedeckt und angezündet. Ihre Schreie waren schrecklich. Sie schallten durch den ganzen Wald. Und es roch nach verbranntem Fleisch.«

»Und dich haben sie also weggebracht«, sagte Swetlookow.

»Mich haben sie weggebracht«, wiederholte der Fallschirmspringer. Plötzlich brach es aus ihm heraus: »Hab' ich sie etwa darum gebeten? Hab' ich mich an sie verkauft, ja? Hab' ich versprochen, ihnen zu dienen? Hätten sie mich lieber auch aufhängen sollen? Oder verbrennen? Sagen Sie doch!«

»Das wird man dir noch sagen«, entgegnete Major Swetlookow. »Und was besser für dich ist und was schlechter, mußt du selbst wissen.« Als würde er sich plötzlich wieder an sein Versprechen erinnern, fügte er hinzu: »Verzeihung, Genosse General. Ich wollte mich nicht einmischen.«

»Hast du aber!« wollte der General schon losbrüllen. Aber wenn er die ersten Fragen Swetlookows nicht verhindert hatte, konnte er sich jetzt nicht beschweren. Den Gegner wehrt man ab, wenn er noch in weiter Ferne ist, steht er bereits in der Nähe, ist es zu spät.

Der General tat, als habe er Swetlookows Worte nicht gehört, das schien ihm in diesem Augenblick die beste Taktik zu sein. Dann wandte er sich wieder in väterlichem Ton an den Fallschirmspringer: »Und wohin haben sie dich gebracht?«

»In die Stadt.«

»In welche Stadt?«

Der Fallschirmspringer rieb sich die Stirn, als habe er Mühe, den Namen der Stadt zu nennen.

»In dieses ... Myrjatin.«

Wie der General sich später erinnerte, lief über sein Gesicht und durch seinen ganzen Körper ein heißer Strom, als er diesen Namen hörte. Es war wie eine Vorahnung: In der nächsten Sekunde würde sich ihm ein Geheimnis offenbaren, das er wissen mußte, bevor er seine Pläne aufzeichnete und seine Patience legte. Wer, wenn nicht er selbst, war schuld daran, daß die Aufklärung dieses Geheimnis nicht gelüftet hatte? Er hatte sie nicht damit beauftragt, er hatte überhaupt nicht darüber nachgedacht, was das für Menschen waren, die dieses Städtchen verteidigten.

»Warum nach Myrjatin?« fragte er. »Wozu?«

Der Fallschirmspringer schaute ihn verwundert an.

»Dort sind Russen«, sagte er. »Russen.«

Der General spürte, wie der Blick des Mannes auf seinem Gesicht brannte.

»Haben die Deutschen dort Gefangene zusammengetrieben? Ist dort ein KZ?« fragte er verwirrt, obwohl er die Antwort bereits wußte, sie aber verdrängte und statt dessen das bestätigt haben wollte, wonach er gefragt hatte.

Der Fallschirmspringer schüttelte den Kopf: »Ich habe nicht gesehen, daß welche bewacht wurden. Sie laufen frei herum. Haben selbst Bataillone aufgestellt, sind selbst in den Kampf gezogen, es hat sie keiner gezwungen. Auch mich hat man nicht gezwungen. Sie haben gesagt: ›Du bist Russe, dann sollen die Russen mit dir Schlitten fahren. Du kannst froh sein, daß wir dich nicht zu den Ukrainern schleppen, die würden dir das Zeichen der Völkerfreundschaft auf den Wanst brennen. Oder etwas tiefer ...‹«

»Du sagst, sie haben Bataillone aufgestellt. Und wieviel? Ungefähr?«

»Es heißt, es kämpfen schon zehn oder elf Bataillone. Und meins, in das sie mich stecken wollten, war auch schon fast vollzählig. Sie hatten sogar schon Waffen, nur Uniformen fehlten noch. Sie trugen die Sachen, in denen sie übergelaufen waren. Manche Zivil, das waren die Ortsansässigen, die sich ihnen angeschlossen hatten.«

»Was für Uniformen? Deutsche?«

Diese Frage verblüffte den Fallschirmspringer dermaßen, daß es ihm die Sprache verschlug. Sein Schweigen war auch eine Antwort.

»Die hätte ich nie im Leben angezogen«, sagte er nach einer Pause. »›Unter keinen Umständen und wenn ihr mich an die Wand stellt‹, habe ich gesagt. Na, sie haben nicht darauf bestanden: ›Bleib hier, schau dich um. Vielleicht überlegst du's dir ...‹«

»Wer befehligt sie, weißt du das?« fragte der General. Er erwartete den Namen Wlassow zu hören.

»Was heißt, wer?« sagte der Fallschirmspringer. »Deutsche. Die Bataillonskommandeure sind ausnahmslos Deutsche. Und ihre Stellvertreter ebenfalls.«

»Können die denn Russisch?«

Der Fallschirmspringer zuckte mit den Achseln.

»Sie können vielleicht ein Dutzend Kommandos. Was braucht der Iwan schon?«

»Und wer steht über diesen Deutschen?«

»Andere Deutsche.«

»Und noch weiter oben? Ein General?«

»Einen General habe ich nicht gesehen, aber bestimmt ebenfalls irgendein Fritz. Einmal kam ein Oberst zur Inspektion. Er hat rumgebellt, und keiner wußte, ob er uns anschnauzt oder lobt.«

»Sie kämpfen also, sagst du. Wissen sie auch, daß ihnen ein Kessel bevorsteht?«

»Sie wissen Bescheid. Es wird davon geredet.«

»Und warum ziehen sie sich dann nicht zurück?«

Der Fallschirmspringer zuckte abermals mit den Achseln. Seine Bewegungen waren ruckartig, wahrscheinlich fiel es ihm schwer, sich zusammenzureißen.

»Es gab keinen Befehl zum Rückzug … Und mit der Uniform haben sie sich verpflichtet, die Befehle zu befolgen. Wenn nicht, dann heißt es: ›Erschießen‹. Auch Deutsche würden sie erschießen. Keinen Schritt zurück, heißt der Befehl.«

Der General wollte eigentlich noch andere Fragen stellen, doch er besann sich. Mit seinen Antworten hätte der Fallschirmspringer seine Situation nur verschlimmern können.

»Sie warten also auf den Befehl, und der kommt nicht?«

»Als ich wegging, haben sie noch darauf gewartet. Aber man hat sie bestimmt vergessen, ganz oben …«

Das war also die Falle, die Bruder Felix ihm gestellt hatte. So einfach war das! Auf die Idee wäre er nie gekommen, obwohl er schon oft von »Vergessenen« gehört hatte. Kompanien und Bataillone wurden vergessen, Divisionen und Korps, eine ganze Armee hatte man im »Sack« beim Dorf Mjasnoi Bor in der Nähe des Flusses Wolchow vergessen. Dieselbe 2. Stoßarmee, die Wlassow dann heraushauen mußte. Aus Angst vor einer drohenden Einkesselung war die Führung in ihren Stabsjeeps geflüchtet und hatte vergessen, dem Deckungsbataillon den Befehl zum Rückzug zu geben. Dafür hatte man nicht vergessen, den Fahnentrupp ins Feuer zu schicken, obwohl er nur aus drei Leuten bestand – dem Fahnenträger und den beiden Begleitern. Man hatte nicht vergessen, Verwundete aus dem Sanitätsbataillon, die in der Lage waren zu laufen, ins Feuer zu treiben – in Krankenhauskitteln und langen Unterhosen. Man hatte es nicht einmal für nötig gehalten, ihnen Waffen zu geben. Aber den Durchbruch sollten sie verschließen … Und es geschah ein Wunder: Mit bloßen Händen brachten sie die Deutschen zum Stehen. Nachdem die Deutschen an die 25 Verwundeten niedergeschossen hatten, verließen sie plötzlich die eingenommenen Höhen. In diesem Moment kam die Kavallerie zu Hilfe und drängte die Deutschen endgültig zurück. Ihr Kommandeur wurde gefangengenommen, ebenfalls ein Oberst, und General Kobrissow ließ ihn zu sich bringen. »Warum haben Sie sich zurückgezogen?« fragte er streng. »Sie hatten doch eine hervorragende Position. Von diesen Höhen aus hätten Sie die Division allein mit ihren MGs in die Hölle schicken können!« Der Oberst blickte ihn traurig, ja sogar mit einem gewissen Mitgefühl an und entgegnete sanft: »Herr General, meine MG-Schützen sind gute Soldaten, ich habe ihnen nichts vorzuwerfen. Doch auf Unbewaffnete in Krankenhauskitteln schießen … So was haben sie nicht gelernt. Sie haben die Nerven verloren, vielleicht zum erstenmal in diesem Krieg.« Noch Tage danach ließ diese Sache dem General keine Ruhe. Er dachte darüber nach, wie er die bestrafen müßte, die sich hinter dem Rücken der Verwundeten versteckt hatten. Den ersten Gedanken, bei dem ihm die Hand juckte, verwarf er: sie eigenhändig vor der Front zu erschießen. Schließlich kam er auf eine andere Idee: Diejenigen, die sich mit Schande bedeckt, und die Verwundeten, die gekämpft hatten, wollte er in zwei Reihen einander gegenüber aufstellen, die Orden von den Uniformen abreißen und sie an die braunen Krankenhauskittel heften. Er beriet sich sogar mit dem Stabschef, doch der holte ihn gleich auf die Erde zurück: Diese Schamlosen würden sich sofort an das Präsidium des Obersten Sowjets wenden, das ihnen die Auszeichnungen zuerkannt hatte, und man würde ihnen alles zurückgeben, während er, Kobrissow, wegen Willkür einen scharfen Verweis bekäme. In diesem Krieg geschah so manches, aber daß die Deutschen ihre eigenen Leute vergessen hätten, an so etwas konnte sich Kobrissow nicht erinnern. Nun war es auch ihnen passiert, allerdings nicht mit den eigenen Leuten, sondern mit Russen, genauer, mit »russischen Verrätern«.

»Wenn Sie wollen, kann ich über ihre Waffen Auskunft geben«, sagte der Fallschirmspringer.

Der General erhob sich und ging im Zimmer auf und ab.

»Das will ich nicht wissen. Erzähl lieber, wie es dir gelungen ist zu fliehen.«

Hinter der Frage verbarg sich die Absicht, dem Burschen die Chance zu geben, seine Situation zu verbessern. Allerdings hatte er das dumpfe Gefühl, daß er damit das Spiel mitspielte, das ihm Swetlookow aufgezwängt hatte. Und die gewannen jedes Spiel von vornherein.

»Das war nichts Besonderes«, sagte der Fallschirmspringer. »Sie haben mich nicht festgehalten. Zehn Tage war ich bei ihnen, habe die ›Quarantäne‹, wie es bei ihnen heißt, über mich ergehen lassen. Dann haben sie mich gefragt: ›Willst du nicht bei uns bleiben?‹ Und als ich sagte, nein, Brüder, das will ich nicht, stellten sie keine Fragen mehr. Ich bat sie, mir meine MPi zurückzugeben, das taten sie auch, nur die Trommel war leer: ›Sonst schießt du noch auf uns.‹ Und zum Abschied sagten sie: ›Sollten wir im Kampf aufeinandertreffen, dann erwarte kein Pardon.‹«

Er schwieg und überlegte, schließlich fügte er hinzu: »Ich habe das Gefühl, Genosse General, daß sie kämpfen werden wie Tiere und auf ihr Schicksal pfeifen ... Für sie gibt es keine Hoffnung. Auf nichts haben sie Lust, außer auf Wodka. Und auf Blut. Sie haben ein Kampflied, es klingt fast wie eine Hymne: ›Für Erde, für Freiheit, für ein besseres Land nimmt das Arbeitervolk das Gewehr in die Hand ...‹ Dieses Lied singen sie voller Trauer, fast unter Tränen ...«

»Das geht an die Nieren, stimmt's?« warf Swetlookow ein. »Der Abschied ist dir bestimmt schwergefallen.«

Der Fallschirmspringer sah den Major lange an, Bitterkeit und Kränkung lagen in seiner Stimme, als er sagte: »Ja, Genosse Major, der Abschied fiel schwer. Denn sie sagten noch: ›Es ist ein Fehler, daß du gehst. Der Weg zurück ist dir versperrt. Weil du bei uns und in Gefangenschaft warst. Keiner wird dir glauben. Du kannst von Glück reden, wenn du die Überprüfung bestehst und man dich mitkämpfen läßt.‹ Ich weiß nicht, ob sie recht haben ...«

»Das weiß ich auch nicht«, sagte Swetlookow. »Ich bin weder Gott noch Kaiser, noch Tribun. Darüber entscheiden andere ...«

Es herrschte ein beklemmendes Schweigen, der General hatte nicht die geringste Ahnung, wie er es brechen sollte. Als Swetlookow fragte: »Brauchen Sie noch einen weiteren Gefangenen, Genosse General?«, empfand er sogar eine gewisse Erleichterung.

Er wandte sich ab, legte die Hände auf den Rücken und entgegnete: »Mir ist alles klar.«

Klar war ihm, daß in Anwesenheit eines Dritten kein Gespräch zustande kam.

Swetlookow sagte zum Fallschirmspringer: »Geh zum Auto. Sag den Begleitposten, daß ich in ein paar Minuten komme. Siehst du, ich vertraue dir ...«

Der Fallschirmspringer erhob sich, legte die Hände an die Hosennaht und wandte sich an den General: »Gestatten Sie zu gehen, Genosse General?«

Seine Stimme drückte klar aus: »Sie liefern mich aus, Sie treten nicht für mich ein?« Der General fing den Blick auf, den ihm der Gefangene verzweifelt, flehend und hoffnungsvoll zuwarf. Er wollte ihm die Hand drücken, doch plötzlich merkte er, daß er das im Beisein von Swetlookow nicht vermochte, sein Arm war wie gelähmt.

»Ich wünsche dir Glück auf deinem Weg«, sagte der General. »Beweise, was sie verlangen.«

Der Fallschirmspringer verließ schweigend den Raum, man hörte, wie er wie blind die Stufen ertastete und langsam die Treppe hinunterging. In dem kleinen zerschossenen Bahnhof gab es etwa fünf oder sechs große Löcher in den Wänden und dementsprechend genauso viele Möglichkeiten, nicht durch den Ausgang zu gehen, vor dem der achtsitzige »Dodge« mit den Begleitposten der »Smersch« wartete. Dennoch war sich Major Swetlookow sicher, daß alles ruhig ablaufen und der Fallschirmspringer, für den es ein leichtes gewesen wäre, mit der Wachmannschaft fertig zu werden, sich gehorsam in den »Dodge« setzen und den zermürbenden Verhören, dem Filterungslager und seinem vorbestimmten Schicksal entgegenfahren würde. Wie schon oft dachte der General bei sich, wie unermeßlich groß doch Rußland war und wie klein die Chance, in diesem Land unterzutauchen. Und würde sich diese Chance doch einmal ergeben, würde ein Russe sie bestimmt ausschlagen, als sei sie die schrecklichste Variante von allen.

»Der Junge müßte mal verschnaufen«, sagte der General, ohne Swetlookow anzusehen. »Damit er wieder zu sich kommt, und dann ab zur Truppe. Solche wie den würde ich liebend gern in meiner Armee aufnehmen. Welcher Bataillonskommandeur würde so einen ablehnen?«

»Und welcher Tschekist würde so einen nicht überprüfen?« fügte Swetlookow hinzu.

»Tja, das ist bei euch so Sitte ... Wird man ihm lange ... auf den Zahn fühlen?«

»Das hängt von ihm ab. Wie offen er ist. Wir beide wissen nicht, warum sie ihn einfach weggelassen haben, Genosse General. Die Hauptsache hat er nämlich nicht gesagt, warum sie nur ihn zu den Russen nach Myrjatin gebracht haben. Und er hat die Hände gehoben.«

Der General fragte gereizt: »Woher wissen Sie das?«

»Das ist doch klar«, sagte Swetlookow. »Wer die Hände nicht hebt, wird liquidiert.«

»Heißt das, wenn sie ihn nicht aufgeknüpft oder verbrannt haben, ist er bereits schuldig? Heißt das, sie haben ihn zum Spionieren geschickt? Oder um Propaganda zu machen? Ist doch vollkommener Blödsinn ...«

Swetlookow stand auf und sah den General mit seinen treuherzigen blauen Augen an, wobei er den Riemen seiner Kartentasche um die Hand wickelte.

»Ist doch merkwürdig, Genosse General, wir regen uns auf, wenn jemand als schuldig bezeichnet wird. Das muß das Kriegsgericht entscheiden, sagen wir. Aber ob jemand nicht schuldig ist, das bestimmen wir selbst, dazu brauchen wir keine Abwehr und kein Kriegsgericht. Ist doch unlogisch, müssen Sie doch zugeben. Ich würde nie wagen, jemanden zu beschuldigen oder zu rechtfertigen. Sollen die sich den Kopf zerbrechen, die mehr Ahnung davon haben ... Doch im Prinzip war das Gespräch interessant, ich habe viel Nützliches daraus gelernt. Was Myrjatin angeht und diese ... Überläufer, diese Wendehälse, kurz, diese Wlassowanhänger. Ich sehe, daß auch Sie das interessiert. Und soweit meine Inkompetenz es zuläßt, glaube ich, sagen zu können, daß Ihre Operation hervorragend laufen wird.«

Dieses Lob klang in den Ohren des Generals wie quietschendes Kratzen auf Glas. Die Operation erschien ihm plötzlich häßlich und plump.

»Ich habe mir gedacht«, fuhr Swetlookow fort, »es wäre gut, wenn die Armeeführung bei der Planung dieser oder einer anderen Operation unsere Interessen berücksichtigen würde. Ich meine die Interessen der ›Smersch‹. Daß sie sich mit uns abstimmt ... Wir wären zum Beispiel sehr an einer Einkreisung interessiert.«

Der General, der unbändigen Zorn in sich hochsteigen fühlte, sagte langsam: »Und wieviel Verluste diese Einkreisung kostet, interessiert Sie das auch? Darauf könnt ihr lange warten, daß ich meine Operationen mit euch abstimme.«

»Schade ...« Swetlookow seufzte demütig, drückte die Brust heraus und schlug die Hacken zusammen. »Pardon, daran habe ich nicht gedacht. Gestatten Sie, daß ich mich entferne?«

Nachdem Swetlookow gegangen war, wurde das Gefühl des Widerwillens noch unerträglicher. Seit einiger Zeit fiel es dem General schwerer, allein mit sich zu sein, als lästige Menschen zu erdulden. Die Schuld, die er sich selber gab, brannte tiefer als die, die ihm andere vorwarfen. Heute war er mit einer Tatsache konfrontiert worden, auf die er nie hatte stoßen wollen. Er hatte immer gehofft, er bliebe davon verschont. Warum hatte er die Gefahr nicht kommen sehen? Das waren nicht die kleinen zerstreuten Grüppchen in den deutschen Einheiten, von denen er noch vor dem Kursker Bogen gehört hatte, als die Armee Woronesh verließ. Nein, vor ihm stand eine organisierte Kraft, die möglicherweise das Skelett der deutschen Verteidigung darstellte.

Vor einem Jahr noch war so etwas nicht absehbar, als sie zum erstenmal von den verräterischen Generalen Ponedelin und Wlassow hörten und das Wort »Russische Befreiungsarmee« ihnen schrecklich in den Ohren klang, schrecklich durch die darin verborgene Verdammnis, durch die gefährliche Unnachgiebigkeit der Verfluchten. Bald danach waren geschmacklose Flugblätter abgeworfen worden, Einlaßscheine in die Gefangenschaft und »künstlerische Agitation« zugleich: Der Oberste Befehlshaber tanzte mit einer Ziehharmonika in einem engen Kreis, in dem nur ein Stiefel Platz fand, aus seinem Mund kam eine Sprechblase:

Heute, am letzten Tag,
Freunde, wollen wir feiern ...

Die Offiziere und Soldaten hatten den Befehl, solche Flugblätter bei den Politoffizieren abzuliefern. Für den Besitz und die Weitergabe bekam man die Höchststrafe. Aber kaum jemand hob die Dinger auf. Doch bald regnete es andere, deren Text seriöser war und auf denen das finstere, verschlossene, irgendwie aristokratische Gesicht Wlassows abgebildet war. Scharfe, aufmerksame Augen blickten durch eine Hornbrille, der große Mund zeugte von Kraft und gebieterischem Willen. Aus so einem Mann konnte ein Volksführer werden.

Ponedelin hatte General Kobrissow nicht gekannt, aber mit Wlassow, seinem Retter vor Moskau, war er in der Hauptstadt zusammengetroffen, auf dem Treffen der Divisionskommandeure, bei dem die 99. Wlassowsche Schützendivision, die in der Sowjetunion den ersten Platz einnahm, als gutes Beispiel genannt wurde. Kobrissows Division, die der Fernöstlichen Armee angehörte, war auch eine der besten, so daß beide Generale im Präsidium nebeneinander saßen. Kobrissow staunte damals über Wlassow, der allen Reden mit dem Notizbuch in der Hand lauschte und Gott weiß was für Rosinen herauspickte, während die anderen gähnten. Dann standen sie – nicht zufällig – beim Bankett nebeneinander. Andrej Andrejewitsch sprach kräftig dem Alkohol zu, verlor dabei aber nicht den Faden des Gesprächs, das er im nüchternen Zustand begonnen hatte. Kobrissow fiel sein klarer Verstand und die große Bildung, geschärft durch Belesenheit, auf. Wlassows Rede war mit Zitaten von Suworow* und anderen russischen Feldherren und seltenen Sprichwörtern gespickt. Eines benutzte er besonders oft: »Schuster, bleib bei deinem Leisten« ... Für Wlassow hatte es keinen Zweifel gegeben, daß ein Krieg mit Deutschland bevorstand und daß dieser Krieg die schwerste Prüfung für Sowjetrußland werden würde. Selbst der Pakt mit Ribbentrop wird ihn später nicht verunsichert haben. Wlassow hatte sich in seiner Vorahnung nicht nur nicht getäuscht, er war auch besser als andere auf diese Prüfung vorbereitet. Im Jahr 41, als alles nach Osten zurückwich und es außer der allgemeinen panischen Flucht nur noch zwei Varianten gab, nämlich entweder in Gefangenschaft zu geraten oder in einen Kessel, stützte sich die gesamte Verteidigung Kiews auf die 37. Armee Wlassows. Und er verlor seine Armee nicht, er führte sie und die Reste der anderen aus dem Kiewer Kessel heraus, in den mehr als 600 000 geraten waren. Die Art und Weise, wie Wlassow Kiew aufgab, wie er der tödlichen Zange Guderians und von Kleists entkam, machte den eigenen Leuten und dem Gegner deutlich, daß nicht alle guten sowjetischen Generale durch die Vorkriegssäuberungen liquidiert worden waren, daß es noch welche gab, auf die man setzen konnte. Das zweite Mal machte Wlassow vor Moskau von sich reden, und Kobrissow kam nicht umhin, die verwegene Schönheit seines abenteuerlichen und verrückten Entschlusses zu bewundern. Mit einer solchen Selbstsicherheit vorzustoßen, ohne Aufklärungsangaben, im Schneesturm, auf gut Glück, unter Einbeziehung einer fremden Brigade, wofür er im Fall der Niederlage an die Wand gestellt worden wäre. Dieser Vorstoß war es, der Moskau rettete, nicht die sibirischen Divisionen, die vom Obersten Befehlshaber so sorgsam zurückgehalten wurden, die noch kein Pulver gerochen hatten,

* Suworow, Alexander Wassiljewitsch (1729–1800); russ. Feldherr, wurde berühmt vor allem im Russisch-Türkischen Krieg 1787/1792.

jedoch aus unerfindlichen Gründen besser geeignet sein sollten als die zurückweichenden, fronterfahrenen Soldaten. Das dritte Mal wurde von Wlassow ein Wunder erwartet. Das war, als ihn der Oberste Befehlshaber auf Shukows Rat losschickte, die 2. Stoßarmee zu retten, die man so unsinnig und plump am Brückenkopf von Wolchow verbraten hatte in der Hoffnung, auf ihren Knochen die Leningrader Blockade durchbrechen zu können. Doch beim drittenmal gelang ihm das Wunder nicht. Ob er, als er durch das dichte Flakfeuer zur eingekesselten Armee flog, wußte, daß er den Leuten nicht mehr helfen konnte? Kobrissow hatte keine genauen Informationen, um Wlassow in dieser Hinsicht beurteilen zu können, denn solche Informationen gab es nicht. Es kursierten nur jene schwärmerischen Legenden, die um den Wunder-General gewoben wurden. Es wurde erzählt, er habe die Operation Wolchow von Anfang an pessimistisch betrachtet, als zum Scheitern verurteilt, und er habe nur darauf gehofft, der Oberste Befehlshaber würde ihm gestatten, die Armee aufzulösen, damit sich die Leute in kleinen Grüppchen nach Osten durchschlagen konnten. Aber der Oberste hatte ihm diese Vollmachten nicht gegeben, Wlassow hatte sie sich selbst genommen. Und mit diesem Schritt war er für sie bereits zum Verräter geworden, nicht erst, als ein Geistlicher oder Kirchenwächter den Deutschen sein Versteck verriet. Kobrissow hatte übrigens den Verdacht, daß man die Kirchenleute zu Unrecht beschuldigte. Wahrscheinlicher war es, daß sowjetische Bauern den sowjetischen General an die Deutschen verraten haben, sie hatten genug Grund, die Rote Armee und ihre heldenhaften Heerführer zu »lieben«, angefangen bei Tuchatschewski, nein, früher schon, bei Trotzki. Wahrscheinlich hatten diese Leibeigenen noch nie eine größere Schadenfreude empfunden als in dem Moment, wo aus der Kirche eine Baßstimme zu vernehmen war: »Nicht schießen, hier ist Wlassow.«

Bereits im Juli – Wlassow war kaum zwei Monate in Gefangenschaft – rief er in Winniza das russische Volk zum Kampf gegen Stalin auf. Und im darauffolgenden Januar erklärte er im Manifest von Smolensk: Den Bolschewismus stürzen können wir leider nur mit Hilfe der Deutschen. »Leider«, dieses Wort sagte er im Beisein der Deutschen, im Theater von Smolensk. Dem russischen Sieg mit deutscher Hilfe war in einer Kathedrale, die unter den Bolschewiken als Getreidespeicher diente und die man nun wiedereröffnet hatte, ein Gottesdienst gewidmet. Im April reiste er nach Riga und nach Pskow und besuchte das Höhlenkloster. Der Abt verneigte sich vor ihm bis zur Erde, im Theater hatten ihm zweitausend Menschen Beifall gespendet. Im Stab der 18. deutschen Armee sagte er, er hoffe, schon in naher Zukunft die Deutschen in Moskau begrüßen zu können. Die sowjetischen Zeitungen nannten ihn einen Trotzkisten, einen Komplizen Tuchatschewskis, einen Spion, der bereits vor dem Krieg für die Deutschen und Japaner gearbeitet habe. Kobrissow, dem man seinerzeit vorgeworfen hatte, ein »Lakai Blüchers« gewesen zu sein und die Heimat an die Japaner verkauft zu haben, nahm diese Beschuldigungen nicht ernst. Es war ihm nicht entgangen, daß Wlassow die Deutschen nicht als Herren, sondern lediglich als Helfer bezeichnete, als Gäste Rußlands, daß er versuchte, sich von ihnen zu distanzieren und sogar den Eindruck erwecken wollte, er schreibe seine Manifeste nur, weil sie ihn mit der Pistole unter Druck setzten.

Was Kobrissow störte, waren seine scharfen antibolschewistischen Reden. Mit seinen Haßtiraden gegen den Obersten BH begann Wlassow erst, als er in Gefangenschaft war. Und wenn die Deutschen ihn nicht gefangengenommen hätten? Wäre er dann mit den ihm zugefügten Kränkungen die Rang- und Ordensleiter immer weiter hochgeklettert? Wahrscheinlich ja. Er hatte nicht so viele Beleidigungen zu ertragen gehabt. In der Überschrift seines Smolensker Manifests hieß es sogar: »Die Sowjetmacht hat mir keine Kränkungen zugefügt.« Bei seinen Fähigkeiten hätte er es bis zum Armeegeneral bringen können, bis zum Oberbefehlshaber einer Front, vielleicht sogar zum Marschall, zum Stellvertreter des Obersten Befehlshaber, wie Shukow. Nur die Brille wäre möglicherweise ein Hindernis gewesen, sie verriet, daß er viel las. Mit seinem hohen Wuchs hätte er ebenfalls Schwierigkeiten gehabt, er war fast zwei Meter groß. Den kleinen Wichten, aus denen sich die sowjetische Führung rekrutierte, wäre er immer ein Dorn im Auge gewesen. Kobrissow, selbst hochgewachsen, hatte Mitgefühl mit ihm. Aber vielleicht wäre es dennoch gegangen, die Brille hätte man mit vererbter Kurzsichtigkeit erklären können, und ist einer sehr groß, wirkt eine Verbeugung besonders eindrucksvoll. Doch nun war Wlassow in Gefangenschaft geraten und seine eigentliche Einstellung zur Sowjetmacht wurde deutlich. Allerdings hätte Wlassow noch glaubhafter gewirkt, wäre er aus eigenem Antrieb übergelaufen. Hatte man einen zuverlässigen Mann in der Begleitmannschaft, war das ein Kinderspiel. Zwar war Kobrissow nie einer solchen Versuchung ausgesetzt gewesen, doch er war überzeugt, daß Schesterikow, hätte er ihn dazu aufgefordert, ihm wortlos gefolgt wäre, er hätte höchstens gefragt, ob er eine Reservetrommel für die MPi mitnehmen solle. Wlassow hätte mit einem Dutzend Leuten überlaufen und eine Armee gründen können. Bei seinem Namen, seinem Ruhm und seinem Ansehen wäre es ihm gelungen, die versprengten Einheiten, die sich bereits zusammengefunden hatten, zu vereinen: die Kosaken, Ukrainer, Belorussen, Georgier und Kalmücken. Diejenigen, die zur »alten Ordnung zurückkehren« wollten, waren kein »kleiner Haufen von Judassen, die sich für dreißig Silberlinge verkauft« hatten. Der Verrat war bereits eine Massenerscheinung geworden und konnte nicht mehr als solcher bezeichnet werden. Man sprach sogar schon von einem zweiten Bürgerkrieg in Rußland. Wohlan, dann mußte dieser Bürgerkrieg eben geführt werden, aber unter eigener Flagge, nicht, indem man zwischen Stalin und Hitler wählte. Wlassow allerdings hatte es vorgezogen, in Gefangenschaft den Mann zu spielen, der erst unter dem Einfluß der alten Emigranten klug geworden war. In seinen stürmischen Offenbarungen lag tatsächlich etwas Gekünsteltes. Er wurde so, wie sie ihn haben wollten. Er war ein Spieler – und wurde zum Spielzeug.

Aufgrund seiner Stellung hatte Kobrissow Einblick in Dokumente, die sogar für höhere Offiziere unzugänglich waren. Meist lernte er sie kennen, wenn sie jemand mit angewidertem Gesicht und hochgezogenen Augenbrauen vorlas. Gewöhnlich tat das der Chef einer Politabteilung oder das Erste Mitglied des Kriegsrates. Wenn sie vorlasen, taten sie das wie Schauspieler: Bestimmte Stellen hoben sie sarkastisch hervor, an anderen lachten sie höhnisch und forderten die Zuhörer auf, in ihr Gelächter einzufallen, an wieder anderen Stellen hoben sie ihre Stimme zum empörten Pathos. Manchmal kam Kobrissow dabei der Gedanke, daß diese Art von Vorlesen genau das Gegenteil bewirkte und in dem einen oder anderen Zuhörer Sympathie für die Verurteilten erzeugte. Um seinen Eindruck bestätigt zu finden, hätte er den Blick heben und alle Anwesenden ansehen müssen, was er jedoch kein einziges Mal tat. Immerhin wäre es möglich gewesen, daß dieser hinterlistige Gedanke nicht ihm allein kam und ein anderer ihn ebenfalls skeptisch angesehen hätte.

Allein für die Meinung, daß Wlassows Verrat ein verhängnisvoller Fehler gewesen war, wäre Kobrissow augenblicklich vom Armeedienst suspendiert worden. Man hätte ihm alle Titel und Orden aberkannt und bestenfalls nach Kasachstan in den Steinbruch geschickt, höchstwahrscheinlich aber in die Bergwerke von Workuta. Der Fehler bestand seiner Auffassung nach darin, daß Wlassow sich mit den Deutschen verbündet hatte. Nicht etwa weil das die Vereinigung aller Russen zur entscheidenden Kraft verhinderte. Nein, unverzeihlich war, daß er sich, wenn auch nur auf Zeit, mit denen zusammentat, die das russische Volk als Henker und Peiniger erlebt hatte. Wenn jemand den Deutschen verzieh und mit ihnen zusammenarbeitete, dann war er nicht besser als sie! Und diesen seinen Fehler begriff Wlassow nicht, er begriff auch nicht, daß er mit seiner Russischen Befreiungsarmee zu spät kam. Trotz Stalingrad und Kursker Bogen hatte er nicht kapiert, daß der Oberste Befehlshaber den Krieg bereits gewonnen hatte und die Volksmassen an der Front und im Hinterland auf seiner Seite standen. Wlassow, der selbst seinen Anteil an diesem Sieg hatte, versprach, den Krieg per Telefon zu beenden! Das heißt, er war der Ansicht, er brauche Shukow, Rokossowski und alle seine Freunde aus der Militärakademie, mit denen er immer so offen gesprochen hatte, nur anzurufen, und sie würden ihm die Front überlassen! Bereits hier wurde offenbar, wie es um Wlassow stand – ein General, der nicht mehr wußte, was Krieg bedeutet, ein Russe, der Rußland nicht mehr verstand!

In menschlicher Hinsicht hatte Kobrissow Mitgefühl mit ihm, er konnte sich gut in Wlassows Lage hineinversetzen. Doch weshalb hatte er diese Hakennasen, Dicklippigen, Schlappohren, Verwirrten und durch die deutsche Gefangenschaft Zerstörten um sich geschart? Er konnte ihnen nichts anderes geben als seinen Namen. Die Idee war verführerisch. Wer träumte nicht davon, an der Spitze einer Armee in die Heimat zurückzukehren? Aber über ein Jahr war bereits vergangen, und der Fallschirmspringer behauptete, und nicht er allein, die russischen Bataillone würden immer noch von Deutschen befehligt. Der gefangene General lenkte also seine Truppen mit Hilfe der Deutschen? Das hieß, Wlassow hatte in Wahrheit überhaupt keine Armee, und alle Russen, die sich wahllos unter seinem Namen zusammengefunden hatten, waren in Wirklichkeit keine »Wlassow-Soldaten«.

Was Wlassow betraf, war alles klar, ihn erwartete der Strick. Väterchen würde sich ihn holen. Nicht ihm, sondern sich selbst würde der Oberste Befehlshaber nie verzeihen, daß anderthalb oder zwei Millionen unvernünftige Landeskinder die Waffe gegen den Vater aller Völker gerichtet hatten. Er würde daraus schließen, daß er sein Volk noch viel zu sanft behandelt hatte. Über das Los dieser »Landeskinder« mußte Kobrissow nachdenken, denn ihnen gegenüber hatte Kobrissow Schuld auf sich geladen. Sie hatten die »Heimat verraten« … Aber warum und wofür? Für einen eingestürzten Schützengraben, den sie sattsam kannten, für einen Marsch durch schmutzigen, schmatzenden Schlamm, für ein Nachtlager in Schnee oder Morast, für den Strick, falls man sie erwischt (Gefangene wurden nicht gemacht!) oder ein Herumirren in fremden Ländern, wenn sie Rußland verlassen müßten? Es gab aber auch jene, die die Heimat in schwerer Stunde im Stich gelassen hatten, weil sie den Rest ihres Lebens im Luxus verbringen wollten. Von denen war in den Geheimdokumenten der »Smersch« und in den Berichten der Politabteilungen nicht die Rede. Er dachte an die, die in der Heimat geblieben waren. An die in Myrjatin, die es abgelehnt hatten, vor einer Einkesselung zu fliehen! Sie wußten doch, daß das Wort »Verräter« von alters her im russischen Volk einen schändlichen Klang hatte und ihnen nie verziehen werden würde. Wie groß mußte ihr Leid sein, wenn sie nicht einmal davor zurückschreckten, für ewig mit einem Fluch behaftet zu sein und niemals Ansehen zu erlangen? Wenn ein Wunder geschehe und sie siegen sollten, was wäre das für eine Kränkung für das Volk gewesen, wenn es selbst nicht in der Lage dazu war, sondern die Hilfe Fremder, noch dazu der Feinde und Okkupanten, brauchte!

Schon immer hatte ihn eine geheimnisvolle Kraft, eine starke Neugier zu Leuten hingezogen, die die Grenzen überschritten. Auf die gleiche Art wird der Mensch von dem Gesicht eines Verbrechers angezogen, dem man in Kürze den Kopf abhacken wird. Wie gerne hätte er einen von ihnen vor sich hingesetzt und ausgefragt. Er hätte nicht einmal einen Dolmetscher gebraucht. Aber er wußte nur allzu gut, daß dieser Wunsch nicht in Erfüllung gehen wird. Nicht er würde diese Menschen befragen, sondern Major Swetlookow. Er und seine Armee waren nicht dazu da, die Motive der Sünder herauszufinden und so die Neugier zu stillen.

Wozu war er da? Um sie zu fangen, zu fesseln, in die Knie zu zwingen, die schuldigen Häupter an die Erde zu pressen, die sie »verraten« hatten? Hatte der vorsichtige Watutin nicht gesagt: »Mit den eigenen Leuten haben wir mehr Schwierigkeiten als mit den Deutschen?« Was hatte er damit gemeint? War ihm das nur so herausgerutscht? Er war immerhin Chef des Stabes des Kiewer Militärbezirks gewesen, hatte zusammen mit Wlassow gedient, er hatte sich bestimmt seine Gedanken über den Mann gemacht. Watutin war übrigens nicht der einzige, der sagte, nichts sei schrecklicher als ein Bürgerkrieg, denn dann ginge es gegen die eigenen Leute. Die uralte Verehrung des Fremdländischen bei den Russen, die bis zur sklavischen Verneigung gehen konnte, hinderte das Volk daran, das mit einem Fremden zu tun, was es mit den eigenen Leuten machen würde. Wie schnell würde die Wut auf einen gefangenen Deutschen verfliegen, und wie grausam würde sie auf die eigenen Leute sein. Im Vorgeschmack der »heiligen Vergeltung« flackerte in Swetlookows Augen schon ein grünes Feuer, denn es gibt nichts Berauschenderes in Rußland, als sich zu rächen!

Im heißen Sommer 42 krachten nach der Aufgabe von Rostow und Nowotscherkassk und dem Befehl 227 »Keinen Schritt zurück« die Schüsse des Kriegsgerichts! Angst wurde mit Angst ausgetrieben, und sie wurde ausgetrieben von Menschen, die selbst einen panischen Schrecken davor hatten, den Plan nicht zu erfüllen und an den Platz der Todgeweihten gestellt zu werden. Die Frage: »Habt ihr schon viele erschossen?« war damals gang und gäbe. Wahrscheinlich wurde zu dem verheerenden Befehl die Anordnung mitgeliefert, wieviel »Panikmacher« und »Feiglinge« in jeder Einheit aufzuspüren seien. Und es wurden so viel erschossen, wie es die Norm verlangte. Jede Gelegenheit wurde genutzt. Es konnte ein Kommandeur erschossen werden, der seine Soldaten verloren hatte und mit einem leeren Magazin zurückgewichen war. Es konnte ein Soldat erschossen werden, der seinen schwerverwundeten Freund ins Hinterland gebracht hatte. »Dafür gibt es Sanitäterinnen«, hieß es. Und es konnte eine blutjunge Sanitäterin erschossen werden, die den Anblick einer schrecklichen Verwundung nicht ertrug und aus der Hölle floh. Es wurden Menschen vor die Front gestellt, die vor Müdigkeit oder weil sie viel Blut verloren hatten, umkippten. Man las den tauben, kaum zurechnungsfähigen Soldaten das Urteil vor, und man erschoß sie feierlich und mit großer Befriedigung, als käme man dadurch dem Sieg einen Schritt näher.

Eines Tages war ein Leutnant aus dem Kampf zurückgekehrt, mit elf Soldaten, dem Rest seiner Kompanie, und hatte gesagt, dieser Idiotismus müsse ein Ende haben, er könne mit einer Handvoll Leute die Höhe 119 nicht nehmen, er schicke sie nicht in den sicheren Tod, man soll ihn allein erschießen. Leutnant Galischnikow hieß der Todgeweihte, der General hatte sich seinen Namen gemerkt. Aus der Schießscharte des Beobachtungsstands der Division hatte er den Kampf verfolgt und gesehen, daß er nicht zu gewinnen war, jedenfalls nicht bis zum Einbruch der Dunkelheit. Es blieb ihnen nur die Chance, sich am Fuß der Höhe hinzulegen, wenn sie den Befehl 227 erfüllen wollten. Kobrissow war nicht der einzige, der zuschaute. Im Unterstand befand sich auch der bevollmächtigte Vertreter des Hauptquartiers, General Drobnis, mit seiner großen Begleitmannschaft. Diese Begleitmannschaft hätte durchaus gereicht, den elf abgekämpften Soldaten beizustehen. Aber es ist eine bekannte Tatsache: Dort, wo angegriffen wird, fehlen immer Leute, die findet man da, wo die Gefahr am geringsten ist. Je weiter die Hauptkampflinie entfernt ist, desto mehr Leute, desto größer der Mut, desto größer die Schnauze. So kritisierten Drobnis' Leute, die durch die guten deutschen Zeiss-Ferngläser blickten, die »ungeschickten« Handlungen des Stoßtruppführers: Ewig bleibt er am Fuß der Höhe sitzen, auf die die Deutschen sich eingeschossen haben, und befiehlt den Leuten, sich hinzulegen, anstatt die Feuerzone zu durchbrechen. Als sie sahen, wie sich die Soldaten zurückzogen, kochten sie buchstäblich vor Empörung.

General Drobnis befahl Leutnant Galischnikow zu sich in den Unterstand. Sie brachten ihn – schwarz und verschwitzt, die Zunge wie gelähmt. Er stützte sich auf seine MPi wie auf einen

Stock und mußte ständig gegen den Schlaf ankämpfen, der ihn zu überwältigen drohte.

General Drobnis galt als der Schrecken der Generäle. Er brachte sie zum Zittern, obwohl er weder ein Heerführer noch eine Stabskoryphäe, noch eine starke Persönlichkeit war. Er war der Kettenhund des Obersten Befehlshabers und ihm mit solch hündischer Leidenschaft ergeben, daß der Oberste Befehlshaber, der ebenfalls seine Schwächen hatte, ihm nicht widerstehen konnte und alles verzieh. Allein wegen der Sache auf der Krim hätte Drobnis erschossen werden können. Er war dorthin geschickt worden, um die Lage zu retten, und dafür mit Vollmachten ausgestattet, die ihn auf eine Stufe mit dem Oberbefehlshaber der Krimfront stellten. Als erstes schob Drobnis diesen talentierten, doch willensschwachen General beiseite und übernahm selbst das Kommando, womit er es Manstein leichtmachte, allein mit seiner 11. Armee vier sowjetische Armeen zu besiegen. Man erzählte sich, Drobnis habe sich die Vergebung des Obersten Befehlshabers erbettelt, indem er vor ihm auf die Knie gefallen war, vor Liebe geweint und geschworen hatte, daß nicht der Tod für ihn das Schrecklichste sei, sondern die Vorstellung, sich vorzeitig vom Objekt seiner grenzenlosen Liebe trennen zu müssen. Er behauptete, ihm wäre einmal geweissagt worden, er würde wenige Tage vor dem Obersten sterben, müßte also nicht um ihn weinen und könnte sein Glück, mit ihm in ein und derselben Zeit zu leben, voll genießen. Das hatte den Obersten über alle Maßen beeindruckt. Den Befehlshaber der Krimfront setzte er ab, Drobnis hingegen erteilte er zwar eine strenge Rüge und drohte, ihn das nächste Mal mit dem Staatssicherheitschef, Genossen Berija, bekannt zu machen, ernannte ihn aber gleichzeitig zum Vertreter des Hauptquartiers. Drobnis war es beschieden, Mitglied des Kriegsrates von sieben Fronten zu sein, aber nirgends konnte er sich akklimatisieren. Durch seine Intrigen und Verleumdungen beim Obersten Befehlshaber stieß er alle Befehlshaber vor den Kopf, so daß sie Väterchen mit jammervoller Stimme anflehten:

»Entfernen Sie ihn um Himmels willen!« Und seufzend versetzte ihn der Oberste an eine andere Stelle, zum Schrecken eines anderen Befehlshabers. In jenem Sommer war Drobnis, der gerade alle Fronten durchkämmte, mit einem Kommando hoher Offiziere verschiedener Waffengattungen unerwartet aufgetaucht, um den Willen des Obersten in die Realität umzusetzen. Einem Kommandeur eins in die Fresse zu geben war bereits aus der Mode gekommen. General Drobnis hatte sich dieser Methode nie bedient, er achtete seinen Status als Kommissar. Er tat etwas anderes, was sehr viel schlimmer war: Einen Kommandeur, der seiner Auffassung nach mit den Aufgaben nicht zurechtkam, setzte er kurzerhand ab und beauftragte bis zum Eintreffen des Befehls des Hauptquartiers vorübergehend einen seiner Leute. Mit seinen Vollmachten ging er sehr freizügig um, selbst vor Divisionskommandeuren machte er nicht halt.

Kampferfahrene Generale, alte Hasen, bekannten, daß sein Gesicht mit den stark behaarten Schläfen, den stechenden, roten Augen, der Hakennase und der hochmütig herunterhängenden Unterlippe sie in Angst und Schrecken versetze. Ähnlich mußte das Gesicht von Nero oder Caligula ausgesehen haben. Seine Worte, hinter denen sich immer eine Drohung verbarg, brachten sie zum Schlottern. Selbst beim kleinsten Widerspruch schäumte er wütend, und aus seinem Mund kamen bösartige Beschuldigungen. Wegen seines kleinen Wuchses trug er Stiefel mit hohen Absätzen und behielt stets seine speziell für ihn genähte Schirmmütze mit dem hohen Rand auf.

Nun stand ein schlaksiger, junger Mann mit erschöpftem Gesicht vor ihm, der unentwegt mit den erdverkrusteten Augen zwinkerte, an dessen zerrissener Feldbluse Knöpfe fehlten und dessen Koppel zur Seite gerutscht war. Allen Geschniegelten und Gebügelten, die sich im Unterstand befanden, besonders aber Drobnis, war er fremd. Außerdem schien er keine Angst zu empfinden, zumindest nicht mehr als auf der Höhe 119, ihn konnte nichts mehr schrecken.

Drobnis spürte das, doch war er ein Menschenkenner, das heißt, er wußte, daß es immer möglich war, jemanden in Furcht zu versetzen, auch wußte er wie.

»Was ist, Krieger?« sagte er mit ironischer Verachtung. »Hast dir selbst die Höchststrafe eingebrockt und deine Männer in eine beschissene Lage gebracht.«

»Inwiefern?« fragte Galischnikow erschrocken. Es war, als ob er erst jetzt erwachte. »Inwiefern hab' ich sie in eine beschissene Lage gebracht?«

»Na, hör mal! Der Oberste hat sich doch klar und deutlich genug ausgedrückt: ›Keinen Schritt zurück ohne Befehl des Oberkommandos!‹ Auf wessen Befehl haben sich deine Leute zurückgezogen? Bist du etwa das Oberkommando? Die kommen alle ins Strafbataillon, das haben sie dir zu verdanken.«

Leutnant Galischnikow öffnete langsam die aufgesprungenen Lippen: »Besser als der Tod ...«

Das belustigte General Drobnis: »Dieser Klugscheißer. Er denkt, das Strafbataillon ist ein Sanatorium! Ein Kurort!«

Die gesamte Begleitmannschaft fiel in sein Lachen ein. Leutnant Galischnikow senkte finster den Kopf. So stand er zwei, drei Sekunden da, und plötzlich riß er seine MPi hoch, als wollte er alle niedermähen. Die Leute griffen nach ihren Revolvertaschen.

»Hier«, auf beiden Händen hielt er wie auf einem Tablett Drobnis seine MPi hin. »Nehmen Sie Ihre Leute, es sind doch so viele, und greifen Sie an! Vielleicht gelingt es Ihnen.«

General Kobrissow glaubte, man würde den Leutnant nach diesen Worten gleich hier im Unterstand erschießen, ohne Kriegsgericht. Aber Drobnis sagte nur ruhig: »Keine schlechte Idee. Doch verstehe, ich bin nicht mehr so jung wie du, um mit dem Gewehr loszurennen. Ich bin, Gott sei Dank, schon 54. Und meine Leute haben andere Aufgaben zu erfüllen, die ihnen die Heimat übertragen hat. Deswegen machen wir folgendes: Einer meiner Männer übernimmt jetzt deine Leute und zeigt ihnen, wie man eine Höhe nimmt, wenn man wirklich will. Und danach erschießen wir dich reinen Gewissens. Und schreiben deinen Verwandten: ›Leutnant Galischnikow wurde wegen Feigheit erschossen.‹ Einverstanden? Oder überlegst du dir's noch und gehst selbst?«

Leutnant Galischnikow schüttelte schweigend den Kopf. Drobnis' Augen suchten die ganze Begleitmannschaft ab und machten beim Jüngsten und Rangniedrigsten halt. Dieser hatte eine füllige, stattliche Figur und ein rundes, helles Gesicht mit lustigen Grübchen auf den Wangen, seine Bewegungen waren langsam und, obwohl präzise, ein bißchen nachlässig.

»Major Krassowski«, sagte Drobnis, »nehmen Sie seine Waffe.«

Das Gesicht des lächelnden Majors, für den die Schrullen des Chefs nichts Neues waren, verfinsterte sich, als er erschrocken die MPi entgegennahm. Er lachte zwar immer noch, doch irgendwie gezwungen, er ahnte nichts Gutes. Mit so einem Gesicht nimmt man keine Höhe, dachte Kobrissow. Selbst wenn man will.

Und der arme Major hatte die Höhe natürlich nicht nehmen können. Noch schneller als Galischnikow legte er sich, als der Beschuß anfing, auf den Boden und verlor gleich in den ersten Minuten mehrere Leute. Die restlichen krochen hinter einen ausgebrannten »Tiger«. Offenbar zog auch er sich zurück, nachdem er die Gewalt über die Leute verloren hatte. Die waren spurlos verschwunden. Völlig deprimiert kehrte er in den Unterstand zurück, seine Zähne schlugen aufeinander, und er ging Drobnis' Blick aus dem Wege. Der verspürte ebenfalls keine Lust, ihn anzusehen. Jetzt war die Reihe an Galischnikow zu lachen. Doch es klang eher wie ein Weinen, Tränen rannen aus seinen Augen und hinterließen auf den Wangen Spuren. Nie würde Kobrissow das schreckliche Bild vergessen, als Leutnant Galischnikow mit Schaum vor dem Mund losschimpfte: »Was ist, Papa?« schrie er und fluchte mit kreischender Fistelstimme, so daß auf Stirn und Hals die Adern hervortraten. »Hat's dein Lakai nicht gepackt? So, so, Papa! Vielen Dank, da hab' ich vor dem Tod wenigstens noch was zu lachen gehabt. Jetzt könnt ihr mich an die Wand stellen. Ruhigen Gewissens. Wo soll ich denn erschossen werden? Der

Oberste hat sich doch klar und deutlich ausgedrückt: Standrechtlich erschießen! ...«

General Drobnis hörte mit puterrotem Gesicht zu, er hatte sich von dem für ihn unangenehmen Schauspiel, von dem hysterischen Mann abgewandt. Um nicht die Selbstachtung zu verlieren, mußte er jetzt Geistesgegenwart beweisen und etwas ganz Außergewöhnliches tun. Und er besaß diese Geistesgegenwart.

»Leutnant Galischnikow«, sagte er mit ruhiger und leiser Stimme, »Sie sind frei.«

Diese Worte schienen alle zu erschüttern. Leutnant Galischnikow blickte Drobnis verwundert an, schüttelte den Kopf und ging mit schweren Schritten weg. Rot vor Aufregung preßte Major Krassowski den Feldstecher an die Augen und war ganz in die Beobachtung der von ihm aufgegebenen Stellung vertieft. Kobrissow fiel ein Stein vom Herzen: Wenigstens einer hatte es geschafft, dem Tod zu entgehen. Wenigstens ein Teil der stillschweigenden Vereinbarung war eingehalten worden: In jenen himmlischen Kreisen, in denen Drobnis verkehrte, gab es eine bestimmte Gaunermoral, die man nicht verletzen durfte. Wahrlich, Gott hatte dieses Land im Stich gelassen. Die letzte Hoffnung war der Teufel.

Am späten Abend, als Kobrissow durch einen lichten Wald voller Schluchten in sein Stabsdorf zurückfuhr, bemerkte er am Wegrand ein merkwürdiges Leuchten. Das Licht kam offenbar aus einer Schlucht und bestrahlte Kiefernstämme und Wolkenfetzen. Gleichzeitg hörte er das schwache Knallen von Pistolenschüssen. Nach Kampf sah das nicht aus, so weit entfernt von der Hauptkampflinie, von der Kobrissow gerade kam, war das auch gar nicht möglich. Er befahl, vorsichtig heranzufahren. Vom Rand der Schlucht erblickte er ein Schauspiel, das er nicht gleich durchschaute. Auf dem Grund einer nicht mehr benutzten Tongrube waren mehrere »Willys« im Halbkreis aufgestellt, ihre Scheinwerfer waren eingeschaltet, und so konnte Kobrissow die erstarrten Umrisse von Menschen sehen.

Was er sah, brachte ihn in Wut. Die hier dachten offenbar nicht im geringsten an die in der Nähe liegenden, getarnten Artilleriestellungen, die voller Granaten waren. Wenn nun eine »Junkers« kommt und genau hier eine Bombe abwirft, dann fliegt alles in die Luft, dachte Kobrissow.

»Warum habt ihr Licht eingeschaltet?« rief er zornig.

Sie sahen zu ihm hoch, jemand leuchtete mit der Taschenlampe in sein Gesicht, aber eine Antwort bekam er nicht. Doch bald erkannte er den, der in der Mitte des Halbkreises stand – in einer Feldbluse ohne Schulterstücke und ohne Koppel, mit bloßem Kopf und bloßen Füßen. Das heißt, der Mann stand nicht, er krümmte sich, hüpfte von einem Bein aufs andere und winselte bei jedem Pistolenknall wie einer, der ausgepeitscht wird. Obwohl der Mann im Licht stand, konnte man in ihm kaum den am Morgen noch so gepflegten und selbstsicheren Major Krassowski erkennen.

»Wofür?« fragte er mit kläglicher Stimme, die weniger Schmerz als vielmehr Bestürzung und Kränkung ausdrückte. »Leonid Sacharowitsch, wofür?«

General Drobnis saß mit seiner berühmten Schirmmütze seitlich auf dem Vordersitz des »Willys« und schoß in aller Ruhe auf ihn. Dem Geräusch nach zu urteilen, war das ein kleinkalibriger Revolver, Kaliber 6.35, das Spielzeug der Generale und die letzte Hoffnung eines vom Pech verfolgten Heerführers. Damit einen Menschen aus zehn Schritt Entfernung niederzustrecken war eine hübsche Beschäftigung, doch hier wurde offenbar etwas anderes gespielt. Drobnis konnte gut schießen und traf immer ins Schwarze. Er zielte genau, indem er den Lauf langsam hob und eine Kugel nach der anderen auf den fülligen Major abgab, offensichtlich zielte er auf dessen Weichteile. Auf Krassowskis Feldbluse und Hose war Blut zu sehen. Niemand antwortete ihm auf die Frage »Wofür?«.

»Krassowski«, sagte Drobnis monoton mit knirschenden Zähnen und kochte vor Wut, »man hat Ihnen doch den Auszug aus dem Urteil des Kriegsgerichts vorgelesen! Was ist Ihnen noch unklar? Sie haben den eisernen Befehl des Oberkommandierenden nicht erfüllt: ›Keinen Schritt zurück‹.«

»Für mich ist Ihre Meinung wichtig, nicht die des Kriegsgerichts«, preßte Krassowski hervor, wobei er sich verschluckte. »Brauchen Sie mich denn gar nicht mehr?«

»Ich brauche keinen Mann, der mich blamiert, der mein Ansehen zerstört, der mich in einem wichtigen Augenblick verrät ...«

»Lassen Sie mich meine Treue noch einmal unter Beweis stellen! Geben Sie mir eine andere Aufgabe, eine ganz gefährliche. Sie werden sehen ... Ich werde Sie nicht blamieren.«

»Diese Aufgabe haben Sie schon gekriegt, Krassowski, und sind sträflich gescheitert. Auch jetzt haben Sie eine Aufgabe – die Strafe anzunehmen, wie es sich für einen sowjetischen Soldaten gehört. Treiben Sie keinen Keil zwischen den Obersten und mich. Nicht meinetwegen bestrafe ich Sie, ich persönlich hätte Ihnen vergeben. Ich bestrafe Sie, weil Sie seinen Befehl verletzt haben.«

Drobnis' Magazin war leer, er zog es heraus, warf es ins Gebüsch und streckte wortlos die Hand aus. Einer seiner Begleiter legte ein neues Magazin hinein.

»Haben Sie noch Fragen, Krassowski? Ich denke, es ist alles klar. Sie hätten heute ehrenvoll sterben können, statt dessen sterben Sie in Schande.«

Major Krassowski hatte genug Weichteile, und die Schießerei nahm kein Ende.

»Was quälen Sie sich?« rief Kobrissow. »Ich schicke Ihnen eine MPi und ein paar Wachsoldaten, die erledigen das im Handumdrehen. Sonst wird das Gott weiß was für eine Vollstreckung! Na ja, diese Arbeit ist für Sie etwas Ungewohntes ...«

Er sprach seine Worte so gehässig und verächtlich wie möglich aus, doch niemand kümmerte sich darum. Drobnis sah ihn nur flüchtig an, seine Augen blitzten im Scheinwerferlicht rot auf, dann zielte er erneut. Krassowski war der einzige, der Kobrissow antwortete. Er warf den Kopf zurück, hob seinen Blick und rief entrüstet: »Meinen Sie nicht, daß Sie sich in etwas einmischen, was Sie nichts angeht? Leonid Sacharowitsch weiß besser, welche Bestrafung ich verdiene!«

Bedauernswert der kleine Mann, der einem anderen sein Leben in die Hände legt und ihm das Recht zubilligt, es ihm zu nehmen oder nicht. Bedauernswert ist er, aber auch schrecklich. Wenn er nicht vor seinem eigenen Tod flieht, wenn er sich nicht wie ein wildes Tier auf seinen Henker stürzt, wieviel ist ihm dann das Leben eines anderen wert? Kobrissow winkte ab und ging. Noch lange hörte er in seinem Rücken das Knallen der Schüsse und das Winseln.

Später konnte er sich nie verzeihen, was er hinsichtlich der MPi und der Wachsoldaten gesagt hatte. Er hatte dem Opfer noch mehr Qual und Angst ersparen wollen, und nun hatte er selbst an der Hinrichtung teilgenommen. Wann endlich würde er diese Unfreiheit loswerden, die ihn zwang, sich an Handlungen von Leuten zu beteiligen, die ihm fremd und verhaßt waren und die auch ihm gegenüber alles andere als Sympathie empfanden?

Möglicherweise hatte an diesem Tag in General Kobrissow ein gefährlicher Wandel begonnen, der für einen Menschen, von dem das Leben von Tausenden abhängt, zum Verhängnis werden kann. Immer häufiger fühlte Kobrissow, wie seine Seele sich quälte und verzweifelt Widerstand leistete, wenn er unfreiwillig an unmoralischen Dingen Anteil hatte. Er begann über Verluste nachzudenken, er stellte sich vor, daß Kompanien und Bataillone aus Menschen bestanden, die alle einen Namen, einen Geburtstag und intime Geheimnisse hatten. Sie waren nicht nur Soldaten, sondern Kinder, Männer und Väter, irgendwo wartete jemand auf sie und hoffte, daß ein General Kobrissow sie lebendig aus dem Krieg führt, möglichst ohne Verwundung. Immer häufiger wandte er sich an Jenen da oben. Bislang hatte er kaum an Ihn gedacht, sich nur an Ihn erinnert, wenn er dem

Tod ins Auge sah oder eine Wunde ihn quälte oder eine Krankheit heimsuchte.

Was der Fallschirmspringer ihm erzählt hatte, traf ihn völlig unerwartet, und er fühlte erneut, wie seine gekränkte Seele sich aufbäumte: Warum mußte es ausgerechnet ihn treffen? Warum nicht einen anderen, dem es gleich war, wer Myrjatin verteidigt? Ihm könnte ja auch einmal solches Glück beschieden sein wie Tscharnowski, dessen Flanken von Rumänen belagert wurden, von denen der Führer sagte: »Um eine einzige rumänische Division zum Kämpfen zu bewegen, müssen acht deutsche hinter ihr stehen.«

Wie sollte er, Kobrissow, sich aus dieser Falle befreien? Vielleicht gab es einen Ausweg: Einen anderen hineinlocken, für den es keine Falle war, sondern eine ganz gewöhnliche kleine Stadt, ein Stützpunkt am rechten Dneprufer, für dessen Einnahme man ausgezeichnet wurde …

Am selben Abend sagte der General zu seinem Adjutanten Donskoi: »Verbinde mich mal mit unserem lieben Nachbarn, Bruder.«

»Mit welchem«, fragte Donskoi, »mit dem rechten oder dem linken?«

»Na, hör mal, Bruder! Den linken erreichen wir doch gar nicht, der ist mit einer hochwichtigen Aufgabe beschäftigt, er nimmt Predslawl ein. Mit Tscharnowski will ich sprechen. Wenn er nicht da ist, soll er zurückrufen. Ich habe eine Überraschung für ihn.«

»Soll ich ›Überraschung‹ sagen?«

»Ja.«

2

Er stand vor seinem Rubikon. An jenem Sonnentag, der etwas zu warm für Mitte Oktober war, schauten sie aus dem Fenster, General Kobrissow und General Tscharnowski, im ersten Stock des kleinen Bahnhofsgebäudes von Spasso-Peskowzy, sie blickten auf den Bahnhofsvorplatz und die Allee hinunter. Der kleine Platz, übersät mit heruntergefallenen grünen Pappelblättern, war menschenleer, nur Tscharnowskis »Willys« stand da. Unter dem »Willys« schauten die Beine des Fahrers Sirotin hervor, wie immer reparierte er mit großer Hingabe ein fremdes Auto. Tscharnowskis Fahrer hockte daneben und gab gute Ratschläge.

Im Zentrum des Platzes befand sich ein Rondell mit Blumen, in dessen Mitte ein von Kugeln und Granatsplittern ramponierter Marmorsockel stand, aus dem Schuhe und Beine herauswuchsen. Der gipserne Führer selbst lag silbern angemalt und mit dem Gesicht nach unten im hohen Gestrüpp, den gebrochenen Arm zur Seite gestreckt. Es konnte keine Granate gewesen sein, die ihn vom Sockel gefällt hatte, sondern eine Panzerkanone – davon zeugten die verbogenen Metalldrähte, die aus dem Sockel ragten.

»Wir sind uns also einig, Wassili Danilytsch?« sagte Kobrissow, Ungeduld und Angst verbergend.

Tscharnowski, der seine Hand auf Kobrissows Schulter gelegt hatte, stieß sacht seine Stirn gegen Kobrissows Schläfe. Ein Lächeln erhellte sein Gesicht, das klassische Gesicht eines ukrainischen Barden, eines Andri aus Gogols Poem »Taras Bulba« – schwarze Brauen und weiße Zähne.

»Keine Sorge, Foti Iwanytsch, du brauchst nicht zu zittern. Ein bißchen Schiß hast du doch, gib's zu!«

»Wieso denn?«

»Vielleicht hast du dich verkalkuliert?« Tscharnowski stieß ihn mit dem Zeigefinger in die Seite, doch Foti Iwanowitsch stand ungerührt da.

»Am Ende ist der Abschnitt, den du mir geben willst, eine Goldader? Und ich beute sie aus. Ehrlich gesagt, dein Myrjatin wird mich höchstens drei Tage kosten, nicht mehr. Zwei funktionierende Flußübergänge gehören dazu, die dann übrigens auf mein Konto gehen.«

»Das ist dein gutes Recht.«

»Das bringt Tscharnowski ein Salut ein – aus 124 Gewehren. Und wenn du mit Predslawl allein nicht fertig wirst, wirst du's dann nicht bereuen?«

»Sehr sogar«, sagte Kobrissow aufrichtig. »Doch der Schritt war mutig!«

»Für einen mutigen Schritt kriegt man nicht viel. Nur, wenn er erfolgreich ist. Sogar wenn er es nicht ist, es dafür aber objektive Gründe gibt, gehst du leer aus. Aber in diesem Fall wird es nicht so kommen. Sie werden sagen, es war seine Idee, und die Umstände waren selten gut. Ahnst du, wie dich alle beneiden?«

»Ich ahne es«, sagte Kobrissow. Die Unruhe in ihm wuchs. »Aber vielleicht verkaufe ich dir die Katze im Sack?«

»Daran zweifle ich nicht im geringsten, Foti Iwanytsch. Was kann man von dir schon erwarten?«

Tscharnowskis lachendes Gesicht färbte sich rosig, wie bei einem kleinen Jungen. Machte er nur Spaß, oder hatte er tatsächlich erraten, welche Katze im Sack steckte? Daß Kobrissow seinem rechten Nachbarn Tscharnowski ein Stück des Brückenkopfes mit den dazugehörigen Flußübergängen und dem von den Deutschen noch besetzten Städtchen Myrjatin abtrat, konnte durchaus den Eindruck eines böswilligen Streiches erwecken. Tscharnowski würde natürlich mehr als drei Tage brauchen, er hatte das nur gesagt, um den Wert des Geschenkes zu mindern. Doch was wirklich dahintersteckte und Kobrissow ehrlich Sorge bereitete, wovor er fliehen wollte, konnte dem glücklichen »Liebling der Front« unter Umständen egal sein. Die russischen Bataillone, die zur Verteidigung von Myrjatin eingesetzt wurden, waren für ihn möglicherweise ganz normale Gegner, wie die

Deutschen oder Rumänen, höchstens etwas aggressiver und, im Fall einer Einkreisung, gefährlicher. Aber das Schicksal dieser Verteidiger, ihr leidenschaftlicher Wille, Rache zu üben – warum sollte sich ein Soldat darüber den Kopf zerbrechen, wo er doch nur seine Pflicht erfüllte und Befehle ausführte? Vielleicht wäre er sogar angenehm überrascht gewesen, hätte er erfahren, daß ...

»Sie kommen«, sagte Tscharnowski.

Im selben Moment vernahm auch Kobrissow das Brummen von Motoren und das feine Surren von Reifen auf den glattgewalzten Scherben der Ziegelsteine. Auf den Platz kam der Schützenpanzerwagen der Spitzensicherung gefahren, mit einem doppelläufigen, gen Himmel gerichteten MG. An der schrägen, zur Tarnung grüngefleckten Seitenwand ragten behelmte Köpfe heraus. Dahinter tauchte Watutins Wagen auf, beschrieb einen eleganten Halbkreis und stellte sich neben den »Willys«. Die Bewachung des Oberbefehlshabers der Front schwärmte in die Büsche aus und schloß um den Bahnhof einen Ring. Tscharnowskis Fahrer sprang hoch, setzte sein Schiffchen auf und drückte die Brust heraus. Sirotins Beine schauten immer noch unter dem »Willys« hervor, doch das sahen die Neuankömmlinge nicht.

»Gehen wir ihn begrüßen«, sagte Kobrissow.

Aber Tscharnowskis Hand drückte kraftvoll auf seine Schulter.

»Immer mit der Ruhe. Du bist hier der Hausherr, du mußt ihn auf der Schwelle empfangen. Außerdem hast du heute Namenstag. Ich, ich gehe ihm entgegen, ich bin zu Besuch hier.«

Kobrissow schaute mit gerunzelter Stirn zum leeren, hellblauen Himmel. »Hoffentlich gibt es keinen Luftangriff.«

»Willst du die Obrigkeit mit deiner Brust decken? Dazu ist sie nicht breit genug, Foti Iwanytsch. Du weißt doch noch gar nicht, wieviel Chefs zu dir zu Besuch kommen. Keine Angst, es wird keinen Angriff geben, du hast den Gegner in die Enge getrieben, mit deinem ganzen Körper sozusagen!«

Tscharnowski lief leichtfüßig die Treppe hinunter und erreichte das Blumenrondell, bevor Watutin aus seinem »Willys« stieg. Es sah aus, als galoppiere er, so zielgerichtet und federnd war sein Schritt. Im Laufen steckte er die Feldbluse in den Gürtel, einen Uniformrock pflegte er nie zu tragen, er bevorzugte die Bluse, darin sah er stattlicher und vor allem jünger aus. Das letzte Stück marschierte er im Stechschritt und warf seine Hand an die Schläfe. Watutin lächelte ihm zu und sagte einige Worte, wahrscheinlich sein gewohntes »Du bist kein Generalleutnant, sondern ein Leutnantgeneral«. Er schaute Tscharnowski fast verliebt an, wobei er sich mit der Hand auf das Dach des »Willys« stützte, was bedeutete, daß der Untergebene sich rühren konnte.

Bei bestimmten Worten Tscharnowskis runzelte Watutin leicht die Stirn, winkte ab, belehrte ihn eines Besseren und schaute zum Fenster hoch. Sein wuchtiges Gesicht mit den Hängebacken drückte Verlegenheit aus, so als fürchtete er, Kobrissow könnte dort oben seine Worte hören, dann wandten sich beide gleichzeitig zur Allee und begrüßten den nächsten Wagen.

Es war Chruschtschow. Weder die Uniform noch die vielen Medaillen auf der Brust vermochten ihm das Aussehen eines kampferfahrenen Generals oder wenigstens eines Kommissars zu verleihen. Er hatte immer etwas von einem Soldaten im Hinterland oder von einem Chef der rückwärtigen Dienste an sich, das war nicht auszumerzen. Die platte Mütze mit dem langen Schirm saß wie ein Strohhut auf seinem Kopf. Auf dem Rücksitz erkannte Kobrissow den Adjutanten und die Ordonnanz. Beide hielten einen riesigen Karton auf dem Schoß, der mit einem roten Band umwickelt war und aussah wie ein Geschenk zum Namenstag – eine Puppe etwa, die »Mama« sagen und die Augen schließen konnte. Als Chruschtschow ausgestiegen war, trat er von einem Fuß auf den anderen, aber nicht, um sich die Beine zu vertreten, sondern um sich zu vergewissern, ob er wirklich auf festem Boden stand. Als er damit fertig war, gab er die Anweisung, den Riesenkarton vorsichtig aus dem Wagen zu heben. Seine Gesten verstand man auch ohne Worte.

Den dritten Wagen hatte Kobrissow nicht erwartet. In ihm saß Terestschenko. Was der Armeebefehlshaber, der über 160 Kilometer stromabwärts kämpfte, hier suchte, war für Kobrissow ein Rätsel. Doch zum tausendstenmal bewunderte er diesen Mann, der durch ein bestimmtes Talent etwas ersetzte, was die Natur ihm vorenthalten hatte. Terestschenko, ein dünner Affe mit immer beleidigtem und unzufriedenem Gesicht, hätte eigentlich behende aus dem Wagen springen und zu seinen Vorgesetzten Watutin und Chruschtschow eilen müssen, aber nein, er blieb mit dem Stock zwischen den Knien im Wagen sitzen und wartete, bis diese zu ihm kamen. Die gewichtigen Leute scherzten mit ihm, und er, beleidigt und unzufrieden, entgegnete ihnen etwas in aller Gelassenheit.

Aus Angst vor einem Luftangriff waren die Wagen in großen Abständen gefahren, die Gäste trafen in Intervallen von drei bis vier Minuten ein. Jeder wurde fröhlich und lautstark begrüßt, als habe man sich nicht erst vor einer Stunde getrennt. Der zigeunerhafte Galagan, der Befehlshaber der Luftarmee, erschien wie immer ohne seine Begleitmannschaft. Den »Willys« steuerte er selbst und raste in einem solchen Tempo, daß nicht jeder den Mut hatte, sich in seinen Wagen zu setzen. Er bekam ständig Vorwürfe wegen seiner Tollkühnheit – sowohl in der Luft als auch auf der Erde. Diesmal mußte er sich solche Kritik ebenfalls gefallen lassen, doch er spuckte nur aus und schaute sehnsüchtig zum blauen Himmel hoch, als wäre er auch in dieser Stunde lieber dort oben. Es traf der Befehlshaber der 1. Panzerarmee, Rybko, ein, das »Panzerväterchen«, wie er genannt wurde, ein schon ziemlich betagter Mann mit zivilem Aussehen, der einem Sowchosdirektor oder Leiter einer Dorfschule ähnelte. Er nahm seine Mütze ab, legte sie auf seine dicke Aktentasche vor seinen dicken Bauch und wischte sich mit einem Tuch den glänzenden Schädel ab, der zur Hälfte kahl, zur Hälfte rasiert war. Und nun erzählte er wahrscheinlich genüßlich, daß sein Koch gelernt hatte, eine Gans mit Äpfeln zuzubereiten.

Der Platz füllte sich mit Autos, aber es wurde noch eine Person erwartet, und keiner wagte, vor ihr das Gebäude zu betreten.

Schließlich kam dieser letzte in Begleitung eines Schützenpanzerwagens angefahren, der das Schlußlicht bildete – ein hochgewachsener, kräftiger Mann mit großem, hartem Gesicht, die Feldmütze tief ins Gesicht gezogen, in schwarzer Lederjacke ohne Schulterstücke. Egal welche Kleidung er trug, nichts konnte den Militär verbergen, der dazu geboren war, Befehle zu erteilen. Als er von seinem Sitz aufstand, zeigte sich, daß er bei weitem nicht so groß war wie erwartet. In seiner Gegenwart streckten sich alle und warfen die Köpfe nach hinten, was ihm allerdings nicht zu gefallen schien. Sogar Terestschenko sprang auf, er wagte es nicht, auch nur eine Sekunde sitzen zu bleiben, wenn dieser Mann stand. Als Kobrissow ihn erkannte, spürte er, wie sein Herz sich zusammenzog, er begriff, daß nicht allein die Legenden, die diesem Mann vorauseilten, den Menschen angst machten, sondern daß von ihm selbst etwas ausging, wovor man erschrecken konnte.

Marschall Shukow, der Vertreter des Obersten Befehlshabers, also fast der Oberste selbst, reagierte nicht auf die Begrüßungsworte, er blickte jeden einzelnen nur kurz an und schritt zur Tür des Bahnhofsgebäudes. Die anderen folgten ihm lautlos, nur seine festen Schritte waren zu hören. Kobrissow trugen seine Beine wie von selbst nach unten, er wollte nicht verpassen, rechtzeitig die Tür zu öffnen und zu salutieren.

Eine gewisse Hilfe war für Kobrissow die Türfeder, die er mit beiden Händen festhalten mußte, wodurch sein Strammstehen nicht gar so untertänig wirkte. Der strenge, stechende Blick des Marschalls war wie ein Schlag in Kobrissows Gesicht. Es war, als wollte Shukow den Mann, der vor ihm stand, durchkauen, um dann zu entscheiden, ob er ihn hinunterschlucken oder ausspucken sollte? Das unheimliche Kinn, das nicht weniger als ein Drittel des Gesichts einnahm, bewegte sich beim Reden. Über die harten Lippen kam ein Wort, das etwas verspätet in Kobrissows Bewußtsein drang: »Grüß dich …«

Kobrissow stammelte etwas, was er selbst nicht verstand. Der Marschall ging zügig an ihm vorbei, als interessiere er sich nicht im geringsten für den Gastgeber, drehte sich dann aber plötzlich um.

»Wer bist du – Wächter oder Befehlshaber? Die Tür kann ich auch selbst aufmachen. Wenn du Befehlshaber bist, dann befehle, wohin ich gehen soll.«

»In den Wartesaal, bitte.«

Im Bahnhofsgebäude gab es einen einzigen großen Saal, der zwei Stockwerke einnahm, die Türen gingen auf den Vorplatz und den Bahnsteig, in den Flügeln befanden sich die Dienstzimmer. Von der kuppelartigen Decke schauten verkohlte Gesichter auf die Gäste herab: ein Bergarbeiter mit einem Hammer auf der Schulter, eine vollbusige Kolchosbäuerin, die eine Getreidegarbe umarmte, ein Grenzer mit einem Hund, der einem abgemagerten Keiler ähnelte, ein Flieger mit Jungen Pionieren unter einer Flugzeugschnauze mit Propeller. Im Jahr 41 war der Bahnhof unter Beschuß genommen worden, sowohl von den Deutschen als auch von den eigenen Leuten. Der Wind pfiff durchs Gebäude, Vögel hatten sich Nester gebaut, und die Ecken waren voller Spinnweben. Den Schutt hatten die Pioniere in aller Eile weggeräumt und die Löcher in der Decke mit Brettern und Zeltbahnen verschlossen. Sie hatten Bänke aufgestellt und aus dem Arbeitszimmer des Bahnhofsvorstehers einen Tisch herangeschleppt. Die Durchschüsse in der Wand hatten sie offengelassen, so daß man das Laub der Ahornbäume und Eichen in feuriger Herbstschönheit sehen konnte.

Der Marschall, der sich kurz umblickte, um sich dann nie wieder umzusehen, setzte sich an den Tisch, seitlich von der Landkarte, die man an den Fahrkartenschalter gehängt hatte. Kobrissow stellte sich mit dem Zeigestock neben Shukow und wartete, bis alle Platz genommen hatten. Es sah aus, wie in einer Schulklasse: der Lehrer am Tisch, die Schüler in ihren Bänken, einer an der Tafel. Die Unterrichtsstunde begann allerdings nicht gleich.

Hinter Chruschtschow wurde der große Karton mit der roten Schleife hereingetragen.

»Gor Konstantinytsch«, wandte sich Chruschtschow an Shukow, aus irgendeinem Grunde verschwörerisch über das ganze breite Gesicht mit den zwei unterschiedlich großen, merkwürdig angeordneten Warzen lachend. »Gestatten Sie, zuvor allen die bescheidenen Geschenke hier, also, zu überreichen. Das ist, also, vom Kriegsrat der Front für alle Anwesenden. Ja, von der 1. Ukrainischen Front. Wir haben jetzt, sozusagen, eine besondere Situation. Es steht die Befreiung, also, der heiligen Stadt Predslawl ins Haus, der Perle, sozusagen, der Ukraine. Und ich möchte bemerken, daß uns, also, die Sonne aus diesem Anlaß so schön scheint und mit uns, also, unseren Sieg feiert ...«

Shukow nickte mit versteinertem Gesicht.

»Das hast du gut gesagt, Nikita Sergejewitsch. Vor allem kurz.«

Der Karton wurde auf den Tisch gestellt. Nikita Sergejewitsch, der eigentlich noch vieles sagen wollte, trat betrübt von einem Bein aufs andere und gab mit der Hand ein Zeichen, als wolle er den Befehl zur Sprengung einer Brücke geben. Der lange Adjutant, der vor Aufregung noch größer wurde, knüpfte die Schleife auf, öffnete den Karton und trat zur Seite. Chruschtschow steckte beide Hände hinein und holte für jeden eine Zellophantüte mit Geschenken heraus, an der jeweils ein Schildchen hing. Für die Raucher enthielt sie ein kupfernes Zigarettenetui, in dessen Deckel der Spasski-Turm eingeprägt war, und je eine Stange amerikanischer Zigaretten, für die Nichtraucher Schokolade. Dazu für die einen wie die anderen je eine Flasche erstklassigen armenischen Kognaks, einen Bildkalender und Uhren, ebenfalls amerikanischer Herkunft, mit eingraviertem Namen und einem schwarzen Zifferblatt mit Leuchtzeigern, wie es zu dieser Zeit gerade Mode war. Das obligate Hauptgeschenk jedoch war eine Bluse mit ukrainischer Stickerei und Schnürbändern mit roten Troddeln.

Die Gäste knisterten mit ihren Tüten und hielten sich die Blusen an die Brust, auch Shukow hielt sich eine Bluse an und fragte: »Wann soll ich die denn anziehen?«

»Immer!« antwortete Chruschtschow enthusiastisch. »Ich trage sie jeden Tag unter meiner Uniform.« Er knöpfte den Uniformrock auf und zeigte seine bestickte Brust. »Zwar sieht sie keiner, aber sie wärmt meine ukrainische Seele. Ich denke, wir haben bei den Armeebefehlshabern genau ins Schwarze getroffen. Wer ist hier nicht ein stattlicher Ukrainer? Terestschenko ist Ukrainer, Tscharnowski ist auch einer von uns, von Rybko ganz zu schweigen, Omeltschenko und Shmatschenko sieht man's an der Nasenspitze an. Du Galagan, bist zwar Weißrusse ... Aber was ist Weißrußland? Die leibliche Schwester der Ukraine, beide gehören in einen Topf. Nur von Kobrissow weiß ich nicht ... Du bist doch auch Ukrainer, stimmt's?«

»Nein. Ich bin ein Kosak vom Don.«

»Vom Don? ... Aber in der Seele bist du doch Ukrainer?«

»In der Seele bin ich Kosak.«

»Schwindel nicht!« Chruschtschow winkte ab. »Und warum scheint mir, daß du Ukrainer bist? Bei uns im Donbass lebte eine Familie, die hieß auch Kobrissow, wenn ich mich recht erinnere, Bergarbeiter, eine vorbildliche, einträchtige Familie, die haben kein Wort Kosakisch gesprochen, nur Ukrainisch.«

»So was gibt's«, sagte Kobrissow, bei sich aber dachte er: Dummheit kann man nur mit Dummheit begegnen. »In meiner Staniza Romanowskaja gab es drei Hütten, in denen Chruschtschow lebten, die haben kein Wort Ukrainisch gesprochen, nur Russisch.«

»Die haben sich bestimmt verstellt!« Chruschtschow ließ nicht locker. »Vielleicht hat deine Mutter dir verschwiegen, daß ihr Ukrainer seid?«

»Meine Mutter hat mal so was verlauten lassen, aber mein Vater hat es geleugnet. Und vor dem hatte ich mehr Respekt. Aber für das Geschenk danke ich dir.«

»Unseren Frauen müßt ihr danken, unseren ruhmreichen

Arbeiterinnen«, verkündete Chruschtschow. »Also, die besten Stachanowarbeiterinnen aus der Fabrik ›Rote Arbeiterin‹ in Charkow haben sie auf unsere Bestellung hin genäht. Außerhalb der Arbeitszeit, versteht ihr. Speziell für die ukrainischen Armeebefehlshaber.«

»Also nicht für mich«, sagte Kobrissow, und er fühlte die aufmerksamen und neugierigen Blicke aller auf sich gerichtet, als er zu einer freien Bank ging und seine Tüte darauf legte.

»Nein, trag die Bluse nur«, sagte Chruschtschow. Er hatte die glückliche Fähigkeit, peinliche Situationen, die er selbst heraufbeschworen hatte, einfach nicht wahrzunehmen. »Trage sie nur, Kobrissow, früher oder später überzeugen wir auch dich vom ukrainischen Wesen.«

Shukow vertrieb das harte Grinsen aus seinem Gesicht und schob seine Tüte ans Tischende, um Platz für seine Hände zu schaffen, dann trommelte er mit den Fingern auf den Tisch.

»Also, Befehlshaber. Die operative Pause ist beendet. Genossen, ich höre Ihren Bericht.«

Kobrissow drehte sich zur Karte, hob wie ein Dirigent den Stab und begann mit seiner Erläuterung: »Am 24. August habe ich mit Erlaubnis des Oberbefehlshabers der Front den Brückenkopf vor der Stadt Myrjatin genommen. Eine Woche später, und zwar am 2. September, einen weiteren Brückenkopf, etwas südlicher, acht Kilometer flußabwärts. In der Folge gelang es, die beiden Brückenköpfe zu vereinigen. Gleichzeitig habe ich mit den Kräften von sechs Schützenregimentern, zwei Abteilungen Selbstfahrerlafetten und der Unterstützung der Luftstreitkraft südlich und nördlich von Myrjatin einen Keil in die Kräfte des Gegners getrieben und somit eine Einkreisung vorbereitet. Die Hauptkräfte der Armee ...« Er verstummte für einen Augenblick und bemerkte die Stille, die herrschte, er konnte sogar das Rauschen der Bäume hören. »... Ich habe sozusagen die gesamte Armee mit der rechten Flanke nach Süden gerichtet, in Richtung Predslawl.«

Keiner unterbrach ihn, und er demonstrierte kurz die aktuelle

Aufstellung seiner neun Divisionen, erklärte die Bedeutung der aufgezeichneten Pfeile, skizzierte die aufgeklärten Kräfte des Gegners und benannte dann die Ortschaften, an denen gekämpft wurde.

»Meine Kräfte im Dorf Gorliza sind Predslawl am nächsten. 12 Kilometer vor dem Stadtrand. Den Berichten der Kommandeure zufolge sind einige Gebäude, die auf Hügeln stehen, gut durch das Fernglas zu erkennen.«

»Gorliza!« Tscharnowski konnte sich nicht beherrschen. »Das ist doch schon ein Vorort von Predslawl! Dort hatten wir unsere Kommandeurslehrgänge. Ich war schon in Gorliza ... Dort habe ich meine Frau kennengelernt.«

Die Versammlung wurde geräuschvoller, die Bänke knarrten.

»Lyrische Erinnerungen bitte später«, sagte Shukow. »Haben wir dieses Gorliza fest in der Hand?«

»Seit gestern abend, Genosse Marschall.«

Nur mit Mühe konnte Kobrissow ein dümmliches, zufriedenes Lächeln unterdrücken. Mit einem gierigen, hartnäckigen, alles umfassenden Blick verschlang Shukow gleichsam die Karte.

»Ist das alles, Befehlshaber?«

»Vorerst ja.«

»Gibt es dazu Fragen und Meinungen? Die Armeebefehlshaber haben das Wort. Wir fangen bei dem Dienstgradniedrigsten an.«

Es gab keinen, der unter einem Generalleutnant stand, dem Alter nach war Tscharnowski der jüngste.

»Wie soll man das bewerten?« fragte Tscharnowski, der aufstand und seine Feldbluse straff zog, wodurch Schultern und Brust noch deutlicher hervortraten. »Ich habe keinerlei Bemerkungen, außer ... Außer, daß ich vor Neid platze! Ich hätte es nicht besser gemacht.«

»Aber auch nicht schlechter«, warf Terestschenko mit heiserer Fistelstimme ein.

Tscharnowski antwortete mürrisch, ohne ihn anzusehen: »Du

glaubst, Kobrissow hat einfach Glück gehabt, Denis Trofimytsch? Ja, er hatte mehr Glück als Verstand. Doch das Glück muß man vorausfühlen! Den Erfolg muß man an den Schwingen packen. Und nicht loslassen!«

»Panzerväterchen« Rybko, der bis dahin friedlich zu dämmern schien, öffnete ein Auge.

»Am besten am Hintern.«

Tscharnowski winkte ab und setzte sich.

»General Galagan«, dröhnte Shukow, »Ihre Meinung?«

Der tollkühne Flieger Galagan, der gelangweilt durch ein Mauerloch zum Himmel sah, tat seine Meinung im Sitzen kund: »Meine Meinung – ein verwegener Streich! Kobrissow hat das toll hingekriegt, alle Achtung. Ein Mensch, der was riskiert ... solche Leute gefallen mir. Ich habe die gesamte Operation verfolgt – mir ist fast das Herz stehngeblieben. Mach weiter so, Foti Iwanytsch, wir sind mit dir, für dich fliegen wir in jedes Feuer.«

Und er machte eine Bewegung mit der Hand, als bediene er den Steuerknüppel eines Jagdflugzeugs.

»Von wo aus hast du denn die Operation verfolgt, daß dir fast das Herz stehngeblieben ist?« fragte Terestschenko. »Von welcher Höhe aus, Iona Apollinarytsch?«

Väterchen Rybko öffnete das zweite Auge.

»Aus der Stratosphäre etwa?«

Schlimmer hätte man Galagan nicht kränken können. Sein braunes Gesicht wurde noch dunkler.

»Deine Sticheleien kannst du dir sparen, Denis Trofimytsch. In die Stratosphäre fliege ich nicht, aber wenn nötig, krauche ich auf dem Bauch durch den Schlamm. Jedenfalls habe ich seine schwarze Lederjacke gesehn, als er auf der Fähre über den Dnepr setzte. Und ich habe gesehen, wie er vor Schreck bleich wurde, als die ›Junkers‹ angriff, aber er ist nicht von Deck gegangen. Mit Müh und Not hab' ich die ›Junkers‹ in die Flucht geschlagen.«

»Ich finde nichts Gutes daran, sein Leben, das eines Armeebefehlshabers, grundlos aufs Spiel zu setzen«, bemerkte Terestschenko.

Galagan entgegnete nichts, er richtete nur den sehnsüchtigen Blick seiner hellblauen, von dichten, schwarzen Wimpern verschleierten Augen auf Kobrissow. In diesem Blick konnte man lesen: »Schade, daß du nicht fliegst, Kobrissow! Der Himmel ist etwas Wunderbares! Dort würde dich keiner angreifen ...«

»Jetzt habe ich das Wort«, sagte Shukow.

Im Saal wurde es augenblicklich still. Bevor der Marschall zu sprechen begann, drehte er einige Male den kurzen Hals in dem engen Kragen hin und her, neigte den Kopf zur Schulter und schloß die Augen. Seine Mundwinkel waren nach unten gezogen.

»Von Ihnen, Galagan, hatte ich einen Blick von oben erwartet. Einen Adlerblick, wie der Oberste Befehlshaber zu sagen pflegt. Doch ich sehe nur Emotionen.« Er blickte Kobrissow durchdringend an – mit jenem Blick, von dem manche, wie es hieß, beinahe tot umfielen. »Befehlshaber, Sie stehen zu nahe an der Karte. Ich rate Ihnen, sie aus anderthalb Meter Entfernung zu betrachten. Sie klammern sich zu sehr an Ihre Idee, ohne das Gesamtbild im Auge zu haben. Eine abenteuerlichere Variante als die Ihre hat die Welt noch nicht gesehen. Sie greifen in einem engen Korridor von acht Kilometern Breite an oder was?«

»Stellenweise nur sechs.«

»Das wird ja immer schöner! Links der Fluß, rechts der Gegner. Im Prinzip eine nicht geschlossene Einkreisung. In die Sie sich freiwillig begeben. Der Gegner kann Sie wie ein Sieb durchlöchern. In direktem Beschuß. Aus einer popligen 57-mm-Kanone. Wenn er will, kann er Ihre Armee zu jeder beliebigen Stunde in Stücke schneiden. Wie eine Wurst. Er muß sie nicht mal ans Ufer schieben, Sie haben sich sowieso schon in die Enge drängen lassen. Der Gegner braucht nur zu wählen, mit welchem Stück er anfängt und welches er für später aufhebt. Sind Sie blind? Oder denken Sie, Ihr Gegner ist blind?«

»Aber Genosse Marschall, bis heute …«, begann Kobrissow zu widersprechen.

»Bis heute, das ist keine Garantie«, unterbrach ihn Shukow. »Das kann morgen passieren. Heute. In einer Stunde.«

»Gestatten Sie mir, meine Idee ein klein wenig zu verteidigen!«

»Ich bitte darum.«

»Ich habe nicht die gesamte schwere Artillerie auf den Brückenkopf mitgenommen, ich habe sie am anderen Ufer zurückgelassen. Damit sie dort über unsere Köpfe hinweg das Feuer führt und eine schützende Feuerwalze bildet. In diesem Fall ist der enge Korridor für uns wahrscheinlich von Vorteil, Genosse Marschall! Die Artillerie, sogar die Haubitzenartillerie, hat kein genaues Ziel, sondern manövriert mit dem Feuer. Buchstäblich jeder Quadratmeter liegt unter ihrem Beschuß. Ich will es nicht verhehlen, ja, es gab Versuche des Gegners, durchzubrechen und uns zu zerschneiden … wie eine Wurst. Die gab's, doch wir haben sie sofort vereitelt. Außerdem dürfen wir die Luftherrschaft unserer Luftstreitkräfte nicht vergessen.«

Shukow schwieg eine Weile, dann fragte er: »Und die Verbindung mit der Artillerie funktioniert über Funk?«

»Über Kabel, Genosse Marschall. Meine erste Gruppe hat mit dem Ruderboot ein Kabel auf dem Grund ausgerollt. Ein Beutekabel, sechsadrig. Dann haben wir noch ein zweites gelegt. Vorgesehen ist natürlich eine verschlüsselte Funkverbindung, doch bislang haben wir sie noch nicht gebraucht.«

»Überzeugend«, sagte Shukow. »Sie verteidigen sich überzeugend, Befehlshaber. Doch wenn ich ehrlich sein will, nach außen sieht es nicht seriös aus.«

Abermals vertiefte er sich in die Karte. Seine Mundwinkel gingen nach oben. Vielleicht erinnerte er sich gerade daran, daß er, als er von der Einnahme des Brückenkopfes auf den kahlen Abhängen von Myrjatin erfuhr, selbst gesagt hatte: »Im Krieg beginnen viele große Dinge banal.« Möglicherweise begriff er mit seinem »Instinkt für den Gegner«, daß die Verteidiger des »Ostwalls« nicht darauf brannten, zu kämpfen, wenn die russische Armee an ihnen in Richtung Predslawl vorbeizog, ohne ihnen einen bemerkenswerten Schaden zuzufügen, denn für diese Stadt trugen sie schließlich und endlich keine Verantwortung.

»Wenn Sie ehrlich sind«, sagte er, »der Gegner war passiver, als Sie erwartet haben, stimmts?«

Kobrissow antwortete zögernd: »Ich habe mit dieser Passivität gerechnet, Genosse Marschall.«

Woraufhin Terestschenko, als hätte er nur auf diesen Satz gewartet, sofort ums Wort bat.

»Foti Iwanytsch«, begann er mit beleidigter Stimme und stützte sich dabei mit beiden Händen auf seinen Stock. Vor Kränkung standen ihm die Haare zu Berge. »Das kommt mir merkwürdig vor: ›Ich habe damit gerechnet.‹ Du stellst alles so dar, daß es zu deinen Gunsten ausfällt. Doch warum du damit gerechnet hast, sagst du nicht. Warum bist du deinen Nachbarn gegenüber so undankbar, General? Vielleicht hast du's leicht, weil's die anderen schwer haben? Weil sie in Sibesh die Hauptlast tragen? Du marschierst übers flache Feld, und ein anderer quält sich in Schluchten und Waldsümpfen rum, watet durch Schlamm, kommt im Kampf um, nur um dir Predslawl auf einem Silbertablett zu servieren ...«

»Einverstanden«, sagte Kobrissow und fühlte, wie Zorn in ihm hochstieg und ihm schwarz vor Augen wurde. Er fürchtete einen Gefühlsausbruch, fürchtete, die Beherrschung zu verlieren. »Aber es lag doch klar auf der Hand, daß es mit eurem Brückenkopf in Sibesh Probleme geben wird! Ihr habt Mist gebaut, und nun sitzt ihr in der Scheiße ...«

»Ich bitte den Befehlshaber, bei der Militärterminologie zu bleiben«, sagte Shukow kalt.

»Entschuldigung, Genosse Marschall. Aber ich möchte meine Nachbarn doch fragen: Hat der Teufel etwa die Schluchten gegraben, während ihr übergesetzt seid?!«

Er stellte jene Frage, auf die noch zwanzig, dreißig Jahre später vergeblich eine Antwort gesucht wurde. War es nicht tatsächlich schon vorher klar, daß der südliche Brückenkopf beim Dorf Sibesh ein Fehler war, eine Falle? Daß die Schluchten, Wälder und Sümpfe kein Vorteil, sondern eine riesige Erschwernis waren? Warum klingen die Erklärungen der Kriegshistoriker so ausweichend und verschwommen: »Leider erwies sich, daß der Brückenkopf von Sibesh ein äußerst unebenes Gelände war ...« Wann hatte sich das »erwiesen«? Vor oder nach dem Flußübergang?

»Was glaubst du«, fragte Terestschenko mit dünner, brüchiger, fast weinerlicher Stimme, »waren unsere Anstrengungen, unsere Verluste, unsere Opfer umsonst? Warum hast du nicht eher protestiert? Hast geschwiegen und still und heimlich ... na, weißt du ...«

»Er hat nicht geschwiegen«, sagte Shukow.

Terestschenko verstummte, zog den Kopf ein und schaute Kobrissow mürrisch, gekränkt und vorwurfsvoll an.

Shukow biß sich auf die Unterlippe, zog die Augenbrauen hoch und starrte finster auf die Karte. Woran dachte der Marschall in diesem Augenblick? Daran, daß er sich selbst Emotionen hingegeben, daß er sich in ein Abenteuer hatte hineinziehen lassen, daß er dem Trug geglaubt hatte? Daß er den Obersten Befehlshaber so schnell wie möglich beglücken wollte und dabei blind war für alle anderen Möglichkeiten, die dieser ungelenke Mensch hier genial vorausgesehen hatte? Jawohl, als Kobrissow damals seinen »banalen« Entschluß faßte, war er für eine Minute genial. Der Blick Terestschenkos hatte sich an den Schluchten und Flußwindungen festgebissen und war im Walddickicht umhergeirrt, der Blick des Genies dagegen hatte sich auf das leere Ufer konzentriert und in den kahlen Abhängen des Rätsels Lösung gefunden.

Und die Lösung war so einfach – die Panzer! Man mußte sie nur lieben wie dieser Kobrissow, um zu wissen, daß sie glattes, leicht hügeliges Gelände bevorzugen, auf dem sie sich bis zum Turm verstecken können, um dann mit einem Satz auf den Hügel zu springen, sich schießend zu verteidigen und wieder in einer Niederung oder einem Wäldchen zu verschwinden, das das Rasseln der Ketten und das Geheul der Motoren verschluckt. Die Hauptsache war, daß sie dabei nicht an Tempo verloren …

»Sie sind ein General mit Panzerqualitäten«, sagte Shukow. »Das schätze ich an Ihnen. Wie haben Sie die Panzer bloß die Uferhänge hochgekriegt?«

»Unterschiedlich. Manchmal haben wir Balken unter die Ketten gelegt. Hatten wir einen oben, hat er den anderen an der Trosse nachgezogen.«

»Haben Sie etwa selbst mitgestemmt?«

Kobrissow zuckte nur mit seinen mächtigen Schultern, und die Anwesenden rückten mit den Bänken und lachten abgehackt.

»Unserem Foti Iwanytsch, diesem Stiernacken, kann man ohne weiteres einen Panzer auf den Rücken laden …«, sagte Terestschenko.

»Wieviel Panzer waren es?« fragte Shukow.

Anstelle von Kobrissow antwortete Rybko: »64 minus zwei.«

»Väterchen« wußte immer, wieviel Panzer einer hatte, sogar wenn man ihn nachts aus dem Schlaf gerissen hätte.

Erneut herrschte Schweigen. Shukow wandte sich den anderen zu, er richtete auf alle seinen unguten Blick. Unter diesem Blick schlugen die im Saal Versammelten die Augen nieder und schienen zusammenzuschrumpfen. Chruschtschow rutschte auf der Bank hin und her, als säße er auf Nadeln.

»Also, Feldherren«, begann Shukow unheilvoll. Hielt aber inne. Kobrissow schien, als habe nicht nur der Marschall Macht über seine Untergebenen, sondern sie in gewisser Weise auch über ihn. Und eine nicht zu geringe.

Terestschenko blickte schnell zu seinem linken Frontnachbarn, Omeltschenko, dieser blinzelte zustimmend und hob die Hand. Der wohlbeleibte, rundköpfige, mondgesichtige Omeltschenko setzte in eindringlichem Ton an, er war Kummer und Seelenschmerz in Person.

»Wir haben hier rauhe Worte gehört von unserem Genossen Kobrissow …«

»Wohl nichts für zarte Ohren?« warf Shukow ein.

»Es geht nicht darum, daß die Worte rauh sind, Genosse Marschall, wir Soldaten sind an so was gewöhnt, sondern daß sie kränkend waren. Da guckt der Mensch nur in seinen Trog und sieht nicht, daß alles nach einem Plan läuft. Daß das Oberkommando der Front bei allem eine bestimmte Absicht im Auge hat. Die einen haben die Aufgabe, Stein abzulenken, ihn durcheinanderzubringen, die anderen – die Fahne auf dem Stadtsowjet zu hissen. Nicht alle waren eingeweiht, aber jetzt sieht man doch, wie das Manöver geplant war. Wie heißt es so schön bei Majakowski, es ist kein Fehler, an dieser Stelle daran zu erinnern: ›Im Ruhm sind wir quitt, wir gehören zusammen …‹«

Ach so, alles war geplant! Alles war schon fest geplant, als er, Kobrissow, durch sein Scherenfernrohr schaute, auf den schwarzen Engel mit dem schweren Kreuz auf der Schulter, auf die blendende Kuppel der Kathedrale mit den Einschüssen der Granaten, auf die rauchenden Trümmer des Prospektes, der zum Dnepr hinabführte. Alles war schon geplant, als er daran dachte, wie jämmerlich sein Los war – vor dieser großen Stadt zu stehen und lediglich für Terestschenkos Sicherheit sorgen zu müssen, falls es Stein in den Sinn käme, ans linke Ufer überzusetzen und den Brückenkopf von Sibesh von Osten her zu verriegeln. Alles war schon geplant, als er mit zitternden Händen die Karte auseinanderfaltete und mit den Rädchen des Kurvimeters die Windungen des Wasserhindernisses »Dnepr« entlangfuhr, als er mit dem Zirkel den Abstand zwischen Predslawl und Sibesh ausmaß und mit demselben Abstand nach Norden ging, und die Zirkelspitze in das Herz eines kleinen Kreises stieß, der »Myrjatin« hieß. Es war also vorbestimmt, vorgeplant, daß er, bis zu den Knien im Wasser, seine angeschossene Ente suchte, das Schilf am Ufer auseinanderschob und zum anderen Ufer blickte und verwundert war über die Stille dort und daß er sein Herz in den Schläfen pochen hörte …

»Muß ich auf diesen Vorwurf antworten, Genosse Marschall?« fragte Kobrissow.

»Nicht unbedingt«, sagte Shukow.

Er sandte ihm von unten herauf einen vieldeutigen Blick zu, den Kobrissow allerdings nicht bemerkte, da er Watutin anschaute.

»Nikolai Fjodorowitsch, haben Sie gewußt, daß ich Sie um Erlaubnis bitten würde?«

»Warum soll ich das nicht gewußt haben?« fragte Watutin aufgebracht. »Als du mich in Olchowatko angerufen hast, war ich doch keineswegs erstaunt, ich habe dir sofort mein Einverständnis zugesagt. Und wenn du nicht darum gebeten hättest, hättest du früher oder später den Befehl bekommen ...«

»Und als ich meine Panzer auf direktem Weg zur rechten Flanke verlegt, als ich sie vor mir selbst versteckt habe, damit sie kein anderer kriegt ...«

»Na, alles kann man nicht vorhersehen. Ich hatte von dir nicht verlangt, daß du deine Panzer abgibst.«

Zwei Menschen schrien in Kobrissow, einer behauptete hartnäckig: »So war es nicht, nein!« und der andere: »Schweig! An diesem Punkt schweig!«. Obwohl er begriff, daß er mit jedem Wort auf den Strohhalm hackte, den man ihm hinhielt, konnte er nicht mehr zurück und machte ihnen einen bitterbösen Vorwurf: »Ihr hättet bloß am Ufer stehenbleiben müssen, dann wäre Stein bereits abgelenkt gewesen, zumindest verwirrt. Doch so ist es ein ziemlich teures Blutvergießen geworden.« Er bemerkte den traurigen, warnenden Blick Galagans, fuhr aber dennoch fort: »Er hat im Süden auf euch gewartet. Und wenn wir rechtzeitig angefangen hätten, von dort aus, wo ich stand, und mit allen Truppen angegriffen hätten, hätte Stein es nicht geschafft, seine Verbände umzugruppieren.«

»Das ist nicht bewiesen«, sagte Shukow. »Füttern Sie uns nicht mit Hypothesen. Einiges, was Sie sagen, trifft zu, aber nicht alles. Mit wem haben Sie den Angriff auf Predslawl abgestimmt?«

Kobrissow antwortete ausweichend: »Genosse Marschall, wozu werden Brückenköpfe eingenommen? ... Und warum verurteilen Sie mich, wo meine Einheiten schon 12 Kilometer vor ...«

»Niemand verurteilt Sie.«

»Du bist der Sieger, Foti Iwanytsch«, wollte Galagan beginnen, doch Shukow gebot ihm zu schweigen.

»Wir verurteilen Sie nicht, wir wollen Licht in die Sache bringen. Um weiterzuplanen.«

»Ich will auch Licht in die Sache bringen.« Chruschtschow hob die Hand. »Wieso sollen wir ihn nicht verurteilen können? Bei uns gibt es keinen, der nicht verurteilt werden kann. Ich meine nicht ein Kriegsgericht, aber eine Verurteilung, also, die Partei hat immer das Recht dazu, und auch wir haben es. Auch Sieger können, also, manchmal, wenn sie ...«

»Nikita Sergejewitsch, hast du vor, noch lange zu reden?« fragte Shukow.

»Na, ich will noch was zur operativen Frage sagen. Sie greifen also an, Kobrissow, ja? Greifen sozusagen bislang erfolgreich an. Aber schauen Sie auch mal über Ihre Schulter. Über die rechte. Was geschieht in Ihrem Rücken? In Ihrem Rücken liegt eine ganze Stadt. Dieses Myrjatin, also. Haben Sie die Absicht, mit dieser Stadt etwas anzufangen oder wie?«

»Wozu, zum Teufel, braucht er diese Stadt?« warf Galagan ein.

»Was heißt wozu?« entgegnete Chruschtschow. »Das wird ja immer schöner: ›Wozu!‹ Eine sowjetische Stadt. Besetzt vom Feind.«

Auf diese Frage, die Kobrissow am meisten fürchtete, hätte Tscharnowski antworten sollen: »Schneiden Sie mir dieses Stück des Brückenkopfes ab, zusammen mit Myrjatin. Ich habe keine großen Städte an meiner Frontlinie, ich würde mich über dieses Städtchen freuen.« Das hatte Tscharnowski zu ihm gesagt, doch jetzt schwieg er. Er saß weit entfernt von Kobrissow und blickte angestrengt zu Boden.

»Wie haben sich bei Ihnen die Beziehungen zum Gegner im Gebiet Myrjatin entwickelt?« fragte Shukow.

»Zwischen uns herrscht Waffenruhe, Genosse Marschall. Wir lassen einander in Ruhe.«

»Doch er bedroht Ihre Flußübergänge.«

»Das hat er. Vor allem mit der Luftwaffe. Zeitweise flogen vierzig Flugzeuge an, einmal haben wir sogar siebzig gezählt. Doch dann hat General Galagan uns die Luftherrschaft gesichert, so daß er stillhält, der Gegner.«

»Aber Sie haben doch nicht umsonst Keile in seinen operativen Aufbau getrieben. Haben Sie eine Einkreisung geplant?«

»Solch einen Plan gab es nicht. Ich habe nur mit einer Einkreisung gedroht. Wie soll ich mit meinen Kräften den Gegner einkreisen?«

»Dann nicht, wenn Sie nicht wollen. Stoßen Sie mit Ihren Keilen so an die fünf Kilometer vor. Dann kraucht er wie ein Krebs zurück!«

So wird es wahrscheinlich kommen, dachte Kobrissow. Sie werden zurückkrauchen. Zuletzt die, die sich am meisten vor der Gefangenschaft fürchten, die eigenen Landsleute nämlich. Wenn Panik ausbricht, bleiben für die Russen keine Fahrzeuge, keine Fuhrwerke, keine Sättel und keine Panzersicherung. Sie kriegen was mit den Gewehrkolben auf die Finger, wenn sie sich am Lastwagen festklammern. Mit der Kampfgemeinschaft ist es dann vorbei, dann heißt es, rette sich, wer kann. Beiß ins Gras, du Aas, aber gib uns Rückendeckung. Du bleibst doch in deinem Rußland, wovor hast du Angst, vor deinen eigenen Landsleuten? ...

Während Kobrissow nachdachte, begann Terestschenko zu sprechen: »Gestatten Sie, ein bißchen mit Ihnen zu streiten, Genosse Marschall ... Wie soll man das verstehen – ›Er kraucht wie ein Krebs zurück‹? Das hieße ja, dem Gegner die Initiative zu überlassen. Das heißt, wir müssen warten, wie er zu entscheiden beliebt: Wenn er will, kraucht er zurück, wenn er will, trennt er die Keile ab. Das ist zuviel der Ehre, wie mir scheint. Wir haben nicht das Jahr 41, jetzt müssen wir ihm unsere Idee aufzwingen, und er hat sie zu akzeptieren. Aber bislang sehe ich keinen Befehlshaber mit einer konkreten Idee. So einen Splitter wie Myrjatin würde ich nicht in meiner Flanke steckenlassen.«

Shukow antwortete ihm nicht, sondern wandte sich an Kobrissow: »Wieviel Panzer brauchen Sie? Wenn die Front dazu in der Lage wäre.«

Kobrissow überlegte, füllte die Brust mit Luft und atmete geräuschvoll aus: »Hundert. ›Vierunddreißiger‹.«

»Wieso gerade hundert? Ist die Zahl aus der Luft gegriffen?«

»Zweihundert krieg' ich ja doch nicht.«

»General Rybko, könnte Ihre Armee ihm so viel geben?«

»Väterchen« erschrak, drückte seine Aktentasche noch fester an den Bauch, als hätte er dort die Panzer versteckt.

»Das sollten wir uns genau überlegen, Genosse Marschall. Er ist ein ziemlicher Wildfang, dieser Kobrissow. Dem kann man hundert oder zweihundert geben, gleichviel, er läßt sie alle nach Predslawl marschieren.«

»Nun, das liegt in seiner Macht.«

»Los, Väterchen, sei nicht so geizig«, sagte Galagan.

Ein quälender Gedanke schnitt sich als horizontale Falte in die Stirn des »Väterchen«. Plötzlich lächelte er selig.

»Mir ist ein Witz eingefallen. Gestatten Sie, Genosse Marschall?«

»Operative Pause«, verkündete Shukow.

»Tschekisten von der GPU kommen zu einem Juden: ›Rabinowitsch, gib uns Geld für die Staatskasse!‹ Rabinowitsch druckst herum: ›Woher soll ich das Geld nehmen?‹ – ›Du hast vielleicht keins, aber deine Sarah, die hat welches versteckt, das ist der GPU bekannt. Los, gib's her.‹ – ›Wozu braucht ihr das Geld?‹ fragt Rabinowitsch – ›Was heißt wozu! Um den Sozialismus aufzubauen.‹ – ›Habt ihr denn kein Geld?‹ – ›Das ist es ja, wir haben keins!‹ – ›Dann will ich euch was sagen: Wenn kein Geld da ist, soll man auch keinen Sozialismus aufbauen.‹«

Die Generale lachten bereitwillig, Shukows Mundwinkel waren sogar ein wenig nach oben gezogen.

»Haben wir ihn nicht schon aufgebaut?« fragte er mit einem unsicheren Lächeln, als suchte er Milde. Sein Lächeln erinnerte an ein zahnloses Kind.

»Na klar, Gor Konstantinowitsch!« rief Chruschtschow vorwurfsvoll. »Der Oberste hat sie doch längst verkündet: ›Die Errungenschaften des Sozialismus‹.«

»Aber er muß doch erst errungen werden ...«

»Nicht doch, Gor Konstantinowitsch, er ist es, der ringt, der Sozialismus!«

»Man kann nicht überall auf dem laufenden sein«, sagte Shukow schuldbewußt. »Dafür haben wir unsere Kommissare. Genug, Befehlshaber, die operative Pause ist beendet. Kommen wir wieder zu Predslawl.«

»Zu Myrjatin«, berichtigte Terestschenko.

»Zu Myrjatin.«

Zu den Panzern kehrten sie allerdings nicht zurück.

Der Marschall schwieg und rieb sich das gewaltige Kinn. Sicherlich würde er sich selbst unter keinen Umständen mit einem so unbedeutenden Städtchen abgeben, wenn er die »Perle der Ukraine« vor sich hätte, und er verstand Kobrissow wohl sehr gut und terrorisierte deshalb alle mit seinem unguten Blick.

»Welchen Grund gibt es denn noch«, fragte er, »daß der Befehlshaber Myrjatin nicht nehmen will? Sie haben es doch schon fast in der Hand.«

In dieser Minute hätte Kobrissow den Kampf noch gewinnen und Shukow auf seine Seite ziehen können, er hätte nur das Argument ins Feld führen müssen, das am schwersten wog.

»Genosse Marschall«, sagte Kobrissow statt dessen. »Es scheint nur so, als ob ich die Stadt schon in der Tasche hätte.«

»Es scheint nur so?«

»Es wurde Ihnen nicht alles berichtet. Diese Operation ist sehr teuer, sie wird ungefähr zehntausend kosten.«

»Na und, verlangen Sie Auffüllung. Nach Myrjatin kriegen Sie welche.«

»Diese zehntausend … tun mir leid. Dieses Opfer ist unnötig. Und außerdem – die Leute sind darauf eingestellt, Predslawl zu befreien, sie sind sich nicht zu schade, dafür zu sterben, etwas anderes wäre es, wenn ich sie nach Myrjatin schicken würde. Sie tun mir einfach leid. Wozu sie opfern, jetzt, während des Vormarschs, ist mir jeder doppelt teuer! Ich nehme an, daß der Gegner geradezu darauf wartet, daß wir uns hier materiell verausgaben …«

»Glaubst du, ich würde mich gern für dieses unbedeutende Sibesh verausgaben?« warf Terestschenko ein. »Und doch muß ich es tun.«

Shukow unterbrach ihn.

»Haben Sie Achtung vor Ihrem Nachbarn, Genosse Terestschenko. Nicht alles ist dumm, was er sagt. Nun, Genosse Befehlshaber, Ihr Argument ist ernst zu nehmen.«

An seiner Stimme allerdings konnte man erkennen, daß er das Argument in keiner Weise ernst nahm. Jedes beliebige andere Argument hätte er geprüft, dieses hatte er offenbar nicht einmal richtig zur Kenntnis genommen. Darin lag seine Größe, die Größe eines Feldherrn, der sich in keiner anderen Armee der Welt hätte halten können. Für das Wort »leid tun« hatte er kein Ohr. Er wußte gar nicht, was dieses Wort bedeutete. Und hätte er es gewußt, hätte er seine Siege nicht errungen. Hätte er an einer Akademie studiert, an der eine ökonomisch vertretbare Planung der Verluste gelehrt worden wäre, hätte er sie ebenfalls nicht errungen. Man hat ihn später den größten der Marschälle genannt und richtig daran getan. Andere an seiner Stelle hätten den Krieg hoffnungslos verloren, auch mit einer sechs- oder siebenfachen Übermacht. Er aber gewann. Und zwar deshalb, weil es das Wort »leid tun« für ihn einfach nicht gab. Das heißt, er überhörte es einfach.

»Man muß dieses Argument ernst nehmen«, wiederholte er. »Aber meins haben Sie nicht umgeworfen. Der Gegner wird seinen Schlag gegen Ihre Front richten. Gegen den geschwächten Brückenkopf. Mit Ausgang zum Dnepr.«

»Das wäre ein Akt der Verzweiflung«, sagte Kobrissow. »Warum sollte er zwischen meine Keile kriechen?«

»Einverstanden. Aber ein möglicher Akt. Befehl ist Befehl, der Soldat führt ihn aus. Das wäre für uns sehr schmerzhaft. Die Flußübergänge sind für uns zur Zeit das wertvollste. Denken Sie also noch einmal nach. Über Myrjatin.«

Kobrissow stockte für eine Sekunde, er wollte diesem Argument etwas entgegensetzen, aber Chruschtschow mischte sich in das Gespräch: »Also ich, Gor Konstantinowitsch, jeder hat ja sein Thema, der Verlauste redet vom Schwitzbad und ich, also, ich als Politarbeiter, ich mache mir Sorgen. Wegen der Festigung des moralisch-politischen Zustands, also, der Truppen. Um so mehr, da es um die ›Perle der Ukraine‹ und alles so was geht. Nikolai Fjodorowitsch und ich waren zum Beispiel bei der Achtzehnten Armee, also, da gibt es so einen Chef der Politabteilung, so einen fürsorglichen Oberst. Wie hieß er noch, Nikolai Fjodorowitsch? So ein sympathischer junger Bursche, mit ganz buschigen Augenbrauen. Wenn ein Mann gut aussieht, das spielt auch eine Rolle! Er redet vor dem Kampf so herzlich mit den Soldaten, er erläutert ihnen die Heldentaten, seine Idee, also, seine Idee war es, die Parteibücher direkt an der Hauptkampflinie zu überreichen. ›Der Kampf ist die beste Bürgschaft‹, hat er gesagt. Übrigens war das mit den symbolischen Geschenken für die ukrainischen Armeebefehlshaber auch seine Idee. Es wäre gut, also, ihn mal zum Erfahrungsaustausch herzuholen. Wie hieß er doch noch? So was, Sklerose, ich hab's vergessen …«

»Nikita Sergejewitsch«, sagte Shukow mit gerunzelter Stirn, »es wird dir schon wieder einfallen. Kehren wir zu unserer Frage zurück.«

Dabei stand er auf und veranlaßte damit alle aufzuspringen. Er zog die Mütze tief in die Stirn und ging zu Kobrissow. Kobrissow streckte sich. Er war einen Kopf größer als der Marschall, was in dessen Augen Gereiztheit aufblitzen ließ, doch er erkundigte sich jovial: »Genosse Befehlshaber, kenne ich Sie nicht aus der Zeit vor dem Krieg? Waren Sie nicht am Chalchin-Gol*?«

»Jawohl, Genosse Marschall.«

»Und bei welcher Gelegenheit haben wir uns gesehen?«

Kobrissow antwortete zögernd: »Sie haben mich zum Tod durch Erschießen verurteilt. Die 17 Kommandeure.«

»Aha ...« Der Marschall lächelte wieder das Lächeln des zahnlosen Kindes. »Na, selbstverständlich durch Erschießen, zu etwas anderem verurteile ich niemanden. Nicht ich natürlich, sondern das Kriegsgericht. Und weswegen, helfen Sie mir auf die Sprünge!«

»Für fehlende Verbindung zu den Truppen.«

»Und wie kommt es, daß Sie noch am Leben sind?«

»Die Moskauer Kommission hat uns damals rausgehauen, der Generalstab unter der Führung von Oberst Grigorenko. Die haben Beschwerde eingereicht gegen Ihren Befehl und einige von uns sogar für den Rotbannerorden vorgeschlagen, mich auch. Sie selbst haben den Vorschlag unterschrieben.«

Der Marschall zog für einen Moment die Augenbrauen hoch.

»Jetzt fällt's mir wieder ein. Sehen Sie, wie gut das damals ausgegangen ist. Und jetzt kümmern Sie sich um die Verbindung zu den Truppen.« Er reichte Kobrissow die Hand. »Arbeiten Sie noch an Ihrer Operation, Genosse Befehlshaber. Ich wünsche Ihnen Erfolg.«

Die Generäle traten, mit ihren Zellophantüten knisternd, zu Kobrissow, um sich zu verabschieden.

»Du bist doch nicht böse auf mich?« fragte Terestschenko. »Wir haben dich ein bißchen gezwickt, du uns aber auch. Und du hast angefangen. Hast wunde Stellen berührt!«

»Warum kläffen wir uns so an?« sagte Omeltschenko betrübt. »Wir ziehen doch alle an einem Strang, wir sollten uns lieber ver-

* Chalchin-Gol – Fluß im Osten der Mongolei. 1939 kämpfte hier die Rote Armee gegen in die Mongolei einfallende japanische Truppen, die sie vernichtend schlug.

tragen. Wir könnten uns mal in aller Gemütlichkeit treffen und ein Fläschchen leeren. Warum eigentlich nicht?«

»Höre genau hin, was sie sagen, Foti Iwanytsch«, warf Galagan ein, »und mache genau das Gegenteil. Laß dich nicht ins Bockshorn jagen.«

Auch Tscharnowski trat zu Kobrissow. Er federte auf seinen Fußballen und hob sein finsteres Gesicht mit den buschigen Brauen.

»Verzeih, daß ich dich nicht unterstützt habe. Aber du hast dich auch nicht gerade anständig verhalten. Das hatten wir nicht vereinbart.«

»Ich mache dir keine Vorwürfe, Wassili Danilowitsch. Du hast nach deinem Gewissen gehandelt, taktisch klug.«

Tscharnowski wurde dunkelrot und wollte etwas erwidern, drehte sich dann aber auf dem Hacken um und ging hinaus.

Übrig blieb Watutin. Lange stand er vor einem Loch in der Wand, beobachtete, wie sich alle in ihre Jeeps setzten, rief jemandem zu, daß er als letzter fahre, und schaute schließlich Kobrissow an.

»Wie geht's?«

»Es ist stickig hier«, sagte Kobrissow. »Ich kriege kaum Luft. Ich würde gern zwei Knöpfe öffnen, wenn Sie gestatten.«

»Bitte.«

Sie öffneten beide die oberen Kragenknöpfe und gingen zu einer Sprache über, die zwischen Vorgesetztem und Untergebenem unüblich ist.

»Die Operation wird teuer«, sagte Kobrissow. »Ich habe überlegt: Wieviel Menschen haben vor dem Krieg in diesem Myrjatin gelebt? Frauen, Alte und Kinder nicht mitgezählt, nur die wehrpflichtigen Männer. Sicher zehntausend, und ich soll sie opfern. Wollen wir denn Rußland mit Rußland bezahlen?«

»Genau das machen wir, Fotja. Wann war es je anders?«

»Ich bin neun Jahre älter als du, Nikolai. Höre auf einen weisen Mann. Nicht immer zeugt es von Heldenmut, wenn man dem

Gegner den Kampf aufzwingt, manchmal ist es klüger nachzugeben, unter Umständen erreicht man damit sogar mehr. Du denkst an einen Kessel, an eine Einkreisung, wer träumt nicht davon. Weißt du, wodurch du deinen Ruhm erworben hast, wodurch du in die Geschichte eingehen wirst? Durch zwei Rückzüge. Bei Charkow und am Kursker Bogen. An diesen Beispielen wird man einmal lernen, wie du es fertiggebracht hast, die Leute heil rauszuholen, die gesamte Technik zu retten und den Gegner aufzureiben, und du warst gleich danach in der Lage, den Gegenschlag zu führen.«

»Angenehm zu hören, Fotja«, sagte Watutin lächelnd. »Schmeichelhaft.«

»Du weißt, daß ich nicht schmeicheln will.«

»Ich weiß. Nur weiß ich nicht, ob ich das als Kompliment auffassen soll, daß ich nur durch Rückzüge ... Genug, darum geht es jetzt nicht. Ich will dir ebenfalls mit einem Kompliment antworten – du hast uns alle in Erstaunen versetzt. Du hast uns besiegt. Ich bin sowieso schon längst der Meinung, daß du alt und wissend genug bist, um eine Front zu befehligen. Du hast recht behalten, wir nicht. Doch überlegen wir gemeinsam. Was werden die Soldaten sagen? Daß das Oberkommando der Front, daß der Vertreter des Hauptquartiers ein Vollidiot ist? Daß allein General Kobrissow auf der Höhe war? Der Soldat muß an seine Führung glauben, wie soll er sonst weiterkämpfen?«

»So wie er immer gekämpft hat. Meinst du etwa, ihn wärmt der Glaube an die Obrigkeit?«

»Streite nicht mit mir, Fotja. Niemand legt dir die Karten so offen hin wie ich.«

»Ich weiß«, sagte Kobrissow. »Na gut, ich schweige.«

Watutin ging zwischen den Bänken auf und ab – mit schwerem Schritt, die kurzen Arme auf dem Rücken verschränkt, den großen, runden Kopf eines römischen Zenturio geneigt. Durch seine Hängebacken und die tiefen Falten am Mund wirkte er älter als 43 Jahre.

»Auch Terestschenko solltest du besser nicht angreifen. Gut, er hat sich geirrt, aber das haben wir damals alle.«

»Als ob man den angreifen könnte!« fuhr Kobrissow auf. »Der ›Armeebefehlshaber des Angriffs‹ glaubt wohl, ich will seinen Platz einnehmen!«

Watutin sah ihn verwundert an, woraus Kobrissow entnehmen konnte, daß dieser Gedanke nicht neu war.

»Ich sage dir noch einmal, Fotja: Die Armee hast du tadellos befehligt. Und ich bin dafür, daß du die 38. weiter führst. Obwohl ich einwenden muß, daß Terestschenko nicht erst überredet werden muß, Myrjatin einzunehmen.«

»Als ob Sie nicht auch wüßten: Wenn Stein Predslawl verliert, wird er sich nicht an dieses Städtchen klammern, er wird von selbst gehen. Wenn ihn Hitler nicht schon vorher abgesetzt hat.«

»Und wieder hast du recht. Und gleichzeitig unrecht. Es gibt da eine feine Spielregel, die wir beachten müssen. Die Variante von Sibesh wurde mit dem Obersten Befehlshaber abgesprochen. Sie ist ihm ans Herz gewachsen, als ob er sie selbst ausgedacht hätte. Dabei war es Terestschenko. Sollen wir uns jetzt etwa von Sibesh trennen? Er wird fragen, warum, ob es für uns zu schwer sei.«

»Und nach den Verlusten wird er fragen ...«

»Hundertprozentig. Vor allen Dingen nach den Verlusten. Und er wird uns dieses Sibesh hundertmal vorhalten. Also muß man den Obersten Befehlshaber irgendwie vorbereiten. Aber nicht so, daß die nördliche Variante besser und die südliche schlechter ist. Wir müssen das Ganze als einen einheitlichen Plan hinstellen und ihm so servieren, daß er selbst auf diese Idee kommt. Deshalb brauchen wir dein Myrjatin. Wenn er davon hört, wird er sein Pfeifchen anzünden, auf die Karte schauen und sich sagen: ›Sehen die Dummköpfe denn nicht, was sich vor ihrer Nase abspielt, ich sitze hier in Moskau, und für mich ist alles sonnenklar!‹ Dann haben wir den Obersten Befehlshaber für uns gewonnen, dann kannst du ihn um alles bitten. Hast du endlich begriffen?«

»Immer diese Winkelzüge«, sagte Kobrissow traurig. »Auch bei mir wendest du eine List an. Es ist doch längst abgekartete Sache, daß ich die Armee abgeben soll. Mir stehen diese Tricks bis hier. Daß du das alles noch nicht satt hast in deinem Alter und deiner Stellung?«

Watutins Gesicht färbte sich dunkel, er schloß die Knöpfe am Kragen. Kobrissow tat es ihm gleich.

»Ich erwarte eine Meldung über die Einnahme von Myrjatin«, sagte Watutin. »Den Plan bitte ich mir nicht später als in 48 Stunden vorzulegen.«

»Und wenn ich ihn nicht vorlege ...«

»General Kobrissow, das will ich nicht gehört haben!«

Dennoch schien Watutin niedergeschlagen. Schweigend ging er zum Wagen, schweigend nickte er dem Fahrer zu. Seine hängenden Schultern und sein Nacken vermittelten den Eindruck eines geknickten Mannes.

»Du bist besser als die anderen, Nikolai Fjodorowitsch«, dachte Kobrissow, als er ihm nachschaute. »Du bist auch keiner von denen. Früher oder später wird man dich genauso abservieren ...«

Der erste Gedanke war, seinen alten Plan, den er gleich nach dem Flußübergang ausgearbeitet hatte, noch einmal zu überdenken. Mehrere Stunden saß er in seinem engen Käfig und legte Patience – welche Truppenteile er schmerzlos aus dem Bezirk Gorliza abziehen könnte, von den Abschnitten, die passiv schienen, welche er aus der Reserve nach Myrjatin werfen könnte und welche er für die Straßenkämpfe in Predslawl aufsparen müßte. Aber es würde nicht schmerzlos abgehen können, überall war es gefährlich. Seine einzige Hoffnung blieb, daß man ihm Kräfte zubilligte, wenigstens ein halbes Hundert Panzer vom »Väterchen«.

Als Schesterikow ihm abends das Essen servierte, seufzte er plötzlich: »Ich weiß nicht, soll ich es Ihnen sagen oder nicht ...«

»Worum geht's?«

»Schlecht steht's um uns. Unser Sirotin hat etwas gehört, als er unterm Wagen lag. Ich ruf' ihn lieber gleich selbst.«

Und der verlegene, ebenfalls sehr verstimmte Sirotin berichtete folgendes: »Also, als der Armeebefehlshaber Tscharnowski den Oberbefehlshaber der Front begrüßte, hat dieser zu ihm gesagt: ›Nun, Leutnant-General, wie ist das Befinden?‹ – ›Ach, was soll ich sagen‹, hat der Armeebefehlshaber gesagt, ›ich beneide Kobrissow.‹ – ›Kobrissow brauchen Sie nicht zu beneiden, die Frage, welcher Armeebefehlshaber in Predslawl einmarschiert, wird noch entschieden. Es gibt die Idee, daß es ein Ukrainer sein soll. Bei uns an der Front sind siebzig Prozent Ukrainer, und die Stadt ist eine große ukrainische Stadt, es ist also logisch, daß auch der Armeebefehlshaber ein Ukrainer ist.‹ Da hat der Armeebefehlshaber gesagt: ›Ich bin auch Ukrainer, ich bin hier geboren, habe hier geheiratet, bin hier in den Komsomol, in die Partei eingetreten, warum nicht ich?‹ – ›Wer sagt denn, daß nicht du es sein wirst? Vielleicht du. Die Frage wird noch entschieden ...‹

»Ist das alles?« fragte Kobrissow, ohne den Kopf zu heben, und strich mit der Hand über die Karte.

Sein Gesicht brannte vor Kränkung, weil er, der General, sich von einem Fahrer etwas erzählen lassen mußte, was dieser der Obrigkeit abgelauscht hatte.

»Was weiter war, habe ich nicht mehr verstanden, das erste Mitglied des Kriegsrates kam angefahren, General Chruschtschow, der hat das Gespräch unterbrochen ...«

»Ist gut, du kannst gehen.«

Er hatte ein unbändiges Verlangen, sich zu betrinken, zum erstenmal war es ihm peinlich, Schesterikow zu bitten, ihm die Feldflasche zu bringen. Der würde mittrinken, ihm tröstende Worte sagen wollen, und es wäre unfreundlich, ihn wegzuschicken. Außerdem hielt es Kobrissow für selbstmörderisch, ganz allein zu trinken. Das Kränkendste, aber auch das Treffendste an Sirotins Geschichte war das Wort »logisch«. Ja, diese »Idee« mußte logischerweise entstehen, ganz gleich, wer sie sich ausgedacht hatte, wie ekelhaft und gemein sie auch war. Sie konnten ihn, Kobrissow, offenbar nicht anders abservieren und Terestschenko seine verlorengegangenen Chancen wiedergeben. Logisch war auch, daß Tscharnowski bei der Beratung geschwiegen, daß er nicht, wie verabredet, sich um Myrjatin bemüht hatte. »Das war ein Fehler von dir, Wassili Danilytsch«, dachte Kobrissow. »Diese ›Idee‹ nützt dir gar nichts.« Tscharnowski hätte besser über etwas anderes nachdenken sollen, über eine andere »Logik«: Warum sollte diese Logik nur die Armeebefehlshaber betreffen? Dann seid doch konsequent, und holt die russischen Soldaten, auch die Kasachen und Georgier von den Panzerfahrzeugen herunter. Den estnischen Flieger haltet auf dem Flughafen zurück. Und der weißrussische Panzersoldat soll aus seiner stickigen Kiste steigen, der tatarische Richtkanonier seine »45er« stehenlassen. Auch die Juden zieht aus dem Kampf, von denen ganze Familien erschossen in Babi Jar liegen. Alle Unbefugten bringt ins Hinterland, sollen sie sich ausruhen, trinken und mit Weibern schlafen, heute sterben nur Ukrainer für ihre »Perle«.

General Kobrissow überkam eine schwere Apathie. Als hätte man sein Herz verwüstet und das herausgeschnitten, was ihn ans Leben band. Es verschwamm das Bild des großen Predslawl, das er nie gesehen hatte, außer durch sein Fernglas. Der schwarze Engel mit dem Kreuz und die leuchtende Kuppel der Kathedrale waren in einen Nebelschleier gehüllt. Er, der »stille Armeebefehlshaber«, wurde auf seinen Platz verwiesen. Er versuchte, sich in den Plan seiner Kollegen hineinzudenken und begriff, daß sie ihn mit diesem Myrjatin zwingen wollten, Zeit zu verlieren. Seine Energie und seine Kräfte würden für etwas anderes nicht reichen. Während er sich in Myrjatin abmühte, würden sie ihre Verbände umgruppieren, die Truppen vom Brückenkopf bei Sibesh hierher verlegen und, das lag auf der Hand, die Hauptrolle Terestschenko übertragen – der durfte doch um Himmels willen nicht untergebuttert werden, er war doch einer von ihnen …

Was versprach dagegen Myrjatin? Die Keile konnte er nicht mehr zurückziehen – das konnte er weder vor der Armeeführung noch vor den Soldaten rechtfertigen, die in den Kämpfen ihre Kameraden verloren hatten. Also Einkreisung? Wie er es aufgezeichnet hatte? Und wenn die Verteidiger von Myrjatin nicht aus dem Sack krochen, wenn sie sich selbst ihr Todesurteil gesprochen hatten, so wie die finnischen Scharfschützen, die sich an die Wipfel der Kiefern gebunden hatten?

Er erinnerte sich an einen Frühlingsmorgen, als die öffentlichen Vergeltungshinrichtungen Sitte wurden, an die erste, die er miterlebt hatte. Sie waren nach einer Beratung alle zusammen hingefahren, er konnte sich nicht drücken, es hieß, die Anwesenheit der höchsten Sterne sei politisch wichtig für die Bevölkerung. Es waren ihrer vier, die hingerichtet werden sollten – der Dorfälteste, ein schwächliches, altes Männlein, zwei junge Polizisten, etwa 19 Jahre alt, und ein Deutscher aus der Kommandantur. Sie wurden auf den Platz geführt, ohne Mütze, die Hände auf den Rücken gebunden, es war nicht leicht, mit anzusehen, wie ihre abgestorbenen Finger weiß wurden. Auf dem Kopf des Dorfältesten bewegten sich die lichten grauen Haare im Wind, er ging wie im Halbschlaf. Eine Frau, offenbar seine Ehefrau und baldige Witwe, schrie und wollte zu ihm, zwei Halbwüchsige hielten sie fest, sie waren ebenfalls barhäuptig und hatten bleiche Gesichter. Die »politisch unterentwickelte« Bevölkerung nahm das alles verwirrt auf. Einer der beiden jungen Polizisten drehte sich ständig um und fragte: »Was hab' ich denn gemacht? Was hab' ich gemacht?« Niemand antwortete ihm. Der Deutsche, mit gebogener Nase, blauen Augen und dunkelblondem Haar, kräftig gebaut, ungefähr dreißig, hatte seinen Uniformrock aufgeknöpft, seine nackte, rosige Brust war zu sehen, er lächelte, und seine gleichmäßigen, weißen Zähne blitzten. Die Verurteilten wurden auf einen Lastkraftwagen gestellt, mit dem Gesicht zur Menge, Wachsoldaten warfen ihnen geschickt die Schlingen über den Kopf und befahlen halblaut: »Das Kinn etwas höher!« Ein langer Leutnant mit Brille, großem Adamsapfel und zusammengekniffenen Lippen überprüfte, ob der Knoten geschmeidig genug war, er verlas den Auszug aus dem Todesurteil, und auf seinen Wink hin begann der Laster langsam loszufahren. Da schrie der Deutsche etwas Höhnisches, Bösartiges und rannte, mit seinen Stiefeln auf den Boden des Wagenkastens stampfend, zum Rand und sprang hinunter, ohne das Unvermeidliche abzuwarten. Während die drei anderen noch einen Schritt machten und noch einen und einen halben und sich auf die Zehenspitzen stellten, um noch ein letztes Mal zu atmen, hing er schon, langgestreckt, sich drehend, von einer Seite auf die andere schaukelnd, mit blaurotem, aufgedunsenem Gesicht, das naß war von Tränen. Indem er sich selbst umgebracht hatte, war er der Hinrichtung entgangen, einer der Wachsoldaten fluchte deswegen ärgerlich.

Das rechtfertigende Gefühl der Vergeltung hatte Kobrissow damals nicht verspürt, und jetzt begriff er, warum. Nicht deshalb nicht, weil er gar nicht wußte, was die vier verbrochen hatten, daß man mit ihnen so verfuhr. Nein, auch wenn er ihre Untaten studiert und keine Rechtfertigung für sie gefunden hätte, hätte er diese Hinrichtung nicht als Rache empfunden, sondern nur dieses erniedrigende Gefühl verspürt, als ginge es um ihn selbst, als wären es seine Hände, die auf den Rücken gebunden waren und abstarben, als wäre es sein Hals, um den so geschickt die eingefettete Schlinge gelegt wurde und von dem langen Leutnant mit Brille überprüft, der dabei keinerlei Gefühle, nicht einmal Interesse zeigte. Kobrissow wußte doch, woran ein so geschändeter Mensch denkt, wenn er seinen Mitmenschen, die auf dieser Welt zurückbleiben und zuschauen, ins Gesicht blickt. Wahrscheinlich existiert ein oberster Richter, der uns dieses Schuldgefühl eingibt und uns für die Mittäterschaft zur Verantwortung zieht. Ein Zuschauer wird so ein Mitschuldiger. Sicher war es nicht Kobrissow allein, der so empfand. Sie fuhren im Stabsbus zurück, jeder mit seinen Gedanken beschäftigt, sie schämten sich voreinander und waren froh, als jeder in seinen »Willys« steigen konnte, ohne die anderen auf einen Besuch einzuladen, wie es sonst üblich war. Und dabei handelte es sich um Militärs, die das Handwerk des Tötens gelernt, die Tausende von Toten angesehen hatten. Also war Töten und Töten doch nicht dasselbe: Für den Krieg taugt fast jeder gesunde Mann, für dieses vorgeführte Handwerk aber werden besondere Menschen gebraucht, denen etwas fehlt oder die, im Gegenteil, etwas haben, was den anderen fehlt. Trotz seiner Sterne und Orden hatte der General ein gewisses Unterlegenheitsgefühl den beiden behenden Unteroffizieren gegenüber, denen diese Arbeit offenbar gefiel, und bestimmt nicht nur, weil ihnen dadurch die Hauptkampflinie erspart blieb. Auch gegenüber diesem schlaksigen, finsteren Leutnant mit Brille, der, als er die Geschmeidigkeit der Schlinge überprüfte, seinen nackten Finger zwischen den Strick und den warmen Hals des Verurteilten schob. Mehr noch, Kobrissow hatte Angst vor ihnen, auch jetzt, als er im Dunkeln in seinem engen Bett lag, im kleinen Bahnhofsgebäude von Spasso-Peskowzy.

Er wußte nicht, ob er lieber sein eigenes Leben hingegeben oder es einem Unbewaffneten genommen hätte, das Schicksal hatte ihn nie vor diese Wahl gestellt. Seine jetzige Entscheidung allerdings hatte etwas damit zu tun. Er beklagte sich ob der Schwere des Entschlusses bei sich selbst, mehr aber bei jenem obersten Richter, der ihn von seinen Ängsten und Zweifeln hätte befreien können: »Ich bin kein Henker! Es liegt in der Natur meines Geschäfts, Menschen in den Tod zu schicken, aber ich bin kein Henker!«

Diesen Gedanken ließ er mehrere Male durch seinen Kopf gehen, um ganz sicher zu sein. Er warf sich vor, daß er nicht ehrlich gewesen war, als er Tscharnowski heimlich etwas aufzwingen wollte, wovor er selbst Angst hatte. Er faßte einen endgültigen Entschluß: Übernimm nie wieder eine Sache, die dir widerstrebt! Da empfand er endlich Erleichterung.

Ein Befehlshaber, der den geforderten Plan nicht vorlegt, unterschreibt seinen eigenen Rücktritt. Doch am folgenden Tag fielen in bezug auf Myrjatin keine Entscheidungen, als hätte es die Beratung und Watutins Ultimatum nie gegeben. Man ließ den General in Ruhe, und er las Voltaire. Er hatte einen bestimmten

Grund, sich mit diesem Autor zu beschäftigen. Auf seine Bitte hin hatte ihm seine Frau einen Voltaire geschickt – »Candide«. Er rückte die Brille auf der Nase zurecht, blätterte in aller Ruhe die Seiten um und dachte nach. Er verstand nicht, warum der Held trotz aller bitteren Erfahrungen zu dem Schluß kommt, daß sich in dieser besten aller Welten alles zum Guten wendet. Aber der krönende Satz, daß jeder seinen Garten bestellen muß, gefiel Kobrissow, er überlegte sogar, ihn auf irgendeiner Versammlung anzubringen, wenn es um den Wiederaufbau der Volkswirtschaft ginge: »Wie François-Marie Arouet, alias Voltaire, sagte: ›Jeder muß seinen Garten bestellen.‹« Als er jedoch das Buch schloß, seufzte er: »Für mich wird es keine Versammlung mehr geben. Das sind Hirngespinste von gestern.«

Am späten Abend, es war bereits dunkel, fuhr ein einsamer »Willys« vor. Adjutant Donskoi und Schesterikow empfingen den Gast, doch dieser hatte es nicht eilig, zum General nach oben zu gehen. So warf Kobrissow sich die Lederjacke über und ging selbst hinunter in den Saal. Der kleine, dicke Mann mit Aktentasche war aus irgendeinem Grunde nicht durch die Tür ins Gebäude getreten, sondern durch ein Loch in der Wand. Es war der Chef des Armeestabs, Generalmajor Purtow, der seine Unterkunft ganz in der Nähe hatte, im Dorf Spasso-Peskowzy, wo der Stab untergebracht war. Purtow kam selten her, Kobrissow fuhr meist zu ihm ins Dorf, um mit ihm zu arbeiten, deshalb war Purtows Erscheinen so etwas wie ein Hoffnungsschimmer.

Sie standen sich in dem dunklen Saal, der vom durchsichtigen Mondlicht blaß erleuchtet war, gegenüber, jeder auf seine Weise majestätisch.

»Ist was passiert?« fragte Kobrissow.

»Foti Iwanytsch, es bleiben noch 12 Stunden. Gedenkst du etwas zu unternehmen?«

»Was würdest du mir raten?«

»Laß uns überlegen. Der Gegner hat keinen Versuch unternommen, der Einkreisung zu entgehen ...«

»Richtig. Weil er weiß, daß wir nicht genügend Kräfte haben.«

»Nicht ganz. Weil er glaubt, daß wir den Kessel schließen, wie es im Lehrbuch steht. Daß wir einen äußeren und inneren Ring schaffen. Doch dafür reichen unsere Kräfte tatsächlich nicht. Wenn wir aber nur mit dem inneren Ring auskommen? Wer wird ihm dann in Myrjatin beistehen? Du brauchst nur ›Hopp!‹ zu sagen, und der Plan ist bis morgen früh fertig.«

»Du hast ihn schon ausgearbeitet«, sagte Kobrissow. »Er liegt in deiner Aktentasche. Aber ein ›Hopp!‹ wirst du von mir nicht hören. Ich arbeite anderthalb Jahre mit dir zusammen, Wassil Wassilytsch, und mir gefällt an dir, daß du dich nie auf Abenteuer eingelassen hast. Ich, der Befehlshaber, kann meine Marotten haben, das steht mir in meinem Rang zu, aber du bist verpflichtet, sie zu korrigieren, sie in Grenzen zu halten. Ich verstehe, du sorgst dich um mich, willst mir helfen, doch deshalb Leute in den Tod schicken ...«

Er sprach nicht zu Ende. Die Männer waren beide gleichermaßen darüber informiert, was mit Myrjatin los war, wollten es aber nicht aussprechen.

»Es gibt noch eine andere Variante«, sagte Purtow. »Nennen wir sie: ›Die Variante Terestschenko‹. Im Prinzip – jeder beliebige Schlag. Von Süden. Dann schieben wir den Gegner wenigstens drei Kilometer vom Flußübergang weg.«

Kobrissow fragte, ohne ein spöttisches Lächeln zu verbergen: »Hast du lange an dieser Variante gearbeitet?«

»Weißt du, die Variante Terestschenko hat den Vorteil, daß wir sie nicht besonders vorbereiten müssen. Jeder greift dort an, wo er steht. Mit einem Wort – ›Vorwärts!‹. Wir müssen nur losmarschieren, und dann bitten wir um Auffüllung.«

»Und die kriegen wir?«

»Sie müssen uns welche geben«, sagte Purtow nicht sehr überzeugt.

»Ich bin es gewohnt, das Geld zu zählen, wenn ich es in der Tasche habe, Wassil Wassiliytsch. Das ist irgendwie sicherer. Und es gibt keine traurigen Überraschungen, sondern nur eitel Freude. Egal welche Variante, wir müßten von Predslawl Kräfte abziehen. Aber das will ich nicht, und wenn man mich erschießt.«

Purtow nahm seine Mütze ab und drückte sie an die Brust.

»Foti Iwanytsch, wir haben doch immer gut zusammengearbeitet, nicht?«

»Wie ein Herz und eine Seele, Wassil Wassilytsch.«

»Das war die beste Zusammenarbeit, die ich während des ganzen Krieges erlebt habe. Das sage ich dir in jedem Fall. Und wegen dieser ... Varianten, entschuldige. Ich kann mir auch mal eine Marotte leisten.«

»Irgendwie sind wir beide ein bißchen gereizt. Gehen wir zu mir hoch Tee trinken? Tee aus der Feldflasche, du verstehst, mal sehen, was Schesterikow für uns hat.«

»Du weißt doch, mein Magengeschwür. Außerdem will ich arbeiten. Vielleicht fällt mir was ein. Dann rufe ich dich an. Oder besser, ich komme vorbei.«

Kobrissow, der ihn nach unten begleitete, wußte, daß Purtow weder anrufen noch vorbeikommen würde. Es konnte ihm nichts einfallen. Aber er war ihm für seinen Besuch und für seine guten Worte dankbar, obwohl sie außer ihm niemand gehört hatte ...

Watutin gab ihm nochmals eine Frist von zwei Stunden. Als er aus Olchowatko anrief, stellte er keine Fragen, sondern sagte nur: »Ich habe mit dem Hauptquartier gesprochen. Sie sind mit meiner Einschätzung einverstanden, daß du gute Arbeit geleistet, dich aber überanstrengt hast, du sollst dich in einem Sanatorium erholen, sollst zu deiner Familie fahren. So an die drei Wochen. Man wird dich nicht sehr quälen, du sollst nur nach deiner Ankunft in Moskau Meldung machen.«

»Also werden sie mich nicht durch die Mangel ziehen«, dachte Kobrissow und sagte: »Vielen Dank für Ihre Fürsorge, Nikolai Fjodorowitsch.«

»Ist doch selbstverständlich ...«

»Ist es möglich, daß mich der Oberste Befehlshaber zu sich ruft?«

Watutin überlegte eine Sekunde.

»Das ist nicht ausgeschlossen.«

»Ich frage für alle Fälle. Damit ich dann weiß, was ich sagen muß.«

»Sag es so, wie es ist.«

»Sie haben ihre ›logische Idee‹ durchgehechelt«, dachte Kobrissow. Und fragte, was ihm zu fragen blieb: »Wem soll ich die Armee übergeben?«

Er konnte das Zittern der Hand, die den Hörer hielt, nicht abstellen, und ihm schien, als merkte es Watutin am anderen Ende der Leitung.

»Vorläufig übernimmt sie dein Stabschef. Die Frage des neuen Befehlshabers ist noch nicht offiziell auf die Tagesordnung gesetzt worden.«

»Was soll's … Die Hauptsache ist getan. Ich stehe 12 Kilometer vor …«

»Die müssen erst noch zurückgelegt werden, Foti Iwanytsch.«

»Da muß man schon völlig verblödet sein, wenn man die nicht schafft. Die Hauptsache ist getan. Alles Weitere … das kann jeder. Auch ein Terestschenko. Was tut man nicht alles für einen guten Menschen.«

Watutin schwieg.

»Wissen Sie, Nikolai Fjodorowitsch«, sagte Kobrissow, »trotz allem denke ich, daß ich es bin, der Predslawl erobert hat!«

»Ich auch«, sagte Watutin. »Wenn es von mir abhinge … Aber das ist kein Männergespräch.«

»Vermutlich.«

»Wann fährst du?«

Für einen General gibt es kein »in einer Woche« und kein »morgen«.

»Heute«, antwortete Kobrissow.

»Ich kann dir meine ›Douglas‹ anbieten, Galagan fliegt dich.«

»Vielen Dank, aber ich habe Angst.«

»Wovor hast du Angst?«

»Höhenangst. Aber noch mehr fürchte ich Galagan. Er hat mich einmal aus Freundschaft mit einem Bomber spazierengeflogen, meine Hände haben noch eine Woche danach gezittert. Ich fahre mit meinem Grauen.«

»Du bist und bleibst ein Starrkopf, man kann dich nicht ändern. Kommst du vorbei, dich verabschieden?«

»Wenn Sie befehlen ...«

»Wie kann ich das befehlen?«

»Dann komme ich nicht. Es ist ein großer Umweg ...«

»Wie du willst. Na dann, auf Wiedersehen ...«

»Alles Gute.«

Um vier Uhr nachmittags erreichte der schwer beladene »Willys« den Dnepr und fuhr zur Übersetzstelle hinunter. Das Schicksal hatte es so gewollt, daß General Kobrissow sie erst jetzt kennenlernte – den gewundenen Flußbogen und die in den Wellen rumpelnden Ketten der rostigen Pontons. Auf beiden Seiten standen je zwei Fla-MGs. Panzerboote mit gen Himmel gerichteten Kanonen und Maschinengewehren durchfurchten den Fluß. Durch die dunklen Wolkenfetzen flogen die Jagdflugzeuge Galagans Sperre. Die Übersetzstelle sah gut gesichert aus. Klopfenden Herzens betrachtete Kobrissow aufmerksam die Übersetzstelle, er wollte herausfinden, ob es nicht dieselbe war, wo er vor anderthalb Monaten selbst auf dem Deck der Panzerfähre, wie der zerlöcherte alte Lastkahn hochtrabend genannt wurde, übergesetzt war, begleitet von pfeifenden Kugeln und dem Geheul der angreifenden »Junkers«, vom Wiehern der Pferde und dem Stöhnen der Verwundeten. Der Dnepr war nicht mehr der, der er noch vor kurzem war, es herrschte jetzt ein anderes Leben, andere Geräusche waren zu hören. Wahrlich, man steigt nicht zweimal in denselben Fluß.

Der Regulierer begrüßte den General nach Vorschrift und ging dann zu seiner Holzbude, in der auf einem Wandbrett ein Telefon mit Summer stand.

»Schura!« rief er in den Hörer. »Halte sie auf, bis der General durch ist!«

»So gehört es sich«, sagte Sirotin begeistert und ließ den Wagen sanft auf die schwankende Rampe fahren.

Sie hatten die Hälfte des Flusses überquert, als eine Kolonne von Panzern, Tankwagen und Pferdefuhrwerken ans linke Ufer heranfuhr. Der dortige Regulierer hielt sie mit seinem Stab an – auf dem schmalen Ponton hätten der »Willys« und die Panzer nicht aneinander vorbeifahren können. Wieviel Fahrzeuge es waren, konnte der General nicht erkennen, das Ende der Kolonne war nicht zu sehen. Vielleicht waren das die hundert Panzer vom »Väterchen«, die General Kobrissow gefehlt hatten, um als Triumphator über den Großen Prospekt von Predslawl zu fahren. Der Name »Predslawl« klang erneut in ihm auf, doch diesmal eher wie eine scheppernde Trompete, er schmeckte das Vorgefühl des Ruhms, hörte aber auch den Todesschrei des Kriegers, der zusammen mit seiner Sturmleiter von der Stadtmauer fällt.

Kobrissow wußte nicht, daß das, was er sah, der Beginn der grandiosen Operation mit dem Decknamen »Nebel« war, die er so oft im Geist vor sich gesehen hatte. Den Truppen stand bevor, die Zone am rechten Ufer still und heimlich zu verlassen und zum linken Ufer überzusetzen, dann 160 Kilometer in Richtung Norden zu marschieren, in einem großen Bogen an Predslawl vorbei, dann erneut überzusetzen, um dann endlich nach Süden zu marschieren – durch jenen Korridor, den seine Armee geschlagen hatte.

Winkelzüge en gros waren charakteristisch für dieses Unternehmen, das nicht umsonst den Namen »Nebel« trug. Ganz zu schweigen davon, daß nachts marschiert wurde oder tatsächlich bei Nebel, immer entlang der Front, gedeckt durch den Lärm der Sperre fliegenden Jäger. Zur Täuschung des Gegners ließ man auf dem Brückenkopf von Sibesh Waffen zurück, die nichts mehr taugten, oder Schützenattrappen, Panzerattrappen und Attrappen von Artilleriegeschützen. Man ließ Funkstationen zurück, die fiktive Ziffern funkten und automatisch gesteuert wurden.

Die Kriegshistoriker werden später behaupten, Menschen

seien nicht zurückgelassen, alle Verwundeten weggebracht und die Gefallenen der Erde übergeben worden. Sie werden behaupten, der schlaue Stein hätte nichts geahnt und die deutschen Beobachter nicht gemerkt, daß die Attrappen sich nicht bewegten, die Stationen immer ein und dasselbe funkten und die Puppen in Uniform lediglich ein bißchen im Wind schwankten. Und Rußland wird stolz auf diese groß angelegte, qualvolle und ganz und gar nicht unblutige Operation sein, die gezwungenermaßen durchgeführt werden mußte. Die Historienschreiber werden sie als geniale Erfindung bezeichnen und nur von ihrem siegreichen Ende erzählen. Den ruhmlosen Anfang jedoch, als die Operation noch zu umgehen war, werden sie verschweigen …

»Was sehe ich!« sagte Adjutant Donskoi plötzlich, als er durchs Fernglas zum anderen Ufer schaute. »Der Regulierer ist tatsächlich eine Schura. Schurotschka. Jedenfalls hat er einen Rock an. Und ich glaube, auch Stiefel mit hohen Absätzen. Niedlich sieht sie aus!«

Er reichte das Fernglas dem General. Die Reguliererin nutzte die kurze Pause und zog aus ihrer Brusttasche einen kleinen Spiegel, betrachtete kritisch ihre aufgesprungenen Lippen, das sich schälende Näschen und steckte eine widerspenstige blonde Locke unters Schiffchen.

»Genosse Befehlshaber«, sagte Sirotin, »wenn man zum Regulieren ein Mädchen mit hohen Absätzen einsetzt, heißt das doch, daß wir uns nicht mehr zurückziehen.«

»Von zurück kann keine Rede sein«, sagte der General. »Jetzt geht's nur noch vorwärts, nach Berlin.«

Sirotin wollte begeistert aufs Gaspedal treten, doch der General beschwichtigte ihn mit einem Blick. Die Panzerkolonne konnte ruhig warten, diese Ehre konnte sie ihm erweisen.

Während der Befehlshaber der 38. Armee, Generalleutnant Foti Iwanowitsch Kobrissow, über den Fluß fährt, haben wir Zeit, in Kürze zu berichten, was das Schicksal für die anderen Teilnehmer jener Beratung in Spasso-Peskowzy bereithält. Drei von ihnen werden den Krieg nicht überleben. Armeegeneral Watutin, der es so logisch fand, daß die »Perle der Ukraine« von einem Ukrainer eingenommen werden müsse, wird ein halbes Jahr später auf einem Feldweg von einer Kugel getroffen, abgegeben von einem »unabhängigen« Ukrainer, möglicherweise war sie vergiftet. Der General bekommt Wundbrand, und die Bemühungen der besten Ärzte können weder sein Bein noch sein Leben retten. Die beiden berühmten Watutinschen Rückzüge werden, wie von Kobrissow vorausgesagt, in vielen Militärakademien der Welt zum Lehrstoff gehören. Was Watutins letzte Operation betrifft, den Kessel von Korsun-Schewtschenkowsk, so wird sie nicht durch die Kräfte einer, sondern zweier Fronten durchgeführt. General Konjew, der an der Stelle des Zusammentreffens beider Armeen seinen Panzer als Denkmal aufstellte ließ in den Sockel eine Aufschrift einmeißeln, die er selbst gedichtet hat: »An dieser Stelle reichten die Panzersoldaten der Zweiten Ukraninischen Front unter Armeegeneral I. S. Konjew den Panzersoldaten der Ersten Ukrainischen Front unter Armeegeneral N. F. Watutin die Hand und schlossen damit einen Ring um die feindlichen Gruppierungen der faschistischen deutschen Truppen ...«

Etwas später wird in Ostpreußen Tscharnowski als Armeegeneral und jüngster Frontbefehlshaber fallen – ein Splitter trifft ihn in den Rücken, unter die rechte Schulter. Wahrscheinlich hätte er ein zweites Leben darum gegeben, hätte die Kugel ihn in die Brust getroffen ...

Der wilde Galagan, der sich zu seinem 251. Kampfflug über den Plattensee erhoben hatte, begegnete einem ebenbürtigen Gegner, der sich nicht auf einen trivialen Schußwechsel einließ. Es galt als bombensicher, daß kein deutsches Fliegeras es wagte, sich dem russischen Sturmbock zu stellen. Möglicherweise hatte der deutsche Pilot die Herrschaft über seinen Steuerknüppel verloren. Lange fielen beide als eine einzige lodernde Fackel, bis die kühle, glatte Wasseroberfläche des Sees sie schließlich aufnahm ...

Die Generale Omeltschenko und Shmatschenko beenden den

Krieg in Ehren, ohne sich bemerkenswert hervorzutun. Beide erhalten dafür an ein und demselben Tag den Generaloberst und den Kutusow-Orden 1. Klasse.

»Panzerväterchen« Rybko, der ständig irgendwelche Ausarbeitungen und Berechnungen in seiner dicken Aktentasche herumschleppte, macht nicht nur eine militärische, sondern auch eine wissenschaftliche Karriere, als er zu Kriegsende die »berüchtigte Doktrin des hochgepriesenen Guderian« über den Haufen schmeißt und in der Militärakademie seine eigene Doktrin lehrt.

Besonderes Glück hat Terestschenko: Nachdem er das Kommando über die 38. Armee übernommen hat, legt er natürlich glücklich die restlichen 12 Kilometer zurück und nimmt Predslawl genau am 7. November, dem Jahrestag der Revolution, ein. Beim Marsch durch die Karpaten schindet er seine Leute bis aufs Blut. Die alten Hasen, die seit Woronesh dabei waren, kann man zuletzt an zwei Händen abzählen. Wie es die Ironie des Schicksals will, ist es ihm auch noch beschieden, Prag zu besetzen – das schon fast von der Ersten Division der Russischen Befreiungsarmee eingenommen worden war.

Die Siege des Marschall Shukow, die ihm Brust und Bauch mit einem Ordenspanzer bedecken, sind zu gewaltig für unsere schwache Feder. Es soll nur erwähnt werden, daß er sich bis zum Schluß an die »russische Vierschichtentaktik« hält. Seine Glanzleistung vollbrachte er, als dreihunderttausend Soldaten auf den Seelower Höhen und in Berlin fallen, nur damit die Stadt bis zum 1. Mai (um einen Tag hat er sich dennoch verspätet!) eingenommen werden kann und sein Kampfgefährte Dwight D. Eisenhower ihm nicht rechtzeitig zu Hilfe kommen konnte. Dreihunderttausend Todesmeldungen gehen in der ersten Nachkriegswoche nach Rußland, wofür das Land den Eisernen Marschall für immer in sein Herz schließt!

Das Schicksal des Generalleutnants Chruschtschow gestaltet sich etwas anders. Er wird nicht mit Sternen übersät, doch ist er dazu auserwählt, den Obersten Befehlshaber zu stürzen. Erinnert sei an Chruschtschows ungestüme Energie, mit der er immer und immer wieder auf seinem einstigen Götzen und Herrn herumtrampelt. Die Bronze der Denkmäler läßt er in Kugellager umgießen und seine sterblichen Überreste aus dem Mausoleum entfernen, damit sie künftig in einem normalen Grab vermodern. Doch selbst von dort kriegt ihn der Oberste zu fassen, nicht mit seiner eigenen, einbalsamierten Hand, sondern mit der jenes fürsorglichen »sympathischen ukrainischen Burschen«, an dessen Namen sich Chruschtschow auf der Beratung partout nicht erinnern konnte.

Wie sollte der »stille Armeebefehlshaber« Kobrissow im Vergleich zu diesen Biographien nicht in der Versenkung verschwinden? Wer wird sich daran erinnern, wie er auf der Fähre stand und ihm das Herz stehenblieb, als die »Junkers« sich auf ihn stürzte? Aber gerade diese Minuten gingen in die Geschichte der Einnahme von Predslawl ein, in die Geschichte des gesamten Krieges. Dieser Operation, bewundernswert durch ihre Kühnheit und Schönheit, wird es beschieden sein, einen Platz in den Lehrbüchern der operativen Kunst zu finden und viele herkömmliche Vorstellungen der Kriegsführung über den Haufen zu werfen. Aber auch eine Menge Rätsel birgt die Operation, als sei ihre Geschichte nicht zu Ende erzählt, als sei der Name des Mannes, dessen Idee sie war, nicht überliefert.

Seine Geschichte wird den Namen »Brückenkopf von Myrjatin« tragen. Man wird sie, wie in einem Land üblich, in dem man die Vergangenheit so gerne umschreibt und deshalb so wenig Hoffnung auf die Zukunft hat, der allgemeinen Historiographie anpassen. Man wird sie so erzählen, wie man sie gerne hätte, und nicht, wie sie sich in Wirklichkeit zutrug. Die alten Kriegsveteranen werden mit dem Zeigestock vor der Karte herumhumpeln und überzeugend zu beweisen wissen, daß Myrjatin von Anfang an als Hauptbrückenkopf ausersehen war und nicht etwa als Ablenkungsmanöver, diese Rolle werden sie Sibesh zuschreiben, und sie werden sagen, daß selbstverständlich alles ein im voraus geplantes Manöver war. Es sei denn, es findet sich ein wissensdurstiger Historiker, der im beharrlichen Eifer seinen Hosenboden nicht schont und die Wahrheit ausgräbt? Oder ein Federfuchser, ein Tintenkleckser, ein Vielschreiber, der alles aufwühlt und ein Buch darüber schreibt und damit die Ehre des Generals rettet?

Aber auch das ist nicht nötig. Der Gegner, der uns zuweilen gerechter beurteilt als wir selbst, der kommandierende General Felix Stein nämlich, schreibt in seinen Nachkriegsmemoiren: »Bis zum Sieg ist es noch ein Schritt« über dieses ungeklärte Rätsel: Hier, am rechten Ufer, konnten wir zweimal ...das operative russische Genie beobachten ...«

General Kobrissows Fahrt über den Fluß nähert sich dem Ende, die blonde Reguliererin Schura hebt den Stab, die Panzer lassen die Dieselmotoren aufheulen, hüllen sich in schwarzen Qualm und fahren auf die abgenutzten Holzbretter der Pontons.

An der Übersetzstelle bauen zwei Pioniere ein Holzschild auf. Quer über das weiße Feld läuft eine schwungvolle, schwarze Aufschrift: »Wir erobern Predslawl!«

»Ich gebe es euch«, sagt der General. »Ich reiche es euch auf einem Silbertablett. Ihr braucht nur die Hand danach auszustrecken.«

So überquert er den Dnepr in entgegengesetzter Richtung, sagt dem heißbegehrten, unbekannten Predslawl und seiner Armee Lebewohl, er, der geschworen hatte, daß keine Kraft der Welt ihn lebend vom Brückenkopf entfernt.

Fünftes Kapitel

Wer ohne Sünde ist ...

1

Kränkungen, Kränkungen ... Sie verursachen Herzstechen. Sie schnüren dir die Kehle zu und machen, daß du dich im Bett schlaflos von einer Seite auf die andere wälzt und mit den Zähnen knirschst vor Wut. Alkohol hilft nur für kurze Zeit. Du wachst mitten in der Nacht auf und hast keine Kraft, aufzustehen und dich mit irgend etwas zu beschäftigen. Diese Kränkungen saugen sich wie Nachttiere an dir fest, die sich am Tage in tiefen Höhlen versteckt halten, und wenn es dunkel ist, herauskrauchen und sich mit vereinter Kraft auf dich stürzen. Rettung gibt es nur die eine – wehre dich nicht, und lasse eines dieser Tiere an dir herumnagen, dann ziehen sich die anderen zurück und warten auf ihre Stunde.

Von allen Kränkungen, die das Leben und die Menschen dem General zugefügt hatten, quälten ihn die am meisten, die er seiner eigenen Dummheit zuschreiben mußte. Kränkungen solcher Art konnte er nicht auf andere abwälzen und sie auch nicht anderen zum Vorwurf machen. Zu ihnen gesellte sich nun jene letzte: Er hatte die Dummheit besessen und war doch noch beim Frontstab in Olchowatko vorbeigefahren, in der Hoffnung, daß Watutin, bekäme er ihn persönlich zu Gesicht, befehlen würde, ihn aufzuhalten. Bestimmt würde er ihn auffordern, noch einmal gemeinsam alles zu überdenken. Vielleicht hätte sich eine Lösung gefunden, die für beide akzeptabel war. Watutin konnte sich doch nicht so sang- und klanglos von ihm trennen, er kannte doch den Wert seines Generals. Und wie lange hatten sie zusammen gekämpft! Außerdem hatte er Kobrissow selbst vorgeschlagen vorbeizukommen ...

Vor dem Kulturhaus mit den antiken Säulen und dem Portikus standen mehrere »Willys«, »Dodges« und Reitpferde, Offiziere der verschiedensten Dienstgrade liefen vorbei, an ihrer Geschäftigkeit konnte man erkennen, daß der Oberbefehlshaber der Front anwesend war. Einer von ihnen mußte Watutin doch von Kobrissows Ankunft unterrichten. Sicher hatte der Wachposten schon Meldung gemacht, als Kobrissow ins Dorf einfuhr. Und Watutin selbst muß doch gesehen haben, wie der ehemalige Befehlshaber der 38. Armee vorbeigefahren war – ganz langsam, im offenen Jeep. Die Leute erkannten Kobrissow, der eine nahm Haltung an und grüßte, andere wandten ihm lediglich das Gesicht zu. Aber keiner machte Anstalten, seine Ankunft zu melden. Am meisten wurmte ihn, daß Watutin, der ihn ganz sicher gesehen hatte, Kobrissows Jeep nicht anhalten ließ. Er hatte offenbar nicht den Wunsch, zum Abschied noch einmal zehn Minuten mit ihm zusammenzusitzen – ohne Adjutanten, ohne Beobachter. Sicher dachten die Offiziere, Watutin habe keinen Grund, den ehemaligen Befehlshaber noch einmal zu empfangen. Diese Stabsratten besitzen einen siebten Sinn und riechen die blutende Wunde, und mit den Schuhsohlen fühlen sie das Beben, das von einem sterbenden, in Agonie liegenden Körper ausgeht. Also war sein erster Entschluß, nicht über Olchowatko zu fahren, richtig gewesen! Was war er doch für ein Idiot! Wann wird er endlich lernen, sich auf seine spontane Eingebung zu verlassen, genauso, wie auf den ersten, spontanen Eindruck, den er von einem Menschen hatte. Dabei trog dieses instinktive Gefühl nie!

Die schlimmste Kränkung aber war die vom Frühjahr 41, die sein ganzes Leben verändert und aus ihm einen anderen Menschen gemacht hatte. Man kann nicht behaupten, daß sie völlig unerwartet kam. Die Kommandierung nach Moskau, selbst in dieser Funktion und in diesem Rang, konnte man noch als Beförderung betrachten. Sie mußte dem General eher schmeicheln und ihn beflügeln, auch wenn es ihn traurig stimmte, daß er sich von seinen Leuten, seinem geregelten Leben und seinen luxuriösen Jagden in der Taiga verabschieden mußte. Aber gleichzeitig hatte er Bedenken, diffuse Bedenken, über die nachzudenken ihm feige vorkam. Kobrissow war in den Moskauer Militärbezirk kommandiert worden, um eine Division aufzustellen, den Andeutungen nach eine Luftlandeabwehrdivision zum Schutz der Hauptstadt. Eine Falle konnte er darin nicht vermuten, dennoch sagte seine Frau: »Gib acht, Fotja, auf die gleiche Weise hat man Wassili Konstantinowitsch Blücher von seiner Armee weggelockt. Als ob sie nicht in Moskau einen für diese Division finden könnten, ausgerechnet dich müssen sie holen.«

Es stimmte, Blücher wurde nicht verhaftet, ehe sie ihn hinterhältig von seiner Fernöstlichen Armee abgeschnitten hatten, wo ihn kein Tschekist, und wäre es Jeshow selbst gewesen, hätte festnehmen können. Bei ihm, Kobrissow, würden sie sich kaum so zieren. Und daß sie einen Fernostler beriefen, eine Moskauer Division aufzustellen, hatte nichts Bedenkliches. Schon beim Zaren war es Tradition, daß beim Staatsschutz Fremde dienten. Und für Moskau war Kobrissow ein Fremder.

Die Division erwies sich in der Tat nicht als hinterhältige Erfindung der Tschekisten. Ihr Stab war schon fast zusammengestellt, die Rückwärtigen Dienste aufgefüllt, die ersten Panzer rollten aus der Fabrik, acht an der Zahl, sie waren auserwählt, an der Parade zum Ersten Mai teilzunehmen. Kobrissow schrieb seiner Frau, sie solle die Sachen packen und nach Moskau kommen, um eine Wohnung auszusuchen, ihm fehle die Zeit, unter den vier angebotenen die richtige auszuwählen. Er selbst wohnte noch im Hotel »Moskwa«.

Jener Frühling des Jahres 41 war kalt, zermürbender Regen fiel bis Mitte Juni. Die Atmosphäre in Moskau war vom Warten auf ein anderes, ein Kriegsgewitter, bestimmt und von dem eifrigen Wunsch, nicht wahrzunehmen, aus welcher Richtung die Wolken tatsächlich kamen. Man wollte einfach seine Ruhe haben. Im Kino wurde »Wenn morgen Krieg ist« gezeigt, ein perfektes Schauspiel, das die Leute einlullen sollte: Sowjetische Flugzeuge schwirrten wie Vögel direkt aus unterirdischen Hangars, die Panzer wurden an Stahlseilen die Hänge heruntergelassen, und auf dieselbe elegante Weise überquerten sie auch den Fluß, ohne Wasserberührung. Von Amphibienfahrzeugen hatten die Filmemacher offenbar noch nie etwas gehört. Ein fiktiver Feind in fiktiver Uniform fiel scharenweise zu Boden und zeichnete sich durch große Dummheit aus.

Belgien und Griechenland schlossen ihre Botschaften, beide Länder waren von den Deutschen besetzt, doch für die Lektoren der Militärakademie blieben die »Hauptfeinde der Sowjetunion« »England im Westen und Japan im Osten«. Rudolf Hess, der zweite Mann in Deutschland, Hitlers Vertreter in der NSDAP, flog nach England – sicher nicht, um der britischen Krone den Krieg zu erklären. Die Zeitungen hoben an, von einer »englisch-deutschen Verschwörung« zu schreiben, verstummten aber sofort, als die Engländer nicht auf Hess' Mission eingingen und ihn ins Gefängnis sperrten. Das rief keine Sympathie für den rätselhaften Albino hervor, er war in jeder Hinsicht schlecht. Im Garten der Moskauer »Eremitage« erzählte ein Conférencier Witze mit »internationalem Charakter«: Hitler beschwert sich bei Genossen Molotow: »Schon anderthalb Jahre bombardieren wir London und können und können es nicht zerstören.« Molotow antwortet ihm: »Ach, wir schicken euch ein Dutzend Moskauer Hausverwalter, die zerstören jede Stadt in drei Monaten.« Es wurde gelacht und geklatscht, doch für einen Mann vom Militär, der wußte, was Bombenangriffe bedeuten, war es schon damals peinlich, so etwas zu hören, und um wieviel beschämender wurde es, als Bomben auf Kiew und Minsk fielen und dieses trotz massierter deutscher Bombenangriffe unbesiegbare England als erstes Land erklärte, es sei Rußlands Bündnispartner.

Kalt und trübe war der Erste Mai, obwohl es an diesem Tag nicht regnete. Kobrissow, der auf der Gästetribüne stand, sah den Führer zum erstenmal. Er sah ihn von weitem, von unten, die meiste Zeit war Stalin vom riesigen Timoschenko verdeckt. Aber Kobrissow hatte sowieso kaum Zeit, ihn zu betrachten, gleich mußten auch seine Panzer im Verband der Moskauer Garnison vorbeifahren. Seine BT-7 erkannte er schon von weitem. Wie ein Tierbändiger im Zirkus seine Tiger niemals mit anderen verwechselt, obwohl sie genauso gestreift sind wie seine, und jeden einzelnen beim Namen kennt, machte Kobrissow seine Panzer sofort aus und schaute gebannt zu, wie sie vorbeifuhren. Er hatte seinen Leuten persönlich beigebracht, wie sie in Reih und Glied zu fahren hatten, keiner durfte auch nur eine Sekunde schneller sein oder zurückbleiben, er konnte also in aller Ruhe zusehen – und war doch sehr aufgeregt. In wenigen Augenblicken mußten sie an seiner Tribühne vorbeifahren und er würde ihre gleich ausgerichteten Rohre sehen. Doch zuerst mußten sie das Mausoleum passieren.

Von den Gästen der letzten Vorkriegsparade bemerkte wohl kaum jemand, daß zwei Panzermotoren plötzlich anders brummten, wohl kaum jemand sah, daß diese beiden Panzer plötzlich langsamer fuhren, die Köpfe der Kommandeure, die aus den Turmluken guckten, sofort verschwanden und die Lukendeckel zugeschlagen wurden. Die Panzer kamen nicht ganz zum Stillstand, doch weil alle anderen sie überholten, schien es, als stünden sie. Das dauerte nicht länger als eine Viertelminute, die beiden Panzer fuhren weiter, so daß sie sich noch vor der Basiliuskathedrale wieder einordnen konnten. Möglicherweise hinterließ dieses kurze Stocken bei einigen Zuschauern den Eindruck eines eleganten, geplanten Manövers, ganz sicher aber nicht bei den Militärs. Kobrissow blieb vor Schreck fast das Herz stehen.

Nach der Parade ließ er die Kommandeure zu sich kommen und hörte sich ihre Erklärung an – die Motoren hätten plötzlich ausgesetzt, da hätten sie sich runtergebeugt, um zu erfahren, was los sei, um möglicherweise den Fahrern zu helfen, den Motor wieder in Gang zu bringen. Alles klang einfach, klar und verständlich, hinterließ allerdings bei Kobrissow ein ungutes Gefühl, das durch neue Sorgen nicht verdeckt werden konnte. Als besonders unangenehm empfand er, daß sein Dienst in Moskau mit solch einem Mißgeschick begann.

Am zwölften Tag kamen sie morgens zu ihm ins Hotelzimmer. Sie klopften gleich nach acht an seine Tür, als er gerade dabei war, seine Mütze aufzusetzen, um in den Stab zu fahren. Als er die Tür öffnete, standen zwei Männer im Korridor, grüßten höflich und sagten, das Auto warte unten, der Fahrer sei jedoch leider erkrankt, es chauffiere ihn ein anderer, einer von ihnen. Daß sie zu zweit seien, bat der neue Fahrer zu entschuldigen, er wolle nur seinen Freund hier in der Nähe absetzen. Lange peinigte später den General der Gedanke, daß er es hätte riechen müssen. Er hatte es ja auch gerochen, mit dem Instinkt eines Tieres hatte er gespürt, was für ein Spiel hier gespielt wurde. Doch gleichzeitig war er von dem kränkenden Gedanken, daß man mit ihm so wenig Umstände machte, wie gelähmt. Im Auto war das Spiel übrigens aus, sie sagten, vor dem Ort, wohin sie ihn jetzt schafften, zittere ganz Moskau, jeder mache einen möglichst großen Bogen darum und schaue nicht einmal zu dem Tor, vor dem sie gerade hielten. Als seien diese Worte eine Parole, öffneten sich die Türen, ließen das Auto durch und schlossen sich wieder. Die beiden erwiesen dem General noch einen letzten Dienst – der »Freund«, der als erster aus dem Wagen stieg, öffnete ihm die Tür.

Binnen einer halben Stunde war er durchsucht, sie nahmen ihm sein Koppel und die Revolvertasche, seine Brieftasche mit den Dokumenten und Fotos von Frau und Töchtern, die Uhr, die Schlüssel und sogar den Aluminiumkamm ab und drückten seine in schwarze Farbe getunkten Finger auf ein Blatt Papier.

Dann folgte die »physiologische Untersuchung«, das heißt, er mußte sich nackt vor ein Riesenweib in weißem Kittel stellen, das ein bleiches, völlig leeres Gesicht hatte, in dem die Augen etwas höher als gewöhnlich und der Mund etwas niedriger als gewöhnlich plaziert waren. Dieses Weib hatte die Größe des Denkmals der Zarin Katharina in Petersburg samt Sockel.

»Beugen Sie sich vor. Machen Sie die Gesäßbacken auseinander.«

»Was kann ich da schon versteckt haben?« schrie der General.

»Mit dem Gesicht zu mir«, sagte die Denkmalfrau. »Heben Sie die Geschlechtsorgane hoch.«

»Herr im Himmel, kann man da auch was verstecken?«

Noch war er versucht, mit rauhen Scherzen die Scham zu verbergen, die von einem Militär, der sich alljährlich einer medizinischen Kommission vorstellen mußte, zu der auch Frauen, zuweilen hübsche, gehörten, eigentlich nicht zu erwarten war. So seltsam es auch scheinen mag, aber vor denen im Adamskostüm zu stehen war für ihn nicht peinlich. Dort wurde alles durch ein ironisches Spiel gemildert, es machte Spaß, mit ihnen zu witzeln. Diese Ekel ausdrückende Gleichgültigkeit gegenüber deiner Scham gab es dabei nicht. Und der Körper wurde nicht nach Verstecken untersucht. Wann hätte er, überraschend verhaftet und die ganze Zeit unter Aufsicht, denn etwas verbergen sollen?

»Ziehen Sie sich an«, sagte die Bleichgesichtige.

In der Umkleidekabine bekam er sein Militärhemd zurück, die Kragenspiegel waren abgerissen, die Knöpfe abgeschnitten, er erhielt Gallifetthosen, ebenfalls ohne Knöpfe, die mußte er mit den Händen festhalten. Der Aufseher, der Barmherzige, gab ihm eine Schnur von einem halben Meter Länge und zeigte ihm, wie er das eine Ende am Hosenschlitz befestigen und das andere durchs Knopfloch ziehen mußte. Er erklärte ihm, warum die Knöpfe abgetrennt worden waren – damit er sie nicht am Steinfußboden schärfe und sich die Schlagader aufschneide. Seine Stiefel bekam er ebenfalls nicht zurück, dafür gaben sie ihm Pantoffeln, die ständig von den Füßen rutschten, so daß er wie ein alter Mann schlurfen mußte. Und diesen Mann, der mit seiner Uniform etwas sehr Wichtiges verlor, sperrte man in eine Einzelzelle und ließ laut krachend die Tür hinter ihm zufallen.

Im Unterschied zu vielen, die die Verhaftung anderer rechtfertigten, ihre eigene jedoch für einen Irrtum hielten, sah General Kobrissow in seiner Festnahme kein Versehen. Zu viele waren es, die »irrtümlich« verhaftet worden waren, als daß man nicht begreifen mußte, daß der einzige Unterschied zu den anderen Verhafteten darin bestand, daß das eigene Unglück immer schmerzhafter ist als das von Fremden. In den ersten Stunden im Gefängnis stieg in ihm der Verdacht hoch, daß das ganze Land von einer riesigen, weitverzweigten Verschwörung erfaßt war. Gewisse, bislang verborgene Kräfte waren aus ihrem Versteck gekrochen, hatten die Oberhand gewonnen und würden über kurz oder lang die mächtige Struktur des Staates, alle Ämter und Behörden einschließlich des Politbüros und des Führers zerstören und mit ihren Stiefeln niedertrampeln. Im Volk fand sich keine Kraft, die der allgemeinen Vernichtung hätte widerstehen können, denn die Verschwörer gingen klug vor: Sie hatten mit dem wichtigsten Teil des Staates angefangen – sie eroberten den Sicherheitsdienst und benutzten ihn als Dietrich für viele Türen, Herzen und Hirne. Dann vernichteten sie die Köpfe der Armee und zersetzten die Streitkräfte. Und allein die Armee wäre in der Lage gewesen, das Land vor dieser inneren – möglicherweise auch äußeren? – Invasion zu retten. Ob der Führer davon wußte? Es war durchaus möglich, daß er nichts ahnte, sie gingen sehr listig vor. Möglicherweise aber war er von allem unterrichtet, selbst aber ein hilfloses Opfer, ein Spielball geworden, mit dem sie machen konnten, was sie wollten.

Gleich am ersten Abend begann das Schreckliche. Hinter seiner Zellenwand hörte er das Stiergebrüll eines gequälten Menschen, mit dem etwas gemacht wurde, was Kobrissow nicht verstand, und den man dabei geduldig, fast zärtlich von etwas zu überzeugen suchte. Später hörte der General aus vielen zusammenhangslosen Schreien heraus, daß man seinen Nachbarn bereits seit fünf Tagen nicht schlafen ließ. Nach den nächtlichen Verhören sank er erschöpft auf den Fußboden, woraufhin die Klappe des Spions sofort zur Seite gedrückt wurde und der Aufseher hereinstürzte, um den Mann wieder aufzurichten. Kobrissow ahnte, daß der andere eine gute Konstitution besaß, die ihn nicht in eine rettende Ohnmacht sinken ließ, in der er die Fußtritte und Schläge ins Gesicht nicht mehr gespürt hätte. Dieses kräftige Fleisch verlangte nach Schlaf, wenigstens für eine halbe Stunde, wenigstens für fünf Minuten. »Das gleiche werden sie mit dir machen«, dachte Kobrissow. Doch das machten sie nicht mit ihm. Es war kein Zufall, daß sie ihn neben diesen Mann gesperrt hatten, damit das Stiergebrüll und das zärtliche Geflüster ihm selbst den Schlaf raubten. Ihn faßten sie noch nicht an, aber in seinem Innern lief bereits ein chemischer Prozeß ab.

Am vierten Tag glaubten sie, er sei reif für ein Gespräch mit dem Untersuchungsführer. Und er war es tatsächlich, denn in dem Oberleutnant – feine Gesichtszüge, gerader Scheitel, helles Haar –, der zu ihm kam und ihn mit einer tiefen Verbeugung begrüßte und sich korrekt als »Oprjadkin, Lew Fedossejewitsch« vorstellte, sah er fast den Erlöser und beklagte sich bei ihm, daß er nicht mehr normal schlafen könne. Das war ein großer Fehler, denn erstens gab er seine Schwäche preis, und zweitens beschwerte er sich nicht nach Vorschrift: Er hätte seine Klage beim Gefängnisdirektor vorbringen müssen, und zwar schriftlich.

Der Untersuchungsführer nahm Kobrissows Beschwerde natürlich mit dem größten Mitgefühl auf.

»Das betrübt mich aber sehr«, sagte Oprjadkin und bat den Häftling, ihm gegenüber am Tisch Platz zu nehmen. »Außerdem ist es ungehörig, Sie in Einzelhaft zu halten. Noch heute kommen Sie in eine Gemeinschaftszelle. Da ist es verhältnismäßig ruhig und nicht eng, fünf, sechs Leute. Wenn Sie das wünschen, natürlich.«

Der General nickte zum Einverständnis.

»Na, da haben wir ja das Problem gelöst. Ich glaube, wir werden gut miteinander auskommen, wir beide. Ich helfe Ihnen, und Sie helfen mir. Ich will Ihnen sagen, Foti Iwanowitsch, daß mir Ihr Fall außerordentlich einfach erscheint. Er wird uns keine besondere Mühe machen. Wir beobachten Sie schon lange und haben nur darauf gewartet, daß Sie stolpern.«

»Stolpern?« fragte der General. »Wie soll ich das verstehen?«

»Sie sind die ganze Zeit vom Unglück verfolgt worden. Erst ging es mit den Japanern schief. Jetzt wollten Sie Schmutz über das Teuerste kippen, was wir besitzen.«

»Was reden Sie da für einen Unsinn? Worüber sollte ich stolpern?«

»Mir scheint, Sie haben alles begriffen«, sagte Oprjadkin lächelnd. »Wie erklären Sie sich Ihre Verhaftung?«

»Das müssen Sie mir erklären. Ich bin doch kein Hellseher.«

»Kein Hellseher?« sagte Oprjadkin, wobei er ihn aufmerksam und mit leichter Ironie betrachtete. »Zeigen Sie mir doch mal Ihre Hände. Legen Sie sie auf den Tisch. Ich werde Ihnen wahrsagen.«

Der General legte ahnungslos die Hände auf den Tisch. Oprjadkin nahm ein Lineal und schlug ihm damit erst auf die eine, dann auf die andere Hand. Der Schlag tat nicht weh, doch gerade das kränkte Kobrissow noch mehr und brachte ihn zur Weißglut.

»Was machst du, du Ekel?« schrie er auf. »Weißt du, wen du vor dir hast?«

Oprjadkin lehnte sich zurück und seufzte kummervoll.

»Gegen meinen Willen muß ich Sie jetzt bestrafen.« Er deutete mit dem Lineal in die Zimmerecke. »Dorthin, Häftling. In die Ecke, auf die Knie. In meinem Zimmer will ich solche ungehörigen Worte nicht mehr hören. Und duzen Sie mich nicht. Ich warte.«

Kobrissow saß starr wie eine Salzsäule. Der Zorn verwirrte seine Gedanken, und obwohl er wußte, daß es keinen Sinn hatte, sagte er: »Vielleicht stellt sich heraus, daß ich unschuldig bin. Sie werden sehen. Sie tun hier etwas, was Sie nie wiedergutmachen können. Ich werde Ihnen das nie verzeihen.«

»Ich möchte gern wissen, auf wen Sie böse sind«, sagte Oprjadkin. »Auf unsere geliebte Macht?« Und da der General schwieg, erinnerte er ihn: »Ich habe Ihnen etwas befohlen! Für die Heimat bin ich bereit, ein Verbrechen zu begehen, Foti Iwanowitsch. Ich lade die Sünde auf mich und lasse drei, vier Aufseher kommen, die ziehen Sie nackt aus und stellen Sie in die Ecke, wie ich gesagt habe. Doch zuvor werden sie Sie noch ein bißchen liebkosen. Mit Händen und Füßen. Sie werden Sie in einen blutigen Klumpen verwandeln, in schreiendes Fleisch. Muß das sein, mein lieber Foti Iwanowitsch? Das lassen wir doch lieber. Das werden nicht mehr Sie sein, sondern, Pardon, ein angestochenes Wildschwein. Ich brauche Sie aber so, wie Sie sind. Ich will, daß die Wahrheit von selbst aus Ihnen herauskommt, wie in einer Beichte. Deshalb ist es besser, Sie gehen freiwillig in die Ecke, nicht wahr?«

Wie sich der General jetzt erinnerte, hatte ihn damals vor allem gewundert, wie leicht es ihm fiel, in der Ecke niederzuknien. Und daß er ein beruhigendes Gefühl empfand, weil er keinen Fußbreit seiner Position aufgegeben hatte.

Oprjadkin stand über ihm und sagte mit Bedauern: »Ich verstehe, daß man mit Ihnen noch nie so umgesprungen ist. Ich wollte keine Gewalt anwenden, das ist nicht meine Art. Sie haben mich dazu gezwungen. Und jetzt erzählen Sie mir, und zwar in allen Einzelheiten, wie Sie Ihr Attentat vorbereitet haben.«

»Was für ein Attentat?! Was reden Sie da?«

»Nicht umdrehen. Mit dem Gesicht zur Wand, bitte. Wie kam es, daß Ihre Panzer plötzlich vor dem Mausoleum stehenblieben? Und was hat Ihre Panzerfahrer davon abgehalten zu schießen? Haben sie sich im letzten Moment geweigert? Das ist sehr wichtig. Das hat großen Einfluß auf die Untersuchung.«

»Was reden Sie bloß für einen Mist!?«

»Sie vergessen sich wieder«, sagte Oprjadkin seufzend und griff nach dem Lineal. »Hände auf den Rücken, Handflächen nach unten. Reden Sie noch einmal so ungehörig, lege ich Ihnen eine Erbse unter. Haben Sie schon mal auf einer Erbse gekniet? So, fürs erste reicht's. Sie werden jetzt in die Zelle zurückgebracht, dort können Sie in Ruhe über alles nachdenken. Ich habe Ihnen einen Anhaltspunkt gegeben, Ihnen sozusagen die Richtschnur gezeigt, Sie müssen nun das Knäuel entwirren.«

»Was soll ich denn entwirren? Ich begreife nicht ...!«

»Das stimmt doch nicht, Foti Iwanowitsch. Sie sind doch kein kleiner Junge, Sie verstehen mich sehr gut. Wenn Ihre Panzer während der Parade plötzlich vor dem Mausoleum stehenbleiben – vor dem Mausoleum! Wie soll man so was bezeichnen? Das ist ein Anschlag, Foti Iwanowitsch, ein Anschlag. Auf wessen Leben? Wagen Sie ja nicht, den Namen auszusprechen, denken Sie ihn sich.«

»Die Motoren sind abgesoffen, das war kein Anschlag!«

»Bei zwei Panzern gleichzeitig? Gut, lassen wir das gelten. Doch warum sind die Kommandeure im Turm verschwunden?«

»Sie wollten in Erfahrung bringen, was los ist. Die Fahrer sind jung, sie waren durcheinander, kamen mit der Steuerung nicht zurecht.«

»Lassen wir das gelten. Scheint alles zusammenzupassen. Nur ein kleines Detail noch – warum haben sie die Luken hinter sich geschlossen? Was bedeutet eine geschlossene Turmluke? Daß der Panzer in Gefechtsbereitschaft ist. In Gefechtsbereitschaft!«

Der General schwieg, er hatte nicht den Mut, noch einmal zu wiederholen, daß das alles dummes Zeug sei. Außerdem wollte er nicht alles auf seine Leute schieben.

»Ich sehe, Sie sind müde«, sagte Oprjadkin. »Es ist besser, Sie halten in aller Ruhe mit Ihrer Seele eine Zwiesprache. Sie können aufstehen.« Und er drückte auf einen Knopf, um das Wachpersonal zu rufen. »Bringen Sie ihn in die Gemeinschaftszelle.«

Am selben Abend noch brachten sie den General in eine andere Zelle, die nicht überfüllt war. Acht Pritschen standen darin, von denen eine für ihn bestimmt war – nicht neben der Tür und nicht neben der Latrine, wie es einem Neuling eigentlich zukam, sondern in Fensternähe, wo die Luft besser war.

Sein Nachbar zur Rechten war beleibt und grau und sah aus wie ein Gutsbesitzer mit rosig aufgedunsenem Gesicht, sein Nachbar zur Linken war ein brünetter Asket, hager, mit eingefallenen Wangen. Das Gesicht schien nur aus den großen Brillengläsern in einem schweren Gestell zu bestehen. Beide lagen auf ihren Decken und schauten ihn neugierig an – wie übrigens die anderen Zelleninsassen auch.

»Bei euch ist es ganz passabel«, meinte der General, nur um seinen zukünftigen Zellengenossen etwas zu sagen.

»Man kann nicht klagen«, antwortete der Herr mit dem rosigen Gesicht. »In anderen Zellen soll es weitaus schlechter sein.«

»Das kommt daher, weil wir dem Himmel näher sind«, sagte der Brillenträger finster.

Der mit dem rosigen Gesicht wurde grau und drehte sich mürrisch zur Wand.

Einige Tage wurde der General in Ruhe gelassen, und als sich die erste Erschütterung gelegt hatte, war er in der Lage, sich ein bißchen umzuschauen und denen zu lauschen, die durch eine Schicksalsfügung mit ihm die Zelle teilten, vor allem seinen beiden Nachbarn. Er wollte herausfinden, inwieweit ihre Situation schlimmer war als die seine, um wenigstens darin einen schwachen Trost zu finden.

Beide hatten keine guten Perspektiven. Der Brillenträger hatte, wie aus seinen Worten hervorging, in einer Schule Logik unterrichtet und sich davor als Fernstudent in einer Gießerei die Zugehörigkeit zur Proletarierklasse erarbeitet. Davor allerdings war er Soldat bei den Weißen gewesen, Offizier unter den Bannern Kornilows, und hatte gemeinsam mit dem General den berühmten Eisfeldzug mitgemacht. Während dieses Feldzuges hatte er sich eine schwere Lungenentzündung zugezogen. Wie durch ein Wunder wurde er von einer Krankenschwester gerettet, die in ihn verliebt war. Sie hatte ihn bei Verwandten in einem Vorwerk versteckt. Über zwanzig Jahre hatten die beiden zusammengelebt, ohne sich Kinder zu gestatten, damit sie diese nicht anlügen mußten oder diese nicht versehentlich ihre weißgardistischen Eltern bei der Sowjetmacht denunzierten. Doch jedes Geheimnis kommt über kurz oder lang ans Tageslicht. In der weißen Vergangenheit des Brillenträgers gab es eine winzige, bemerkenswerte Episode: Er hatte einmal Kornilow persönlich ein Paket zu überbringen, und gerade dieser Moment wurde von einem Kameramann festgehalten: Ein junger Oberleutnant reitet verwegen zum General, der auf einem Hügel steht, zügelt sein Pferd, springt elegant ab und nimmt Haltung an. Der General nimmt das Paket entgegen, um dann huldvoll lächelnd dem Kurier die Hand zu drücken. Anhand dieses fünfminütigen Filmmaterials, das in einen Dokumentarfilm über den Bürgerkrieg einging, wurde der ehemalige Oberleutnant von seinen Kollegen und einem Wohnungsnachbarn identifiziert. Dazu kam, daß der ehemalige Kornilowoffizier keine Zeit gefunden hatte, seinen Namen, der mit einem Nagel auf die Filmbüchse eingraviert worden war, zu ändern. Und die ach so menschliche Arbeiter-und-Bauern-Macht marterte ihn nun mit einer einzigen Frage, die er unter allen Umständen beantworten sollte: Warum mußte ausgerechnet die Übergabe dieses Paketes für die Geschichte aufgezeichnet werden? Enthielt das Paket gar etwas, was den Soldaten der Roten Armee während des Bürgerkriegs Tod und Verderben bringen sollte?

Mit dem Fall des »Gutsbesitzers« – oder, wie dieser selbst sagte, mit seinem »Kasus« – hatte es eine besondere Bewandtnis. In seiner Eigenschaft als Universitätsprofessor hielt er Vorlesungen zum Strafrecht und ließ nicht genug Vorsicht walten, als einer seiner Studenten die Rechtsprechung der Provisorischen Regierung in der Periode zwischen den beiden Revolutionen des Jahres 17 zum Thema seiner Diplomarbeit machte. Der Professor wandte zwar ein, das Thema sei nicht interessant und ungeeignet für eine wissenschaftliche Arbeit. Das Ganze sei »undurchdringliches Gestrüpp«, in dem sich sogar »der Teufel die Beine breche«. Doch damit fachte er offenbar die Neugier des dreisten Studenten an; dieser setzte sich in die Archive und grub etwas aus, was für mehr als für eine wissenschaftliche Arbeit taugte. Es handelte sich nämlich um einen Verhaftungsbefehl für den Bürger Uljanow (alias Lenin), der der Spionage für Deutschland verdächtigt wurde, unterschrieben in Abwesenheit des Staatsanwalts der Provisorischen Regierung von seinem Vize – oder wie es damals hieß, von seinem »Genossen«. Der Name dieses »Genossen« und dessen Unterschrift hatten eine erstaunliche Ähnlichkeit mit Namen und Unterschrift des Betreuers der Diplomarbeit ... Und was den Fall besonders erschwerte, war sein früherer Titel. Ein Staatsanwalt hätte diese Order ausschreiben müssen, weil es die Dienstpflicht verlangte, ein Vize hingegen mußte nur das tun, was ihm sein Wille gebot.

Anfangs erschien dem General der »Kasus« der beiden Nachbarn genauso absurd wie sein eigener Fall, aber beide leugneten ihre Schuld nicht, im Gegenteil, sie debattierten stundenlang darüber.

»Nicht dieses Verhaftungsbefehls wegen sind Sie hier«, meinte der Kornilowoffizier ärgerlich, »sondern Ihrer Faulheit wegen. Ihrer, ich würde sagen, verbrecherischen Tatenlosigkeit wegen. Die Order haben Sie ausgeschrieben, aber nicht darauf geachtet, daß sie auch befolgt wurde. Sie haben ein angeschossenes Tier frei herumlaufen lassen. Und ein angeschossenes Tier ist ein sehr gefährliches Tier, das bestätigt Ihnen jeder Jäger.«

»Und Sie hätten sich nicht filmen lassen dürfen«, entgegnete bissig der Genosse des Staatsanwalts, und seine sklerotischen Adern auf den Wangen wurden noch röter. »Der Ehrgeiz hatte Sie gepackt, mein Lieber! Sie wollten in die Geschichte eingehen, jetzt haben Sie Ihre Geschichte.«

»Das hing doch nicht von mir ab. Das war sozusagen ein unbeeinflußbarer Zwischenfall. Doch Sie hatten alle Zügel in der Hand. Das muß man sich mal vorstellen! Wieviel Menschen hätten Sie glücklich machen können!«

Anfangs versuchte der General, solche Gespräche an sich vorbeirauschen zu lassen. Schließlich war es möglich, daß Oprjadkin ihn absichtlich mit diesen offensichtlichen Feinden zusammengesperrt hatte, es sollte ihn schocken, wie weit er gesunken war. Vielleicht waren sie aber auch Spitzel, die ihn provozierten, damit man ihm dann nachweisen konnte, daß er bei den Verhören nicht alles gesagt hatte. Vieles machte ihn mißtrauisch: Andere Gefangene wurden blutend von den Verhören in die Zelle gebracht oder besser gesagt geschleppt, sie waren dermaßen erschöpft, daß sie ihre Zunge nicht mehr bewegen konnten. Diese beiden hingegen kamen immer unversehrt zurück, offenbar wurde ihnen kein Härchen gekrümmt. Doch zu Kobrissows eigener Verwunderung verflog mit der Zeit sein Mißtrauen den offensichtlichen Feinden gegenüber, und damit verschwanden auch die Verdachtsmomente. Er hatte Gelegenheit festzustellen, daß sie ihre Debatten auch ohne ihn führten. Und man tat ihnen nur deshalb nichts, weil sie ihre Schuld bekannten. Der ehemalige Kornilowoffizier war sogar stolz darauf. Und wenn man vom Lineal absah, wurde auch er, Kobrissow, von Oprjadkin eigentlich nicht mißhandelt.

Es war längst an der Zeit, sich den beiden zu öffnen, er erzählte ihnen von den Panzern und dem Mausoleum und lächelte dabei, als rede er von dem größten Unsinn. Beide hörten aufmerksam zu und verfielen ins Grübeln.

»Waren die Panzer mit einem Kampfsatz ausgerüstet?« fragte als erster der Kornilowoffizier.

»Kampfsatz?« Darüber hatte der General noch gar nicht nachgedacht.

»Na, Granaten, MG-Gurte. Sie hatten doch sicher nicht vor, werter roter General, die geheiligte Gruft mit den Panzerketten zu zermalmen.«

»Das ist äußerst wichtig«, fiel der Genosse des Staatsanwalts ein. »Das verändert die Sachlage von Grund auf.«

»Möglicherweise hatten sie einen«, antwortete der General.

»Sie waren bereits voll ausgestattet, als sie in die Einheit kamen. Ich habe noch nie mit Panzern an einer Parade teilgenommen.«

»Sagen Sie, daß sie keinen hatten«, riet der Kornilowoffizier. »Wer wird das überprüfen? Die neigen genauso zu Faulheit wie wir alle.«

»Da irren Sie sich aber gewaltig, mein Lieber«, wandte der Genosse des Staatsanwalts ein. »Die sind nicht faul! Die können die Panzer sogar nachträglich aufmunitionieren.«

»Das müssen Sie sagen, wenn das Gespräch darauf kommt«, riet der Kornilowoffizier. »Daß sie sie selbst aufmunitioniert haben. Wichtig ist, daß Sie als erster erklären, daß die Panzer keinen Kampfsatz hatten. Und bestehen Sie darauf, daß das ins Protokoll aufgenommen wird.«

Aber es kam anders, als die beiden Zellengenossen es sich ausgemalt hatten. Mit hochrotem Gesicht hörte sich Oprjadkin Kobrissows Einwände an, wobei er langsam eine Schreibtischschublade nach der anderen herauszog, um sie dann mit der Schreibtischtür alle zugleich wieder hineinzustoßen – mit einem solchen Krach, daß der General erzitterte.

»Foti Iwanowitsch«, sagte Oprjadkin, mit dem Bauch voran das Arbeitszimmer durchschreitend, »wenn ein Kampfsatz an Bord gewesen wäre oder Granaten, dann würde ich nicht mehr mit Ihnen reden. Ich würde Sie mit diesen Händen hier in Stücke reißen, erwürgen. Nur weil es keinen gab, sage ich: ›Anschlag‹. Na, gut, der Kuckuck soll Sie holen, ich formuliere es nach Paragraph 19 als ›geplanten Anschlag‹. Den Sie aus irgendwelchen Gründen nicht ausgeführt haben. Aber nicht, weil kein Kampfsatz an Bord war. Denken Sie sich etwas Überzeugenderes aus. Ich möchte Sie vor der Höchststrafe bewahren, und Sie lehnen es ab, mir zu helfen. Ich will erreichen, daß Sie zehn Jahre kriegen, dann lassen Sie uns doch gemeinsam für diese zehn Jahre kämpfen!«

Der General wußte nicht, was er darauf antworten sollte.

»Aber die Panzer hatten doch gar keine Granaten«, wiederholte er hartnäckig. »MG-Gurte, die gab's nicht!«

Wieder seufzte Oprjadkin und nahm sein Lineal zur Hand.

Zur Verwunderung des Generals wurde Oprjadkins Angebot in der Zelle durchaus ernst genommen und diskutiert.

»Das ist gar nicht so grausam, wie es auf den ersten Blick aussieht«, sagte der Genosse des Staatsanwalts. »Er schlägt Ihnen einen Kompromiß vor, zum beiderseitigen Vorteil. Er muß doch seinen Chefs auch was melden, und unter zehn kommen Sie hier sowieso nicht raus. Es wäre sogar möglich, eine sehr rührende Version anzubieten, warum Sie Abstand von Ihrem Attentatsplan genommen haben. Sie sahen die bezaubernden Gesichter unserer Führer, waren begeistert vom Aussehen des Genossen Stalin ... In dieser Richtung etwa. Und schämten sich plötzlich. Genauer – Sie bekamen einen Schreck. Das ist glaubhafter. Es ganz zu leugnen wäre nicht gut. Der Untersuchungsführer will doch auch sein Brot verdienen.«

Der mürrische Kornilowoffizier lehnte diese Variante energisch ab. »Die sind eure ›Glaubwürdigkeit‹ überhaupt nicht wert. Schöner Kompromiß – zwischen Katz und Maus! Eisernes Leugnen – das ist in Ihrem Fall die beste Verteidigung. Soll er etwa zugeben, daß sie einen Kampfsatz mit zur Parade genommen haben? Dafür wird er todsicher an die Wand gestellt. Sogar wenn Sie die Wahrheit sagen könnten, ist es besser zu lügen. Wenn man Sie fragt, wer die ›Toten Seelen‹ geschrieben hat, sagen Sie: ›Weiß ich nicht.‹ Liefern Sie Gogol nicht aus. Wenn die so eine Frage stellen, dann führen sie irgendwas im Schilde ... Aber was rate ich Ihnen da«, fügte er hinzu und betrachtete den General befremdet, wenn nicht gar verächtlich. »Bei Ihnen liegt die Sache ja anders. Ihr gesamtes Leben war bisher im großen und ganzen ein Kompromiß, Genosse roter General, so daß Sie mit Ihrem Untersuchungsführer vielleicht tatsächlich eine gemeinsame Sprache finden.«

Zwischen Kobrissow und seinen beiden Nachbarn gab es immer eine Wand, und trotz aller Verbundenheit hielt er sie nicht für kompetente Ratgeber. Im tiefsten Innern – so tief verborgen, daß es ihm peinlich war, es sich einzugestehen – verspürte er nicht den Wunsch, diese Wand niederzureißen. Er festigte sie sogar, indem er sich einredete, daß es im Gegensatz zu ihm für seine Zellengenossen immerhin Gründe gab, im Gefängnis zu sitzen und auf die Erschießung zu warten. Sie hatten aktiv gegen die Sowjetmacht gekämpft, wie es zu Recht in ihren Dossiers stand, während er sie aktiv verteidigt hatte. Was auf sie zutraf, galt nicht für ihn. Es war in der Tat nicht ausgeschlossen, daß er mit seinem Untersuchungsführer einen Kompromiß schließen konnte.

Die Wand zwischen ihnen wurde auch noch dadurch vergrößert, daß sie, die Moskauer, regelmäßig Pakete bekamen, während er, der Fremde, sich mit dem Gefängnisfraß begnügen mußte, der in einem Eimer in die Zelle gebracht und mit der Schöpfkelle in den Napf geklatscht wurde. Dazu bekam er ein Pfund klebriges Brot, zwei Stückchen Zucker und Tee aus getrockneten Möhren und Apfelschalen. Das war zu wenig für ihn und kränkte ihn tief, er wandte sich ab, wenn er sein Mittagessen einnahm, damit die anderen sein Gesicht nicht sahen. Er schämte sich vor sich selbst, er schämte sich der Erniedrigung, die man ihm aufgezwungen hatte, und er merkte nicht, daß er sich damit noch mehr erniedrigte. Doch eines Tages sah er, daß seine Zellengenossen sich über die Pakete ihrer Frauen oder Kinder weniger freuten, als man hätte erwarten können; der Kornilowoffizier wurde, als er die hausgemachten, von Aufseherfingern zerbrochen Fleischpiroggen aß, noch finsterer, als er schon war, und der »Gutsbesitzer« mit dem rosigen Gesicht, der die Lebensmittel, die ausgebreitet auf seinem Bett lagen, lange betrachtete, war derart vom Kummer überwältigt, daß ihm Tränen in die Augen traten. Einmal sah der General ihm beim Auspacken des Paketes zu, der Genosse des Staatsanwalts fing seinen Blick auf und legte ihn auf seine Weise aus. Er bestrich ein großes Stück Brot dick mit Butter, legte Wurstscheiben darauf und reichte es dem General: »Gestatten Sie mir, Sie zu bewirten, lehnen Sie meine Gabe bitte nicht ab.«

Der General zuckte zusammen und schüttelte den Kopf.

»Der nimmt nichts von Ihnen«, sagte der Kornilowoffizier und schaute den General fast mit Abscheu an. »Die Kommunisten sind doch gegen individuelle Wohltätigkeit.«

»General, das ist nicht schön von Ihnen«, sagte der Genosse des Staatsanwalts, der ihm geduldig das belegte Brot in der ausgestreckten Hand hinhielt. »Das Essen zu teilen ist eine geheiligte Gefängnistradition.«

»Und ich ... was gebe ich Ihnen? Ich habe niemanden, der mir Pakete schickt.«

»Wenn jeder ein Paket kriegen würde, wäre die Tradition nicht entstanden. Nehmen Sie das Brot, ich bitte Sie.«

Und der General nahm die Gefängnisgabe und aß sie.

Er war bereits ein anderer geworden. Man brauchte ihm nicht mehr zu erklären, warum er einen hölzernen Löffel bekam statt eines eisernen und warum der eiserne Napf breite, runde Ränder hatte. Warum die Fischsuppe mit Soda gereicht wurde, das konnte er als alter Soldat seinen Zellengenossen selbst erklären: »Damit man nicht immer Weiber im Kopf hat, mit Knoblauch wäre es umgekehrt.« Mit Interesse, zuweilen sogar mit Begeisterung, beobachtete er die Umsicht des Wachpersonals, aber genauso beeindruckt war er von der List der Bewachten. Im Umkleideraum schnitt ein Friseur von draußen Haare und Schnurrbärte – und zwar mit einer Maschine, Rasierklingen waren verboten. Der Friseur selbst war splitternackt, damit er nicht als Briefkasten zwischen dem Gefängnis und draußen oder zwischen Klienten aus verschiedenen Zellen fungieren konnte. Nachts gab es die »Schlacht auf dem Mamajew-Hügel« – das große Filzen: dabei wurden die Gefangenen mit dem Kommando »Alle mit Sachen raustreten!« aus den Zellen gejagt, Kissen und Matratzen mit Ladestöcken durchstochen und die Kleidernähte aufgerissen – und nie wurde etwas gefunden. Die Post funktionierte trotz aller Vorsichtsmaßregeln: Mit einer kleinen Bleistiftmine, die man zum Beispiel in der Nase verstecken konnte, wurden auf dem

Abort zwei, drei Wörter auf einen Fetzen Zeitungspapier geschrieben: »Soundso bekam Höchststrafe«, »Soundso ist Spitzel« oder einfach ein verzweifelter Hilferuf: »Walja, melde dich!«. Der Kassiber wurde in eine Brotkrume gedrückt und im Duschraum unter die Bank geklebt. Das war das Postamt Nummer zwei. Postamt Nummer eins war der Abtritt. Auf unbegreifliche Weise wurden zwischen Menschen, die völlig voneinander isoliert waren, Nachrichten von draußen ausgetauscht, die neue Gefangene mitgebracht hatten. Entgegen dem Gesetz der Solidarität freute man sich über jeden Neuling, denn er war ein Bote aus der Freiheit. Man nannte ihn »Frische Zeitung«. Die wichtigste Nachricht der letzten war die von den neuen, überhandnehmenden Verhaftungen. Aber merkwürdigerweise empfanden die Häftlinge diese Meldungen nicht nur als bedrückend und traurig, sie brachte ihnen auch Hoffnung: Bald würden die Vorgänge ihren kritischen Punkt erreicht haben und nicht mehr zu lenken sein. Dann würde das Pendel an seinem äußersten Punkt angekommen sein und zurückschwingen.

Mit der neuen Verhaftungswelle wurde der bekannte Moskauer Literaturwissenschaftler W. in die Zelle geschwemmt. Auch über ihn freute man sich, denn seine Festnahme zeugte davon, daß bereits alle ohne Wahl geholt wurden, nicht nur die »Politischen«, und das wurde als ein gutes Zeichen gewertet: Je mehr Menschen sie verhafteten, desto eher würden die Kapazitäten der Gefängnisse erschöpft sein. Der Neuling selbst allerdings war da anderer Meinung – daß nämlich die Möglichkeiten Rußlands in dieser Hinsicht unbegrenzt seien – wie in manch anderer Hinsicht übrigens auch.

Für einige Zeit stand der Neue im Zentrum der Aufmerksamkeit und wurde ständig in Gespräche verwickelt. Weder seinem Beruf noch seinem Wissen und seiner Bildung nach paßte der General zu ihm, er war eigentlich kein Gesprächspartner für ihn, wurde es aber dennoch – und das kam ganz plötzlich und unerwartet.

Eines Tages, während des großen Zellenreinigens, mußten beide gemeinsam die Latrine hinaustragen. Der Zellenälteste fand, sie würden von der Körpergröße her gut zusammenpassen, die Latrine zwischen ihnen würde nicht schief hängen und der Inhalt nicht herausschwappen. Der Literaturwissenschaftler W. war in der Tat wie der General von großem Wuchs, wenn auch mager und kurzatmig, doch vor allem überaus nervös. Von Zeit zu Zeit zuckte seine Hand, wenn ihm ein neuer Gedanke kam.

»Mein General«, sagte er, »wenn dieser Kelch hier schon nicht an uns vorübergegangen ist, meinen Sie nicht auch, daß wir dann aus dem Prozeß des Tragens wenigstens intellektuellen Wert schöpfen sollten?«

»Was für einen denn, beispielsweise?« fragte der General.

»Na, sagen wir mal, unserer neusten historischen Ordnung eine Definition geben: ›Kommunismus – das ist Sowjetmacht minus Kanalisation‹. Und das angenehmste dabei ist, daß diese Ordnung schon erreicht ist!«

Der General schaute sich erschrocken um, ob auch niemand diese Worte gehört hatte. Zum Glück sprach sein Partner so undeutlich, daß jemand, der zwei Schritt entfernt war, ihn nicht verstehen konnte.

»Das Paradoxe der Definition bringt Sie wohl in Verlegenheit?« fuhr er fort, indem er mit dem einen Glupschauge zur Decke schielte und mit der freien Hand über die drei schwarzen Haarsträhnen auf seiner Glatze strich. »Mir scheint, sie widerspricht keineswegs dem Begründer der These ›Kommunismus – das ist Sowjetmacht plus Elektrifizierung‹. Alles unterliegt dem Gesetz der Dialektik. Wenn er das Wort ›plus‹ verwendet, schließt er doch die Existenz eines ›Minus‹ nicht aus.«

»Keinen Arsch hat er ausgeschlossen«, sagte der General, zum Flüstern übergehend. »Bei ihm unterliegt alles dem Gesetz der Dialektik. Du kannst in diese Wüste gehen oder auch in eine andere ... Du kannst es biegen, wie du's brauchst.«

»Bravo, mein General. Keiner kennt diesen Menschen besser als Sie. Haben Sie niemals den Versuch gemacht, Ihre Gedanken einem Blatt Papier anzuvertrauen?«

»Sie meinen, der Staatssicherheit? Nein, habe ich noch nicht. Literatur ist Ihre Sache.«

»Ich habe zur Literatur nur eine indirekte Beziehung. Das heißt, ich befasse mich, wenn Sie gütigst erlauben wollen, mit Literatur über Literatur.«

»Na, auf jeden Fall haben Sie eine dichterische Ader, stimmt's?«

»Ich habe den Verdacht, daß Sie mich in Gedanken schon längst ›Dichterische Ader‹ getauft haben«, sagte der Literaturwissenschaftler W. »Habe ich recht?«

Der General verneinte, stimmte aber zu, daß dieser Spitzname nicht schlecht sei. Von diesem Tag an waren beide in lange Gespräche vertieft, die von den anderen Zelleninsassen als »Gespräche über der Latrine« bezeichnet wurden. Der Name hatte nicht so sehr einen topographischen als vielmehr einen historischen Hintergrund, denn beim Kübeltragen hatte alles angefangen.

Ihre Beziehungen waren bald so beschaffen, daß der General dem Literaturwissenschaftler W. eine delikate und im Gefängnis meist unausgesprochene Frage stellen konnte: »Weswegen sind Sie hier?«

»Um meine Schuld zu büßen«, sagte Dichterische Ader. »Das heißt, wie üblich haben mich meine Kollegen hierhergebracht, aber nicht schuldlos, nein.«

»Worin besteht denn Ihre Schuld.«

»In meinen Schriften stand viel Unausgegorenes. Zum Beispiel, daß Voltaire mit seinen Ideen einen großen Einfluß auf die russischen revolutionären Demokraten hatte.«

»Stimmt das denn?«

»Das ist es ja gerade, sie sagen, daß er nicht den geringsten Einfluß hatte. Sie schmähen ihn, und das Wort ›Voltairismus‹ ist in ihren Augen ein Schimpfwort. Warum mußte ich das schreiben?! Jetzt sitze ich in der Tinte.«

»Das ist doch absurd!«

»Das meine ich auch. Erschießen werden sie mich nicht gleich, das kommt das nächste Mal. Aber eine Reise auf die Strafinsel Solowki ist mir sicher, für acht Jahre.«

Der General seinerseits erzählte ihm seine Geschichte, ohne etwas zu verheimlichen. Dichterische Ader wurde finster.

»Sie tun recht daran, sich zu fürchten, mein General.«

»Weshalb?«

»Sie müssen sich vor dem fürchten, was mir noch nicht droht. Für Sie gibt es einen konkreten Grund, Angst zu haben. Sie dürfen Ihrem Untersuchungsführer kein Wort glauben. Sie müssen unbedingt raus, koste es, was es wolle. Vor allem lassen Sie sich nicht von dem Glauben abbringen, daß Sie von denen noch gebraucht werden. Sie müssen sie davon überzeugen. Und zwar unbedingt davon, und nicht von Ihrer Unschuld. Sie sind keiner von denen, nur wissen Sie das noch nicht. Es gibt Christen, die wissen nicht, daß sie Christen sind. Und das sind meist die besten. Mit Ihnen ist es genauso. Sie gehören nicht zu denen, das ist Ihre Schuld. Aber es ist noch nicht alles verloren. Der Krieg steht vor der Tür, das will bloß keiner wahrhaben. Und unsere Hannibals kommen natürlich allein nicht zurecht, sie scheißen sich in die Hosen. Und weil die vielen Ermordeten nicht wiederauferstehen, werden sie alle Hoffnungen auf Sie setzen, mein General.«

»Das ist es ja gerade, daß sie nicht an einen Krieg glauben.«

»Sie glauben es, darauf können Sie Gift nehmen. Und sie haben höllische Angst.«

»Und warum haben sie dann die Armee entwaffnet, die besten Leute liquidiert? Gut, sie haben sich etwas zuschulden kommen lassen, aber dann hätten sie sie doch als Reserve in den Gefängnissen aufheben können …?«

Als er diese Frage stellte, meinte er auch sich selbst. Dichterische Ader erkannte das und antwortete traurig, doch in dem Wunsch, Kobrissow Mut zu machen: »Sie werden es noch bis zum Marschall bringen. Wenn Sie nur aushalten. Herr im Himmel, was haben Sie für ein schweres Los! Es reicht nicht, Cäsar zu Ehren Siege zu erringen, man muß ihm auch noch alle Siege zu Füßen legen und ihn, indem man sich selbst als Idioten hinstellt, davon überzeugen, daß man es ohne ihn nie geschafft hätte! Ihre unglücklichen Kollegen haben das nicht begriffen, das war ihre Schuld. Aber Sie fragen, warum man sich oben angesichts der großen Verdienste nicht etwas anderes für sie ausgedacht hat, warum es unbedingt der Tod sein mußte? Gehe ich richtig in dieser meiner Annahme, mein General?«

»Völlig richtig.«

»Ich denke, jene klugen Köpfe haben recht, die für diesen Fall das Modell der Räuberbande zur Hand nehmen, also einer Gesellschaft, die außerhalb des Gesetzes steht. Räuber und Banditen kennen keine andere Strafe als den Tod. Man kann es nicht einmal als Strafe bezeichnen, es ist einfach eine Sicherheitsmaßnahme. In den Gefängnissen sitzen die, die sie fürchten … Verstehen Sie mich?«

»Aber sie legen allzu großen Eifer an den Tag«, sagte der General. »Das wundert mich. Es würde reichen, einem einzigen gehörig das Fürchten beizubringen, das wäre eine Lehre für dreitausend.«

»Oh, Sie überschätzen den Intelligenzquotienten der Menschheit. Sie zieht kaum Lehren aus der Geschichte, will sagen, überhaupt keine. Man muß also diese Lehren immer neu wiederholen und den Menschen einbleuen, das ist das wichtigste, einbleuen. Unsere Wegbereiter handeln also weise. Instinktiv, aber richtig. Sie führen ein riesiges historisches Experiment durch, um mit Stumpf und Stil auszurotten, was nicht auszurotten ist – das Eigentum, die Individualität, die Kreativität. Dafür lassen sie fünfzig Millionen ins Gras beißen und versetzen die halbe Welt in Angst und Schrecken. Das Experiment ist von vornherein zum Scheitern verurteilt, in absehbarer Zukunft wird das allen klar sein. Doch solange sie leben, brauchen sie sich über Arbeitsmangel nicht zu beklagen.«

»Sie malen ziemlich schwarz«, wandte der General ein. »Denken diese Leute denn gar nicht an ihre Enkel?«

»Im Gegenteil. Sie tun ja alles ihren Enkeln zuliebe. Jedenfalls betonen sie das immer wieder, so daß sie schon selbst daran glauben. Sie wissen nur nicht, daß ihre Enkel sich entsetzt von ihnen abwenden werden.«

»Na, das wird bei jedem anders kommen. Einige werden auch stolz auf ihre Väter sein. Es wird sich so etwas wie ein neuer Adel entwickeln.«

»Glauben Sie? Da mögen Sie recht haben ... Wie wollen wir sie übrigens nennen? Einfach »sie«? Sie haben keine Analogie in der Geschichte.«

»Böse Menschen«, sagte der General. »Verbrecher.«

»Mein General, gestatten Sie mir zu widersprechen. Selbst ihr Anführer ist kein Verbrecher. Er ist ein Diener des Volkes. Ich glaube nicht, daß es ihm Vergnügen bereitet, Talente zu vernichten, er bemüht sich sogar, den einen oder anderen zu schützen. Doch das gelingt ihm nicht immer. Das Volk liebt Hinrichtungen, und er ist ein Mensch des Ostens, er versteht sein Geschäft. Und es ist dumm, ihn als Ungeheuer zu bezeichnen. Er hat sich einfach nur neue Spielregeln ausgedacht. Stellen Sie sich vor, Sie spielen Schach und setzen Ihren Bauern aufs letzte Feld. Ihr Gegner ist verpflichtet, Ihnen die Königin zurückzugeben. Der aber haut Ihnen seine Faust mitsamt dieser Königin auf den Schädel. Er hat sich eine neue Spielregel ausgedacht, ohne Sie vorher davon zu unterrichten.«

»Und wie kann man sich davor schützen?«

»Gar nicht. Man darf sich gar nicht erst auf solche Spiele einlassen, bei denen sich jeden Tag die Regeln ändern. Sobald Sie sich darauf einlassen, ist der Herrgott nicht mehr auf Ihrer Seite, alles wird vom Satan beherrscht. Sie spielen dieses Spiel mit, mein General, weil Ihr Beruf es so verlangt. Sie müssen also auf alles gefaßt sein. Die Hoffnung soll Sie trösten, daß sich unsere schlimmsten Befürchtungen vielleicht nicht bewahrheiten.«

»Aber vielleicht hat er seine eigenen Regeln, dieser Satan?« fragte der General schmunzelnd. »Vielleicht will er nicht nur Böses?«

»Sie sind auf dem richtigen Weg, mein General. Aber eins müssen Sie begreifen: Bei uns wird nichts aus guter Absicht gemacht, das heißt, es geschehen auch gute Dinge, aber selbst die aus gemeinen Motiven. Ich bin zum Beispiel der Auffassung, daß bei Ihnen alles gut endet – aber nicht, weil jemand vom Gerechtigkeitssinn besessen ist oder sich jemand an den Kopf greift und sagt: ›Was machen wir da bloß!‹ Eine satanische Kraft wird eingreifen. Auf die müssen Sie hoffen. Sie wird stärker sein. Gott hat dieses Land verlassen, nun ist der Teufel die einzige Hoffnung.«

Indes spielte sich alles, was bei ihren »Gesprächen über der Latrine« so klar zu sein schien, im Arbeitszimmer des Untersuchungsführers doch anders ab. Das Spiel, vor dem ihn Dichterische Ader gewarnt hatte, konnte der General nicht boykottieren. Er konnte nicht seine Lippen zusammenpressen und überhaupt nicht auf die Fragen antworten, die ihm Oprjadkin stellte. Das hätte er gleich zu Beginn der Verhöre tun müssen, aber nicht mehr jetzt, wo er bereitwillig seinen Namen und Titel genannt hatte, was der Untersuchungsführer leicht aus den Unterlagen hätte entnehmen können. Und er hätte die wunderbare Gabe besitzen müssen, die Fragen und ungeheuerlichen Beschuldigungen, bei denen ihm das Blut ins Gesicht schoß und das Bewußtsein sich verdunkelte, an seinem Ohr vorbeirauschen zu lassen.

»Sie sind ein Lakai Blüchers!« schrie Oprjadkin. »Und Sie wagen es, Ihre Beziehung zu ihm zu leugnen!«

Kobrissow war genauso ein »Lakai Blüchers« gewesen, wie er heute ein »Lakai Woroschilows« war, sein Verhältnis zu dem in Ungnade gefallenen General war dergestalt, daß Blücher das Kommando hatte und Kobrissow ihm unterstellt war. Doch nun zeigte sich, daß er in seiner Unterordnung offenbar zu weit gegangen war. Bei Inspektionen und Übungen hatte Blücher der Division Kobrissows die meisten Punkte gegeben und ihn selbst für den Rotbannerorden vorgeschlagen. Und er hatte mehrmals erklärt, daß man sich auf Kobrissows Division immer verlassen könne.

»Wie war das gemeint, immer verlassen?« fragte Oprjadkin. »Wenn die Zeit gekommen ist, den Japanern die Grenzen zu öffnen?«

Diese Frage wiederholte er oft, und jedesmal stellte sich der General bildhaft vor, wie er den gestreiften Schlagbaum hob, um eine Kolonne wartender Lastkraftwagen mit Gelbgesichtern durchzulassen.

Eine Sache, sagte Oprjadkin nicht ohne Vergnügen, befände sich nicht zufällig in den Akten. Auf den Schießscheiben waren normalerweise immer angreifende Infanteristen abgebildet, die einen flachen Helm trugen, sie erinnerten an Entente-Soldaten. Der General hatte nun des öfteren seine Unzufriedenheit mit diesen vom Volkskommissariat für Verteidigung bestätigten Zielscheiben ausgedrückt und gesagt, es müßten hohe Helme auf die Scheiben gemalt werden, wie sie die Deutschen trügen, denn die würden die sowjetischen Schützen doch im Ernstfall vor sich haben.

»Was soll das heißen?« rief Oprjadkin. »Halten Sie Deutschland für unseren möglichen Gegner? Und das haben Sie den Soldaten eingeredet? Angesichts eines bis an die Zähne bewaffneten Japans?«

Das Beschämendste war, daß der General aus irgendeinem Grund Angst hatte zu sagen: »Ja, Deutschland!« Er ahnte, welche Frage darauf folgen würde: Woher er wüßte, daß Deutschland der Gegner sei? Sollte er etwa antworten, wegen der Ähnlichkeit? Sollte er sagen, daß er davon ausging, daß zwei Bären sich nicht vertragen könnten auf einem Kampfplatz, zu dem Europa sich jetzt verwandelt hatte?

»Wie kommen Sie darauf?« schäumte Oprjadkin, als könne er seine Gedanken lesen. »So etwas darf Ihnen nicht einmal im Traum einfallen. Hat Genosse Molotow nicht klipp und klar erklärt: ›Die

Deutschen und wir sind Blutsbrüder.‹ Haben Sie das nicht gelesen? Das kann nicht sein! Also ist das eine bewußte Herabsetzung der Wachsamkeit der Streitkräfte – so wird das genannt. Untergrabung der Kampfkraft gegenüber dem wirklichen Feind.«

Am meisten verblüffte und ärgerte den General, daß alles, was man ihm eigentlich als Verdienst hätte anrechnen müssen, ihm zur Last gelegt wurde. Er hatte eine Urkunde für ausgezeichnete Disziplin in seinen Truppen bekommen. Aber Oprjadkin sagte ihm, die Rote Armee sei nicht berühmt für stumpfe Unterordnung, sondern für ihr hohes Bewußtsein. Und er habe seine Division nur deshalb so gedrillt, weil eine undisziplinierte Truppe nicht bedingungslos dorthin gegangen wäre, wohin er befiehlt – und sei es auf direktem Weg in japanische Gefangenschaft. Große Aufmerkamkeit hatte Kobrissow der Panzerabwehr und den Verteidigungsmethoden des Einzelkämpfers gewidmet. Das sei ja wunderbar, hieß es jetzt, doch was hätten die Japaner schon für Panzer. Gegen sie müßte man mit dem blanken Bajonett kämpfen, da würden sie fliehen. Aber in Kobrissows Division wäre diese Methode nicht genug geschätzt worden, und das sei doch seltsam bei einem ehemaligen Kavalleristen, der wüßte, was ein scharfer Säbel wert ist? Er habe seinen Leuten Rückzugsmanöver beigebracht – wozu? Das sei nicht die sowjetische Doktrin. Die Sowjetunion würde immer nur vormarschieren, auf fremdem Territorium kämpfen und wenig Blut vergießen. Vor wem sollte sie zurückweichen?! Und ein weiteres Beweisstück – seine Kommandeure, die von der Westgrenze in den Osten versetzt wurden, hätte er ermuntert, auch ihre Familie mitzunehmen. Er hätte ihnen dafür großzügig Urlaub und Begleitsoldaten für den Umzug gegeben und bei den örtlichen Staatsorganen Wohnraum für die Kommandeure durchgeboxt. Hatte er gar eine neue Republik gründen wollen im Fernen Osten, um sich von der Sowjetunion abzutrennen und unter japanische Oberhoheit zu begeben?

Der General verlor den Boden unter den Füßen, jede seiner

Handlungen erwies sich als Schritt zur Hinrichtung. Einmal fühlte er sich so in die Enge gedrängt, daß er die Nerven verlor und keine Rücksicht mehr kannte: »Sie negieren ja jegliche Verdienste!« platzte er heraus. »Blücher – hatte er etwa keine? Oder Tuchatschewski?«

»Was denn für welche, möchte ich mal wissen«, fuhr Oprjadkin auf. »Was, glauben Sie, hatten die beiden für Verdienste?«

»Ohne Protokoll?«

»Ohne Protokoll, ich bin selbst ganz gespannt.« Und Oprjadkin klappte den Aktendeckel zu.

»Falls ein Krieg ausbricht, werden Sie Blücher noch danken, daß wir Panzer haben. Und keine schlechten. Und wenn wir Flugzeuge haben, dann habt ihr das Tuchatschewski zu verdanken.«

Er erschrak, weil er sich daran erinnerte, daß er einst die Verhaftung Tuchatschewskis und Blüchers als große Dummheit und als Verbrechen bezeichnet hatte. Aber die das damals gehört hatten, haben es sicher nicht weitergetragen.

»Wir sind ihnen ja dankbar«, antwortete Oprjadkin mit Verwunderung in der Stimme, als warte er noch auf weitere Offenbarungen. »Für die Panzer und Flugzeuge sind wir ihnen auch jetzt noch dankbar. Glauben Sie etwa, Genosse Stalin hat die beiden nicht zu schätzen gewußt? Und nicht die Generäle Uborjewitsch und Jakir? Er hat sie sogar sehr geschätzt, bis heute schätzt er sie. Aber sie mußten doch erschossen werden.«

»Warum mußten sie erschossen werden?«

»Waren sie an einer Verschwörung beteiligt oder nicht?«

»Ist das bewiesen?«

Oprjadkin schaute sich mißtrauisch um und senkte die Stimme: »Verstehen Sie nicht, warum sie liquidiert werden mußten? Sie hätten wie eine Bremse gewirkt. Die Armee mußte erneuert werden, und sie hätten keine jungen Kader aufsteigen lassen. Wenn man sie nicht gleich beseitigt hätte, wäre es zu spät gewesen. Das war sozusagen weise Voraussicht.«

»Sie machen also aus den treusten Menschen von vornherein Feinde?«

»Foti Iwanowitsch, aus wem sollen wir sie sonst machen? Na, das sollte ein Witz sein. Nicht fürs Protokoll. Spaß beiseite, die Sowjetmacht fürchtet keinen Feind. Sie hat so viel Gleichgesinnte in der ganzen Welt, nicht nur in unserem Land, daß man sie nicht alle ernähren könnte. Die Sowjetmacht kann sich also diesen Luxus leisten und einige ihrer Anhänger liquidieren, auch die treusten. Wenn es sein muß.«

»Wieder dieses ›muß‹!«

»Jawohl! Offenbar gab es Gründe. Sie müssen begreifen: Die Sowjetmacht ist eine sehr verführerische Variante! Sie ist ein derartiger Erfolg in der Weltgeschichte, daß alle unsere Fehler uns nicht schaden können! Wenn Sie plötzlich eine Million gewonnen hätten, wären Ihnen dann hundert Rubel für Champagner zu schade? Die Sowjetmacht kann sich alles erlauben. Hunderttausend vernichten, Millionen. Aber hunderttausend, Millionen werden sich zu ihrer Verteidigung erheben. Denn die Werte, die sie auf ihr Banner geschrieben hat, sind gewaltig. Nehmen Sie mich zum Beispiel – was war ich? Ein Findling, ein Obdachloser. Womit begann meine Karriere? Damit, daß ich eine Decke klaute. Ich wollte mich warm zudecken, Foti Iwanowitsch, ich wollte sie nicht versaufen. Ich habe in einem Holzkeller gehaust, dort war es saukalt. Und man hat mich erwischt, mich mit Stiefeln in die Magengrube getreten, als ich auf dem Boden lag ... Hat man Sie schon mal mit Stiefeln getreten? ... Und wer hat mich rausgehauen? Ein Mitarbeiter der GPU, Fjodor Pawlowitsch Udalzow. Er sagte zu mir: ›Ljowa, ich weiß, du wirst weglaufen, aber du bist unser Mann. Ljowa, denk an meine Worte, früher oder später wirst du zu uns kommen.‹ Damals bin ich abgehauen, zwei Jahre herumgestreunt, habe in Zügen geklaut – und bin zurückgekehrt. Ich habe erkannt, daß alles, wovon ich geträumt habe, nur die Sowjetmacht geben kann. Bildung, Ehre, Selbstachtung. Mit der Decke also hat's begonnen, und jetzt bin ich Oberleutnant. Und morgen – Hauptmann ...«

»Und übermorgen – Major.«

»Jawohl!« rief Oprjadkin. »Jawohl! Und du, Hundesohn, gehörst dorthin!« Und er zeigte unter den Tisch.

Er sprang auf und ging einige Zeit, mit dem Bauch voran, von einer Zimmerecke in die andere. Dann beruhigte er sich wieder und nahm den Aktendeckel zur Hand.

»Hmm«, sagte er seufzend. »Wir sind weit abgekommen vom Thema! …«

»Ich habe nichts gesagt«, warf der General erschrocken ein.

»Auch wenn Sie was gesagt hätten. Es war ja ohne Protokoll. Ich werde doch nicht so ein Ferkel sein und unser Abkommen verletzen? Ihr Vertrauen ist mir wichtig, das können Sie vielleicht nicht begreifen. Wenn Sie mir helfen, den Fall zu konstruieren, helfe ich Ihnen auch, der Höchststrafe zu entgehen. Man kann doch alles auf den Toten schieben – auf Blücher. Er war es, der die Grenze öffnen wollte, und Sie waren nur ein blinder Gehilfe. Das wäre ein mildernder Umstand. Anderenfalls würde sich folgende Frage erheben: Wir alle haben ihn nicht für einen Feind gehalten, aber er hat uns enttäuscht. Nur Sie nicht! Sie glauben bis heute an ihn! …«

Der General schwieg finster, und Oprjadkin drückte seufzend auf den Knopf, um die Wache zu rufen.

»Bringt ihn weg.«

In der Zelle wurde Oprjadkins Vorschlag, alles auf den toten Blücher zu schieben, unterschiedlich aufgenommen. Der Kornilowoffizier distanzierte sich von der Diskussion: »Unsere Offiziersehre hätte uns nicht gestattet, an so was auch nur zu denken. Aber auf euren roten Bannern stehen andere Gebote: ›Alles ist moralisch, was dem Proletariat nützt.‹ Zu diesem Proletariat gehören Sie ja jetzt auch, überlegen Sie selbst.«

Der Genosse des Staatsanwalts gab vorsichtig zu bedenken, es handle sich immerhin um einen Toten, dem drohe keine Gefahr mehr. Der Kornilowoffizier würdigte ihn keiner Antwort. Ganz anderer Meinung war Dichterische Ader. Bei einem weiteren

»Gespräch über der Latrine« sagte er: »Hier geht es nicht so sehr um die Ehre als vielmehr um primitive Pragmatik. Wenn mein Gedächtnis mich nicht trügt, war es doch Ihr Blücher, der Tuchatschewski gestürzt hat. Als Mitglied des Militärgerichts und im Wissen, daß Tuchatschewski unschuldig war, hat er ihn zum Tode verurteilt. Und was hat er davon gehabt? Ein Jahr später wurde er selbst erschossen ... Also wozu sich quälen? Ich an Ihrer Stelle würde über etwas anderes nachdenken: Ob Ihr Oprjadkin nicht doch sein Wort bricht?«

»Dieser Gedanke geht mir auch durch den Kopf«, bekannte der General.

»Nein, mein General, er wird es nicht brechen. Erschießen werden Sie andere. Und er geht in Urlaub. Ich sehe, Sie nehmen das Spiel an, Sie haben Feuer gefangen. Sie wollen ausprobieren, ob diese Gangster, diese Banditen, ihr Wort halten. Sie halten es, sie haben einen Ehrenkodex, aber nur in ihrem eigenen Kreis. Wenn es nun schon so weit gekommen ist, dann müssen Sie einer von denen werden. Wenn Sie sich dem Spiel nicht ganz entziehen können, dann verstellen Sie sich. Alle machen jetzt Kompromisse, warum nicht auch Sie. Von Ihnen wird nicht verlangt, daß Sie an sie glauben, Sie sollen nur einfach symbolisch demonstrieren, daß Sie es tun. Na, dann tun Sie es eben! Überzeugen Sie sie, daß Sie an sie glauben, daß Sie keinen Zweifel daran haben, daß diese Leute Ritter einer Idee sind. Es wird ihnen gefallen, und sie werden Ihnen nichts tun. Im übrigen .... Nein, ich rate Ihnen davon ab. Es wird Ihnen nicht gelingen. Unser Unglück ist, daß wir mit dem Gehirn denken. Die da denken mit dem Kleinhirn, das ist zuverlässiger.«

»Vereinfachen Sie nicht ein bißchen?« widersprach der General. »Auf den Fahnen steht tatsächlich etwas geschrieben, wofür Menschen in den Tod gehen.«

»Er hat Sie nicht betrogen«, sagte Dichterische Ader. »Ihr Oprjadkin lügt nicht. Die Französische Revolution schrieb auf ihre Fahnen ›Freiheit, Gleichheit, Brüderlichkeit‹ und hackte

Köpfe ab. Ohne die Enttäuschung ihrer Anhänger zu befürchten. Bei diesen hier ist es noch einfacher. Sie haben die Losung auf ein Wort zusammengestrichen. Dafür können sie es mit riesigen Lettern schreiben. ›Gleichheit‹. Alles andere ist leeres Geschwätz. ›Freiheit‹ braucht in Wirklichkeit niemand, die Menschen wissen ja nicht, was sie mit ihr anfangen sollen. ›Brüderlichkeit‹? Die gibt es nicht auf dieser Welt, nicht einmal im Tierreich, warum dann ausgerechnet bei den Menschen? Aber Gleichheit – das ist was. Mir geht es schlecht, dir aber auch, das heißt, uns beiden geht es gut. Ich habe wenig, aber du hast auch nicht mehr, das heißt, wir haben beide viel! Dafür kann man in den Tod gehen. Und kein Leben ist dafür zu schade. Das eigene nicht, um so weniger das fremde.«

»Wir leben ja in einem schönen Jahrhundert!« sagte der General beinahe entzückt.

»Das Jahrhundert der Enttäuschungen«, Dichterische Ader breitete die Arme aus und rieb sich lächelnd die unrasierte Wange. »Der verrückte Traum aller gebildeten Volksfreunde – endlich hat die Masse das Recht, selbst zu bestimmen. Aber Sie hätten besser bei ihren Monarchen bleiben sollen, die alle zusammen kaum mehr Menschen getötet haben als Ihre ruhmreiche Armee im Jahre 17. Sehen Sie, wie alles durcheinandergerät, wenn man gemäßigte Despoten stürzt! Und gemäßigt waren unsere Zaren. Wenn in der Taiga ein Tiger umgebracht wird, vermehren sich die Wölfe, und die bringen weit mehr Verluste. Die Bedürfnisse wachsen – und jeder will von seinem Recht Gebrauch machen. Unendlich viel Recht hat der ›kleine Mann‹ plötzlich – doch Gebrauch macht er vom allerprimitivsten: Er will auch mal Tyrann sein. Nehmen Sie doch nur den da.« Dichterische Ader hob für einen Moment den schielenden Blick nach oben, wo sich die Vernehmerzimmer befanden. »Hat der vielleicht große Bedürfnisse? Gut, vielleicht ein, zwei Menschen quälen, damit der Tag nicht sinnlos vergeht. Doch im Landesmaßstab ist das ein Klacks, eine Mikrobe.«

Der General hatte niemandem etwas von Oprjadkins Methoden erzählt, er schämte sich, während Dichterische Ader bereitwillig allen alles mitteilte. Worin die Schuld von Dichterische Ader bestand, konnte der General nicht begreifen. Genausowenig verstand er, warum einer so stur darauf beharren mußte, daß die griechisch-mykenische Kultur der Kultur der Großen Französischen Revolution in keiner Weise unterlegen sei oder daß Meyerhold die Regisseure Sawadski oder Ochlopkow an Bedeutung weit überrage. Hätte man ihn, den General gefragt, dann hätten alle drei zum Kuckuck gehen können. Warum sollte man sich ihretwegen nächtelang quälen lassen?! Die Methoden des Untersuchungsführers Galuschko allerdings machten großen Eindruck auf ihn. Dieser Galuschko hielt sich gleichfalls für einen intelligenten Menschen, und die Mittel, seinen Untersuchungsgefangenen zu schikanieren, waren ebenfalls intelligent. Bei der Verhaftung von Dichterische Ader hatte man in seinem Archiv siebzehn Briefe von Voltaire gefunden – Originale, wie der Besitzer versicherte und wogegen Galuschko nichts einzuwenden hatte, denn sonst wäre die Methode, die er ausgeklügelt hatte, keinen Pfifferling wert gewesen. Er hatte sich nämlich ausgedacht, jeden einzelnen Brief über eine brennende Kerze zu halten, wenn der Untersuchungshäftling sein Vergehen leugnen sollte oder nicht offen wäre. Am Ende eines Verhörs, wenn er mit seiner Bilanz unzufrieden war, wurde der Brief verbrannt, so daß der Häftling den sekundenschnellen Akt der Verbrennung schon viele Stunden vor der eigentlichen Ausführung durchleiden mußte. Und natürlich wurde ihm der Brief vorher jedesmal gezeigt. Galuschko ließ ihn das Dokument sogar in den Händen halten, damit ihm noch einmal sein Wert bewußt wurde.

Auf diese Weise waren bereits drei Briefe vernichtet worden, und Galuschko hatte ihm angekündigt, wenn er den siebzehnten Brief verbrannt hätte, dann würde sein Besitzer selbst vernichtet werden, und zwar für die mutwillige Liquidierung hochbedeutender Kulturgüter.

»Wie will er das denn beweisen?« fragte der Lehrer für Logik, »wenn er die Beweise verbrennt!«

»Ganz einfach«, meldete sich der Genosse des Staatsanwalts zu Wort, »er schüttet die Asche in ein Kuvert und gibt sie einem Gutachter, der riecht daran und schreibt in seine Expertise, daß die Asche von den Briefen stammt. Und wo hat er die Briefe verbrannt? Natürlich bei sich zu Hause über der Kerzenflamme, um sie unserem Volk vorzuenthalten.«

Dichterische Ader selbst beeindruckte nicht so sehr die Aussicht, erschossen zu werden, als vielmehr die Tatsache, daß Galuschko diese Briefe für »hochbedeutende Kulturgüter« hielt.

»Er begreift also ihren Wert?« fuhr er auf. »Er weiß, was er tut?«

»Sie haben es immer gewußt«, wandte der Kornilowoffizier ein. »Wenn er es nicht wüßte, würde er sie nicht verbrennen.«

Für den General war es quälend, mit ansehen zu müssen, wie Dichterische Ader sich wegen irgendwelcher Papiere grämte. Er rief ihn in eine Ecke und fragte ihn flüsternd: »Darf ich erfahren ... Gibt es Kopien von diesen Briefen? Befinden sie sich an einem zuverlässigen Ort?« Und verlegen in die Faust hüstelnd fügte er hinzu: »Wenn Sie mir nicht trauen, dann antworten Sie lieber nicht ...«

Dichterische Ader schaute ihn verwundert an. »Mein Gott, das ist doch kein Geheimnis. Erzählen Sie es doch, wem Sie wollen. Kopien gibt es in vielen Museen. Sie werden in Büchern zitiert. Aber nicht die Kopien verbrennt er, mein General, sondern die Originale!«

»Ach, so ist das ...«, sagte der General. »Jetzt verstehe ich.«

Und ihm schien, als verstünde er wirklich.

Beim vierten Brief des großen Epikureers, der vorerst nur ein wenig angesengt war, brach Dichterische Ader, dem kein Härchen gekrümmt worden war, zusammen. Er war bereit, alles zu unterschreiben, was der erfinderische Galuschko ihm anhängen wollte. Mit heiterem Gesicht kehrte er in die Zelle zurück, obwohl ihm acht Jahre Solowki blühten, was bei seinem kranken Herzen den Tod bedeutete.

»Es ist vorbei!« sagte er zum General und seufzte erleichtert. »Jetzt bin ich wieder ein Mensch.«

Und seltsam, von diesem Tag an widersetzte sich der General innerlich seinem Oprjadkin. Er hatte begriffen, daß nicht alles verloren und zertreten war, daß der Mensch nicht fallen muß, wenn er gebrochen ist, er kann auch siegen, wenn er sich ergibt. Seine Waffe ist die Demut, die Demut der Vernunft vor einer stumpfsinnigen und beschränkten Kraft, die nicht die Bezeichnung »Mensch« verdient und aus diesem Grund auch niemanden beleidigen und erniedrigen kann.

Lew Fedossejewitsch Oprjadkin roch sofort, daß ein völlig anderer Kobrissow zum Verhör erschien. Er spürte es mit seiner teuflischen Intuition eines Banditen, daß er selbst und nicht sein Gefangener zusammengebrochen war. Und dieser Gefangene hielt die Hände nicht gehorsam, sondern ungezwungen unter das Lineal, und ungezwungen kniete er in der Ecke nieder und war in Gedanken ganz weit weg. Er antwortete auf keine Frage, er hörte sie einfach nicht.

»Es ist unmöglich mit Ihnen«, sagte Oprjadkin. »Ich werde gezwungen sein, Sie einem anderen Untersuchungsführer zu übergeben.«

Seine Stirn glänzte von Schweiß, und seine Augen blitzten vor Wut, doch die Regeln der Banditen erlaubten es ihm nicht, die Beherrschung zu verlieren. Er versprach nur kalt: »Er wird Sie sich morgen anders vornehmen als ich. Ich habe mich zurückgehalten, um aus Ihnen keinen endgültigen Feind zu machen. Ich habe Sie zwar für einen Gestrauchelten gehalten, aber trotzdem für einen von uns. Mein Kollege wird da anderer Meinung sein, nämlich der, daß Sie hier nie wieder rauskommen. Egal, wie die Wetterlage ist. Sogar, wenn sich herausstellt, daß wir uns mit Ihnen geirrt haben. Denn wie können Sie nach all dem, was Sie hier erlebt haben, noch die Sowjetmacht lieben? Wer soll das glauben?«

Er wurde weder am nächsten noch am übernächsten Tag zum

Verhör geholt und konnte sich in Ruhe den Kopf darüber zerbrechen, was diese Drohung wohl bedeutete. Indes gingen in seiner Zelle Veränderungen vor sich. Der Genosse des Staatsanwalts wurde aufgefordert, mit seinen Sachen rauszutreten, was bei ihm auf der Stelle einen Ohnmachtsanfall auslöste. Es war die Stunde gekommen, von der er immer im Spaß gesagt hatte: »Der Prozeß wird kurz sein wie das Rendezvous mit einer Geliebten, sie werden mir das aufregendste literarische Werk vorlesen – das Urteil. Und noch am selben Tag werden alle Wünsche erfüllt. Ich glaube, man kriegt noch eine Zigarette, doch leider bin ich Nichtraucher. Ich werde sie bitten, meine Hände vorn zu fesseln und nicht auf dem Rücken. Bei meinem Bauch ist die Angelegenheit nicht sehr bequem, wissen Sie …«

Seine Sachen packen und ihn hinausbringen mußten zwei Aufseher und der Kornilowoffizier, der darin den »letzten Dienst an seinem Freund« sah. Er bat sogar darum, den Freund bis zum Ende des Korridors begleiten zu dürfen, aber die Bitte wurde ihm abgeschlagen.

»Das war ein Fehler«, sagte der Kornilowoffizier, »sie werden sich mit ihm rumquälen, ich aber, ich hätte ihn stützen können. Ich hätte ihn trösten können, daß es in Lefortowo geschickt und schnell über die Bühne geht, ohne überflüssigen Spott.«

Eine Stunde später wurde er selbst abgeholt.

»Zur Urteilsvollstreckung bereit«, sagte er und schlug die Hacken zusammen.

Seine Sachen hatte er bereits vorher in einem Soldatensack verstaut. Die Zeit, die ihm zum Packen zur Verfügung stand, konnte er deshalb dazu nutzen, sich von seinen Zellengenossen zu verabschieden. Er sagte jedem ein paar Worte, die er sich offenbar vorher zurechtgelegt hatte.

Vor dem General verneigte er sich tief, und dieser antwortete ihm mit der gleichen Geste.

»Ein Glück«, sagte der ehemalige Kornilowoffizier, »daß wir beide nicht im Kampf aufeinandergestoßen sind, nicht wahr?«

»Stimmt«, antwortete der General. »Jetzt bin ich ein Sack Scheiße, aber damals hatte ich Schultern – die konnten sich sehen lassen! Ich hätte Sie mit einem Hieb bis zum Sattel aufgespalten.«

»Aber Sie wissen nicht, wie reaktionsschnell ich damals war. Ihren Schlag hätte ich vorausgesehen. Aber wozu rasseln wir mit den Säbeln, wenn die Schlacht längst geschlagen ist.« Er schwieg eine Weile und fügte dann hinzu: »Wenn Sie mir die Hand reichen, Genosse roter General, würde ich mich nicht wundern. Wenn nicht, bin auch ich nicht gekränkt.«

Der General reichte ihm die Hand und wünschte ihm gute Nerven.

»Da können Sie ganz beruhigt sein, General«, sagte der Kornilowoffizier und schlug erneut die Hacken zusammen.

Am nächsten Tag fuhr Dichterische Ader auf seine Insel im Weißen Meer, sorglos und unerschrocken, als ob ihm eine große Last von den Schultern genommen worden wäre. Vor dem Hinausgehen wandte er sich an alle: »Meine Zellengenossen, wer am Leben bleibt und hier als freier Mann rauskommt, was ich allen von ganzem Herzen wünsche, der soll erzählen, daß im Archiv des NKWD in meiner Akte vierzehn Originalbriefe von Voltaire liegen. Mein Untersuchungsführer hat mir versprochen, daß meine Akte ewig aufbewahrt wird. Und ich hoffe, daß die Briefe bei denen in besten Händen sind. Der Untersuchungsführer Galuschko zeichnet persönlich für sie verantwortlich. Aber diesen Namen brauchen Sie sich nicht zu behalten. Es reicht, wenn Sie sich ›Voltaire‹ merken.«

Die Zellengenossen versprachen, es nicht zu vergessen, und wünschten ihm, nur die Hälfte der Strafe absitzen zu müssen.

Vom General verabschiedete er sich gesondert.

»Mein General, ich werde unsere ›Gespräche über der Latrine‹ immer im Gedächtnis behalten. Sie waren außerordentlich interessant, nützlich und fruchtbar. Meinen Sie nicht auch?«

»Ich werde sie auch nie vergessen«, sagte der General.

»Es kann auch gar nicht anders sein. Ach, mein General, Sie

sind ein anderer geworden. Ich hoffe, daß Sie jetzt ein Christ sind, der weiß, daß er ein Christ ist und seine Feinde und Freunde gleichermaßen liebt. Und wenn unsere arme Heimat in Not gerät, dann erweisen Sie sich als Ritter, mein General, und verteidigen Sie sie – mit all Ihren menschlichen Eigenschaften.«

»Ich weiß nicht«, sagte Kobrissow. »Wer wird diese Hundesöhne verteidigen, wenn sie solche Verbrechen begehen?!«

»Sie, mein General. So gut Sie nur können!«

Sie umarmten sich, klopften sich gegenseitig auf die Schulter und weinten ein bißchen.

Nach dem Verschwinden dieser drei fühlte sich der General einsam. Seine Schwermut wurde immer größer, doch mit denen, die an ihre Stelle traten, wollte er sich nicht mehr anfreunden. Er dachte nach.

Er fand, daß der Mensch verpflichtet sei, mit dem Gewehr in der Hand auf die Schwelle seines Hauses zu treten und dieses Haus und seine Familie zu verteidigen, ohne sein Leben zu schonen. Und ein Unbewaffneter habe die Pflicht, in Würde zu sterben, ohne seinen Henkern die Stiefel zu küssen. Doch wer hat das Recht, ihn zu richten, wenn er die Folterqualen nicht ertragen kann, wenn er einfach nicht die Konstitution hat, sie zu ertragen, so wie selbst ein Panzer nicht widerstehen kann, wenn man ihn mit einem Schneidbrenner bearbeitet! Er beschloß ein für allemal: Wenn sie ihn in das bestimmte Zimmer holen, wenn sie ihre ekelhaften Folterwerkzeuge hervorholen, dann würde er sagen: »Das ist überflüssig. Schreiben Sie ins Protokoll, was Sie wollen. Ich unterschreibe alles.« Doch nur, so beschloß er, wenn er mit seinen Aussagen keinen anderen in die Todesgrube zieht. Sich selbst hatte er schon abgeschrieben. Dichterische Ader hatte sich wohl getäuscht. Es würde keine satanische Kraft eingreifen, um ihn, Kobrissow, zu retten.

Eines Morgens, es war wie eine Bestätigung seiner Befürchtungen, kam der Aufseher, nahm ihm sein Militärhemd weg und gab ihm dafür einen grauen Pyjama, der aussah wie ein Krankenhauskittel – ebenfalls ohne Knöpfe und so oft gewaschen, daß er schon ganz durchsichtig war, doch immerhin roch er nicht nach Schweiß. Und mit Schweiß war er ganz sicher durchtränkt gewesen, dachte der General, in diesem Kittel wurden die Leute gewiß zur Hinrichtung geführt. Es ging doch nicht, daß ein Kommandeur der Roten Armee in Uniform erschossen wurde, selbst wenn die Schulterstücke abgerissen waren ... Die Zellengenossen betrachteten ihn voller Mitleid. Und er, der von ihnen und von allem Menschlichen schon weit entfernt war, schämte sich nicht seiner erbärmlichen Lumpen, sondern sagte nachdenklich: »Hier ist jedes Detail dazu da, den Menschen zu erniedrigen. Bis zum letzten Schritt.«

Als man ihn am nächsten Tag herausrief, herrschte im Gefängnis ungewöhnliche Stille. Der Frühstücksbrei und der Tee verspäteten sich um eine ganze Stunde. Er wurde mittags geholt, zu einer völlig unüblichen Zeit, und er begegnete niemandem auf dem Korridor, er mußte sich nicht mit dem Gesicht zur Wand stellen. Seine Schritte und die des Aufsehers hallten in der Grabesstille. Große Spannung und Unheil lagen in der Luft.

Doch im Arbeitszimmer begrüßte ihn noch immer derselbe Lew Fedossejewitsch Oprjadkin. Durch fest verschlossene Vorhänge hervorgerufenes Halbdunkel empfing ihn und das weiche Licht der Schreibtischlampe, die weggedreht war, damit sie ihn nicht blendete. Auf dem Schreibtisch befanden sich statt der dicken Akte eine Flasche Kognak, zwei Flaschen Mineralwasser und eine aufgeschnittene Torte.

»Wie soll ich das verstehen, Bürger Untersuchungsführer? Sind das Ihre neuen Methoden?«

»Keine Methoden«, sagte Oprjadkin. »Sie werden mir weggenommen, ich will mich im guten von Ihnen verabschieden. Damit Sie mich nicht in schlechter Erinnerung behalten.«

Den Kognak schenkte er in bauchige Gläser und bot Kobrissow auf einer silbernen Tortenschaufel ein riesiges Stück der giftgrünen Butterkremtorte an. Der General schüttelte den Kopf.

»Schade, Foti Iwanowitsch. Das ist die letzte Vorkriegstorte. Heute kriegt man sie noch ohne Anstehen.«

Da erinnerte sich der General an die ungewöhnliche Stille und daran, daß heute kein anderer zum Verhör geholt worden war.

»Krieg mit wem, Bürger Untersuchungsführer?«

»Das fragen Sie noch, Foti Iwanowitsch? Mit dem von Ihnen vermuteten Gegner, mit wem sonst.«

Weder Oprjadkins Stimme noch sein Gesicht drückten Verlegenheit aus. Es war nicht das erste und nicht das letzte Mal, daß der General bei seinen Landsleuten dieses Unschuldbewußtsein beobachten konnte: »Vorher waren die Zeit und die Umstände anders, da habe ich anders geredet, und jetzt rede ich so. Lächerlich, mir Vorwürfe zu machen.«

Der General machte Oprjadkin auch keine Vorwürfe, er fragte nur: »Und wann ist er einmarschiert, mein Feind?«

»Wie kommen Sie darauf, daß er einmarschiert ist? Vielleicht sind wir ihm zuvorgekommen?«

Der General zuckte nur mit den Achseln. »Wenn ihr ihm zuvorgekommen wäret«, dachte er, »würdest du mich nicht mit Kognak und Torte bewirten.«

»Gestern, um vier Uhr morgens«, sagte Oprjadkin. »Hinterhältig, ohne Kriegserklärung.«

Er stand noch immer mit dem Tortenstück auf der Schaufel da, in seinen Augen blitzte Zorn, und es schien, als würde er dieses Stück in der nächsten Minute dem Gefangenen in die unverschämte Fresse werfen. Doch Lew Fedossejewitsch lächelte plötzlich. Er verstand den General auf seine Weise: »Sie haben Angst, ich will Sie vergiften? Diese Methode würde ich bei Ihnen nie anwenden, Foti Iwanowitsch ... Wozu? Wenn Sie wollen, koste ich ein beliebiges Stück? Oder beiße von Ihrem hier ab.«

Er kostete tatsächlich. Der General, der nicht einmal an solch eine Möglichkeit gedacht hatte, wunderte sich nur: Also gab es auch diese Methode, warum wurde sie nicht bei ihm angewandt? Er konnte immer noch nicht glauben, daß sie ihn brauchten.

Plötzlich entdeckte er auf dem Sofa sein gebügeltes Hemd mit angenähten Schulterstücken, darauf seine Revolvertasche.

»Nun denn, Bürger Untersuchungsführer«, sagte er und zog die rutschenden Hosen hoch, seine Stimme war fester geworden, als hätte sie bereits Macht. »Jetzt werden wir wohl gemeinsam das Vaterland retten?«

»Jeder auf seinem Platz«, antwortete Oprjadkin bescheiden. »Und nennen Sie mich bitte nicht ›Bürger Untersuchungsführer‹, sondern ›Genosse Oberleutnant‹. Und Sie, Genosse General ... Sie kriegen gleich Ihre Knöpfe angenäht, so geht das doch nicht ... Sie fahren ins Volkskommissariat für Verteidigung. Ihnen wird eine Division anvertraut.«

»Soll ich etwa wieder eine aufstellen?«

»Sie bekommen eine Division im Westen. Die ist bereits komplett, doch, soweit ich informiert bin, befindet sie sich auf einem chaotischen Rückzug. Man ist der Auffassung, daß es Ihnen gelingen wird, sie zu disziplinieren. Anderenfalls könnten Sie erschossen werden. Das wäre schade, all meine Bemühungen wären dann umsonst gewesen.« Unter dem strengen Blick des Generals erstarrte sein Lächeln, er fügte nur hinzu: »Sie fliegen noch heute nacht.«

»Ist meine Familie davon unterrichtet, daß ich freigelassen werde?«

»Ihre Familie weiß nicht einmal, daß Sie in Untersuchungshaft gesessen haben. Heute fahren Leute von uns hin, zwei anstellige Kerle aus der Etappe, die Ihrer Familie helfen sollen, die Sachen zu packen und umzuziehen. Ihre Wohnung in Moskau ist bezugsfertig. Im Zentrum, auf der Gorkistraße.«

Langsam wandte sich der General zum Gehen, immer noch wartete er darauf, daß Oprjadkin ihn in letzter Minute zurückhalten würde. Er sagte: »Wir können selber packen.«

»Schade, daß Sie meine Torte ablehnen«, sagte Oprjadkin mit einem gewissen Bedauern. »Ach, Foti Iwanowitsch, Sie, mein goldener Fehler! Wenn Sie wüßten, welche Sterne Ihr Schicksal entschieden haben! Ohne den kleinen Mann, ohne Ihren Lew Fedossejewitsch, wäre es nicht so weit gekommen. Seine Mitwirkung hat Ihnen das Leben gerettet. Na, und natürlich auch der Umstand, daß Genosse Stalin zu den Kavalleristen besonderes Vertrauen hat.«

»Ich bin schon lange nicht mehr bei der Kavallerie.«

»Das spielt keine Rolle. Sie waren es im Bürgerkrieg. Und haben das nicht an die große Glocke gehängt. Genosse Stalin mag Wichtigtuer nicht. Vielleicht ist es Ihr Glück, daß Sie sich nicht besonders in den Vordergrund gedrängelt haben. Das habe ich auch in Ihre Beurteilung geschrieben: ›Bescheiden. Verehrt den Genossen Stalin als Retter des sozialistischen Vaterlandes‹. Und wie Sie sehen, hat es was genützt!«

Der General nahm diese Mitteilung schweigend zur Kenntnis.

»Noch Fragen?« sagte Oprjadkin.

»Ja«, entgegnete der General. »Kann ich unser Gespräch als beendet betrachten?«

»Es scheint Sie ja mächtig in die Zelle zu ziehen«, sagte Oprjadkin verärgert. »Warum eigentlich? Man wird Ihnen alles herbringen. Sie fahren gleich von mir aus los.«

»Ich will mich von meinen Zellengenossen verabschieden.«

»Oh!« rief Oprjadkin, und seine Augen funkelten. »Sie sind schon ein richtiger Knastologe, Sie beherrschen bereits die Gefängnissitten. In dieser abgerissenen Kluft wollen Sie zurück in die Zelle?«

»Jawohl. Ich kann mich doch nicht mit den Schulterstücken eines Generals von den Leuten verabschieden!«

»So was«, Oprjadkin schüttelte verwundert den Kopf. »Wenn Sie Ihren Leuten Lebewohl gesagt haben, dann schauen Sie nicht zurück zur Tür. Das wäre ein schlechtes Omen – Sie könnten wieder zu uns zurückkommen.«

»Ich weiß«, sagte der General.

»Er weiß alles«, bekräftigte der Aufseher. »Er ist ein gebildeter ...«

Oprjadkin durchbohrte ihn mit Blicken. Und befahl, den Gefangenen wie einen Freien bis zur Zelle zu geleiten.

Lange zerbrach sich Kobrissow den Kopf, was die rätselhaften Worte Oprjadkins: »Wenn Sie wüßten, welche Sterne Ihr Schicksal bestimmt haben!« wohl bedeuten konnten. Er stellte sich vor, daß auf irgendeinem Tisch sein Schicksal zufällig aus einem Aktendeckel in einen anderen gelegt und damit alles entschieden wurde. Aber auf dem heiligen Gebiet der schicksalsentscheidenden Papiere gibt es keine Zufälle. Es hatten tatsächlich zwei Sterne, oder besser zwei Zufälle, über sein Leben entschieden.

Gleich in den ersten Kriegsstunden waren dem zukünftigen Obersten Befehlshaber zwei Listen auf den Tisch gelegt worden. Kobrissows Name kam in beiden vor. Eine Liste stammte vom Chef des Generalstabs, Shukow, und beinhaltete dreihundert Namen von Kommandeuren, die in den Zellen der Moskauer Gefängnisse auf ihr Los warteten. Für alle bat Shukow weder um Freispruch noch um Begnadigung, sondern lediglich um Aufschub der Untersuchung beziehungsweise der Vollstreckung des Urteils bis zum Ende der Kriegshandlungen. Man nahm an, sie würden nicht lange dauern und für die Sowjetunion siegreich enden.

Die zweite Liste, die vom Generalkommissar für Staatssicherheit, Berija, vorgelegt wurde, war ein Auszug aus der ersten. Sie beinhaltete nicht mehr als vierzig Namen verschiedener Militärs – vom Major bis zum Armeegeneral, die unbedingt erschossen werden sollten, anderenfalls wäre das ein großer Verlust für den Geheimdienst und eine persönliche Beleidigung für Berija.

Der Oberste Befehlshaber schaute sich beide Listen an und hinterließ auf der ersten keine Spuren, weder mit der Feder noch mit dem Fingernagel, auf der zweiten jedoch setzte er hinter einige Namen ein Fragezeichen. Das konnte sowohl Zweifel an der Zweckmäßigkeit der Liquidierung bedeuten als auch die Forderung, eine Nachuntersuchung einzuleiten, um alle Zweifel auszuschließen. Was Kobrissow betraf, so bedeutete dieses Fragezeichen wohl am ehesten: »Mir unbekannt. Was ist das für ein Vogel?« Außer den Versorgungsleitern, die angeblich die Kampfkraft der Roten Armee nicht im nötigen Maß gesichert hatten, standen in der Liste vor allem die Flieger, die Tuchatschewski-Leute, die man vergessen hatte zu liquidieren. Wie konnte ein Kavallerist wie Kobrissow hierhergeraten?

Weder die erste noch die zweite Liste unterschrieb der Oberste Befehlshaber. Da er aber in der zweiten einige Namen mit einem Fragezeichen versehen hatte, hieß das indirekt, daß er mit den anderen Namen einverstanden war, und so konnte der Rest der Liste als bestätigt angesehen werden. Da diese zweite Liste aber ein Auszug aus der ersten war, bestätigte er damit automatisch auch die Shukowsche Liste, und so wurde allen, die auf der Liste standen, bis zur Beendigung des Krieges Leben und Freiheit geschenkt, und, wie anzunehmen, auch die Möglichkeit, sich im Kampf zu bewähren.

Kobrissows Schicksal aber hätte auch eine ganz andere Wendung nehmen können, er hätte genausogut den 25 Militärs zugeordnet werden können, die im Oktober, in den Tagen der panischen Flucht aus Moskau, nach Kuibyschew und Saratow gebracht wurden. Ihr Widerstand bei den Verhören und ihre Standhaftigkeit bei den Folterungen und die Hoffnung, sich im Prozeß verteidigen zu können, all das erwies sich dort als vergebens. Sie wurden nämlich ohne Prozeß erschossen, auf Berijas persönlichen Befehl. Kobrissows Schicksal hatte also an einem seidenen Faden gehangen. Berija kannte ihn nicht – und hatte kein unbedingtes Verlangen, ihn zu liquidieren. Aber auch der Oberste Befehlshaber kannte ihn nicht – und er vergaß, Erkundigungen über Kobrissow einzuziehen: »Wie steht's mit diesem Kavalleristen, hat man ihn nicht zusammen mit den anderen erschossen?« Und zu den Zufällen, die von diesen beiden hohen Männern ausgingen, hatte sich Leutnant Oprjadkins Papierchen gesellt und bewirkt, daß einer schwerer wog.

In den besagten ersten Kriegsstunden waren zwei nicht sehr

zuverlässige und sich widersprechende Gerüchte durch die Mauern des Lubjanka-Gefängnisses gedrungen. Eigentlich waren es nicht einmal Gerüchte, sondern nur der Lufthauch von Gerüchten. Der eine ließ wissen, daß ein Kurswechsel zu erwarten sei und einige Untersuchungsgefangene in die Armee zurückkämen. Dieser Lufthauch von einem Gerücht hinterließ auf der Stirn von Oprjadkins Kollegen eine Sorgenfalte, die auch auf Oprjadkins Stirn überging. Wahrscheinlich würde man einen Plan bekommen, wer alles freizulassen sei. Wo aber ein Plan ist, da kann er auch übererfüllt werden, da gibt es Bestarbeiter und Nachzügler. Oprjadkin stellte sich sogar ein Plakat vor, auf dem ein älterer Tschekist mit grauen Schläfen, Tressen und gekreuzten Schwertern auf dem Ärmel abgebildet war, der einen jungen, die weißen Zähne fletschenden Tschekisten umarmte und fragte: »Wieviel Unschuldige hast du der Armee schon zurückgegeben, mein Sohn?« Oprjadkin verdrängte dieses Bild, als sei es ein Hirngespinst. Wie konnten sie unschuldig sein, wo sie doch von den Organen verhaftet worden waren? Dennoch hatte er Angst, zu den Nachzüglern zu gehören, die die Aufgabe der Stunde nicht verstanden und die für einen richtigen Tschekisten notwendige Dynamik nicht an den Tag gelegt hatten.

Kobrissows Fall zerfiel zu Staub: Die Beschuldigung, er habe den Japanern den Fernen Osten in die Hände spielen wollen und sich mit Warnungen vor dem falschen Gegner getarnt, konnte nicht mehr aufrechterhalten werden. Also, dachte Oprjadkin, würde das Kriegsgericht sagen, er hat uns vor den Deutschen gewarnt, und die Deutschen haben uns angegriffen, wie kann da von einer »Untergrabung der Wachsamkeit« die Rede sein, es muß nach etwas anderem gesucht werden. Für einen Mordanschlag auf die geliebten Führer, auch wenn er nicht ausgeführt wurde, könnte man den Schuft hinrichten, doch dieses Verbrechen wäre ein Kollektivverbrechen gewesen. Und wo waren die Panzeroffiziere, die das Attentat ausführen sollten? Diese Offiziere rüttelte es jetzt sicher mit ihren Panzern in einem Militärzug durch, oder sie waren mit diesen Panzern bereits in den Kampf gezogen. Das Hohe Gericht könnte fragen: »Was? Sind sie etwa in den Kampf geschickt worden? Hat man ihnen das Schicksal der Heimat anvertraut?« Und dann hätte man sie aus allen Kampfhandlungen herausnehmen müssen, in die sie sich vor dem Richterspruch gerettet hatten, oder, wenn sie es bereits geschafft hatten zu fallen, man hätte sie zur Identifizierung und um den Fall abzuschließen aus den Massengräbern ausgraben müssen. Doch Oprjadkin war der Aufenthaltsort der Panzeroffiziere unbekannt, und er konnte ihn auch nicht so schnell in Erfahrung bringen.

Das andere, dem ersten widersprechende Gerücht besagte, daß einige Fälle gar nicht mehr untersucht würden, das hieß, das Los der Untersuchungsgefangenen würde nicht in einem Prozeß und nicht individuell entschieden werden, sondern im Block, sogar in ihrer Abwesenheit. Denn wozu sollten sie noch beim Richterspruch anwesend sein und mit ihren Rechtfertigungen die teure Zeit der Gesetzeshüter stehlen, wenn die Tatsache ihrer Verhaftung für ihre Schuld schon Beweis genug war! Das Recht auf ein solches Schnellgerichtsverfahren war den Organen zu Beginn des Krieges zugestanden worden. Doch das gefiel Oprjadkin, ehrlich gesagt, nicht, denn dann waren ja all seinen Mühen, sein ausgeklügeltes Spiel, seine spitzfindigen Methoden, wertlos, das Interesse an seiner Arbeit wäre dahin gewesen. Und außerhalb dieses Interesses war der Oberleutnant der Staatssicherheit Oprjadkin ein sanftmütiger und guter Mensch. Es hätte für ihn keinen vernünftigen Grund gegeben, Kobrissow die Höchststrafe anzudrehen, wenn ihm das nicht die Schulterstücke eines Hauptmanns eingebracht hätte oder wenigstens einen kleinen Orden. Da die Version mit den Japanern entfiel, änderte Oprjadkin das Verhältnis zu seinem »Patenkind«; er entwickelte sogar Sympathie für ihn. Auch vor seiner eigenen Person hatte er, seiner Untersuchungsmethoden wegen, plötzlich Respekt, denn er ging mit seinem Gefangenen immerhin feinfühlig um, diskret, krümmte ihm kein Härchen, machte ihn nicht zum Krüppel. Er setzte ihm nicht einmal einen ordentlichen Dämpfer auf, das heißt, er demoralisierte ihn nicht durch Erniedrigungen, sondern bewahrte ihn im Gegenteil als wichtige Kampfeinheit für die Heimat auf. Reinen Herzens entfernte er aus Kobrissows Akte die bereits fertiggestellte Anklageschrift und legte eine andere, nur aus einer halben Seite bestehende, hinein. Darin hieß es, es gäbe zwar Gründe für eine Strafverfolgung, doch in dieser für das sozialistische Vaterland so unheilvollen Stunde sei es wichtiger, General Kobrissow in seinem Beruf zu nutzen. Ganz schuldlos könnten er und seine Offiziere nicht sein, denn die Organe irrten sich nie, aber ausnahmsweise könne man ihnen die Möglichkeit geben, sich durch Heldenmut und vergossenes Blut zu bewähren. Was die Panzer anbelange, die vor dem Mausoleum und der Regierungstribüne angehalten haben, so sei hierfür ein Gutachten zum Umgang mit solchen Verbrennungsmotoren erforderlich. Dem Gutachter stellte Oprjadkin eine Frage, die eigentlich schon die Antwort enthielt: »Kann ein Panzermotor auch dann versagen, wenn er vorher einer sorgfältigen Durchsicht unterzogen wurde? Wenn ja, können dann zwei Panzermotoren gleichzeitig versagen?« Der Gutachter, der andere Expertisen gewohnt war, schaute Oprjadkin verwundert an, begriff aber, was in diesem Fall von ihm verlangt wurde, und schrieb: Ein Versagen sei möglich, insbesondere bei jungen, unerfahrenen Fahrern, deren Nerven durch die Teilnahme an einem so großen Ereignis wie der Parade auf dem Roten Platz besonders strapaziert seien. Auch sei ein Versagen zweier Panzermotoren gleichzeitig durchaus möglich, da beide Besatzungen gleichermaßen unter Druck gestanden hätten.

Mit diesem Gutachten wurde Kobrissows Fall eingestellt. Alle weiteren Handlungen Oprjadkins, einschließlich des Anbietens von Kognak und der Torte, die er nicht von staatlichen Geldern, sondern von seinem eigenen gekauft hatte, dienten dazu, sein reines Herz von der Gewissenslast zu befreien.

So hatte sich Kobrissows Los entschieden. Er war nicht im Oktober als 26. in Kuibyschew oder Saratow erschossen worden, sondern stand im großen Korridor des Volkskommissariats für Verteidigung, in der Gruppe der Kommandeure, nicht weniger als hundert an der Zahl, die alle am selben Tag aus den Moskauer Gefängnissen entlassen worden waren. Darunter gab es Männer mit gebrochenen Rippen, die unter ihrer Militärbluse Korsettverbände trugen und heftigen Umarmungen auswichen, es gab welche mit abgerissenen Fingernägeln, die ihre Hände in Handschuhen versteckten und einen Händedruck mieden, es gab welche mit überpuderten blauen Flecken und herausgeschlagenen Zähnen, sie zogen es vor, nicht zu lachen. Es gab auch solche, die man, wie Rokossowski, zwei- oder dreimal zur Erschießung geführt und ihnen das Urteil verlesen hatte, um dann über ihren Kopf hinwegzuschießen, wonach die heil gebliebenen Köpfe innerhalb weniger Stunden ergrauten. Auch der war da, der wie ein Stier hinter der Zellenwand gebrüllt und damit seine Nachbarn um den Verstand gebracht hatte. Er war ein »Spanier«, das heißt, er hatte im spanischen Bürgerkrieg unter dem Namen »Camerad Juan Petrow« gekämpft und einer angeblichen Verschwörung mit Franco wegen beinahe sein Leben gelassen. Durch das allgemeine Gemurmel drang die entsetzte Stimme eines Mannes, der sich einer mehr als merkwürdigen Prozedur hatte unterziehen müssen: Am Morgen waren Leute zu ihm gekommen, hatten ihn zum Militärgericht gebracht und ihm befohlen zu unterschreiben, daß er über seine Freilassung und die Einstellung seines Verfahrens aus Mangel an Beweisen informiert worden sei. Er war aber nie verhaftet gewesen und wußte von keinem Verfahren. Und jetzt konnte der im nachhinein Erschreckte sich nicht beruhigen. Mit zitternder Stimme und einem hilflosen Lächeln fragte er, ob sie sich dort nicht doch noch eines Besseren besinnen könnten und ob seine Einladung hierher nicht bedeutete, daß man sich irgendwo dort oben plötzlich an ihn erinnerte und irgendwo dort unten etwas nicht richtig verstanden worden sei. Er redete und redete, er bekam fast einen hysterischen Anfall, bis man ihn anschrie und damit zum Schweigen brachte: »Wenn du weiter so rumjammerst, kommst du in des Teufels Küche. Spuck drauf und vergiß es!« Abgesehen von diesem Sonderling waren alle gehobener Stimmung, davon zeugten ihre Gesichter, die vor Begeisterung und Kampfbereitschaft strahlten. Es ist Krieg, sagten ihre Augen, ihre strengen, mageren Backenknochen, die Münder, in denen die Zähne noch nicht herausgeschlagen waren, jetzt beweisen wir es ihnen, wir beweisen es unserem Stalin, daß wir keine Volksfeinde sind. Wir lieben unser Volk und die uns allen teure Sowjetmacht und unseren Führer. Bisher hatten wir noch keine Gelegenheit, unsere Ergebenheit und Liebe unter Beweis zu stellen außer mit Schwüren und Tränen, doch Moskau glaubt bekanntlich Tränen nicht. Jetzt aber ist unsere Stunde gekommen, und ist es etwa unsere Schuld, daß die Deutschen uns das ermöglicht haben?

Plötzlich hieß es, daß alle anwesenden Kommandeure sich auf die eine Seite des Korridors zu stellen haben, weil auf der anderen gleich vorbeigegangen werde.

Sie stellten sich in einer langen Reihe auf, und jeder sah – nach Vorschrift – die Brust des vierten, die eigene mitgerechnet. Durch den gewölbeartigen Korridor gingen zwei Männer. Sie kamen aus einer hohen Tür und schritten bedächtig, einer hinter dem anderen, über den Läufer, der vordere in einer halbmilitärischen Joppe und Reithosen, die in weichen Lederstiefeln steckten, der hintere in einem Kittel und weiten Biesenhosen. Die Art, wie sie gingen und miteinander redeten, war irgendwie seltsam. Sie taten so, als ob die Offiziere, die achtungsvoll strammstanden, nicht existierten, als ob sie durch einen menschenleeren Saal gingen. Ohne sich umzudrehen, sagte der Vordere zu seinem Begleiter etwas Giftiges, und jener antwortete, indem er seinen Vordermann mal rechts, mal links zu überholen suchte und mit den Gläsern seines Zwickers funkelte. Sie redeten laut, schrien zeitweilig sogar, doch so undeutlich, daß Kobrissow ihre Rede als Lallen wahrnahm. Dennoch gab es keinen Zweifel, daß sie über die Menschen sprachen, an denen sie gerade vorbeigingen, ohne ihnen auch nur die geringste Beachtung zu schenken. Bewundernswert, wie die Kaukasier das fertigbringen, dachte Kobrissow, sie schirmen sich völlig von ihrer Umgebung ab, leben nur in ihrer Sprache, in ihrem Geschlecht, in ihrer Geschichte.

Der erste blieb vor ihm stehen und sagte etwas, was entweder ihm galt oder dem Begleiter. Dieser jedenfalls fuhr fort zu antworten und bemühte sich offenbar, den ersten zu beruhigen, wobei er seinen Zwicker zurechtrückte und schief grinste. Der Mann, der vor Kobrissow stand, war lächerlich klein und rothaarig und hatte ein grobes, pockennarbiges Gesicht. Er schaute Kobrissow haßerfüllt an, der hängende Schnurrbart sträubte sich wie bei einem fauchenden Kater, die groben, fleischigen Nasenflügel bebten, er zischte giftig und drohend. Im schweren Blick seiner tabakgelben Augen brannten Bosheit, Angst, und Verzweiflung, wie bei einem angeschossenen Wild, das gejagt wird. Während er Kobrissow ins Gesicht sah, überfiel diesen ein Schwindel, sein Körper wurde weich wie Watte und schien in ein Loch zu sinken, seine Beine drohten ihm den Dienst zu versagen. Es war, als wolle der Mann irgend etwas von ihm wissen, als widerhole er seine Frage, doch es antwortete der, der hinter ihm stand. Und gleich darauf drang ein Schimpfwort durch die gelben Raucherzähne. Kobrissow begriff nichts, entnahm aber dem undeutlichen Lallen, den gutturalen Lauten der abgehackten Rede deutlich die Worte »Feiglinge, Verräter! Wozu hat man die freigelassen! Keinem kann man vertrauen ...« Es klang wie wütendes Hundegebell. Der Anblick dieses fauchenden Mannes war erschreckend und würdelos zugleich – konnte sich so ein Militär benehmen, ja einfach ein Mann, der Führer! Denn der, der vor ihm stand, der Pockennarbige, der Gehetzte, Stammelnde war – Stalin.

Es hat nie eine Verschwörung gegen den Führer gegeben, wie sie immer behauptet haben, ging es blitzartig durch Kobrissows Kopf. Der Führer befand sich bei seinen Armeebefehlshabern, die bereit waren, für ihn zu sterben, er jedoch haßte sie und war mißtrauisch, er wünschte nicht, mit ihnen in einer Sprache zu sprechen, die sie verstanden. So, wie sich ein zu Tode erschrockenes Kind zur Mutter flüchtet, so flüchtete sich dieser Mann jetzt in seine georgische Muttersprache. Nachdem er ein ihm fremdes Land erniedrigt und vergewaltigt hatte, floh er in seine Kindheit nach Gori zurück, zu den Spielen der Knaben, zu seinem Priesterseminar, wo er sich darauf vorbereitet hatte, Pope zu werden. Und es war, als spucke er wie ein Lama in alle Gesichter, die ihm in bebender Erwartung zugewandt waren.

Kobrissow mußte alle seine Kräfte zusammennehmen, um sich nicht angeekelt abzuwenden oder sein Gesicht zu einer bösen, verächtlichen Grimasse zu verziehen. Der Führer ging weiter. Durch das angespannte Schweigen hörte man den schleichenden Schritt seiner weichen Stiefel. Es war der Gang eines Menschen, der auf georgischen Hochzeiten tanzt, aber nicht der feste Tritt eines Befehlshabers. Berijas Schritte waren deutlicher zu vernehmen. Als die beiden längst in der Zimmerflucht verschwunden waren, standen die Kommandeure noch immer schweigend und tief erschüttert da. Anscheinend wurde ihnen erst jetzt bewußt, was mit ihrem unglücklichen Vaterland geschehen war und welch schreckliches Schicksal es erwartete.

Als General Kobrissow in derselben Nacht im leeren, kalten Bauch eines Bombers zur Front flog, stand er noch immer unter Schock. Erst später, als er in seine Kriegsgeschäfte eintauchte und immer deutlicher merkte, daß das Schicksal des Vaterlandes am wenigsten von dem schleichenden oder harten Schritt des Führers abhing, sondern vielmehr von der Verfassung derer, die das beobachtet hatten, ging dieses beklemmende Gefühl vorüber. Der eigene Gemütszustand ist ja manchmal der Grund dafür, daß einer etwas sieht und hört, was in der Realität ganz anders ist. Am 3. Juli, als sich Kobrissow im Armeeradio die Rede des Führers anhörte, die durch Wasserglucksen unterbrochen wurde, glaubte er sowohl das Zittern in der Stimme des Redners zu hören als auch die unterdrückten Tränen und das Streben des Führers, jedes sich ihm öffnende Herz zu erreichen. Später jedoch, als er diese Rede in der Wochenschau sah, bestätigte sich diese Wahrnehmung nicht, denn die Ansprache zeichnete sich nur durch eines aus, nämlich durch die unerwartete Anrede »Brüder und Schwestern«. Er, Kobrissow, war es gewesen, bei dem es in den Ohren gezittert hatte, ihn hatte es danach verlangt, ein Glas Wasser an die ausgetrockneten Lippen zu setzen. Das Idol dagegen sprach gleichgültig, in ihm zitterte überhaupt nichts. Der Führer gab sich nicht einmal die Mühe, in seine Stimme auch nur den kleinsten Deut von Aufregung zu legen, und sei es aus Heuchelei. Er machte nicht den geringsten Versuch, in eine andere Rolle zu schlüpfen, er spielte die, die ihm schon immer eigen war. Denn er wußte im voraus, daß man ihn so nahm, wie er es wollte, unabhängig davon, ob es ihm gelang, das ergebene Auditorium mitzureißen oder nicht.

2

Der General glaubte, er würde keinen einzigen dieser Kriegstage aus dem Gedächtnis verlieren, sie waren tief in die Poren seiner Seele und seines Körpers gedrungen. Doch nach einem halben Jahr schon war vom Meer des Vergessens vieles verschlungen worden. Nur vereinzelt ragten kleine Inseln hervor, und dazwischen schaukelten sanft im Wellenschaum hochgetriebene Bruchstücke, die ans Ufer gespült wurden. So kam ihm zum Beispiel jenes sonderbare und traurige Ereignis in den Sinn, das er im Geist »Marsch auf Moskau« nannte.

Den dritten Tag des Krieges hatte er in der geräumigen Stube eines Steinhauses am Rande eines großen litauischen Dorfes in der Nähe von Jolgava erlebt, wo er dem Armeebefehlshaber ein Schreiben überbracht hatte, in dem stand, daß er die Dienststellung eines Divisionskommandeurs übernehmen sollte. Die Fenster in der Stube waren zur Vorsicht weit geöffnet und die Blumentöpfe vom Fensterbrett auf den Fußboden gestellt worden, denn schwere Detonationen in unmittelbarer Nähe betäubten die Ohren, und im großen geschnitzten Buffet klirrte das Geschirr. Seine Division, die er noch nie gesehen hatte, kämpfte in einer Entfernung von zwei Kilometern. Sie sollte Jolgava erobern, das den Deutschen kampflos überlassen worden war. Jetzt versuchte sie, es ihnen wieder abzuringen.

General Kobrissow war darüber informiert, daß sich der ehemalige Divisionskommandeur am Morgen des 22. Juni 1941 erschossen hatte. Er konnte sich nicht damit abfinden, daß er sich von den Deutschen nicht »provozieren« lassen sollte, also nicht zurückschießen durfte, obwohl seine Leute reihenweise fielen. Nach seinem Tod hatte der Stabschef das Kommando übernommen und beschlossen, »nach den Umständen« zu handeln, doch bald war auch er gefallen. Zum gegebenen Zeitpunkt hatte der Kommissar den Befehl, und der kannte keinen anderen Kampf als den Angriff. Allen dreien war die Möglichkeit des Rückzugsgefechts offenbar fremd. Anderenfalls wären sie vierzig Kilometer zurückgegangen, hätten sich in günstigen Abschnitten festgesetzt und in aller Ruhe auf den Gegner gewartet.

Der Armeebefehlshaber, ziemlich alt schon, kränklich und mit eingefallener Brust, saß zusammengesunken auf dem Sofa und preßte die Hände gegen seinen Bauch. Es war keine Verwundung, die ihn plagte, sondern ein Magengeschwür. Die Krankenschwester war bei ihm – eine üppige Frau, deren Fleischmassen aus der zu eng geschneiderten Feldbluse mit drei Leutnantsbalken quollen; auch die dicken runden Knie in fleischfarbenen Strümpfen ließen sich partout nicht vom Rock bedecken. Die Schwester saß mit offenem Kragen neben dem Armeebefehlshaber und liebkoste ohne Hemmung seine Glatze. Die Detonationen ließen ihr Fleisch ebenfalls erbeben, im selben Takt wie das Geschirr im Buffet. Die Furcht hatte sie gepackt, aber nicht nur um sich, sondern auch um den Befehlshaber. Von Zeit zu Zeit schob er ihre Hand beiseite, doch man sah, daß die Angst dieser

Frau ihm nicht unlieb war. Es schien, als helfe sie ihm sogar, eine wichtige Entscheidung zu treffen.

»Ich mache mir solche Sorgen um ihn!« gestand die Frau. »Hoffentlich kriegt er keinen Magendurchbruch.«

Kobrissow dachte, daß die beiden eigentlich einen anderen »Durchbruch« befürchten müßten, nämlich den der Kugeln, die ihnen das Kriegsgericht für die Aufgabe von Jolgava verpassen würde, aber er schwieg, als er die eingefallenen Schläfen mit den dünnen, schweißnassen Haaren sah: Wahrscheinlich waren die Schmerzen im Bauch alles andere als lustig.

»Na, na, beschwör es nicht«, sagte der Befehlshaber griesgrämig, dem die Gegenwart des Fremden peinlich war.

Er nahm noch einmal das Schreiben in die Hand, überflog es und legte es aufs Sofa. Da nahm die Frau das Schreiben und betrachtete es eingehend, woran er sie nicht hinderte. Kobrissow traute seinen Augen nicht.

»Gestatten Sie mir eine Frage«, sagte Kobrissow. »Warum muß Jolgava unbedingt eingenommen werden?«

»Was heißt, warum? Es gibt eine Direktive des Generalstabs, den Gegner hinter die Grenzlinie zurückzudrängen, das ist der Wille Stalins.«

»Hat er das so direkt befohlen – daß Jolgava eingenommen werden muß?«

»So etwas muß nicht befohlen werden, die allgemeine Situation verlangt es. Keine Handbreit Erde dem Feind.«

»Dann gestatten Sie mir eine andere Frage. Warum haben Sie Jolgava dann dem Feind überlassen?«

Die Frau schaute Kobrissow mit einem vorwurfsvollen Blick an, in dem deutlich zu lesen war: »Warum quälen Sie ihn? Sie sehen doch, er ist krank und leidet sowieso schon! … Und Sie selbst – haben Sie noch nie einen Fehler gemacht?«

»Ich übernehme ab sofort die Division«, sagte Kobrissow. »Wovon ich Sie hiermit in Kenntnis setze.«

»Ausgezeichnet! Ich hoffe, unter Ihrem Befehl …«

»Ich bin der Auffassung ...«

Kobrissow unterbrach ihn nicht, sondern nutzte ein kleines Zögern in der Rede seines Vorgesetzten: »Ich bin der Auffassung, daß sich die Division unter meinem Befehl geordnet zurückzieht.«

»Solch einen Befehl werde ich nie erteilen!«

»Ich werde ihn erteilen. Da Sie selber keine konkreten Pläne haben und sich in meinem Befehlsbereich befinden, schicke ich Sie ins Lazarett. Ins Divisionslazarett. Und das wird zuallererst evakuiert.«

»Ich könnte doch hier, im Sanitätsbataillon ... Bei meinen Truppen ...«

»Das schickt sich nicht für einen Befehlshaber. Es wird Ihnen peinlich sein vor den Verwundeten. Und für Sie selbst ist es unkomfortabel, die vielen Schreie ...«

Der Armeebefehlshaber blickte kläglich auf seine Krankenschwester – warum kränkt er mich? Den gleichen Blick schickte sie zu Kobrissow. Doch anschließend sah sie ihren Schutzbefohlenen lange und ausdrucksvoll an: »Mein Dummerchen, du begreifst überhaupt nichts, das ist unsere Rettung.« Schneller als er hatte sie verstanden, daß das die beste Lösung war. Ein anderer wollte das schwere Kreuz auf sich nehmen.

»Ich werde mir aber wie ein Verräter vorkommen«, sagte der Befehlshaber in einem Ton, mit dem man einen Satz beginnt, von dem man nicht weiß, wie man ihn zu Ende bringen soll. »Ich wälze alle Verantwortung auf Sie ab ...«

»Aber ich schicke Sie doch sozusagen gewaltsam weg, das hat doch nichts mit Verrat zu tun. Ich kann auch eine Wachmannschaft rufen, falls Sie sich einer ärztlichen Behandlung widersetzen.«

Nach zehn Minuten, die sie größtenteils in peinlichem Schweigen verbrachten, fuhr ein »Emka« vom Stab vor, der Befehlshaber stieg ein – nicht ohne liebevolle Unterstützung der Krankenschwester – und verschwand für immer aus Kobrissows Leben.

Nein, das war noch nicht das letzte Kreuz, das er auf sich nahm. Nach dem Rückzug aus Jolgava wurde deutlich – wenn überhaupt etwas deutlich werden konnte –, daß die gesamte Armee keine klar umrissene Aufgabe hatte und Kobrissow die Entscheidung nicht nur für seine Division, sondern auch für alle anderen vier gefällt hatte. Es stand die Frage, wer die Armee führen sollte?

Die fünf Divisionskommandeure trafen sich auf einer Waldlichtung, die von einem Gemisch aus Sand und Kiefernnadeln bedeckt war. Sie setzten sich um ein kleines Lagerfeuer, in dem Kartoffeln schmorten. Die Adjutanten bekamen den Befehl, sich in die Büsche zurückzuziehen. Das erste Wort hatte traditionsgemäß der Dienstgradjüngste, Oberst Swiridow, der in der Tat sehr jung aussah, wie ein Husar, er erklärte sich ohne viel Umstände zum Vorsitzenden der Versammlung und verlas den einzigen Punkt, der auf der Tagesordnung stand – die Wahl des Armeebefehlshabers. Selbst schlug er Gorjatschow als Kandidaten vor, der den Jahren nach der älteste Kommandeur in der Runde war.

Generalmajor Gorjatschow, voller Falten, im Mund Metallzähne, aber körperlich kräftig und fleischig, ehemaliger Kavallerist, nahm seine Mütze ab und entblößte damit seinen kahlgeschorenen Schädel, den er mit einem Taschentuch abwischte.

»Ich lehne die Kandidatur ab«, sagte er und schaute mürrisch auf sein Taschentuch. »Ich durchschaue die gegenwärtige Lage überhaupt nicht. Ich kann den Leuten nicht erklären, warum sie so handeln müssen und nicht anders. Ich weiß nicht, wohin ich die Leute führen, was ich von ihnen verlangen soll. Kobrissow weiß es. Vielleicht weiß er es auch nicht und tut nur so, als ob er es wüßte. Doch auch dafür braucht man Mut, und den habe ich nicht.«

Das Tuch hielt er zwischen zwei Fingern und ließ es ins Feuer fallen. Alle schauten gebannt zu, wie der Stoff sich kringelte, als sei er ein lebendiges Wesen, dem der Flammentod große Schmerzen bereite. Dann schauten alle schweigend auf Kobrissow.

»Ich weiß es auch nicht, Kollegen«, sagte er. »Ich tue so, als ob ich es wüßte, weil die Leute das Gefühl haben müssen, daß man sie nicht einfach im Stich läßt wie ein Kadaver am Straßenrand, daß sich jemand Sorgen um sie macht. Aus diesen Erwägungen bin ich bereit, die Armee zu übernehmen.«

»Wer möchte noch etwas sagen?« fragte Swiridow.

General Tschernomys, der verrußt und staubig aussah und dessen Hemd und Hose davon zeugten, daß er sich nicht zu schade war, durchs Feuer zu kriechen, sagte: »Ich hätte dennoch gern gewußt, was für einen Plan Kobrissow hat. Dann kann ich entscheiden, ob ich ihn und diesen Plan akzeptiere oder nicht. Es wäre auch nicht gut, wenn er allein die Verantwortung auf sich nimmt und wir uns aus allem raushalten. Die Heimat lieben alle heiß und innig, die Verantwortung nicht so sehr.«

Der letzte der Befragten, General Nowizki, nervös und erschöpft und offenbar sehr verwirrt, meinte gereizt, ja fast hysterisch, er würde jeden Befehl ausführen, wenn er nur endlich einen Befehl bekäme, deutlich und klar umrissen, er habe die allgemeinen Worte und die Schlamperei satt.

»Also, Kollegen«, sagte Kobrissow. »Einen Gegenangriff verspreche ich euch nicht, ich bin kein Vollidiot und auch kein Psychopath. Ich verspreche fluchtartigen Rückzug. Allerdings einen planmäßigen. Bislang kann ich bei den Vorgesetzten kein klares Konzept erkennen. Als meine Hauptpflicht sehe ich es an, die Armee zu retten.«

Swiridow schlug vor, alle sollten drei Minuten nachdenken.

»Die Hand werden wir nicht heben. Wer einverstanden ist, soll aufstehen und den neuen Befehlshaber nach Dienstvorschrift grüßen.«

Selbst blieb er stehen. Nach einer Minute erhoben sich alle schweigend.

Kobrissow, der ebenfalls aufstand und seine Hand an die Mütze legte, sagte: »Ich danke euch für das Vertrauen. Morgen, so Gott will, ziehen wir vor Sonnenaufgang langsam los. Und jetzt bitte ich euch, setzt euch wieder, vielleicht sind die Kartoffeln schon gar. Und wie ich sehe, hat Swiridow eine Feldflasche am Koppel hängen. Ich gestatte ihm, die Genossen zu bewirten.«

Später erfuhr Kobrissow, und es ging in die Annalen des Generalstabs ein, daß die ihm anvertraute Armee auf ihrem Marsch siebenmal eingekreist wurde und sich siebenmal befreite. Er selbst wunderte sich vor allem über diese Zahl. Man konnte nur auf sie kommen, wenn man voraussetzte, daß die Deutschen in geschlossener Front angegeriffen hatten und in jedem Ort, den sie eroberten, je eine Garnison zurückließen. Das hätte bedeutet, daß sie jeder Zeit freie Reserven gehabt hätten, um jeden neuen Punkt, der sich in ihrem rückwärtigen Gebiet bildete, zu blockieren – was in Wirklichkeit nie der Fall war. Wie hätten sonst breite Höhlen und Kavernen entstehen können, in denen sich Partisaneneinheiten ungehindert einnisteten und monatelang nicht angegriffen wurden und die Okkupanten ständig in Angst und Schrecken hielten? Der General selbst vermied es, von einem Einkreisungsring zu sprechen – um so mehr von einem zweifachen oder gar einem siebenfachen. Er zog es vor, von einem Hufeisen zu reden, das mit seiner Öffnung mal in die eine, mal in die andere Richtung zeigte, aber einen Ausweg gab es immer. Ein Hufeisen bringt Glück, denn es hat eine Öffnung. Und das traf auch für Kobrissow zu seine Armee mußte nicht einen Tag auf der Stelle stehen.

Die Tage waren kristallklar und windstill, der Brandgeruch wurde weit in die Gegend getragen, es schien, als marschiere die Armee durch ein ewiges Feuer, das sie von allen Seiten umgab. Es brannten das Gras und die Bäume, es brannten die Hütten, es brannten das Öl und der Stahl, die Elektroisolierung und der Gummi. Es brannte das Fleisch.

Die gesamte Masse seiner Truppen marschierte in drei Kolonnen, in zwei, drei Kilometern Abstand. Kobrissow bestand darauf, daß sie sich nicht panisch vorwärtsbewegten, sondern annähernd geordnet, damit es nicht nach Chaos aussah. So fiel es den marschierenden Soldaten leichter, die seelische Erschütterung des Zurückgelassenseins und der Ungewißheit zu überstehen. Troß und Lazarett wurden in die Mitte genommen, wie damals in der Schlacht von Saporoshje. Es gab eine Vorausabteilung, zwei seitliche und eine hintere Sicherungsabteilung, und zwischen ihnen war ein ständiger Nachrichtenaustausch möglich. Nachts verwandelten sich die Sicherungsabteilungen in Wachen. Als Kobrissow allerdings einmal überprüfte, wie sie ihre Wache schoben, traf er viele schlafend an, von grenzenloser Müdigkeit übermannt. Zum Glück waren die Zeiten vorbei, wo die Deutschen auch nachts schossen. Er befahl alle Schuldigen zu sich und sagte ihnen, sie hätten in dieser Nacht ihre Genossen verraten, diesmal könne er das verzeihen, doch in Zukunft würde ein Kontrolleur die Schlafenden erschießen, ohne sich die Mühe zu machen, sie vorher zu wecken. Doch er selbst überprüfte die Wachen nicht mehr und verlangte auch keine Meldung, er wußte, ihm blieb nichts anderes übrig, als sich mit der Situation abzufinden.

Die Deutschen, die ihnen anfangs im Nacken saßen, zeigten sich mal rechts, mal links, zeitweise marschierten sie auch vor ihnen her. Den ganzen Tag hörte man in der Ferne Motoren heulen und Hunderte von Panzerketten rasseln. Später erklärt man General Kobrissow und demonstriert es ihm auf der Karte, daß es seine kleine Armee fertiggebracht hatte, sich zwischen zwei Mühlsteinen hindurchzudrängen – zwischen der Panzerarmee Hoths und der Guderians. Es ist möglich, daß sich die beiden Koryphäen des Blitzkrieges nicht abgesprochen hatten, gemeinsame Operationen vermieden und sich auf keinen Fall mit ihren Flanken berühren wollten. Wehe, wenn das geschehen wäre! Später trennten sie sich ganz: Hoth schwenkte nach Leningrad ab, um sich mit Höppner zu vereinen, Guderian – zu Kleist, in Richtung Kiew.

Kobrissow wurde von Infanterie und motorisierten Einheiten verfolgt. Auch Flugzeuge setzten ihm pausenlos zu. Anfangs probierten die Deutschen mit großem Eifer, Truppenteile abzutrennen und einzukreisen, doch dann ließen diese Versuche nach. Warum? Möglicherweise konnte sich irgendein unterstellter General nicht entschließen, seinen Vorgesetzten davon Meldung zu machen, daß sich neben ihm eine russische Einheit in Richtung Moskau bewegte, dann wäre nämlich unweigerlich die Frage gekommen, warum diese russische Einheit bisher noch nicht zerschlagen worden sei. Eine andere Erklärung allerdings wäre wünschenswerter gewesen. Daß nämlich Kobrissows erstarkende Armee Respekt hervorrief und den Gegner zwang, sich in acht zu nehmen. Dabei machte sie den Deutschen kaum Ärger, sie verwickelte sich nicht in Kämpfe, sondern schlug Angriffe zurück und versuchte, bei der erstbesten Gelegenheit auszuweichen. Die Deutschen mußten glauben, sie handle in besonderer, geheimer Mission, die den Gegner nicht direkt berühre.

Wie General Kobrissow am Lagerfeuer versprochen hatte, bestand diese Mission darin, soviel Leute wie möglich zu retten, sie dahin zu führen, wo aus vorteilhaften Positionen heraus zum entscheidenden Angriff übergegangen werden konnte. Diese eine Aufgabe reichte aus, all seine Gedanken und Kräfte in Anspruch zu nehmen. Wenn die sich zurückziehenden Truppen die rückwärtigen Dienste nicht einholten, stand ihnen der Troß mit der Armeeversorgung zur Verfügung, also Zwieback, Mehl und Graupen, Fleisch- und Fischkonserven und Trockenfrüchte, Zucker, Fett, Hirsebrei und Konzentrate. Es gab Feldküchen und eine eigene Bäckerei. Vorauseilende Truppenteile deckten sich mit Lebensmitteln ein und durchstreiften die Kolchosfelder und Gemüsegärten. In den Dörfern nahmen sie sich, was ihnen unter die Finger geriet. Doch die Pfründe entlang der baltischen Ostseeküste waren bald zu Ende und der Wechsel auf weißrussischer Erde sofort zu spüren: Plötzlich erblickte man niedrige, armselige Hütten, rachitische Kinder und vergrämte Erwachsene, morastige, karge Niederungen. In diesem Landstrich gab es stellenweise nur Kartoffeln und Milch. Vieh irrte herum, Reste einer Herde, die nach Osten getrieben wurde, um nicht den Okkupanten, nun auch nicht den Okkupierten, in die Hände zu fallen. Diese brüllende, blökende und hungrige Herde wurde von deutschen Flugzeugen beschossen, aber auch von Viehtreibern oder Flüchtlingen. Das verwundete Vieh wurde weder veterinärmedizinisch versorgt noch vergraben, es verweste in der unerträglichen Julihitze stinkend am Wegrand. Die gesunden Tiere rannten in die Wälder und kehrten auf ihre Höfe zurück, wo sie eine Beute der Armee wurden. Die Versorgungsdienste und die sich selbstverpflegenden Beutemacher sahen keinen Unterschied zwischen staatlichem und privatem Vieh, und das hatte, wie sich später herausstellte, schlimme Folgen.

In der Nähe von Molodetschno schnitten die Deutschen durch einen Stoß in die Flanke die Vorausabteilung ab und ließen dazwischen Fallschirmjäger landen. Der gesamte Stab mit Kobrissow befand sich nun in einem Kessel – und zwar in einem Feuerkessel: Der Wald, in dem es trotz Feuchtigkeit viel Trockenholz gab, wurde von verschiedenen Seiten mit Flammenwerfern und Brandbomben angezündet. Die Feuerwalze rollte erbarmungslos heran, brennende und schwelende Holzstücke krachten und knisterten. Die Leute ließen sich in panischer Angst auf die Erde fallen, deren feuchter Geruch die Luft zu ersetzen schien, die immer dünner wurde. Nacken und Ohren brannten vor Hitze. Doch die heiße Luft und der Rauch nahmen ihnen die Angst vor den Kugeln. Der General, der keine Gefahr mehr wahrnahm und nur nach Luft lechzte, führte seine Leute in einem waghalsigen Akt durchs Feuer. Sie mußten durch eine breite Schneise kommen, die von Deutschen auf Motorrädern pausenlos beschossen wurde. Eine derart genaue Einkreisung hätte die deutsche Luftaufklärung allein nicht durchführen können, zweifellos hatten Ortsansässige ihnen Informationen zukommen lassen. Doch daran dachte Kobrissow nicht, als sie die unter starkem Beschuß liegende Trasse durchquerten. Sie sprangen über die Gefallenen hinweg, die es nicht geschafft und mit ihren Körpern die Glücklicheren gedeckt hatten. Berauschender Sauerstoff drang in die

Lunge, die zu zerplatzen schien, der ausgetrocknete Kehlkopf schmerzte. Im kühlen Wald, in dem sie nach ihrer Hetzjagd verschnauften, fanden sie Mulden, in denen noch Wasser vom Mairegen stand. Es war faulig, stank und war mit Entengrütze und Froscheiern bedeckt. Die Soldaten knieten nieder, gruben mit ihren Stahlhelmen mehr oder weniger saubere Trichter, schöpften Wasser und tranken und tranken …

Er hatte damals vier volle Stahlhelme ausgetrunken. Erst dann hatte er den Schmerz wahrgenommen und das Blut im Stiefel.

Es wäre auch seltsam gewesen, wenn er nicht seine zwei obligatorischen Kugeln abbekommen hätte, die glücklicherweise nicht bis zum Knochen gedrungen waren. Laufen konnte er allerdings nicht mehr, sie schleppten ihn zuerst auf einer Trage, die sie aus zwei Ästen und einem Mantel gebaut hatten, dann besorgten sie ihm ein Pferd mit Sattel.

Er ritt, das verbundene Bein auf den Zügeln, langsam voran – schwach und hilflos. Ohne die Unterstützung eines anderen konnte er nicht absteigen, um seine Notdurft zu verrichten. Doch hoch zu Roß ähnelte er einem Krieger aus einer russischen Sage. Obwohl er es selbst nicht merkte, strahlte er Kraft aus, die Kraft eines Menschen, der wußte, wohin er seine Leute führen mußte. Hätte er in einem Jeep gesessen, wäre hin und her gehastet, hätte energisch seine Befehle erteilt, dann hätte man ihn kaum wahrgenommen. Ein Mann auf einem Pferd aber, der in aller Ruhe dahinreitet und sich seinen Gedanken hingibt, steht im Zentrum der Aufmerksamkeit. Er befindet sich über den Köpfen der Menge und beherrscht sie mit seinen Sorgen und Hoffnungen.

Er ritt mit lockeren Zügeln, die Hände auf dem Sattelbogen, das Gesicht vor Schmerz verzogen, und bemerkte die Blicke der anderen, die ständig auf ihn gerichtet waren, gar nicht.

Weit ins Land drang die Nachricht von dem General, der Kräfte sammelte für den Widerstand.

Das Bein war dick und rot, bis zum Knie wie ein riesiges Geschwür, es sah nach Wundbrand aus. Da gab es nur eine Lösung, das Bein abbinden und mit einer Klinge amputieren. In einem Dorf in der Nähe von Orscha setzte ihn die Hausherrin auf einen Stuhl, rollte das Hosenbein hoch, legte einen mit einer übelriechenden Essenz aus Kräutern und Wurzeln getränkten Lappen auf das Geschwür, besprach die Wunde und rieb sie mit der Spucke einer Kuh ein, die ihr verwundetes Kälbchen abgeleckt hatte. Niemand weiß, welche Ingredienzien hier wirkten, doch am dritten Tag ging die Geschwulst zurück.

Er konnte sich nicht mehr daran erinnern, wann der neue und, gelinde gesagt, merkwürdige Mensch neben seinem Pferd erschienen war – Brigadekommissar Kirnos. Eines Tages gewahrte er ihn aus der Höhe seines Sattels unter sich, wie er in mürrischer Versunkenheit neben ihm ausschritt. In jeder beliebigen Gruppe von Soldaten wäre er sofort aufgefallen, weil er wie eine Zivilperson aussah: schwere, wasserdichte Stiefel mit steilen Schäften, die viel zu weit waren für seine Storchenbeine, eine zu lange Feldbluse, die von einem Koppel zusammengehalten wurde, eingefallene Brust und Kugelbauch. Irgendwie erinnerte er Kobrissow an einen kranken, aufgeplusterten Vogel aus der Familie der Kraniche, vor allem durch seine leidenschaftlich brennenden schwarzen Augen, den unruhigen, ja fieberhaften Blick und die spitze Nase. Kobrissow fiel ein, daß dieser Kirnos in der Division, die er übernommen hatte, als Kommissar fungierte und daß er es gewesen war, der den Gegenangriff auf Jolgava aufgestellt hatte. Wie viele Kommandeure empfand der General keine besondere Sympathie für Politarbeiter, und so hatte er ihn gleich von der Befehlsgewalt entbunden und gebeten, sich künftig nicht in Militärangelegenheiten einzumischen. Man hätte von ihm Empörung erwarten können, aber nein ... Sichtbar erleichtert gab Kirnos seine Funktion an einen der Regimentskommandeure ab, den er selbst dem General empfohlen hatte, und nun schritt er stundenlang neben ihm her, als wäre er an ihn festgebunden.

»Womit kann ich Ihnen dienen, Kommissar?« fragte der General ironisch.

»Sie haben einen Rhombus am Kragenspiegel und ich habe einen«, entgegnete Kirnos düster. »Wir können ruhig ›du‹ zueinander sagen.« Er sprach, als dulde er keinen Widerspruch. Und der General hatte nicht die Geistesgegenwart, sich ihm zu widersetzen. Kirnos' Feldtasche, die so schwer war, daß sie ihm die Schulter herunterzog, war prall gefüllt und ging nicht mehr zu; der General vermutete darin Wechselwäsche, Handtuch, Seife und Rasiersachen, doch es war anders. Auf die Frage, womit die Tasche so vollgestopft sei, zeigte Kirnos ihm stolz einen Packen schmaler Büchlein, teilweise eingewickelt, teilweise in himbeerroter Farbe leuchtend.

»Parteibücher«, erklärte er. »Von einem gefallenen Kommunisten muß das Parteibuch aufbewahrt werden. Das ist der Beweis, daß er nicht umsonst gelebt hat und nicht umsonst gestorben ist.«

Er erzählte dem General, daß er gleich in den ersten Kriegsstunden angefangen hatte, die Dokumente einzusammeln, jetzt kämen nach jedem Kampf, jedem Beschuß und jedem Bombenangriff neue hinzu. Der General erfuhr, daß er zwischen den Gefallenen hin und her gehe und ihre Taschen durchsuche, die sich bei einem einfachen Soldaten in der Militärhose befinden; um an sie ranzukommen, müsse er das Koppel lösen und die Hosen aufknöpfen. Nicht ohne Verdruß erzählte er dem General, daß es ihm bei weitem nicht gelinge, alle Parteibücher einzusammeln. Am Abend zuvor zum Beispiel habe er mit einem Bataillonskommandeur am Ufer eines Flüßchens gesessen, sich unterhalten und geraucht, als sie plötzlich von der Detonation einer frechen Granate durch die Luft gewirbelt worden seien. Er selbst war heil geblieben, aber bis jetzt dröhnten seine Ohren, und er sei immer noch fast taub – doch das gehe vorüber. Der Oberkörper des Bataillonskommandeurs jedoch sei übers Flüßchen geschleudert worden. Es tue ihm unendlich leid um den wahren, begeisterten Kommunisten, aber noch mehr ärgere ihn, daß das Parteibuch in der Tasche der Militärbluse sei. Vielleicht wäre es möglich, jemanden rüberzuschicken, es zu holen, es sei immerhin ein Andenken an einen Kommandeur der Roten Armee, ganz abgesehen davon, daß das Parteidokument vom Feind mißbraucht werden könnte.

Den General schwindelte es leicht, als er Kirnos von dieser völlig irrealen Idee sprechen hörte, doch noch mehr frappierte ihn der Gedanken, daß solch ein dünnes Büchlein wahrscheinlich länger lebte als eine Holztafel über einem Soldatengrab. Dazu kam, daß Kirnos' Informationen genauer waren als die auf der Tafel. In die Spalte »Parteibeiträge« zum Beispiel schrieb er: »Gefallen am 16. Juli 1941 im Kampf um das Dorf Barybino«, und es folgten die genauen Koordinaten dieses Kampfes.

»So was, und die Parteilosen werden wohl nicht registriert?« wollte der General fragen, unterließ es aber.

»Das Flüßchen ist schmal, Jewgeni Nathanowitsch«, sagte er so ernst wie möglich. »Du kannst selbst rüberschwimmen.«

Kirnos hob sein leidgequältes, von einer schamhaften Grimasse verzerrtes Gesicht zu ihm auf. »Ich kann nicht schwimmen, Foti Iwanowitsch. Ich konnte es noch nie.« Dann sagte er noch, er fürchte sich vor nichts, aber das Schrecklichste im Krieg sei für ihn das Forcieren von Wasserhindernissen.

Auch im brennenden Wald blieb er neben dem General, rannte aber nicht wie die anderen über die unter Beschuß liegende Schneise, er überquerte sie mit Kranichschritten und fürchtete um seine wertvolle Tasche mehr als um sein Leben.

Er war es auch, der gesagt hatte, daß die Ortsbewohner die Deutschen auf sie gehetzt hätten. Und dann begann er, immer noch ungläubig, zu erzählen, wie die zurückweichende Rote Armee durch Kaunas gezogen war und von den Bewohnern der Stadt verabschiedet wurde: »Jemand hatte das Gerücht in Umlauf gebracht, die Deutschen hätten Fallschirmjägereinheiten über der Stadt abgesetzt, jedenfalls haben wir unseren Soldaten alles so erklärt. In Wirklichkeit aber waren das keine deutschen Fallschirmjäger. Die hätten geschossen oder Handgranaten geworfen. Doch auf unsere Leute fielen Blumentöpfe, Teer, Ziegelsteine, manchmal haben sie auch Nachttöpfe über ihre Köpfe entleert! Ich mußte einen politischen Bericht schreiben und wußte nicht, wie ich ihn formulieren sollte. Einfluß feindlicher Propaganda? Oder daß sich jetzt die wahre Einstellung des litauischen Volkes zeigt, das noch nicht vollständig in die gleichberechtigte Familie der Sowjetvölker eingegangen ist, weil es in den zwei Jahren das neue Leben noch nicht angenommen hat? Ich konnte nicht schreiben, es seien nur einzelne Bürger gewesen, wenn es fast die ganze Stadt war. Und wenn es das Volk war, wogegen hat es sich aufgelehnt? Doch nicht gegen den Abzug der sowjetischen Truppen!«

»Willst du das für dich selbst klären?« fragte der General. »Oder für den Politbericht?«

»Ich mache keinen Unterschied zwischen der Partei und mir.«

»Das hab' ich gemerkt, daß du keinen Unterschied machst. Aber an wen konkret schreibst du den Bericht?«

»An die Partei. Doch nicht an die jetzige, die verdorben und besudelt ist, die die besten Genossen umgebracht hat, sondern an die, die kommen muß und auch kommen wird.«

»Ach so, na, das kann noch dauern ... Also schreibst du für dich ... Weißt du, sie haben sich nicht aufgelehnt. Sie haben nur ihre Wut an euch ausgelassen.«

»Aber was haben wir ihnen denn getan? Womit haben wir ihnen die Suppe versalzen?«

»Gibt es da etwa nichts? Wir haben uns ohne Aufforderung in ihr Land eingeladen. Haben uns breitgemacht wie die Herren.«

»Sie haben uns doch selbst gerufen! Sie wollten sich doch angliedern! Mit der Mehrheit der Stimmen!«

»Jewgeni Nathanowitsch, welches Land hat jemals eine Armee auf seinen Grund und Boden geholt?«

»Wie?! In Geschichte müßte man sich auskennen. Anfang des Jahrhunderts haben die Armenier die russische Armee gegen die Türken zu Hilfe gerufen.«

Der General hörte davon zum erstenmal und sagte kurz: »Na ja, die Armenier.«

Nach einer Stunde, die Kirnos in mürrischem Schweigen verbracht hatte, sagte er zu Kobrissow: »Du hast dir eine weise Taktik ausgedacht – du erklärst und verzeihst alles.«

Doch der General hatte sich überhaupt keine Taktik ausgedacht, er war lediglich davon überzeugt, daß alle Menschen, die ihn umgaben, unschuldig seien. Nicht sie waren dafür verantwortlich, daß die ersten Kämpfe an der Grenze verloren worden waren. Nur ein Idiot hatte ihnen befehlen können, dort zu kämpfen und eine ausgedachte und zufällige Flußlinie als Kampfgrenze anzusehen. Und wo war sie genau, in der Mitte des Flusses? Auf diese Weise hatten sie es den Deutschen leichtgemacht – die konnten auf den Schultern der sowjetischen Soldaten bereits befestigte Positionen erobern, die eigentlich als Verteidigung gedacht und jetzt sinnlos geworden waren. Kobrissow kannte die Version vom Überraschungsfaktor, der den Deutschen einen zeitweiligen Vorteil gebracht hatte, aber die einzige Überraschung hatte darin bestanden, daß der größte Feldherr aller Zeiten und Völker, Stalin, sich als Ignorant und Deserteur erwiesen und ganze elf Tage das Kommando niedergelegt hatte. Wie sollte man danach Soldaten für schuldig erklären, die ihre Kragenspiegel abrissen und ihre Dokumente vergruben? Oder die, die die Hände hoben, doch dann aus der Gefangenschaft flohen, um sich zu den eigenen Leuten durchzuschlagen? Der General wies an, jeden, aber auch jeden in seine Armee aufzunehmen und keinem einen Vorwurf zu machen. Hast du dein Rangabzeichen abgedreht, bist du eben jetzt einfacher Soldat. Hast du dein Gewehr weggeworfen, nimm dir eins von einem Gefallenen, oder hol dir eins beim Feind. Habt ihr eure Fahne verloren, dann schließt euch einer Einheit an, die noch eine hat. Wenn ihr unbedingt eine Fahne braucht …

Manchmal lief Kirnos stundenlang neben ihm her, als nehme er den im Schritt reitenden und in schwere Gedanken vertieften General überhaupt nicht wahr. Einmal öffnete er seine blaßlila Lippen und fragte: »Foti Iwanowitsch, sag, ziehst du dich zurück, oder greifst du an?«

»Wie meinst du das?« fragte der General verwundert.

»Du hast gesagt, die Hauptsache ist, den Feind abzuhängen, dafür kann man vieles opfern. Doch wir hängen ihn ja gar nicht ab. Wir existieren auf unerklärliche Weise neben ihm.«

»Wir müssen ihn einfach in Ruhe lassen, dann läßt er uns ebenfalls in Ruhe. Warum sollen wir es ihm leichtmachen und uns im Kampf preisgeben? Je mehr du die Zähne fletschst, desto mehr weiß er von dir.«

»Aber ich sehe doch, daß einige Einheiten Geschütze mitschleppen – ohne Munition! Warum wird dafür sinnlos Energie verschleudert? Die Pferde reichen sowieso nicht. In Kaunas haben wir die gesamte Artillerie in den Neman geworfen, weil die Munition ausgegangen war. Wir haben die Motoren eingeschaltet und die Kanonen ins Wasser fahren lassen.«

»Mensch, was wart ihr für Verschwender!«

»Damit sie dem Feind nicht in die Hände fielen!«

»Aber so habt ihr sie auch selbst verloren! Wir schleppen unsere Kanonen mit, weil man Munition leichter kriegt als Geschützrohre, Jewgeni Nathanowitsch. Für diese Kanönchen, für diese 76er, kriegen wir bestimmt Munition. Außerdem tut's einem leid, sie einfach wegzuwerfen. Allein die Richtaufsätze kosten Unmengen Geld!«

Kirnos schritt wieder fast eine Stunde schweigend neben ihm her, dann fragte er: »Du hast mir meine Frage nicht beantwortet: Greifst du an, oder ziehst du dich zurück?«

»Das weiß ich selber nicht«, entgegnete der General. »Ich marschiere nach Osten, nach Rußland. Ich möchte mit der Speerspitze die Wolga berühren, verstehst du. Man sagt, es steht eine Kapelle da, wo sie entspringt. Dort werde ich mich hinsetzen und nachdenken – dann sage ich dir, ob Rußland noch lebt oder schon tot ist.«

»Hast du keine Wut im Bauch?«

»Doch, Jewgeni Nathanowitsch. Große Wut.«

»Auf die Deutschen?«

»Nicht nur auf die Deutschen. Mehr noch auf die Eigenen.«

»Und das Gefühl der Rache – brennt es in dir?«

»Ja, an manchen Leuten würde ich mich gerne rächen ...«

»Dann sag' ich dir«, verkündete Kirnos feierlich, mit leuchtendem Gesicht und brennenden Augen, »greifst du an!«

Der General zuckte mit den Achseln und antwortete: »Ich gehe als freier Mensch über meine Erde. Niemand jagt mich, niemand steht mir im Weg. Doch meine Seele ist traurig.«

Kirnos schaute sich um, ob auch niemand ihr Gespräch belauscht, und sagte dann, indem er seine Stimme zu einem pfeifenden Krächzen senkte: »Es kann doch nicht sein, daß bloß wir so sind! Es heißt doch, daß alle Erdbewohner vernünftige Wesen, die einzigen im ganzen Weltall, sind. Warum gibt es in Rußland nicht noch mehr solche Menschen wie du und ich und all unsere Leute? Bedenke doch nur, was für riesige Heerscharen sich jetzt auf Moskau zubewegen! Und wieviel Haß sie in sich tragen, wieviel Kränkung sich angesammelt hat. Aber das sind keine Armeen, das sind Horden, unorganisiertes Gesindel. Du bist jetzt vielleicht der einzige Kommandeur, der eine Armee führt, Foti Iwanowitsch! Ich denke die ganze Zeit über diese Kanonen nach und komme zu dem Schluß, daß du recht hast. Wir müssen uns völlig neu mit Waffen eindecken. Damit wir alles besitzen, was wir brauchen!«

Der General, dem die vierzig Tage, die er im Lubjanka-Gefängnis gesessen hatte, einen gehörigen Schreck gekriegt hatte, hätte befürchten können, daß ihn dieser Kirnos provozieren wollte, wäre sein Gesprächspartner nicht so grenzenlos naiv und offenherzig gewesen. Wenn das eine Intrige war, mußte dieser Kirnos ein genialer Schauspieler sein.

»Sieh mal an, du bist ja ein richtiger Besitzergreifer«, sagte der General grinsend. »Vielleicht führen wir auch ein eigenes Kriegsgericht ein? Eine eigene Hauptwache?«

»Ich mache keine Witze.«

»Ich auch nicht, bisher besitzen wir nur eigene Gefangene und wissen nicht, wohin damit.«

Sie hatten ungefähr ein Dutzend gefangengenommener »Zungen«, die man trotz ihrer Wertlosigkeit nicht einfach gehen lassen konnte, denn dann wären sie für die Deutschen zu »Zungen« geworden. Erschießen wollte er sie nicht, warum auch. Sie waren gehorsam, ertrugen geduldig alle Strapazen des Marsches, forcierten Flüsse Seite an Seite mit ihrem einzigen sowjetischen Wachsoldaten, den sie vergötterten und mit Essen aus der Feldküche versorgten, und wenn er sich hinlegte, um zu schlummern, bewachten sie seinen Schlaf und sein Gewehr. Sie schienen glücklich zu sein, weil der Krieg für sie vorbei war, zum absoluten Glück fehlte ihnen nur noch die Gewißheit, daß man sie nicht erschießt.

»Eine eigene Artillerie, ein eigenes Lazarett«, zählte Kirnos träumerisch auf. »Wir werden auch eigene Panzer und eigene Flugzeuge besitzen ...«

»Du schwebst in den Wolken, Jewgeni Nathanowitsch«, unterbrach ihn der General. »An stinknormale Patronen sollten wir denken, und du redest von Panzern ... Ein Lazarett haben wir schon! Du solltest mal deine Nase hineinstecken. Was charakterisiert eine Armee vor allem? Das Verhältnis zu den Verwundeten. Gott sei Dank lassen wir sie nicht liegen, so tief sind wir noch nicht gesunken, aber richtig versorgen können wir sie nicht. Für mein Bein hat das Verbandszeug gereicht, doch den anderen Soldaten machen die Schwestern Liebesgeschenke: Sie zerschneiden ihre Unterwäsche und verbinden damit die Wunden. Und legen Wegerich auf. Sie zerkauen ihn und legen ihn auf ...«

»Aber die Wunden verheilen doch, Foti Iwanowitsch!«

»Ja, ja, sie verheilen.«

»Wir werden bei unserem Marsch so viel in Besitz nehmen, wie wir können. Ich werde alles dazu tun. Und dann auf nach Moskau. Wir müssen den Gegner überholen, damit er nicht auf unseren Schultern dort einreitet!«

»Na, ein guter General würde so etwas nie zulassen. Aber warum sollen wir ihm zuvorkommen? Überfällt ein Bär einen

Jäger und will ihn zerreißen, weißt du, wohin dann ein treuer Hund den Bären beißt? Nicht in die Schnauze, nein, er schnappt nach seinem Hintern. Auch ich werde den Fritz am Hintern fassen, wie dieser Hund. Und solange der Fritz nicht seine Beziehungen mit mir geklärt hat, marschiert er nicht in Moskau ein.«

»Wir marschieren in Moskau ein, Foti Iwanowitsch!« rief Kirnos, dessen hagere Wangen von einer blauschwarzen Mähne überwuchert waren, laut. »Den Verteidigungsring zu durchbrechen wird uns ein leichtes sein, ach, es wird überhaupt keine Verteidigung geben, alles ist an der Grenze kurz und klein gehauen worden. Die vielen Reserven, von denen die Rede ist, sind pure Propaganda, das weiß ich besser als jeder andere. Das einzige, was sie dort haben, sind drei NKWD-Regimenter. Die Kreml-Division kann man vergessen, die ist für die Ehrenwache da, eine Operettentruppe. Und bestimmt hat sie sich schon längst aus dem Staub gemacht.«

»Wir hören ja schließlich Radio«, gab Kobrissow zu bedenken. »Unser geliebter Führer hat aus dem Kreml gesprochen.«

»Bist du dir da so sicher? Wenn man dir sagt, hier spricht Radio ›Komintern‹, glaubst du gleich, es kommt aus Moskau! Vielleicht senden sie schon aus dem Ural! Aus Sibirien! Vom Polarkreis! Nein, wie naiv du bist!«

»Vielleicht ist es so. Aber irgendwas sagt mir, daß Moskau noch nicht gefallen ist!«

»Das redest du dir ein. Das ist ja die reine Vogel-Strauß-Politik. Du hast also noch nicht kapiert, daß alles zu Ende ist. Du mußt nicht nur die Armee übernehmen.«

»Was denn noch?« fragte der General erschrocken.

Kirnos schaute zu ihm auf und rief mit zerquältem Gesicht: »Alles! Buchstäblich alles!«

»Na, na«, sagte der General versöhnlich, »du bist ja ganz schön in Hitze geraten, nimm dir aus meiner Patronentasche die Feldflasche, trink ein Schlückchen Wodka ...«

Kirnos fuhr in seiner Rede fort, als hätte er die Worte des Generals gar nicht wahrgenommen, vielleicht hatte er sie auch wirklich nicht gehört: »Auf dich kommt eine historische Aufgabe zu: Du mußt die gesamte Führung des Landes auf dich nehmen, du mußt dich zum alleinherrschenden und bevollmächtigten Diktator erklären. Jawohl, zum Diktator. Und wer sich widersetzt, dem wird ein Ultimatum gestellt. Wer dich nicht anerkennt, wird gnadenlos erschossen. Jawohl! ›Wenn der Feind sich nicht ergibt, wird er vernichtet.‹«

»O Herr, vergib ihm ...«, wandte der General geduldig ein, als wolle er einen Kranken beruhigen. »Du hast dir ja eine schöne Beschäftigung für mich ausgedacht.«

»Das hab' ich mir nicht ausgedacht. Die Umstände erfordern es.«

»Und warum ich? Warum ausgerechnet ich?«

»Weil es sonst niemanden gibt.«

Eingedenk seiner Worte, daß »es doch nicht sein kann, daß nur wir so sind«, fügte Kirnos noch hinzu: »Vielleicht finden sich noch ein paar Dutzend Generale, die von dieser Schlamperei ebenfalls die Schnauze voll haben. Dann kann es meinetwegen einen Rat geben. Oder eine Militärjunta. Weiß der Teufel, wie es heißen wird, unwichtig, Hauptsache, unser Land wird gerettet, die Errungenschaften der Revolution! Aus bestimmten Gründen glaube ich, daß du der Oberste sein mußt. Und ich dein Kommissar. Ich werde dir helfen, viele Fehler zu vermeiden ...«

»Eigene Fehler machst du wohl keine?« dachte der General bei sich.

Den Rest des Weges schwieg Kirnos, er war in seine rätselhaften Gedanken vertieft. Erst in der Hütte, beim Abendbrot, fing er wieder an, als sei die alte Hausfrau, die ihnen Pellkartoffeln, Zwiebeln und eine Flasche trüben Selbstgebrannten auf den Tisch gestellt hatte, überhaupt nicht anwesend.

»Man kann dich zum Militärdiktator ernennen«, sagte er, die Kartoffel mit der Pelle kauend. »Doch besser zum Volkspräsidenten. Den die Armee im Ausnahmezustand gewählt hat. Das widerspricht nicht dem Geist des Marxismus-Leninismus, und wenn du willst, auch nicht der Lehre vom bewaffneten Aufstand. Für die Rettung der Revolution ist jedes Mitteln recht.«

Die Hausfrau, die sie eingeladen hatten, gemeinsam mit ihnen zu trinken, schaute erschrocken und hochachtungsvoll auf Kirnos. Sie verstand vielleicht nicht alles aus dem Gespräch und war sicher auch nicht sehr erfreut, solche Töne zu hören in ihrer armen Hütte, die am Tag zuvor noch von den Deutschen besetzt gewesen war. »Wie mögen diese Worte aus alten Zeiten wohl in ihren Ohren klingen – süß oder bitter?« fragte sich der General, als er einen Schluck von dem Getränk nahm, das so wohltuend im Bauch brannte. Und er dachte auch noch daran, daß der Oberste Befehlshaber wahrscheinlich recht hatte, wenn er überall Feinde witterte. Im Grunde konnte jeder einer sein. Aber er war ja selbst schuld an dieser Feindschaft.

Der General wollte Kirnos schon fragen, was er von diesem Gedanken halte, schwieg aber lieber. Solche Fragen konnte man auch im Rücken der Deutschen nicht stellen. Übrigens fing Kirnos von selbst damit an, als das Gespräch etwas trunkener wurde, er schlug mit der Hand auf den Tisch und fuchtelte mit seinem langen, krummen Finger vor der Nase des Generals herum: »Er ..., du weißt, wen ich meine, muß gestürzt werden. Das ist das erste, was wir tun müssen! Und er muß vom ganzen Volk gerichtet werden. Er soll sich für alle seine Verbrechen verantworten.«

Obwohl er ähnlich dachte, hatte der General den Wunsch zu widersprechen: »Warum hast du solch eine Wut auf ihn? Womit hat er dich persönlich gekränkt?«

»Ich verstehe deine Frage: ›Was wärst du, du ungestümer Jude, wenn nicht die Revolution und die Sowjetmacht gewesen wären? Du hättest deine Nase nicht aus deinem Laden im Schtetl hinausgesteckt, in dem alle deine Vorfahren bis zum vierten Glied gehandelt haben.‹ Ich mache Spaß, Foti Iwanowitsch ... Das kommt vom Saufen … Ich antworte also: Die Sowjetmacht hat mir persönlich nichts Böses getan. Mir hat die Revolution sozusagen alle Wege geöffnet. Ich habe eine politische Bildung, die du nicht hast, ich habe die Möglichkeit, ein Leben nach meinen Ideen zu führen, ein geistiges Leben. Na und, muß ich ihm deshalb das Jahr 37 verzeihen?«

Der General sagte erstaunt, er hatte genau diese Antwort erwartet: »Was ist an diesem Jahr so bedeutsam, erkläre mir das gütigst! Ich habe davon läuten hören … in einer Einrichtung, in der ich vierzig Tage zugebracht habe: ›Jetzt geht's ja noch, aber im Jahr 37!‹ Was war 1937? Da haben sie bloß die ›eigenen Leute‹ geholt, die früher die anderen geholt haben, nicht mehr. Tuchatschewski hatte wohl vergessen, daß er die Leute vom Kronstädter Aufstand auf dem Eis erschießen und in die Eisspalten versenken ließ? Erst als es ihm selbst an den Kragen ging … Die Hauptsache ist der eigene Kragen. Nein, ich bin Stalin wegen 37 nicht böse. Allein dafür, daß er Béla Kun erschossen hat, müßte man ihm ein Denkmal setzen. Dieser Béla Kun hat 30 000 gefangene weißgardistische Offiziere auf der Krim erschießen lassen. Die ihm auf seinen Aufruf hin ihre Waffen zu Füßen legten. Sie hätten fliehen können, haben es aber nicht getan, sie blieben, um ein neues Rußland aufzubauen! Und er hat sie alle zusammengeholt – was heißt, zusammengeholt! Er schlug ihnen vor, sich zu versammeln – und hat sie dann alle im Tal erschossen.«

»Er hat gekriegt, was er verdient hat«, sagte Kirnos, »einverstanden, viele haben gekriegt, was sie verdient haben – für ein wirkliches, nicht für ein angebliches Verbrechen. Weil sie erprobte Parteikader vernichtet haben …«

»Worin erprobt? Im Totschlagen, im Schinden, du mußt schon entschuldigen. Ich kann so reden, weil ich selbst bei einer falschen Sache Hand angelegt habe. Und mir das nicht verzeihen kann. In jungen Jahren habe ich die Basmatschen verfolgt. Aber was waren sie schon für eine Gefahr, diese Basmatschen – mit ihren englischen Mauserpistolen! Wo ritten sie denn hin auf ihren arabischen Pferden? In die Straßen Moskaus etwa? Nein, durch ihre eigene Wüste sind sie geritten. Und ich, was hatte ich in ihrer Wüste zu suchen? Warum habe ich meine Brust für die armen Daschnaken hingehalten? Haben sie mich etwa darum gebeten? Es wird noch die Zeit kommen, wo die Enkel dieser Daschnaken die Basmatschen besingen und sie zu Nationalhelden erklären werden. So ist das!«

Die Hausherrin bereitete ihnen ein Lager auf dem Fußboden, indem sie über zwei Pelzjacken einen bunten Vorhang legte. Der General war durchaus zufrieden mit diesem Bett, für Kirnos' Knochen allerdings war es zu hart, er legte noch seinen Militärmantel unter. Mit Kobrissows Mantel deckten sie sich zu.

Doch bald bemerkte der General, daß er allein lag. Kirnos saß auf der Bank am Fenster, durch das hell der junge Mond schien, rauchte und redete leise vor sich hin. In der klingenden Stille der Nacht, in der die Grillen so anheimelnd zirpten, nahm sich dieses Flüstern, das an ein leidenschaftliches Gebet erinnerte, seltsam aus.

»Wird Rußland denn die Freiheit aus unseren Händen annehmen?« fragte der General.

Kirnos seufzte schwer und sagte, er denke selbst gerade darüber nach und bitte noch um ein wenig Bedenkzeit. Am anderen Morgen, kaum daß sie losmarschiert waren, setzten sie das Gespräch fort: »Was heißt, wird Rußland die Freiheit annehmen? Wenn es historisch notwendig ist, hat das Volk die Pflicht, uns zu verstehen, und es wird uns verstehen. Wir errichten eine wahrhaft kommunistische Regierung. Im Geiste von Lenins Vermächtnis, das uns heilig ist. Davon haben die besten Köpfe der Menschheit geträumt. Wir errichten die wahre ›Diktatur des Proletariats‹, nicht die Diktatur eines Tyrannen, der sich als Genie hinstellt. Wenn uns das gelingt, werde ich diesen Krieg segnen!«

Dem General wurde von diesen Worten seltsam zumute. Hatte er nicht zu diesen Tönen – »Diktatur«, »Heiliges Vermächtnis« – in der Ecke knien und seine Hände unter das Lineal halten müssen? Für Rußland sterben, für die Herrschaft des Volkes – das leuchtete ihm ein. Aber für die »Diktatur des Proletariats«? Waren das nicht jene schmutzigen Schlosser und Gerüstbauer, jene Lastenschlepper und Fahrer, die sich in den Kneipen mit Bier vollaufen ließen und schmutzige Witze über Weiber rissen? Und was wußten sie von dieser Diktatur?

Offenbar hatte er laut gedacht, denn Kirnos antwortete ihm: »Aber wir errichten eine menschliche Diktatur. Die jeder als die seine akzeptieren kann.«

»Gibt es denn eine menschliche Diktatur?«

»Wir werden sie errichten, koste es, was es wolle!«

»Richtig. Und wer dagegen ist, wird an die Wand gestellt.«

»Klar, er wird erschossen im Namen der Menschlichkeit, ich bin dafür. Doch das wird das letzte Mal sein, daß wir das tun müssen!«

... Das Pferd kam irgendwo zwischen Orscha und Jarzewo ums Leben. Unverhofft waren über dem Wald »Junkers« aufgetaucht und hatten ihre Bomben über den Köpfen der Leute abgeworfen, die nicht einmal dazu kamen, sich auf den Boden zu werfen. Dem General half niemand, er blieb im Sattel sitzen und wunderte sich, warum von den vielen Bombensplittern, die ihm um die Ohren pfiffen, nicht einer in sein Fleisch drang. Er blieb heil, doch sein Gaul bekam etwas ab. Zum erstenmal in seinem Leben verlor er die Macht über ein Pferd: Es raste im Galopp durch die Sträucher und geriet mit seinen beiden Vorderfüßen in eine ausgefahrene Radspur oder Dachshöhle. Durch den Lärm des Angriffs hörte er nicht das Krachen der Pferdeknochen und nicht den kläglichen, unterdrückten, beinahe menschlichen Schrei. Es fiel auf das verwundete Bein des Generals, dem schwarz vor Augen wurde. Das Pferd schlug um sich, versuchte aufzustehen und fiel wieder ...

Kirnos, der sofort zu ihm eilte, wußte nicht, was tun und wie das Bein unter dem Pferd hervorziehen.

»Es kann nicht aufstehen, Foti Iwanowitsch, beide Vorderbeine ...«

»Weiß ich selbst«, röchelte der General. »Wir müssen es erschießen. Schnell!«

Kirnos nahm seine Pistole, steckte sie in das Maul des Pferdes und wurde dermaßen bleich, daß man glauben konnte, er habe die stählerne Mündung auf sich selbst gerichtet.

»Ins Ohr!« schrie der General. »Das ist am sichersten!«

Kirnos hielt die Pistole an das Ohr des Pferdes, das merkwürdigerweise sofort still wurde, und drückte lange Zeit nicht ab.

»Quäl es nicht!« winselte der General, der nahe daran war, das Bewußtsein zu verlieren.

Kirnos schoß mit abgewandtem Gesicht. Einige Sekunden später entschloß er sich, auf das Werk seiner Hände zu schauen und erschrak vor dem aufgequollenen, zertrümmerten Schädel und den herausquellenden Augen. Um Kirnos zischten Splitter, er aber stand da wie eine Salzsäule. Drei Soldaten, die angerobbt kamen, halfen dem General und zogen das Pferd am Schwanz weg.

»Hast du jemals auf jemanden geschossen?« fragte der General.

»Nie. Das war das erste Mal.«

Sie besorgten ein anderes Pferd, ein viel schlechteres als jene starke, litauische Pferdestute, die in Friedenszeiten bestimmt Preise gewonnen hätte. Mit ihr war der phlegmatische Wallach mit dem Hängebauch und den häßlichen Flecken auf dem Fell, der bis dahin zum Wassertragen benutzt wurde, nicht zu vergleichen.

Kirnos gefiel dieser Gaul nicht, er fand ihn abscheulich.

»Der paßt zu dir wie die Faust aufs Auge«, sagte er. »Bei der erstbesten Gelegenheit besorgen wir dir ein weißes.«

»Weiße gibt's bei der Kavallerie nicht. Isabellfarbene bestenfalls. Geht das für eine richtige kommunistische Regierung!«

Dieser Witz gefiel Kirnos nicht. Er hüllte sich in Schweigen.

Am nächsten Tag legte er seinen Plan dar: Er könne seine Ideen nicht mit Waffen verteidigen, dafür müßte man einen anderen Charakter haben. Er werde sich ausschließlich auf die Parteiführung konzentrieren.

»Das ist mein Weg. Und du trägst die Verantwortung für die Armee.«

Der General nahm gehorsam seine Pflicht an.

»Wir müssen uns noch fähige Kommandeure suchen, die die Führung der Kriegsmaschinerie übernehmen. In unseren Reihen gibt es welche. Wir müssen den Verlauf des Krieges radikal ändern. Wir müssen ihn gewinnen. Du bist dazu fähig.«

»Meinst du, ich bin ein starker Stratege?«

»Was waren denn Tschapajew, Kotowski, Frunse für Männer? Die hatten doch keine Ahnung von Kriegsführung, im Gegensatz zu dir. Doch sie waren vom revolutionären Geist beseelt, was dir fehlt. Es wird höchste Zeit, daß du mal liest, was Marx, Engels und Lenin geschrieben haben. Wenigstens die ›Kritik am Gothaer Programm‹. Ich habe zum Glück ein Konspekt davon gemacht.«

»Ich kenne ja nicht mal das ›Gothaer Programm‹.«

»Das Programm selbst ist unwichtig. Wichtig ist die Kritik. Dann wirst du begreifen, daß du bisher im dunkeln getappt bist. Na, sagen wir, im halbdunkeln. Du siehst die Welt mit ganz anderen Augen, es wird alles einfach, kristallklar und verständlich.«

In der Nacht träumte der General von der »Kritik am Gothaer Programm«. Er sah sie ganz deutlich vor sich – in einem weißen Kittel. Sie kam tänzelnden Schrittes auf ihn zu, so wie die Mädchen beim Tanz im Dorf auf die Burschen zugehen, um sie aufzufordern. Irgendwie war klar, daß es eine Frau und daß sie nicht lebendig war, und aus unerfindlichen Gründen wurde sie »Kritik am Gothaer Programm« genannt. Diesen Namen hatte sie sich wohl selbst gegeben. Er wachte verwundert und etwas mißgestimmt auf: »Ach je, es bedeutet nichts Gutes, wenn man von einem Weib träumt!«

Eines Tages – das war bereits bei Jarzewo – schlug sich eine Gruppe von fünfzig Leuten zu ihnen durch, die aus einem Kessel ausgebrochen waren. Kirnos brachte heraus, wer Mitglied der kommunistischen Partei war, registrierte sie in der »M-Liste« und führte mit ihnen einen kurzes »Politgespräch«. Die Abkürzungen »M-Liste« und »Politgespräch« benutzte er übrigens nicht, sondern sagte immer »Mitgliederliste« und »Politisches Gespräch«. Als er zurückkehrte, erzählte er Kobrissow die »empörende Geschichte«, wie diese Leute in den Hinterhalt geraten waren. Ein Weib hatte sie zu den Deutschen geführt, dabei hatten sie lediglich ihren winzigen Eber beschlagnahmt. Die Konfiszierung ließ sie geduldig über sich ergehen, sie preßte nur die Lippen zusammen und erbot sich, die Gäste ins Nachbardorf zu geleiten, wo die Deutschen angeblich noch nicht waren. Aber die hielten das Dorf schon besetzt, und die Frau hatte das gewußt. Sie schrie noch: »Das geschieht euch recht, ihr Ungeheuer, mein ganzes Leben habt ihr zerstört und beschmutzt, nun werdet ihr alle erschossen!«

»Es gibt noch Sussanins* im heiligen Rußland«, wunderte sich der General. »Und? Haben sie das Weib um einen Kopf kürzer gemacht?«

»Ja, es war nötig ... Ohne Gericht. Ich verstehe das ... Es gibt eigene Gesetze im Krieg!«

»Das Weib war doch sicher nicht älter als fünfzig ...«

»Ich weiß nicht. Hast du etwa Mitleid mit ihr? Mit einer, die geglaubt hat, für ein einziges Schwein müssen fünfzig mit dem Leben bezahlen?«

»Bezahlt hat sie«, warf der General ein, womit er Kirnos in finsteres Nachdenken versetzte. »Begreifst du nicht, was dieses Schwein für sie bedeutet hat? Es hatte sicher einen Namen. Solange ein Schwein aufgezogen wird, gehört es zur Familie. Und bevor es geschlachtet wird, wird es um Verzeihung gebeten. Warum mußten sie es unbedingt beschlagnahmen? Wofür?«

Kirnos sah ihn von unten herauf verwundert an und sagte halb

* Sussanin, Iwan; russ. Volksheld im Kampf gegen polnische Interventen. Sussanin wurde im Frühjahr 1613 gezwungen, einer polnischen Abteilung, die den Zaren Michail Fjodorowitsch suchte, den Weg zu zeigen. Sussanin führte die Polen aber in die Irre und wurde dafür von ihnen ermordet.

im Scherz, halb im Ernst: »Das ist ja völlig neu, General Kobrissow hat Kulakenallüren.«

»Das sind keine Kulakenallüren, das ist einfach menschlich. Sag mir, Kommissar, nach welchem Recht haben wir dieses Pferd hier beschlagnahmt?«

»Nach Armeerecht. Die Bevölkerung ist verpflichtet, sich nach den Bedürfnissen der Armee zu richten.«

»Das stimmt nicht, Jewgeni Nathanowitsch. Dieses Recht hat die Armee, wenn sie die Bevölkerung verteidigt, wenn sie angreift. Aber wenn sie sich aus dem Staub macht, hat sie keinerlei Rechte. Vielleicht um etwas Milch zu bitten – doch nicht mal das kann sie sich erlauben. Nur um Brunnenwasser.«

»Das ist eine strittige Frage. Worauf willst du eigentlich hinaus?«

»Immer denken wir, wir haben das Recht, uns alles zu nehmen – alles im voraus, alles auf Kredit. Und wann werden wir ihn zurückzahlen, diesen Kredit? Und womit?«

Kirnos, dessen Gesicht versteinert war, sagte trotzig: »Es gibt Umstände, wo man das Mitleid in sich unterdrücken muß. Sentimentalität sieht nur aus wie Menschlichkeit, ist aber in Wirklichkeit ein Ersatz. Wahre Menschlichkeit sieht manchmal schrecklich aus. Ist aber gerechtfertigt.«

Wut benebelte den Kopf des Generals und klopfte in seinen Schläfen. Der erste, der erschossen gehört, ist Kirnos, dachte der General. Der würde einen entsetzlichen Diktator abgeben, wenn er an die Macht käme! Wenn er glaubt, daß für das allgemeine Glück ein Mensch einfach beseitigt werden kann, warum sollte man nicht bei ihm beginnen, bei Kirnos?

Einige Zeit bewegten sie sich schweigend vorwärts, dann fragte der General: »Hast du Bauernunruhen niedergeworfen, Jewgeni Nathanowitsch?«

»Ich war nie in einer solchen Situation. Aber was Klassenkampf auf dem Dorf bedeutet, davon habe ich eine Vorstellung.«

»Wirklich?« fragte der General verwundert. »Ich nicht. Obwohl ich an solchen Niederwerfungen teilgenommen habe. Ich kann dir was vom Klassenkampf erzählen, wenn du willst. In einem Amtsbezirk halfen wir bei der Kollektivierung. Nicht, daß das Volk sich besonders widersetzt hätte, aber wir mußten das Saatgut für den künftigen Kolchos sichern, und damit gab es immer Probleme. So mußten wir also unterstützend eingreifen ... Und machten auch von der Waffe Gebrauch. Ein reicher Bauer – wir beide würden sagen, ein ›Kulak‹ – bat seinen armen Nachbarn Afonja – siehst du, ich hab' sogar den Namen behalten –, er bat ihn, bei sich ein paar Säcke Korn zu verstecken. Der war einverstanden – nicht für Geld, nicht mal für einen Teil des Korns – ganz umsonst, weil er die Ausbeuter nicht leiden konnte, das heißt, er konnte mich und dich nicht leiden. Er verehrte im Gegenteil einen starken Herrn und glaubte, der sei reich, der es versteht, sein Eigentum zu schützen und zu nutzen, und nicht der, der sich fremdes Eigentum unter den Nagel reißt. Keiner kam auf die Idee, bei diesem armen Afonja zu suchen ... Der Kulak wurde bei Wasser und Brot in eine kalte Kammer gesetzt, sie sagten ihm, sie würden ihn verfaulen lassen, wenn er nicht verrate, wo er das Korn versteckt hielt. Am zehnten Tag machte er ein Geständnis. Afonja wurde festgenommen, ins Gebietszentrum gebracht, zu einem Schauprozeß. Er fuhr in einem Pferdefuhrwerk zusammen mit dem Kulaken. Und er verzieh seinem Nachbarn auf christliche Art und Weise. Er machte dem Menschen, der ihn verraten und sein ganzes Leben verdorben hatte, keinen einzigen Vorwurf. Beide erwartete ein grausames Schicksal, der einzige Trost war, daß es schnell ging ... Wer war denn hier der Klassenfeind? Ich war es, Foti Kobrissow, heute sowjetischer General. Damals habe ich begriffen: Nicht für solche Sachen ist die Armee da. Nicht dafür, daß ich Weiber und alte Männer bekämpfe und ihnen etwas aufzwinge. Was ist denn das für eine ›Umgestaltung‹, wenn man sie nur mit Gewehr und Bajonett durchführen kann?«

Kirnos sagte dazu kein Wort.

... Im August wurde es ganz schlimm. Die müde, geschwächte Truppe schleppte sich mühevoll dahin, in abgerissenen Uniformen, in Schuhwerk, dessen Sohlen den Rachen aufrissen und Brei haben wollten. Und für zehntausend Rachen reichte der Hirsebrei nicht mehr aus. Die Armeeverpflegung war aufgezehrt, die Erde, über die sie marschierten, ausgeraubt und verarmt. Die Gemüsegärten waren geplündert, die Felder verbrannt, in den Wäldern alles abgepflückt und erschlagen, was als Nahrung hätte dienen können. Die Kommandeure mußten nicht mehr aufgefordert werden, zugunsten der Soldaten auf ihre Sonderration zu verzichten, es hungerten alle gleichermaßen, und der General hungerte mit allen mit. Alle fielen in aussichtslose Verzweiflung.

Niedergeschlagen, ohne Hoffnung auf einen Krümel Brot, saßen der General und Kirnos auf der Erde, mit dem Rücken an einen Baum gelehnt, beide waren zu schwach, Finger und Zunge zu bewegen. Kirnos quälte sich noch mehr, weil er nichts zu rauchen hatte.

Ein Soldat trat auf die Waldwiese – in einem zerlumpten Mantel mit ausgefranstem Saum, fixierte beide, indem er den Kopf mit dem völlig ausgeblichenen Schiffchen zur Seite neigte, und sagte mit kummervoller Verwunderung: »Mein Gott, da sitzen der Befehlshaber und der Kommissar und hungern, die Armen. Wir haben wenigstens Zwieback gekriegt. Ich will ihn mit euch teilen.«

Er steckte die Arme bis zu den Ellenbogen in die Manteltaschen, beugte sich von einer Seite auf die andere, kramte lange und holte endlich steinharten, schwarzen Armeezwieback heraus und zerbrach ihn.

»Hier, da haben Sie was zum Zähnewetzen.«

Noch einmal unternahm er in seiner Manteltasche eine tiefgehende Nachforschung und kramte Machorka hervor, den er, gemischt mit Zuckerkrümeln, Kirnos in die Hand streute. Verwirrt schauten die beiden hochgewachsenen und hochstehenden Männer in das Gesicht des kleinen Soldaten mit der Hakennase und den abstehenden Ohren, der ihnen nicht einmal bis zur Schulter reichte. Sie vergaßen ganz, ihm zu danken, und er hatte das auch nicht erwartet; er ging weiter, zufrieden, daß er jemanden glücklich gemacht hatte, und erklärte sich selbst seine Freigebigkeit so: »Das geht doch nicht, daß welche gar nichts haben.«

General Kobrissow, mit dem Zwieback in der Hand und einem Kloß im Hals, schielte zu Kirnos hin, dem ebenfalls Tränen in den Augen standen. Kirnos schämte sich seiner Rührung und war wütend auf sich, er wischte sich die Tränen mit der Faust ab, in der er den Machorka hielt.

»Das werde ich nie vergessen ... Niemals!« stieß er hervor. »Ich habe über das Leben geurteilt und keine Ahnung gehabt, doch jetzt weiß ich alles. Und ich danke dem Krieg, daß ich so etwas erleben durfte.«

Der General schwieg, er wußte, ihm würde die Stimme versagen.

»Wir haben ihn nicht mal gefragt, wie er heißt«, sagte Kirnos. »Wäre sicher auch sinnlos gewesen, er ist das Volk ... Von dem wir beide, du und ich, nichts gewußt haben.«

»Und jetzt weißt du alles«, dachte der General bei sich. »Man könnte dich beneiden. Ich habe früher nichts gewußt, und heute weiß ich noch weniger.«

Überdachte man alle Umstände, war es das beste, die Armee nördlich in Richtung Moskau zu führen, zum Wolga-Moskwa-Kanal, der der endgültige Abschnitt werden könnte. Er wurde es auch, als sich im November die Panzer Reinhardts und Höppners näherten. Es gibt Berichte, die besagen, daß es den Deutschen sogar gelang, über den Kanal zu setzen, doch nur für 24 Stunden. Diese Übersetzstelle schien ihnen offenbar die Moskau am nächsten liegende zu sein. Nach den Berechnungen der einen lag sie 17 Kilometer vor der Stadt, nach Berechnungen anderer – 35 Kilometer. Beide hatten recht, es kam darauf an, welchen Ausgangspunkt man nahm – den Eisenbahnring, der damals die Stadtgrenze bildete, oder den Spasski-Turm im Kreml, der von alters her als der erste Werststein galt.

Auch General Kobrissow war es beschieden, an jenen Kämpfen teilzunehmen und zu überleben. Auf wunderbare Weise wurde er von Schesterikows Händen und Wlassows Vormarsch gerettet. Doch das geschah im Dezember 1941. Im August 41 war Kobrissow noch weit von der Wolga entfernt, die er mit der Säbelspitze berühren wollte …

… Im August gelangte Kobrissow zu einer kleinen Stadt mit einem Namen, der ihm bemerkenswert erschien: »Wladimirscher Sack«. Dreißig Kilometer von dieser Stadt entfernt entsprang der große russische Fluß Dnepr. Kobrissow konnte nicht in Erfahrung bringen, ob an seiner Quelle eine Kapelle stand. Wahrscheinlich hätte er mehr Neugier und Hartnäckigkeit an den Tag gelegt, hätte er vorhergesehen, daß das Schicksal ihn eines Tages wieder zu diesem Fluß bringen würde, allerdings an eine Stelle, wo er im breiten Strom dahinfloß, nämlich am Brückenkopf vor der kleinen ukrainischen Stadt Myrjatin. Doch da befehligte er bereits eine andere Armee, nicht diese, die er verlor, als er auf einen Kognak nach Großperemerki marschierte.

In dieser Stadt »Wladimirscher Sack« sahen sie zum erstenmal wieder eine Straßenbahn. Vielleicht gab es nur eine einzige Linie, sie hieß auch Nummer 1. Die Wagen, einer rot, der andere blau, hatten zwei Stromabnehmer, damit nachts keine Funken sprühten. Die Scheiben waren mit Zeitungspapier verklebt, und vorn an der Straßenbahn war ein Plakat befestigt: »Feiglinge und Panikmacher sind Helfershelfer des Feindes!« Alles an diesem beschlagnahmten, kriegerischen Gefährt erschien dem General rührend und hilflos.

Sein siebter Sinn sagte ihm, daß vor ihm ein fast leerer Raum lag, bis Moskau. Und er stellte sich vor, wie dieses Gebiet von seinen Truppen durchquert wurde, wie sie in die Hauptstadt einmarschierten und sich über Straßen und Plätze ergossen. Er sah, wie seine Panzer, die plötzlich von Gott weiß woher aufgetaucht waren, über das Pflaster rasselten und die Stadt mit schwarzem Rauch füllten. Seine erste Tat wäre gewesen, die Gefängnisse zu öffnen. Er würde mit rasselnden Sporen in Begleitung seiner

Kommandeure und der ehemaligen Gefangenen durch die Tore des Kremls gehen, die breite Treppe hochsteigen und über die Läufer der höchsten Institution schreiten. Hier endeten seine phantastischen Vorstellungen. Weiter reichten sie nicht. Als Mann des Krieges war er es nicht gewohnt, große Pläne zu machen. Eine Schlacht wurde niemals nach einem zurechtgezimmerten Plan gewonnen. Immer bestimmte der Krieg, was zu tun war.

Er hatte das Gefühl, daß vor ihm keine Deutschen mehr waren. Offenbar waren sie auf ein Hindernis gestoßen und hatten sich in alle vier Himmelsrichtungen verstreut aus Furcht, zwischen zwei Feuerlinien zu geraten. Es sah so aus, als stünde dem General nun nichts mehr im Wege, als könne er die Wolga doch noch erreichen. Da stieß die Vorhut plötzlich auf eine Verteidigungsstellung und wurde beschossen. Die Aufklärung brachte die Nachricht: Vorn in den Schützengräben würde klar und deutlich russisch gesprochen. Und dann fing das an, was in solchen Fällen immer geschieht, wenn Angreifer und Verteidiger ein und dieselbe Sprache reden. Der scheinbar undurchdringliche Verteidigungsring erwies sich als undicht, es fanden sich couragierte Leute – »Boten« oder »Pfadfinder« –, die den Leuten hinter dem Verteidigungsring einen Besuch abstatteten und wieder zurückkehrten. Von der anderen Seite kamen ebenfalls »Boten« und »Pfadfinder«, die verdattert feststellten: »Ihr seid ja gar nicht gegen uns!« Zwei Kräfte, die Gott weiß warum getrennt worden waren und danach schmachteten, sich zu vereinen, hatten vierundzwanzig Stunden einander feindlich gegenübergestanden.

Doch plötzlich brach die Verbindung ab. Beim letzten Besuch hatte man erfahren, daß das ganze vor Kobrissows Armee liegende Gebiet in der Nacht mit Einheiten des NKWD aufgefüllt worden war. Und dieses Gebiet bereitete sich nun mit MG-Nestern und Scharfschützen im Hinterhalt auf den Kampf vor: Dort, wo die Friedenspfade ausgetreten waren, schlängelten sich Drahtspiralen. Wo noch keiner gegangen war, ragten Tafeln empor, die

die Soldaten davon in Kenntnis setzten, daß hier Minenfelder waren. Weiter hinten waren Lautsprecher installiert worden, die aufforderten, zu den eigenen Leuten überzulaufen und den provokativen Befehlen der Kommandeure keinen Gehorsam mehr zu leisten. Es wurde Straffreiheit garantiert und die Möglichkeit – nach einer notwendigen Überprüfung selbstverständlich –, die geliebte Heimat zu verteidigen.

Der General und Kirnos hörten diese Aufrufe durch die weit geöffneten Fenster eines Häuschens am Rande der Stadt, und beide schwiegen. Kirnos wirkte finster und mißmutig, seine Stirn war von Gramfalten durchfurcht. Er rauchte mit gesenktem Blick. Aus irgendeinem Grunde war es beiden unangenehm, zu zweit zu sein.

Dann tauchte am Himmel eine zweimotorige LI-2 auf, mit roten Sternen an Flügeln und Rumpf. Das war das erste Flugzeug, vor dem sie nicht in Deckung gehen mußten. Die Leute strömten auf die Straße und blickten verzaubert nach oben. Das Flugzeug zog mehrere Kreise, offenbar wollte es etwas auskundschaften, dann lösten sich drei Fallschirme und schwebten über dem Wald.

Alle drei Boten hatten harte Gesichter mit Habichtsaugen, die einen durchbohrten und zum Gehorsam zwingen wollten. Offenbar waren sie auf einen möglichen Tod eingestellt, es konnte sie nichts mehr schrecken. Das machte jedem Gesprächspartner unweigerlich angst. Solche Gesichter haben Erschießungskommandos, dachte der General. Später, als er diese Kategorie von Menschen tatsächlich kennenlernte, konnte er sich davon überzeugen, daß ein guter Scharfschütze, der sein Geschäft liebt, durchaus ein rundliches und nachdenkliches Gesicht haben kann, einen sinnlichen, weiblichen Mund und träumerische Augen mit schmachtendem Blick. Nein, hier hatte er tollkühne Kämpfer vor sich, Profis im Töten, im Schießen aus der Hüfte, Profis knochenbrecherischer und tödlicher Schläge mit Händen und Füßen. Leute dieser Art rekrutierten sich oft aus Kriminellen.

Einer von ihnen – er hatte eine zertrümmerte Nase – stellte sich als der Leiter der Gruppe vor, vom zweiten nannte er ebenfalls Namen und Dienstrang. Der dritte blieb unbekannt. Diesen Fakt hätte man übergehen können, doch der General besaß Gefängniserfahrung und wußte, daß in jeder Tschekistengruppe immer einer war, von dem man nichts erfuhr, und der war der Chef. Der Unbekannte mischte sich nicht ins Gespräch, sondern starrte den General unverwandt und mit unverhohlener Feindseligkeit an.

Sie verlangten, daß Kirnos sie mit dem Befehlshaber allein ließe. Er sah den General fragend an, ließ aber im nächsten Augenblick seinen Kopf sinken und erstarrte, als warte er auf einen Urteilsspruch. Es folgten einige schwere Sekunden, während deren der General nachdachte und die drei nicht den Blick von ihm ließen. Er sann darüber nach, daß es sich hier womöglich nur um den von ihnen so geliebten »Läusetest« handelte, mit dem sie den Menschen auf den Zahn fühlten. Ihm sich zu beugen war erniedrigend, doch nicht weniger erniedrigend war es, sich ihm zu widersetzen und damit Angst zu verraten. Ihm war nicht bewußt, daß er in diesen Sekunden über das Schicksal des Menschen neben ihm entschied.

»Warte bei dir, Jewgeni Nathanowitsch«, sagte Kobrissow so ruhig und sorglos wie möglich. »Es wird mit den Genossen hier nicht lange dauern …«

Kirnos erhob sich ganz langsam mit bleichem, spitzem Gesicht, so als müsse er sich von seiner Bank losreißen, aus unerfindlichen Gründen öffnete er seine wertvolle Tasche und schloß sie wieder, schaute noch einmal zum General – vorwurfsvoll und kläglich, wie es Kobrissow schien. Keiner der drei beachtete ihn, bis er schließlich hinausgegangen war.

»Ihr fallt wohl gerne vom Himmel?« fragte der General. »Ein Glück, daß ihr euch nicht die Beine gebrochen habt. Hattet ihr nicht den Auftrag, als Parlamentäre zu kommen?«

»Wie meinen Sie das?« fragte der Älteste, wobei er den General mit eisigem Blick durchdrang. »Zu Ihnen mit weißer Fahne?«

Der, der sich nicht vorgestellt hatte, blickte verächtlich.

»Ich habe nicht bedacht, daß es heute üblich ist, Leute, die aus dem Kessel kommen, auf diese Weise willkommen zu heißen«, sagte der General.

Das war eine riesengroße Enttäuschung. Da war er nun zu den eigenen Leuten gekommen, mit denen er die ganze Zeit hatte zusammentreffen wollen, und nun stellte sich heraus, daß er als erstes seine Freiheit verlor, die ihm selbst in den kummervollsten Tagen, in den rauchenden Wäldern und stinkenden Morasten, keiner hatte streitig machen können, nun blieb ihm nichts anderes, als den Kopf einzuziehen und sich gehorsam einzureihen.

»Welche Absichten haben Sie, General?« fragte der Älteste, der mit der zertrümmerten Nase.

Der zweite sah aus, als wolle er im nächsten Augenblick auf ihn schießen. Der dritte, der sich nicht vorgestellt hatte, bändigte ihn mit einem Blick, in dem unmißverständlich zu lesen war: »Laß sein, der entwischt uns sowieso nicht.«

»Ich bin doch in eurer Hand«, sagte der General. »Ihr kennt doch meine Pläne schon im voraus.«

»Zum Teil«, sagte der mit der zertrümmerten Nase drohend und stemmte sich mit den Ellenbogen und der Brust gegen den Tisch, an dem er dem General gegenübersaß. »Auch von den Stimmungen, die es in Ihrer, mit Verlaub, Kampfeinheit gibt, haben wir eine Vorstellung.«

»Es ist, mit Verlaub, eine Armee«, sagte der General.

Keiner der drei widersprach ihm, aber auf eine Weise, wie man jemandem nichts entgegnet, der nur Unsinn redet. Ein erschreckender Gedanke durchzuckte den General: Wahrscheinlich hatte jemand seine Gespräche mit Kirnos belauscht und sie weitergegeben – vielleicht einer von jenen »Boten« oder »Pfadfindern« …

»Ihr Verband muß aufgelöst werden. Es gibt einen Befehl für Armeen, die eingekesselt waren. In dieser Form jedenfalls kann Ihre Truppe nicht weiterbestehen. Wenn Sie sich widersetzen, zeige ich Ihnen den Haftbefehl. Auf Ihren Namen ausgestellt und unterschrieben.«

»Sie gehen ein Risiko ein. Sie haben vergessen, daß Sie sich in meinen Stellungen befinden.«

»Wir bringen Sie hier raus, wir führen Sie bewacht durch alle Stellungen, ohne Koppel. Ich versichere Ihnen, General, daß kein Mensch aus Ihrer Armee für Sie eintreten wird.«

Der, der sich nicht vorgestellt hatte, erstarrte und schaute mit seinen stechenden Augen unverwandt und ohne zu blinzeln auf den General. Der zweite sah ihn fragend an: Vielleicht machen wir nicht so viel Fisimatenten und fesseln ihn? Sowohl das eine wie das andere schien dem General Theater zu sein. Ehe sie ihn unter Bewachung abführten, gäbe er den Befehl, sie zu entwaffnen. Und warum sollten sie ihre Zeit für sinnloses Gerede opfern? Aber er käme wohl kaum dazu, diesen Befehl zu geben, dachte er, sie würden ihn schon vorher fesseln.

»Als Militärs dürften Sie wissen«, sagte er, »daß das Ausbrechen einer so großen Masse von Soldaten aus einer Einkesselung ein schwieriges und gefährliches Unterfangen ist.«

»Als Militär müssen Sie auch verstehen«, sagte der Älteste, »daß unsere Leute ein Risiko eingehen, wenn sie zu unbekannten Einheiten Verbindung aufnehmen. Keiner weiß, wer im gegebenen Moment wer ist. Vielleicht haben Sie sich schon längst an die Deutschen verkauft. Vielleicht erschießen Sie uns alle wie Rebhühner.«

Dem General kam ein lustiger Gedanke, und er teilte ihn mit: »Warum sagen Sie das so zweifelnd: ›Vielleicht haben Sie sich verkauft‹, ›Vielleicht erschießen Sie uns wie Rebhühner‹? Hatten Sie denn keine Informanten in meiner Armee?«

»Ich zeige Ihnen nur die Gründe für ein berechtigtes Mißtrauen auf«, sagte der Älteste. »Ohne unsere Leute geht's nirgends. Und die haben uns ihre Empfehlungen mitgeteilt. Deswegen bestehen wir ja auch auf einer Entwaffnung Ihrer Armee.«

Für einen Moment schloß der General die Augen und dachte, er sei allein und könne die richtige Entscheidung treffen. Er sagte:

»Ich weigere mich, die Waffen abzugeben. Der Gegner ist gefährlich nah. Die Leute an der Front auch nur eine Stunde unbewaffnet zu lassen bedeutet ihren Untergang. So einen Befehl gebe ich nicht. Sie können mich erschießen, aber dann müssen Sie meinen Leuten selbst erklären, daß sie die Waffen niederlegen sollen. Schade, daß ich dann nicht mehr sehe, was sie mit Ihnen anstellen.«

Alle drei tauschten Blicke. Diese Wendung des Gesprächs hatten sie offenbar vorausgesehen. Der, der sich nicht vorgestellt hatte, nickte kaum merklich.

»Dann machen wir es so«, sagte der Älteste. »Immer nur ein Regiment geht raus, in Marschformation, die Waffe ebenfalls marschmäßig auf dem Rücken. Waffen und Granatwerfer verhüllt, Granaten und Minen, falls Sie welche haben, getrennt von den Waffen.«

»Und jeder Schritt nach rechts oder links gilt als Fluchtversuch?«

»Gilt als Widerstand. Der Kessel wird zu einer streng angewiesenen Zeit und an einer streng angewiesenen Stelle verlassen. Falls an anderen Stellen ausgebrochen wird, werden Panzer und Artillerie auf Ihre Leute schießen.«

»Besitzen Sie denn solche Waffen?«

»Auf Sie wird mit allen Waffen geschossen, die uns zur Verfügung stehen.«

»Sie bluffen, Sie haben gar keine Kräfte und Mittel. Höchstens die Landwehr. Und was das ist, brauchen Sie mir nicht zu erklären. Mit der Landwehr habe ich im Bürgerkrieg lange genug zusammen gekämpft.«

Ihr Schweigen verriet ihm, daß er ins Schwarze getroffen hatte. Übrigens hatte er nur deshalb widersprochen, weil er Zeit zum Überlegen gewinnen wollte. Er wußte, daß er nicht einmal eine halbe Stunde hatte. Und diese halbe Stunde würde ihm vor dem Kriegsgericht auch noch angerechnet werden. Doch zu seinem eigenen Erstaunen genügten ihm ein paar Minuten. Es zeigte sich, daß er sich schon seit langem im Unterbewußtsein mit einer solchen Situation beschäftigt hatte. Er konnte nicht entfliehen – nicht den Perspektiven, die Kirnos ihm ausgemalt hatte, und nicht den Forderungen, die ihm jetzt unterbreitet wurden. Es gab keinen Ausweg.

Noch einen kurzen Augenblick wollte er für sich herausschinden, als er fragte: »Und wer wird die Regimenter rausführen? Meine Kommandeure? Oder holen Sie Ihre eigenen?«

»Das zweite«, antwortete der Älteste. »Sie brauchen doch Führer. Wer wird Ihren Leuten den Weg durch die Minenfelder zeigen?«

»Meine Leute haben den Weg längst gefunden, irgendwie haben sie's rausgekriegt ... Und der Kommissar und ich – in welcher Rolle werden wir auftreten?«

»Sie werden von einem Auto abgeholt.«

»Ein offener Wagen? Mit Wachmannschaft?«

Der Älteste schaute auf den, der sich nicht vorgestellt hatte, und entgegnete kalt: »Vielleicht auch ein offener.«

»So«, sagte der General. »Sie meinen also, es finden sich Leute, die meine Armee übernehmen.«

»Mehr als genug«, sagte der Älteste, immer noch nervös grinsend.

Der General grinste ebenfalls, verschränkte seine Arme auf dem Rücken und ging im Zimmer auf und ab.

»Komisch, im Juni hat sich keiner darum gerissen, meine Armee zu übernehmen. Und plötzlich ...«

»Immerhin sind zwei Monate vergangen, es wird Zeit, zur Besinnung zu kommen.«

Die Ordonnanz stürzte lärmend ins Zimmer, alle fuhren zusammen. Die drei Männer, die die Köpfe blitzschnell zur Tür wandten, sprangen zwar nicht auf, doch hielten sie plötzlich ihre Pistolen in den Händen.

»Genosse General!« schrie die Ordonnanz von der Schwelle her, ohne die auf sie gerichteten Mündungen zu bemerken. »Mit Jewgeni Nathanowitsch ist ein Unglück geschehen!«

»Was für ein Unglück? Ein Herzanfall?«

»Schlimmer.«

»Ist er verhaftet worden, muß ich ihn raushauen?«

»Schlimmer. Ich trau' mich nicht, es auszusprechen. Ein Unglück!«

Der General, der begriff, daß seine Ordonnanz die Wahrheit sagte, stürzte los, er kam nicht einmal dazu, darüber nachzudenken, daß seine ungebetenen Gäste ihn einholen und fesseln könnten.

In Kirnos' Zimmer stach ihm der Geruch von verbranntem Papier und Pulverrauch in die Nase. Der Kommissar kauerte mit einem merkwürdigen weißen Turban auf dem Kopf in der Ecke. Eine Pistole lag neben ihm auf dem Boden. Bevor er sich erschoß, hatte er den Kopf mit einem Handtuch umwickelt, damit der Schädel nicht auseinanderplatzte. Trotzdem sah man, daß der Turban einen Klumpen auseinandergerissener Hirnteile zusammenhielt. Kirnos hatte keinen Zettel hinterlassen. Nur ein ordentlich gestapelter Haufen Parteidokumente befand sich auf dem Tisch und einige Seiten aus einem Rechenheft, vollgeschrieben mit Bleistiftnotizen – ein politischer Rapport, der mit einem Rechenschaftsbericht über Kaunas begann. Die Kommandeurstasche war leer. Im umgedrehten Stahlhelm fand Kobrissow Asche und Fetzen von zerrissenen und halb verbrannten Papieren. Das waren Briefe, Fotos und Konspekte von früher, vollgekritzelt mit nachträglichen Bleistiftbemerkungen.

»Was hast du getan, Jewgeni Nathanowitsch?« sagte der General. Und er dachte bei sich: »Hattest du Angst, ich melde deine unpassenden Gedanken gewissen Stellen? Für wen hast du mich gehalten?«

Aber er wußte, es war anders.

Wie bei vielen Selbstmördern bewahrte Kirnos' Gesicht den Ausdruck, mit dem er sich umgebracht hatte – einen Ausdruck von Qual, von unerträglichem Leid und der eigenen Schuld. Der

Schuld nicht einem anderen, sondern sich selbst gegenüber. Als hätte er sich eigenhändig für seine Gotteslästerung hingerichtet. So war es wohl auch.

Die drei Männer standen hinter dem Rücken des Generals, im Nacken spürte er ihren Atem. Und der, der sich nicht vorgestellt hatte, sagte: »Ich möchte wissen, wovor er Angst hatte?«

Der General, der sich daran erinnerte, daß Kirnos ihm von einer Frau und einem Sohn erzählt hatte, sagte: »Er hatte keine Angst, er hatte einen Schock.«

... Wohin die drei Männer damals verschwanden, konnte sich der General nicht mehr erinnern. Als hätten sie sich in Luft aufgelöst – spurlos und urplötzlich waren sie weg. Wie auch jene Einheiten des NKWD, die an der vorderen Linie standen. Wahrscheinlich machten sie sich bei den ersten Salven der deutschen Artillerie aus dem Staub. Von einer Überprüfung der eingekesselten Armee war nicht mehr die Rede. Kobrissows einzige Sorge bestand darin, wie er den ungelenken Körper der Armee innerhalb weniger Stunden zum Angriff formieren konnte. In aller Eile wurden Bataillone zusammengestellt, in denen sowohl die Eingekesselten von gestern als auch jene Versprengten kämpften, auf die sie in der Nähe von »Wladimirscher Sack«, unweit der Dneprmündung, gestoßen waren.

Bei Sonnenuntergang trat der General auf die Freitreppe, um die Soldaten zu verabschieden. Er schickte sie nach Westen und schaute ebenfalls in die Richtung, wo der Himmel in einem beunruhigenden Orange erglühte, das immer kräftiger wurde und schließlich in dunkles Blaugrau überwechselte. Die Bataillone gingen in die Nacht, um die Armee für die Zeit, in der sie sich zum Kampf formierte, zu decken. Die Artilleristen schleppten ihre Kanonen im Pferdezug, die Infanteristen – mit schweren, zusammengerollten Militärmänteln über der Schulter und in Halbschuhen mit Wickelgamaschen – wirbelten hinter ihnen den Staub auf der Dorfstraße auf und sangen mit verwegener Stimme, wie es der Dienstvorschrift entsprach:

Die Zeit ist heran,
Trompetenruf ertönt.
Batterie, angetreten!
Donner dröhnt.
Der Krieg zeigt sein Gesicht.
Lade,
Fürchte dich nicht!

Hinter diesen Soldaten konnte man kilometerweit Schützengräben, Batterien, Betonhöcker und Schienenbarrikaden entdecken. Und dennoch mußte dort die große Hauptstadt liegen – in Finsternis und aufgeregter Erwartung. Die Truppen der Roten Armee bereiteten sich auf die legendäre Verteidigung Moskaus vor.

Dem General kam es jetzt absurd vor, wie er einmal glauben konnte, mit seiner schwachen Armee den Verteidigungsring durchstoßen zu können, und den Widerstand der Leute hatte brechen wollen, die nichts davon ahnten und seine Leute so warmherzig empfangen und mit ihnen ihre Verpflegungsration und ihren Tabak geteilt hatten.

Sechstes Kapitel

Der Huldigungsberg
»Offenbar ist es schwer, ein erfreulicheres Bild zu zeichnen, General?«
Nikolai Nekrassow
»Die Eisenbahnstrecke« (1865)

1

Je näher Moskau rückte, desto häufiger stießen sie auf Kontrollen. Statt eines Schlagbaums riegelten mit Sandsäcken beladene Laster die Chaussee ab und gaben den Weg für den »Willys« erst frei, wenn sie dem Diensthabenden die Dokumente vorgelegt hatten. Das tat stets der Adjutant, er zog die Papiere aus der Zellophanhülle und zeigte sie vor. Der General schwieg und schaute zur Seite, jedesmal fürchtete er, man belästige ihn mit unangenehmen Fragen. Aber die Kontrollposten wollten nichts wissen, sie begutachteten den Jeep flüchtig, und wenn der Wagen weiterfuhr, grüßten sie aus irgendeinem Grunde mit einem tiefen Seufzer. Der Adjutant packte die Dokumente bedächtig in die Zellophanhülle zurück, sie waren schon feucht geworden.

Solche Bagatellen ärgerten den General immer weniger. Immer seltener erinnerte er sich an seine Streitgespräche mit Watutin und Shukow, und er war es müde, jene Versammlung in Spasso-Peskowzy in Gedanken immer wieder durchzuspielen. Dagegen dachte er jetzt immer häufiger an das, was ihn in Moskau erwartete. In groben Zügen stellte er sich das Gespräch im Hauptquartier vor, danach würde man ihn wahrscheinlich für zwei Monate zur Erholung schicken – sicher nach Archangelskoje. Zum Glück stand der Winter vor der Tür, er würde Ski laufen und die dummen Verordnungen der Ärzte über sich ergehen lassen. Nach der Kur würden sie ihn bestimmt wieder beauftragen, eine neue Armee aufzustellen – diesmal nicht seine, nein, für einen fremden Onkel. Oder sie geben ihm eine Hochschule, damit er Sechsmonatsoffiziere ausbildete. Oder sie versetzen ihn in eine Verwaltung des Generalstabs, wo er bis zum Ende des Krieges irgendwelche Papiere aus einem Ordner in einen anderen heften mußte.

Hinter die Barriere, die sich »Kriegsende« nannte, blickte er nicht: Ihm schien, daß es dort für ihn keinen Platz mehr gäbe. Immer öfter gingen ihm die Worte durch den Kopf, die er einmal Gott weiß wo aufgeschnappt hatte: »Das Leben ist zu Ende, kaum daß es begonnen hat.« Wohin dann mit der Energie, wofür sich engagieren? Sollte es wirklich dahin kommen, daß sein Leben ausgefüllt wäre allein mit dem beschaulichen Betrachten einer Ameise, die im Garten ihren Pfad entlangkrabbelt, oder des Zitterns der Flügel einer Libelle über dem See? Und das nach einem Leben, das aus Landkarten und Operationsplänen bestanden hatte, aus Pferdegetrappel und dem Rasseln von Panzerketten, aus dem süßlichen Geruch, der über einer schießenden Batterie hing? Beschaulichkeit jagte ihm Angst ein, das war der Anfang vom Ende aller Wünsche, außer dem einen, dem Wunsch nach Ruhe. Jeder neue Tag würde langweiliger werden. Erst fiele er in den pflichtgemäßen Mittagsschlaf, dann schliefe er sogar ein, wenn Besuch da wäre, bis er den letzten Dämmerzustand erreicht hätte, der seine Lider für immer schlösse. Womit nur könnte er sich ans Leben binden, um der Anziehungskraft des Nichts so lange wie möglich zu widerstehen?

Er stellte sich auch vor, was seine Frau sagen würde. Natürlich wäre sie betrübt, aber im tiefsten Innern würde sie sich freuen, daß er mit Gottes Hilfe ausgekämpft hatte und noch am Leben war. Mit den Töchtern würde es schwieriger werden. Er war weder verwundet noch verschüttet, wie sollte er ihnen seine Entlassung erklären? Sie hatten doch nur Flausen im Kopf, wie sollte man ihnen klarmachen, daß es, wenn auch selten, Fälle gab, wo einer auch seiner Erfolge wegen abgesetzt wurde? Nein, für sie würde er immer der vom Pech verfolgte General sein. Und wo hatte ihn das Pech eingeholt? In diesem unseligen Myrjatin! Und wieviel Menschenleben würde dieses Myrjatin kosten? Zehntausend? Fünfzehntausend? Einem Befehlshaber, der eine fertige Armee übernimmt, die er nicht selbst aufgestellt hat, fällt es nicht schwer, die Opfer zu zählen. Ist die Armee aber durch dich entstanden – aus dem Nichts, aus Marschkompanien, die noch nie gekämpft haben, aus Einheiten, die versprengt waren, aus einem Kessel geholt, mit Fahnen oder ohne ...

Er stellte sich vor, wie er sich mit seinen Töchtern stritt, wie sie ihm tatsächlich Vorwürfe machten, und er war voller Haß auf sie. Auch auf seine Frau – weil sie ihm keinen Sohn geboren hatte. Das zweite Kind hatten sie eigentlich nur geplant, weil sie einen Jungen wollten. Wenn die beiden Mädchen wenigstens nach seiner Frau kämen ... Sie war hübsch in ihrer Jugend. Doch leider erkannte er in beiden Töchtern seine eigene »Korpulenz« wieder, das eigene fleischige Gesicht. Wie würden sie erst aussehen, wenn es ans Heiraten ginge? Pferde waren sie! Darüber sollten sie sich den Kopf zerbrechen! Nicht ihn mit Fragen und Vorwürfen belästigen! Ach, wie sehr hätte er jetzt einen Sohn gebraucht, der hätte ihn bestimmt ohne viel Gerede verstanden und nicht verurteilt. Einem Sohn hätte er erklären können, daß sie in einem Lande lebten, wo mehr Orden verteilt wurden als in jedem anderen Land und wo Verdienste keinen Wert mehr hatten, wenn einer gestrauchelt war.

Auf den Schildern sah er bereits die Namen der Moskauer Vororte, er erkannte die Gegend wieder, oder schien es ihm nur so? Sein Herz krampfte sich vor Schwermut zusammen. Er war froh, daß der Tag zu Ende ging und er in der Nacht vor seinem Haus in der Gorkistraße vorfahren würde. Seine Töchter würden schon schlafen und seine Frau ihn mit Morgenmantel und Kopftuch empfangen. Schon lange lief sie nicht mehr barhäuptig herum, immer mit einem Tuch, das über der Stirn geknotet war. Sie würde sich ihm an den Hals werfen und vor Freude weinen, und er würde nur sagen: »Gib uns was zu essen, Mutter, und ein Bett, wir reden morgen über alles.« Sie würde hektisch herumrennen und nicht darüber nachdenken, warum sie so plötzlich nach Moskau gekommen waren. Am nächsten Morgen müßte er sowieso gleich ins Hauptquartier, dann brauchte sie nicht mehr herumzurätseln.

Doch bevor der Tag zu Ende ging, war das Benzin zu Ende. Sie suchten eine Tankstelle und ließen sich den Kanister füllen. Es dunkelte schnell und unbarmherzig. Ohne Licht, nur mit den kleinen blauen Lampen, wollten sie nicht weiterfahren, sie waren nicht an der Front, wozu die Mühe. So übernachteten sie im Diensthäuschen neben der Sperranlage.

Diese letzte Nacht vor Moskau wurde für den General jedoch zu einer traurigen und schlaflosen. Im überheizten Zimmer warf er sich auf der knarrenden Pritsche von einer Seite auf die andere. Er beneidete seine Leute, die sofort in tiefen Schlaf fielen, und er fühlte sich alt, schwach, fast krank. Etwas ließ ihm keine Ruhe und riß ihn immer wieder hoch – er könnte etwas verpaßt oder nicht erledigt haben. So hatte er nicht, wie versprochen, Nefjodows Mädchen geschrieben. Statt dessen hatte er Voltaire gelesen und alle Sorgen vergessen. Gerade an dieses unbekannte Mädchen erinnerte er sich jetzt. Mit der Armee jedoch entfernten sich auch alle Pflichten. Er war nicht mehr im Dienst, also mußte er dem Kind auch nicht mehr schreiben. Und als er das dachte, schlief er allmählich ein. Er hatte einen Traum, den er schon oft geträumt, so daß er morgens kaum mehr unterscheiden konnte, war er Phantasie oder Wirklichkeit.

Ein nebliger Morgen im Spätherbst, seine Kameraden, alle wie er Schüler der Kaiserlichen Fähnrichsschule in Petershof. Sie gehen zum Bahnhof, wo ihnen die Trennung bevorsteht: Die einen wollen nach Petrograd fahren, die anderen begleiten sie zum Bahnhof. Sie haben zusammen getrunken, nicht weil sie voneinander Abschied nehmen, sondern weil sie jung und guter Laune sind. Merkwürdig, er sah diese Schulkameraden als junge Burschen, so wie sie damals waren, sich selbst aber als alten Mann mit rheumatischen Gelenken, und das bereitete ihm Herzschmerzen. Vielleicht waren sie alle tot? Von ihm erschlagen?

In jenen Tagen waren viele revolutionär gestimmte Matrosen durch Petershof gezogen, Jungs aus Kronstadt und Oranienbaum, mit über der Brust gekreuzten Patronengurten und Pistolen, die fast bis zur Erde hingen. Sie pöbelten die Offiziere und Offiziersschüler an und belästigten sie mit Fragen: Für wen bist du und gegen wen. Und wenn du ihnen sagtest, daß du weder für noch gegen jemanden bist, dann war klar, daß du für den bist, gegen den sie waren, und sie begannen eine Schlägerei. Man mußte immer zu dritt oder zu viert durch Petershof gehen. Kobrissow, der groß und furchteinflößend aussah und außerdem noch das Georgskreuz auf der Brust hatte, rührten sie nicht an, doch sie riefen ihm Schimpfworte und Drohungen nach. Am Tag zuvor hatten sie auf dem Bahnhofsplatz eine Versammlung abgehalten und dazu aufgerufen, die verfaulte, käufliche, konterrevolutionäre bürgerliche Regierung, die sich im Winterpalais breitgemacht hatte, nicht zu unterstützen. Dabei fuhr beinahe die Hälfte der Offiziersschüler gerade deshalb nach Petrograd, um in die Wache dieser Regierung einzutreten. Die andere Hälfte hielt das nicht für nötig oder war überhaupt gegen die neue Regierung, aber anders als die Matrosen. Das war ja das Fatale: Die, die wegfuhren, und die, die blieben, und die Matrosen mit den gestreiften Hemden – alle nannten sich Revolutionäre. Und gleichzeitig waren sie alle mit den anderen Revolutionären verfeindet, die natürlich allesamt Konterrevolutionäre waren. Zur Revolution rief der Kopf der Bolschewiki, Lenin, auf, aber auch der Kavalleriegeneral Kornilow wollte die Revolution retten. Er schützte sie vor der Revolution Lenins. Und der stellvertretende Minister Kerenski schützte die Revolution vor den Revolutionen der beiden anderen. Jeder hatte seine eigene Revolution, und der jeweilige Gegner war ein Konterrevolutionär. Kobrissow jedoch gehörte weder zu den einen noch zu den anderen, deshalb wußte er nicht, ob er nun nach Petrograd fahren oder bleiben sollte, und er konnte dieses Problem auf dem kurzen Weg zum Bahnhof nicht lösen.

Der Bahnhof von Petershof hatte zwei Bahnsteige, die unter dem hohen gläsernen Kuppeldach begannen und unter ein leichtes Schutzdach hinausführten. Der erste Bahnsteig war leer. Die Offiziersschüler sprangen auf die Gleise und liefen zum zweiten Bahnsteig hinüber, wo der Zug nach Petrograd stand. Sie kletterten auf das hohe Trittbrett und rissen die verschlossenen Türen auf. Kurz darauf tauchten hinter den verstaubten Scheiben des Wagens ihre Mützen und Gesichter auf. Es galt, sich in Sekundenschnelle zu entscheiden, es hatte bereits zum zweitenmal geläutet. Gleich würde er nicht mehr über die Gleise rennen können, denn der Gegenzug aus Petrograd konnte jederzeit einfahren. Immer, wenn er in seinem Traum an diese Stelle kam, verspürte Kobrissow eine unüberwindliche Lähmung, die sich seiner Beine, dann seines ganzen großen Körpers bemächtigte. Er spürte einen schrecklichen, alle Kräfte verzehrenden inneren Zwiespalt – einerseits wollte er dem Gegenzug zuvorkommen, andererseits sollte er so schnell wie möglich in den Bahnhof einfahren, damit er, Kobrissow, nicht mehr über die Gleise gehen konnte. Die letzten Offiziersschüler, die nach Petrograd wollten, rannten zum Zug, klammerten sich an die Haltegriffe und hingen wie Trauben an den Wagen. Der Zug fuhr langsam an, als überlege er noch, und die Mitfahrenden schauten auf die Zurückgebliebenen, bis der Gegenzug sie verdeckte. Kobrissow erinnerte sich mit Schmerzen daran, denn dieser Abschied sollte sich später als die Spaltung Rußlands erweisen.

Das hatte er schon damals vage gespürt, obwohl die Petrogradfahrer nur einige Tage vor dem Winterpalais Wache schieben mußten und bald hätten zurückkehren können. Doch es kam keiner zurück.

Das Schicksal wollte es, daß er ein Jahr darauf irgendwo in der Salsker Steppe mit gezogenem Säbel auf seinem graugesprenkelten Bujan dahinflog, mit weit geöffnetem Mund »Nach Koltuban!« schrie, und ihm mit gezogenem Säbel und Geschrei seine früheren Kameraden Mischka und Kolka entgegenflogen, jetzt seine Todfeinde. Nur weil sie damals über die Gleise gerannt waren ... Wie sollte er all das seinen Töchtern erklären? Er müßte ihnen beweisen, daß die Wahl der Petrogradfahrer nicht die beste gewesen war. Ihnen stand die große Flucht ins Ausland, die Fremde und die Schande der Armut in fremdem Luxus bevor. Ob seine Töchter gewollt hätten, daß ihr Papa sein Geld mit Ziehharmonikaspielen im Restaurant verdient? Oder mit Reitkunststücken im Zirkus? Zum Kuckuck mit den beiden, wozu diskutierte er mit ihnen!

Er wurde sanfter, als er an seine Frau dachte, denn er wußte, daß sie im Streit mit den Töchtern auf seiner Seite stehen und freche Fragen abwenden würde. Sie stünde auf seiner Seite, auch wenn er mit der ganzen Welt stritt, und fände die überzeugendsten Argumente. Sie spräche sie nicht gleich aus und nicht direkt, sondern nach und nach, jede Stunde ein Teelöffelchen voll. Es ergäbe sich dann ganz von selbst, daß die Menschen in ihrer Umgebung alle selbstsüchtige Karrieristen seien, nur ihr Fotja war ein Talent und tapferer Kerl, den man nicht zu würdigen versteht. Ja, darin war sie perfekt!

Sie konnte vieles, obwohl sie gar nicht klug war. Aber ihr Verstand hatte dazu ausgereicht, ihn einst, vor langer Zeit, über ihr Foto stolpern zu lassen. Ihm schien, als dachte er zum erstenmal ernsthaft darüber nach, was für ein geheimnisvolles Geschöpf sie doch sei, die ihr kleines Leben mit dem seinen verbunden hatte. Dieses geheimnisvolle Geschöpf namens Mascha Nalitschnikowa war in einem Dorf in der Nähe von Wyschni Wolotschek aufgewachsen. Dreißig Werst davon entfernt, genau auf der anderen Seite des Flüßchens Wolotschek, hatte damals sein Regiment gestanden. Welches Wunder hatte sie damals zusammengeführt? Ihr Dorf war ein gottverlassenes Nest, und die Einwohner beneideten die in den Zügen, die an ihrer kleinen Station auf der Strecke

Moskau–Leningrad vorbeirasten. Sie beneideten die in den Schlafwagen, in denen sich das rote Abendlicht spiegelte und aus denen wohlriechende Zigarettenstummel oder Scheiße flogen. Es war immer ein Vergnügen, zu der kleinen Station zu laufen, sich ins Bahnhofsbuffet zu setzen, Bier zu trinken und Weißbrot mit vertrocknetem Kaviar zu essen. Wie ein Festtag war der Besuch des Städtchens Wyschni Wolotschek, wochenlang konnte man sich daran zurückerinnern. Und das geheimnisvolle Geschöpf Mascha faßte den Plan, das Regiment und solch einen Festtag zu nutzen, um in ein anderes Leben zu gelangen, in eines nämlich, welches Jahr für Jahr an der kleinen Station vorbeiraste. Obwohl Mascha noch keinen Ausweis besaß, hätte sie bei gewisser Beharrlichkeit die Chance gehabt, sich irgendwo auf einer Großbaustelle zu verdingen. Aber was die Rückkehrer berichteten, schreckte sie ab; das Leben auf einer solchen Baustelle bestand aus purem Enthusiasmus, einem schmutzigen und engen Wohnheim mit Wanzen und Flöhen, betrunkenen Gitarrenakkorden zu jeder Tages- und Nachtzeit, groben, häßlichen Kleidern und schwerer Männerarbeit. Es gab Schlägereien und Messerstechereien, Aufdringlichkeiten, Vergewaltigungen und Abtreibungen, die in neun von zehn Fällen tödlich ausgingen. Außerdem wurde erzählt, daß das Lager der Erbauer jederzeit über Nacht mit Stacheldraht abgesperrt werden könnte, daß dann Wachposten mit Gewehren auf Beobachtungstürmen sitzen und auf die Romantiker schießen würden, die versuchten wegzulaufen ... Inwieweit das alles stimmte, wußte sie nicht. Aber daß sie in einem Land lebte, in dem alles möglich ist, war ihr nur allzugut bekannt.

Es gab auch einen anderen Weg, und als sie, neunzehnjährig, ihren Wert erkannte, dachte sie immer öfter an ihn. Sie erkannte auch, daß ihr Wert von Jahr zu Jahr wachsen würde, aber nicht grenzenlos, eines Tages würde er seinen höchsten Punkt erreicht haben und dann wieder fallen. Diesen Punkt mußte sie abpassen, um gerade dann dem zu begegnen, der sie an seinem starken Arm aus der Enge herausführen könnte – in sein unbekanntes Leben.

Sie begann sich ihren Erwählten auszumalen, genauer gesagt, den Mann, der sie zu seiner Erwählten machen sollte. In ihrer Phantasie sparte sie nicht an Wuchs und Schulterbreite, sie ließ ihn sechs Jahre älter sein als sich selbst – sieben wären schon zu viel gewesen, Jüngere verachtete sie wie viele Mädchen. Sie zog ihrem Traummann die Feldbluse eines Kommandeurs und Reithosen an, gürtete ihm ein knarrendes Koppel um, steckte ihn in Chromlederstiefel mit Sporen und unterstellte ihm eine Schwadron. Dem Gesicht gab sie ein bedeutsames Aussehen, und damit er auch einem Husaren glich, dachte sie sich für ihn ein hauchdünnes Schnurrbärtchen aus. So entstand Foti Kobrissow, wie er leibt und lebt. Übrigens stellte sich später heraus, daß er nicht allein ihr Phantasieprodukt war, sie hatte ihn einmal in Wyschni Wolotschek auf dem Boulevard gesehen und sofort Gefallen an ihm gefunden. Gleich begann sie darüber nachzudenken, wie sie ihn treffen und an sich fesseln könnte, damit er seinem Schicksal nicht entginge. Die erste Waffe in diesem nicht leichten Unterfangen bestand aus – Sonnenblumenkernen.

Der Landstrich um Wyschni Wolotschek war nicht mit Sonne verwöhnt wie die Ukraine, wo gelbe Sonnenblumenmeere wogten, aber wenn hier jemand Sonnenblumen zum Blühen brachte, konnte er die Samen besser und teurer verkaufen als ein Ukrainer. Mascha Nalitschnikowa und ihre Freundinnen stellten sich mit Säcken selbstgeernteter Sonnenblumenkerne auf die festgetretene Erde vor dem Bahnhof, das Geschäft ging gut. Pausenlos wurden Kerne geknackt, und sie füllten unaufhörlich die Gläser und schütteten den Inhalt in kleine Tüten, die sie an Ort und Stelle geschickt aus Zeitungspapier zusammenrollten. Mancher Kunde bekam die Kerne aber auch direkt in die Hosentasche gefüllt. Nach anderthalb Stunden war alles verkauft. Die Mädchen verstauten das Geld im Strumpf und im Büstenhalter und gingen los, um ihren Verdienst gebührend auszugeben. In der Stadt gab es nur wenig Verlockendes – zum Beispiel das Kino, in dem gerade der Film »Katja, der Papierapfel« lief. Sie konnten ein Eis nach dem anderen essen und so viel Limonade oder Faßbrause in sich hineinlaufen lassen, bis sie den Schluckauf bekamen, vielleicht aber auch im Park mit dem Karussell fahren oder mit dem Luftgewehr schießen. Mascha Nalitschnikowa ging diesen Versuchungen aus dem Weg. Mascha Nalitschnikowa ging in ein Fotoatelier. Sie trug ein aus einer Zeitung ausgeschnittenes Bild von Julia Solnzewa aus dem Film »Aelita« bei sich, ein Bild der wunderschönen Marsbewohnerin Aelita, die einen leuchtenden Helm auf dem Kopf trug und sich in einen Bolschewiken von der Erde verliebte. Ihr Blick war nach oben gerichtet, ihr Gesicht hatte einen überirdischen Ausdruck, der Mascha außerordentlich gut gefiel. Sie fand, daß sie diesem Mädchen sehr ähnlich sah.

»Ich möchte so ein Foto wie das hier«, sagte Mascha.

Der Fotograf wandte ein, ohne Helm würde es nicht so werden wie »das hier«, aber Mascha bestand darauf, der Helm sei nicht die Hauptsache, die Hauptsache sei der Gesichtsausdruck, den sie nachahmen wollte.

Der Fotograf, der mit seinem struppigen, schütteren Haar einem alten Komponisten ähnlich sah, verstand sie und plazierte sie so, daß sie ihr Gesicht im Spiegel betrachten konnte. Er richtete einen großen Holzkasten auf Mascha und sagte, bei ihr sähe es sogar besser aus als auf »dem hier«, was Mascha errötend zur Kenntnis nahm. Der Fotograf war von seinem Modell entzückt und bat das Mädchen um die Erlaubnis, ihr Porträt im Schaufenster ausstellen zu dürfen. Mascha willigte zögernd ein, und als er die Quittung ausschrieb, war er sehr betrübt, weil sie nach einer Woche nicht wiederkommen wollte, um die Bilder zu begutachten und abzuholen: »Was gibt es da zu sehen?« sagte sie. »Ich weiß, daß Sie ein Meister sind. Ich kann nicht selber kommen, ich muß für zwei Monate nach Moskau. Schicken Sie mir die Abzüge lieber per Post.«

»Es kann doch alles mögliche passiert sein«, sagte der Fotograf. »Vielleicht haben Sie geblinzelt.«

»Ich blinzle nicht, wenn ich nicht blinzeln darf«, entgegnete Mascha.

Er schrieb ihre Adresse auf, und gerade das hatte Mascha ja beabsichtigt. Am selben Tag besuchte sie noch drei weitere Ateliers, die auf demselben Boulevard lagen, und stellte auch dort ihr Fangeisen auf. In eines würde ihr Kommandeur schon tapsen. Aber Mascha war zu bescheiden, er tapste in alle vier.

Er hielt sofort in seinem Spaziergang inne, als er das Foto im Schaufenster erblickte. Eine wunderschöne Aelita schaute direkt an ihm vorbei. Ihr überirdischer Blick war verschleiert von Liebe. Unwillig riß er sich von dem magnetischen Gesicht los und schlenderte weiter. Nach zwei Häuserblocks stieß er auf ein Gesicht, das dem ersten sehr ähnlich sah. Diese Aelita zeigte ihm ihr linkes Profil, das noch milder, noch überirdischer aussah. Im dritten Schaufenster erblickte er ihren in den Nacken gelegten Kopf; es fehlte nur ein kleines bißchen, und es wäre das Bild einer Frau, die widerwillig dem Drängen des Geliebten nachgibt. Bei diesem Anblick konnte ein Mann nicht ruhig bleiben, er mußte vermuten, daß er zu spät gekommen war. Doch das vierte Schaufenster machte ihm wieder Mut. Er erblickte ein zur Seite geneigtes Gesicht, mit Augen, die schamhaft zu Boden schauten, einen demütigen Scheitel im streng nach hinten gekämmten Haar. Hier standen jungfräuliche Ehre, Keuschheit und Bescheidenheit im Vordergrund, das Foto gab ihm zu verstehen, daß noch nicht alles verloren war …

Er wollte unbedingt wissen, wer dieses Mädchen war, er flehte die Fotografen an, bekniete sie. Dann endlich verstanden sie den roten Kommandeur und kamen ihm entgegen: Die bekannte Aktivistin der Landwirtschaft und Tierzucht wohne dort und dort und hieße Marja Afanassjewna Nalitschnikowa.

Gleich am nächsten freien Tag galoppierten zwei Reiter durchs Dorf, daß der fette Frühlingsschlamm nur so spritzte. Sie näherten sich dem Häuschen der Nalitschnikows. Der erste, der eintrat – scheu, mit einer roten Schärpe auf der Brust und einem schmalen Schurrbärtchen –, sagte zu Mascha, die zufällig ihr bestes Kleid trug, daß der kommunistische Jugendverband Pate der

Roten Armee sei. Darum sollen er und sein Kamerad Freundschaftstreffen mit der Jugend aus den umliegenden Dörfern organisieren. Man habe ihnen empfohlen, sich zuerst mit der Aktivistin Mascha Nalitschnikowa in Verbindung zu setzen. »Schwindel nur weiter«, dachte Mascha, »du schwindelst so süß!« Sie widersprach den beiden Kameraden: Der Komsomol sei nicht Pate der Roten Armee, sondern der Rotbannerflotte, sie habe übrigens von den Matrosen, die hier in der Nähe Urlaub machten, schon einen ganzen Packen Briefe bekommen, mit unernsten Angeboten. Was aber einen ernsthaften Kontakt anginge, so wisse sie wirklich nicht, wo sie die Zeit für solche Zusammenkünfte hernehmen solle, sie habe immer viel zu tun ...

Der mit dem Schnurrbärtchen war verlegen und wußte nicht, was er sagen sollte, doch sein Kamerad sprang in die Bresche. Er lud Mascha ein, mit ihrer besten Freundin die Einheit zu besuchen, sie dürften auch ausreiten, was ihr bei den Matrosen bestimmt nicht geboten würde. Kobrissow bekam Angst, Mascha könne ihre ganze Aufmerksamkeit auf den Kameraden richten und nicht auf ihn, und das wäre ein möglicherweise nicht wiedergutzumachender Verlust. Aber Mascha, die auf die Einladung einging, wandte sich betont an ihn. Etwas später bekannte sie Kobrissow, ihm habe auf der Stirn geschrieben gestanden, daß er gekommen war, um Bekanntschaft nicht mit irgendeinem Mädchen zu schließen, sondern mit seiner zukünftigen Frau.

»Klar«, sagte Kobrissow, »ich hatte dich doch schon ausgesucht.«

»Nein«, sagte Mascha, »ich hatte dich ausgesucht. Früher als du mich.«

Mascha Nalitschnikowas Initiative steckte die anderen Mädchen an. Den gleichen Weg, durch dieselben Fotoateliers, ging unter Maschas Führung ihre jüngere Schwester, die dann die Frau eines Kameraden von Kobrissow wurde, auch eines Kommandeurs. Dann brachten sie, wenn auch mit Mühe, die ältere Schwester unter die Haube, die mit ihren 24 Jahren sitzengeblieben war. Sie heiratete Kobrissows jungen Stellvertreter. Maschas Cousine bekam den Finanzleiter der Einheit, und eine andere Cousine den Leiter des Pferdebestandes des Regiments. Als die Familie Kobrissow später Betreuung für ihre Babys brauchte, wurden zwei Nichten von Mascha in die Garnison geholt, erst die eine, dann die andere. Auch die brachte man erfolgreich unter die Haube – die erste bekam den Leiter der Futtermittelversorgung, die zweite den Veterinärfeldscher. Alle Mädchen verließen ihr Dorf gut versorgt, und das Geschlecht der Nalitschnikows nahm in der Garnison einen immer größeren Platz ein. Kobrissows Stellung wurde dadurch sicherer, die Dienst- und Verwandtschaftsbande immer fester, und allen Verheirateten schien, als seien sie eine große, unzertrennliche Familie.

Kobrissow wollte mit seinen Gedanken noch ein wenig bei seinem früheren Leben verweilen, als Mascha und er ganz nur für sich da waren, ohne einen dritten. Was er besonders an seiner Lebensgefährtin schätzte, war, daß sie ihre Eroberung nicht für endgültig hielt. Sie war nicht wie viele andere Frauen, die, kaum daß sie auf den Zug aufgesprungen waren, sich hineinsetzten und glaubten, ihr Leben verliefe auf sicheren Gleisen. Mascha eroberte ihn immer und immer wieder, unermüdlich und zu jeder Stunde. Um ihre Jugend, die sie ihm schenkte, kämpfte sie seit ihrer Mädchenzeit. Schon mit dreißig fühlte sie Unruhe in sich und wurde auf wunderbare Weise wieder jung, indem sie ihre Haare kurz schnitt und sich einen neuen Namen gab – Maja. Sie duftete wirklich nach Mai und Frühling, sie ließ ihn spüren, daß sie sich verändern konnte. Sie machte sich Gedanken, womit sie ihn sonst noch anziehen könnte. Sollte sie ihm ebenbürtig sein, eine starke, gewandte Amazone werden? Da trat die wundervolle dreijährige goldbraune Stute Intriga in ihr Leben, die widerspenstige Tochter von International und Rigoletta, die, wie es sich für ein Kavalleriepferd gehört, die ersten Silben der Namen ihrer Eltern geerbt hatte.

Er jagte das Paar an der Longe über den Exerzierplatz, bis sie schweißgebadet waren – die schöne Stute mit der schönen Frau. Und er war dabei übermütig wie ein Fohlen und überglücklich. Er schaffte es, ihr beizubringen, wie man aufsitzt und im Galopp reitet, er erklärte ihr, daß Reiterin und Pferd miteinander verschmelzen müssen – zu einem einzigen wunderbaren Tier, das auf Kommando Schnelligkeit und Rhythmus ändert. Sie exerzierten den »Ritt in der Manege«, den »Ritt auf freiem Feld« und auch den elastischen Trab, der den langen und feierlichen Namen »Marsch der Kavalleriedivision im vorausschauenden Begegnungsgefecht« trug. Der Höhepunkt war die Attacke mit gezogenem Säbel. Er brachte ihr das Peitschen bei, zeigte ihr, wie man die Hand trainierte, damit ihr der Säbel nicht mehr entglitt, und dann kam das Schwerste und Gefährlichste: »Steigbügel loslassen, Arme an die Seite, im Galopp über das Hindernis!«

Aus überschäumender Lust, aber auch um ihr die Angst vor der Hürde zu nehmen und damit das Pferd nicht langsamer wurde, trieb er beide mit einer langen Hirtenpeitsche an. Er war versessen darauf, das Pferd am Bauch zu treffen und die geliebte Frau an der Hüfte, die sich so wundervoll, so verführerisch auf dem Sattel auf und ab bewegte. Die Reithosen hatte sie selbst genäht, sie saßen so fest, daß sie kaum Luft bekam. Die Reiter seiner Schwadron eilten herbei, um sich dieses Schauspiel anzusehen, und schüttelten die Köpfe: Wie konnte ihr Kommandeur sein Weib nur so schinden. Aber das Weib duldete es. Es duldete verständnisvoll. Maja spürte, daß er sie nicht wegen irgendwelcher Fehler schlug, sondern aus einem ganz anderen Grund. Trotzdem fragte sie empört: »Warum peitschst du mich? Was hab' ich getan? Ich hab' schon überall Striemen!«

»Du mußt es ertragen, du hast es schließlich so gewollt«, entgegnete er ihr. »Früher haben die Reitlehrer den Großfürsten auch mit der Peitsche eins über die Beine gezogen, und selbst die haben sich nicht beschwert, sondern alles ertragen.«

Sie ritt eine Runde, überlegte und kam wieder zu ihm.

»Und die Fürstinnen?«

»Was ist mit den Fürstinnen?«

»Haben die Großfürstinnen auch eins mit der Peitsche über die Beine gekriegt?«

»Weiß ich nicht ... Bestimmt.«

»Erkundige dich erst, wenn ja, dann kannst du mich weiter peitschen.«

Doch eines Tages – sie war müde, erschöpft und wirkte aufgedunsen – ritt sie zu ihm und erklärte ihm mit einem etwas traurigen und geheimnisvollen Lächeln vom Pferd herunter: »Wir müssen eine Pause machen. Du wirst bald Vater.«

So endete die Liebe zu zweit. Zwei Jahre später geschah das gleiche noch einmal, mit den gleichen Worten. Als sie nach der Entbindung in die Wohnung gebracht wurde, sagte sie noch in der Tür: »Ich kriege kein Kind mehr. Ein Sohn ist uns offenbar nicht vergönnt.«

Aber auch danach, noch lange danach, gab es Intriga, bis sie »moralisch verschlissen« war. Die Kavalleristen mußten von ihren Pferden steigen und sich in Panzerwagen setzen, die wie Särge aussahen. Die Führung war zu dem Schluß gekommen, daß die Zeit der verwegenen Pferde und legendären Kanonenwagen, die nach hinten schossen, vorbei sei, in einem künftigen Krieg brauche man Panzer, die nach vorn schossen. Und etwas später kamen dann Panzer mit drehbarem Turm. Kobrissow mußte sich umschulen lassen, seine Frau lernte, wie er, die Ungeheuer mit den Raupenketten zu lenken. Sie zwang sich auch dazu, die Jagd zu lieben, nur um bei ihrem Mann zu sein. Er sollte Gefallen an seiner kämpferischen Freundin finden. Eigentlich haßte sie den Mord an Tieren und schoß regelmäßig daneben, obwohl sie bei Schießübungen immer ins Schwarze traf. Wie wundervoll war es, mit ihr allein mitten im Winter in einer kleinen Waldhütte zu wohnen, auf die Jagd zu gehen, Ski zu laufen, einfach zusammenzusein; sie waren ja noch so jung!

Das Sanatorium, in das man ihn jetzt schicken würde, um ihn unter Aufsicht zu haben, rief bei ihm nur Widerwillen und Angst hervor. Er müßte mit anderen Menschen reden, doch jedes Wort, das wußte er, wurde aufgezeichnet, einschließlich der Worte in der Nacht.

Er erinnerte sich an den Sommer 1940, an das Sanatorium für höhere Dienstgrade auf der Krim, in der Nähe von Jalta, wo sich diejenigen Militärs aufhalten mußten, die noch nicht durch den großen Fleischwolf gedreht worden waren. Dort mußte man bis zehn Uhr abends ausgeschlafen haben, danach konnte man nämlich kein Auge mehr zutun. Um diese Zeit fuhr regelmäßig ein Auto vor, man hörte auf der Treppe, dann auf dem Korridor Schritte, sie kamen näher, dann klopfte es an eine Tür, zum Glück an eine andere, dann hörte man die brüchige Stimme dessen, der abgeholt wurde. In diesen Minuten herrschte im Haus Totenstille, so daß man die Geräusche nicht nur im betreffenden Stockwerk, sondern im ganzen Haus vernahm. Es kam vor, daß sie sich irrten – vielleicht nicht einmal absichtlich – und einen Menschen zwangen, die ganze Prozedur der Personenerkennung durchzumachen. Doch dann stimmte mit dem ausgeschriebenen Befehl etwas nicht überein, der Vatersname oder das Geburtsdatum zum Beispiel, aber das stellte sich immer erst bei der allerletzten Frage heraus. Sie entschuldigten sich bei dem Mann, der sich bereits von allem Irdischen verabschiedet hatte, daß er in seiner Ruhe gestört worden war, und wünschten ihm angenehme Träume. Für alle anderen, die bereits erleichtert aufgeseufzt hatten, begannen die Qualen von vorn. Die Männer gingen den Korridor entlang, stiegen die Treppe hoch, die Treppe hinunter und suchten. Sie fragten niemanden nach dem Weg. Niemals hatten sie es eilig. Und sie fuhren nie mit einem leeren Wagen davon. In dem einen Monat, in dem die Kobrissows im Heim waren, wurde bestimmt ein Viertel aller Zimmer frei. Diese Zimmer wurden nicht wieder belegt, denn die Aufenthaltszeit der Verhafteten war noch nicht abgelaufen.

Kobrissow aber lebte, er gab sich Mühe, nicht vor der Zeit zu sterben, er tat, als geschehe nichts. Er stand früh um sechs Uhr auf, ging in den Park, machte Frühsport und einen Dauerlauf unter Zypressen und Palmen und ging dann hinunter zum Meer. Dorthin führte eine breite Allee mit Buchsbaumbüschen, Rhododendron und roten und weißen Rosen. Er mußte an einem großen Blumenbeet vorbei, in dessen Mitte sich ein echtes Skythengrab befand, mit einer weißen Gipsfigur als Denkmal. Jedesmal, wenn er sich dieser Figur näherte und seinen Blick auf die weißen Reithosen richtete, die in hohen Stiefeln steckten, mußte er an seine ungeklärten Beziehungen zu dem denken, der dieser Statue ähnlich sah. Sie stand mit dem Gesicht zum Gebäude und war aus allen Fenstern, die zum Meer gingen, zu sehen. Eine Hand der Figur ruhte im Aufschlag der weißen Militärjacke, die andere war offen dem Gebäude entgegengestreckt. In dieser Haltung konnte man kein Volk führen, sie drückte eher den Wunsch aus, ihr alle Beweise für Liebe und Hingabe in die Hand zu legen.

Eines Morgens, als der General über die breite Treppe durch den Säulengang zum Park hinabstieg, überwältigte ihn eine unerklärliche innere Unruhe. Die Alleen, auf denen zu dieser Stunde für gewöhnlich die Liebhaber des Frühsports ihren Dauerlauf machten, waren leer, der gesamte Park lag da wie ausgestorben. Später stellte sich heraus, daß einige Kurgäste ihren Aufenthalt abgebrochen hatten und mit dem Taxi nach Simferopol gefahren waren, in der Hoffnung, noch den Morgenzug zu bekommen. Andere waren gerade beim Kofferpacken, und dritte wußten nicht, welche Lösung die beste war, und zogen es vor, sich dem Schicksal zu ergeben. Einen Bekannten traf er dennoch. Er kam Kobrissow im Pyjama und mit einem Handtuch über der Schulter entgegen, es sah aber so aus, als habe er nicht im Meer gebadet, sondern auf halbem Wege kehrtgemacht. Aus irgendeinem Grunde grüßte er Kobrissow nicht, sondern preßte, ohne die Augen zu heben, zwischen den Lippen hervor: »Geh nicht weiter, Kobrissow.«

Den Mut dieses Mannes konnte Kobrissow erst ermessen, als er, da er nicht verstand, worum es ging, dennoch seinen Weg fortsetzte und etwas erblickte, was er besser nicht gesehen hätte. Das Denkmal war besudelt. Offensichtlich war jemand auf einer Leiter an ihm hochgeklettert, oder er hatte es mit außergewöhnlicher Wurfkraft geschafft, jedenfalls konnte man seinen Unfug nicht so leicht entfernen. Jeder, der sich in der Nähe befand, konnte als Täter oder Helfershelfer in Frage kommen oder, und selbst das war anstößig, als passiver Zuschauer, der die Missetat begrüßte oder beim Anblick des verunstalteten Denkmals gar Freude empfand. Im Rücken fühlte Kobrissow ein Dutzend Augen auf sich gerichtet. Das Haus lag still, und alle Vorhänge waren zugezogen. Hinter den Vorhängen jedoch standen Menschen mit klopfenden Herzen, die Helden von Perekop und Chalchyn-Gol, die Bezwinger von Koltschak, dieselben, die auch die Mannerheimlinie durchbrochen hatten. Er wandte sich langsam und scheinbar ungezwungen um, als habe er nichts gesehen, und kehrte zum Haus zurück, wobei er sich die größte Mühe gab, nicht zu rennen. Plötzlich wurde ihm bewußt, daß er einen Fehler gemacht hatte: Um seine Unschuld zu beweisen, hätte er in aller Ruhe zum Meer gehen müssen, aber dazu war es jetzt zu spät. Als er schließlich zu seiner schlafenden Frau ins Appartement zurückgekehrt war, begann er darüber nachzusinnen, ob es nicht das beste sei, sich auszuziehen und schlafend zu stellen, falls jemand klopfte. Aber er ließ diesen Plan fallen und stellte sich ebenfalls hinter den Vorhang, sein Herz machte laut darauf aufmerksam, daß es auf der linken Seite der Brust schlug, er betete zu Gott, daß alles sich in Wohlgefallen auflöse.

Madam Generalin wachte gegen acht Uhr auf, als es hieß, zum Frühstück zu gehen. Sie fühlte sofort, daß etwas nicht stimmte. Sie fragte, warum die Vorhänge zugezogen seien und was es dort unten Interessantes zu sehen gebe. Er erklärte ihr, was vorgefallen war. Sie stand augenblicklich auf, ohne weitere Fragen zu stellen, warf ihren schönen Morgenmantel mit den Pfauenaugen über und ging hinaus.

Bald darauf konnte er sie unten aus der Tür treten sehen, bewaffnet mit einer leichten Gartenleiter, die sie wie ein gefälltes Bajonett trug, eine alte Krankenschwester mit Eimer und Schrubber humpelte hinter ihr her. Die Leiter lehnten sie an den weißen Bauch des Führers, die Krankenschwester kletterte auf den Sockel und über die Stufen der Leiter zur weißen Brust. Madam Generalin reichte ihr Eimer und Schrubber, blieb selbst aber unten stehen und gab Anweisungen. Die Kriegshelden im Haus mußten zusehen, wie der nasse Schrubber über Stirn und Nase des Führers fuhr, besonders vorsichtig über Schnurrbart und Mund. Dann kletterte die Oma eine Stufe höher und tat etwas völlig Unstatthaftes: Sie lupfte den Saum ihres Kittels, und zwar so ungeschickt, daß ihre lilafarbenen Baumwollunterhosen zum Vorschein kamen, und rieb mit diesem Saum alle Stellen trocken, die der Schrubber entweiht hatte. Madam Generalin hieß diesen Akt mit einem Kopfnicken gut und half der Oma beim Hinunterklettern.

Maja kehrte unzufrieden und finster zurück und sagte, indem sie an ihren Händen schnupperte: »Auberginenbrei, weiter nichts.«

Darauf ließ sie sich auf ihr Bett fallen und schlief fest ein. Als sie aufwachte, konnte sie sich an nichts mehr erinnern. Auch später nicht. Noch etwas später kam er auf die Idee, daß sie überhaupt nicht geschlafen, sondern nachgedacht hatte. Sie hatte darüber nachgedacht, was sie zu der ganzen Geschichte sagen sollte. Und beschlossen, am besten zu schweigen.

Sie, die nicht schlechter als jeder Mann mit der Rute zuschlagen konnte, wußte, daß dieser unüberwindlichen Angst jeder ausgesetzt war. Sie kam von allen Seiten, von unten und von oben, sie schwebte in der Luft, die du atmetest, sie schwamm im Wasser, das du trankst. Und sie machte aus den verwegensten Helden Angsthasen, was diese nicht daran hinderte, auch weiterhin Helden zu sein.

Für sie blieb ihr Mann der, der er immer war, und sie zweifelte nach wie vor keine seiner Handlungen, keines seiner Worte an.

Sie bestätigte ihm in solchen Fällen immer mit einem Lächeln, das ausdrucksvoll sagte: »Ich verstehe von alldem gar nichts, ich weiß nur, daß Foti immer recht hat. Ihr könnt mich erschlagen, aber er hat recht.« Das rührte ihn, doch manchmal nervte es ihn auch.

In der jetzigen Situation schien ihm ihre Zuneigung notwendiger denn je. Ihn rührte ihre heilige Einfalt so sehr, daß er von einer Zärtlichkeit zu ihr durchdrungen war, wie er sie nicht mehr von sich erwartet hatte. Ihm wurde schwer ums Herz bei dem Gedanken, daß sie der einzige Mensch war, der zu ihm gehörte, der bei jedem Schicksalsschlag bei ihm blieb. Und nun war sie irgendwo ganz in der Nähe, 45 Kilometer von ihm entfernt. Es dämmerte noch nicht einmal, als er ungeduldig seine Begleiter aus den Betten scheuchte und ihnen befahl, die Sachen zusammenzupacken und den Motor anzulassen.

Unausgeschlafen und griesgrämig, wie sie waren, verfluchten sie ihn bestimmt insgeheim, sicher dachten sie, sie seien ihn sowieso bald los. Er war wütend auf sie, weil der Jeep zu langsam fuhr. Indes wurde die Chaussee immer breiter, ganz junge Kiefern, die noch grau waren in der Dämmerung, flogen ihnen entgegen. Zwischen den Bäumen konnte man die Stellungen der Flak und Panzerjäger durchschimmern sehen und die quer zur Straße laufenden Schienensperren und Betonhöcker. Alle vier waren aufgeregt, sie rutschten unruhig auf ihren Sitzen hin und her, denn sie fühlten, daß die Fahrt sich ihrem Ende näherte. Da sahen sie Moskau – von oben, vom Berg.

»Das ist der Huldigungsberg, ihr meine Kaninchen«, sagte der General. Er berührte den Fahrer am Ellenbogen. »Halt mal an, Sirotin.«

Er kletterte aus dem Wagen und machte langsam, die Hände auf dem Rücken, einige Schritte zum Abhang hin.

2

Der Berg, den der General für den Huldigungsberg hielt, war in Wirklichkeit eine andere Erhebung. Kobrissow wußte nicht, daß ihn noch fünf, sechs Kilometer von jenem nicht sehr hohen und nicht sehr beeindruckenden Hügel trennten, der zweihundert Schritt von Kutusows Hütte entfernt in Fili lag, und auf dem einst Napoleon gestanden und vergeblich auf die Schlüssel zum Moskauer Kreml gewartet hatte. General Kobrissow jedoch befand sich am Anfang der langen und steilen Abfahrt zu den ärmlichen Hütten und Gärten von Kunzewo, dennoch spürte er zum erstenmal, daß Moskau ganz nahe war.

Moskau fing für Kobrissow am Fuß dieses Berges an, unter der riesigen schwarzblauen Wolke, die über ganz Kunzewo und den weiter hinten liegenden, kaum erkennbaren Häusern und Schloten hing. Sperrballons, die sich silbern von der Wolke abhoben und den Himmel verunstalteten, schwammen langsam in die graue, neblige Dämmerung. Und diese Dämmerung versprach eine schwache Sonne am frühen Morgen und einen trostlosen Mittag, mit Wind und Nieselregen.

Nichts Gutes versprach ihm auch die Hauptstadt, wo er schon einmal eine Demütigung hatte hinnehmen müssen, die er bis zum Ende seiner Tage nicht verkraften würde. Innerhalb einer Stunde war er aus dem Sattel geholt und im Staub zertreten worden. Der Untersuchungsführer Oprjadkin vom Lubjanka-Gefängnis hatte ihn in die Knie gezwungen und mit dem Lineal auf die Hände geschlagen – das war die ganze Folter. Vielleicht wäre es nicht so beschämend gewesen, hätten ihn kräftige Aufseher in eine blutige Fleischmasse verwandelt und die Finger mit einer Tür zerbrochen? Wie sollte er das verdrängen, dieses zu ihm hinabgebeugte Gesicht, diese fliehende Stirn, die schmalen, blassen Lippen und den eisigen Blick, den geraden Scheitel in den glatt nach hinten gekämmten gelbblonden Haaren, die ironisch-zärtliche Stimme, die ihn belehrte: »Foti Iwanowitsch, Sie sind doch kein kleiner Junge mehr. Wenn Ihre Panzer während der Parade plötzlich vor dem Mausoleum stehenbleiben – vor dem Mausoleum! Wie soll man so was bezeichnen? Das ist ein Anschlag, Foti Iwanowitsch, ein Anschlag. Auf wessen Leben? Wagen Sie ja nicht, den Namen auszusprechen, denken Sie ihn sich. Was bedeutet eine geschlossene Turmluke? Daß der Panzer in Gefechtsbereitschaft ist. In Gefechtsbereitschaft!«

Es fiel ihm nicht leicht, sich daran zu erinnern, wie er hysterisch aus seiner Ecke geschrien hatte: »Aber sie hatten doch keinen Kampfsatz an Bord! Sie hatten keine Munition! Keine Patronen!« Und wie der bekümmerte Oprjadkin seufzend nach seinem Lineal griff: »Wirklich, Sie benehmen sich wie ein kleines Kind. Wenn ein Kampfsatz an Bord gewesen wäre oder Granaten, dann würde ich nicht mehr mit Ihnen reden. Ich würde Sie mit diesen Händen hier in Stücke reißen, erwürgen. Nur weil es keinen gab, sage ich: ›Anschlag‹. Na, gut, der Kuckuck soll Sie holen, ich formuliere es nach Paragraph 19 als ›geplanten Anschlag‹. Den Sie aus irgendwelchen Gründen nicht ausgeführt haben. Aber nicht, weil kein Kampfsatz an Bord war. Denken Sie sich etwas Überzeugenderes aus. Ich möchte Sie vor der Höchststrafe bewahren, und Sie lehnen es ab, mir zu helfen. Ich will erreichen, daß Sie zehn Jahre kriegen, dann lassen Sie uns doch gemeinsam um diese zehn Jahre kämpfen!« Und er, Kobrissow, hatte ernsthaft darüber nachgedacht, ob er darauf eingehen sollte, obwohl er besser als die anderen wußte, was kommen mußte: Die graugrünen Uniformen würden über den Neman und Prut setzen, und die Doppelrumpfflugzeuge, die Bomber mit den Kreuzen auf den Flügeln würden heulend über Kiew, Leningrad und Minsk kreisen, und derselbe Oprjadkin würde ihm in seinem Arbeitszimmer »mit diesen Händen hier« die Feldbluse mit Schulterstücken und das Koppel mit der schweren Revolvertasche zurückgeben. Mit einer großartigen Geste würde er auf den Tisch zeigen, wo sich Kognak und Torte statt der dicken Akte befanden. »Schade, daß Sie nicht wollen, Foti Iwanowitsch. Die letzte

Vorkriegstorte.« An seinem eisigen Blick hatte man ablesen können, daß er dem Häftling am liebsten die fette, süße Masse ins freche Maul gestopft hätte! Doch der Ungehorsam des Häftlings beschränkte sich darauf, die Torte und den Kognak abzulehnen. Statt sich ganz zu widersetzen, war Kobrissow auf die verletzenden Gespräche eingegangen: »Werden wir jetzt gemeinsam das Vaterland retten, Bürger Untersuchungsführer?« hatte er gefragt und die rutschenden Hosen mit der Hand festgehalten, worauf Oprjadkin ruhig und würdig entgegnete: »Jeder auf seinem Platz. Und nennen Sie mich bitte nicht ›Bürger Untersuchungsführer‹, sondern ›Genosse Oberleutnant‹. Und Sie, Genosse General ... Sie kriegen Ihre Knöpfe gleich wieder angenäht, so geht das doch nicht ... Es rutscht ja alles. Sie fahren jetzt ins Volkskommissariat für Verteidigung. Ihnen wird eine Division anvertraut.« Ihm war damals ein haßerfüllter und gleichzeitig hilfloser Gedanke gekommen: Wenn er diesem Oprjadkin allein auf der Straße begegnete und ihn in einen Hauseingang zerrte ... Doch noch am selben Abend mußte er losfliegen, zu seiner Division, die die kleine Stadt Jolgava in einem panischen Rückzug dem Feind überlassen hatte und sie nun genauso panisch zurückerobern wollte ...

Wie damals, als er nach Moskau kam, beherrschten ihn Unruhe und Furcht. Er ärgerte sich – es war höchste Zeit, die Sache nüchtern zu betrachten. Er stand auf der menschenleeren Chaussee, dann ging er zum Jeep zurück.

»Wir machen Rast«, erklärte er seinen Begleitern.

Alle drei blickten ihn verwundert an. Finster erklärte er: »Es ist noch zu früh, noch nicht mal acht. Außerdem müßten wir uns ein bißchen zurechtmachen, rasieren, wir fahren immerhin in die Hauptstadt.«

»Dort unten?« fragte der Fahrer und deutete lächelnd mit dem Kopf in Richtung Moskau.

»Ja, dort, Sirotin. Nicht zu glauben, was?«

»Und die Metro, ist es weit bis zur Metro? Mein Traum ist es, zwei Dinge zu sehen – den Kreml und die Metro.«

»Du wirst den Kreml sehen, und die Metro auch …«

Der General kletterte als erster über die Böschung auf die Wiese hinunter. Adjutant Donskoi schaute kühl-ironisch auf seinen breiten, krummen Rücken und den faltigen Hals und sagte sich im stillen, daß diese dumme Entscheidung auch etwas Gutes habe. Sie sollten – gerade in der jetzigen Situation – sich von der vornehmsten Seite zeigen und dazu noch mit einer kleinen Verspätung im Hauptquartier eintreffen.

Sirotin lenkte den Wagen zum Straßenrand, alle drei stiegen aus, schüttelten die eingeschlafenen Beine und rauchten, konnten aber den Blick nicht von Moskau wenden.

Schesterikow schleppte den Sack und die Gasmaskentasche aus dem Wagen, wählte eine ebene Stelle, breitete die Zeltplane aus und darüber seinen ausgedienten Adjutanten-Mantel, den er für solche Fälle immer bei sich trug. Das Gras war grau vom Reif, und als sie sich setzten, raschelte es. Von diesem Geräusch lief ihnen ein Schauer über den Rücken. Schesterikow holte die Thermoskanne aus dem Sack und alle Utensilien zum Rasieren, schlug den Schaum steif, plazierte den General auf den Mantel und legte ihm eine Serviette um, dann rasierte er ihn geschickt und schnell, indem er auf Knien um ihn herumrutschte, bis der General rosig glänzte. Mit einer kleinen Schere aus Solingenstahl stutzte er ihm die Augenbrauen und hielt ihm dann den runden Autospiegel vor.

Das Wort »Rast« hatte Schesterikow im Frontsinn verstanden. Er breitete ein weißes Damasttuch auf dem Boden aus und stellte Konserven, einen Laib Weißbrot in Zellophanhülle, vier geschliffene Schnapsgläser, eine Feldflasche mit Wodka und eine noch fast volle Flasche französischen Kognak aus der Provinz Cognac darauf. Die Kognak-Flasche plazierte er übrigens in einiger Entfernung, er bohrte mit dem Hacken ein Loch in die Erde, damit sie fest stand und nicht etwa bei einer lebhaften Gebärde umfiel. Mit einem finnischen Messer öffnete er vorsichtig ein großes deutsches Konservenglas mit sauer eingelegter rote Bete. Ein amerikanisches Konservenglas, viereckig und von ungewöhnlicher Schönheit, mit rosigem Schmalzfleisch, öffnete er mit einem speziellen, am Glas befestigten Öffner und verdarb damit ein wenig die Schönheit. Auf einem glatten Holzbrettchen schnitt er Brot und legte jedem eine deutsche, aus einer federleichten Aluminiumlegierung gefertigte Gabel hin, die mit Adler und Hakenkreuz verziert war. Was hatte er noch vergessen? Er griff sich an den Kopf und wechselte die Serviette des Generals. Worauf er sich zufrieden niederließ und seine großen, kartoffelgelben Hände mit den angeschwollenen Adern auf die Knie legte.

Der General betrachtete im Spiegel aufmerksam Schesterikows Werk, legte den Kopf zur Seite und lachte. Plötzlich fragte er: »Was wird nun aus deinen Talenten, Schesterikow?«

Er stellte jene Frage, auf die Schesterikow schon eine halbe Ewigkeit gewartet und auf die er längst eine Antwort parat hatte. Schesterikows Herz bebte. Er wußte, noch einmal würde der General diese Frage nicht stellen, eine zweite Gelegenheit würde sich also nicht bieten, trotzdem zeigte er seine Aufregung nicht und antwortete scheinbar sorglos, mit einem breiten Lächeln, wobei er seine kräftigen gelben Raucherzähne zeigte: »Was die Talente betrifft, Foti Iwanowitsch, damit ist es nicht weit her ... Die Hauptsache ist, wir bleiben am Leben und unsere Arme und Beine heil, Hauptsache, uns trifft kein Unglück.« Dann fügte er noch seufzend hinzu: »Es gibt viele Veränderungen, und nicht immer sind sie zum Schlechteren. Vielleicht kommt noch alles ins Lot ...«

Donskoi blickte kurz zu ihm hin und unterdrückte ein Lächeln. »Veränderungen ...«, sagte der General. »Na, ich bitte zu Tisch.«

Alle vier rückten zum Tischtuch. Der General öffnete die Kognakflasche, goß dem Adjutanten und sich selbst ein und stellte sie vor den Fahrer und die Ordonnanz, damit auch sie sich bedienten.

Eilig sagte Schesterikow zu Sirotin: »Wir beide trinken Wodka, stimmt's?«

Sirotin nahm behutsam die Kognakflasche, befühlte zweifelnd das bunte Etikett und die erhabene Verzierung, betrachtete die Welt durch das dunkle, tiefgrüne Glas und stellte sie zurück ins Erdloch.

»Jaja, das ist kein Getränk für uns. Das ist zu gut für uns beide ...«

Der erste Trinkspruch wurde, wie üblich in diesem kleinen Kreis, nicht laut ausgesprochen, sondern nur gedacht, er galt all jenen, die nicht mehr bei ihnen waren, deshalb wurde auch ohne anzustoßen getrunken. Dann begannen sie der Reihe nach aus den Konservengläsern Fleisch und rote Bete herauszuklauben. Der General und der Adjutant hielten ihre Servietten unter die Gabeln, die Ordonnanz und der Fahrer ein Stück Brot.

Unverhofft wurde das kleine Picknick von leisen Stimmen gestört. Über die Chaussee liefen Frauen mit Wattejacken, Kopftüchern, Gummistiefeln und Spaten. Die kleine Gruppe, die im Gänsemarsch die Straße hochstieg, machte einen Bogen um den schlammbespritzten »Willys«. Die vier Frontkämpfer, die es sich auf der Wiese gemütlich gemacht hatten und dazu noch einen General bei sich führten, kamen ihnen wohl wie eine wunderbare Erscheinung vor. Die Frauen verstummten augenblicklich und taten so, als hätten sie die Männer nicht gesehen, nur die jüngeren kicherten und flüsterten sich etwas zu.

»Ach, die Mädchen, unsere Gardisten vom Rückwärtigen Dienst!« sagte Sirotin mitleidig und schon etwas beschwipst. »Sie gehen Kartoffeln buddeln. Wo wollen die jetzt Kartoffeln finden?«

»Und ob sie welche finden!« sagte Schesterikow. »Die wertvollsten, die außerplanmäßigen. Die sie im September nicht geerntet haben. Die sammeln sie jetzt für sich selbst, nicht für den Staat.«

»Mensch, der weiß alles!« sagte Sirotin bewundernd.

»Das ist nicht schwer zu erraten, jede trägt einen Spaten, nach den eigenen graben sie tief.«

»Wie dumm wir doch sind«, sagte der General unzufrieden, »wir hätten ja auch in den Wald fahren können, jetzt halten wir hier vor aller Augen ein Gelage ab. Und die Menschen hier hungern ...«

Eine Frau blieb direkt über ihnen stehen, nahm den Spaten von der Schulter und fing mit erkälteter oder vom Rauchen heiserer Stimme zu wehklagen an: »Ach, warum sitzt ihr auf der feuchten Erde, Männer! Ihr werdet noch Rheuma kriegen ...«

»Du brauchst kein Mitleid mit uns zu haben, Muttchen«, Sirotin zeigte ihr das gefüllte Schnapsglas, »wir haben die beste Medizin gegen Rheuma.«

»Ach, für dich bin ich schon ein Muttchen«, sagte die Frau. »Und ich dachte, deine ältere Schwester. Deine Medizin ist der reinste Betrug. Du bist noch jung, und dir macht es nichts aus, aber eurem General, auf den müßt ihr aufpassen.«

»Nanana«, entgegnete der General mit gespieltem Zorn. »Ich nehm's noch mit zwei solchen jungen Kerlen auf.«

Zur Antwort lächelte sie schwach, als wollte sie sagen, daß es Dinge gibt, für die sie bereits zu alt sei. Der General wurde ernst: »Ich danke dir, Töchterchen, daß du dich um uns sorgst.«

»Ach, ihr braucht mir nicht zu danken!« Sie schien plötzlich froh darüber, daß sie diesen vier armen Männern irgendwie behilflich sein konnte. »Ihr hättet besser daran getan, zu dem Häuschen dort zu fahren, da gibt's ein kleines Öfchen, einen Tisch, Bänke. Vor dem Mittagessen kommen wir nicht zurück, da habt ihr genug Platz. Mich friert richtig, wenn ich euch so sehe.«

»Halb so schlimm, Töchterchen«, sagte der General. »Wir sind's gewohnt. Ich danke dir.«

»Dafür haben wir einen wunderbaren Ausblick«, sagte Donskoi, bereits rot vom Kognak, und deutete auf Moskau.

Die Frau besaß nicht die Geistesgegenwart, ihm gebührend zu antworten. Ihre Freundin, mit grauem, eingefallenem Gesicht – sagte streng: »Ljubascha, geh den Männern nicht auf den Geist. Du bringst sie in Verlegenheit. Sie haben ein schönes Plätzchen gefunden, wollen Moskau betrachten. Und vielleicht Radio hören.«

»Was denn für ein Radio?« fragte der General.

»Da oben!« Die Frau, die Ljubascha hieß, lächelte wieder. »Da oben, am Mast. Haben Sie es noch nicht gesehen?«

Etwa fünfzehn Schritt hinter dem Wagen hing an einem Telegrafenmast ein riesiger Lautsprecher mit einem schwarzen Grammophontrichter. Sie hatten ihn tatsächlich nicht bemerkt, waren vorbeigefahren.

»Er ist sehr laut«, teilte Ljubaschas Freundin mit. »Wir können die Nachrichten sogar auf dem Kartoffelacker hören. Und ihr, kommt ihr direkt von der Front?«

»Woher denn sonst?« Sirotin war beleidigt, für ihn gab es nur Frontkämpfer oder Deserteure.

Sie machte ein geheimnisvolles Gesicht. »Und jetzt wollen Sie sich ein bißchen erholen? Oder werden Sie neu formiert?«

»Wir haben in Moskau zu tun«, entgegnete Donskoi trocken.

»Na gut«, sagte Ljubascha hastig. »Ruht euch aus, alles Gute.«

Beide Frauen schulterten ihre Spaten und gingen weiter. Nach ihnen kamen noch weitere Frauen aus Kunzewo die Straße hoch, in Grüppchen oder einzeln, und eine – jung und rund wie ein Fäßchen – rief laut: »Einen heißen Gruß unseren Frontkämpfern! Was machen unsere Adler, schlagen sie sich tapfer?«

»Und wie sie sich schlagen, Schätzchen!« antwortete Sirotin. »Sie schlagen sich, daß die Fetzen fliegen!«

»Unsere Fetzen oder die vom Fritz?«

»Unsere ein bißchen, die vom Fritz doller.«

»Ihr seid ja lustig. Kann man sich zu euch setzen?«

»Das werden wir gleich in Erfahrung bringen.« Sirotin sah den General fragend an.

»Warum nicht«, sagte der General. »Wir erwarten sonst keine Gäste.«

Sie gluckste und wurde puterrot, doch dann bekam sie einen Schreck, schlug die Hand vor den Mund und wurde still.

Die Männer warteten, bis die Frauen vorbeigegangen waren, dann tranken sie weiter – auf den Sieg und auf den Obersten Befehlshaber. Ihnen wurde vom Schnaps und vom Geruch der angewärmten Erde und des Grases heiß ums Herz. Und weil Moskau sie erwartete und ihnen ein bißchen Aufheiterung versprach. Donskoi kniete nieder, zog sein selbstgemachtes Zigarettenetui aus der Tasche, auf dem eingraviert war: »Bis Berlin, Andrjuscha!« und »Laß uns noch eine rauchen, Kamerad!«. Alle nahmen sich eine Selbstgedrehte, nur der General nicht, den schützten sie mit wedelnden Händen vor dem Rauch. Es trat die Minute des Schweigens ein, die dazu da war, die Alltagsgespräche von einer Unterhaltung über Höheres und Wichtigeres zu trennen. Und diese Minute dauerte und dauerte, keiner wagte, sie zu unterbrechen, alle warteten auf ein Wort des Generals. Er verstand das, konnte sich nur nicht dazu entschließen – was sollte er seinen Leuten sagen, mit denen er anderthalb Jahre zusammen gekämpft hatte und die schon morgen ganz anderes im Kopf haben würden?

Ob sie sich später an diese Stunde erinnerten? Ob sie das verstehen, ob sie irgendwann einmal verstehen werden, warum er diese Rast wollte? Eine zweite Gelegenheit, zu viert zusammenzusitzen, würde es möglicherweise nicht mehr geben. Allerdings war fraglich, ob sie solch einen feierlichen Abschied überhaupt wollten? Da saß sein Fahrer, Sirotin, Wasja, ein großer Meister im Beschaffen und Tauschen und ein ebensolcher Modenarr. Den Rand seiner Militärbluse hatte er abgeschnitten, damit sie kaum unter dem Koppel hervorschaute; er hatte selbstverständlich ein Offizierskoppel, mit sechs Ösen, an denen ein Taschenmesser im Futteral hing, ein Feuerzeug an einer Kette und eine »Parabellum« mit einem riesenlangen, aus rotem Leder geflochtenen Degenband; in die Schulterstücke hatte er Zelluloidplättchen geschoben, damit sie sich nicht wellten; vom Rand der Stiefelschäfte – natürlich Offiziersstiefel – hatte er die gelbe Innenseite nach außen gestülpt; und damit nicht genug, er hatte auch noch Sporen angebracht. Kobrissow mußte ihm befehlen, sie wieder abzumachen, denn sie störten, wenn er aufs Gaspedal trat. (Sirotin seinerseits behauptete natürlich, daß sie ihn keineswegs störten.) Er war ein mitunter waghalsiger, mitunter vorsichtiger Fahrer, der Jeep hatte sie kein einziges Mal im Stich gelassen. Aber irgend jemand mußte ihm eingeredet haben, daß er mit diesem General den Krieg nicht überstehen würde. Das merkte man schon daran, wie Sirotin ihn ansah, wenn sie beschossen wurden: als ob der Tod nicht vom Himmel oder von der Erde, sondern von ihm, dem General käme …

Da saß sein Adjutant, Major Donskoi, ein sachkundiger und kluger Befehlserfüller. Nur dachte er allzu oft darüber nach, warum er nicht auch einmal selbst kommandieren könnte – eine Brigade oder vielleicht sogar eine Division, vielleicht könnte er ja auch General werden? Andere hatten es bereits mit dreißig Jahren geschafft, warum nicht er? Das Talent dazu hatte er und auch das Wissen, mit der Obrigkeit kam er gut zurecht, und tapfer war er auch und immer darauf erpicht, etwas Besonderes zu sein. Doch Weiber wissen besser, was ein Mann wert ist: Er hatte eine platonische Liebschaft mit der rothaarigen Galja aus der politischen Abteilung der Armee, und diese Galja setzte ihm mit dem Chef der Artillerieaufklärung Hörner auf. Darüber sang die gesamte Armee schon Lieder beim Marschieren …

Da saß seine Ordonnanz Schesterikow, der Mensch, der ihm in der Armee am nächsten stand: ungemein fürsorglich, ohne ihn wäre er völlig hilflos gewesen. Schesterikow kannte alle seine Gewohnheiten, er hatte gelernt, den Tisch zu decken und gestärkte Servietten hinzulegen, und war außer sich, wenn es zu Fisch keinen Weißwein oder zu Fleisch keinen Rotwein gab. Sein Traum war, dem General auch nach dem Krieg zu dienen. Dieser Traum war nicht ganz unrealistisch, denn auch der General träumte davon, und auch Madam Generalin war dieser Gedanke nicht fremd. Doch nun wollte es das Schicksal, daß Schesterikow entweder an die Front zurück oder einem anderen General treu dienen mußte …

Da saßen sie nun, seine Leute, sie waren alles, was ihm von seiner Armee geblieben war, von seinem harten Leben, aus dem er sozusagen rausgefallen war, so wie man bei voller Fahrt aus dem Zug fällt. Der Zug aber fährt weiter, ohne daß jemand den Verlust bemerkt. Es darf ihn auch keiner bemerken, es darf keine Störungen geben. Jetzt bestimmte der Krieg das Leben, wie bei jenen Frauen aus Kunzewo, die zwischen Artilleriestellungen und Panzersperren Kartoffeln legten und ernteten und die militärischen Objekte nicht einmal bemerkten, sondern einfach ihre Wattejacken und Einkaufsnetze an den Draht hängten, als sei das die normalste Sache der Welt. Seine Armee marschierte nach Westen und nahm ihre Intrigen und ihr glückliches kurzes Gedächtnis mit. Zum Teufel, das war die Logik des Krieges, der Garant für die »Unbesiegbarkeit«, von der immer so viel geredet wurde!

Er wollte etwas sagen, fand aber keine Worte, nur ganz leere wie »Na, meine Kaninchen, vergeßt mich nicht«, auch der Alkohol inspirierte ihn nicht. Vielleicht weil er den Verdacht hatte, daß alle seine drei Kaninchen von Major Swetlookow aus der »Smersch« zum Gespräch eingeladen worden waren. Ganz bestimmt sogar waren sie bei ihm gewesen, er spürte es förmlich, und keiner der drei hatte es ihm erzählt, auch Schesterikow nicht – das kränkte ihn am meisten! Wie oft hatte Schesterikow ihm das Leben gerettet, wie oft hatte er mit ihm getrunken. Immer war er ihm treu ergeben gewesen, doch diese Prüfung hatte er nicht bestanden! O nein, er wollte keinem seiner Leute Vorwürfe machen, selbst Schesterikow nicht. Irgendwie hatte es an ihm gelegen, wenn sie ihn verraten hatten. Bei sich mußte er die Schuld suchen. Warum hatte er sie nicht gleich entlassen, warum hatte er so getan, als sei nichts geschehen? Rußlands gesamte Geschichte wäre möglicherweise ganz anders verlaufen, hätten wir uns geweigert, mit denen zu trinken und zu essen, denen wir nicht trauen, dachte der General. Aber vielleicht wäre das auch das Ende gewesen, denn mit wem hätte man noch trinken können? So weit ist es mit uns gekommen. Doch darüber konnte er jetzt, bei ihrem letzten Zusammensein, nicht sprechen. Aber worüber dann?

Im Lautsprecher am Mast, den sie ganz vergessen hatten, knisterte und knackte es plötzlich, dann ertönte eine Frauenstimme, die die Zeit ansagte, den lieben Hörern einen schönen Guten Morgen wünschte und die »letzten« Nachrichten ankündigte. Der schwarze Trichter war tatsächlich sehr stimmengewaltig, er beschallte den gesamten Umkreis, Wälder und Wiesen, Gärten und Artilleriestellungen und fast ganz Kunzewo.

»Ich hab' da mal 'ne Frage«, sagte der Fahrer. »Warum heißt das ›letzte‹ Nachrichten? Die Sonne ist noch nicht mal richtig aufgegangen. Eigentlich müßte es doch ›erste‹ Nachrichten heißen. Die letzten – das wäre doch abends.«

Der General runzelte die Stirn: »Hör lieber hin, Sirotin. Vielleicht betrifft das auch uns, ein Befehl für unsere Front ...«

Kaum hatte der General diese Worte gesprochen, wußte er, worauf er die letzten zwei Tage gewartet hatte. Wie auf ein Urteil. Er sehnte sich danach, es zu hören, und gleichzeitig hatte er Angst davor. Wer würde jetzt seine Armee befehligen? Wer würde sie weiterführen zu neuen Siegen und Verlusten?

Eine männliche Stimme schallte aus dem Lautsprecher, weich und feierlich: »BEFEHL DES OBERSTEN BEFEHLSHABERS ...«

Die Frauen auf dem Kartoffelacker richteten sich auf und standen, auf ihre Spaten gestützt, ganz still. In den befestigten Stellungen hoben die Flak-Soldaten ihre Köpfe und spitzten ebenfalls die Ohren.

»DEM ARMEEGENERAL WATUTIN ...«

Der nach Kognak riechende Donskoi flüsterte: »Sie haben es gewußt, Genosse General!« Sirotin und Schesterikow schauten ihn mit verwunderten Augen an. Der General antwortete allen mit einem kurzen Kopfnicken und lauschte weiter, ohne noch einmal den Blick zu heben.

»DEN ARTILLERISTEN DES GENERALOBERST SERAPIONOW ... DEN JAGDFLIEGERN DES GENERALLEUTNANTS GALAGAN ... DEN SCHÜTZEN UND PANZERSOLDATEN DES GENERALLEUTNANTS KOBRISSOW ...«

Er war selbst so verdutzt, daß er nicht sah, wie die Ordonnanz und der Fahrer ihn mit weit aufgerissenen Augen anstarrten, wie sich der Adjutant, bleich vor Aufregung, hinkniete. Die Lautsprecherstimme verstummte für einen Augenblick, dann ertönte ihr heller, majestätisch-triumphierender Klang in der kalten gelblich-blauen Luft mit neuer Kraft: »ZUM AUSGANG DES TAGES HABEN UNSERE TRUPPEN DEN HARTNÄCKIGEN WIDERSTAND DES GEGNERS GEBROCHEN. ES WURDE EIN KESSEL GEBILDET. NACH EINEM ENTSCHIEDENEN STURMANGRIFF WURDE DIE STADT UND DIE EISENBAHNSTATION ...«

Es folgte wieder eine Pause, die unendlich lang schien ...

»... MYRJATIN EINGENOMMEN! ...«

Wie einfach und wie feierlich zugleich wurden diese so gewichtigen Worte ausgesprochen. Als wäre sein Vorrat an Kraft und Triumph erschöpft, senkte der Sprecher nun die Stimme, sie klang jetzt sogar ein bißchen matt: »DER GEGNER ERLITT SCHWERE VERLUSTE. AUF DEM GEFECHTSFELD MUSSTE ER TAUSENDE GEFALLENE UND VERWUNDETE, HUNDERTE PANZER, GESCHÜTZE, AUTOS UND ANDERE KRIEGSTECHNIK ZURÜCKLASSEN ...«

»Was? Hunderte!« rief Sirotin aus. »Bei der Technik tragen sie immer dicke auf. Dutzende, das wäre schon viel ...«

Adjutant Donskoi zischte ihn an.

»... WURDE UM ELF KILOMETER ZURÜCKGEWORFEN UND ZIEHT SICH IN RICHTUNG ...«

»Sturmangriff«, bemerkte der Adjutant mit hochgezogenen Brauen und rutschte näher. Dann kniete er sich wieder hin und lauschte.

Der General nickte schweigend. Jawohl, er hatte es gehört. Sturmangriff. Aber was bedeutete »Kessel gebildet«? Warum nicht »eingekesselt«? Sein Kopf dröhnte, die Moskauer Häuser, die er vom Berg aus in der Ferne sah, verschwammen vor seinen Augen, so als wären sie auf eine riesige schwankende Leinwand gemalt. Die dröhnende Stimme schien aus dem halbdunklen Marmorsaal im Kreml zu kommen. Es war unmöglich, sich ihrem triumphierenden Klang zu entziehen. Anderer Meinung zu sein wäre ein Frevel gewesen.

»... DEN KUTUSOW-ORDEN ZWEITER KLASSE AN DIE SECHSTE GARDESCHÜTZENDIVISION ... DEN ROTBANNERORDEN AN DAS 110. SELBSTÄNDIGE SFL-REGIMENT ...«

... Sie hatten die Variante angewandt, an die er gleich nach der Flußüberquerung gedacht hatte, vielleicht aber auch schon vorher, als er auf der Fähre den Dnepr überquerte. Es war die Variante, die er verdrängt hatte, als ihm bewußt wurde, was sich hinter Myrjatin verbarg. Wie er diese Einkesselung dann verabscheute! Wie er die unbedacht in die Truppen des Gegners hineingeschlagenen Keile bedauerte und davon träumte, sie nach und nach wieder herauszuziehen. Er hatte die Stabsratten an der Nase herumgeführt, indem er sagte, daß es noch nicht soweit sei, daß er noch keine Zeit für eine detaillierte Ausarbeitung des Angriffs gefunden hätte, daß es wichtigere Ziele gebe, daß man die Sache noch besser durchdenken müsse. Er hatte den Plan nicht überarbeitet, er hatte sich nicht mehr um ihn gekümmert, sich auf jener Beratung in Spasso-Peskowzy mit Händen und Füßen dagegen gewehrt. Und nun hatten sie ihn genommen, den auf halber Strecke fallengelassenen Plan, jemand hatte ihn in die Finger gekriegt, und nun konnte man nichts wiedergutmachen, keinen einzigen Menschen mehr zum Leben erwecken ... Im Lautsprecher war zu hören, wie das Papier auf dem Tisch des Sprechers raschelte. Doch in den Ohren des Generals klang es wie das Rascheln der Tannenzweige, die von den Panzern fielen, wenn sie mit einem jähen Ruck aus der Deckung fuhren und ihre Panzertürme drehten, um den Mechanismus zu überprüfen. Mit pfeifendem Geheul flogen die »Buckligen«, die »IL-2«-Jäger, dicht über den Schützengräben dahin. Die Ohren der Infanteristen kümmerten sie nicht im geringsten, sie mußten ihre anfälligen Bäuche vor den »Junkers« schützen. Der Moment war gekommen, wo der Ausgang des Kampfes in den Händen anderer lag, er hatte kaum noch die Macht, etwas zu beeinflussen. Wie der Gießer, der von der Gußform zurücktritt, in die sich der flüssige Stahl ergießt. Nun hing alles vom Willen Hunderter und Tausender anderer ab, von dem Mut oder der Dummheit eines einzelnen, vor allem aber von den winzigen grauen Figuren auf dem weißen Schneefeld. Es war Spätherbst, und in Myrjatin war noch kein Schnee gefallen, doch der General hatte genau dieses Bild vor Augen, das Bild von damals, von den ersten Sturmangriffen vor Woronesh – winzige graue Figuren auf einer weißen, leicht hügligen Ebene. Sie rennen und rennen, und ihr langgezogenes »A-a-a!« hallt über das Feld. Sie fallen hin und krauchen zur Seite, um in Sekundenschnelle an einer anderen Stelle wieder aufzustehen. Doch das tun nur die Lebenden, die Toten befolgen diese Forderung der Gefechtsvorschrift nicht, sie fallen einfach hin und bleiben liegen …

Was wußten diese Menschen von seinem Streit mit Watutin und Shukow? Kannten sie den Grund, warum ihr Befehlshaber die Armee verließ, wußten sie, welche Operation teurer war und welche weniger kostete? Die Artillerie korrigierte das Feuer. Eine Leuchtrakete rief zum Angriff. Oh, wie der bequeme Schützengraben dich festhält. Wie schwer es ist, über die Brustwehr zu klettern, die unsichtbaren Wespen stechen dich schon im vorhinein! Aber die kleinen Figuren stiegen aus dem Graben und rannten los, sie rannten über das sumpfige Feld, sprangen über Granattrichter und Stacheldraht, der in der vorangegangenen Nacht von den Pionieren zerschnitten worden war, sie fühlten die Kälte im Bauch und heizten sich durch Schreie auf, mit aller Macht unterdrückten sie die Angst vor Tod, Schmerz und Verstümmelung … Sie hatten ihren General zu dem gemacht, was er jetzt war – zum Armeebefehlshaber, der den Bericht über den Sieg entgegennimmt.

Ihre Gesichter konnte er nicht sehen, nur ihre Nacken unter dem Stahlhelm, ihren Rücken und ihre Schultern in dem gräulichen Wollstoff. Er konnte sich an keinen einzigen Namen erinnern. Daß das einem Armeebefehlshaber auch gar nicht möglich sein kann, war ihm kein Trost. Ein Bataillonskommandeur dagegen hat sein ganzes Bataillon im Blick, sogar ein Regimentskommandeur kann sein Regiment überschauen, zumindest beim Antreten.

»MOSKAU ZOLLT DEN HELDENMÜTIGEN TRUPPEN SALUT« – tönte es aus dem Trichter – »MIT ZWÖLF ARTILLERIESALVEN AUS EINHUNDERTVIERUNDZWANZIG …«

»Ganz schön geizig«, platzte Sirotin heraus.

Donskoi zischte ihn erneut an.

»UND SIE AUCH IN ZUKUNFT SO NENNEN«, tönte es in den Ohren des Generals. Er saß auf seinem Mantel, den schweren Kopf geneigt. Die grauen Figuren hatten bereits die vordersten Schützengräben erreicht. Und mit Getöse erfüllten sie ihre verfluchte Soldatenpflicht.

»UND SIE AUCH IN ZUKUNFT SO ZU NENNEN …«

Er wurde von seiner Höhe auf den Boden heruntergeholt, die Last ihrer Müdigkeit, ihrer Angst und ihrer wahnsinnigen Gier zu überleben wälzte sich auf ihn, und die heiße Qual ihrer Wunden – von Kugeln, Bajonetten, Messern … Was gab es noch für Wunden? Die Last ihrer Wut auf den Feind, dem es gelungen war, sich wieder zu fangen, in die Schützengräben zurückzukehren und auf sie zu schießen, mit zusammengefaßtem Flanken- oder gezieltem Einzelfeuer … Was gab es noch für Feuer? … Dann war alles ruhig, kein Laut war mehr zu hören.

Die Stimme aus dem Lautsprecher jedoch kehrte wieder zurück.

Mit neuer Kraft verlas der Sprecher die Auszeichnungen und Beförderungen, und der General hörte wie durch eine Wand erneut seinen Namen nennen. Dann spürte er, wie seine Schultern von den Auszeichnungen schwerer und seine Brust wärmer wurden. All das mußte er erst verdauen. Ihm schien, als habe nicht er, der auf dem ausgebreiteten Mantel mit einem Wodkaglas in der Hand sitzende Kobrissow, den Helden der Sowjetunion verliehen bekommen und als sei nicht er zum Generalleutnant befördert worden, sondern ein anderer Kobrissow, der statt seiner auf der Höhe gestanden und auf das rauchende Schlachtfeld geblickt hatte ...

Er spürte nicht, wie Donskoi nach seinem leeren Glas griff und ihm einschenkte.

»Genosse Befehlshaber, wir wollen auf Sie ... Gestatten Sie?« Er sagte das offenbar schon zum drittenmal. »Ich möchte noch hinzufügen – auf die Zukunft. Auf den Armeegeneral Kobrissow. Auf den Frontbefehlshaber. Ich meine das im Ernst.«

Sirotin und Schesterikow saßen mit offenem Mund da und lächelten gleichermaßen selig.

»Auf die Adler sollten wir trinken«, sagte der General finster. »Die für den Sieg ihr Leben gelassen haben.«

Sirotin und Schesterikow blickten jetzt streng und schenkten sich hastig aus der Feldflasche ein.

»Auf sie«, sagte Donskoi mit gepreßter Stimme. »Es ist nicht unser Verdienst.« Die Augen des Adjutanten wurden kalt und strahlten einen metallischen Glanz aus. »Wir wollen nichts, was wir nicht verdient haben, Genosse Befehlshaber«, sagte er fest und hob sein Glas. »Pardon, aber das ist meine Auffassung.«

An seinem Blick konnte der General die krampfhafte Gedankenarbeit Donskois ablesen: »Wirklich – was hatte das alles mit Ihnen zu tun? Und wer hatte Kobrissow auf die Liste gesetzt? Watutin? Aus alter Freundschaft, ein Abschiedsgeschenk? Oder Shukow selbst, als Entschädigung? Vielleicht aber auch ... Nein, das konnte nicht sein. Der Oberste Befehlshaber konnte schließlich nicht an alles denken! Am wahrscheinlichsten war, daß sich das

Karussell einfach gedreht hatte, während sie zwei Tage in der Weltgeschichte herumgefahren waren ... Ach, wie sauber sich das Karussell gedreht hatte! Seine Absetzung war noch nicht einmal bestätigt, noch nicht einmal ein neuer Armeebefehlshaber ernannt ... Das juckte doch Moskau nicht! Moskau sah nur, wer die 38. Armee befehligt hat! Kobrissow! Da kriegte dieser Kobrissow eben einen Stern auf die Brust. Und gleich noch einen auf die Schulter. Wir wissen doch, wie so was funktioniert!« Möglicherweise dachte der Adjutant Donskoi darüber gar nicht nach, möglicherweise sah er nur, wie er über den Teppich im Generalstab laufen würde – einen kleinen Schritt hinter dem General. Alles wie gehabt, nichts hatte sich geändert, nur der Geist war ein anderer!

»Auf die Adler!« wiederholte der General im Befehlston.

Adjutant Donskoi neigte den Kopf und fügte sich mit sichtbarem Unbehagen. Alle tranken und stocherten mit ihren Gabeln in den Konservendosen herum.

»Du meinst also, das Karussell hat sich einfach gedreht?« fragte der General lächelnd. Seine Augen blitzten übermütig und schadenfroh unter den buschigen Brauen.

Donskoi blieb der Bissen im Hals stecken, seine Wangen bedeckten sich mit dunkelroten Flecken. Der General sah sein hilfloses Gesicht und spürte, wie siedendheiß eine Welle großer Heiterkeit und hämischer Freude in ihm aufstieg und ihn davontrug.

»Du brauchst nicht rot zu werden, Donskoi!« Er klopfte dem Adjutanten auf die Schulter, wovon dieser einen Buckel bekam. »Du hast recht: Wir nehmen nur das, was uns zusteht! Und es wage einer, uns ein Wort des Vorwurfs zu sagen! Wir scheißen drauf! Wir werden noch mal tanzen wegen dieses Myrjatins, stimmt's?!«

Er zog die Serviette aus dem Kragen. Schesterikow beugte sich mit einem fröhlichen Lachen zu ihm.

»Warten Sie, ich gebe Ihnen eine neue, Foti Iwanowitsch. Wir haben ein bißchen Aspik draufgekleckert.«

»Geh weg mit deinem ... Aspik!«

Ächzend und hochrot im Gesicht erhob sich der General. Schesterikow und der Adjutant sprangen ebenfalls auf und stützten ihn. Er wehrte sie ab, zerknüllte die Serviette in der Faust und drohte mit ihr gen Himmel.

»Die können uns mal, sag' ich! Kreuzweise! Das ist das wichtigste ... Die können uns mal!«

»Der wird doch jetzt nicht zu tanzen anfangen?« dachte Adjutant Donskoi erschrocken. »Von dem ist alles zu erwarten.«

Der General stapfte von einem Bein aufs andere, schwenkte die Serviette und fing mit heiserer Stimme zu singen an:

Wir sind den verrrdammten Verrrfolgern entkommen,
Hörrr auf zu zitterrrn, mein Liebchen fein!
Unsere trrreuen Pferrrde haben den Rrruf verrrnommen,
unserrre Falben holt niemand mehr ein! ...

Seine drei Begleiter standen stramm und wußten nicht, was tun. Indes schaute man bereits interessiert zu ihnen hinunter. Soldaten hatten ihre Fla-Geschütze im Stich gelassen und waren herbeigeeilt. Verlegen kamen die Frauen vom Kartoffelacker näher und stützten sich auf ihre Spaten. Vorbeifahrende Autos hielten an. Und sie alle sahen, wie der schwere, große General neben dem ausgebreiteten Tischtuch tanzte, wie er mit den gewichsten Stiefeln stampfte und die Serviette über dem Kopf schwenkte und sang.

Adjutant Donskoi biß sich vor Ärger auf die Unterlippe. Nicht daß er sich wegen des Generals schämte, das war halb so schlimm, aber ihm wurde plötzlich bewußt, wie unmöglich er selbst aussähe, würde er mit seiner mageren Gestalt, seinem scharfen Profil, seinem schmalen, machtgebietenden Mund und den kalten, metallischen Augen am Rande einer Chaussee zu tanzen und zu singen anfangen, entsetzlich. Niemals würden diese Frauen, Soldaten und Fahrer ihn mit solch heiterem Lächeln ansehen, mit dem sie jetzt auf diese acht Pud schauten. Acht Pud wovon? Nicht einmal das konnte er in Worte fassen. Aber mein Gott, wie unwichtig das jetzt war. Welches Lied würde man ihnen im Generalstab singen? Welchen Eindruck würden sie auf die Offiziere dort machen, wenn sie zu zweit, der General und er, über den Läufer schritten? Was würde die rothaarige Galja aus der politischen Abteilung der Armee sagen ...?

Mit halsbrecherischer Geschwindigkeit raste ein mit Steckrüben beladener »Studebaker« aus Richtung Moshaisk heran und hielt quietschend. Der Fahrer, ein Soldat um die vierzig, kurbelte das Fenster herunter und sah dem Schauspiel zu, dann deutete er mit dem Kopf nach oben, zum Trichter, aus dem ein Siegesmarsch erklang, und rief lustig: »Was nehmen wir ein, Weiber? Etwa Predslawl?«

»Irgend so ein Myrjatin«, antworteten die Frauen.

»Wie?« Er hielt seine Hand ans Ohr. Entweder war er taub, oder der heulende Motor übertönte die Stimmen.

»Myrjatin! Wasch dir die Ohren! ...«

»Sjatin?« fragte der Fahrer des »Studebaker«. »Sjatin ist eine schöne Stadt. War zwar nie da, habe aber davon gehört.« Er lauschte dem Marsch bis zu Ende und rief erneut: »Ist doch alles Kleinkram! Aber als wir Charkow aufgegeben haben, wer kann sich daran noch erinnern, Weiber? Eine einzige Zeile stand in der Zeitung!«

Der General starrte ihn mit offenem Mund an. Er schnaufte, sein Gesicht wurde rot.

»Ich werd's dir zeigen, Kleinkram!« Er kletterte zur Chaussee hoch. »Ich werde dir dein ›Sjatin‹ zeigen! Einen schönen Strategen haben wir da, Rokossowski, Napoleon ... Arschloch! Unter Predslawl macht er's nicht. Warum nicht gleich Berlin, du Etappenhengst, du!«

Als der Fahrer den schnaufend zu ihm hochkletternden General erblickte, wurde er kreidebleich. Wie von selbst hob sich seine Hand ans Schiffchen. Wie von selbst fuhr der »Studebaker« langsam an, heulte auf und raste davon.

»Verdammtes Arschloch!« riefen ihm die Frauen hinterher, im Zorn auf diesen Idioten, der ihnen den Feiertag verdorben hatte.

»Deserteur!«

»Auf eine Mine sollst du fahren!«

»Dein ganzes Leben sollst du nur Rüben essen, du Aas!«

Der General, der schließlich oben angekommen war, spuckte dem »Studebaker« hinterher, doch der war bereits hinter einem Hügel verschwunden. Als hätte das seine letzte Kraft gekostet, ließ Kobrissow plötzlich Kopf und Schultern hängen und schnaufte und stöhnte, als hätte er starke Schmerzen.

»Meine Adler!« Alle Kränkungen seines Lebens stürzten gleichzeitig auf ihn ein. In den Augen brannten Tränen, die er, ohne sich vor den Frauen zu schämen, mit der Serviette trocknete. »Ach, meine Adler ...«

Warum war ihm plötzlich so weh zumute, so unerträglich schwer? Nur dieses Etappenhengstes wegen? Oder weil dieses Arschloch von Oprjadkin ihn mit dem Lineal auf die Hände geschlagen und ihn gezwungen hatte, in der Ecke niederzuknien? Das könnte er nie vergessen, das war nicht wiedergutzumachen. Wirklich nie? Er stand einsam auf der Chaussee, niemand wagte, an ihn heranzutreten, er schaute über die Köpfe der Menschen zu der Wolke hoch, die langsam von Moskau herangezogen kam. Sie veränderte ständig ihre Umrisse, mal sah sie aus wie ein Kamel mit hängender Unterlippe, mal wie ein Kranich mit ausgebreiteten Flügeln, dann lachte sie plötzlich, sie lachte ganz deutlich das schadenfrohe Lachen Oprjadkins. Jenes Lachen, mit dem er Kobrissow das fette, süße Tortenstück angeboten hatte. »Jetzt haben sie dir diese Torte doch noch ins Gesicht gedrückt«, dachte der General bei sich. Wie damals spürte er die widerliche Süßlichkeit auf den Lippen und merkte, wie die klebrige Masse von Nase und Kinn tropfte. »Na, schmeckt's?« Dann erinnerte er sich, wie er vorausgeahnt hatte, daß dieses Myrjatin einmal sein Schicksal sein würde, möglicherweise sogar sein Tod. Seine Knochen sah er schon irgendwo im Stadtpark liegen, unter einem Obelisken aus Sperrholz. Na gut, das Schicksal hatte nicht zugeschlagen, der Leichenwagen war an ihm vorübergefahren, seine Ängste hatten sich nicht bewahrheitet. Was bedeutete schon eine Vorahnung? Er hatte überlebt! Und das hatten die, die ihm seine Armee weggenommen hatten, nicht einkalkuliert. Sie hatten nicht einkalkuliert, daß ihm der Flußübergang, bei dem er hundertmal wie eine bleierne Ente hätte abgeschossen werden können, glücken würde. Und nun hatte sich ein unsichtbarer Richter gefunden, der die ganze lange Kette seiner Demütigungen gesehen und zerrissen hatte und ins Lot brachte, was noch ins Lot zu bringen war. Das Karussell mochte sich gedreht haben, richtig, doch auch der Oberste Befehlshaber konnte gesehen und erkannt haben, daß es nicht um Myrjatin ging, um dieses Provinzstädtchen, sondern daß der Brückenkopf der Schlüssel war, und zwar nicht nur für Predslawl, sondern für das gesamte Gebiet rechts des Donufers. Möglicherweise hatte er selbst mit seinem gelben Fingernagel oder mit dem Stil seiner Pfeife Kobrissows Namen unterstrichen: »Es existiert die Meinung, daß in Beziehung zu Genossen Kobrissow eine Ungerechtigkeit zugelassen wurde. Ich schließe mich dieser Meinung an. So achtlos darf man nicht mit seinen Leuten umgehen. Um so mehr, da dieser Kobrissow, wenn ich mich recht erinnere, Generalleutnant und Held der Sowjetunion ist. Oder irre ich mich?« Genau so hätte es sein können. Und was bedeutete das, wenn es sogar der Oberste Befehlshaber war, der die Lage erkannt hatte? »Das bedeutet nur«, sagte sich der General, »daß man dir statt eines Bissens zwei zugeworfen hat ...« Warum kommt alles so spät, so verdammt spät! Selbst wenn man ihm die Armee zurückgäbe, wäre er dann noch derselbe? Diese Ungerechtigkeit kann nicht wiedergutgemacht werden, denn du bist durch sie ein anderer Mensch geworden.

Adjutant Donskoi, der dem General hinterhergeklettert war, beobachtete ihn aufmerksam, mit einem höhnischen Lächeln auf den schmalen Lippen. Gerade noch hatte der General getanzt und gesungen, jetzt stand er allein unter dem dröhnenden Lautsprecher, den barhäuptigen Kopf gesenkt, und stützte sich gegen den Mast. Ein leichter Wind strich durch sein schütteres Haar, er sah aufgewühlt aus. »Ein bißchen zu viel getrunken«, dachte Donskoi. Und wie immer sagte er sich: »Acht Pud unerklärlichen Grams«. Am meisten aber stieß Donskoi ab, daß der General den Frauen und Fla-Kanonieren, die sich um den Jeep versammelt hatten, Grund gab, laut über ihn zu urteilen.

Die Frauen verstanden den General auf ihre Weise. Die einen weinten mitleidig und wischten sich mit der Ecke ihres Kopftuchs die Tränen ab, die anderen erklärten: »Der Arme, wie er sich um seine Söhne grämt!«

»So ein Schicksalsschlag – alle auf einmal ...«

»Sind bestimmt alle zusammen in einem Panzer verbrannt.«

»Aber wieso hat er dann getanzt?«

»Sie haben alle den Helden der Sowjetunion gekriegt. Erst dann hat er begriffen – postum.«

Dann passierte nach Ansicht des Adjutanten tatsächlich etwas Entsetzliches: Eine der Frauen faßte Mut und trat an den General heran. Sie hielt ihn am Ärmel fest und wollte ihn trösten, er sei doch noch gar nicht so alt, seine Frau schenke ihm bestimmt noch zwei, drei Söhne. Er entgegnete ihr, die können ihn alle mal kreuzweise, aber Menschen sind nun mal keine Patronen, man muß sie vorsichtig behandeln, um jeden einzelnen tut es einem leid.

»Natürlich tut es einem um jeden leid!« antwortete ihm die Frau mit Tränen in den Augen. »Dafür wird das Volk sie nicht vergessen und ihnen ein Denkmal setzen ...«

Der Adjutant hielt es nicht mehr aus.

»Schesterikow!« rief er. »Geh ihn holen.«

»Warum ich?« fragte Schesterikow. »Sie stehen näher.«

Donskoi wollte schon entgegnen, die Ordonnanz stünde am nächsten, besann sich aber: »Ich bin für wichtigere Dinge zuständig. Du aber bist verantwortlich für sein körperliches Wohlergehen. Und du weißt, wie man ihn behandeln muß.«

»Wenn ich das wüßte!« knurrte Schesterikow, »als ob er jeden Tag einen Stern kriegt!«, kletterte aber dennoch nach oben.

Die Frau trat gehorsam zurück. Der General fühlte, wie ihm jemand die Serviette aus der Hand zog, hob den Kopf und erblickte Schesterikow, der ihn traurig und vorwurfsvoll anschaute.

»Foti Iwanowitsch, kommen Sie, es ist nicht gut, wenn Sie hier stehen.«

»Nicht gut?« Die Augen des Generals waren trübe. »Du meinst, ich benehme mich nicht gut!«

»Ja, das auch ...«

Als Schesterikow das sagte, merkte er, daß er an eine Grenze gestoßen war, die zu überschreiten er fürchtete. Der General erinnerte sich, wie er beim Tanzen den traurigen und vorwurfsvollen Blick seiner Ordonnanz bemerkt hatte.

»Hab' ich etwa auf den Knochen anderer getanzt?«

Schesterikow hob fröstelnd die Schultern und antwortete nicht.

»Bist du immer so ... offen ... zu mir?« fragte der General.

Schesterikow verstand sofort, wovon die Rede war, und senkte den Blick. Der General überzeugte sich endgültig davon, daß es vertrauliche Gespräche gegeben hatte, die der treue Mann vor ihm verheimlichte. Er hätte sich auch schwerlich irren können. Oprjadkin nämlich hatte ihn wissen lassen, daß in seinen Akten Aussagen seines früheren Adjutanten, seines früheren Fahrers und seiner früheren Ordonnanz vorhanden waren, die die Leute von der Staatssicherheit lange vor seiner Verhaftung eingezogen hatten – nach General Blüchers »Entlarvung«. Keiner von ihnen hatte sich geweigert, die Sicherheit über den »geliebten Kommandeur« zu informieren. Allerdings hatte ihn auch keiner besonders belastet, jeder hatte sich sogar nach den Möglichkeiten seines Verstandes bemüht, ihn in Schutz zu nehmen. Aber nicht einer hatte ihm von diesen Gesprächen Mitteilung gemacht. Was sind wir bloß für ein Volk, dachte der General. Und böse Worte gingen ihm durch den Kopf: »Wem erzählst du jetzt, wie ich mich hier benommen habe, Schesterikow? Dein Major Swetlookow – wo ist er jetzt?« Doch Schesterikow bot einen dermaßen mitleiderregenden Anblick, daß der General seinen Grimm verbiß. Hatte er denn vergessen, daß derselbe Mensch, der sich in den Netzen der »Smersch« verheddert hatte, sich im Jahr 41, nicht weit von hier, vor dem Dorf Peremerki, neben ihn in den blutigen Schnee geworfen, sich allein freigeschossen, ihn herausgeschleppt, vor dem sicheren Tod und möglicherweise auch vor der Gefangenschaft, vor dem Schicksal Wlassows bewahrt hatte?

»Verzeih, wenn ich was Böses gesagt habe, Schesterikow.« Der General glaubte diese Worte laut ausgesprochen zu haben. »Verzeih, Bruder ...«

»Foti Iwanowitsch!« Schesterikow stürzte mit heißem Gesicht zu ihm hin. »Ich wollte Ihnen immer ..., aber ... Ich erzähle Ihnen, wie es gekommen ist ...«

Der General wollte ihn mit der Hand zur Seite schieben, doch er zog nur die Stirn kraus.

»Laß gut sein«, sagte er und schüttelte den Kopf. »Ich will nichts hören.« Und wiederholte leise: »Verzeih, Bruder.«

Der Rausch überwältigte ihn wellenartig, er begriff nicht, was um ihn herum passierte. Der Fahrer Sirotin, der es allein auf der Zeltplane nicht mehr aushielt, kletterte mit der Feldflasche in der Hand zum Jeep hoch, setzte sich in den Wagen und goß allen, die wollten, ein Schlückchen in den Schraubverschluß.

»Frauen und Mädchen!« rief Sirotin laut, um das Radio zu übertönen. »Ihr meine Schönen! Ich sage euch: Im Krieg ist es wie im Leben. Der eine kriegt 'nen Sarg, der andre weint, der dritte kriegt Orden auf die Brust. Deshalb müssen wir auf alle trinken! Laßt uns trinken und all unsre Kräfte der Front geben!«

Adjutant Donskoi stand einsam wie ein Mast am Rand der Chaussee, zog höhnisch die Mundwinkel hoch, mischte sich jedoch nicht ein. Eine Frau, die umgehend einen Schwips bekam – sie war klein und dunkelhäutig und hatte eine viel zu große Wattejacke an –, tanzte bereits, indem sie mit ihren riesigen Stiefeln stampfte und schrille Laute ausstieß. Das Weib versuchte alle zum Lachen zu bringen, was ihr offensichtlich gelang. Fla-Kanoniere, Fahrer und die Frauen vom Kartoffelacker bevölkerten die

Chaussee und bildeten einen Kreis. Die einen klatschten in die Hände, andere stießen ebenfalls schrille Schreie aus und wieder andere schauten einfach zu und mußten unwillkürlich lachen. Mit einem Lächeln schauten sie auch auf den General, sie wußten nun, daß seine Söhne nicht gefallen waren, für ihn waren Sterne vom Himmel gefallen, und er wurde gefeiert.

Der General stellte sich vor, wie er all diesen Leuten erklären müßte, daß in Myrjatin auf beiden Seiten russisches Blut vergossen wurde und daß die unerbittlichen Gemetzel gerade erst beginnen und es gegen die ginge, deren einzige Schuld darin bestand, daß man ihnen Böses zugefügt hatte. »Und dann mußt du noch sagen«, dachte er, »daß du selbst einen großen Anteil an diesem Bösen hattest! Daß sie dieses Leben einfach nicht ausgehalten haben. Daß jeder von ihnen seine persönlichen Gründe hatte. Aber der gemeinsame Wunsch, sich gegen das Böse zu wehren, hat sie dazu gebracht, die feindliche Uniform anzuziehen und die Waffe gegen die eigenen Leute zu erheben. Die allerdings sind unschuldig, denn die wahren Täter waren nicht in den Kampf gezogen. Dieses Gemeinsame, was alle verband und a priori als ›Verrat‹ bezeichnet wurde, verziehe man keinem von ihnen, niemand liehe ihnen sein Ohr.« Wenn er den Leuten das sagte, was passierte dann wohl? Ob sich diese Menschen in ein fremdes Schicksal hineinversetzen könnten? Ob sie auch nur für eine einzige Minute ihr Freudenfest unterbrächen? Vielleicht wäre es sogar eine Sünde, ihnen das Hochgefühl zu verderben? Vielleicht war alles unwichtig im Vergleich zu jener kleinen Freude, die ihnen das gestern eingenommene, unbekannte »Sjatin« beschert hatte?

Es gibt doch noch Gerechtigkeit auf Erden, dachte der General. Der Oberste Befehlshaber wußte besser, was dieses Volk braucht. Schließlich hatte er das Salut nicht für sich erfunden. Nicht für sich hatte er im November 41 entschieden: »Die Parade auf dem Roten Platz findet wie immer statt.« Man erzählte sich, Shukow habe ihm das empfohlen. Doch war es so wichtig, wer ihm den Rat gegeben hatte? Es gab sicher noch andere Ratschläge. Wichtig war, welchen Ratschlag er befolgt hatte, und er entschied wie ein Feldherr, er hatte begriffen, was Krieg bedeutete. Möglicherweise verstand er aber noch weitaus mehr, daß nämlich die Menschen, zu denen er so grausam gewesen war, die er gequält, gemordet und in Kerker geworfen hatte, daß gerade diese Menschen seine einzigen Retter waren. Vielleicht hatte sich in ihm etwas Menschliches geregt? Sonst hätte er doch nicht dieses »Brüder und Schwestern!« gesagt. Das war nicht die Sprache eines Gottes. Immer hieß er der »Vater«, und plötzlich dieses »Brüder und Schwestern«. Demütig war er von seinem hohen Sockel herabgestiegen und hatte sich mit allen verbrüdert. In den schlimmsten Tagen hatte er am Rande der Verzweiflung wie jeder Sterbliche geredet: »Auch in unserer Straße wird wieder gefeiert werden.« Was für großartige Worte er gefunden hatte! Was für ein großartiges Versprechen! Von nun an wird alles anders laufen, nicht sofort, erst wenn die Deutschen verjagt sind. Den letzten Deutschen von der letzten russischen Scholle vertreiben, das wird von nun an unser einziger Gedanke sein! Auch ihm, Kobrissow, hatte der Oberste Befehlshaber die Hand gereicht – über alle Köpfe, alle Intrigen der Neider hinweg. Er hatte den Knoten zerschlagen, der unlösbar schien, hatte erreicht, daß die Deutschen vor Moskau zum Stehen kamen, er hat sie festgenagelt. Er muß es gewesen sein, der im Generalstab stritt, der wußte, daß schwere Fehler gemacht wurden, die mit keinem einzigen Orden wiedergutzumachen waren, er hatte erkannt, daß der Plan für Myrjatin in Hast entworfen und auf halber Strecke fallengelassen worden war, und alle unnötigen Verluste machten ihm jetzt zu schaffen …

Sirotins Feldflasche reichte natürlich nicht weit, es tauchte ein Kanister mit kaum verdünntem Sprit auf. Adjutant Donskoi mischte sich auch hier nicht ein. Schesterikow aber wollte schon losrennen, um den Kanister zu retten, der General jedoch hielt ihn am Arm fest. »Laß«, sagte er, »sei nicht so knausrig. Die Leute wollen feiern!«

Wahrscheinlich wurde jetzt auch in Myrjatin gefeiert. Am westlichen Stadtrand jagten die MG-Schützen noch die Deutschen aus den Häusern, die Artillerie beschoß für alle Fälle noch den kleinen Glockenturm auf dem Hügel. Noch wurden die Brandstifter gesucht, die die gerade erst eingenommene Möbelfabrik angesteckt hatten, bis sich herausstellte, daß das Feuer versehentlich von den eigenen Leuten gelegt worden war. Noch konnte man nicht unterscheiden, wo gekämpft und wo Salut geschossen wurde. Einige schliefen bereits auf dem Blumenbeet im Stadtpark. Die Telegrafistinnen und Funkerinnen hatten schon die schweren Feldstiefel gegen maßgenähte Hackenstiefel eingetauscht und machten sich zum Spaziergang über den Boulevard fertig. Jemand hatte bereits erkundet, wo es Schnaps zu holen gab. Schon dampften auf dem Hauptplatz die Feldküchen, und die mutig gewordenen Einwohner von Myrjatin stellten sich mit ihren Töpfen an. Aber da krachte es plötzlich wieder: Ein deutscher Zug, der sich in geordneter Formation ergeben wollte, wurde beschossen, denn das Laken war dermaßen schmutzig, daß man es nicht als weiß ansehen konnte ... Vielleicht war dieses Chaos notwendig, damit die Leute wieder zu sich kamen und ein bißchen vergaßen, wie sie in der nebligen Dämmerung in den feuchten Schützengräben gelegen hatten, wie die Kälte in ihnen hochgestiegen war und sie ein Gebet geflüstert und auf die Signalrakete gewartet hatten.

Später wird man ihnen erklären, daß das der große Angriff war.

Der General rieb sich die Augen und erblickte seinen Adjutanten – kerzengrade, als hätte er einen Stock verschluckt, mit dem Generalsmantel überm Arm.

»Genosse Befehlshaber«, sagte er mit ernster Stimme. Und verbesserte sich sofort, den neuen Titel überdeutlich artikulierend: »Pardon, Genosse Generalleutnant ... Aber wir müssen jetzt fahren. Schließlich und endlich bin ich für Sie verantwortlich.«

Der General nickte schweigend. Er gestattete Donskoi, ihm in den Mantel zu helfen, und zog die Mütze tief in die Stirn.

»Sie erwarten uns heute«, erinnerte ihn Donskoi und schloß die Knöpfe. »Vor elf Uhr wäre gut. Wir haben genug Zeit, doch wir müssen noch ein bißchen zur Besinnung kommen.«

»Das wäre gut«, sagte der General.

Bereitwillig ging er zum Jeep, wobei er leicht von seinem Adjutanten gestützt wurde. Die Menschen, die er nur verschwommen wahrnahm, verstummten sofort und traten vor ihm zurück. Unten auf der Wiese stopfte Schesterikow in aller Eile Schnapsgläser, Gabeln, Messer und Servietten in den Seesack und rollte die Decke, die Zeltplane und den Mantel zusammen. Mit zwei riesigen Bündeln kletterte er zum Jeep hoch und verstaute alles hinter dem Vordersitz zu seinen und des Adjutanten Füßen.

»Hast du keinen besseren Platz gefunden?« fragte der General.

»Foti Iwanowitsch, es ist doch nicht mehr weit ...«

»Egal, aber die Packordnung muß eingehalten werden. Nichts darf rausgucken, nichts darf dich beim Aussteigen behindern.«

»Gut, dann nehm' ich die Sachen auf den Schoß.«

»Nein, das geht nicht«, sagte der General streng, und seine Augen blitzten. Finstere Entschlossenheit beherrschte ihn jetzt, dem Adjutanten Donskoi wurde es eiskalt ums Herz: »Er will gleich dorthin«, dachte er und war begeistert – zur höchsten Behörde, und das mit dem schlammbespritzten »Willys«, in Kriegskluft, schmutzig, verschwitzt, nach Benzin riechend und ein bißchen auch nach Kognak, mit einem Wort – nach Front! Und dann müßten sie noch so tun, als wüßten sie nichts von den Orden. Dann müßte man ihnen dort Mitteilung davon machen. Wenn das eine Marotte seines Generals war, dann war es eine, die sich gewaschen hatte. Welcher andere General hätte das gewagt?

Doch sein General, den Donskoi glaubte besser zu kennen als andere, stellte den Fuß in den »Willys« und fragte den Fahrer: »Wieviel Benzin hast du noch, Sirotin?«

»Ob's bis Moskau reicht, meinen Sie?« Der rosige Sirotin, der mit seinen unruhigen Füßen versuchte die Pedale zu finden, lachte sorglos: »Den Berg runter fahren wir im Leerlauf. Angetrieben von unserem Enthusiasmus!«

»Und bis Moshaisk?« fragte der General. »Kommen wir ohne zu tanken bis Moshaisk?«

Dem Adjutanten fiel das Herz in die Hosen. »Genosse Befehlshaber … Pardon, aber wir müssen nach Moskau! Man erwartet uns heute im Hauptquartier …«

»Wer erwartet uns?« fragte der General mit derselben galligen Stimme, mit der er vom Hügel heruntergerufen hatte, die könnten ihn alle mal kreuzweise. »Meinst du, die kommen nicht ohne uns aus? Das Hauptquartier hat uns alles gesagt. Er hat uns alles gesagt!«

»Entschuldigen Sie … Ich hab' zwar ein bißchen viel getrunken« – den letzten Satz preßte Donskoi hervor –, »aber ich muß dennoch darauf bestehen. Es ist äußerst wichtig! Sie werden mich zur Verantwortung ziehen …«

Der General zeigte mit einer ausladenden Gebärde auf den Lautsprecher. Die Siegesmärsche waren verklungen, aus dem schwarzen Trichter drang getragene Trauermusik.

»Haben wir das, was uns zusteht, angenommen?« fragte er und schaute dabei in das bleiche Gesicht des Adjutanten. »Haben wir die Sterne für Brust und Schultern angenommen, frage ich dich? Also müssen wir auch alles andere annehmen! Das vergossene Blut, die gefallenen Soldaten. Rufen sie dich nicht, Major Donskoi?«

Schesterikow, der gerade dabei war, die Bündel im Kofferraum zu verstauen, richtete sich auf und blickte den General verwundert und begeistert, aber auch flehend an. »Zum Teufel mit dem Hauptquartier«, sagte er. »Besser, man läßt sich dort nicht blicken. Aber Zuhause werden wir doch vorbeifahren? Und die Töchterchen besuchen, Foti Iwanowitsch? Und unsere Maja Afanassjewna? Wollen wir ihr keine Freude bereiten? Mir wird sie böse sein, nicht Ihnen!«

»Die freuen sich auch ohne uns«, brummte der General. »Von den Auszeichnungen haben sie bestimmt schon gehört. Wir können ihnen auch nichts anderes sagen.«

Er blickte auf Moskau, dessen bröckelnde Fassaden wie Wunden in den Strahlen der kalten Sonne gut zu erkennen waren. Er betrachtete die Stadt ohne das geringste Interesse, und allein daraus entnahm Donskoi, daß es sinnlos war, ihn von irgend etwas überzeugen zu wollen oder mit etwas zu locken. Sonst hätte er ihm gesagt, daß es nicht verkehrt wäre, im Generalstab vorbeizuschauen und Informationen einzuholen, oder daß sie ruhig, ohne Gewissensbisse, einen Tag in Moskau bleiben und Hauptstadtluft schnuppern könnten, dann hätten sie wenigstens ein paar schöne Erinnerungen, daß er einige Stunden im Kreis der Familie verbringen sollte, die der General unter Umständen bis zum Ende des Krieges nicht mehr sehen würde. Vielleicht aber auch gar nicht mehr.

»Soll ich nun den Motor anlassen?« fragte Sirotin. »Wohin fahren wir?«

»Du kennst die Strecke«, sagte Donskoi fest.

Aber Sirotin hatte noch nicht die ganze Tragweite dieser Worte begriffen. Er sah auf die Häuser und Gärten von Kunzewo und lächelte.

»Das geht doch nicht, ohne zu feiern, ohne Salut, ohne Moskau zu sehen! Nicht mit der Metro fahren! Nie in der Stadt aus weißem Stein gewesen sein?«

Der General ließ sich mit seinem ganzen Gewicht auf den Sitz fallen und entgegnete noch beherrscht: »Du kommst schon noch zum Feiern, Sirotin. Nach dem Krieg. Was ist los? Hast du noch nie Kanonen schießen sehen? Laß den Motor an.«

Aber auch als Sirotin den Motor anließ, hatte er noch nicht die Konsequenz verstanden. »Vielleicht fahren wir nur schnell mal hin? Wenigstens für ein Stündchen … Das kann man sich doch nicht entgehen lassen!«

Der General wurde rot und zitterte vor Wut. »Bist du völlig besoffen, oder was? Daß du mir sofort wieder nüchtern wirst, reiß dich zusammen! Was hast du in Moskau zu suchen? An der Front wirst du gebraucht! In der Armee! Kapiert? Fahr zurück! Fahr los, sag' ich!«

Sirotin umfaßte hastig das Lenkrad und schaltete den ersten Gang ein. Er drehte das Lenkrad bis zum Anschlag, wobei er den General erschrocken und ungläubig ansah; er machte ein unglückliches Gesicht und fing beinahe zu weinen an. Die Menschen auf der Chaussee, die alles gesehen und gehört hatten, traten langsam von der breiten, stumpfen Schnauze des »Willys« zurück. Die Fla-Kanoniere hoben die Hand zum Stahlhelm, die Weiber bekreuzigten sich. Die Frau mit dem dunklen Gesicht hielt drei Finger hoch, verbeugte sich und rief lispelnd: »Gott möge euch beschützen, ihr meine Lieben!« Alle Gesichter sahen traurig aus, so als spiegle sich auf ihnen die getragene Musik aus dem schwarzen Trichter wider.

Der General grüßte alle entgegen der Vorschrift im Sitzen.

Adjutant Donskoi, eingezwängt und zusammengekrümmt auf dem Rücksitz kauernd, war gekränkt, weil er diese Marotte seines Generals nicht vorhergesehen hatte. Das war seine Schuld, doch aus bestimmten Gründen machte er dem General Vorwürfe und konnte eine spitze Bemerkung nicht unterdrücken: »Hoffentlich schicken sie uns am ersten Kontrollpunkt nicht wieder zurück ohne Marschbefehl.«

»Uns?« Der General drehte sich nicht einmal zu ihm um. »Den Kerl möchte ich sehen, der uns daran hindert, zu unsrer Truppe zu fahren. Der Teufel soll den holen, der es wagt, uns jetzt von der Armee zu trennen! Hauptsache, wir kommen noch rechtzeitig ... Gestern hätten wir bei ihnen sein sollen. Los, Sirotin, drück auf die Tube!«

Der »Willys« wendete ruckartig, wobei er auf der Chaussee zwei Schmutzspuren hinterließ. Dann heulte der Motor auf, und der Jeep fuhr, immer schneller werdend, in Richtung Moshaisk. Sirotin schaute sich noch einmal verzweifelt nach Moskau um. Dann blickten alle vier nur noch nach vorn. Der Trauermarsch wurde immer leiser, bis er ganz verstummte, und der Wind schlug immer heftiger gegen Frontscheibe und Plane.

Recht behielt General Kobrissow und nicht Adjutant Donskoi:

Am ersten Kontrollpunkt wurden sie nicht nur nicht zurückgeschickt, sondern sogar beglückwünscht. Man kündigte sie auch noch beim nächsten Kontrollpunkt an, damit sie ohne Verzögerung weiterfahren konnten. Sie bekamen Proviant und Wodka ohne Verpflegungsschein und durften ohne Benzinmarken tanken. Auf seinem Weg in Richtung Westen konnte der kleine »Willys« nicht verlorengehen, er wurde sozusagen von Hand zu Hand weitergereicht.

Dieser Tag gehörte ganz dem General. Er fuhr als Triumphator über die Straße, denn überall gab es Lautsprecher an Telegraphenmasten, und jede Stunde schallte es wie vom Himmel herab: »... DEN SCHÜTZEN UND PANZERFAHRERN DES GENERALLEUTNANTS KOBRISSOW ...«

Die majestätisch-feierliche Stimme wurde in die Weite getragen – über Hügel und holprige Wege, die zur Chaussee führten, über nasse, unter Beschuß liegende Wäldchen, über Weiler hinweg und Schornsteine, die lange nicht mehr geraucht hatten.

»... UND SOLLEN AUCH IN ZUKUNFT SO GENANNT WERDEN ...«

Jedesmal, wenn sie sich einem schwarzen Trichter näherten, bremste Sirotin, damit alle den Befehl noch einmal hören konnten, um dann wie ein Verrückter ohne Rücksicht auf Motor und Reifen weiterzurasen. Der Wind trug die Stimme in die Ferne: »EWIG ... DEN GEFALLENEN ... UNABHÄNGIGKEIT ... DER HEIMAT ...«

Das hörte der General allerdings nicht mehr. Er saß unbeweglich auf seinem Sitz, hielt sich mit beiden Händen am Griff fest, setzte sein starkes Knie, über dem der Militärmantel lag, dem Wind aus und schaute finster und erwartungsvoll nach vorn. Adjutant Donskoi beugte sich vor und schlang fürsorglich den grauen, selbstgestrickten weichen Schal um den Hals des Generals.

Aber das war überflüssig. Generäle erkälten sich nicht, wenn sie zu ihren Soldaten fahren.

Siebtes Kapitel

Die Granate

1

Major Swetlookow saß allein in einem kleinen Zimmer einer Bauernhütte im Brückenkopf von Myrjatin. Er saß am Tisch, mit dem Gesicht zum Fenster, und preßte den Telefonhörer ans Ohr. Mit der anderen Hand entwirrte er mechanisch die Telefonschnur. Draußen wurde es immer dunkler, er schaltete aber nicht das Licht an, denn er wollte nicht die Fenster verhängen und in einer dumpfen Höhle schwitzen. Spasso-Peskowzy war bislang Hinterland, doch jetzt, nach dem Vormarsch, lag es plötzlich mitten in der Gefechtszone. Der Stab hatte zwar noch immer seinen Sitz im Ort, dennoch war es ratsam, seine Augen und Ohren offenzuhalten und die Pistole griffbereit zu haben.

Das, was Major Swetlookow am Telefon erfuhr, spiegelte sich in seinem erstaunten Gesicht, in den Bewegungen seiner Augenbrauen und Lippen wider.

»Soja, meine Liebe«, sagte er. »Du sitzt doch am Klappenschrank, dann unterbrich bitte die Verbindung. Und daß du den Hörer immer am Ohr hast. Sobald sie die Richtung und die Uhrzeit sagen wollen, unterbrichst du sofort, hörst aber genau zu.«

»Wird gemacht, Major«, antwortete es im Hörer.

»Wer außer dem Stabschef weiß noch davon? Der Chef der Aufklärungsabteilung, klar, und wer noch?«

Sie zählte ihm drei, vier Eingeweihte auf.

»Tja«, sagte Major Swetlookow, »dann ist es kein Geheimnis

mehr. Da kannst du Gift drauf nehmen, jetzt ist durchgesickert, wohin der Herr fährt. Wenn sie sich einfach nur Witze erzählen würden oder ihre Erlebnisse mit Weibern … Nein, sie müssen unbedingt Geheimnisse am Telefon ausplaudern! Das wird doch abgehört! Und jetzt fangen sie den Herrn im Wald ab und nehmen ihn als Geisel …«

Menschen, die als Banditen und Verräter bezeichnet wurden, streiften in den umliegenden Dörfern und Vorwerken umher und machten Terror. Aus Angst vor einer Einkreisung schlugen sie sich nicht nach Westen durch, wohin sie um jeden Preis hätten fliehen müssen, sondern nach Osten, zum Dneprufer. Das ließ sich mit keiner Logik erklären, sondern nur mit dem Instinkt eines gejagten Tieres, das immer dorthin rennt, wo es nicht brennt. Obwohl der Tod gerade dort lauert. Indem diese Leute vor der Einkreisung, aus der sie sich unter Umständen hätten befreien können, davonliefen, gerieten sie immer mehr in eine Sackgasse.

»Und Swetlookow soll dem Herrn Sicherheit garantieren!« sagte Major Swetlookow verärgert. »Als ob wir hexen könnten!«

»Seien Sie nicht so bescheiden, Major«, sagte Soja und lachte ihr helles Lachen. »Ich habe Sie immer für einen Zauberer gehalten.«

»Und jetzt nicht mehr?«

»Immer noch. Sie kann man mit niemandem vergleichen!«

»Also, dann müssen wir beide heute nacht zusammen schwitzen …«

»Pfui«, sagte Soja, »ich habe nicht gedacht, daß Sie so vulgär sind …«

»Na, ich meine doch, uns zusammen anstrengen.«

»Das ist auch nicht besser.«

»Du bist heute ganz schön obszön, Soja. Was hatten wir verabredet? Alle anstößigen Späßchen während der Arbeit haben zu unterbleiben. Du denkst immer nur an das eine. Wo ungefähr befindet er sich jetzt?«

»Nicht ungefähr, sondern genau – er ist kurz vor Toropilowka.«

»Dort wird er nicht über Nacht bleiben. In Spasso-Peskowzy

auch nicht. Er fährt zu seinem Bahnhof. Wer weiß, wer und was da jetzt ist. Ich rufe laufend an – ohne Erfolg. Ist die Verbindung unterbrochen?«

»Nein.«

»Was soll das heißen? Der Befehl lautet doch: Alle Verbindungen, die der Gegner erorbern könnte, müssen unterbrochen werden.«

»Regen Sie sich nicht auf, ich habe alle Fäden in der Hand.«

»Wirklich?« fragte er mit näselndem Kichern. »Das ist gut, Soja. Ich sehe dich vor mir, wie du die nicht abgeschnittenen Fäden in der Hand hältst. Ein beeindruckendes Bildchen!«

»Sie sind ja selbst frivol«, sagte Soja beleidigt.

»Ich nehme alle Schuld auf mich … Könntest du möglicherweise auch den Befehlshaber abhören?«

»Den Befehlshaber – was soll das! Ich kann Sie abhören.«

»Oho! Weißt du, Soja …«

Er wollte sagen: »Du gehst ja ziemlich weit!« Erschrocken, doch auch begeistert, erkannte er, daß sie seiner anfänglichen Herrschaftssphäre entronnen und, ohne daß er es bemerkt hatte, aufsässig geworden war. Sie nannte ihn zum Beispiel nicht mehr »Genosse Major«, sondern einfach »Major«. Es hatte keinen Sinn, sie deshalb zu rügen, denn diese Unverschämtheit war nicht eine Eigenheit von Soja, sondern gehörte zu dem Dienst, für den sie beide arbeiteten und in dessen Natur es lag, daß sich seine Mitarbeiter breitmachten und frech wurden. Über einen anderen Menschen alles zu wissen – das mußte sich ja auswirken.

»Du bist prima«, unterbrach er die lange Pause. »Ein Mann aus dem Dienst dankt dir.«

»Ich diene der Sowjetunion.«

»So darfst du nicht reden. Wenn einer sagt: ein Mann aus dem Dienst, mußt du mit Schweigen antworten.« Der Hörer schwieg. »So ist es richtig. Ich schau' mal auf die Karte, wo dieses Toropilowka liegt. Also, meine Liebe …«

»Das höre ich gern.«

»Ich meine nicht – liebe Frau, sondern liebe Helferin.«

»Das höre ich auch gern.«

»Heute müssen wir zaubern. Was ist jetzt vor allem zu tun ..., da bestimmt schon was durchgesickert und nicht ausgeschlossen ist, daß sie alles abgehört haben. Wir müssen ... wie soll ich's sagen ... alles durcheinanderbringen.«

»Habe verstanden, Major. Kannst dich auf mich verlassen.«

»Sehr gut«, sagte Swetlookow fröhlich. Er dachte, es sei für alle Fälle besser, es sich mit dieser Soja nicht zu verderben, sie wußte viel zu gut Bescheid. »Wir telefonieren. Du weißt, wo ich bin. Mach's gut!«

Er legte den Hörer auf, kurbelte, saß einige Augenblicke völlig unbeweglich da und fuhr fort, die Schnur zu entwirren. Draußen wurde es immer dunkler, die Finsternis zwang ihn zu handeln.

»Ach, Foti Iwanowitsch, warum?!« sagte er zu sich. »Warum sind Sie nicht in Moskau geblieben? Warum sind Sie nicht nach Hause gefahren, zu Ihrer geliebten Frau, zu den lieben Töchterchen? Warum kommen Sie auf direktem Wege zu uns? Die anderen sind doch jetzt quitt mit Ihnen! War das noch zu wenig? Einen Stern auf die Schulter und einen auf die Brust – nur für einen einzigen Flußübergang ... für einen einzigen Wurf! Ein anderer wäre höchst zufrieden damit, aber Sie ... Sie wollen Predslawl! Gott allein weiß, wie sehr ich Sie verehre. Aber Sie kennen doch den Spruch: Wer hoch hinauswill, wird tief fallen!«

»Was bleibt mir übrig«, sagte er laut. »Ich muß das Feuer auf mich lenken.«

Aber auch nach diesen Worten blieb er seufzend sitzen und konnte sich nicht entschließen, vom Stuhl aufzustehen. Er setzte seine Mütze auf, nahm die Pistole vom Tisch, sicherte sie und schob sie in die Revolvertasche. Ihm schien, als beanspruche diese Bewegung seine ganze Energie. Hätte das Licht gebrannt, hätte man sehen können, wie finster und traurig sein Gesicht war.

2

Fast zur selben Zeit saßen in einer kleinen Erdhütte am linken Dneprufer der Batteriechef der 122-Millimeter-Haubitzen und der Richtschütze des ersten Geschützes am Tisch einander gegenüber. Es ging ihnen gut, sie hatten noch anderthalb Flaschen Wodka, ein halbes Brot und eine Dose mit amerikanischem Konservenfleisch, aus der sie sich kleine Portionen in die Schüsseln legten, damit die Dose möglichst lange den Tisch schmückte. Sie hatten Grund zum Trinken. Ihre Batterie sollte die alte Feuerstellung verlassen und eine neue beziehen – am anderen Ufer des Dnepr, im Brückenkopf, den sie so lange mit ihrem Feuer unterstützt hatten. Einerseits tat es dem Batteriechef leid, die gemütliche Erdhütte zu verlassen, die so niedrig war, daß ein Mann nicht aufrecht stehen konnte, doch dafür roch der Boden, der mit Tannenzweigen und getrocknetem Wermut bedeckt war, wunderbar. Zuerst unterhielten sie sich darüber, daß sie ihre nächste Erdhütte tiefer ausheben müßten, sie würde geräumiger und wärmer sein, doch dann fiel ihnen ein, daß sie sich das auch die letzten Male vorgenommen hatten. Und vielleicht müßten sie nun überhaupt keine Erdhütte mehr graben, denn von nun an wären sie nur noch auf dem Vormarsch und könnten sicher in richtigen Häusern wohnen.

Sie tranken und aßen und betrachteten einander mit Wohlwollen beim Schein einer kleinen Petroleumlampe, die sie aus Geschoßhülsen einer kleinkalibrigen Flak angefertigt hatten. Ihre Nasenspitzen waren schwarz vom Ruß des Dochtes. Außerdem hatte der Richtschütze ein blaues Auge und eine Beule an der Braue. Er hatte die verhängnisvolle Angewohnheit, sein Auge nicht gleich vom Visier zu nehmen, wenn er die Richtung eingestellt hatte. Er versank in träumerische Betrachtungen über die Flugbahn des Geschosses, das den Lauf verlassen hatte und dessen Ziel er niemals zu sehen bekam, denn er schoß stets aus verdeckter Stellung. Bis er den Rückstoß zu spüren bekam. Die Gummikappe auf dem Okular dämpfte ihn natürlich etwas, rieb ihm dafür aber seine Augenbraue wund.

Sie saßen ziemlich lange beisammen, um über die Veränderungen, die vor sich gingen, nachzusinnen. Der Richtschütze, ein flinkes Männchen von etwa dreißig Jahren mit den Schulterstücken eines Unteroffiziers, stellte verwundert fest, daß sein Leben trostlos wäre, hätte er nicht den Batteriechef getroffen. Der Batteriechef seinerseits, der etwa acht Jahre jünger war und seine Jugend mit Hilfe eines Schnurrbarts und einer Baßstimme zu kaschieren versuchte, war gezwungen anzuerkennen, daß er in seinem Leben noch keinen besseren Menschen getroffen hatte als den Richtschützen des ersten Geschützes. Mit einer gewissen Verwunderung erinnerte er sich daran, wie alles angefangen hatte.

Der Richtschütze war zu ihm gekommen, weil er ihn um drei Stunden Ausgang ins Dorf Swinyje Wysselki bitten wollte. Dort befand sich das Armeelazarett mit weiblichem Personal. Bedauernd hatte der Batteriechef seine Bitte mit der Begründung abgelehnt, es fehlten bereits viele Leute. Falls einer vorzeitig zurückkehren sollte, würde er ihn gehen lassen ... Aber darauf konnte er nicht hoffen. Beide kamen ins Gespräch. Der Batteriechef hielt es für seine Pflicht, den Untergebenen über sein Leben auszufragen, was er in seiner Freizeit mache und was die Verwandten aus der Heimat schrieben. Ein Wort gab das andere. Plötzlich stand eine Feldflasche auf dem Tisch. Sie tranken jeder einen viertel Becher, schließlich konnte man ja nicht einfach so auseinandergehen. Danach noch einen viertel Becher, denn das Ganze mußte schließlich wiederholt werden. Dann stand plötzlich als Gegengabe die Flasche des Richtschützen auf dem Tisch, die dieser scheinbar aus dem Ärmel gezogen hatte. Das war sein »Einstand«, der ihm in jeder Kompanie einen herzlichen Empfang garantiert hätte. Das Ganze wurde natürlich wiederholt, und dann spürte der Batteriechef, daß seine Seele dabei war, in unbekannte Weiten und Höhen aufzusteigen. Und der Richtschütze bedauerte nicht im geringsten, daß ihm der Marsch von fünf Werst durch Herbstschlamm und Kälte in dieses verdammte Swinyje Wysselki verwehrt worden war.

»Wie passiert so was?« fragte er plötzlich.

»Was?« fragte der Batteriechef. »Was passiert?«

»Daß man einander begegnet. Warum habe ich dich nicht in Friedenszeiten getroffen, Hauptmann? Weil es nicht ging. Ich hätte dich sehen können, hätte aber niemals gemerkt, ob du ein guter Mensch bist oder ein Arschloch, verstehst du. Aber hier merkst du das gleich. Ich persönlich glaube, daß an der Front alle Menschen gut sind. Je näher an der Hauptkampflinie, desto besser.«

Der Batteriechef war damit völlig einverstanden, doch er wußte, wenn er nicht widerspräche, schliefe ihre Unterhaltung ein, deshalb sagte er: »Na, ganz so ist es auch wieder nicht ...«

»Doch!« sagte der Richtschütze und riß die Augen weit auf. »Sie werden rapide weniger. Rapide! Die Arschlöcher. Verstehst du, die Hauptkampflinie schneidet sie einfach ab. Als ob sie jemand ans Ende der Welt abgeschoben hätte. Es gibt sie hier nicht! Man sieht sie hier nicht! Das hat der Krieg geschafft.«

Der Batteriechef konnte das nicht so einfach hinnehmen: »Wir wollen doch aber den Krieg so schnell wie möglich beenden.«

»Richtig!«

»Dann kommen die Arschlöcher aber wieder.«

»Klar, wo sollen sie hin.«

»Und wo sollen wir hin?«

»Nirgendwohin. Wir müssen mit ihnen leben. Aber dafür haben wir hier richtig gelebt. Ich habe dich getroffen und du mich.«

Der Batteriechef wollte dem Richtschützen so gerne etwas entgegnen und suchte die passenden Worte, um auszudrücken, daß es in ihrer beider Leben eine Kraft gab, die sehr zielgerichtete Kraft der Arschlöcher, die speziell dafür sorgte, daß es den guten Menschen schlechtging. Zur Zeit war diese Kraft dreißig, vierzig Kilometer weit weg, doch wenn die endgültige Wende käme, wäre sie wieder da. Diese Kraft war nicht verschwunden, sie folgte ihnen auf Schritt und Tritt. Sobald der Boden bis zum Dnepr befreit sei, käme diese Kraft wieder und risse alles an sich.

»Das wird sie nicht!« schrie der Richtschütze. Also war es dem Batteriechef gelungen, die richtigen Worte zu finden. »Alles wird sie nicht an sich reißen! Uns beide wird sie um nichts auf der Welt trennen können, Hauptmann. Wir sind Brüder und werden es immer sein.«

»Worauf trinken wir?« fragte der Batteriechef.

»Darauf«, entgegnete der Richtschütze, »daß wir uns begegnet sind.«

»Also auf den Krieg?«

»Na dann, auf den Krieg ...«

Der Richtschütze fühlte ein unbändiges Verlangen zu rauchen und griff nach dem Tabaksbeutel. In dieser Sekunde klingelte das Telefon. Sie schauten einander fragend an. Der Batteriechef nahm den Hörer vorsichtig hoch.

Der Anruf kam aus der Nachrichtenzentrale der Division. Einer unkomplizierten Konspiration folgend, wollte der »Sechste«, das hieß der Divisionskommandeur, mit dem Batteriechef sprechen. Der Batteriechef nahm schnell Haltung an, wie das nur erfahrene Frontsoldaten können, wenn sie sternhagelvoll sind. Er knöpfte seinen Kragen zu, setzte sich kerzengerade hin und reckte den Hals.

»Was machst du, Hauptmann?« fragte der im Hörer.

»Bis jetzt nichts«, antwortete der Batteriechef mit nüchterner, nur etwas zu lauter Stimme. »Das heißt, gerade mache ich nichts, davor habe ich was getan.«

»Und was hast du getan?«

»Na, alles, was nötig ist. Die Batterie in Marschbereitschaft gebracht. Jetzt warten wir nur noch auf die Zugmaschinen. Wenn die kommen, geht's gleich los.«

»Sind deine Leute alle an ihrem Platz?«

Der Batteriechef atmete tief ein und stieß die Luft langsam und lautlos neben dem Hörer aus.

»N-nein, nicht alle. Einige sind weg.«

»Und wo sind sie hin? Wer hat das erlaubt?«

Die Stimme des Divisionskommandeurs schmetterte wie sonst, wenn das Artilleriefeuer laut krachte. In der jetzigen Stille klangen seine Worte ziemlich laut und wütend.

»Die Zugmaschinen soll ich nicht vor sieben Uhr morgens kriegen, Genosse Sechster. Da habe ich den Leuten erlaubt, Freunde zu besuchen und Nachbarn, Bekannte im Dorf. Wir haben so lange hier gelegen. Sie müssen sich doch schließlich wie Menschen verabschieden. Aber Punkt fünf sind sie alle wieder hier! Der Mensch braucht doch mal eine Verschnaufpause, verstehen Sie!«

Der Divisionskommandeur gehörte zu denen, die das verstanden.

»Ich wollte dich nicht belästigen, du bist schließlich gerade dabei, die Stellung zu wechseln. Aber ich habe Schurupow angerufen, und der ist so besoffen, daß er keine zwei Worte mehr zusammenhängend rausbringt. Du bist auch blau, das merke ich, stehst aber noch auf den Beinen.«

Bei diesen Worten stand der Batteriechef vom Hocker auf. Der Richtschütze sah ihn aufmerksam an und flehte, man möge sie in Ruhe lassen.

»Da hab' ich mir gedacht«, fuhr der Divisionskommandeur fort, »hol's der Teufel, dann muß der Batteriechef einen Auftrag für mich erfüllen ...«

»Warum nicht? Ein Minimum an Leuten habe ich hier.«

»Wenn es so ist – dann bring die Batterie in Stellung, pack die Geschütze wieder aus. Ich habe eine Meldung, daß eine große Gruppe durchgebrochen ist. Sie sind aus dem Kessel raus. Haben sich Jeeps organisiert, fahren in unserem Hinterland rum und schießen auf alles, was ihnen in den Weg kommt. Sie müssen abgeschnitten werden. Du mußt sie unter Beschuß nehmen. Aus allen Rohren. Hast du den Befehl verstanden?«

Verdrossen stellte sich der Batteriechef vor, wie seine Leute, die

die Geschütze bereits verpackt, die Lafettenholme zusammengeklappt, den Lauf des Geschützes mit großer Mühe in Marschlage gebracht und alles mit Tarnnetzen, Zeltplanen und Tannenzweigen bedeckt hatten, alles rückgängig machen mußten, um dann, nach Erfüllung des Befehls, das Ganze wieder einzupacken. Wie sollten sie da bis fünf zum Schlafen kommen?

»Zu Befehl, Genosse Major«, sagte der Batteriechef, beim Strammstehen stieß er mit dem Kopf gegen den Deckenbalken. Er preßte mit der Schulter den Hörer ans Ohr und steckte die Feldbluse in den Gürtel. »Und wer ist für die Feuerkorrektur verantwortlich?«

»Es meldet sich ein Offizier, du kennst ihn nicht. Er wird dich wie gehabt ansprechen. Hast du noch deinen alten Namen?«

»Eh ... Na ... Reseda.«

»Du weißt es noch. Keine Sorge, er kennt sein Geschäft. Er ist auf dem Weg, er gibt dir die Zielkoordinaten durch.«

»Alles verstanden«, sagte der Batteriechef. Er legte den Hörer auf und schaute mit Bedauern auf den Tisch, den er verlassen mußte. »Siehst du, du sollst nie auf den Krieg trinken. Gleich ruft er dich.«

Während der Richtschütze seinen Mantel anzog – so schwungvoll, daß er Dreiviertel der Erdhütte ausfüllte – und seine Pelzmütze überstülpte – mit den Ellenbogen die Decke berührend –, setzte sich der Batteriechef mit seinen Männern in Verbindung und befahl Gefechtsbereitschaft. Dann zog er seinen Mantel an und setzte seine Mütze auf, wozu auch er Dreiviertel des Raumes brauchte. Der Richtschütze stieß aus Versehen mit dem Ellenbogen den Wodka und das Essen vom Tisch. Beide schwiegen eine halbe Minute, um sich mit ihrem Los abzufinden, und liefen dann in den Verbindungsgraben hinaus. Das war der Hauptgraben, in dem zwei Menschen aneinander vorbeigehen konnten, mit festen Wänden, der Boden war mit Flußsand bestreut, der unter den Füßen knirschte. Der Richtschütze dachte, es wäre gut, die Wände so zu befestigen, wie es die Deutschen taten, nämlich mit sauber beschnittenen und mit Draht umwickelten Tannenzweigen. Bei den Deutschen waren die Trampelpfade zwischen den Erdhütten und Unterständen mit geflochtenen Matten ausgelegt, so daß man auch bei schlechtem Wetter keinen Schmutz in die Unterkünfte schleppte. Und dann dachte er noch traurig darüber nach, daß die Deutschen viel Zeit hätten und alles in Ruhe ausbauen könnten. Die Russen hingegen kämen nie zu was, immer müßten sie über irgend etwas nachdenken, immer liefe ihnen die Zeit davon. Doch dann stellte er versöhnt fest: Wären die Verbindungsgräben so schön wie bei den Deutschen, wäre es ja noch trauriger, sie zu verlassen.

Die Feuerstellung der Batterie lag in einem kleinen Wäldchen, die Geschützstellungen waren zwar weit voneinander entfernt, man konnte sie jedoch durch Sträucher und Bäume durchscheinen sehen. Von der Flußseite her waren die Geschütze von einer dichten Wand aus Kiefern und Birken verdeckt, deren Wipfel jetzt auf dem dunkelblauen Hintergrund schwarz schimmerten, wie die Spitzen eines Staketenzauns. Alles war vernünftig eingerichtet, so vertraut und gemütlich, und Richtschütze und Batteriechef wurden abermals schwermütig.

Die wenigen Soldaten, die unwillig aus ihren Erdhütten gekrochen waren, machten sich schon an den Geschützen zu schaffen. Sie entfernten Tarnplanen und Tannenzweige von den Haubitzen, klappten die Lafettenholme auseinander und bohrten die Sporen in die Erde. Aus den Munitionsnischen zogen sie Kisten mit Munition.

Mit dieser Arbeit hatte der Richtschütze des ersten Geschützes nichts zu tun. Das erste war das Hauptgeschütz, nach ihm wurde die Zielorientierung eingestellt und nach dem Seitenrichtrad seines Rohres bei Bedarf der Batteriefächer aufgebaut. Die Schützen der anderen Geschütze richteten sich nach den Ergebnissen seines gezielten Feuers. Der Richtschütze Nummer eins nahm seinen privilegierten Platz auf der linken Seite ein, direkt vor dem Schild, zog die Plane vom Visier, entfernte den Lederdeckel vom Panoramageràt und steckte ihn in die Manteltasche, dann richtete er mit dem Höhenrichtrad das Rohr auf. Da hoben sich wie auf Signal die dicken Rohre aller vier Haubitzen in den Himmel. Der Geschützführer des ersten Geschützes fehlte, er wollte bis zum Morgengrauen bei seinem Schatz bleiben, um die »Beziehung abzurunden«, wie er seiner Mannschaft mitgeteilt hatte. Aber der Richtschütze brauchte ihn gar nicht, da der Batteriechef selbst in der Nähe war. In dem mit einer Zeltplane abgedeckten Verbindungsgraben saß in einer Einmannische der Funker mit den Fernsprechapparaten, die einen für die Fernverbindung, die anderen für interne Batterieverbindung. Der Batteriechef setzte sich neben ihn auf die Erde, ließ die Beine in den Schützengraben hängen und breitete auf seinem Schoß die Planchette mit den Koordinaten aus.

Es war kalt und feucht, der Richtschütze, der unter seinem dünnen Mäntelchen zitterte, wärmte sich an dem Gedanken, daß sie bald in die gemütliche Erdhütte zurückkehren würden. Sicher wollten auch die anderen Soldaten so schnell wie möglich in ihre Höhlen zurück, hielten aber geduldig und schweigend die Stellung.

»Für Sie, Genosse Hauptmann«, sagte der Funker unter seiner Plane hervor und reichte dem Batteriechef den Hörer.

»Seid ihr bereit, Reseda?« fragte der Hörer. Die Stimme war dem Batteriechef neu, sie klang irgendwie frech und ironisch und reizte ihn. »Hörst du mich gut?«

»Gut«, sagte der Batteriechef. »Wer bist du?«

»Warum bist du denn so heiser?« fragte der Hörer, statt zu antworten. »Hast du dich erkältet? Oder zu viel gesoffen?«

»Ich höre«, wiederholte der Batteriechef und gab damit zu verstehen, daß er solche »Plaudereien« für überflüssig hielt. »Ich frage, wer du bist?«

»Wer ich bin? Auch mit ›R‹, aber nicht Rose und nicht Radieschen, sondern Rhabarber.«

»Das ist aber keine Blume«, wunderte sich der Batteriechef.

»Er riecht nicht, das stimmt, aber dafür hilft er bei Verstopfung.

So heißt es jedenfalls. Und bei Rheuma. Na, gut, was hast du im Visier – zwischen Oserky und Golubkowo? Da, neben dem Wäldchen ...«

»Alles mögliche«, sagte der Batteriechef beleidigt. »Das ist doch schon eine Ewigkeit her! Mehr als zwei Monate ...«

»Du hast doch hoffentlich deine Tabellen nicht aufgeraucht? Oder hast du sie im Öfchen verbrannt?«

»Warum sollte ich sie verbrennen?« entgegnete der Batteriechef entrüstet.

»Streng dein Gedächtnis an. Du mußt es auswendig wissen.«

»Bitte ... Ausfahrt aus dem Wäldchen Otdelnaja, da, wo die Gabelung ist. Dann nach links – eine alleinstehende Eiche, etwa vierzig Meter von der Straße entfernt. Mit weit ausgreifenden Ästen ... Ich weiß nicht, ob sie noch steht ...«

»Viel Äste hat sie nicht mehr, aber sie steht noch. Auf die ballerst du, als hätte sie noch immer Riesenäste. Also, dein Richtpunkt Nummer Eins ist die Gabelung, dein Richtpunkt Nummer Zwei – die Eiche, die mal viele Äste hatte. Richtig?«

Im benebelten Kopf des Batteriechefs lief alles ab wie bei einer Filmvorführung im Dorfkino, wo ein ausgeleierter Film ständig reißt. Manchmal standen Bilder fest, andere rasten vorbei. Obwohl er ziemlich berauscht war, begriff der erfahrene Batteriechef aber, daß mit den Zielkoordinaten etwas nicht stimmte. Wozu um alles auf der Welt sollte er die Chaussee unter Beschuß nehmen? Sie lag mitten im Hinterland. Sollten wirklich so viele Leute aus dem Kessel von Myrjatin ausgebrochen sein? Er wußte, daß entlang des Dneprufers Jagd auf Flüchtlinge gemacht wurde, aber dort waren operative Einheiten im Einsatz, nicht schwere Artillerie. Und ein unglaublicher Gedanke ging ihm durch den Kopf: Wollte ihn dieser Rhabarber vielleicht auf die Schippe nehmen? Vielleicht korrigierte er das Feuer überhaupt nicht, sondern saß irgendwo im Warmen, schaute auf seine Karte und tippte mit dem Finger auf irgendeine Stelle. Weiß der Teufel ... Aber der Sechste hatte ihn angekündigt ...

»He!« sagte der Batteriechef. »Hast du dich da nicht geirrt, Rhabarber? Dann ballere ich ja auf die eigenen Leute.«

»Hast wohl zuviel gesoffen?« schrie ihm die freche Stimme ins Ohr. »Seit wann sind das für dich eigene? Der Galgen wartet auf sie!«

Der Batteriechef faltete die Planchette weiter auf und beleuchtete sie mit seiner Taschenlampe, obwohl der Mond genug Licht spendete.

»Wo befindest du dich?« fragte er.

»Ich? Ich verrat's dir: am anderen Ende der Leitung.«

»An was für einem ... Ende?«

»Am anderen. Los, konzentriere dich jetzt. Wir wollen mal deine Zielgenauigkeit überprüfen, Ziel Nummer eins.«

»Treffe ich dich da nicht?«

»Durchaus möglich. Das ist unser bitteres Los. Manchmal muß man das Feuer auf sich selbst lenken.«

Als dem Batteriechef diese Worte ins Bewußtsein drangen, wurde ihm klar, daß die Koordinaten stimmten. Für jeden Fehler, sei es der eigene oder der des Schützen, konnte der Feuerkorrigierer mit dem Leben bezahlen. Der Batteriechef faßte schließlich Vertrauen zu Rhabarber.

»Achtung, Ziel Nummer eins«, sagte er. »Visierstellung acht, drei weiter nach links. Das erste Geschütz – eine Granate. Feuer!«

Der Richtschütze preßte sein Auge ans Panoramagerät, drehte die Richträder und wiederholte die Einteilung. Hinter seiner rechten Schulter rutschte die schwere Granate mit dem Kopf zuerst in den Schaft des Verschlußstücks, glitt auf der Schmierung in das schwarze Loch und stieß auf den Führungsring. Dahinter kam die Geschoßhülse zu liegen. Sofort klappte der Ladeschütze den Verschluß zu. Es blieb nur noch, die Hand auszustrecken und blind den Abzug zu drücken.

Der Ladeschütze war bereits auf dem rechten Ohr taub, ihm machte der Krach kaum noch etwas aus, aber mit seinem Körper spürte er den Ruck, der durch die Haubitze ging. Er fühlte, wie das Rohr nach vorn stieß und langsam wieder zurückkam und wie die heiße, rauchende Hülse herausgeworfen wurde. In seine Nasenlöcher stieg der Geruch von Qualm, glühendem Metall und heißem Öl.

Dann klingelte schrill der Hörer des Fernverbindungsapparates – dem Batteriechef wurden die Korrekturen durchgegeben.

Er hörte bereits ebenfalls schwer, fragte laut nach und hielt mit der Hand das andere Ohr zu.

Während des Telefongesprächs stellte sich der Richtschütze vor, wie die Worte seines Batteriechefs eins nach dem anderen im Hörer verschwanden und durch die Leitung flogen, die auf dem Grund des Dnepr lag, in der kalten Tiefe, zwischen Steinen, Granatsplittern und Leichen, die nicht an die Oberfläche gestiegen waren, und am anderen Ufer aus dem Hörer ins Ohr des Feuerkorrigierers flogen. Dessen Worte wiederum flogen in umgekehrter Richtung zu ihnen. Was wäre, wenn beide gleichzeitig redeten? Sicher würden sich die Worte irgendwo auf dem Flußgrund treffen und einander nicht vorbeilassen, so daß keiner von beiden etwas hörte. Allerdings könnten sie auch friedlich aneinander vorbeigehen ... Ihm fiel ein, wie der Divisionskommandeur sich damit gebrüstet hatte, daß der Armeebefehlshaber höchstpersönlich den Artilleristen ein deutsches Kabel mit Kautschukisolierung besorgt hatte, ein sechsadriges. Lange hat es schon gehalten, dieses Kabel – zum Schaden derer, die es mitgebracht hatten!

Erleichtert vernahm der Richtschütze, daß er das Ziel noch nicht getroffen hatte. Die zweite Granate allerdings kam ihm schon näher. Ihm war nicht wohl in seiner Haut. Immerhin schoß er nicht auf die Fritzen, die ein fremdes Territorium erobert und Gott weiß was angerichtet hatten, sondern auf Menschen, die auf diesem Boden geboren waren. Allerdings hieß es, sie seien schlimmer als die Deutschen, sie hätten die Waffen gegen die eigenen Leute erhoben. Aber das änderte nichts an der Tatsache, daß er nicht auf Fremde schoß ... Merkwürdig, in die Lage eines

Deutschen hatte er sich nie versetzt, in die Lage dieser Leute aber wohl.

Verrückt, daß der Brückenkopf, der ihm so vertraut war, nun zu einem gefährlichen Territorium geworden war, auf dem man sich nicht frei bewegen konnte, weder einzeln noch in Gruppen. Die verdammten Flüchtlinge trieben sich dort in deutscher Uniform herum, sie suchten nach sowjetischen. Die zogen sie den Gefallenen aus oder überfielen aus dem Hinterhalt versprengte sowjetische Soldaten und erschlugen sie erbarmungslos, nur um ihre Uniform zu kriegen und in der Masse der Soldaten unterzutauchen, die auf der Suche nach ihrer Einheit waren. Ihr Hauptziel aber war, über den Dnepr zu schwimmen, um sich am anderen Ufer zu verkriechen. Wenn sie zum Fluß gingen, um rüberzuschwimmen oder einfach nur Wasser zu trinken, schossen sowjetische Soldaten von Schwimmpanzern aus mit MGs auf sie. Oder man schoß von oben – aus Flugzeugen. Niemand hatte erwartet, daß sie zum Dnepr gingen, man hatte im Gegenteil angenommen, sie würden aus Angst vor der russischen Artillerie mit den Deutschen nach Westen fliehen. Aber sie wollten nicht mit den Deutschen gehen, sie ergaben sich lieber den eigenen Leuten, kamen einzeln oder in Gruppen. Doch da erfuhren sie, daß ihr Weg zur nächsten Wand führte – und sie ergaben sich nicht mehr. Jetzt, so hieß es, werde alles getan, um sie aufzustöbern und ihnen auch nachts keine Ruhe zu lassen. Am Tage, wenn sie der Hunger und die Gedanken quälten, könnten sie sowieso nicht schlafen. So streiften sie durch die Dörfer – hungrige, müde und gehetzte Menschen. Auf Wegen und Lichtungen warteten Leute von der operativen Abteilung der »Smersch« auf sie, die die Sträucher durchkämmten, Bombentrichter und Schluchten absuchten und mit Bajonetten in Heuhaufen stachen.

Am Vortag war der Feldpostbote vom anderen Ufer zurückgekehrt und hatte erzählt, er wäre gerade zur Übersetzstelle gekommen, als man ein halbes Hundert Gefangene zum Ufer trieb. Alle kamen angerannt, um sie zu sehen. Sie seien gezwungen worden, die Uferböschung zum Wasser hinunterzuklettern. Sie hatten sicher angenommen, man würde sie verhören, alle hatten sie eine Antwort parat, alle wollten sie ihre Kränkungen loswerden. Doch vom Steilufer wurde ihnen durch ein Megaphon befohlen: »Schwimmt rüber. Wer es schafft, kann die Erde küssen, die er verraten hat und sie um Verzeihung bitten.« – »Ihr schwindelt. Ihr schießt doch immer!« – »Diesmal aber nicht. Tschekistenehrenwort.« Sie schossen tatsächlich nicht. Sie schickten ein Motorboot hinterher, das die Schwimmer im Zickzack verfolgte und über sie hinwegraste. Eine blutige Welle sei hochgeschlagen, hatte der Feldpostbote erzählt. Niemand hat es ans andere Ufer geschafft.

»Batterie!« schrie der Batteriechef in den Hörer der inneren Verbindung. »Visierstellung acht, sechs weiter nach links, je zwei Splittergranaten. Feuer!«

Der Richtschütze begriff, daß sie auf lebendiges Fleisch schossen.

Die Jungs von der »Smersch« hatten erklärt, sie würden die Leute ja lieber gefangennehmen, aber man könnte sie nicht im Gefängnis halten. Sie würden gleich darüber nachsinnen, wie sie sich umbringen könnten. Einmal hätte man sie, bevor man sie in eine Scheune sperrte, schlecht und recht nach Stricken durchsucht, sie hätten sich jedoch dann alle an einem winzigen Stück Telefonleitung erhängt. Wenn der, der gerade hing, zu röcheln und zu zappeln aufhörte, wurde er aus der Schlinge genommen, und der nächste steckte seinen Kopf rein. Manche dachten, die Leute richteten sich selbst. Aber nein, das war ihre Art, sich vor der »Abrechnung zu drücken«. Die Hinrichtung soll schließlich vor Zuschauern stattfinden. Deshalb gäbe es in Myrjatin bestimmt eine öffentliche Massenhinrichtung. So hatten die Jungs von der »Smersch« erzählt.

Von Zeit zu Zeit überlief den Richtschützen eine Gänsehaut – als sei er selbst einer von diesen Todeskandidaten. Für einen Augenblick hatte er schreckliche Angst, war dann aber jedesmal erleichtert, daß er nicht zu denen gehörte. Gleich hinter den Bäumen, die die Batterie von der Flußseite her abschirmten, lag der Steilhang, den sie zum Wasser hinuntergeklettert waren wie das Wild zur Tränke, jeden Moment auf den Tod gefaßt. Er zitterte und versuchte sich mit aller Kraft vorzustellen, wie er mit dem Batteriechef wieder in die Erdhütte zurückkehren und das Gespräch fortsetzen würde. Vielleicht würden sie von dem reden, was geschehen war, was für ein dunkles Wasser zwischen den eigenen Leuten floß? Aber vielleicht wäre es besser, sich über etwas anderes zu unterhalten.

»Ballerst ganz gut, Reseda!« ertönte es im Ohr des Batteriechefs. »Fast ein Treffer. Nur die Streuung ist ein bißchen breit, du mußt auf den Punkt zielen. Bring deine Ellipse in Ordnung, gib eine Salve auf den Verbindungsgraben! Hast du verstanden? Zwei Eichstriche weiter links. Auf den Verbindungsgraben!«

Der Batteriechef hatte verstanden. Er sollte mit seinen vier Rohren eine Figur bilden, die bei den Artilleristen »Parallelfächer« genannt wurde. Dafür mußte er einen Orientierungspunkt im Unendlichen suchen, den er dann nach rechts oder links korrigieren konnte. Die Wipfel der Kiefern und Birken eigneten sich nicht dafür. Auch nicht die Leitungsmaste, die von der Batterie zur Übersetzstelle führten. Wenn man sich wenigstens an einem Wölkchen festhalten könnte, aber das blieb nicht stehen. In diesem Augenblick wehte der Wind die dunklen Wolkenfetzen weg, die den halben Himmel bedeckt hatten, und es wurde auf der Stelle hell. Der Himmel leuchtete auf wie eine zarte Perle. Der Batteriechef hob den Kopf und erblickte eine Sichel, die Spitzen nach links gewandt. Die Sichel war riesig und leuchtete hell. Der Batteriechef freute sich über den Mond. Das war genau das, was er gesucht hatte.

»Batterie, Achtung!« schrie er in den Hörer. »Der Hilfspunkt ist der Mond! Visier auf den rechten Mondrand einstellen!«

Der Richtschütze preßte sein Auge an den geschmeidigen Gummi des Panoramageräts. Der riesige Mond stand über dem

Visierkreuz und war so nah, daß man die Schatten der Mondkrater sehen konnte. »Da müßte man jetzt hinballern!« dachte er und stellte sich eine winzige Explosionsblume auf der Oberfläche des Erdbegleiters vor. Er richtete das Visierkreuz auf die runde Seite der Mondsichel, indem er das Höhenrichtrad drehte, dann hob er auf Kommando das Richtkreuz um zwei Eichstriche, und mit dem Seitenrichtrad drehte er das Kreuz um zwei Striche nach links. Der Mond durchschnitt mit seiner oberen Spitze die schwarze Nacht.

»Ziel Nummer Zwei!« rief der Batteriechef. »Batterie – drei Granaten. Feuer!«

Ein Geschütz mußte treffen. »Wenn es nur nicht meins ist«, dachte der Richtschütze. Er blieb am Geschütz kleben und fühlte einen schmerzhaften Stoß auf seiner verfluchten Augenbraue. Wieder hatte er den richtigen Augenblick verpaßt, er schwor sich, in Zukunft besser aufzupassen. Zum Glück war das die letzte Salve.

»Gut, geschafft, Reseda« schrie es im Hörer. »Du verschießt ja deine ganze Munition!« Nach einer kurzen Pause sagte Rhabarber dumpf und, wie es dem Batteriechef schien, mit einer gewissen Trauer in der Stimme: »Das Ziel ist vernichtet. Du bist frei, Reseda!«

»Alles Gute, Rhabarber«, sagte der Batteriechef.

»Bleib gesund. Kannst wieder trinken gehn.«

Doch es gab noch viel zu tun in der Batterie, und weil nicht genug Leute da waren, mußten der Richtschütze und der Batteriechef mit Hand anlegen. Als beide endlich in die Erdhütte zurückkehrten, waren sie wieder nüchtern. So begann der süße Prozeß des Aufstiegs der Seele von vorn. Ihren Disput setzten sie an der Stelle fort, wo er durch den Anruf des Sechsten unterbrochen worden war, allerdings mit einigen Änderungen. Der Richtschütze war in seiner Meinung erschüttert worden, daß es an der vordersten Front nur gute Menschen gebe. Dafür beharrte nun der Batteriechef auf dieser These, doch hauptsächlich deshalb, weil er das Streitgespräch nicht einschlafen lassen wollte. Über das dunkle Wasser, das zwischen den eigenen Leuten floß, sprachen sie nicht.

3

RAPPORT
Dem Befehlshaber der Front,
Armeegeneral Watutin
1. Heute, am 2. November 1943, habe ich gemäß Ihrem Befehl das Kommando über die zu Ihrer Front gehörende 38. Armee übernommen, wovon ich hiermit Meldung mache.
2. Der Personalbestand der Truppenteile und Verbände der Armee ist über meine Ernennung unterrichtet.
3. Anbei übersende ich die Meldungsniederschrift der Mitglieder des Kriegsrates der Armee über den Vorfall, der sich mit dem ehemaligen Befehlshaber der 38. Armee, dem Helden der Sowjetunion, F. I. Kobrissow, ereignet hat, auch über die Umstände des Todes seiner Begleitmannschaft und über die Organisierung des Begräbnisses.
Terestschenko

Dem neuen Befehlshaber der 38. Armee,
Generaloberst Terestschenko,
von den Mitgliedern des Kriegsrates der Armee:
Generalmajor Purtow
Generalmajor Fartussow

MELDUNGSNIEDERSCHRIFT
Am 1. November dieses Jahres, um 20.45 Uhr, bekam das Automobil »Willys«, Fahrzeugnummer 090678, mit dem Befehlshaber der 38. A., Generaloberst, Held der Sowjetunion, Kobrissow F. I.,

und seiner Begleitmannschaft: dem persönlichen Offizier, Major Donskoi A. N., der Ordonnanz, Unteroffizier Schesterikow S. T., und dem Fahrer, Gefreiter Sirotin W. P., das sich im Gebiet des 114. Mot.-Schützenregiments der 17. Schützendivision von Myrjatin befand, auf dem Abschnitt der Straße Oserki-Golubkowo, 50 Meter vom Wald Otdelnaja entfernt, einen Volltreffer von einer feindlichen Granate des Kalibers 155 ab. Das wurde von unserer Stellung aus bemerkt. Es wurde Alarm gegeben.
Beim Eintreffen der Regimentsoffiziere an die Stelle des Unfalls befanden sich die Körper der Gefallenen in einem nicht identifizierbaren Zustand. Die sterblichen Überreste waren in der Gegend verstreut, die Zugehörigkeit einiger Körperteile zu den genannten Personen konnte jedoch an Hand der Erkennungsmarken festgestellt werden, die sich in den Taschen der Uniformen befanden. Der Befehlshaber Kobrissow F. I. wurde 45 Meter vom Automobil entfernt auf dem Weg gefunden, ohne Bewußtsein. Er wurde ins Lazarett gebracht. Zum gegenwärtigen Zeitpunkt ist sein Zustand nicht hoffnungslos.
Über die besondere Gefährlichkeit dieses Abschnitts war Befehlshaber Kobrissow F. I. von den Aufklärungsposten unterrichtet worden, er hatte jedoch ihre Warnung nicht beachtet. Wie von allen Beobachtern festgestellt, war der Treffer ein zufälliger, von einem einzelnen, nicht gezielten Schuß.
Die sterblichen Überreste wurden, soweit möglich, aufgesammelt, das Bestattungskommando erhielt den Befehl, sie gleichmäßig in drei Särge zu verteilen, diese mit von der Unglücksstelle stammenden Erde aufzufüllen, die Särge zu verschließen und zu vernageln.
Die Bestattung findet morgen, am 3. November, um 14.00 Uhr im Zentralen Park für Kultur und Erholung der Stadt Myrjatin statt. Sie werden in einem Gemeinschaftsgrab und mit allen militärischen Ehren beigesetzt: mit Märschen des Orchesters der 17. Schützendivision und einem Salut von Vertretern der besten Verbände und Einheiten der Armee, mit Reden der Vertreter von

Partei und staatlichen Organisationen und mit Teilnahme der örtlichen Bevölkerung. Am Ort der Beisetzung wird ein provisorischer Obelisk mit den eingravierten Namen der Gefallenen und einem fünfzackigen roten Stern aufgestellt. Für die Zukunft ist ein Gedenkstein geplant, der an die Heldentat der mutigen Befreier von Myrjatin erinnern soll.
Die Stelle, an der Major Donskoi Andrej Nikolajewitsch, Unteroffizier Schesterikow Sergej Timofejewitsch und Gefreiter Sirotin Wassili Petrowitsch ums Leben gekommen sind, wurde in eine operative Karte eingetragen, diese befindet sich zusammen mit den Auszeichnungen und persönlichen Gegenständen der Gefallenen im Safe der Politabteilung der Armee, verantwortlich Oberleutnant Bytschkowa G. I.
Die Familien der heldenhaft Gefallenen werden individuell benachrichtigt.
Das Gedenken an die Gefallenen wird auf ewig in den Herzen der Angehörigen der 38. Armee bewahrt.
Unterschrift Purtow Fartussow
Bestätigt G. Bytschkowa
Anmerkung: Das Automobil »Willys«, Fahrzeugnummer 090678, das dem Befehlshaber der 38. Armee zugeteilt war, wird gemäß Protokoll als Totalschaden abgeschrieben.

4

Fünfzehn Jahre später äußerte Kobrissow den Wunsch, man möge ihn zu der Stelle bei Kunzewo bringen, an der er damals, im Jahr 43, mit seinen Leuten gerastet hatte. Seine Frau bestellte ein Taxi, half ihm in den Mantel und in die klobigen Schuhe mit dem Spitznamen »Leb wohl, Jugend«, seine Töchter führten ihn die Treppe hinunter und setzten ihn ins Auto, begleiteten ihn aber nicht. Obwohl sie natürlich über seine Schwäche und Gewichtsabnahme, die er selbst als Beginn seines Weges ins Nichts betrachtete, betrübt waren. Sie interessierten sich nicht für seine Erinnerungen an die »Feuerkämpfe und Kampfgenossen«.

Über seine Magerkeit sagte die Jüngste: »Macht nichts, Papa, das bedeutet nur, daß du früher hauptsächlich aus Wasser bestanden hast.«

Das war für ihn tatsächlich ein Trost.

Der bestellte Taxifahrer war fast noch magerer als er, sein Gesicht sah müde aus, mit tiefen, scharfen Falten und wäßrig-blauen Augen, die einen gewissen überirdischen Schimmer hatten – solche Gesichter besitzen Trinker, die ohne Essen auskommen. Als er seinen Passagier erblickte, stieg der Taxifahrer aus, öffnete die Tür und fragte: »Wohin möchte der Genosse Gardeoberst gefahren werden?«

Er sagte es fröhlich, sein Blick allerdings war voller Mitleid. »Ich muß ja toll aussehen«, dachte der General und entgegnete mit einem Lächeln auf den blutleeren Lippen: »Du stufst mich ja hoch ein.«

»Darunter auf keinen Fall«, sagte der Fahrer. »Ich hab' einen Blick dafür.«

»Das merkt man«, sagte die Frau des Generals.

Es war am Vorabend der Revolutionsfeier, Moskau war mit Fahnen, Transparenten und den Porträts der Teuren und Lieben geschmückt. Der General haßte diesen Feiertag – »des Wetters wegen«, wie er sagte. Sie hatten sich aber auch eine merkwürdige Jahreszeit für den Umschwung damals ausgesucht!

Es gab für ihn allerdings einen anderen Feiertag – den Tag der Befreiung von Predslawl. Dieser Tag, an dem der General fast bewußtlos im Lazarett gelegen hatte, wurde in der Familie jedesmal mit großer Hochachtung und schweigend als sein persönlicher Feiertag begangen. Zu diesem Datum bekam er Einladungen zum Veteranentreffen der 38. Armee in ein Moskauer Restaurant, diesmal in den Weißen Saal des Restaurants »Prag«. Der neue Vorsitzende des Initiativkomitees, der ehemalige Politleiter der MG-Kompanie und heutige Major a. D. Besglasny, hatte eingeladen. Er schrieb: »Sie haben gemeinsam mit der Armee einen ruhmreichen Weg von Woronesh bis Predslawl zurückgelegt.« Obwohl das mehr war, als den Tatsachen entsprach, denn bis Predslawl war der General nie gekommen, kränkte es ihn. Warum lud ihn, einen General, irgendein Major ein? Was hat er damals gemacht, dieser Besglasny? Er hat doch bestimmt in der Schreibstube gesessen und Papier in Ordner geheftet, man sah es doch an seiner piekfeinen Unterschrift – als sei er der Verteidigungsminister persönlich! Als Terestschenko noch zu diesen Treffen kam, hatte man ihn nie eingeladen. Er fand das taktlos von den Organisatoren, sie wußten doch gar nicht, ob er Terestschenko sehen wollte. Aber sie wußten genau, daß Terestschenko nicht mit ihm zusammentreffen wollte. Jetzt stand Terestschenko für eine Einladung nicht mehr zur Verfügung, er hatte den Befehl über einen Militärbezirk übernommen und war auf dem Weg zum Marschall, da luden sie eben Kobrissow ein. Nie wäre er hingegangen, selbst wenn er gesund gewesen wäre.

Auch auf eine Einladung nach Predslawl hatte er nicht geantwortet – und so hatte er die Stadt nie zu Gesicht bekommen. Er wollte nichts über ihren Wiederaufbau lesen und hatte sich nie eine Wochenschau über sie angesehen. In seinem Testament hatte er verfügt, daß er in Myrjatin begraben werden wolle, doch als die Töchter davon erfuhren, baten sie ihren Papa, keine Dummheiten zu machen. Ihm stünde schließlich der Prominentenfriedhof am Jungfrauenkloster zu, und wenn ihm egal sei, wo er begraben liege, seiner Familie und seinen Enkeln nicht. So hatte er diese Verfügung aus seinem Testament gestrichen. Sie war auch nicht mehr nötig, denn seine Töchter hatten längst alles in die Hand genommen.

Mit einigen Schwierigkeiten hatten seine Töchter geheiratet, die ältere war von ihrem Mann verlassen worden, und mit der jüngeren schien es ebenfalls so zu enden. Aber eine neue Generation war geboren worden, und jede Familie bekam ihren eigenen Platz in der Generalswohnung. Ihm und seiner Frau war das kleinste Zimmer zugewiesen worden, zum Glück nicht das Durchgangszimmer. Außerdem hatte man ihm in der Diele ein kleines Territorium überlassen, das mit einem festen Raumteiler, der bis zur Decke reichte, vom übrigen Raum abgetrennt war. Und dort, wo einst Schesterikow gehockt und die Fotoalben betrachtet hatte, saß jetzt der General und verfaßte unter Qualen seine Memoiren. Die Texte, die zu schreiben er überredet worden war, weil man endlich einmal die ganze Wahrheit über den Krieg wissen wollte, breitete er auf dem Küchentisch aus, den die Familie ausrangieren wollte. Er hatte darum gebeten, ihm den Tisch zu überlassen.

Dann gab es noch das Sommerhaus in Apreljewka. Die zwei Hektar hatte er gleich nach dem Sieg 45 bekommen, aber aus dem geplanten Garten war nichts geworden. Die Töchter hatten kein Interesse daran, sondern dachten nur darüber nach, wie man diese »Villa« teilen und verkaufen könnte. Er bedauerte nur, daß er sich diesen ganzen Schlamassel überhaupt aufgehalst hatte. Er hätte Schesterikow gebraucht, doch den gab es nicht mehr.

Von der Gorkistraße aus fuhren sie auf den Gartenring. Rechts stand das Majakowski-Denkmal, das in diesem Sommer mit einem Kran aufgestellt worden war. Man hatte dem Dichter einen Strick um den Hals gelegt, den Kopf in einen Sack gesteckt und den Klotz hochgezogen. Im August hatte der General noch zu Fuß hingehen können ... Gedichte hatte er immer geliebt, und er hatte auch nichts gegen dieses Denkmal, das von vielen kritisiert wurde. Er verstand nur nicht, warum Majakowski seine rechte Hand so merkwürdig hielt, so als wolle er seine Uhr aus der Brusttasche holen, um nachzusehen, ob es nicht Zeit sei, schräg gebenüber in die »Ermitage« essen zu gehen?

Hinter dem Rücken des Dichters wurde ein riesiges Porträt von Chruschtschow hochgezogen. Es hing an Stricken, schaukelte im Wind und verdeckte fast alle Fenster des Gebäudes. Der General blickte mißtrauisch auf diese Aktion – war das wirklich derselbe Chruschtschow, der zu ihm in den Brückenkopf gekommen war und ihm ein ukrainisches Hemd mit Troddeln und Stickereien geschenkt hatte? Was für eine Macht er jetzt besaß. Selbst Shukow hatte er in den Ruhestand geschickt, ohne den er sich noch vor einem halben Jahr niemals hätte halten können. Und keine Memoiren kamen ohne ihn aus. Der literarische Knocheneinrenker – ein junger Müßiggänger, den er vom »Militärverlag« zugewiesen bekommen hatte und der den Aufzeichnungen des Generals »Leben einhauchen« sollte und nicht lernte, daß man beim General pünktlich erscheinen mußte –, dieser zukünftige Schriftsteller sagte, daß es jetzt keinen Personenkult mehr gäbe und man den Namen des Obersten Befehlshabers nicht zu erwähnen brauche. Doch das Treffen mit Nikita Sergejewitsch Chruschtschow, das könne man nicht umgehen, denn die Geschichte würde jetzt »von der Geburt Chruschtschows« an gezählt werden. Die Beschreibung des Treffens im Brückenkopf fiel bei dem jungen Schriftsteller durch, er bat den General, sich etwas Gefühlvolleres und Heroischeres auszudenken. Wie sollte er sich das ausdenken, wenn er so etwas nicht erlebt hatte? Na, ganz einfach, hatte der junge Mann gesagt, alle denken sich was aus, und keiner prüft es nach. Wichtig ist, daß zu einer bestimmten Zeit an einem bestimmten Ort solch ein Treffen so hätte verlaufen können.

Er war schon drauf und dran, sich etwas in der gewünschten Richtung auszudenken, als das Gerücht aufkam, Chruschtschow wolle den Generalen die Renten kürzen. Der Oberste Befehlshaber dagegen, der hatte ihm Land geschenkt, Apreljewka. Ein großes Herz hat er gehabt, das muß man dem Seelenschinder lassen. Im Juli 44 hatte er über den Gartenring 57 000 Kriegsgefangene getrieben, er hatte den Deutschen Moskau gezeigt und den Moskauern die Deutschen. Und den ausgehungerten, kriegsmüden Menschen hatte er damit gesagt: Seht her, sie sind gar nicht so furchteinflößend, unser Feiertag ist nicht mehr weit. Darin war er wirklich ein Meister – im Schaffen solcher Effekte, die den Kampfgeist der Armee und des Volkes stärkten und an die man nicht ohne Tränen der Rührung und Begeisterung zurückdenken konnte! So hatten die römischen Kaiser den an Streitwagen gebundenen Barbaren Rom gezeigt. Und überhaupt, warum sollte er nicht von dem Treffen mit dem Obersten Befehlshaber erzählen? Möglichst von dem im Volkskommissariat für Verteidigung am zweiten Kriegstag.

Die Akzente könne man ja ein bißchen diskreter setzen, hatte der junge Mann behauptet, mit den Jahren würde der General sowieso anders über dieses Treffen denken. Da könne er sich ruhig mit Chruschtschow etwas Heroisches ausdenken.

»Und du selbst«, fragte sich Kobrissow, »willst du dich denn überhaupt an alles erinnern?« Er hatte Einladungen von den Veteranen der anderen Armee bekommen, die er nach der 38. Armee befehligt hatte. Er hatte nie geantwortet. Um ehrlich zu sein – dort war er nicht mehr der Befehlshaber von früher gewesen, der war tot. Der Befehlshaber der Front, Popow, war damals zu ihm gekommen und hatte mit einem traurigen Vorwurf in der Stimme gesagt: »Foti Iwanowitsch, willst du nicht kämpfen?« – »Glaubst du, ich kämpfe nicht, Markian Michailowitsch?« – »Du kämpfst irgendwie merkwürdig. Du hast hier eine richtige Landwirtschaft angeschafft, Kühe, viele Frauen, sogar Hochzeiten werden bei dir gefeiert, doch den Deutschen läßt du in Ruhe.« – »Warum soll ich ihn nicht in Ruhe lassen, wo er mir nichts tut? Wenn zum allgemeinen Angriff geblasen wird, dann rücken wir langsam vor, warum sollen wir umsonst ballern? Wenn ich den Deutschen aufschrecke, macht er mir eine ganze Woche lang die Hölle heiß.« – »Mir haben sie gesagt, den Kobrissow müsse man zügeln, aber du hast ja gar keine Eigeninitiative.« – »Warum sollte ich nicht?« hatte Kobrissow entgegnet und vorgeschlagen, gemütlich Tee zu trinken. Der Befehlshaber hatte nicht abgelehnt, sondern nur geseufzt: »Du hast das Kämpfen verlernt, Kobrissow …« Kurz vor Kriegsende schlugen sie ihm vor, eine Panzeroffiziersschule zu übernehmen. Was haben seine Absolventen noch ausrichten können? Sie haben sich registrieren lassen, mehr nicht. Einige allerdings hatten noch am Sturm auf den Reichstag teilgenommen, manche hatten es auch noch geschafft, in Prag ein Stück vom Kuchen abzukriegen, einige sogar mit der 38. Armee ... In ihren Erinnerungsalben befand sich sein Foto in einem schönen Oval. Immer wurde betont, daß er es gewesen war, der die 38. Armee aufgestellt hatte. Alles endete mit seiner Armee, die sie ihm weggenommen hatten.

Sie fuhren jetzt den Kutusowprospekt hoch. Auch hier hingen Porträts von Chruschtschow und anderen teuren Genossen. Ihretwegen bekam er das Panorama von Borodino nicht zu sehen und den unscheinbaren Huldigungsberg. Er hörte auch kaum hin, als der Taxifahrer von der Schlacht um Moskau zu erzählen begann, an der er persönlich teilgenommen hatte: »... und die deutschen Panzer rücken immer weiter vor, verstehst du, bei denen hast du das Rennen gekriegt. Alle schlugen sich in die Büsche. Was sollte ich da den Helden spielen? Ich habe mich eben auch davongemacht. Geflitzt bin ich nicht. Aber ein bestimmtes Tempo hatte ich schon. Ich will Ihnen sagen, wie man am besten abhauen kann, Maja Afanassjewna, mittendrin. Ich war jung und konnte gut rennen, ich hätte alle überholt, aber mein Instinkt sagte mir: Lauf nicht so schnell ... sonst kann's dir passieren, daß der Politleiter plötzlich mit der Pistole vor dir steht: ›Halt, ihr Verräter und Feiglinge!‹ Oder die Sperrabteilung ballert aus ihren MGs, und die erste Kugel ist deine. Aber alle vorzulassen ist auch nicht gut, da jagt dich der Deutsche und kitzelt dich mit seiner MPi, und keiner deckt dich. Also ist es in der Mitte am besten. Doch ich will Ihnen sagen, Maja Afanassjewna, wann es in der Mitte schlecht ist und man sich lieber seitwärts in die Büsche schlägt. Wenn eine ›Junkers‹ kommt. Die wirft ihre Bomben immer mittenrein, weil da die meisten sind! ... Und es kam tatsächlich eine ›Junkers‹ angeflogen, eine 86er, ein ›Bastschuh‹, wie wir immer gesagt haben. Die hatte es in sich, die schmiß uns ein Bömbchen auf die Birne! Ich lag taub im Bombentrichter. Keine Ahnung, wer mich da reingeschubst hat. Als ich zu mir kam, war

Erde über mir, der Kopf dröhnte. Es heißt, in so einer Situation läuft das ganze Leben binnen einer Sekunde vor einem ab. Na, es war bei mir nicht das ganze, nur Bruchstücke ... Doch danach habe ich über viele Dinge anders gedacht. Wozu brauchen die Menschen Krieg? Ach, Mama, Mama, Krieg! Davor schütze uns Gott!«

»Wenn das die Verteidiger Moskaus waren«, dachte der General. »wer hat denn dann den Sieg errungen. Wenn sie so waren wie der hier, mal in der Mitte, mal seitwärts in die Büsche?« Und verwundert kam er zu dem Schluß: Jawohl, genau sie waren es, die Masse. Er, der immer von mutigen Leuten umgeben war, die in seiner Gegenwart zudem ihre Tapferkeit besonders unter Beweis stellen wollten, hatte stets die Vorstellung gehabt, daß die ganze Armee so heldenmütig sei. Wie die Zündkapsel in einer Granate bestand aber nur ein kleiner Teil der Armee aus solchen Leuten, die gern kämpften. Ohne sie hätte der Krieg nicht länger als drei Tage gedauert. Für die Masse aber, die »in der Mitte«, war er nur schrecklich. Deshalb war es keine Schande, wenn auch er schon vor dem Ende Widerwillen gegen den Krieg empfunden hatte. Manchmal waren ihm sogar die Erinnerungen an den Krieg unangenehm, wenn sie aus Analysen und Diagnosen bestanden, aus Erzählungen über Operationen ganz anderer Art, welche Narkose er bekommen hatte und nach wieviel Stunden er wieder aufgewacht war. Tatsache war, er war dort, in Myrjatin, gestorben. Dort hätte er liegen müssen. Seine Ahnung hatte ihn nicht betrogen, der Leichenwagen war nicht an ihm vorübergefahren.

Am Morgen dieses Novembertages befiel ihn plötzlich eine merkwürdige Unruhe, und ihm war so seltsam traurig zumute; wie in der Jugendzeit, wenn er Angst hatte, zu einem Rendezvous zu spät zu kommen. Er hatte das verschwommene Gefühl, daß irgendwo jemand auf ihn wartete, das heißt nicht irgendwo, sondern genau dort, wohin er jetzt fuhr.

Sie passierten Kunzewo und näherten sich der Kuppe jenes kleinen Berges. Er erinnerte sich, daß der Platz an der ersten Steigung gewesen war, kurz vor der Grenze zu Kunzewo. Doch Kunzewo hatte sich ausgedehnt, winzig kleine Gebäude und Häuschen waren auf die Steigung gekrochen und bedeckten sie jetzt. Er suchte nach dem Mast, an dem damals der Lautsprecher hing. Er fand weder Lautsprecher noch Mast, statt dessen erblickte er ein Transformatorenhäuschen mit einem Totenschädel. Aber an die Umgebung konnte er sich gut erinnern, und er bat den Fahrer, genau dort anzuhalten, wo er schon einmal mit seinem Jeep gestanden hatte, nur auf der anderen Straßenseite.

»Soll ich dich begleiten, Foti?« fragte die Frau. »Oder willst du allein sein?«

»Ich will allein sein.«

»Natürlich allein«, unterstützte ihn der Taxifahrer. »Das ist nichts für Sie, Maja Afanassjewna. Das ist Männersache.«

Er sprang aus dem Wagen und machte dem General die Tür auf.

»Nimm eine Tablette«, sagte die Frau und gab ihm aus der Thermoskanne zu trinken.

Auf schwachen, wackligen Beinen überquerte er die Chaussee und stieg ein Stückchen die kleine Waldwiese hinab.

Wo hatten sie bloß die Zeltbahn ausgebreitet? Und wo hatte die Feldflasche mit Wodka und die Flasche mit dem französischen Kognak aus der Provinz Cognac gestanden? Ob wohl die kleine Grube noch da war, die Schesterikow für die Flasche gegraben hatte? Kleine Gruben gab es in Hülle und Fülle, es hätte jede von ihnen sein können. Im großen und ganzen sah alles so wie damals aus. Auch das Wetter war ähnlich, nur hatten sie damals die Kälte nicht gespürt. Aber die Stelle, die er instinktiv wiedererkannte, sah irgendwie anders aus. Vom Berg aus hatte man Moskau besser sehen können, und der Abhang war steiler, und der Wald nicht so weit. Der entscheidende Unterschied jedoch war der, daß die Menschen von damals fehlten. Augenblicklich verlor er die

Hoffnung, sich hier, an diesem Platz, alles in Erinnerung rufen zu können und die Menschen so lebendig vor sich zu sehen, daß sie anfingen zu reden.

Er blieb stehen, wartete, bis der Schmerz aus seinem Herzen wich, und stieg wieder zum Auto hoch. Mit großer Mühe kletterte er den Hang hinauf und wußte nicht, daß diese Schritte seine letzten waren.

... So wie er damals, als er an der Weggabelung aus dem »Willys« geklettert war, nicht wußte, daß er sich nie wieder neben Sirotin ins Auto setzen würde. Der Mann, der ihm entgegengefahren war, um ihn zu empfangen, hatte hundert Meter vor ihnen gehalten und den Rest des Weges zu Fuß zurückgelegt. Er hatte mit einer Taschenlampe gewunken, obwohl der Mond hell strahlte, war an den General herangetreten, hatte die Kapuze des Regenmantels heruntergezogen und sein Gesicht beleuchtet. Da hatte der General gesehen, daß es der Stabschef Purtow war.

»Wassili Wassiljewitsch, guten Tag! Ganz ohne Orchester?«

»Ein Glück, daß ich dich nicht verpaßt habe. Laß uns ein Stück zu Fuß gehen, Foti Iwanowitsch, ich muß dir was sagen. Und du«, hatte er zu Sirotin gesagt, »wartest hier am Straßenrand. Und halte deine Waffe bereit, hier ist es ziemlich unruhig.«

Sie gingen ein Stück, Purtow schwieg die ganze Zeit, als wisse er nicht, womit beginnen.

»Wo bringst du mich hin?« fragte Kobrissow.

»Nein, wohin hast du dich selbst gebracht!« fing Purtow an und blieb stehen. Er flüsterte, als sitze jemand im Busch und belausche sie. »Warum bist du zurückgekommen, Foti Iwanowitsch, die bringen dich um, kapierst du das nicht?«

»Wir haben Krieg, da steht das Umbringen auf der Tagesordnung. Zurückgekommen bin ich, um Predslawl zu nehmen, nicht mehr und nicht weniger.«

»Das ist bereits Terestschenko versprochen. Der wird dir was husten. Der wird sich nicht den Orden von der Brust reißen und ihn an deine heften! Begreife endlich, es ist bereits alles beschlossene Sache – und da kommst du angefahren ... In der Armee ist kein Platz mehr für dich. Jedenfalls nicht jetzt. Vielleicht später, wenn Terestschenko eine andere Armee kriegt, dem macht es nichts aus, von einer zur anderen zu wechseln. Ich war immer auf deiner Seite, Foti Iwanowitsch, darum bitte ich dich, fahr wieder weg, so schnell wie möglich!«

»Kein Platz für mich? In meiner eigenen Armee?«

Er konnte nicht weitersprechen, Zorn und Kränkung schnürten ihm die Kehle zu. Er ließ Purtow stehen und wollte zu seinem Jeep. Als er die Hälfte des Weges zurückgelegt hatte, krachte es im Wald, das Geräusch kam näher und wurde immer lauter, er begriff, daß man ihn töten wollte, und beschleunigte seinen Schritt. Er, der einen Schutzengel hatte, eilte seinen Leuten zu Hilfe. Wäre er rechtzeitig gekommen, wären alle am Leben geblieben. Er schaffte es nicht ... Ins Gesicht, gegen die Brust und gegen den Bauch schlug eine heiße, harte Welle, ein gelblich-roter Feuerschein stieg über dem kleinen »Willys« auf, der General war geblendet, ein unerträglicher, tödlicher Krach betäubte ihn, mit Nacken und Rücken fühlte er, wie er auf dem aufgerissenen Asphalt aufschlug.

Ein spitzer, angsterregender Schmerz durchzuckte plötzlich sein Herz. Er sah hinüber zum Taxi – und blickte in die fragenden Gesichter seiner Frau und des Fahrers. Der sprang aus dem Auto, um ihm über die Straße zu helfen. Aber er wollte allein gehen und gab sich Mühe, sich nichts anmerken zu lassen.

»Nimm noch eine Tablette«, sagte die Frau.

Er dachte, wenn er noch eine nimmt, jagt er der Frau einen Schreck ein, und schüttelte den Kopf.

»Die erste wirkt noch.«

Doch als sie losfuhren, verließen ihn die Kräfte. Er saß allein auf dem Rücksitz und bemühte sich, den Schmerz zu beherrschen. Die beiden wandten sich nicht nach ihm um, er konnte den Kopf zurücklehnen und die Augen schließen. Doch der Fahrer beobachtete ihn im Rückspiegel.

»Der Genosse Oberst ist irgendwie traurig, wie mir scheint.«

In diesem Moment tauchte am anderen Ufer, hinter der Pontonbrücke, über die der General neben Sirotin fuhr, eine winzige Figur auf. Sie kam näher, und er erkannte sie. Die schwere Tasche mit dem roten Kreuz zog ihre Schulter herunter, der kleine Browning »Lama« hing am Gürtel – sein Geschenk, von dem sie sich nie trennte. Sie war jung und schlank, sie sah wunderschön aus in ihrer ausgeblichenen, verwaschenen Schwesternuniform. Wunderschön war ihr Gesicht, unberührt von der Zeit, mädchenhaft trotzig, arglos und stolz. Gab es heute noch solche Gesichter? Sie wartete auf ihn, obwohl sie nicht rief und nicht winkte, sie stand nur da und sah ihn an. Aber hatte sie ihm nicht prophezeit, daß er am anderen Ufer keinen Schritt weiterkäme? »Ich sehe, wie du am anderen Ufer liegst, gleich hinter der Übersetzstelle, bewegungslos ...« Und es überkam ihn eine Sehnsucht, die ihm das Herz zerriß, und eine Angst vor dem, was mit ihm passieren würde. »Wozu brauchst du mich, einen kranken, alten Mann?« fragte er und fürchtete sich, sie beim Namen zu nennen, weil seine Frau vor ihm saß, die am Leben bleiben und sich an seine Untreue erinnern würde. Jeden beliebigen Ehebruch hätte sie ihm verziehen, aber nicht diesen, den letzten, bei dem man für immer verschwindet. »Sterben ist auch eine Kunst«, dachte er. »Auch das will gelernt sein ...«

Sie wartete noch immer auf ihn – geduldig, doch auch gebieterisch und fordernd, er fühlte sich schuldig vor ihr. Als hätte er jemanden verraten, betrogen, eine Pflicht nicht erfüllt. »Ich werde alles tun!« versprach er ihr, und ihm schien, als nicke sie zum Zeichen, daß sie ihm glaube.

»Ich komme zu dir ...« Mit aller Kraft hielt er ihren Namen auf seinen Lippen zurück und fühlte sich erleichtert.

»Wir schaffen es, Maja Afanassjewna, keine Sorge!« hörte er den Fahrer sagen. »Ich lasse den Genossen Oberst nicht im Stich!«

Da war die Überfahrt zu Ende, und der Schmerz ließ nach – denn er fuhr auf das Gebiet seiner Armee ...

»Er ist nicht Oberst«, sagte die Frau. »Er ist Generaloberst.«

Das waren die letzten Worte, die er vernahm. Aber innere Stimmen drangen aus der Tiefe seines Bewußtseins, die wie seine eigenen waren, so als spräche er mit sich selbst.

»Wenn wir auf diese Weise sterben, heißt das, unsere Heimat ist verloren.« – Wir haben also durch unseren Tod nichts ändern können?« fragte die andere Stimme. »Nichts haben wir verändert, nur wir selbst haben uns verändert.« – »Und ich, was ist mit mir passiert?« – »Weißt du das denn nicht? Du bist gestorben.« – »Bin ich wenigstens als glücklicher Mensch gestorben?« fragte er.

Niemand antwortete ihm, und er hörte auf zu fragen, hörte auf, zu denken, zu atmen, zu sein.

Man möchte glauben, daß er in der Stunde seines Todes glücklich war.

General Kobrissow hatte daran geglaubt, daß der Brückenkopf von Myrjatin die schönste und unblutigste Entscheidung der Operation von Predslawl war. Und diese Leistung mußten sogar diejenigen anerkennen, die ihn außer Gefecht gesetzt hatten. Man hatte ihn vom Pferd geholt und zum Bauern gemacht, dennoch erreichte er das letzte Feld. Und es sollte einer wagen, diesen Bauern nicht als Königin anzuerkennen! Sein Herz war voll von Dankbarkeit gegenüber dem Obersten Befehlshaber, der seine Idee verstanden und begriffen hatte, der gewußt hatte, daß Myrjatin nicht nur der Schlüssel für Predslawl, sondern für die gesamte Ukraine rechts des Dnepr war. Und wenn es der Wunsch des Obersten Befehlshabers war, Predslawl zum 7. November einzunehmen, bitte, er würde sein Bestes tun. Schließlich brauchen alle einen Feiertag.

Daran dachte er, als er über den Fluß setzte. Er sah die fernen blauen Lampen und die schmale Figur, die ihm entgegenkam.

Glücklich war auch die Ordonnanz, Schesterikow, daß er nun doch bei seinem General bleiben konnte. So viel lag noch vor ihnen, anderthalb Jahre Krieg, und dann kamen Apreljewka und die Erinnerungen an die Kriegstage, an ihre erste Begegnung, das würde ewig dauern! Und wenn es hieße zu fallen – dann gemeinsam.

Vielleicht war sogar der Adjutant Donskoi glücklich, der alle Dornenwege des Generals miterlebt hatte und sich wünschte, diesen Kelch selbst niemals austrinken zu müssen. Er war inzwischen klüger geworden und fragte sich: »Wozu in aller Welt brauchst du die Kopfschmerzen des Generals, Andrej Nikolajewitsch?« Und immer öfter lauschte er dem Klang des Wortes »Adjutant«, und immer mehr gefiel es ihm. Es hatte so etwas Energisches, Schönes, Jugendliches.

Und auch der Fahrer Sirotin war glücklich, der die Angst abgestreift hatte, mit diesem General den Krieg nicht zu überleben. Von der letzten Sperre, wo sie übernachtet hatten, war es ihm wider Erwarten gelungen, Soja zu erreichen. Er teilte ihr die Fahrroute und die Ankunftszeit mit – und konnte dem Schicksal aller vier Männer im Auto ruhig entgegensehen. Sie waren kein Sandkörnchen mehr, das im Sturm herumgewirbelt wird. Der allmächtige Geheimdienst würde seine schützenden Fittiche über ihnen ausbreiten. Und kein Schüttelfrost, kein ahnungsvolles Vorgefühl, kein Gedanke an eine Granate, die nur darauf wartete, den Lauf zu verlassen, quälten ihn in der Minute, als der betrunkene Batteriechef seine Geschütze zu einem Parallelfächer ausrichtete und befahl, die Rohre auf die rechte Rundung des Mondes zu richten, und der traurige Richtschütze am Höhenrichtrad drehte, im Visierkreuz den jungen Mond einfing und seine geschwollene Augenbraue ans Okular des Panoramageräts preßte.

1996 Moskau/Niedernhausen

Die Deutsche Bibliothek – CIP-Einheitsaufnahme

Wladimow, Georgi
Der General und seine Armee : Roman / Georgi Wladimow .
Aus dem Russ. von Antje Leetz. –
Berlin : Verl. Volk und Welt, 1997
Einheitssacht.: General i ego armija <dt.>
ISBN 3-353-01035-1

2. Auflage 1997

Redaktion: Ingetraud Skirecki
Fachkonsultation: Theo Gregori
Schutzumschlag: Lothar Reher
Gesetzt aus der Bembo, Linotype
Satz: deutsch-türkischer fotosatz, Berlin
Druck und Bindearbeiten: Wiener Verlag
Printed in Austria
ISBN 3-353-01035-1